문학 이후의 문학

문학 이후의 문학

고봉준 문학평론집

도서출판 b

책머리에

　5년 만에 평론집을 묶는다. 네 번째 평론집을 출간한 이후 5년의 시간이 흘렀다. 우연히도 '세월호' 사건이 발생한 해에 네 번째 평론집이 출간되었으니, 이 책에 실린 글들은 '세월호' 이후에 씌어진 것들인 셈이다. 그러므로 이 책에는 '세월호' 이후 내 삶의 일부가 담겨 있을 터인데, 원고를 거듭 읽어도 지난 5년 동안의 삶의 궤적이 찾아지질 않는다. 다만 원고의 곳곳에서 분노와 혼란의 흔적이 발견되는 것으로 보아 내 생활도 그러했던 듯하다.

　지난 5년 '세월호'와 '촛불'은 우리 사회를 크게 바꿔놓았다. 그 사건들이 우리 사회의 불평등·부정의의 실체를 드러내어 정치에 대한 대중의 감각을 뒤흔들어 놓은 것은 부정할 수 없으리라. 하지만 '세월호'와 '촛불'로 인해 바뀐 것은 정치만이 아니다. 지난 5년의 시간 동안 한국문학 또한 불가역적인 변화를 겪었다. 세대와 감수성의 층위 모두에서 우리 시대의 문학은 '세월호' 이전의 문학과 선명한 긴장관계를 형성하고 있다. 이 사건들을 지나오면서 누군가는 무능력한 언어로 인해 무너져 내렸고, 또 누군가는 자신이 굳게 지켜온 문학에 대한 기준과 믿음이 뿌리째 흔들리는 고통을 경험했다.

나는 지난 5년 동안 우리 시대가 마주한 사건들은 문학에 대한 우리의 생각을 전면적으로 바꿔놓았다고 생각한다. 특히 2016년 '강남역' 살인사건과 '미투 운동'을 계기로 표면화된 페미니즘 담론은 문학의 창작─소비─비평 시스템에 새로운 시각을 가져왔다. '문학 이후의 문학'이라는 제목은 이런 일련의 변화된 감각을 표현하기 위해 선택된 것이다. 90년대의 저 유명한 '포스트' 논쟁이 증명하듯이 '이후'는 '나중─시간'의 기호이면서 '단절/변화'의 기호이기도 하다. '이후'라는 명칭이 문제적인 까닭은 '나중─시간'과 '단절/변화' 가운데 하나를 선택할 수도, 나아가 그것들이 매끄럽게 분리되지도 않기 때문이다. 그런 점에서 '문학 이후의 문학'이라는 제목을 사실판단보다는 의지의 표현으로 읽기를 부탁드린다.

*

일반적으로 평론집의 '표제'는 그 책의 중심적인 문제의식을 부각시키는 방식으로 결정된다. 그런 한에서 평론집의 제목과 평론가의 현재 사이에는 미세하나마 시차時差가 존재하기 마련이다. 저자의 현재 입장에서 보면 평론집의 '제목'은 과거에 조금 더 가까울 수밖에 없다. '평론집'은 지금 신고 있는 신발이 아니라 지나온 발자국을 담는 형식이기 때문일 것이다. 하지만 내게 있어서 '문학 이후의 문학'이라는 제목은 차라리 미래형에 가깝다.

'세월호' 이후부터 나는 '문학'과 '삶'의 관계를 새롭게 정립하는 일에 관심을 쏟았다. 구체적으로는 문학이 리얼리즘이나 참여문학이라는 낡은 틀을 경유하지 않고, 문학이라는 이름의 객관적 대상으로 존재하기를 그치고, 삶과 현실의 변화에 역동적으로 개입하는 지점을 찾고 싶었다. '문학적 견유주의'라는 개념에 기대어 '미학'이라는 기호를 넘어서는 것, 그래서 문학이 단순한 감상의 대상이 아니라 '다른 삶'의 창안에 기여하는 지점을 사유하는 것이 당면과제였다.

　언젠가 마르셀 프루스트는 우리가 화려하게 장식된 황금색 액자를 통해서 볼 때만 아름다움을 발견한다는 취지의 말을 한 적이 있다. 아름다움에 대한 우리의 감각이, 판단이 조건화되어 있다는 의미이다. 나는 우리 시대의 문학에서 그 액자 역할을 하는 것이 '미학'이라는 개념이 아닐까 조심스럽게 의심한다. 실제로 현대의 비평은 '미학'이라는 표현을 습관적·관습적으로 사용하고 있다. 뛰어난 작품에는 늘 미학적이라는 수사가 뒤따르고, 비판 대상에 대해서는 미학적 가치가 부족하다는 평가를 뒤따른다. 그런데 이 '미학적'이라는 표현은 경험의 층위에서는 통용될 수는 있으나 언어로 설명할 수는 없는 것이라는 점에서 문제적이다. 그 뿐만 아니라 그것은 특정한 문학적 경향과 스스로를 동일시함으로써 문학을 경험하는 강력하고도 유일한 독법을 정당화한다는 점에서 더욱 문제적이다. 오늘날 문학의 주요한 이슈로 떠오르고 있는 페미니즘 미학이나 장르 문학에 대한 평가의 문제는 결국 이 '미학'이라는 독법에 대한 저항으로 이해되어야 한다.

　돌이켜 생각해보면 각각의 시대는 문학을 경험하는 고유한 방식을 발명해왔다. 20세기 초반의 다양한 예술 경향이 증언하듯이 인류사에서 문학이나 예술이 늘 정적인 감상 대상이기만 했던 것은 아니다. 현대사회에서 문학/예술이 처한 곤란함, 즉 "혁명을 가져와 봐, 돈으로 바꿔 줄게"라는 냉소적인 표현에서 나타나듯이 언제부턴가 문학은 현재적 현실 너머를 환기하는 능력을 상실해가고 있다. '문학 이후의 문학'이라는 제목은 정확히 이 문턱을 넘으려는 모색이었다. 나는 이 모색이 필연적으로 '미학'이라는 잣대를 재 사유하는 데서 시작될 수밖에 없다고 생각한다. 앙드레 지드와 로맹 롤랑이, 루이 아라공과 살바도르 달리가 갈라진 지점도 여기가 아닐까. 하지만 이 작업의 결과들을 이 책에 포함시키지는 못했다. 그런 점에서도 이 책의 문제의식은 진행 중이라고 말해야 할 듯하다.

*

　평론집을 낼 때마다 아이들이 훌쩍 성장했다는 사실을 발견한다. 곤하게 잠든 아이들의 머리맡을 지키면서 원고를 쓰던 때가 엊그제 같은데, 아이들이 확고한 자기세계를 가진 존재가 되었다는 사실이 그저 놀랍고 두렵다. 종종 아이들이 손을 뻗어도 닿지 않는 곳에 있다는 느낌을 받는다. 이 느낌은 안도감과 불안감 가운데 어느 쪽에 더 가까울까. 그것이 느낌이 아니라 현실이 될 때면, 나의 글쓰기도 끝나지 않을까 생각해본다.

　지난 몇 년 동안 비평을 중단해야 한다는 생각을 머리에 이고 살았다. 내게 있어서 글을 쓰는 행위는 밤을 견디는 과정이다. 더 이상 불면의 밤을 보내지 않아도 될 때, 아니 밤을 견딜 수 없을 때가 멀지 않았다는 느낌이다. 방학과 주말조차 아이들과 함께 시간을 보내지 못했다는 죄책감을 지니고 살아온 시간이 길다. 조만간 글쓰기가 끝나면 그 죄책감에서도 해방될 수 있을까. 아이들이 지금의 내 나이가 되었을 때에도 누군가는 쓰고, 또 누군가는 읽는 세상이었으면 좋겠다.

　문단에서는 오늘도 비평의 무능이 한국문학의 위기를 초래하고 있다는 담론이 유령처럼 떠돌고 있다. 하지만 문학매체들에서 비평이 빠르게 축소되고 있는 현실을 직시할 필요가 있다. 비평의 역할을 애써 폄하하지도 과장하지도 말자. 우리가 익숙하게 알던 그런 방식의 비평은 이미 한계에 도달했다. 이러한 문학계의 상황을 알면서도 선뜻 이 책의 출판을 맡아준 도서출판 b에 진심으로 감사드린다.

2019년 12월
고봉준

제1부

문학은 무엇이었는가를 다시 묻는 일

1

문학이란 무엇이었는가. 이 질문은 이중적 진술이다. 여기에는 상반되는 두 가지 느낌이 동시에 함축되어 있다. 이 문장을 과거에 대한 현재의 우위라는 관점에서 이해할 때, 그것은 과거와 현재의 단절에 대한 긍정이거나 과거에 대한 회고적 태도로 간주된다. 반면 현재에 대한 과거의 우위라는 관점에서 이해할 때, 이 문장은 과거와 현재의 단절을 부정적으로 판단하거나 현재의 문학에 대한 비판으로 해석되어야 한다. 하지만 '문학'은 결코 대문자로 존재하지 않으며, '문학'은 불변의 자기동일성을 소유하고 있지도 않다. 나는 문학이 자기동일성을 갖고 있지 않기 때문에, 즉 어떤 것도 본질적인 차원에서 '문학임'을 규정할 있는 근거일 수 없기 때문에, 잠재적으로 모든 것은 문학일 수 있다고 생각한다. 이것이 문학의 민주주의이다. 엉뚱한 이야기일지 모르지만 문학의 민주주의는 정치적인 민주주의에 대해 이야기하는 문학이 아니라 형식, 내용, 표현의 층위에서 모든 것들이 '문학임'을 주장할 수 있는 그 열린 가능성을 가리키는 말이다.

더불어 '문학'은 어디까지나 역사적 산물이다. 모든 시대는 '문학'을 규정하는 고유의 방법을 갖고 있었으며, 거기에는 항상 '영향에의 불안'에서 벗어나려는 탈주선도 있기 마련이다. 우리는 모든 시대를 관통하는 '문학'에 대한 불변의 법칙을 알지 못한다. 개인적인 취향이나 잣대에 따라 훌륭한, 좋은, 위대한 등의 수식을 붙일 수는 있지만, 불행하게도 우리에게는 '문학'과 '문학 아닌 것'을 판별할 수 있는 프로쿠루테스의 침대가 없다. 우리가 '문학'에 관해 합의할 수 있는 것은 고작 그것이 '언어' 예술이라는 게 전부이다.

'문학이란 무엇인가'라는 질문에 대답할 수 없다면, 마찬가지 이유에서 이 질문의 과거형에 대해서도 대답할 수 없을 것이다. 만일 그것이 순전히 역사적인 호기심에서 비롯된 질문이라면, 그리하여 특정한 시대와 장소에서 생산-소비된 문학 작품의 캐리커처caricature를 그리는 것이라면 어느 정도는 대답될 수도 있을지 모른다. 그렇지 않다면 '문학' 자체를 정의내릴 수도 없는 상황에서 '문학'이 무엇이었는가를 묻고, 그 물음을 통해 과거의 문학을, 혹은 현재의 문학을 비판하거나 성찰하는 작업은 실행될 수 없다. 물론 '문학'에 대한 상식적인 이해나 독창적인 주장은 언제든 가능하다. 문학에 대한 상식적 설명은 백과사전이나 학습용 참고서를 들춰보면 쉽게 찾을 수 있다. 하지만 그 설명들이 '문학'에 대해 우리에게 알려주는 것은 거의 없다. 작가들, 문학 작품의 창작자들은 이러한 개념적 이해에서 비교적 자유롭다. 그들 역시 그 상식적 설명을 참조하지만, 역설적으로 그들은 그 상식을 추종하거나 재생산하기 위해서가 아니라 그것에서 벗어나기 위해 참조한다. 위대한 작품들은 이미-항상 우리가 '문학'이라는 기호로 지시하고 상상 속에서 동일시하는 어떤 규범적 요소를 부정하는 방식으로 생산되었다. 이러한 규범의 부정은 '실험', '충격', '위반' 등으로 개념화되었는데, 이러한 부정은 실상 문학만이 아니라 모든 예술의 출발점이다.

2

그렇다면 '문학이란 무엇이었는가'라는 이중적 진술을 순전한 역사적인 관심과는 다른 층위에서 전유하는 것은 불가능할까? 실상 사람들은 이 질문에서 벗어나기 위해 끊임없이 이 질문으로 되돌아오는 듯하다. 하지만 이 벗어남은 역사학이 아니라 지리학의 문제이다. 우리는 장구한 시간 속에서 화려하게 빛나는 과거의 순간을 확인하는 것보다 지금의 상황을 돌파하거나 탈출할 수 있는 출구를 찾는 일에 에너지를 집중해야 한다. 그래서 나는 이 질문을 순전히 오늘의 문학을 비판하기 위해 찬란했던 과거의 문학을 불러들이는 방식으로 전유하려는 태도에는 동의하지 않는다. 과거를 전유하여 현재를 비판하는 사람들의 대부분은 자신을 도덕적 존재라고 가정하면서 도덕의 가치를 주장하는 사람들만큼이나 경계해야 할 존재들이다. 많은 경우, 그들 역시 자신들이 비판하려는 현재의 문학을 떠받치는 제도의 일부이거나 그러한 비판 대상에 연루되어 있기 때문이다. 아울러 이렇게 과거를 요술 주문처럼 불러들이길 좋아하는 사람들 가운데 상당수가 이른바 '문단'이라고 불리는 현재의 문학에서 소외된 존재임을 간과하지 말아야 한다. 이때 그들의 '비판'은 대개 소외의 산물이기 쉽다. 이런 맥락에서 우리는 "좋은 옛날 것이 아니라, 나쁜 새로운 것에서 시작하라."라는 브레히트의 말을 잊어서는 안 된다. 요컨대 '문학이란 무엇이었는 가'라는 낯선/낯익은 질문은 그것이 새로운 문학, 또는 문학의 새로운 방향을 사유하는 데 기여할 수 있는 경우에만 의미가 있다.

20세기의 문학은 현실, 즉 정신분석이 '상징계'라고 부르는 세계/질서와의 불화에서 자신의 정당성을 구축해왔다. 장르에 따라 이 불화는 조금 다른 양상으로 구체화되었지만, 지난 시대의 문학은 '현실'에 대한 '적극적인' 거리두기를 출발점으로 삼았다. 물론 이때의 '현실'이란 객관적이고 실체적으로 존재하는 것이 아니라 작가에 의해, 또는 작품에 의해 사후적으로 구성되는 현실이라고 말하는 것이 오해를 피하는 방법일 것이다. 20세기의 비평은 문학에서 질병의 징후를 발견하려고 노력해왔다. 이를테면 타자, 광기, 에로티시즘 등이 문학의, 특히 비평의 중요한 관심사였던 이유는 바로 그것들이 질병의 징후로 인식되었기 때문이다. 오해하지 말자. 타자, 광기, 에로티시즘 등에 천착한 문학이 드러내는 것은 이들 문학에 등장하는 인물이나 문학 자체의 질병이 아니라 이들을 둘러싸고 있는 사회와 세계의 질병이다. 그러니까 이들은 상식에 반反하는 방식으로 정상적 세계의 비非정상을, 상식적 세계의 몰沒상식을 드러내는 셈이다. 많은 독자들, 특히 비정상의 정상성과 몰상식의 상식성에 익숙한 사람들에게 이러한 문학은 쉽게 외면 받고, 심지어 점잖지 못한 변태적 취향으로 낙인찍힌다. 하지만 그 낙인을 통해 그들이 외면하는 것은 이 세계의 비非정상성과 몰沒상식성이다. 이런 점에서 "문학적 의도로 책을 쓴 사람들 중에서, 그리고 물론 광인狂人들의 경우도 마찬가지로, 극히 소수의 사람만이 작가로 불릴 수 있다."라는 한 철학자의 날카로운 충고를 무시해서는 안 된다. 문학은 싸우지 않을 때에도 투쟁이고 저항이다. 그것은 투쟁과 저항 자체를 목적으로 삼지 않는다. 그것은 새로운 무엇인가를 생산하는 방식으로 행하는 투쟁이고 저항이다.

3

  사람들은 문학을 '주관'과 동일한 것이라고 오해한다. 문학을 생산하고 소비하는 사람들조차 문학은 작가의 개인적 체험이나 경험을, 또는 주관적인 감정과 정서를 언어로 표현하는 행위라고 이해하는 것에서 한 발짝도 벗어나려 하지 않는다. 문학이 경험이나 체험, 또는 감정이나 정서와 관계없다는 말이 아니다. 문학은 그것들에 크게 의지한다. 하지만 경험이나 체험이 바탕이 된다는 말과 경험이나 체험 자체를 언어로 표현한다는 말은 의미가 전혀 다르다. 그것은 자신을 도덕적 인간이라고 생각하는 사람이 곧 도덕적 인간이 아닌 것과 같은 이치이다. 문학을 단순히 주관의 언어화 정도로 이해할 때, 문학의 최고점은 잘 쓴 개인적인 기록 이상일 수 없다. 그렇다면 왜 우리는 그토록 많은 시간과 노력을 들여 잘 알지도 못하는 사람의 개인 기록에 집착해온 것일까? 문학을 쓰고 읽는 일이 노출증–관음증으로 설명되는 현상일까? 문학 작품을 통해 독자들이 도달하는 곳이 작가 개인의 이력이나 생각이 아닌 것처럼, 문학은 작가 개인의 기록 이상이다.

물론 작가 개인의 기록에 머무르는 작품들도 많고, 이 층위에 머무른다고 일괄적으로 문학이 아니라거나 가치가 없다고 말할 수도 없다. 하지만 문학은 경험을 기록하는 것이 아니라 경험을 구성하고 생산하는 것이다. 이 말은 작가와 작품이 인과적·필연적이지 않다는 의미이다. 소설을 예로 들자면, 작가는 자신의 경험이나 체험을 언어화·허구화하는 존재가 아니라 가상의 인물을 등장시켜 그들의 경험이나 체험을 중심으로 세계를 생산하는 사람이다. 때문에 '만일' 우리가 문학에서 '주체'라는 말을 굳이 써야 한다면 그것은 '작가'와는 상관없는 단어일 수밖에 없다. 이것이 바로 문학에서의 '나'를 1인칭으로 이해하면 안 되는 이유이다. 문학에서의 인칭은 작가를 벗어날 때야 비로소 탄생된다. 소설에 비해 한층 주관적인 장르로 이해되고 있는 시의 경우는 어떨까? 여기에서 강력한 주술적 효과를 발휘하고 있는 것은 '개인'이라는 단어일 듯하다. 사람들은 흔히 최근의 문학 작품들을 난해하다고 비판한다. 그것이 문학을 읽고 싶어도 어려워서 읽을 수 없다는 볼멘소리임을 모르지 않는다. 실제로 현대문학이 상징적 세계/질서에 강력하게 저항하면서 문학이 쉽게 소비되기 어려운 경향을 띠고 있는 것은 사실이며, 그 결과 문학 생산과 소비의 주체의 범위가 한층 좁아진 것은 사실이다. 이러한 현상의 원인은 여러 가지 맥락에서 찾을 수 있겠지만, 동시에 그 현상을 가리켜 문학의 엘리트주의라고 말한다면 그런 혐의가 전혀 없다고 부인하기도 어려울 듯하다. 문제는 20세기 이후의 문학이 어려워진 이유를 이해하고, 그럼에도 불구하고 문학을 쓰고 읽으려는 노력이 중요하다는 것인데, 이런 원론적인 주장이 설득력을 얻기 어려운 것이 또한 우리의 현실이다. 하지만 문학이 쉬워진다고 사람들이 문학에 더 많은 관심을 쏟을 것이라는 주장이야말로 현실성을 결여한 헛된 믿음에 불과하다. 문학이 어려워야 할 필연적 이유 같은 것이야 없겠지만, 문학이 쉬워질 때 그것은 시간 때우기 소비품이나 도구/수단으로 전락할 운명에서 벗어나기 어렵다. 문학을 읽고 쓰는 사람이 줄었다는 것은 산업의 차원에서는 안타까운 일이지만 그것 자체를 문학의 위기와 동일시할 수는 없다. '위기'라는 말을 써도 좋다면, 진짜 문학의 위기는 난해성이 아니라 문학의 개인화, 주관과 동일한 것으로 오해된다는 것, 그리하여 자신의 체험이나 경험, 또는 일상에 대한 소박한 언어화가 문학의 알파요 오메가라고 믿는 개인화에서 비롯되는 것이다. 이 지점에서 우리는 문학과 일상의 관계에 대해 다시 생각해야 한다.

러시아 형식주의자들은 시어를 일상어에 가해진 조직적 폭력이라고 정의했다. 흔히 사람들은 이 설명에서 '폭력'이라는 단어를 주목하지만, 정작 더 중요한 것은 '조직적'이라는 표현이다. 문학은 일상어의 연장이 아니다. 우리가 일상생활에서 사용하는 언어는 정보전달의 수단일 뿐이지만, 문학에서의 언어는 그 이상이거나 그 이하이다. 정보전달의 수단으로서의 언어가 아니라는 말이다. 하지만 우리가 알고 있는 언어는 일상어 하나밖에 없으니, 문학은 이 일상어를 다른 방식으로 전용하고 실험할 수밖에 없다. 몇몇 작가들이 새로운 언어를 만들어 사용하기도 했으나 그것을 일반적인 사례라고 말할 수는 없다. 철학자 들뢰즈는 루마니아 출신의 시인 게라심 루카Gherasim Luca, 1913~1994를 인용하면서 이러한 조직적 폭력을 "언어활동 자체를 더듬거리기"라고 설명한 적이 있다. 그리고 '스타일'이란 이처럼 "자기 나라 말을 쓰면서 이방인처럼 말하는 것"에서 비롯되며, 단 그것은 그렇게 말을 더듬어야 할 필연성에 기초해야 한다고 주장했다. 이 필연성을 '조직적'이라는 말과 유사한 의미로 받아들여도 좋지 않을까.

한편 '일상'이라는 단어는 언어 문제와는 또 다른 맥락을 갖고 있다. 사실 문학의 개인화 문제는 '일상'에 대한 오해에서 비롯되는 측면이 크다. 문학, 특히 소설이 '일상'을 출발점으로 삼는 이유는 그것에서 벗어나기 위해서이다. 무슨 말일까? 앞에서 우리는 '현실'이라는 말을 상징적 세계/질서라고 설명하면서, 문학이 그것과의 불화에서 정당성을 찾아왔다고 말했다. 그러니까 문학에서 '일상'은 문제적인 시공간이자 세계인 셈이고, 문학은 이미-항상 '일상'이 우리의 삶과 생명을 특정한 방향으로 규격화하는 것을 문제화했다. 이는 우리가 '일상'이라는 말을 들었을 때 떠올리는 이미지, 또는 우리가 '일상'이라는 말로 옹호하고 있는 삶의 방식을 생각해보면 쉽게 이해할 수 있다. 문학은 일상을 옹호하는 것이 아니라 그것과의 끊임없는 불화/갈등 속에서 삶의 출구를 모색하게 만든다. 문학의 이러한 특징을 가장 분명하게 보여준 것은 오스트리아 출신의 독일 작가 페터 한트케Peter Handke이다. 희곡 『관객모독』의 극작가로 널리 알려진 한트케의 『카스파』에는 이런 구절이 등장한다. "다른 문장들이 있다는 것을 네가 배운 것처럼, 네가 다른 문장들을 배우고, 배우는 법을 배운 것처럼 그리고 문장들을 배움으로써 질서가 있다는 것을 배우고, 문장들과 함께 너는 질서를 배우는 법을 배운다." 여기에서 한트케는 언어가 모든 일회적인 것과 개인적인 것을 파괴하고 억압하는 도식화의 작용 방법과 결과를 실증하면서 적극적인 의미에서 그것과의 갈등을 연출한다. 『관객모독』의 출발점 역시 마찬가지인데, 그는 사람들이 '연극'에 기대하는 일체의 것들을 배신함으로써 일종의 반反연극을 상연했다. 한트케에게 문학은 개인적인 시각과 체험의 활동공간을 제한하는 지배적인 체제를 발견하고 폭로하는 행위였고, 그 출발점은 장르와 언어에 대한 규범적 이해였다. 하지만 이러한 지배적인 체제를 '언어' 문제로 고스란히 환원해버리는 것에는 동의할 수 없다. 우리가 '일상'이라는 단어를 사용하는 맥락을 깊이 생각해보면 그것이 곧 우리를, 우리의 삶을 특정한 '장소'에 묶어놓는 효과를 생산한다는 사실을 알 수 있다. 그러므로 문학은 '일상'에 대한 옹호가 아니라 삶의 이름으로 그것을 비판하고 성찰하며, 나아가 탈출구를 찾으려는 모험인 셈이다. 카프카의 「변신」이 보여주는 것이 바로 이것 아닌가. 카프카는 그레고르 잠자가 벌레로 '변신'한다는 설정을 통해 한 인간을 돈 버는 기계로 만든 사회와 가정의 맨얼굴을 폭로한다. 자신이 벌레로 변했다는 사실을 깨달았음에도 불구하고 출근 걱정부터 하는 직장인, 가족이 벌레로 변했음을 알고 생활비를 걱정하는 가족들, 그리고 가족이 벌레로 변하자 스스로의 힘으로 생활비를 벌기 시작하는 가족들, 벌레로 변한 가족이 죽자 기쁜 마음으로 피크닉을 떠나는 가족의 모습을 통해 카프카는 '일상'이 우리에게 요구하는, 우리를 묶어두는 장소를 적나라하게 보여주지 않는가.

4

지난 세기의 문학, 아니 지금 우리가 쓰고 읽고 있는 문학을 이렇게 설명하면 반발하는 사람도 많을 것이다. 앞에서 설명했듯이 문학의 민주주의는 '문학'을 대문자로 표기하지 않는 것, 그리하여 어떤 것도 스타일을 획득하는 순간 문학일 수 있는 가능성 그 자체에 있기 때문이다. 또한 우리를 각자가 투사하고 있는 문학의 가치는 물론, 우리가 '문학'이라고 말할 때 그것이 전제하고 있는 수많은 것들이 이미-항상 특정한 시공간의 역사성 위에서 발화될 수밖에 없기 때문이기도 하다. 그럼에도 불구하고 지금 이곳에서 다시 '문학이란 무엇이었는가'에 대해 물을 수 있는 이유는 아마도 우리 모두가 동의하고 합의할 수 있는 보편으로서의 '문학'이라는 것이 존재한다고 믿기 때문은 아닐 것이다. 문학은 드물지 않게 문학을 넘는 문학, 문학을 벗어나는 문학의 힘으로 유지된다. 비유하자면 글을 쓴다는 것은 아직 어떠한 분할선도 그어지지 않은 매끄러운 대지 위에 발자국을 남기는 것, 그 대지 위에 하나의 길을 만드는 작업에 가깝다.

어떤 길들은 많은 사람들의 발걸음이 지나감으로써 유력한 길이 되지만, 또 어떤 길들은 많은 이유로 외면받기도 한다. 그리고 수많은 길이 존재함을 분명히 알면서도 새로운 길을 걷겠다고 다짐하는 것, 이전에 존재한 길과 다른 길을 개척하겠다는 불가능에 가까운 시도가 오늘날 문학의 존재 이유가 아닐까. 누군가는 자신의 생각이나 느낌을 기록하기 위해 글을 쓰고, 또 누군가는 기발하거나 감동적인 이야기를 만들기 위해 펜을 들기도 한다. 하지만 문학이 소비될 수 있는 오락물이라면 그것은 지나치게 많은 시간과 열정을 요구하는 것이기에 상품가치가 없고, 문학이 작가 개인의 기록물이라면 굳이 많은 사람들이 시간과 노력을 들여가며 읽어야 할 이유가 없다. 나는 보들레르의 시에 관한 발터 벤야민의 비평이야말로 '비평'적 독서의 모범이라고 생각하는데, 거기에는 보들레르의 삶에 대한 관심이 전혀 없다. 문학은 가장 내밀한 방식으로 표현될 때조차도 순전히 개인적이지만은 않다. 물론 이러한 주장이 모든 문학 작품에, 모든 문학 장르에 동일하게 적용되어야 한다고 생각하지 않는다. 시詩의 경우 개인적 이고 주관적인 세계에 한층 가까운 것은 분명하다. 하지만 문학이, 이 첨단의 시대에도 여전히 문학이 가치 있는 까닭은 문학이 우리를 억압하고 도식화하는 모든 힘에 대한 저항이기 때문에, 저항의 차원을 넘어 새로운 삶을 생산하려는 불가능한 시도의 일부이기 때문이다. 그래서 작가에게는 이 세계의 모든 것이 의문스러운 기호로 다가온다. '문학이 무엇이었는가', 이 난감한 질문 또한 정확히 이 지점에서 대답되어야 하지 않을까.

죽었는데, 우리는 왜 말을 합니까

—시적 애도는 어떻게 가능한가

1

죽음은 남은 자들에게 '애도'를 요구한다. 프로이트는 '애도'를 리비도가 투사된 대상의 상실과 관련하여 설명했지만, 생면부지 타인의 죽음이 우리에게 '애도'를 요구하는 경우도 있다. 상징적 죽음이나 재난·전쟁으로 희생된 집단적 죽음과 마주하면서 우리는 오히려 리비도의 사후적인 투사를 경험한다. 이 경우 '애도'는 집단적인 성격을 띤다. 애도란 무엇인가? 프로이트는 사랑하는 대상에 부여되었던 리비도를 철회하는 과정이라고 설명한다. 사랑하는 대상, 때로는 사람의 자리에 대신 들어선 어떤 추상적인 것을 상실했을 때, 인간은 그 대상에 투여했던 에너지를 회수해 다른 대상에게 투여하는데, 이 회수 과정이 '애도'라는 게 프로이트의 주장이다. 이 논리에 따르면 '애도'는 사랑하는 대상의 상실을 극복하는 망각과 이별의 과정이고, 자신과 대상을 분리시키는 과정이다. 그러므로 사랑하는 대상을 상실한 사람들이 '애도' 과정에서 흘리는 눈물은 일정한 기간 동안만 슬퍼하고 그 이후에는 대상을 잊겠다는 제의적 성격의 행동인 것이다. 프로이트는 이 '애도' 과정은 슬픔으로 이어지며, '애도' 자체를 거부하거나 그것에 실패할 때 우울증이 생긴다고 보았다.

혼히 시인을 가리켜 대신 울어주는 자라 말한다. 이것은 '시'가 자주 상실을 노래하는 슬픔과 울음의 방식으로 존재했기 때문에 생겨난 말일 것이다. '대신 울어주는 자'라고 했으니 시인이 흘리는 눈물은 자신의 상처 때문이기도 하지만, 타인의 삶을, 인간의 운명을, 그리하여 한 시대를 증언하는 방식의 눈물이기도 하다는 의미이다. '대신 울어주는 자'라는 규정에 전적으로 동의하지는 않지만, 상징적인 성격을 지닌 죽음과 집단적 애도 과정에서 시가, 시인이 행하는 역할을 이처럼 분명하게 설명해주는 경우도 드물다. 하지만 시적 애도는 '애도=슬픔=망각'이라는 정신분석의 논리를 그대로 따르지는 않는다. 프로이트는 '애도'를 특정한 대상에 투여되었던 리비도를 회수해 다른 대상에 재투여하는 과정이라고 말했지만, 망각하는 능력이 뛰어나지 않은 문학은 좀처럼 잊는 법을 모르는 때문이다. 오르페우스의 뒤돌아보는 시선처럼 문학은 정면이 아니라 뒤를 돌아보는 금지, 위반, 성찰의 시선에서 시작된다. 사정이 이렇다면 역설적이지만 문학에서의 애도, 문학적-시적 애도는 슬픔을 통해 대상으로부터 분리되는 과정이 아니라, 죽음을 반복적으로 호출함으로써 결코 잊지 않겠다는, 잊을 수 없다는 완강한 태도에 가깝다고 말하는 것이 더 적절하지 않을까. '잊었노라'라는 진술을 통해 결코 잊지 않겠다는, 잊을 수 없다는 망각의 불가능성을 증언한 소월의 「먼 후일」이 탁월한 시적 애도인 이유가 여기에 있다. 문학은 자주 죽음을 지금-이곳으로 호출하여 잊지 않는 것이 문학의 윤리임을 실증한다.

한 철학자는 '애도'를 죽은-타자를 상징적·이상적으로 내면화하는 것이라고 주장했다. 내면화란 타자를 자아의 상징 구조로 동일화하는 것이다. 카니발리즘의 식인행위에 대한 인류학적 설명을 빌리면 '애도'는 죽은-타자를 먹는 행위이다. 이때 성공적인 애도, 즉 애도에 성공한다는 것은 내면화 또는 동일화에 성공한다는 것을 의미하며, 애도에 실패한다는 것은 동일화에 실패한다는 것, 즉 타자의 타자성을 완전히 제거하는 데 실패한다는 것을 의미한다. 이 논리에 따르면 '애도하는 것'과 '애도하지 않는 것'은 대립관계가 아니다. 예컨대 타자의 타자성을 제거하는 상징적 폭력을 행하지 않기 위해서는 애도에 실패해야 하며, 실패한 애도만이 진정한 애도, 즉 죽은-타자에 대한 윤리적 행위가 된다. 여기에서 불가능성이 가능성의 조건이라는 것, 애도의 성공이 애도의 실패에 의지한다는 이상한(?) 주장이 등장한다. 누군가가 죽었을 때, 우리는 죽음-타자를 내면화하려고 한다. 하지만 죽은-타자는 자아의 상징 구조로 통합되기를 거부함으로써 우리 '안'에서 이질적인 존재, 일종의 잔여물로 남는다. 반복되는 애도는 정확히 이 잔여물 때문에 생기는 바, 이 설명에서 타자는 상징 구조 '안'에 있으면서도 내면화·동일화될 수 없는 것으로 남아 애도를 가능하게, 동시에 불가능하게 한다. 그것은 '유령'이 되어 반복적으로 되돌아온다. 왜? 충분하게 애도되지 못했기 때문이다. 이 되돌아오는, 반복적으로 출현하는 '유령', 애도의 불가능성 안에서 우리는 타자에 대한 존중의 책임을 떠안게 된다. 이 설명이 우리에게 말해주는 것은 진정한 애도는 실패함으로써만 성공한다는 사실이다. '애도'에 성공하기 위해서라도 우리는 그것에 실패해야 한다.

2

용산, 평택, 밀양 그리고 세월호. 이것들은 이 고통의 시대를 증언하는 별의 이름들이다. 2000년 이후 우리 사회는 숱한 죽음/죽임을 경험했다. 그때마다 시는 문학의 이름으로 그 죽음/죽임을 애도했다. 시적 애도. 누군가는 죽음과 슬픔을 비통한 심정으로 표현했고, 또 누군가는 정의와 대의의 이름으로 그 죽음의 부당함을 고발하고 비판했다. 그들의 죽음은 곧 죽임이었기 때문이다. 어떤 시는 비통한 심정과 울분 섞인 분노의 목소리에 관통되었고, 또 어떤 시는 지적인 반응과 객관적인 시선으로 죽음을 증언하기도 했다. 죽음 앞에 선 문학에는 종종 죽음을 위로하고 상징화하는 망각 기계의 역할이 요구된다. 그것은 '기념'이라는 이름으로, '조시弔詩'라는 이름으로, '추모'라는 이름으로 발표된다. 하지만 이것들은 결국 죽음을 상징화함으로써 견딜만한 것으로 만드는 폭력으로 작동하기 쉽다. 이것이 폭력인 이유는 상징화된 죽음은 기념비적 시간의 일부가 되어 '이' 세계와 분리될 운명이기 때문이다. 시적 애도는 정확히 이 분리에 반대하는 목소리이다. 문학은 죽음을 슬퍼하되 그것의 역사화에 저항하는 목소리이며, '이제 그만 잊자'는 망각 의지에 맞서 죽음을 재소환함으로써 상징화에 반대한다. 문학은 '기억'이면서 '기억'이 아닌데, 그것은 기념비 화하는 '기억'이 아니라 재소환으로서의 '기억'이다. 이를 위해서 문학은 죽음을 공적인 것으로 제시한다. 지금 우리가 80년 5월의 죽음과 같은 사건들을 다시 소환하는/소환해야 하는 근거가 여기 있다. 문학에서는 어떤 죽음도 완전히 종결되지 않는다. 반대로 권력과 자본은 죽음을 철저하게 사적인 것으로 간주한다.

경찰은 그들을 적으로 생각하였다. 20일 오전 5시 30분, 한강로 일대 5차선 도로의 교통이 전면 통제되었다. 경찰 병력 20개 중대 1,600명과 서울지방경찰청 소속 대테러 담당 경찰특공대 49명, 그리고 살수차 4대가 배치되었다. 경찰은 처음부터 철거민을 사람으로 생각하지 않았다. 한강로 2가 재개발 지역의 철거 예정 5층 상가 건물 옥상에 컨테이너 박스 등으로 망루를 설치하고 농성 중인 세입자 철거민 50여 명도 경찰을 사람으로 생각하지 않았다. 대신 최후의 자위책으로 화염병과 염산병 그리고 시너 60여 통을 옥상에 확보했다. 6시 5분, 경찰이 건물 1층으로 진입을 시도하자 곧바로 화염병이 투척되었다. 6시 10분, 살수차가 건물 옥상을 향해 거센 물대포를 쏘았다. 경찰은 쥐처럼 물에 흠뻑 젖은 시민을 중요 범죄자나 테러범으로 생각하는 듯했다. 6시 45분, 경찰특공대원 13명이 기중기로 끌어올려진 컨테이너를 타고 옥상에 투입되었다.

　　　　　　　　　　　　- 이시영, 「경찰은 그들을 사람으로 보지 않았다」, 부분

　일반적으로 (공적인) 죽음에 대한 시적 애도는 슬픔과 분노 같은 감정적
요소로 표현되는 경향이 있다. 그 죽음을 수락하기가 어려울수록 이 감정의
파도가 거세지는 것은 상식적인 일이다. 2009 용산참사 헌정문집 『지금
내리실 역은 용산참사역입니다』(실천문학사, 2009)에 실린 대부분의 시가
여기에 해당한다. 하지만 용산참사를 다루고 있는 이 시에는 감정적인
요소가 좀처럼 나타나지 않는다. 화자는 오히려 시종일관 객관적인 태도를
유지하려고 노력하는 모습을 보인다. 화자의 목소리는 언론에 의해 편집된
저널리즘의 카메라처럼 시시각각 달라지는 현장 상황을 보도하듯이 충실
하게 기록하고 전달하려 노력하고 있다. 그런 점에서 이 시는 백무산의
「'그래도 그 덕택에' 이데올로기」나 송경동의 「이 냉동고를 열어라」의
느낌과 얼마나 다른가. 물론 이런 객관적 태도가 정말로 '감정'의 직접성에
서 벗어나 카메라적인 중립적 시선을 획득하려는 의도의 산물은 아니다.
또한 이 시에 감정적인 요소가 전혀 없는 것도 아니다. 시의 처음과 마지막에
반복적으로 등장하는 진술, 즉 "경찰은 그들을 적으로 생각하였다."와
"애초에 경찰은 철거민을 사람으로 생각하지 않았으며 철거민 또한 그들을
전혀 자신의 경찰로 여기지 않았다."에는 이 사건을 바라보는 시인의
주관적 판단은 물론 감정 또한 개입되어 있다. 다만 시인은 사건의 전개과정
을 충실하게 재구성함으로써 우리 사회에서 철거민과 경찰의 관계가
어떤 것인가를 강조하려는 듯하다.

　끝내기 위해서는 시작해야만 한다고 쓴다 끝날 줄 알면서도 시작했다고
쓴다 그리하여 개조해야 할 특별대책과 특급망언들만 부표처럼 떠 있는
맹골수도 속으로 세월호는 침몰해야만 했다고 쓴다 100일이 넘도록 오직
하나 진실을 알고 싶다며 눈물의 입구에서 눈물의 비상구까지 애통하게

견뎌온 엄마들이 있다고 쓴다 이제 그만 유사대책과 유사눈물에 최선을
그만두자고 쓴다 최악을 그만두라고 쓴다 그게 뭐든 누구든 희망고문은
그만 닥치라고 쓴다 진보도 보수도 멀었다고 쓴다 이제 그만 그리운 이름
옆에서 살고 싶다고 쓴다 죽고 싶다고 쓴다 내 새끼가 너무 보고 싶다는
말이 못이 되어 박혔다고 쓴다 다 판다더니 정말 다 팔았다고 쓴다 지옥까지
팔았다고 쓴다 그게 뭐든 누구든 내 새끼가 보고 싶다는 말에 못박혀야
한다고 쓴다 죽어도 죽어도 죽을 수는 없다고 쓴다 죽어도 죽어도 다시
시작해야만 한다고 쓴다

– 안현미, 「세월호못못」, 전문(『문학동네』, 2014, 가을)

죽음/죽임에 대한 가장 일반적인 반응은 분노와 슬픔일 것이다. 죽음/죽
임 앞에서 분노와 슬픔은 분리되지 않는다. 슬픔이 분노를 이끌고, 분노가
슬픔을 배가하는 것이 애도의 1차적인 반응임은 분명하다. 세월호의 침몰
앞에서 분노와 슬픔의 복합적인 감정을 느꼈던 것은 비단 시인만은 아니었
을 것이다. 특히 안현미의 시적 스타일과 시세계를 알고 있는 사람들이라면
이 시가 예외적으로 감정의 과잉 상태에서 발화되었다는 사실에 놀랄지도
모르겠다. 우리는 이 극단적인 혐오와 분노의 목소리가 어디에서 비롯되는
것인지 알고 있다. 그것은 우리 또한 비슷하게 경험했던 감정이기 때문이다.
시인은 "끝내기 위해서는 시작해야만 한다고 쓴다"라고 말한다. '시작'과
'끝'이란 유가족이 희망하는 방향으로 세월호 특별법이 제정되어야 세월호
사건이 끝날 수 있다는 의미일 것이다. 그런데 시인은 "그게 뭐든 누구든
내 새끼가 보고 싶다는 말에 못박혀야 한다고 쓴다"라는 구절처럼 세월호의
직접적인 희생자, 즉 학생들, 교사들, 일반승객들과 동일시하기보다는
희생된 아이들의 부모, 특히 '엄마들'에 동일시하고 있다. 안현미의 시에서
'분노'가 두드러지는 까닭도 여기에 있다. 이러한 시적 애도의 방식을
이시영의 「경찰은 그들을 사람으로 보지 않았다」와 비교하여 주관적인
방식의 애도라고 말해두자. 시적 애도의 방식이나 태도가 주관적인가

객관적인가는 사실 중요한 문제가 아닐지도 모른다. 하지만 그 각각의 방식이 전달하는, 표현하는 정서는 질적으로 다르다. 그것은 다큐멘터리와 극영화의 감동이 다른 메커니즘에 의해 생산되는 것과 흡사하다. 이시영의 경우 용산참사의 희생자나 유가족들의 시선과의 동일시를 의도적으로 피함으로써 감정적으로 개입하지 않고 사건의 진행과정을 카메라적인 시선으로 스케치할 수 있었다. 안현미의 시는 이 '거리'를 의식하지 않음으로써 감정적으로 사건에 휘말리는 모습을 보인다.

3

시적 애도의 방식에도 시대적인 요소가 개입하는 듯하다. 가령 수많은 사람들이 희생된 80년대 민주화운동 시기에 정치적 죽음에 대한 시적 애도는 이른바 진보적 문학 세력의 대표적인 전유물 가운데 하나였는데, 그것들은 매우 직설적인 방식으로 분노와 비판을 쏟아냈고, 대부분은 선동적인 구호로 귀결되는 일치된 경향을 보였다. 하지만 2000년 이후의 시적 애도에서 이러한 직설적인 분노, 비판, 구호는 거의 사라졌다. 이 차이가 순전히 시인들의 개별성의 차이에서 기원하는 것일까? 용산, 평택, 세월호의 경우에서 확인되듯이 오늘날의 시적 애도는 대상 사건이나 죽음 자체를 직접 호명하지 않는 방식을 선호한다. 특히 사건이나 죽음 자체를 시적인 방식으로 변용하고 우회함으로써 알레고리화하는 양상을 보이기도 한다. 가령 용산참사를 배경으로 한 나희덕의 「신정 6–1지구에서 용산 4지구까지」는 죽음의 현장을 '용산'에 국한시키는 대신 (재)개발의 폭력이 휩쓸고 지나간 수도권 전체를 전쟁터로 규정("신정 6–1지구–용인 수지 1지구–수원 권선 4지구–용인 구갈지구–김포 신곡지구–홍제 3지구–용인 어정지구–성남 단대지구–수원 망포지구–수원 원천지구–흑석지구–광명 6지구–인천 주안지구–서초 내곡지구–구로 천왕지구–고양

풍동지구—용산 4지구")함으로써 '용산'이라는 지명을 보통명사화한다. 용산에서의 죽음을 자본주의적 욕망들이 교차하는 폭력의 장소로 호명할 때, 용산참사는 더 이상 몇몇 사람들만이 겪어야 하는 예외적 현상이 아니다. 그것은 잠재적인 차원에서 우리 모두가 언제든지 경험할 수 있는 보편화된 자본주의적 폭력이 된다.

> 새로운 도시가 생겨날 때마다 전쟁은 계속되었다.
> 큰 희망과 작은 희망이 벌이는 전쟁,
> 높은 지붕이 낮은 지붕을 삼키는 전쟁,
> 망루 끝에 매달린 사람들을 아무렇지도 않게 털어내는 전쟁
>
> 지상의 어떤 방도 그 전쟁으로부터 자유로울 수는 없다.
> — 나희덕, 「신정 6-1지구에서 용산 4지구까지」, 부분

같은 진술이 환기하는 것도 바로 그것이다. 새로운 도시가 건설될 때마다 '전쟁'이 있었다는 인식은 우리가 살고 있는 이 도시 또한 '전쟁'의 산물이라는 사실을 말해준다. 그 '전쟁'은 '큰 희망'과 '작은 희망'이 벌이는 전쟁이었고, '높은 지붕'이 '낮은 지붕'을 삼키는 약육강식의 법칙에 의해 행해졌으므로 '작은 희망'과 '낮은 지붕'이 뿌리째 뽑혀나가는 것은 당연한 일이었다. 이처럼 시인은 '도시'라는 세련되고 잘 정리된 문명의 공간 이면에서 '전쟁'이라는 야만적인 폭력의 흔적을 읽어낸다. "지상의 어떤 방"도 이 전쟁에서 자유로울 수 없다는 것, 그것은 우리의 삶 역시 그 전쟁에 연루되어 있다는 의미이기도 하다. 이러한 인식의 확장을 통해 시인은 타인의 삶을 '우리'의 삶으로, '나'의 삶으로 데려온다. 분명한 것은 이러한 시적 태도가 "2009년 1월 20일 아침 6시, / 이 나라의 모든 건 결정되었다! / — '민주공화국 수도 서울 한복판에서 자행한 학살만행을 보라!'"(백무산, 「'그래도 그 덕택에' 이데올로기」)나 "이 냉동고를 열어라 / 이 냉동고에 우리 모두의

것인 민주주의가 볼모로 갇혀 있다"(송경동, 「이 냉동고를 열어라」)라는
목소리와는 느낌 자체가 다르다는 사실이다. 직설적 발화가 사건 자체에
국한된 시적 애도라면, 나희덕의 시처럼 '용산'을 보통명사화하여 확장하
는 방식은 확산적인 방식의 시적 애도라고 부를 수 있을 것이다. 하나의
사건에 집중할 때, 시적 애도는 해당 사건의 본질을 재해석하거나 사건에
대한 시인-화자의 직접적인 감정을 표현하는 방향으로 귀결된다. 반면
사건 자체를 확산시켜 일반화할 때, 그것은 일정한 심리적 거리를 확보한
상태에서 특유의 시적 비유체계를 획득할 여지를 갖는다. 물론 이 비유
속에서 사건의 비극성이 완화되기에 죽음/죽임은 한층 견딜 만한 것으로
희석되는 경우가 많고, 동시에 당장의 큰 울림보다는 한층 긴 여운을
가능하게 만들어 가독성의 범위를 확장시키는 결과를 낳기도 한다. 나희덕
의 시가 보여주는 사건의 일반화는 아래의 시들에서도 유사한 방식으로
반복된다.

 지상에서 쫓겨난 사람들이 난간 위에 망루를 세웠다. 망루가 서있던
 난간은 무너진 하늘의 일부였다. 그곳은 철거민들의 소도蘇塗였지만, 관리들
 은 용산 4지구라고 불렀다. 누군가 망루에 불을 질렀고, 시커멓게 타버린
 사람들이 들것에 실려 급하게 이승을 빠져나갔다.

 모두 난간 위에 살고 있으면서도 발아래 세상을 보지 못했다.
                                      — 박후기, 「난간에 대하여」, 부분

 망망한 수평선을 바라보며 하루해가 진다,
 누워 있는 자는 무한히 막막하다
 수평선에 그냥 누워버리면 되는데
 그냥—이 되면 되는데, 안 되려고 하는데 인간이 있다

(중략)

그렇게 우둔하게 나의 노를 저어야 한다는 것이다

힘겨운 삶, 가난의 흔적,

그 위에서 목숨을 다해 호랑이 꼬리를 잡고 있어야 한다는 것이다

비로소 희망은 호랑이 꼬리에 있다는 것이다

— 김승희, 「세월호에서 산다는 것」, 부분(『21세기문학』, 2014 가을)

박후기의 시에서 '망루'는 용산참사 당시 남일당 난간에 세워졌던 그 '망루'이면서 동시에 그 '망루'가 아니다. 이러한 모순적 진술이 가능한 이유는 시인이 용산참사가 발생한 공간을 일반화하기 때문이다. 즉 이 시는 "누군가의 걸음걸이가 위태로워 보인다면, 그는 분명 난간 위를 걷고 있는 것이다."라는 추상적이고 단정적인 진술로 시작되는데, 여기에서의 '난간'은 삶의 위태로움을 지시하는 공간화된 비유일 뿐 실제 공간은 아니다. 시인은 '특수'와 '보편'이라는 분리된 영역을 의도적으로 뒤섞음으로써 '난간'이라는 대상에 새로운 의미를 부여한다. 이 새로운 의미로서의 '난간'이 환기하는 것은 "모두 난간 위에 살고 있으면서도"라는 진술처럼 인간적 삶의 위태로운 실존이다. 김승희의 시에 대해서도 유사한 이야기를 할 수 있을 것이다. 제목이 암시하듯이 이 시는 세월호 사건 이후에 그 사건을 배경으로 쓴 작품이다. 우리 모두가 그러했듯이 시인 역시 세월호가 침몰한 바다의 수평선을 바라보면서 막막함을 느낀다. 세월호 이후 바다는 망망하고 막막한 곳으로 경험된다. 그 슬픔의 감정을 억제하기 위해 시인은 잠시나마 "그냥 누워버리면 되는데"라는 생각을 떠올린다. 시적 애도를 포함하여 모든 애도가 불가능성에 직면하는 곳이 바로 이곳이다. 사람들은 '그냥'이라는 단어를 남발하면서 잊으라고, 그만 덮자고 말한다. 문제는 이 '그냥'이라는 말을 받아들일 수가 없다는 것, 그것은 의지의 문제가 아니어서 '나' 혹은 '우리'가 없었던 일로 덮어버릴 수 없다는 것에 있다. 왜냐하면 시인의 말처럼 "그냥—이 되면 되는데, 안 되려고 하는 데 인간이

있"기 때문이다. 이 '그냥'의 힘겨움을, 그것의 불가능성을 설명하기 위해 시인은 과거의 경험과 사건들을 차례대로 호출한다. 위의 인용에는 등장하지 않지만 이 시에서 호출된 과거의 경험이 강조하는 것은 "우둔하게 나의 노를 저어야 한다"라는 진술과 일맥상통한다. 그러니까 시인은 과거 자신의 경험 세계에서 힘겨운 삶을 살았던 삶의 '조난자'들을 지금-이곳으로 데려와 세월호를 마주하여 막막함에 붙들린 삶의 돌파구를 모색하고 있는 것이다. 따라서 이 시에서의 '세월호' 역시 일차적으로는 우리 모두가 알고 있는 구체적인 사건이지만 '세월호에서 산다는 것'이라는 제목에 등장하는 '세월호'의 지시 대상을 반드시 그것으로 국한해야 할 이유는 없다. 이미 이 시에서 '세월호'라는 기호는 "힘겨운 삶, 가난의 흔적,"이라는 진술이 암시하듯이 특정한 삶의 곤경을 가리키는 비유의 일종으로 기능하고 있다.

4

지난 10월 25일 광화문 광장에서 <두 번째 304 낭독회>가 진행되었다. 이 낭독회에서는 이영광이 「수학여행 다녀올게요 — 유령 6」을, 진은영이 「그날 이후」를 각각 낭독했다.[1] 이영광의 이 시는 세월호 사건에 대한 시적 애도 가운데 단연 최고의 작품인데, "죽었는데, / 우리는 왜 말을 합니까"라는 구절은 '애도'가 무엇이고, 어떻게 행해져야 하는가를 분명하게 보여준다. 이 시에서 세월호와 함께 침몰한 아이들은 자신이 살아 있다고 항변("난 살아 있습니다 하지만 날 닮은 이, / 조용한 아이는 누굽니까")하기도 하고, 때로는 죽음을 받아들일 수 없는 혼란한 마음 상태를

• • • •

1. <두 번째 304 낭독회>에서 발표된 이영광과 진은영의 시는 다음의 주소에서 직접 확인할 수 있다. (http://304recital.tumblr.com/post/103192740544/304-pdf)

고백("죽었는데 우리는 왜 자꾸 말을 합니까?")하기도 한다. 둘 가운데 어떤 경우든 이영광 시의 화자, 즉 목소리의 주인은 죽었으나 온전히 죽지 않은 '유령'이 되어 등장해 수긍할 수 없는 자신들의 죽음에 대한 설명과 정당한 애도를 요구한다. 그것은 분명 유령의 목소리이자 유령의 요청이니, 이영광의 이 시에서 말하는 것은 시인이나 시인을 대리하는 시적 주체가 아니라 유령, 즉 타자이다. 이러한 시적 애도의 방식을 타자적인 애도라고 말해두자.

앞에서 우리는 죽음/죽임에 대한 시적 애도의 여러 방식에 대해 살폈다. 우리는 애도의 주관적 형식과 객관적 형식의 차이를 살폈고, 이후 죽음/죽임이 발생한 구체적 사건에 한정된 애도와 그 사건을 보통명사처럼 일반화함으로써 시적 비유체계를 전유하는 방식의 차이에 대해 살폈다. 그런데 이 시적 애도의 방식들은 일정한 차이에도 불구하고 한 가지 점에서 일치된다. 그것은 시적 애도가 화자 또는 시인의 주관적 목소리와 정서에 의해 행해지는 주체의 발화라는 점이다. 반면 <두 번째 304 낭독회>에서 낭독된 이영광과 진은영의 시는 타자의 목소리를 통해 발화된다는 점에서 주체의 발화라고 말할 수 없다. 이것은 단순한 차이, 즉 우리가 흔히 말하는 시적 스타일과 취향의 차이에 불과한 것일까? 이 글의 초반부에서 우리는 한 철학자의 주장을 인용하여 애도작업이 죽은—타자를 삼키는 인류학적 카니발리즘의 일종이라고 말했다. 이 주장에 따르면 애도는 죽은—타자에 대한 주체의 의지에서 비롯되는 행위가 아니라 타자를 동일자로 환원하는 것의 불가능성 때문에, 온전히 내면화하는 방식의 기억이나 그것과 정반대되는 망각이 불가능하기 때문에 발생하는 것이다. 요컨대 이것은 '유령은 왜 출몰하는가?'라는 질문으로 바꿔서 물을 수도 있다. 정확히 대답하면 유령은 충분히 애도되지 못했기 때문에 출몰한다.

4.18 —

아니요…… 아무것도 끝나지 않았습니다

아니요…… 다른 것이 되었습니다

아니요…… 몸이라는 헛것을, 헛것을 빼앗겼을 뿐입니다

우리는 왜 이유가 없습니까

이유란 대체 무엇입니까

우리는 왜 우리 몸에서 쫓겨났습니까 터져나왔습니까

봄꽃이 봄에 피는 것 같은 대답은 어디 있습니까

가을에 가을 잎이 지는 것 같은 이유는 어디 있습니까

이 외롭고 무서운 삶은 무엇입니까 죽었는데,

우리는 왜 말을 합니까

난 살아 있습니다 하지만 날 닮은 이,

조용한 아이는 누굽니까 손톱이 빠졌습니다

친구들도 살아 있습니다 하지만 친구들과 똑같이 생긴

이 아이들은 누굽니까 손가락이 부러졌습니다

말을 안 합니다 엄마, 아빠, 나는 누구세요?

우리는 도대체 누구세요?

죽었는데, 우리는 왜 자꾸 말을 합니까?

이, 이상한 형체를 보아주세요

이, 불가능한 몸을 만져주세요

타오르는 진짜들을 느껴주세요

우리는 더 이상 죽지 않는 것이고 말았습니다

고통을 모르는 고통입니다

오직 삶이라는 것만을 꿈꾸는 것이 되어버렸습니다

나타날 수 없는 것이 돼버렸습니다

— 이영광, 「수학여행 다녀올게요 — 유령 6」, 부분

유령은 '존재'나 '실체'가 아니다. 그것들은 유령에 부여할 수 있는

술어들이 아니다. 유령은 일반적인 술어로 지시되거나 설명될 수 없는 어떤 것이기 때문이다. 그래서 유령이 출몰한다고 말할 때, 우리는 '그것"이 출몰한다.'처럼 비인칭적인 방식으로 말할 수밖에 없다. 이러한 유령과의 관계에서 중요한 것은 조건 없이 맞이하는 것, 즉 환대하는 것이다. 이런 관점에서 보면 '애도'는 주체의 권리가 아니라 책임/의무에 가까운 것이고, 애도의 실패, 그러니까 죽은–타자를 기억의 방식으로 내면화하거나 망각의 방식으로 추방하는 것에 실패하는 것은 진정한 애도에 성공하는 것이라고 말할 수 있다. 엄밀하게 말해 '애도'는 타자의 요청이고, 그 요청에 대한 '책임/의무'를 수락하는 것이다. 이영광의 시에서 유령–아이들이 "아니요…… 아무것도 끝나지 않았습니다"라는 말을 통해 궁극적으로 하려는 말도 주체 중심의 상투적인 애도, 즉 기억을 통해 내면화하거나 망각을 통해 추방하는 것이 정당한 애도가 아니라는 사실이다. 반복되는 이야기지만, '애도'는 단지 슬퍼하는 것이 아니며, 죽은–타자를 우리들 내면의 기억 속에 보존하는 일도 아니다. 오히려 그것은 죽은–타자에 대해 책임의 방식으로 응답하는 것이고, 지속적으로 유령을 불러내어 말할 수 있게 하는 것이다. 이영광의 시에서 화자인 '유령'이 아무것도 끝나지 않았다("아니요…… 끝나지 않았습니다 / 아니요…… 이제 시작입니다 우리 여기, 있습니다")고, 정당하게 애도받고 싶다("아니요…… 끝나고 싶습니다")고 말할 때, 그것에 대한 진정한 책임/응답은 이제 그만하자는 말이 아니어야 한다.

> 아빠 아빠
> 나는 슬픔의 큰 홍수 뒤에 뜨는 무지개 같은 아이
> 하늘에서 제일 멋진 이름을 가진 아이로 만들어줘 고마워
> 엄마 엄마
> 내가 부르고 싶은 노래들 중 가장 맑은 노래
> 진실을 밝히는 노래를 함께 불러줘 고마워

엄마 아빠, 그날 이후에도 더 많이 사랑해줘 고마워

엄마 아빠, 아프게 사랑해줘 고마워

엄마 아빠, 나를 위해 걷고, 나를 위해 굶고, 나를 위해 외치고 싸우고

나는 세상에서 가장 성실하고 정직한 엄마 아빠로 살려는 두 사람의
아이 예은이야

나는 그날 이후에도 영원히 사랑받는 아이, 우리 모두의 예은이

오늘은 나의 생일이야

　　　　　　　　　　　　　　　　　　－ 진은영, 「그날 이후」, 부분

　진은영의 시에도 유령-타자의 목소리가 등장한다. 이 시는 화자인 예은
이가 쌍둥이 언니인 하은이의 생일(동시에 자신의 생일)을 맞이하여 엄마,
아빠, 할머니, 그리고 언니 하은에게 전하는 사랑과 축복의 메시지이다.
그러니까 가족들이 죽은-타자를 애도하는 것이 아니라 죽은-타자인 예은
이 유령의 목소리로 남은, 남겨진 가족들을 위로하고 있다. 예은이는
자신이 가족들 곁에 잠깐 동안 머물다 사라졌다는 사실에 대해, 일상의
사소한 장면들에서 엄마를 배려하지 못했던 일들에 대해, 할머니가 눈물을
흘리게 한 것에 대해 미안한 마음을 표시하고 있다. 아울러 가족들이
자신의 죽음 때문에 슬퍼하고 상처받지 않기를 기대하며, 자신을 위해
"진실을 밝히는 노래"를 부르고 걷고, 굶고, 외치고 싸워준 것에 감사한다.
이 모든 '미안'과 '감사'가, 그리고 '위로'가 하필이면 죽은-타자의 '생일'에
행해졌다는 사실이 마음 아프지만, 유령-타자의 목소리는 자신의 죽음을
슬퍼하기보다는 남은, 남겨진 가족들의 행복을 기원한다. 지난 5월 <한겨
레>에 실린 안상학의 「엄마 아빠 노란 리본을 달고 계세요 — 잊지 못할
단원고 250 꽃들을 그리며」 역시 "잘 다녀올게요 잘 다녀들 올게요/ 엄마
아빠 다만 노란 리본을 달고 계세요/ 노란 리본을 달고 계세요."처럼 세월호
사건의 희생자인 아이들이 엄마 아빠를 위로하는 내용이었다. 유령-타자

의 이런 목소리를 들으면서 우리는 새삼 충분한 애도는 무엇이며, 정당한 애도는 어떤 것인가에 대해 생각하지 않을 수 없다. 왜 이처럼 남겨진 가족들이 죽은-타자를 애도하지 않고 반대로 위로를 받는 것일까? 이영광과 진은영의 시, 그리고 안상학의 시가 동일하게 보여주는 타자의, 유령의 목소리는 무엇이고, 왜 죽은-타자에 대한 시적 애도가 우리들-주체의 목소리가 아니라 유령-타자의 목소리로 발화되어야 하는 것일까? 어쩌면 그것은 시적 애도 자체가 죽은-타자가 말할 수 있는 공간을 열어주는 행위일 뿐 말할 수 있는 권리는 전적으로 죽은-타자에게 있기 때문일지 모른다. 아니, 문학 자체가 처음부터 타자의 공간이었을 수도 있다. 즉 이 세계의 가장자리로, 혹은 이 세계의 바깥으로 추방되었다가 되돌아오는 타자들이 거주하는 장소가 바로 '문학'이며, 문학이라는 공간 자체의 존재 의미가 타자의 귀환에 바쳐지는 데 있을 수도 있다. 이때 문학은 주체의 의지, 주체의 목소리가 지배하는 곳이 아니라 타자의 의지, 타자의 목소리에 의해 개시開始되는 공간이 된다. 이처럼 문학은 타자의 언어이다. 이영광, 진은영, 안상학의 시는 시적 애도가 타자의 언어에 의해 장악된다는 사실을 정확하게 보여준다. 예컨대 이영광의 시가 단적으로 증명하듯이 타자의 언어는 주체의 그것과 달리 이 세계의 법을 위반하고 빠져나가는 방식으로 발화되기에 드물지 않게 오문과 비문을 노출시킨다. 또한 세 사람의 시가 공통적으로 증명하듯이 타자의 언어에 노출된 시적 애도는 이 시인들이 세월호 이전에 보여주었던 시적 스타일이나 발화 방식과는 전혀 다른 형태를 보이는데, 이는 이들의 시가 전례를 찾을 수 없을 만큼 공통적으로 길다는 사실에서도 추론할 수 있다. 타자의 언어, 또는 타자에 사로잡힌 주체의 언어는 이전의 언어사용법과 확연하게 다른 방식을 보여준다. 그것은 여기에서 말하기를 시작하고 끝맺는 것이 주체의 권리가 아니라 타자의 몫이기 때문이다. 이 기이한 문학적 현상이 말해주는 것은 다음과 같다. 진정한 시적 애도는 주체의 의지나 권리가 박탈되는 것, 유령-타자가 자신의 말을 하도록 공간을 개방하는 행위이고, 그때 우리에게는 그 요구에

응답해야 할 책임만이 주어진다. 애도란 슬퍼하는 것이 아니라 응답하고
책임지는 것이다.

애도, 재현불가능성, 문학의 공간

0

세월호 참사 6개월째. 아직도 '세월호'라는 단어를 들을 때마다 마음에 실금이 생기는 느낌이다. '바다'를 새로운 문명이 도래하는 가능성의 세계에 비유해온 근대시의 상상력은 다소 수정되어야 할 듯하다. 세월호 이후의 시간을 살아가는 사람들에게 '바다'는 더 이상 낭만의 세계일 수만은 없다. 이제 더 이상 거기에 설렘과 희망은 없다. 어느덧 세상은 쏟아진 옷장을 정리하듯이 빠르고도 단정하게 그 봄날의 기억을 마음에서 비워내고 있다. 시간이 흐르고 기온이 변하는 속도보다 더 빠르게 세월호 사건은 사람들의 시야에서 멀어지고 있다. '아직' 주검조차 전부 수습되지 않았는데, '아직' 특별법의 윤곽조차 잡지 못했는데, '아직' 죽은 자와 산 자의 마음에 새겨진 상흔이 치유되지도 못했는데, 심지어 '아직' 진도 앞바다에 침몰한 선체조차 인양되지 않았는데. 세상은 언제 그런 일이 있었냐는 듯 무심하게 흘러간다. 한때 그 사건으로 마음 깊은 곳을 다친 사람들이 집단적인 애도와 분노 사이를 오가면서 미안하다고, 잊지 않겠다고 거듭 다짐했지만, 가족과 아이의 빈자리를 현실로 받아들일 수 없는 유족을 제외한 대다수는 일찌감치 일상이라는 중력장으로 되돌아왔다. 대학 캠퍼스에서는 축제의 노래가 울려 퍼지고, 국회에서는 '민생'을 앞세운 국정감사가 진행되고, 주말이면 사람들은 쇼핑과 외식으로 짧은 일탈의 시간을 즐긴다. 마침내 도시는 충격과 공포, 미안함과 죄책감으로 인해 잃었던 웃음을 완연하게 회복했다. 밀란 쿤데라의 소설에 등장하는 말처럼 권력에 대한 인간의 투쟁이란 망각에 대한 기억의 투쟁인지도 모르겠다.

1

알랭 레네Alain Resnais라는 영화감독이 있다. 고다르Godard, 트뤼포Truffaut와 함께 프랑스 누벨바그를 대표했던 그는 죽음을 통과한 사람들의 이야기를 평생의 화두로 삼아 영화를 찍었다. 그는 스페인 내전, 알제리 전쟁, 집단수용소, 히로시마 등을 배경으로 영화에 역사의 페이지에서 사라진 사람들을 기억하는 증인의 역할을 부여했는데, 이 작업으로 인해 그는 영화의 역사에서 완전히 새로운 사유와 감각을 창조했다는 평가를 받았다. 그의 영화에 등장하는 인물들은 모두 죽음을 경험한, 죽음에서 태어난 존재들이다. 그런데 레네의 영화만이 아니라 많은 문학작품과 사진, 회화, 시각예술 등이 끔찍한 외상적 사건이 사고와 언어의 위기를, 재현의 위기를, 그리하여 우리의 지각장치와 표상장치 전반에 심각한 문제를 야기한다는 사실을 보여주었다. 마르그리트 뒤라스Duras의 문학은 얼마나 상징적인가. 이런 이유로 재난이나 학살 같은 외상적 사건에 대한 예술적 접근은 기존 형식과 접근법의 한계를 드러내는 예외적 방식으로 행해지며, 항상 재현불가능성이라는 난제aporia와 마주하게 된다.

아우슈비츠를 소재로 한 클로드 란츠만의 <쇼아>(1985)는 재현의 윤리, 재현불가능성에 관한 논쟁을 촉발시킨 것으로 유명하다. 프리모 레비가

『가라앉은 자와 구조된 자』에서 소개해서 유명해진, 훗날 이탈리아의 철학자 조르조 아감벤이 인용해서 더욱 유명해진 진술에 따르면 당시 수용소를 담당했던 나치 친위대들은 단 한 사람의 생존자도 남기지 않고 유태인을 '절멸'시키는 것을 목표로 삼았다고 한다. 이러한 목표에 따라 '라거'라고 불리던 수용소에 관한 기록이나 사진, 영상 등은 처음부터 남겨지지 않았으며, 그나마 남은 것들은 치밀하게 제거되었다. 나치는 수용소의 존재는 물론이고 그곳에 감금되어 있던 사람들, 수용소에 관한 일체의 기록을 완벽하게 제거함으로써 그 공간 자체를 역사의 기억에서 지우고자 했던 것이다. 그래서 나치의 수용소는 오직 '흔적'으로만 남았다. 이 때문에 란츠만은 <쇼아>의 제작 과정에서 기록영상, 즉 시각적 표상을 철저하게 배제하고 대신 증언과 인터뷰만으로 영화를 찍었다. 왜 그래야만 했을까? 그는 허구적으로 만들어진 영상으로 아우슈비츠를 보여줄 때 사건 자체에 대한 왜곡이 발생할 수 있기 때문에 일체의 자료화면을 사용하지 않았다고 한다. 즉 전체가 아닌 부분으로 아우슈비츠를 재현해서는 안 된다는 것이었다. 그래서 그는 오히려 '이해'하지 않으려는 태도를 고집함으로써 맹목의 힘에 의지해 영화를 만든 것이다. 여기에는 나치의 유대인 학살을 이성적으로 이해하려는 모든 시도는 그 자체로 비윤리적인 것이라는 무언의 판단이, 우리는 오직 눈먼 상태로서만 그 재앙을 볼 수 있다는 윤리적 재현불가능성에 대한 믿음이 개입하고 있다.

　　심지어 가장 어두운 말들도 절대적으로 소멸된 말이 아니라 지옥의 밑바닥에서 기록되어 그럼에도 불구하고 잔존하는 말이 되었다. 바르샤바 게토의 일기들과 폭동 일지들 역시 '반딧불–말'이고, 아우슈비츠의 잿더미에 감춰져 있던 특수부대 구성원들의 육필 원고들 역시 '반딧불–말'이다. 그 말들의 '미광'은, 자신은 고유한 죽음을 넘어서서 이야기하고 증언하고자 하는 이야기꾼의 주권적인 욕망에 기인하는 것이었다. 가스실의 어쩔 도리 없는 어둠과 1944년 여름의 눈부신 태양 사이를 오가는 이런 특수부대의 저항자들은, 사유되기에는 너무나 엄청난 현실 때문에 상상력이 가로막힌 것처럼 보이던 때조차도 이미지들의 출현을 이루어내었던 것이다. 물론 그것은 은밀한 이미지들이고, 오랫동안 감춰진 이미지들이고, 오랫동안 쓸모없던 이미지들이다. 그러나 그것은 벤야민이 모든 이야기, 모든 경험의 증언을 궁극적으로 재가하는 권위로서 인정했던 죽어가는 자의 권위에 힘입어, 우리에게까지 익명으로 전달된 이미지들이다.[1]

물론 모든 예술가들이 아우슈비츠에 대해 란츠만의 태도를 지지하지는 않았다. 가령 디디-위베르만은 2001년 파리에서 개최된 '수용소의 기억: 나치 강제 수용소 및 아우슈비츠 사진전시회'에 전시 기획자로 참여하고 아우슈비츠 수용소에서 촬영된 네 장의 사진을 분석한 글을 발표했다. 나치의 치밀하고 조직적인 은폐에도 불구하고 시체를 처리하는 임무를 담당한 특수부대원이 촬영한 사진이 유출되었던 것이다. 이 사진들은 일체의 촬영이 금지된 장소에서 매우 급박하게 촬영되었기 때문에 수용소의 참상에 대해서는 매우 불완전한 단편만을 보여준다. 하지만 『이미지, 그럼에도 불구하고』에서 위베르만은 이 사진들이 나치의 금지에 대한 저항, 표상불가능한 것이라고 말해지는 아우슈비츠의 표상에 대한 저항을 의미한다고 주장하면서 사진의 내용보다 그것이 촬영된 장소와 조건에 더 많은 진실이 있다고 주장했다. 위베르만은 불완전하고 희미한 방식으로 남겨진 '흔적'에서 '반딧불-말'과 '미광'의 이미지를 끄집어냄으로써 아우슈비츠를 상상하는 것이 불가능하다는 주장, 특히 재현불가능성에 대한 란츠만의 생각을 정면으로 비판한 셈이다. 요컨대 란츠만은 재현불가능성에 기초해 영화예술에서 미적인 것과 윤리적인 것의 관계에 대한 태도를 제시했는데, 위베르만에서 란츠만의 그런 태도는 우리가 아우슈비츠에 접근하는 것 자체를 불가능하게 만드는 효과를 낳는 것으로 비판된다.

• • •

1. 조르주 디디-위베르만, 김홍기 옮김, 『반딧불의 잔존』, 길, 2012, 127~128쪽.

그녀는 진실 전체를 담지 못한 단편적인 영상을 비윤리적인 것으로 치부함으로써 재현불가능성을 옹호하는 예술적 태도는 아우슈비츠를 상상불가능한 것 — 이것은 나치의 친위대들이 유대인들에게 했던 주장이었다 — 으로 만든다는 이유에서 반대했다. 정확히 이 지점에서 논의는 재현의 '불가능성'에서 '부당성'으로 옮겨간다. 혹시 재현불가능성의 함의가 재현을 금지하는 윤리적 명령은 아닐까? 이것이 바로 장 뤽 낭시Nancy의 질문이었다.

2

재난이나 참사 같은 외상적 사건에 대한 재현불가능성이 란츠만처럼 '완전한 이미지'의 부재에서만 제기되는 것은 아니다. 시각·영상예술에서 비재현의 윤리학은 타인의 고통을 예술적 재현 대상으로 삼아서는 안 된다는 인간주의적 믿음, 이해나 납득이 어려운 재난은 예술적 재현에 적합하지 않다는 재현의 한계론, 잘못된 시선과 접근 태도는 희생자들의 존엄을 훼손한다는 태도의 비윤리성에 대한 경고에 둘러싸여 있다. 그래서 아우슈비츠에 대한 시각적 재현에서 란츠만과 위베르만이 보였던 관점의 차이는 항상 사진이나 영화 같은 영상–이미지의 존재론적인 본질에 대한 논쟁과 맞물려 진행된다. 이 논쟁의 심층에는 영상–이미지가 지닌 강력한 현전성에 대한 불안감이 개입되어 있다.

'영화'라는 매체에 관한 논의를 통해 에둘러 왔지만 지금 우리가 살펴야 할 것은 문학에서의 재현(불)가능성 문제이다. 요컨대 문학에서의 그것은, 장 뤽 고다르가 영화제에 참석하여 수용소에 관한 영화를 만들고 싶다는 뜻을 밝히면서 했다는 말 — 어떻게 몸무게가 30kg에 불과한 2만 명의 엑스트라를 구할 수 있는가? 게다가 우리는 실제로 그들을 때려야만 한다. 그러나 어떤 조연들이 해골의 엑스트라를 기꺼이 그렇게 때리겠는가?

— 과는 차원이 다른 (불)가능성이다. 알다시피 문학은 거대한 재현장치의 일부이다. 하지만 모든 문학이 '재현'의 문학은 아니며, 문학의 핵심이나 본질이 '재현'인 것도 아니다. 문학은 언어 안에서 어떤 세계에 도달하려 하며, 장르에 따라서는 어떤 대상이나 사건에 대한 자신의 감정이나 느낌 등을 충실하게 재현/표현하려 시도한다. 문학은 그 언어에 대한 (근거 없는) 믿음에서 출발한다. 그런데 글을 쓸 때, 우리는 어떤 마음을, 어떤 감정은 언어로 표현하기가 불가능함을 깨닫는다. 실제로 언어로, 글로 표현할 수 없는 것들이 존재한다. 가령 롤랑 바르트는 죽기 직전에 쓴 글에서, 그리고 어머니의 죽음 이후를 기록한 『애도일기』에서 문학적 가공, 즉 글쓰기의 실패에 관해 이야기하고 있다. 그 이야기의 핵심은 언어화 과정에서 항상 어떤 것이 완전히 재현되지 않고 잉여가 발생한다는 것, 글쓰기 과정이 항상 무언가에 대한 포기를 동반한다는 것인데, 바르트에 게 그것은 비애의 정동이었다.

문학의 두 번째 힘은 재현의 힘입니다. 고대에서 현대의 전위적 시도에 이르기까지 문학은 무엇인가를 재현하기에 분망합니다. 무엇을요? 직설적 으로 말하자면 그것은 실재입니다. 실재는 재현될 수 없습니다. 그러나 인간은 끊임없이 실재를 말로 재현하려 하며, 그래서 문학사가 존재하는 것입니다. 실재는 재현될 수 없으며 다만 증명될 수 있을 뿐이라는 것을 우리는 여러 방식으로 말할 수 있습니다. 라캉과 더불어 실재를 불가능, 즉 도달할 수 없는 것, 그리하여 담론에서 빠져 나가는 것이라고 정의하든가, 아니면 지형학적인 용어로 다차원적인 범주(실재)와 1차원적인 범주(언어) 는 서로 일치시킬 수 없다는 것을 확인하면서 말입니다. 그런데 문학은 바로 이런 지형학적인 불가능성에 결코 굴복하기를 원치 않습니다. 실재와 언어 사이에는 어떠한 상관성도 없다는 점을 인간은 불가피한 것으로 받아들이지 않으며, 바로 이 거부가, 어쩌면 언어만큼이나 오래된 이 거부가 그 끊임없는 분망함 속에서 문학을 생산해내는지도 모릅니다. 우리는

문학사, 아니 좀 더 낮게 말한다면 언어 생산의 역사를 상상해 볼 수
있습니다. 그것은 언제 정신착란적인 것, 즉 언어와 실재 사이의 그 근본적인
불일치를 축소하거나 길들이거나 거부하거나, 아니면 반대로 감수하기
위해 인간이 사용해온 자주 미치광이 같은 구술적인 미봉책의 역사일
것입니다. (중략) 문학은 불가능에 대한 욕망을 분별 있는 것으로 간주하기
때문입니다.[2]

다소 길게 인용했지만 바르트의 주장은 간단하고 명확하다. 문학은
언어와 실재의 일치라는 불가능성 앞에서 굴복하지 않음으로써 불가능한
글쓰기가 될 운명이라는 것, 그것이 문학의 역사를 이끌어 왔다는 것이다.
여기서의 불가능한 일치를 '비애의 정동'이라고 읽어도 좋을 듯하다. 문학
은 실재를 재현하는 것을 꿈꾸지만 언어는 결코 실재를 재현할 수 없다.
이것은 마치 상실 앞에서의 애도작업이 끝나지 않는 것과 마찬가지로
무한반복의 운명으로 이어질 수밖에 없다. 이렇게 보면 문학의 역사는
무한실패의 역사가 되고, 최선의 실패만이 문학의 유일한 성공법이 된다.
그런데 이런 논의는 '재현'에 관한 최소한의 합의를 전제하지 않으면
무의미하다. 많은 경우 문학에서의 '재현' 논쟁은 그 개념의 사용법을
둘러싸고 벌어지지 않는가. 재현, 즉 리프리젠테이션은 글자 그대로 다시
현전케 하는 것, 다시-드러냄을 의미한다. 그러므로 재현의 원리는 이미
원본과 재현물이라는 이자 관계를 전제한다. '재현'의 논리는 이처럼 이
미-항상 '원본'을 가정하며, 재현물은 언제나 원본과의 닮음의 정도에
따라 판단됨과 동시에 원본에 비해 가치가 낮은 것으로 평가된다. 시각예술
에서 비재현적 예술이 등장하고, 철학에서 재현적 사유에 반(反)하는 시뮬라
크르의 철학이 등장하는 것은 이러한 원본과 복사물의 관계를 깨뜨리기
위한 저항적 실험이라고 말할 수 있다.

• • •

2. 롤랑 바르트, 김희영 옮김, 「강의」, 『텍스트의 즐거움』, 동문선, 1997, 126~127쪽.

또한 문학에서의 재현불가능성은 이러한 한계와는 다른 맥락에서 제기되기도 한다. 가령 줄리아 크리스테바는 우울증을 앓고 있는 주체 앞에 놓인 의미생성 연쇄의 불가능성이라는 심연에 대해 이야기하면서 원초적 상실을 '검은 태양'이라고 표현한 적이 있다. 문학의 재현장치는 이 '검은 태양'과 마주할 때 종종 오작동을 일으킨다.

우울증 환자의 말을 상기해보자. 반복이 많고 단조롭다. 말을 잇기가 불가능해서 문장이 중단되고, 소진되어, 멈춘다. 구句들도 형성되지 못한다. 반복적인 리듬, 단조로운 멜로디가 분쇄된 논리적인 연쇄들을 장악하여 그것들을 되풀이하고, 강박적인 기도문으로 변형된다. 결국 이 소박한 음악성마저 차례로 고갈되거나, 아니면 단지 침묵으로 정착될 수밖에 없을 때, 멜랑콜리 환자는 기호 해독 불능증의 공백 상태에 혹은 질서를 잡을 수 없는 관념적 혼돈의 과잉 속에 침잠하면서 발화와 함께 모든 관념화를 중단하는 것 같다.[3]

문학에서 재현장치의 오작동 그 자체는 문제가 되지 않는다. 란츠만이 맹목의 눈먼 상태로 수용소의 공포와 대면했듯이, 크리스테바의 '검은 태양' 역시 정면으로 응시하기 어렵지만 직면해야 하는 것이기 때문이다. 우울증 환자의 발언 방식은 정확히 이 응시의 어려움과 불가능성을 표현하는 것일 따름이다. 그런 점에서 문학에서의 재현불가능성은 언어의 한계지점을 가리킨다. 하지만 어떤 문학들은 정확히 이 한계 안에서, 이 한계와 더불어 발화되기도 한다. 따라서 문학에서의 재현불가능성은 축자적인 의미의 '불가능성'으로 이해되어선 안 된다. 또한 문학은 강력한 시각적 현전성을 지닌 영상–이미지와 달리 표현할 수 없는 것, 표현해선 안 되는 금기의 영역을 상정할 수도 없다. 어떤 사람들은 문학의 본질이 말할

• • •

3. 줄리아 크리스테바, 김인환 옮김, 『검은 태양』, 동문선, 2004, 49쪽.

수 없는 것을 말하는 것에 있다고 주장하지만, 침묵을 통해 말하는 문학의 역설이 드러내는 것은 말할 수 없음 그 자체이다. 정확히 이 맥락에서 침묵도 '말'이 된다.

물론 문학에서도 정치적인 이유로 재현불가능성이 재현 금지로 주장되는 경우가 있다. 예컨대 미학적 자율성이나 문학의 순수성을 강조하는 사람들은 재난이나 참사에 대한 문학적 재현이 독자들을 정치적으로 선동한다는 정치적인 이유에서, 또는 타인의 고통에 대한 예술적 착취라는 맥락에서, 그리고 그것이 문학의 본연에서 벗어난다는 이유로 재난이나 참사 자체를 대상으로 삼는 것을 부정한다. 물론 이 부정의 논리는 종종 소설적 재현이 사건 자체의 기록에 그쳤다고, 시적 표현이 주관적인 감정의 토로 이상이 되지 못한다고 비난함으로써 우리를 고통 받는 타자로부터 돌아서게 만든다. 이러한 태도는 재난 자체를 숭고화함으로써 재난에 대해서는 어떠한 재현도 불가능하다고 주장하는 리오타르의 비재현론만큼이나 이데올로기적이다. 그럼에도 불구하고 여전히 문제는 남는다. 예컨대 재난이나 참사 같은 거대한 규모의 외상적 사건이 글쓰기 자체를 지연시키거나 윤리적인 차원에서 심리적인 저항을 불러일으키는 경우가 있기 때문이다. 예를 들면 김형중이 「우리가 감당할 수 있을까? — 트라우마와 문학」(『문학과사회』, 2014년 가을)에서 인용한 다수의 시편들에서 공통적으로 드러나는 비명이거나 증상으로서의 언어들이 그러하고, 세월호 참사에 관한 글을 쓸 때 많은 필자들이 경험한 모종의 불편함, "지난 한 달 동안 매일 관련 자료들을 리뷰하면서도 일단 글을 시작하는 것이 계속 망설여졌고, 또 한 단어, 한 문장을 쓰는 것이 무척이나 어려웠다. 6월 중순 걸려온 전화에 왜 그리 쉽게 응낙했을까."(이영진, 「2014년 여름, 비탄의 공화국에서」, 『문학과사회』, 2014년 가을, 282쪽)이나 "4월 말에는 썼다 지우고를 몇 번이나 반복한 글을 결국 컴퓨터 밖으로 내보내지 못해서 원고 마감을 코앞에 두고 다른 글을 새로 써서 내보내기도 했다. 그리고 당분간은 그런 시도를 하지 않기로 했다. 다만 조용히 지켜볼 따름이었다. 역시 이 사건은 어떤 식이든 흥미를 가지고 파고들기에는 아직 너무 가까이 머물러 있었다."(배명훈, 「누가 답해야 할까?」, 김애란 외, 『눈먼 자들의 국가』, 문학동네, 2014, 103쪽) 같은 경우가 그러하다. 하지만 모리스 블랑쇼의 말처럼 재난의 글쓰기란 "재난에 대한^{of} 글쓰기임과 동시에 재난에 의한^{by} 글쓰기이며, 글쓰기의 재난$^{the disaster of writing}$"[4]이다. 이것은 예술의 윤리적 요청이 동시에 미학적인 재난을 대가로 한다는 의미이기도 하다. 이처럼 외상적 사건에 대한 문학적 재현은 우리에게 많은 것을 요구하는 바, 이 위험 때문에 타인의 고통을 외면할 때 문학은 더 큰 위기에 직면하게 된다.

3

주디스 버틀러에 의하면 프로이트는 애도^{mouming}에 대한 기존의 생각을 바꿨다. 프로이트는 애도와 멜랑콜리에 관한 글에서 성공적인 애도를 '이' 대상을 '저' 대상과 교환할 수 있음을 의미한다고 제시했다. 정확히 말하면 성공적인 애도, 애도의 성공은 "그 대상에 집중되었던 리비도가 철회되어 새로운 대상에게 전위되는 것"[5]으로 종결된다. 하지만 6년 뒤에 발표한 글에서 그는 "기원상 우울증과 관련이 있는 통합이 애도의 임무에 본질적이라고 주장"[6]했다. 오늘날 '애도'를 초기 프로이트의 주장처럼 대상들의 호환성으로 설명하는 사람은 드물다. 오히려 버틀러의 주장처럼 애도는 자신이 겪은 상실에 의해 자신이 영원히 바뀔 수도 있음을 받아들일 때, 정해진 결과를 완전히 알 수 없는 그런 변화에 자신을 개방하고 동의할

• • •

4. 최종철, 「'재난의 재현'이 '재현의 재난'이 될 때」, 미술사학연구회 편, 『미술사학보』 제42집, 2014. 6, 85쪽.
5. 지그문트 프로이트, 윤희기 옮김, 『무의식에 대하여』, 열린책들, 1997, 256~257쪽.
6. 주디스 버틀러, 양효실 옮김, 『불확실한 삶』, 경성대학교출판부, 2008, 47쪽.

때 가능한 것으로 이해된다. 소중한 존재를 잃을 때, 우리는 '당신'을 잃어버렸다고 생각하지만 나는 '당신'과 연결되어 있던 '나' 또한 잃어버린다. 그래서 버틀러는 슬픔의 사유화에 반대하면서 "나는 슬픔이 복잡한 수준의 정치 공동체의 느낌을 제공하고, 슬픔은 무엇보다도 우리의 근본적인 의존성과 윤리적 책임감을 이론화하는 데 중요한 관계적 끈을 강조함으로써 그렇게 한다고 생각한다."[7]라고 주장한다. 애도가 불가능하다고 말할 때, 그것은 '나'와 '타자'의 관계성을 내 마음대로 단절시킬 수 없다는 의미이며, 그 관계성에 의해 타자와 묶여 있는 '나'를 마음대로 처분할 수 없다는 의미이다. 슬픔이라는 사건 속에서 우리는 타자 때문에 심각하게 훼손된다.

소중한 존재를 잃은 후 우리는 그 상실을 애도한다. 프로이트의 주장처럼 우리는 통상적으로 애도작업을 대상/타자와의 분리과정으로 이해한다. 타자를 매장하는 일, 상징화하는 일 등이 모두 이 분리과정에 포함된다. 이렇게 보면 애도란 죽은 타자를 내면화하는 것이기도 하다. 그런데 데리다에 따르면 이러한 애도는 근본적으로 불가능하다. 타자에 대한 애도에 성공했다는 것은 타자의 타자성을 완전히 제거했다는 의미이고, 타자의 타자성을 존중할 때에는 애도가 불가능하기 때문이다. 이 경우 애도에 성공하는 것은 결국 애도에 실패하는 것이 되며, 애도에 실패하는 것만이 애도에 성공하는 것이 된다. 이런 의미에서 데리다는 애도는 불가능하다고 주장한다. 요컨대 문제는 죽은 소중한 존재를 마음속에 묻음으로써 내면화하는 것이 성공적인 애도가 아니며, 또한 바람직한 애도도 아니라는 사실이다. 데리다의 논리 속에서 애도는 '나' 안에서 이루어지지 않는다. 그것은 '나', 또는 '우리'의 안[in]에 있지만 결코 통합되지 않는 것으로 남아서 애도를 가능하게 하면서 동시에 불가능하게 한다. 그래서 우리는 '우리'가 애도한다고 말해서는 안 되며, 차라리 애도작업 속에서 '우리'가 만들어진

· · ·
7. 같은 책, 49쪽.

다고 말해야 한다. 이것이 다음의 진술이 정확히 의미하는 바이다.

> 만일 죽음이 타자를 찾아온다면, 즉 타자를 통해 우리를 찾아온다면,
> 그렇다면 그 친구는 우리 안in, 우리 사이between 이외의 곳에는 더 이상
> 존재하지 않게 된다. 그는 더 이상 그 자신으로는, 그 홀로는, 그 스스로는,
> 아무것도 아니다. 그는 오로지 우리 안에서 살고 있다. 그러나 우리는
> 결코 우리 자신도, 우리 사이에 존재하는 것도, 우리와 동일한 것도 아니며,
> '자아'는 결코 그 자체로 또는 스스로와 동일한 것이 아니다. 이 특이한
> 반사는 결코 그 자신 위로 닫히지 않는다. 그것은 애도라는 이 가능성
> 이전에는 나타나지 않는다.[8]

이 애도의 불가능성이 우리에게 명령하는 것은 불가능성 속에서 타자를
존중하는 책임을 떠안으라는 것이다. 우리는 지금 세월호라는 참사 앞에서
안티고네에 대한 크레온의 법(애도 금지)이 그러했듯이 진정한 애도를
금지당하고 있다. 그 정도면 되지 않았느냐는, 이제 그만 잊고 일상으로
돌아가자는 목소리는 불가능한 애도의 종결을 이미 끝난 것으로 간주하자
는, 더 이상의 공적인, 진정한 애도는 허락하지 않겠다는 '법'의 목소리를
들려준다. 하지만 위에서 밝혔듯이 진정한 애도는 그것의 불가능성을
수락하는 것, 그리하여 타자에 대한 책임을 떠안는 것이다. 또한 그것은
데리다가 썼듯이 상속할 것을 가지고 있는 타자인 '유령'의 방식으로
세월호 참사를 대면하는 일이다. 타자의 타자성을 내면화하는 애도와
달리 이 작업은 결코 손쉬운 과정이 아니다. 누군가는 이 진정한 애도
작업 앞에서 시민의 길과 문학의 길을 구분하기도 하지만, 버틀러가 썼듯이
— "나는 내가 '당신'에게 묶이는 방식을 발견하고 번역함으로써, 그러나

* * *

8. 페넬로페 도이처, 변성찬 옮김, 『How To Read 데리다』, 웅진지식하우스, 2007,
   128쪽.

내가 당신을 알고자 한다면 나의 언어가 깨지고 굴복해야 한다는 것을 알게 됨으로써만 '우리'를 모을 수 있다. 당신은 내가 이러한 방향상실과 상실을 통해 획득한 것이다." — 이것은 '문학'을 타자들이 거주하는 장소이자 유령의 도래를 기다리는 공간으로 간주한다는 차원에서 문학적인 사건이기도 하다. 지난 10월 25일 이영광 시인이 <304 낭독회>에서 낭독한 「수학여행 다녀올게요 — 유령 6」은 이 불가능한 애도의 훌륭한 사례이다.[9]

4

문학이 재현기계라고 말할 때, 그 재현에는 이미–항상 '구멍'이 존재한다. 모리스 블랑쇼를 따라 '문학의 공간'이라는 표현을 사용한다면, 문학의 공간은 이 세계에서 배제된 유령들이 되돌아오는/출몰하는 공간이고, 작가–주체의 목소리 대신 유령–타자들의 언어가 흘러 다니는 타자의 공간일 것이다. 특히 문학–글쓰기를 일종의 애도작업으로 간주할 때 문학의 공간은 유령들이 출몰하는 세계이고, 우리들이, 그리고 작가가 타자의 부름에 응답하는 공간일 수밖에 없다. 따라서 그곳은 대문자 문학은 물론 일상적인 용법의 언어조차도 낯선 것이 되는 세계이고, 유령의 알아들을 수 없는 말들과 의미화될 수 없는 불가해한 말들, 말해질 수 없는 말들이 부딪히는 세계이기도 하다. 이 공간에서 글 쓰는 사람은 말하지 않고 유령의 언어를 듣고, 유령은 작가의 음성과 손을 빌려 자신의 이야기를 한다. 유령은 왜 출몰하는가? 충분하게 애도되지 못했기 때문일 것이다. 문학적인 애도 과정에 비인칭적인 목소리가 끼어들고, 작가의 목소리와 유령의 목소리가 뒤섞이는 것은 이러한 밤–유령의 출현 때문이다. 유령이

● ● ●

9. 이영광의 시 「수학여행 다녀올게요 — 유령 6」은 <304 낭독회>에서 발표되었고, 이후 시집 『끝없는 사람』(문학과지성사, 2018)에 수록되었다.

출몰할 때 우리들—주체의 글쓰기는 중단되거나 혼란에 빠진다. 문학의
공간에 낮과 밤이 동시에 존재하는 이유는 이것 때문이다. 만일 이러한
현상을 재현불가능이라고 말한다면 문학의 공간은 재현불가능한 공간,
타자의 목소리가 개입하는 균열된 세계일 수밖에 없다. 그때 문학을 '문학'
으로 만드는 것은 작가가 아니라 유령의 음성이다. 거듭 말하거니와 문학적
애도는 이러한 불가능성 속에서 타자의 도래를 기다리는 것이다. 이것이
바로 문학적 애도가 끝날 수 없는 이유이다. 그러므로 문학의 본질은
없다. 오직 문학이 충분히 애도되지 못한 유령이 출몰하는, 끝나지 않는
애도작업에 개방된 세계라는 사실만이 있을 뿐이다.

비평의 자리

1

어느 날 울리히는 그 희망을 포기하게 되었다. 그때는 이미 축구장이나 권투 링에서의 천재들이 이야기되기 시작했고, 단 하나의 하프백이나 테니스 선수가 잘 보도되지도 않는 열 명의 발명가나 테너, 작가들보다 더 나은 시절이 돼버렸다. (중략) 결국 이런 방식으로 스포츠와 아주 객관적인 시합은 천재나 인간적인 위대함이라는 낡은 개념을 몰아내고 그 자리를 차지하게 된 것이다.[1]

방 한구석에 쓸쓸한 표정으로 쌓여 있는 계간지를 뒤적이다가 깜짝 놀란 적이 있다. 계간지에 실린 한 비평의 제목 때문이었다. 언제부턴가 때가 되면 정기적으로 배송되는 각종 문예지들을 포장도 뜯지 않은 채 쌓아두었다가 적당한 시간을 선택해 읽고, 버리고, 분류하기를 반복하고

• • •

1. 로베르트 무질, 안병률 옮김, 『특성 없는 남자 1』, 북인더갭, 2013, 76~77쪽.

있다. 사실 비평가에게 문예지를 읽는 행위는 '의무'에 가까운 것이다. 담론의 흐름을 이해하고, 새로운 작품을 읽고 경향을 확인하는, 그리하여 작가를 발굴하고 작품에 의미를 부여하는 행위, 그것은 비평의 전부는 아닐지라도 문학장에 속한 비평가가 외면할 수 없는 '과업'이다. 하지만 이 원론적인 행위가 언제부턴가 번거롭고 거추장스러운 '일'이 되어버렸다. 지극히 개인적인 경험이지만, 상당수의 비평가들 역시 비슷한 증상을 앓고 있는 듯하다. 그래서 '비평'의 제목을 읽고 놀라는 일은, 자세를 고쳐 앉아서 진지하게 비평문을 읽는 일은 아주 예외적인 경험에 해당한다. 내 시선을 사로잡은 비평의 제목은 '그나마 남은 비평의 작은 의무'였다. 글의 필자는 소영현 평론가. 깜짝 놀랐다고 말했지만, 처음 이 제목을 읽고 나는 요즘말로 '빵 터졌다'. 하지만 정확히 말하자면 그 웃음은 자조적인 것에 가까웠는데, 자신이 많은 시간과 노력을 기울여 쓴 글에 '그나마 남은 비평의 작은 의무'라는 당혹스러운 제목을 붙일 수밖에 없었던 평론가의 마음도 크게 다르지 않았을 것이다.

　이 글은 읽기, 쓰기의 변화 속에서 '비평적 글쓰기의 위치'를 해명하라는 요청을 받고 있지만, 솔직히 말하면 현재의 비평은 '변화' 이전에 '생존'을 고민해야 할 처지이다. 원론적으로 말하자면 '변화'와 '생존'이 전혀 별개의 문제는 아니겠지만, 현실에서 그것들의 관련성은 직접적이지 않다. 사실 '읽기, 쓰기의 변화'라는 말이 가리키고 있듯이 지금은 비평을 포함한 문학 전체가 엄청난 문화 변동을 감당해야 하는 변화의 시기이다. 언젠가 가라타니 고진이 '근대문학의 종언'이라는 제목의 강연에서 '종언'의 근거로 제시한 사례들, 예컨대 젊은이들이 소설보다도 사상지인 『현대사상』을 더 많이 읽는다거나, 자신이 90년대에 만났던 한국의 문학평론가 모두가 문학에서 손을 떼었다는 것 등은, 그 주장의 타당성과는 별개로, 비평의 쇠락을 보여주는 단적인 증거들이라고 말할 수 있다. 문화 변동은 '문학'에서 어떻게 가시화되고 있는가? 무엇보다도 문화 영역에서 '문학'의 존재가치가 하락했다는 점을 생각해보아야 한다. 여전히 많은 작가들이 활발하게 창작하고 있고, 해마다 신춘문예를 비롯한 공모전에 상당한 응모작이 투고되고 있지만, 문화에서 '문학'이 차지하는 비중이 날이 갈수록 낮아지고 있는 것은 부인할 수 없는 사실이다. 로베르트 무질이 지적한 것처럼 한 사람의 스포츠 스타가 "열 명의 발명가나 테너, 작가들보다 더 나은 시절"이 아닌가.

어떤 사람들은 이런 주장을 상투적으로 반복되는 과장이나 거짓이라고 말한다. 여전히 문학, 특히 한국문학은 건재하며, 따라서 위기 운운하는 것은 문단 내에서 지위를 상실한 '잉여'들의 불평불만에 불과하다는 것이다. 특히 이 불평불만이 문학의 '가치', '위기', '종언' 등을 입에 올릴 때 그것은 종종 '꼰대'들의 몰※역사적인 푸념이라고 비판된다. 여전히 신간 시집이 쇄를 거듭하며 팔리고, 소설은 문학과 출판과 영화 등을 넘나들면서 존재감을 드러내고 있는데 '위기'라니……. 그럴지도 모른다. 어제의 문학과 오늘의 문학이 별반 다르지 않다면 '변화'나 '위기'를 특별히 강조하는 것이 이상할 수도 있겠다. 하지만 문학이 그대로일지라도 그것을 둘러싸고 있는 문화가, 세상이 빠르게 변하면 사정은 달라진다. 사정이 이러하다면 문학의 위기, 문학의 가치하락은 '문화산업' 담론이 등장할 때부터 이미 예견되었던 것이었는지도 모른다. 불행은 늘 예언보다 늦게 오는 법이니까. 다만 문학의 가치 하락이라는 이 현상의 출구가 좀처럼 보이지 않는 이유는 그것이 문학이 특별히 잘못해서 생긴 것이 아니라 한 사람의 스포츠 스타(연예계 스타)가 "열 명의 발명가나 테너, 작가들보다 더 나은 시절"이 도래했기 때문에 생긴 것이기 때문이다. 문학은 이 국면을 돌파할 수 있을까?

2

지난 90년대 후반부터 '문학'을 둘러싼 환경은 변화의 질주를 거듭해왔다. 문화에 대한 자본의 지배, 즉 '문화산업'의 출현과 인터넷을 포함한 미디어와 매체의 변화가 이것을 추동했다. 그 결과 문학출판에서 규모의 경제가 시작되었고, 출판상업주의가 심화되었으며, 문학의 생산-유통(광고)-소비 방식 전반에 커다란 변화가 초래되었다. 앞의 두 가지는 한국 문단에서 '문학외적인 것'으로 간주되어 논의되지 않고, 마지막 한 가지는 우리에게 아직 그것을 조망할 능력이 없는 듯하다. 한 가지 분명한 사실은 이 변화가 상대적으로 '창작'에 더 커다란 흔적을 남기고 있다는 것인데, 이는 시장과 직접적으로 대면해야 하는 창작과 달리 '비평'은 학계 또는 대학이라는 또 다른 진지를 보유하고 있기 때문일 것이다. 오늘날 비평이 존재감을 상실하게 된 이유 가운데 하나도 탈脫제도적이어야 할 비평이 '대학'이라는 제도의 그늘을 벗어나지 못하는 것, 비평적 욕망의 벡터가 '대학에서 평단으로'가 아니라 '평단에서 대학으로'의 방향이어서 비평 (가)의 종착지가 '대학'이라는 안정적인 직장으로 귀결되는 현실에서 찾을 수 있다. 대학은 많은 비평가들에게 일용할 양식을 제공하지만, 바로 그 방식을 통해 '비평'을 위기에 빠뜨리고 있다. 거대한 변화의 가운데에서 '창작'이 시장에서 자신의 존재감을 입증하려고 분투한 반면, '비평'은 전면적으로 '대학'으로 후퇴하기 시작했다는 것, 이 현상의 원인을 어디에서 찾든 그것이 비평의 '쇠락'에 대한 증거임은 분명하다.

문학 범주를 불변의 것으로 상정하고 비평을 문학 범주 내부에서 이루어지는 텍스트 다시 쓰기로 한정하면서 비평은 보호구역 내에서 생존을 보장받는 인류학적 소수인종처럼 그렇게 스스로를 고립시켜온 것이다. 문학 범주의 고정 불변성을 승인하는 대가로 비평은 문학 쪽에서부터 생존 구역을 할당받지만, 세계와의 거리는 멀어질 수밖에 없었다. 삶에서 멀어지면서 비평의 입지는 좁아졌고 비평은 점차 게토화되었다. 이러한 경향은 문학의 게토화를 불러오는 데에도 적지 않은 기여를 하고 있다. 선후의 인과를 따지기는 어렵지만 패턴을 상실하고 자율성을 획득했던 문학은 이제 국가라는 거대하고도 유혹적인 패트런의 자력에 문학의 영토를 조금씩 내어주고 있는 실정이다. 곳곳의 공공기관 문화재단이 문학/문화의 적극적 후원자로 나서는 상황에서 문인들도 각종 지원금을 따기 위한 공모와 지원에 적극 나서고 있다. 문학이 국가의 얼굴로 등장한 패트런을 새롭게 영접하고 있는 셈이다.[2]

지금 우리가 실감하고 있는 비평의 고립은 두 의지가 결합해 발생한 현상이다. '문학'의 영역에 도래한 신자유주의라는 변화의 바람은 문학출판을 빠르게 자본화했고, 그것은 문학출판에 상업적인 고려를 강제하는 결과를 불러왔다. 출판 역시 시장의 일부인지라 변화의 한가운데에서 생존을 모색해야 하는 상황이 시작되었으니, 이에 출판자본들은 시스템을 유지·관리하는 데 필요한 최소한의 비평(가)만을 거느리는 방식, 즉 비평의 축소를 통해 새로운 출구를 모색하기 시작했다. 이는 최근에 창간된 문예지들에서 '비평'의 지면이 줄어든 것을 통해서도 확인되는데, 이런 현상은 더욱 심화될 추세이다. 1960년대 이래로 문예지의 확고부동한 중심 역할을 담당해온 비평적 글쓰기는 이제 시장 가치를 증명하지 못함으로써 잉여 장르가 되었다. 문예지나 문학출판 역시 하나의 제도라는 점에서 기획, 해설, 리뷰 등을 담당할 비평가가 필요하지만 그 수는 매우 제한적이다. 생존을 고민해야 할 상황에서 매출에 도움이 되지 않는 지면을 삭제('다운사이징')하는 것은 상식적인 판단으로 보인다. 80년대보다는 90년대에, 90년대보다는 2000년대에 비평적 글쓰기가 양과 질 모두에서 뚜렷한 퇴조 현상을 보이고 있는 것은 일견 당연하다.

여기에는 또 하나의 의지가 개입하고 있다. 그것은 80~90년대에 비평계를 주도했던 비평가들이 대학에 자리를 잡으면서 대거 비평 활동을 중단한

• • •

2. 소영현, 「그나마 남은 비평의 작은 의무: 자본, 정념, 비평」, 『문학과사회』, 2015 봄, 422~423쪽.

것과 관계된다. 페이스북, 트위터, 개인 홈페이지, 다양한 인터넷 카페와 게시판 등으로 활동 영역을 옮긴 비평가들이 없지 않으나 그것은 예외적인 경우이다. 돌이켜 생각해보면 꽤 많은 비평가들이 소리 소문 없이 평단에서 사라졌고, 일부는 '문화연구'의 유행을 타고 문화비평, 영화비평 등으로 근거를 옮겼다가 결국 양쪽 모두에서 사라졌다. 사정이 이렇다면 "비평은 보호구역 내에서 생존을 보장받는 인류학적 소수인종처럼 그렇게 스스로를 고립시켜온 것"이라는 저 주장에는 약간의 보충설명이 있어야 할 듯하다. 비평이 자신의 영토를 고립시켜온 측면이 없지 않지만, 동시에 시장적 가치를 증명하는 데 실패한 비평을 출판자본이 외면한 측면도 있기 때문이다. 더 정확히 말하면 어느 순간부터 비평가들은 '비평' 자체를 회의하기 시작했고, 최소한의 방어적 글쓰기 이외에는 비평을 쓰지 않으려는 비평가들이 늘어나고 있다. 어느덧 비평가들에게도 '비평'은 잉여적인 것이 되어버린 것일까? 사정이 이러하니 과거에는 비주류·대안적 매체가 '비평'을 중심으로 만들어진 반면, 오늘날에는 '창작'이 그 역할을 주도하고 있는 실정이다. 왜 '문학평론가'라는 직함을 면허증처럼 사용하는 사람들이 늘어만 가는 것일까?

'문학'을 둘러싸고 있는 환경의 변화는 다양한 맥락에서 논의될 수 있다. 흔히 사람들은 이러한 매체 환경의 변화를 인쇄 문명 또는 종이 문화의 종말과 연결시키려 한다. 종이 또는 인쇄가 문학매체의 주도권을 잃어버리고 있는 것은 사실이나 아직 그 종말을 운운할 단계는 아니다. '비평'에 국한하여 말하자면, 문제는 매체 환경이 다면화되면서 비평이 감당해야 하는 영역이 복잡해졌다는 것, 그와 더불어 비평(가)에게 요구되는 능력이 늘어난 반면, 그러한 요구를 충족시킬 수 있는 비평가들은 제한적이라는 데 있다. 문화산업의 시대에는 작가뿐만 아니라 비평가에게도 엔터테이너를 요구된다. 비평가가 대학에 적籍을 두고 별다른 어려움 없이 '학술'과 '비평'을 왕복하던 시대는 이미 지나갔다. 그렇다고 비평가가 대학을 벗어나 직업적인 평론가로 살아갈 수 있는 시대가 시작된 것도 아니다. 우리 시대의 비평가에게는 기획, 집필, (좌담이나 인터뷰) 사회, 방송진행, 대중강연 등의 능력이 요구되고 있거니와, 이것은 지난 100년 동안 '비평'이 수행해온 것과는 전혀 다른 기능이 요구되고 있다는 것을 의미한다. 날이 갈수록 밀실에 고립되어 심각한 표정을 지으며 컴퓨터의 빈 화면을 채워가는 방식으로 글을 쓰는 비평가는 줄어들고, 대중의 취향이나 그와 비슷한 눈높이에서 기능하는 비평가가 증가할 것이다. 이러한 현상을 애써 외면할 이유도 없고, 지나치게 부정적으로만 평가할 필요도 없다. 오히려 비평적 글쓰기 방식을 유일무이한 '하나'로 규정함으로써, 특히 그것을 사변적인 성격이 강한 것으로 간주함으로써 대중과의 관계를 완전히 잃어버리고 비평을 소수 비평들 사이에서만 소통되고 통용되는 예외적인 글쓰기로 만들어버리는 비평의 '무능'이 더 심각한 문제이다. 어쩌면 자신의 언어 이외의 것으로는 대중과 교감할 수 있는 글을 쓰지 못하는 것, 특히 한국문학 전공자들에게서 광범위하게 목격되는 현상이야 말로 근본적으로 다시 고민되어야 할 문제일지도 모른다. 그들 가운데 다수는 외국의 비평가들이 '문학'을 매개로 다양한 영역을 넘나들며 자신의 사유를 펼쳐나가는 저작들을 선호하면서 정작 자신의 글쓰기는 아카데믹한 관심 이상으로 확장하지 않으려 한다. 그리고 이러한 대중과의 접점 상실에 대한 보상심리로 비평을 극단적으로 이론화함으로써 그나마 남은 비평의 가능성마저 탕진해버린다. 일본의 젊은 세대가 문학 작품이 아니라 『현대사상』을 더 많이 읽는다는 가라타니 고진의 지적은 남의 일이 아니다. 오늘날 많은 비평가들, 특히 젊은 비평가들의 시선을 사로잡는 것은 작품이 아니라 이론, 특히 유럽발^發 이론이다. 오해하지 말자. 비평의 이론화 경향을 비판하려는 것이 아니다. 비평이 이론화를 지향하면 할수록 독자는 '비평'이 아니라 그것이 근거로 삼고 있는 '이론'에 더 관심을 기울이게 되고, 결국 비평은 '이론'을 소개하는 통로의 하나로 전락하게 된다는 현실을 말해두고 싶을 뿐이다.

3

비평의 퇴조와 존재감 상실을 불러오는 변화 가운데 우리가 주목해야 할 또 하나는 독자의 비평적 안목이 꾸준히 증가해왔다는 것, 그리하여 역량이나 안목에서 독자와 비평가의 차이가 현격히 줄었거나 거의 없어졌다는 사실이다. 앞에서 언급한 글에서 소영현은 비평의 존재 의의를 "지배 담론과의 거리를 유지하는 것"에서 찾고, 비평을 "비판적 지성을 위한 작은 영토"라고 규정하고 있다. 이것은 '비평'에 대한 전통적인 규정으로서 충분히 공감할 수 있는 이야기이지만, 지금-이곳의 비평에도 동일하게 적용될 수 있는지, 현재의 비평과 독자 모두가 이 규정에 흔쾌히 동의할 것인지는 솔직히 의문이다. 이 경우 비평적 안목이란 비판적인 시선으로 "가능성의 조건들"을 사유하는 능력이자 행위일 것이고, 거칠게 요약하면 그것은 독자의 지적 수준을 넘어서는 전문적 식견과 지배 담론과의 거리두기라는 비판적 시선에 의해 뒷받침된다. 그런데 현대는 비평가가 이 두 가지 조건을 배타적으로 전유하기 어려운 시대이다. 특히 오늘날의 문학은 과거의 전위적 모더니즘 시대처럼 전문적인 식견을 요구하지도 않고, 장르문학 등에서는 사실상 작가와 구분되지 않는 독자의 수준이 전문적 식견을 소유하지 못한 비평가의 안목을 능가하는 경우도 매우 빈번하다. 역설적이게도 최근 등장한 '후장사실주의' 그룹의 작품처럼 전통적인 서사의 형식에서 파격적으로 벗어난, 소위 난해한 텍스트들이 등장하는 순간에만 일부나마 '비평'의 필요성이 요청된다. 지금의 '비평'이 여전히 '전문가의 독재'라는 시스템의 지원을 받고 있는 것은 분명하지만, '능력'과 '안목'의 차원에서 늘 비평가가 독자를 앞서는 것은 아니다. 전위적 모더니즘이 지배하던 시기와 달리 오늘날의 문화 지형에서 '비평가'와 '독자'의 관계는 결코 일방향적이지 않으며, 이러한 비대칭성의 해체가 비평의 쇠락을 불러온 측면이 없지 않다. 특히 '문학'에 대한 취향이 다양화됨에 따라 비평가의 불리함은 더욱 높아졌다.

이제 비평은 더 이상 예외적인 위치로 평가되지 않으며, 특히 작품 자체가 전문적인 지식을 필요로 하지 않을 때 비평이 '식견'을 앞세워 권위를 유지하기는 불가능해졌다. 각종 정보에 대한 지식인/비평가의 독점은 불가능해졌고, '오타쿠'를 비롯하여 특정 분야에 정통한 독자(아마추어 비평가)들이 대거 등장함으로써 비평은 본의 아니게 독자와 경쟁하는 상황을 피할 수 없게 되었으며, 이러한 현상은 각종 인터넷 게시판, 인터넷을 통한 정보의 소통, 쌍방향적인 미디어의 기능의 활성화로 가시화되고 있다. 다양한 시작품들을 즉각 떠올리고 인용할 수 있는 능력의 가치는 최근 개발된 시 전문 어플리케이션 '시요일'로 인해서 하락하고 있으며, 마찬가지로 포털 네이버naver가 개발한 통역/번역 어플리케이션 '파파고'는 지식인들의 전유물로 간주되던 외국어 능력의 가치도 낮춰놓았다. 지금 비평은 '전문'이나 '지식'을 강조하는 방식으로 권위를 주장할 수 없는 상태를 맞이하고 있다. 어쩌면 이러한 변화가 문(학)인이나 지식인의 위상 변화와 연동되어 있는 것은 아닐까.

오늘날 비평의 영토는 매우 불안정하고 위태롭다. 그것은 문학의 가치가 하락했기 때문이기도 하고, 비평이 세상의 요청을 제대로 수행하지 못하기 때문이기도 하다. 이 불안정한 현실 앞에서 비평은 그 본연의 비판적 기능을 유지함으로써 그것을 용인하지 않는 지배적 담론과 계속 불화할 것인지, 이 시대가 요청하는 다양한 기능을 자신의 과업으로 떠안음으로써 제한적이나 활동의 영역을 유지해나갈 것인지 결정해야 하는 갈림길에 서 있다. 또한 비평은 연구 업적과 금전적 이익으로 회수되지 않는다는 '기회비용'의 논리에 떠밀려 논문적 글쓰기와 경쟁해야 하는 현실에 직면해 있다. 한때는 문학과 비평에 열정을 쏟던 이들도 일정한 순간이 되면 논문을 쌓아 대학의 문을 두드리고, 다행히 대학에 안착하게 되면 비평은 쳐다보지 않는 것이 문학연구자들의 관행적인 삶이 되었다. '문학'에 대한 열정은 '실적 쌓기'에 대한 욕망으로 바뀌고, 비평적인 사유의 날카로움은 어느덧 대학 내부의 온갖 불합리에도 쉽게 눈감는 기득권 특유의 무감각함으로 변질된다. 비평가의 무능에서 시작된 이러한 악순환은 결국 비평의 무능으로 이어지고, 결국 대중보다 수준 높은 안목을 갖추지도 못한, 대중을 설득하는 언어도 소유하지 않은, 독자 대중에게 호소할 어떠한 역량도 없는 '비평의 에세이화'로 귀결된다. 사정이 이러하기에 '변화'보다는 '생존'을 모색하는 것이 타당하다는 주장이 제기될 수 있다. 누군가는 이러한 상황을 가리켜 '문학'과 '문학비평'의 시대가 끝났음을 보여주는 징후라고 이야기한다.

롤랑 바르트는 1963년에 쓴 글에서 현대 프랑스 비평을 19세기 실증주의에 뿌리를 두고 있는 '대학비평(실증주의적 방법)'과 정신분석학, 마르크스주의, 실존주의 등의 인문과학의 영향을 받은 '해석비평'으로 양분한 적이 있다. 마찬가지로 오늘날 한국의 비평도 실증적인 학문 연구가 중심인 '강단비평'과 다양한 인문학적 사고의 영향권 안에 있는 평단의 '해석비평'으로 양분할 수 있다. 90년대 중반까지는 이들 두 비평이 일정한 경쟁관계를 형성하면서 각자의 영역을 중심으로 활동했고, 특히 해석비평이 강단비평에 강력한 영향력을 행사함으로써 사실상 비평장을 견인했다. 하지만 대학에서의 연구가 한국연구재단의 평가를 중심으로 재편되고, 특히 각종 연구비 수주와 업적양산이 교수의 가장 중요한 평가 지표가 됨에 따라 해석비평에 대한 강단비평의 영향력은 급속하게 위축되었고, 사실상 해석비평의 자율성이 동력을 잃어버리는 상황이 발생했다. 주요 문예지의 발행과 편집을 담당하고 있는 극소수의 비평가들만이 비평적 글쓰기를 실천하고 있으며, 그들조차도 대부분이 대학에 발을 걸치고 있기 때문에 사실상 자유로운 비평 활동을 하지 못하는 상황이다. 이런 현실에서 비평의 위축을 넘어 '죽음'이 운위되는 것은 전혀 이상하지 않다.

4

'비평'의 시대는 끝났는가? 만일 이때의 '비평'이 매일처럼 쏟아지는 작품들에 주석을 붙이고 해설하는 행위를 뜻한다면 '비평'의 시대는 끝을 향해 나아가고 있다고 말할 수도 있다. 만일 이때의 '끝'이 완전한 절멸이 아니라 지식 사회와 담론의 장에서 비평적 글쓰기가 누려왔던 권위와 중심적인 위치를 상실하는 것을 뜻한다면 비평은 '끝'에 이르렀다고 말할 수도 있다. 하지만 누구도 비평을 '문학비평'으로 한정할 수 없고, 설령 우리가 말하는 것이 '문학비평'에 한정될지라도 그것이 동시대의 한국문학만을 대상으로 해야 한다고 주장하지 않는다면 조금 다른 이야기를 전개해 볼 수도 있을 듯하다. 비평적 글쓰기란 궁극적으로 대상(작품)을 시대라는 콘텍스트에 안착시키는 것, 또는 시대적 지평으로부터 끄집어냄으로써 그것의 미래적 성격을 읽어내는 일종의 사유 행위이다. 이런 점에서 '비평'은 비평적 '글쓰기'이면서 동시에 특별한 문학 '경험'이다. '비평'은 이런 사유의 기능을 제대로 수행하기 위해서라도 제도화된 가치를 단순재생산하는 데 머물고 있는 '대학비평'의 수준을 벗어나야 하며, '비평'을 이러한 수준으로 견인하기 위해서는 담론장으로서의 '매체'가 활성화되어야 한다. 사진이 기억의 도구가 아니라 '기억'을 만들어내는 것이듯이, 매체는 담론을 유통시키는 수단이 아니라 담론 자체를 발생시키는 생산의 장이다. 사람들은 흔히 '담론'이 없으면 '장=매체'가 죽는다고 생각하지만, 실제로는 그 반대이다.

어떤 사람들은 '(문학)비평'이 고답적인 방식을 고집하여 죽음을 자초하고 있다고, 매체 환경이 다변화된 만큼 비평 또한 다양한 방식으로 대중과의 소통을 모색해야 한다고 충고한다. 완곡하게 표현된 이런 주장의 이면에는 비평이 과거의 '무게'를 버리고 우리 시대의 정신적 멘토나 재기 넘치는 엔터네이너가 되어야 한다는 현실적 요구가 깔려 있다. 아무도 읽지 않는 '글=비평'을 쓰지 말고 잘 읽히는 글을 쓰라는 주장이다. 실제로 이것을 자신의 욕망으로 수락하는 비평도 있다. 하지만 대중과의 소통은 선험적으로 결정되지 않으며, 대중과의 소통에 성공한다 할지라도 그것이 곧 '비평'의 가치나 효용이 증대되는 것이라고 말할 수는 없다. 즉 현재 비평이 직면하고 있는 위태로운 상황이 모두 해소되지는 않는다. 비평은 특유의 비판적인 태도를 상실하는 순간 그나마 남은 "작은 의무"(소영현)마저 잃어버리게 된다. 따라서 우리가 고민해야 할 비평적 글쓰기의 '위치'는 문학작품 안에 머물지 말고 문학과 문학 아닌 것, 작품의 안과 밖을 넘나드는 새로운 언어를 개발하는 것 속에서 찾아져야 한다. 지금 우리가 소비하고 있는 담론의 대부분은 이런 과정을 통해 생산된 것들이고, 그 가능성은 여전히 봉쇄되지 않았다. 영향력과 판매의 차원 모두에서 대학 바깥에서 생산된 비평의 영향력이 압도적인 것이 사실이다. 따라서 지금 '비평'은 '죽음'의 순간을 유예하기 위해 타협점을 고민하기보다, 또한 '비평'을 '대학비평', 즉 연구실적으로 '세탁'할 방법을 궁리하기보다, 대학비평과는 차별화된 대안적인 담론장을 만듦으로써 자신의 위치를 확보해야 한다. 최근 출판계의 '페미니즘' 열풍은 독자들이 '멘토'의 허황된 위로가 아니라 자신들의 '삶'에 밀착된 글에 민감하게 반응한다는 것을 보여준다. 그리고 만일 이러한 모색에도 불구하고 '죽음'을 피할 수 없다면, 그때 비평은 살아남는 법이 아니라 '어떻게 죽을 것인가'를 고민해야 할 것이다.

일찍이 발터 벤야민은 "편견 없는 취미 판단에서 나온 정직한 비평은 흥미롭지 않으며, 근본적으로 실체가 없다."(「문학비평에 대하여」)라고 쓴 적이 있다. 또한 그는 "점차 비평은 맥 빠지고 무용지물이 되는 상황으로 전락"한 현실에 절망하며 "비평은 작가를 칭찬할 때보다 더 그 작가에게 손상을 입히는 적이 거의 없다."라고 지적하기도 했다. 1930년을 전후하여 쓴 벤야민의 글에는 '오락문학'과 '소비자문학'의 출현 앞에서 몰락의 길로 내닫는 비평에 대한 우울함이 묻어 있다. 하지만 그로부터 90년이 지난 지금까지 '비평'은 각종 우여곡절과 몰락의 위기를 잘 견뎌왔다. 표면적으로는 지금 '해석비평'이 위기에 처한 것처럼 보이지만, 실제로 진짜 위기를 경험하고 있는 것은 '대학비평'임을 우리는 모르지 않는다. 아무도 읽지 않는, 오직 양적인 가치로만 환원되어 일정한 기간이 지나면 효용이 사라지는 비평. 그러므로 문제는 텍스트 내부에만 머물려는 비평의 관습에서 벗어나는 것이고, 지배적인 담론과 가치로부터 텍스트를 분리시켜낼 수 있는 강렬한 언어를 개발하는 일이다. 가라타니 고진의 말처럼 그것은 "문학을 떠나서 생각"할 수도 있고, 여전히 '문학' 안에서 생각할 수도 있다. 비평의 진짜 죽음은 그것이 특유의 강렬함을 상실함으로써 마치 중립적인 것처럼 행세하거나, '삶'과 분리된 지식만을 요약하는 에세이로 전락할 때 시작된다.

한국문학, 변화의 문턱과 징후들

1

지금, 한국문학은 일찍이 경험하지 못한 낯선 변화의 시기를 지나가고 있다. 문학사의 모든 시기에는 저마다의 역사적·시대적 의미가 존재하기 마련이므로 '지금'이 한국문학사의 중요한 문턱이라는 진단 자체가 과장된 것이라고 비판하는 사람도 있을 것이다. 모름지기 개인에게 저마다의 사연이 있듯이 역사의 모든 시기에도 각각의 상징적 의미가 있기 마련이니까. 하지만 지금 한국문학을 둘러싸고 있는 변화의 조짐은 '문학'의 존재 방식과 가치의 척도에 대한 물음을 함축한다는 점에서 지금까지 경험한 역사적 국면의 특이성과 다르다.

2000년대 문학은 IMF 외환 위기의 여파와 신자유주의의 전면적인 확산이 가져온 정치적·경제적 문제들에 대한 응전의 양상을 보여 왔다. 소설에서 이것은 거대서사의 몰락과 함께 한국문학의 배면으로 밀려났던 사회적 상상력이 다시 전면에 등장하는 것으로 가시화되었다. 물론 사회적 상상력의 재등장이라고 거칠게 설명했으나 그 구체적인 양상은 1990년대 이전의 그것 — 소위 리얼리즘, 현실주의, 민족문학 등 — 과 확연하게 달랐다. 그것은 시대적 압력을 증언하기보다는 그것으로 인해 삶의 변방으로 내몰리는 젊은 세대의 불안정한 내면을 드러내는 것으로 구체화되었다. 시의 경우는 사정이 달라서 시대적 압력이 곧장 사회적 상상력의 재등장으로 나타나지 않고 세대적인 상징 투쟁의 양상을 보였다. 10여 년 전으로 거슬러 올라가보면 시에서 시대적 압력에 대한 문학적 응전은 대개 지배적인 형식을 교란하는 일탈과 실험으로 가시화되었다.

한편 현실에서 신자유주의의 전면화는 그것을 통치의 전략이자 이데올로기로 표방한 정치세력의 집권으로 인해 한층 폭력적인 방식으로 드러났고, 용산참사-4대강 사업-세월호 사건으로 집약되는 공권력에 의한 폭력과 근대적인 국가 시스템의 마비가 겹치면서 문학의 형질을 급속하게 바꾸어 놓았다. '민주주의' 담론에서 '일자리' 담론으로. 정치적 현실이 급속하게 반동화의 방향으로 선회했고, 그에 따라 문학적 상상력 또한 문학의 '정치(성)'라는 문제의식을 중심으로 재편되었다. 21세기가 시작될 무렵 발행된 문예지들이 상상한 미래상은 이러한 '폭력'과 '재난'의 시대가 아니었으나, 현실로 도래한 미래의 모습은 과거 이념의 시대를 연상시키는 정치적 갈등과 폭력의 일상화, 심각한 양극화와 전 사회적인 배제 시스템이 지배하는 사회였다. 랑시에르^{Rancière}라는 철학자의 이름과 함께 한동안 '문학과 정치', '문학의 정치성' 같은 화두가 비평계는 물론 문예지들의 지면을 빼곡하게 채우기 시작한 것도 이때였다. '억압된 것은 되돌아온다'는 프로이트의 애도^{mourning}나, 애도의 실패에서 기인하는 멜랑콜리^{Melancholy}에 대한 문학의 관심이 이때만큼 폭발적이었던 적이 있었을까.

하지만 문학과 정치의 관계, 문학의 정치성은 19세기 이래 근대문학이 지속적으로 관심을 기울여온 주제이다. 소위 '대중'의 시대라고 불리는 19~20세기 내내 '문학'은 일정한 정치적 성격을 띠었고, 정보의 생산과 전달 등에서 문해력^{literacy}이 차지하는 의미는 '문학'과 '정치'의 분리를 불가능하게 만드는 요인이었다. 다만 그것들의 관계를 설정하는 방식,

그리고 '정치성'을 어떻게 규정할 것인가의 문제는 사람들마다 달랐다. 그런 한에서 문학과 '정치/정치성'의 관계에 대한 물음이 등장했다는 사실 자체보다는 그것에 관한 담론이 폭발적으로 증가한 현상을 징후적으로 받아들여야 할 것이다. 이 징후의 의미와 맥락을 이해하기 위해 잠시 시선을 1990년대로 돌려보자. 주지하듯이 1990년대 문학은 그 이전 시기 문학을 주도해온 민족문학, 노동문학 등을 밀어내고 대신 개인, 욕망 등의 새로운 담론을 제시하면서 시작되었다. 이념이 욕망으로 대체되었고, 계급·민족 등의 집단—주체는 개인—주체로 바뀌었다. 요컨대 탈脫산업화 또는 후기자본주의 시대를 살아가는 개인의 문제를 욕망, 윤리, 내면 등의 프리즘을 통해 조명하는 것이 1990년대 문학의 성격이었다. 이러한 문학의 형질 변화는 비평 영역에서 '정치' 담론이 퇴조하고 '자율성' 담론이 새롭게 조명되는 계기가 되었으니 — 비록 예술의 '정치성'을 어떻게 규정 하느냐는 문제는 해결되지 않았지만 — 이때부터 문학에서 '정치성'을 읽어내려는 시선은 급격하게 사라져갔다. 이는 새로운 세기에 접어들어서 도 지속되었으니, 소위 '미래파' 논쟁 과정에서 등장한 다양한 '전위' 담론이 한결같이 '자율성' 담론, 명시적으로 밝히고 있진 않지만 1960년대 서구에서 정점에 도달한 하이 모더니즘High Modernism의 실험적 성격을 계승했음은 쉽게 확인할 수 있다. 즉 90년대는 문학의 '정치성'에 대한 80년대적 사고와 단절하면서 등장했고, 그것은 문학을 '자율성'의 관점에 서 이해해야 한다는 시대적 합의로 귀결되었던 것이다. 2006년 한 신문이 2000년 이후 등단한 시인들을 대상으로 조사한 설문에서 황병승, 김경주, 김행숙, 진은영, 김언이 1~5위를 차지한 것이 그 단적인 사례이다.

이처럼 2000년대 초반의 문학은 비록 90년대 문학과의 또 다른 단절을 통해 시대적인 특이성을 정립했으나, '자율성'의 문제를 주로 형식의 문제 로 사고함으로써 '형식'의 차원에서는 90년대의 그것과 연속성을 띠었다. 이런 맥락에서 최근까지 80년대적인 맥락에서 이해된 '문학'과 '정치'의 관계는 물론이고, 형식에 있어서 일정한 장르적 상식을 재생산하는 작품에 대해 비평계는 호의적으로 반응하지 않았다. 문학작품의 해석에서 인문학적 지식과 배경이 차지하는 위상이 높아짐에 따라 비평계가 이론의 백가쟁명 시대를 맞이한 것은 부정할 수 없는 사실이지만, 작품성에 대한 평가에서 소위 우리가 '형식'이라는 말로 지시하는 것의 가치가 가파르게 상승한 것 또한 사실이다. 최근 문학계에서 두드러지는 변화는 90년대 이후로 완만하게 형성되어온 자율성에 대한 근본적인 문제제기를 함축한다는 점에서, 그것이 전통적인 비평장이 아닌 곳에서 발화되고 있다는 점에서 특이하다.

2

'용산'에서 '세월호'에 이르는 고통의 시산을 지니오면서 '문학'에 대한 사람들의 감수성은 눈에 띄게 바뀌었다. 2000년대의 첫 10년이 끝날 무렵까지 상식으로 여겨지던 '자율성'에 대한 믿음이 흔들리기 시작했고, 문학, 특히 '언어'가 우리 사회와 고통 받는 타인의 삶을 위해/향해 어떤 역할을 해야 한다는 문제의식이 생겨났다. 그것은 작가와 독자 모두에게서 공통적으로 나타났다. 여전히 제도권—문단에서는 '자율성'의 깃발이 힘차게 휘날리고 있었지만, 그럴수록 '자율성'을 신봉하는 문학인들이 무력감을 감내해야 하는 치욕의 시간은 길어졌다. 무엇인가를 해야 한다는 자각, 그럼에도 '언어'로 무엇을 할 수 있을까 확언하지 못하는 암중모색의 시간이 이어졌고, 동시에 사람들은 '자율성=정치성'이라는 믿음에서 조금씩 멀어졌다. 진은영, 심보선, 이영광 등의 시가 집중적인 관심을 받은 시기도 이때였다. 예술의 존재이유와 가치를 부정한 사람들, 이를테면 예술은 현실적인 고통을 해결하는 데 무력하다고 주장하면서 문학을 떠난 사람들도 없진 않았다. 하지만 여전히 많은 작가들은 과거와 다른 방식으로 문학이 무언가를 할 수 있다고, 해야 한다고 믿었다. 나는 이 무렵 '문학과 정치'라는 제목을 달고 진행한 한 특강에서 독자로부터 왜 '문학의 정치'는 늘 '작가'의 정치여야 하느냐는, '문학의 정치'에서 '독자'의 몫은 존재할 수 없느냐는 도발적인 질문을 받았다. 생각해보니 문학은 이미-항상 쓰는 존재, 즉 '작가'의 입장에서만 이해되어온 것 같았으나 선뜻 그 질문에 대답할 수가 없었다. "예술을 엄격히 미학적으로만 지각한다면 그것은 미학적으로 올바르게 지각되지 않는다."라고 주장한 아도르노의 심정도 그 무렵 우리들의 심정과 비슷하지 않았을까. 용산참사나 세월호 사건 당시에 '문학'이 무엇을 했는가를 회고하려는 것이 아니다. 일찍이 아도르노는 근대문학(근대예술)의 임무를 이렇게 설명했다.

> 오늘날 우리가 처한 상황에서는 예술의 임무는 거의 전적으로 상처받은 것을 표현하는 것에서 성립합니다. 또는 베케트가 나에게 말한 지 일주일도 지나지 않는 말에서처럼, 인간에게서 무력한 것, 억압받은 것을 표현하는 것이 예술의 임무입니다.(『미학강의』, 130쪽)

'상처받은 것'을 표현하는 것이 예술의 필요충분조건은 아닐지도 모른다. 또한 위의 주장에 동의한다고 해도 그 '표현'의 방식을 둘러싼 차이는 존재하기 마련이다. 그것은 '저항'이라는 공통분모를 공유하면서도 부정적인 방식과 긍정적인 방식 가운데 어느 쪽으로도 표현될 수 있다. 전자의 경우, 예술은 동시대 인간의 삶을 억압하고 있는 것의 정체, 그것의 폭력성을 드러냄으로써 권력을 탈脫신화화하는 방식을 취하는 경우일 것이다. 반면 후자의 경우에는, 예술에 대한 들뢰즈의 감각론이 그렇듯이, 지배적인 질서를 교란하고 그것으로부터 벗어나는 삶의 새로운 흐름을 표현하는 것, 그러니까 상처를 증언하기보다는 그것을 벗어나는 '건강함'에서 예술의 가치를 찾으려는 경우일 것이다. 예술가가 건강한 사람인 까닭은 그가 지배적인 질서에 덜 포섭된 존재이고, 그것으로부터 벗어나려는 에너지를 지닌 존재이며, 지배적인 것을 당연한 것으로 수락하기를 거절하는 존재이기 때문이다.

　　　손과 손을 마주한다는 것
　　　아무도
　　　아무것도 들어가지 못하도록
　　　손과 손을 붙인다는 것
　　　불구가 된 손을 입술 위에 갖다 댄다는 것
　　　　　　*
　　　죽은 아이의 생일시를 쓴다
　　　아이가 그러는지 내가 그러는지
　　　자꾸 운다
　　　　　　*
　　　검은 옷과 검은 모자를 쓴 노인이
　　　창 밖 언덕을 오르고 있다
　　　저 노인을 안다

　　　한 시간 뒤 다시 언덕에서 내려올 것이다

　　　언덕은
　　　봄에게 자리를 내어주고 있었다

　　　믿을 수 없다

　　　　　　　　　　　　　　　　– 이원, 「4월의 기도」, 전문

　　우리가 '고통의 시간'이라고 말한 시간동안 가장 치열한 '언어'를 보여준
시인 가운데 한 사람이 이원 시인이다. 좀처럼 감정적인 시어를 사용하지
않던 그녀의 시에도 '눈물'이 등장하기 시작했고, 죽음의 이미지인 검은색

에서 새로운 움직임의 역동성을 읽어내기 시작했다. 이원의 시세계 전체를 알고 있는 사람이라면 위의 시에 등장하는 언어가 얼마나 낯선 것인지, 그녀의 시어들이 얼마나 치열한 과정을 거쳐 변했는지 쉽게 짐작할 수 있을 것이다. 이것은 한 시인의 내면에서 펼쳐지는 시세계의 변화이기 이전에 이 시대가 한 시인에게 '죽음'에 반응하도록, 그것에 휘말리도록 강제한 사건의 결과라고 읽는 것이 타당할 것이다. 이원 시의 변화를 단적인 사례로 언급했지만, 그것은 수많은 변화 가운데 하나에 불과하다.

3

'세월호'를 계기로 정점에 도달한 사회적 고통에 대한 문학적 반응은 '문학'에 지금까지와는 다른 기준, 가치를 요구하는 방향으로 이어지고 있다. 그리고 '문단 내 성폭력' 사태를 거치면서, 페미니즘 담론과 결합되면서 마침내 '자율성'을 폭발시키는 양상으로 전개되고 있다. '권위'라는 이름으로 포장되었던 남성중심적인 권력/위계가 전면적으로 비판되기 시작했고, '문학'과 '삶'을 분리된 것으로 간주하는 태도가 더 이상 받아들여지지 않고 있다. '문학'과 '윤리' 사이에 존재하던 거리, '미학'이라는 이름으로 옹호되던 그 거리가 일순간 좁혀졌다. 속단할 순 없지만, 이러한 비판은 '미학', '자율성' 등의 개념과 가치가 젠더의 관점에서 중립적인 것인가라는 근본적인 물음을 던지고 있다. 물론 도덕적 정당성이나 정치적 올바름이 예술작품의 가치를 평가하는 잣대는 아니다. 하지만 '문학의 가치'나 '예술의 자율성'이 '쉴드'로 조롱받고 있는 현실은 그런 고상한 담론들이 지금까지 누구로부터 발화되었고, 어떤 사람들의 이익을 대변해 왔는가를 되돌아보게 만든다. 때로는 '무엇을' 말하는가보다 '누가' 말하는가가 더 중요한 법이다. 누가 말했는가? 시인 김현이 「질문 있습니다」라는 제목으로 발표한 문단의 "씨발 새끼들"에 관한 보고서는 이 잠재적인 분노의 도화선이 되었다. 아직까지 김현의 산문을 읽지 않은 사람이 있다면 꼭 한 번 읽어보라고 권하고 싶다. 그 글의 일부나마 옮겨본다.

> 술만 취하면 여자가 무슨 시를 쓰느냐 여성비하 발언을 일삼는 9도 있고, 걸레 같은 년, 남자들에게 몸 팔아 시 쓰는 년 — 이런 말은 어쩌다 이런 사람들의 단골 멘트가 되었을까요 — 이라는 말을 동료 여자 시인에게 내뱉으며 스스로 "명예남성"임을 자칭하는 여자 시인 0도 있습니다. 그뿐이 겠습니까. 11도 있고 12도 있고 13도 있습니다. 그뿐이겠습니까. 1-1, 2-3, 3-5, 4-7, 5-9의 반복적인 사례도 많습니다. 문단 사람이라면 대개 다 알고 있는 사실입니다. 그렇지 않습니까? 우리는 여전히 '잠재적 방관자' 입니다. 그런데 말입니다, 문단의 이런 사람들은 왜 아직도 처벌받지 않고 반성하지 않고 여전히, 그곳에, 버젓이 살아남아 가해자로 사는 삶을 이어가 고 있을까요?
>
> — 김현, 「질문 있습니다」, 부분(『21세기문학』, 2016 가을)

'잠재적 방관자'라고 완곡하게 표현했지만 소위 '00계'라는 이름이 붙은 집단 대부분이 위계와 서열로 촘촘하게 직조된 세계임을 모르는 사람은 없을 것이다. 특히 그 세계의 내부자들에게 이것은 '상식', 다만 자신이 몸담고 있는 세계가 유지되기 위해 외부에 알려져선 안 되는 불문율이다. 철학자 슬라보예 지젝이 퍼트리샤 하이스미스의 「검은 집Black House」을 인용하면서 반복적으로 비판하는, 공동체가 유지되기 위해 끝끝내 지켜져 야 하는 '비밀'도 이런 것이 아닐까. 이 소설에서는 공동체의 비밀을 누설한 '외부인(타자)'이 살해당하지만, 대부분의 '00계'에서는 그 비밀을 누설한 존재가 궁극적으로 '외부인(타자)'이 된다. 그리고 최근의 '미투Me too'운동 에서 확인되듯이, 이들 공동체의 '주체(중심)'는 대개 가부장적인 남성이고, '타자'는 여성이다. 이는 예술계 전반이 여성에게 일방적으로 불리한, 아니 여성에 대한 폭력을 '예술'과 '질서'의 이름으로 합리화하면서 유지되어 왔다는 의미이다. 그런 한에서 '잠재적 방관자'와 '현실적 방관자'의 거리는 우리의 생각보다 훨씬 가깝다. 여성에 대한 전 사회적인 억압이 얼마나 깊고 광범위한 것이었는가는 '문단 내 성폭력'이 이슈화되면서 조남주의 『82년생 김지영』(민음사, 2016), 김해진의 『딸에 대하여』(민음사, 2017), 강화길의 『다른 사람』(한겨레출판, 2017)과 『괜찮은 사람』(문학동네, 2016), 박민정의 『아내들의 학교』(문학동네, 2017), 페미니즘 테마소설집 『현남 오빠에게』(다산책방, 2017) 등이 독자들의 관심을 받은 것에 비추어서도 확인할 수 있다. 오혜진이 「퇴행의 시대와 'K문학/비평의 종말」(『문화과학』, 2016, 봄)에서 한국문학을 '개저씨 문학'으로 비판한 것도 동일한 맥락에 놓여 있다.

> 예술에서 도덕적 청렴함이 반드시 플러스가 되는 건 아니다. 뛰어난 예술가들은 스스로의 약점, 욕망, 좌절 같은 것 때문에 예술이 오히려 깊어질 수 있다. 잘못을 통해 자신의 내면을 깊게 하고, 예술적으로 승화시킨 사례를 뛰어난 예술가들에게서 많이 본다. 실수나 좌절감, 혹은 주체할 수 없는 욕망 때문에 스스로 성찰하고 깊이 하는 계기를 만들 수 있고, 그런 고통을 통해 만들어진 작품에서 한 작가의 위대성이 드러난다. 미투 운동과 관련해 가령 출판사 사장이 책 내준다고 꾀어 여성 문인을 어떻게 했다면 그건 문화 권력을 이용한 거니까 지탄받아 마땅하다. 하지만 예술가의 광기와 열망, 좌절감이나 감정의 분류(奔流)에 의해 발생한 어떤 사태에 대해 도덕적으로 나쁘다고 비판할 수는 있겠지만 그의 문학까지 비난한다든가 사회적으로 공개 힐난하는 데에는 동의하지 않는다. (김병익 인터뷰, <중앙일보>, 2018. 02. 09.)

엄밀히 말하면 나 역시 '문학'과 '도덕'('도덕'이라는 말보다는 작가의 인성이나 인품이라는 말이 타당하다.)은 별개의 문제라고 생각한다. 하지만 이것이 '문학'으로 '도덕'에서 발생한 문제를 덮을 수 있다는, 노골적으로 말하면 면죄부를 줘야 한다는 주장을 정당화하지는 못한다. 그 뿐만 아니라 한 작가의 인성이나 인품의 '바닥'을 알게 된 후에 그의 작품이 불현듯 '후지게' 보이는 것 또한 어쩔 수 없다. 우리는 명석판명한 철인哲人이 아니라 사유, 감정, 감각이 실시간으로 변화-생성하는 존재이기 때문이다. 그러므로 '문학'이나 '작품'만 보자고 주장할 수는 있겠지만, 그것이 '문학'이나 '작품'만 볼 수 있음을 정당화하지는 못한다. 그런 점에서 '문학'은 살아 있는 작가가 죽은 작가보다 불리한 게임이기도 하다. (특히 사자死者에 관대한 문화권에서 살고 있는 경우라면 더욱 그렇다.) 김병익의 저 인터뷰에는 '자율성'을 신봉하는 사람들의 무의식이 드러나 있다. 아무도 작가에게 "도덕적 청렴함"을 요청하지 않았음에도 불구하고 "예술에서 도덕적 청렴함이 반드시 플러스가 되는 건 아니다."라고 진술하는 장면이 그것이다. 나 자신 또한 '잠재적 방관자'의 한 사람에 불과하겠지만, 적어도 '문단 내 성폭력'과 '미투 운동'의 주체들이 남성 작가들에게 요구하는 것은 "도덕적 청렴함"이 아니라 상식적으로 행동하라는 것이다. 타인의 고통에 공감하지 못할지언정 자신의 자유로운 삶을 위해 타인의 자유를 억압하는 폭력을 행하지 말라는 것, 자신의 욕망을 위해 타인의 욕망을 억압하지 말라는 것, 특히 그러한 범죄-폭력을 '예술'의 이름으로 행하거나 포장하지 말라는 것이다. 그리고 그러한 폭력-범죄를 저질렀다면 처벌받거나 진심으로 사과하라는 것이다. 아울러 '폭력'의 고통과 비극을 언어화하면서 정작 타인에게 일상적으로 폭력을 행사하는 작가가 있다면 비난받아 마땅하다는 것이다. 왜 이런 상식적인 주장이 "새삼스럽게 까발리는" 것으로, "속류화"로 해석되는 것일까? 그것은 앞에서 지적했듯이 '문학'과 '삶' 사이에서 완충역할을 담당해주던 '자율성'이라는 '신화'가 어느 순간부터 제대로 작동하지 못하면서 발생하는 착시현상인 듯하다.

우리는 어떻게 예술적으로 살아가는가? 어떻게 우리는 저항과 긍정의 형식을 선택하고, 숙고하고, 먹고, 관계를 맺으며, 사랑하는, 그리고 세계

내로 이동하는 방식으로 통합해 낼 수 있는가? 요컨대, 우리는 어떻게 미학적 반성에 구체화된 비판과 의미를 우리의 일상적 삶 속으로 흡수해 낼 수 있을까? (재커리 심슨, 김동규, 윤동민 옮김, 『예술로서의 삶』, 갈무리, 2016, 340쪽)

시인들은 종종 시를 '쓴다'고 말하지 않고 '앓는다'라고 말한다. 시를 쓰지 않는 입장이므로 '쓴다'와 '앓는다' 가운데 어느 쪽이 시작詩作의 경험에 근접한 것인지 알 수 없다. 다만 '앓는다'라는 저 낯선 술어를 통해 왜 우리는 '문학'을 읽고 쓰는가에 관해 생각해볼 수 있을 듯하다. 문학, 넓게 말해서 예술의 존재 이유와 가치는 무엇일까? 왜 우리는 '돈'이 되지도 않는 글을 쓰고 읽느라 숱한 불면의 밤을 견디는 것일까. 나는 작가를 '자영업자'의 일종으로 간주하는 태도에 동의하지 않는다. 사실 우리의 인식이나 감각은 상당히 왜곡되어 있다. 때때로 그것은 불연속적인 것을 연속적으로 것으로 경험하기도 하고, 일시적인 것을 영원한 것처럼 감각하기도 하며, 존재하는 것을 보지 못하기도 한다. 이러한 왜곡/한계는 인간이라는 존재의 본질적인 한계이기보다는 습관, 통념, 상식 등에 익숙해진 결과이다. 나는 문학이, 예술이 이 자동화된 감각의 방향으로 흘러가려는 것을 막아준다고 생각한다. 예술이 사회에 대한 안티테제라는 주장도, 예술이 현존하는 질서의 바깥으로 우리를 데려간다는 주장도, 문학의 가치가 쓸모없음의 쓸모에 있다는 주장도 결국 현재적 삶에 대한 불화에서 문학의 존재이유를 찾는다는 점에서 일치된다. 그런데 왜 문학은 대중적인 흥미나 지배적인 질서를 재생산하는 손쉬운 방향을 외면하고 현재적 삶, 현재의 질서와의 불화를 선호하는 것일까? 왜 그토록 많은 작가들은 자신의 부유한 삶보다 타인의 고통에 공감하고 세계의 폭력성을 비판하는 방식의 언어를 사용할까? 장 뤽 고다르는 <언어와의 작별>에서 클로드 모네에 관해 이야기하면서 이런 이야기를 들려주고 있다. "보는 것을 그리지 말라. 우리가 보는 것은 아무것도 없으니. 볼 수 없는 것도 그리지 말라. 볼 수 있는 것만 그려야 하니. 다만, 우리가 보지 않는 것을 그려라." 그렇다. 예술은 우리가 보지 않는 것, 볼 수 있음에도 불구하고 여러 가지 이유로 인해 보지 못하는 것을 드러내는 행위이다. 그리고 이런 일체의 창조적 행위를 통해 병든 삶을 치유하려는 의지의 산물이다. 이 세계, 타인, 삶에 대한 고민이 없다면 우리가 문학을 읽고 써야 할 이유가 없다. '돈'을 위해서라면 그것은 '예술'이라기보다는 '노동'이라고 말하는 것이 타당하지 않을까. 다소 먼 길을 에둘러왔지만 문학은 다른 삶의 가능성을 원하고 모색하려 하기 때문에, 지금-이곳의 삶에서 벗어나고자 하는 (무)의식적 욕망이 존재하기 때문에 시작된다. '문학'과 '삶'을 등치시킬 수는 없겠지만, 최소한 '삶'이 '문학'을 떠받치고 있는 유력한 근거 가운데 하나임은 분명하다. 이런 이유에서 우리는 '문학'을 다만 '쓰는 것'이 아니라 '사는 것', 즉 "어떻게 예술적으로 살아갈 것인가?"라는 물음과 접속시키는 방식을 발명해야 한다. 또한 이것이 작가가, 아니 작가라면 당연히 타인의 삶, 자유, 욕망에 대해 예민한 감각을 지녀야 하는 이유이다. 타인에게 폭력을 행사하면서 '폭력'을 비판하는 문학을 어떻게 읽어야 할까?

4

최근의 한국문학에서 가장 두드러지는 변화는 문학, 특히 시가 대중적인 영향력을 회복한 것과, 문학장場에서 '비평'의 영향력이 크게 줄었다는 점이다. 최근 한 일간지는 2030세대가 시를 소비하는 현상을 가리켜 '박준 현상'이라고 명명했다. 젊은 세대가 시집을 "우아한 활자 굿즈"로 소비한다는 주장도 있고, 자신이 읽은 시집의 표지나 시 일부를 촬영해서 SNS에 올리는 것이 유행이라는 설명도 있다. 물론 이러한 현상에는 착시현상이 존재하기 마련이다. 엄밀하게 말하면 몇몇 시인들의 시집이 많이 팔리는 현상과 시의 대중적인 영향력이 높아진 것은 별개의 문제이고, 일부 시인의 시집에 한정된 것이라면 과거에도 늘 존재하던 현상이기 때문이다. 그렇지만 시에 관한 대중의 관심이 전반적으로 높아진 것은 사실이다. 약 10년 전의 상황과 비교할 때 최근의 '시'는 한결 쉽고 간명해졌다. 사실 지난 10년 동안 무엇이 시인, 작가와 독자의 거리를 이토록 좁혔는지 설명할 수는 없다. 그렇지만 극히 예외적인 경우를 제외하면 문학이, 시가 어렵다는 불평은 현저하게 줄었다. 시가 쉬워진 게 문제라는 말이 아니다. 불과 얼마 전까지 시가 어렵다는 이유 때문에 비평이 항상 시인과 독자를 이어주는 역할을 담당했고, 이 때문에 비평의 위세(?)는 크고 높았다. 비평가의 해설에 의존하지 않고 현대미술이나 현대음악을 즐기기가 어렵듯이, 문학이 난해하다고 여겨질수록 비평에 대한 대중의 의존도는 높아진다. 또한 그에 비례하여 비평가의 권위도 상승한다. 시의 경우, 감정을 중시하고, 일정한 수사적 표현법에 익숙하고, 이른바 감정을 '승화'시키는 방식의 끝맺음이 시의 유일한 발화 방식이라고 믿는 사람일수록 이런 불만은 컸다.

하지만 상황이 달라졌다. 작품이 난해해서 읽을 수 없다는 불만은 거의 사라졌고, 오히려 '비평'이 독자의 작품 향유를 방해한다는, 그리하여 작품과 독자의 소통에 불필요한 존재라는 비판이 확산되고 있다. 흥미롭게도 이러한 비평의 위상 변화는 '문학'이라는 제도에서 문예지의 영향력이 줄어드는 현상과 중첩된다. 나는 '문예지'를 중심으로 한 '작가–독자–비평' 간의 위상 변화에 주목해야 한다고 생각한다. 혹시 이것이 우리가 알고 있는 근대문학이라는 제도가 경험하고 있는 근본적인 변화의 징후는 아닐까? 혹자는 이를 인쇄매체의 몰락, 즉 전자책 등의 읽기 방식이 주도하는 변화의 한 양상이라고 주장하지만, 최근 앙투안 콩파뇽이 「여러 언어로 읽기」에서 제시한 국가별 전자책 판매의 시장 점유율 등을 살펴보면 쓰기와 읽기 모두에서 디지털화에 따른 혁신은 별로 없었음을 확인할 수 있다. 매체에 관해서라면 작가와 독자 모두 어느 정도는 보수적이라는 것이다. 그렇지만 한국문학만을 놓고 보면 월간 또는 계간 문예지를 통해 작품을 읽는 독자의 수가 급감했으며, 소수의 마니아mania 집단의 경우 대안적인 독립잡지에 관심을 갖거나 자신들이 독립출판의 주체가 되는 양상으로 변해가고 있다. 이는 몇몇 영향력 있는 비평가들이 특정한 문학적 이념과 취향의 공동체를 이루어 문예지를 주도하고, 자신들이 선호하는 작가들을 중심으로 문예지의 지면을 구성하고 단행본 출판을 기획하던 과거와는 다른 모습이다. 아직까지는 이러한 독립성을 확대해석해야 할 근거는 없지만, 젊은 문학인들이 다양한 이벤트를 기획·진행하는 모습을 보면 확실히 비평의 영향력이 줄어들었음을 실감하게 된다. 최근 몇 년 사이에 비평은 문예지에서 전면적으로 퇴각한 모습이고, 문예지들 또한 인문학적인 이론의 백가쟁명 시대임에도 불구하고 '비평'을 중심으로 잡지를 편집하지 않으려는 태도를 취하고 있다. 매체, 작가, 독자 모두가 '비평'과 일정한 거리를 유지하려 한다. 어떤 사람들은 이 비평의 축소가 대중과의 교감에 실패한 비평가들의 글쓰기 때문이라고 진단한다. 하지만 더욱 본질적으로 문학작품이 그 자체로 독자와의 교감에 성공할 때, 그리하여 독자가 '비평'의 존재 없이도 얼마든지 작품을 향유할 수 있을 때, 아니 독자의 감식안이 비평가의 그것에 방불할 때, '비평'의 위상은 모호해지고 만다. 왜냐하면 90년대 이후로 '비평'이 주로 작품과 독자를 이어주는 '다리' 역할을 자임해왔기 때문이다.

5

문학은 '언어'에 예민한 감각 없이 성립되지 않는다. 모든 시인들이 '언어'에 대한 실험, 사유, 저항을 행해온 이유도 이와 무관하지 않다. 그럼에도 불구하고 우리는 종종 '언어'에서 비롯되는 착각에 사로잡힌다. 우리들 모두에게 여전히 '언어'는 가능성인 동시에 한계이며, 그러므로 모든 문학적 실험은 일차적으로 '언어(질서)'의 문턱을 넘는 것에서 시작된다. '혐오misogyny', '문단 내 성폭력', '미투 운동' 등이 이슈가 되면서 여성 혐오가 문제이듯이 남성 혐오도 문제라는 주장이 등장했다. 여성에 대한 남성의 행위가 폭력이듯이 남성에 대한 여성의 폭로/행동 또한 폭력이라는 주장도 있다. 이것들은 마치 '혐오'나 '폭력'이 대등한, 수평적인 관계에서 행해지는 것이라는 왜곡된 인식을 낳는다. '혐오'나 '폭력' 문제를 쌍방적인 것으로 해석하는 순간 그것들이 제기하는 문제는 사라진다. 왜 우리는 어떤 '폭력'으로부터 자신을 방어하기 위해 행하는 행동을 '폭력'이라고 말하지 않고 정당'방위'라고 표현할까. 그것은 '정당방위'가 폭력을 수반할 때조차 폭력이 아니라 '방어'이기 때문이다. 마찬가지로 비非폭력은 결코 '폭력'이 없는 투쟁이 아니다. 그것은 온몸으로 폭력을 견딤으로써 '폭력'을 추문으로 만드는 투쟁의 방식이다. 공권력은 '폭력'이지만, 그 폭력에 대한 시민들의 저항을 동일하게 '폭력'이라고 표현하는 것은 부당하다. 궁극적으로 이러한 표현은 공권력의 '폭력'을 은폐하거나 그 부당성을 생각하지 못하게 만든다. 문단의 추문은 '일부'의 문제이니 '전체'를 매도해선 안 된다는 논리도 마찬가지이다. 추문을 비판하는 누구도 문학인 모두가 '추문'의 당사자라고 생각하지 않을 것이다. 하지만 그것을 '일부'의 문제로, 그리하여 예외적인 개인이 책임져야 할 부분적인 문제라고 주장하면 '문단'이라는 장소의 문제성은 사라지고 만다. 그것은 '전체'를 향한 항변을 일부만 들어야 할 것으로 간주함으로써 결국 그 목소리가 들리지 않도록 만드는 '효과'를 낳게 된다. 그러므로 지금 상황에서 중요한 것은 말하기 전에 듣는 것, 최선을 다해 진지하게 듣는 것이다. 지금 우리에게 간절히 필요한 것은 고통 받은 존재를 향해 귀를 기울이는 능력이니, 귀를 기울이기 위해서는, 그리하여 듣기 위해서는, 먼저 입을 닫을 줄 알아야 할 것이다.

미적인 것과 윤리적인 것

1

"아무런 법칙이 없기 때문에 윤리학이 존재합니다. (중략) 무엇을 해야 할지 모를 때, 지식과 행동 사이에 괴리가 있을 때 윤리는 시작되고, 존재하지 않는 새로운 규칙을 고안하는 일에 우리는 책임을 다해야 합니다." 프랑스의 철학자 자크 데리다는 2001년 영국의 한 대학에서 개최된 학술강연의 패널 토의에 참석해 자신에게 던져진 질문에 이렇게 대답했다. 나는 '윤리'라는 말을 접할 때마다 이 장면을 떠올린다. 알다시피 '윤리'는 어디에서나 문제를 일으키는 천덕꾸러기 같은 개념이다. 너무나 많은 사람들이, 너무나 다양한 맥락에서 '윤리'를 강조하다보니 어떤 사람들은 '윤리'라는 말만 들어도 고개를 가로젓는다. 특히 '문학'이나 '예술'과 결합될 때, 그것에 대한 예술가들의 반발은 극심하다. '윤리'는 문학이나 예술을 판단하는 잣대가 될 수 없다는 것. 당연한 말이다. 그들의 용법을 빌려 말하자면 윤리적으로 훌륭한 문학작품이 곧 예술적·미학적으로 훌륭한 문학작품은 아니기 때문이다.

근대 이후의 예술은 '윤리적인 것'과의 완전한 분리를 자신의 출발점으로 삼았다. 오늘날 작가는 윤리적으로 정당한 작품을 쓰려고 생각하지 않는다. 독자들 또한 윤리적으로 훌륭한 결말에 감동하면서 문학작품을 읽지 않는다. 이렇게 이야기할 때 사람들은 '윤리'를 '도덕morals'의 동의어로 간주한다. '윤리'라고 발음하면서 실제로는 '도덕'을 떠올리는 것이다. 하지만 스피노자의 『에티카』가 도덕 교과서가 아닌 것처럼, '윤리'는 '도덕'이 아니다. '도덕'과 '(국민)윤리' 과목을 필수로 공부해야 했던 세대에게는 '도덕'과 '윤리'가 쉽게 구별되지 않을 수도 있지만, 그럼에도 불구하고 '윤리'와 '도덕'은 같지 않다. '도덕'은 '선'과 '악'을 전제로 인간의 삶을 억압한다. 그것은 당위를 내세움으로써 현존을 부정한다. 그것은 신이나 종교 같은 초월적 기준에 의해 작동되는 금지와 부정의 장치이다. '도덕'의 궁극적 목표는 죄책감을 우리에게 내면화하는 것이다. 그래서 철학자 질 들뢰즈는 '윤리'란 '도덕'과 양립하지 않는 지知라고 주장했다. 스피노자의 '에티카(윤리)'는 자유를 향한 변화를 모색하는 철학이기 때문이다. 이렇게 설명한다고 '윤리'에 대한 사람들의 오해가 쉽게 풀리지는 않을지도 모른다.

2

한국문학에서 '윤리'라는 말의 영향력이 커진 것은 90년대 초반이었다. 이 무렵 활발하게 활동한 한 평론가의 말에는 왜, 어떻게 90년대 초에 '윤리'라는 개념이 한국문학의 전면에 등장했는가가 설명되어 있다. "이념이 집단 주체의 것이라면 윤리는 개별 주체의 것이다. 우리가 만들어가야 할 세계의 빛나는 모습을 그려내고자 하는 것이 이념의 일이라면, 윤리는 우리 욕망의 심연을 투철하게 응시하고자 하는 시선의 산물이다." (서영채, 『문학의 윤리』, 문학동네, 7쪽) 90년대 문학은 '내면'과 '윤리'를 두 축으로 삼아 시작되었다. '내면'과 '윤리', 특히 '윤리'는 '이념'이라는 초월적 나침판이 부재하는 상태에서 출발한 90년대 문학이 80년대와의 차별화를 위해 동원한 문학적 알리바이였다. 서영채의 말에서 확인되듯이 90년대 문학인들은 '윤리'를 개인-주체의 것으로 간주함으로써 집단적인 지향점이었던 이념과 그것을 명확하게 대립시켰다. 그것은 미결정된 것이라는 점에서 도덕과 달랐고, 특히 개인이 만들어가야 할 것이라는 점에서도 이념과 구별되었다. 90년대 문학에서 '윤리'는 이처럼 '내부/외부', '이념/윤리', '집단/개인'의 대립에 기초해서 발화되었다. 하지만 알랭 바디우가 "윤리에의 준거의 사회적 인플레이션"(『윤리학』)이라고 비판한 소위 '윤리적 전회'는 새로운 세기가 시작된 이후에야 한국문학의 중요한 화두가 되었다. 이때의 '윤리'는 90년대와 달리 '타자', '실재', '사건' 등의 철학적 사유와 신자유주의의 지구적 확산으로 인해 새로운 문제로 대두된 이방인에 대한 철학적·문학적 반응의 일종이었다. 물론 이 경우에도 '윤리'는 도덕적 선善과는 별개의 층위에서 사유되었다. 가령 슬로베니아 학파의 일원인 알렌카 주판치치는 『실재의 윤리』에서 칸트가 '윤리'를 '선의 분배'와 단절시켰다는 점을 가장 높이 평가했는데, 이는 정신분석적인 의미에서 '실재의 윤리'가 '도덕'이나 '선'과 무관하다는 것을 의미한다. '책임'이라는 도덕적 맥락을 끌어들였지만 가라타니 고진이 '윤리'를 타자에 대한 응답response=책임responibility으로 설명하고, '타자'를 "공통 규칙(코드)을 갖지 않은 사람"으로 한정한 것 또한 타자에게 선善을 베풀라는 단순한 도덕적 충고는 아니다.

　　상당히 많은 사람들이 타자와 타인을 동일시함으로써 윤리를 도덕의 문제로 환원해서 생각하지만, 타자에 대한 '윤리'는 응답이나 책임을 요구하되 그것의 구체적인 방법이나 귀결점을 초월적으로 제시하지 않는다는 점에서 '도덕'과 다르다. 거듭 말하거니와 20~21세기에 다수의 정치학자·철학자가 주장하는 '윤리'는 —그것을 하나로 설명하기는 어렵지만— 이웃에게 친절을 베풀라는 도덕적인 충고와는 아무 관계가 없으며, '타자'

에 대한 응답을 요구하되 그것의 정당한 방법이 무엇인지 말해주지도 않는다. 오늘날 '윤리'는 우리의 공동체가 당연시하고 있는 상식적 믿음의 한계를 적나라하게 드러내 보인다. 그것은 우리에게 '응답'을 촉구하지만 실상 응답하기 어려운 '응답'을 요구한다는 점에서 윤리적 상황을 초래한다. 데리다는 이러한 윤리적 상황을 초래하는 결정불가능한 존재를 '유령'이라고 불렀는데, 그것은 지금까지 우리가 '윤리'라는 이름으로 행한 일체의 판단과 실행을 무효화하고 새로운 '윤리'의 발명을 요청한다는 점에서 위험한 것이기도 하다. 나는 "보장된 윤리는 윤리가 아닙니다. 보험에 들어 있는 윤리라면, 그리고 잘못했을 때 보험이 대가를 지불한다는 것을 알고 있다면, 그건 윤리가 아닙니다. 윤리는 위험한 것입니다."라는 데리다의 주장을 이렇게 이해한다.

3

예술과 윤리는 대립하지 않는다. 현대문학에서 '윤리'가 강조되는 것은 타인과 세계에 대한 도덕적 판단을 요청하는 것과 아무런 관련이 없으며, 문학이 도덕적으로 권장되거나 정당화될 수 있는 내용을 담으라는 요청과도 무관하다. 20세기 이후의 문학은 지속적으로 '타자적인 것'에 관심을 기울여왔다. '타자적인 것'은 한 개인의 내면에 은폐되어 있는 '무의식'에서부터 국민국가시스템이 생산한 비국민에 이르기까지, 가부장적 사회의 타자인 '여성'에서부터 신자유주의적 상황에서 등장한 '이방인'에 이르기까지 다양하게 변주되면서 현대문학의 중요한 사유 대상이 되었다. 현대문학은 반복적으로 소설의 주인공은 물론 그것을 읽는 독자 모두를 '타자'와 마주하는 윤리적 상황으로 이끌어간다. 이 상황은 작가와 독자 모두에게 새로운 응답과 책임을 발명할 것을 요청한다. '윤리'란 정확히 말하면 이 새로운 응답과 책임의 발명이 요청되는 상황에 부여된 이름이다. 그러므로 모든 '윤리'는 타자에 대한 윤리일 수밖에 없다. 이때 '응답'이나 '책임'이라는 말을 기존에 존재하는 기성의 것, 나아가 법률적인 의미의 책임으로 해석해선 안 된다. 그것들은 현대의 정치학·철학적 사유의 요구를 회피한다는 점에서 차라리 무책임에 가깝다. 보장된 윤리는 윤리가 아니다. 그럼에도 불구하고 '윤리'에 불만을 가진 사람들의 상당수는 그것을 이항적인 선택의 문제로 환원하려는 태도를 보인다. 즉 근대 이후 예술과 윤리는 별개의 영역이어서 예술을 윤리로 판단할 수 없으며, 궁극적으로 윤리와 분리된 예술만이 진정한 예술이라는 것, 따라서 근대 이후의 예술이 추구해야 할 것은 윤리가 아니라 미학적 가치라는 주장이 그것이다. 이러한 이해구조 속에서 '윤리'에 대한 모든 강조는 전근대적인 권선징악의 잔재로 이해되어 부정적 대상으로 분류된다.

'윤리'에 대한 또 하나의 오해는 '타자'에 대한 윤리를 '타인'에 대한 윤리로, 즉 타자와 타인을 동일시하는 데서 발생한다. 현대철학이 '윤리'에 관해 이야기할 때 언급하는 '타자'는 '타인'과 전혀 다른 존재이다. "공통규칙(코드)을 갖지 않은 사람"이라는 가라타니 고진의 말처럼 '타자'는 '우리'라는 범주에 포함되지 않는 이질적인 존재를 가리킨다. 그것은 동일집단 내부, 즉 '우리' 안에서 '나'와 구별되는 어떤 인물을 지시하는 '타인'이 아니다. 특히 수평적 개념인 '타인'과 달리 '타자'는 대개 우리 앞에 (현실적인 힘의 측면에서는) 약소자로 등장한다. 그러므로 '타인'과의 관계와 '타자'와의 관계는 사뭇 다르다. '도덕'이란 한 공동체 내부에서 함께 살고 있는 이웃과의 관계에서 지켜야 할 최소한의 미덕이라는 점에서 '윤리'와 다르다. '윤리'라는 개념에 불쾌한 감정을 지닌 사람들 가운데에는 일상적 삶에 대해서도 윤리적으로 판단하지 말아야 한다고 주장하는 사람들이 있다. 앞에서 설명한 것처럼 이 경우 그 사람이 사용하는 '윤리'란 '도덕'을 의미하는 것이어서 그것은 자신의 일상을 도덕적 잣대로 판단하지 말라는 요청으로 이해할 수 있다. '윤리'와 '도덕'을 혼동함으로써 이러한 주장이 등장한 것은 분명하다. 하지만 삶에 '도덕'이라는 잣대를 적용하지 않는 것과 부도덕한 행위를 긍정하는 것이 과연 동일한 것일까? 나아가 타인에 대한 부도덕을 그 자체로 용인해야 하는 이유는 무엇일까? 이러한 주장은 작품과 삶의 경계를 구별하지 못하는, '예술'을 이미–항상 '작품/텍스트'의 문제로 한정하면서도 정작 자신의 일상에 대해서는 '예술'과 동일한 기준을 적용하려는 무지의 산물이 아닐까.

4

　데리다의 주장처럼 '윤리'는 우리에게 '책임'을 요청한다. '윤리'에 대해 부정적인 의견을 지닌 사람들은 이 '책임'에 대해서도 동일하게 불쾌한 태도를 보인다. 그들은 이때의 '책임'이 '규칙'의 대립항이라는 사실을 알지 못한다. '규칙'은 적용되는 것이라는 점에서 기계적이다. '규칙'이 우리에게 요구하는 것은 '사유'가 아니라 복종이다. 복종할 때, 그리하여 '규칙'에 충실히 따를 때, 거기에서는 '윤리'가 발생하지 않는다. '윤리'는 바로 '규칙'이 없을 때 발생한다. 니체가 능동적인 망각을 '충절'의 조건으로 꼽는 것도 이 때문이다. 이미 존재하는 규범이나 규칙에 의지할 수 없을 때, 우리는 새로운 규칙을 발명해야 한다. 이미 존재하는 규칙을 적용하는 것은 '윤리'가 아니다. 따라서 '책임'을 진다는 것은 책임을 지는 새로운 방식을 발명한다는 것을 뜻한다. 세월호 사태에서 우리가 경험한 것, 즉 잊지 않겠다는 것, 기억하겠다는 것 또한 희생자들의 이름을 기억하고 기록하는 문제로 환원되지 않는다. 그 사태 앞에서 우리에게 요청되는 것은 기억하는 새로운 방법을 창안하는 일이다. 그리고 그 새로운 방법의 구체적 모습은 사전에 결정되어 있지 않다. 어쩌면 그 새로운 방법, 그 다양한 방법 하나하나를 구체적인 작품으로, 표현으로, 형상으로 가시화하는 작업이야말로 문학과 예술의 '윤리'에 해당할 것이다. 많은 사람들이 문학을 평가할 때 '새로움'에 주목하는 이유도 이와 다르지 않을 것이다. 그것이 이전의 작품, 선배 작가들이 제시한 '응답-책임'을 '규칙'으로 받들지 않고 애써 불확실성과 우연 속에서 새로운 방식의 '응답-책임'을 모색할 때, 우리는 그것에 '윤리'라는 말을 부여할 수 있을 것이다. 거듭 말하거니와 20~21세기에 출판된 위대한 작품의 대부분은 '타자'에 대한 윤리 문제를 함축하고 있다. 문제는 그것을 어떻게 언어로 표현할 것인가에 달린 것이지 문학에서 '윤리'를 추방하는 데 있지 않다. 왜냐하면 누구도 특정한 문학작품이 '윤리'적 문제를 포함하고 있다는 것만으로 높게 평가하지는 않기 때문이다.

미학주의를 위한 변명

1

"'문학 3'은 언제나 '문학 삶'으로 잘못 읽혀지기를 원합니다." 이것은 최근 창간된 문예지 『문학 3』의 창간선언문에서 발견한 문장이다. '문학'과 '삶'이라는 두 단어를 아무런 유보조건 없이 나란히 놓는 것만으로도 낯설게 하기 ᵛᵉʳᶠʳᵉᵐᵈᵘⁿᵍ 효과가 나타나는 듯하다. 물론 '문학'이 '삶'과 무관하다고, 완전히 별개의 것이라고 공개적으로 주장할 수 있는 사람은 많지 않을 것이고, '삶'에 대한 '문학'의 공과를 부정하는 사람도 드물 것이다. 그럼에도 불구하고 조건 없이 '문학'과 '삶'을 연결시키는 저 조어법이 부당하다고 느끼는 사람, 그것이 강조하고 드러내는 방식으로 무언가를 은폐하고 있다고 생각하는 사람도 없지 않을 것이다. 우리는 늘 '문학'과 '삶'의 연속성을 당연시하지만 정작 '문학'과 '삶'의 관계가 무엇인지 대답하기는 쉽지 않다. 어떤 문제를 문제가 아닌 것으로 만드는 가장 손쉬운 방법은 그것을 당연시하는 것, 즉 상식적인 전제로 치부해버리는 것이 아닐까. 하지만 '문학'과 '삶'의 (불)연속성은 전제되어야 할 것이 아니라 문학이, 글을 쓰는 행위를 통해 늘 다시 사유하고, 다시 대답해야 할 근본적인 물음이다. 어쩌면 '문학'이란 이 물음에 대한 응답, 그러나 매번 실패로 귀결될 운명의 응답인지도 모른다.

2

미학주의와 성추문의 연관성을 의심하는 시선이 있다. 자율성을 방패로 삼아 '예술'과 '현실'의 분리/단절을 정당화해온 담론이 작가들이 사회적 규범을 위반하도록 부추겼다거나, 최소한 그들의 행위에 심리적 정당성을 부여했다는 주장이다. 이러한 의심은 예술의 자율성 담론을 강조해온, 성추문에 연루된 작가들의 책을 집중적으로 출간함으로써 결과론적으로 그들에게 문학적 권위를 안겨준 출판사에 도의적인 책임이 있다는 주장으로 변형되기도 한다. 성추문과 미학주의 사이에 인과성이 있다는 사고는 독자 대중에게 분노의 표적을 제공한다는 점에서 미봉책일 수도 있다. 하지만 이번 사태가 던지는 질문의 문제성을 봉쇄한다는 점에서 올바른 사유 방향은 아니다. 그것은 애써 고뇌하려 하지 않는 자의 긍정, 그리하여 또 다른 질문의 여지를 없애버리는 무성의한 "긍정yes"이 될 가능성이 높으며, 사태의 책임을 몇몇 소수에게 전가함으로써 대다수가 면죄부를 받는 기만적인 출구전략이기 쉽다. 그러므로 지금 제기되는 인과성은 유혹일 가능성이 농후하다. 인과관계를 발견함으로써 사태의 전모를 설명할 수 있게 되었다는, 그럼으로써 합당한 해결책을 찾았다는 기만적인 믿음으로서의 유혹 말이다. 경험이 증명하듯이 제대로 응답되지 못한 질문은 잠시 봉합되었다가 되돌아오기 마련이다.

3

'자율성'은 그것을 공격하는 사람들만큼이나 방어하고 옹호하는 사람들에게도 오해되고 있는 듯하다. '미학주의'는 언제나 '오해된 미학주의'일 가능성이 높다. 예술의 자율성이란 칸트 이래 근대 예술의 특징을 지시하는 술어로 이해되어 왔다. 이 주장의 핵심은 예술의 존재 이유와 가치를 종교, 도덕, 실용 등의 잣대로 평가해선 안 된다는 것이다. 자율성은 예술이 종교, 도덕 등의 가치와 결별하는 지점에서 기원한다. 근대 미학에서 예술이 통상 우리가 '사회'라고 명명하는 세속적 질서의 원리에 반(反)하는 상징적인 장소로 간주되는 이유도 여기에 있다. 최근에 자주 인용되는 자크 랑시에르의 주장, 통상[→보통] 우리가 '예술'이라고 칭하는 것은 예술작품을 원본에 대한 복사물이나 모상, 독자적인 기준과 영역 없이 '진리'의 관점에서 평가하는 윤리적–이미지 체제에서는 존재하지 않는다는 주장 역시 이런 맥락에서 이해할 수 있다. 이 관점에 따르면 예술은 자율적인 존재이다. 하지만 이 주장이 의미하는 바는 예술을 '사회'의 잣대로 평가해선 안 된다 — 예술은 독자적인 영역과 기준이 존재하므로 — 는 것, 사회적 기준과는 별개의 잣대로 이해되어야 한다는 것이지, 그것이 사회, 또는 인간의 삶과 무관하다는 것이 아니다. '예술의 자율성'에 대한 아도르노의 지적처럼 예술은 공식적인 문화에 포섭되지 않음으로써 지배적인 문화의 거짓 화해를 드러내는 고통의 언어일 수 있고, 이 '포섭'의 외부에 존재하는 자율성으로 인해 비판적인 기능을 수행한다. 이것은 오늘날의 문학예술이 이런 기능을 수행하고 있는가와는 별개의 문제이다. 아도르노가 '새로움'을 강조한 까닭은 그것이 '포섭'의 바깥이라고 생각했기 때문이다.

4

'주체'나 '욕망' 같은 개념이 그것을 사용하는 사람이나 맥락에 따라 전혀 다른 의미로 사용되듯이, '미학주의'나 '자율성'도 '삶'과 무관한 어떤 것으로 이해될 수 있다. 최근 영화 촬영 과정에서 여배우에게 가해진

감독의 폭력이 논란이 되고 있다. 하나의 극단적 사례일지도 모르지만, 그것이 '예술'이 '삶'과 분리되면, 그리하여 오직 예술의 미학적 성취만이 중시될 때 생길 수 있는 문제일지도 모른다. 더욱 리얼한 장면을 담기 위해 배우에게 연탄가스를 흡입하게 하고, 나아가 예술의 이름으로 성폭행을 명령하는 것은 '삶'의 이름은 물론 '예술'의 이름으로 용인될 수 없다. 그럼에도 '예술'의 이름으로 행해진다면 가능하다고 생각하는 사람들도 있다. 그들에게 '삶'은 예술의 제단에 봉헌되어야 할 제물에 불과한 것일까. 하지만 그들에게 '제물'은 이미-항상 자신이 아니라 타인의 삶일 경우에만 가능할 것이다. 예술의 존재가치를 절대시하는 이러한 극단주의는 아이러니하게도 과거 '종교'가 놓여 있던 자리에 '예술'을 위치시킴으로써 그것이 세속적 질서에 속한다는 사실, 즉 '자율성'의 기원을 부정하는 결과를 초래한다. 이 경우 예술은 모습을 바꾼 종교, 즉 숭배의 대상이 된다.

5

오해된 아방가르드는 전도된 숭배의 가능태이다. 알다시피 '미학주의'는 자율성 담론의 이념으로 간주되기도 하고, 순수문학과 동일시되기도 하며, 드물지 않게 아방가르드의 동의어로 이해되기도 한다. 예술에서 아방가르드는 전위적 실험, 실험의 전위에 부여되는 이름이다. 20세기 예술사에서 그것은 예술의 영역에서 '부정성'의 에너지가 정점에 도달했음을 의미했다. 문제는 '아방가르드'가 고유명사가 아니라 20세기 초 유럽에서 발생한 일련의 급진적 예술 운동을 통칭하는 개념이라는 것, 거기에는 시대적인 압력으로 인한 동질성도 존재하지만 장르, 국가, 이념에 따른 이질성이 훨씬 두드러진다는 점이다. 우리는 '하나'의 아방가르드에 대해 말할 수 없다. 미래파, 다다, 초현실주의, 구축주의 등은 '아방가르드'라는 이름을 공유하고 있지만, 예술, 세계, 삶에 대한 강조와 방향은 상당히 다르다. 사전에는 아방가르드 항목이 "기성 예술의 관념이나 형식을 부정한 혁신적인 예술 운동"이라고 설명되어 있다. 그런데 아방가르드는 예술 운동인 동시에 사회변혁 운동이고, 나아가 삶을 혁신하려는 기획이었다. 그것은 반反예술, 반反세계, 반反삶처럼 '반反'의 운동이었다. 그리고 이때 반反의 대상, 즉 예술, 세계, 삶은 구체적으로 말하면 기성/기존의 지배적 가치와 질서를 가리켰다. 이 반反의 흐름이 무엇을, 어떤 것을 겨냥하느냐에 따라 아방가르드는 다른 방식으로 현실화되었다. 비유컨대 아방가르드는 삶의 모든 영역에서 '전쟁기계'에 부여된 이름이다. 이것을 기성 예술에 대한 예술적인 방식의 저항이나 도발로 한정해선 안 된다. 차라리 아방가르드가 공통적으로 대결하려는 것은 인류의 삶의 리듬과 신체적 감각을, 나아가 사고의 방식마저 일정한 방식으로 틀 짓는 것, 즉 권력에 대한 저항이었으니, 이 반反권력적 에너지가 예술의 깃발을 들고 등장한 것은 예술에 반反권력적이고, 삶-일상을 탈영토화하는 탁월한 능력이 있다고 생각했기 때문이다. 이것이 예술이 추구해온 새로움의 진정한 가치이다. 예술의 새로움은 이미-항상 상품의 논리인 세련됨이 아니라 지배적인 가치, 우리의 삶과 감각을 익숙한 방식에 붙들어두려는 습관과 관성에 반反하는 실험이었다. 아방가르드는 예술의 이름으로 자동화·습관화된 감각에 행해진 전쟁이었다.

6

예술-아방가르드와 정치-전위는 인간과 세계의 변혁을 열망한다는 동일한 목표를 갖고 있지만 구체적인 방향과 방법에 있어서는 날카롭게 대립했다. 이것은 흔히 예술의 논리와 정치의 논리가 본질적으로 상이하다는 증거로 간주되어 왔다. 사르트르가 『문학이란 무엇인가』에서 정치적 전위(공산당)와 예술적 전위(초현실주의)의 갈등 양상을 혁명의 일시성과 영원성의 차이로 설명한 것이 단적인 예이다. 허버트 리드 또한 『시와 아나키즘』에서 예세닌과 마야코프스키의 자살을 중심으로 리얼리즘 예술만을 긍정한 마르크스주의자들과 창조와 영감의 무질서를 중시한 혁명적 예술가들의 불화를 강조했다. 여기에 마야코프스키에 대한 레닌의 공공연한 무관심과 적대감이나 아방가르드 예술에 대한 스탈린의 탄압을 추가해도 좋을 것이다. 레닌은 아방가르드보다는 19세기 예술에 더욱 친근함을 느꼈고, 트로츠키 역시 러시아 구축주의 건축의 상징인 타틀린의 '제3인터내셔널 기념탑'을 가리켜 "사회주의 건설에 무익한 쓸데없는 낭비의 상징"이라고 폄하했다. 영화감독 에이젠슈테인은 이러한 정치와 예술의 언밸런스를 "좌파와 또 다른 '좌파' 간에 일종의 임시 분계선 같은 것이 있었다. 말하자면 혁명적 좌파와 미학적 좌파의 찡그린 얼굴 사이에. 바로 여기서 조정하기 어려운 틈이 생기기 시작했다"라고 술회했다. 이처럼 예술-아방가르드와 정치-전위는 논리적인 층위에서는 평행관계, 아니 연속적인 관계를 유지할 수 있었음에도 불구하고 현실적인 역사의 장면들에서는 늘 불화했다. 하지만 이러한 불화에 근거하여 예술-아방가르드가 '정치'에 무관심한 채 예술에만 열중했다거나, '정치'와 '예술'의 원리는 근본적으로 다를 수밖에 없다고 말하는 것은 부당하다. 예술-아방가르드나 미학주의가 20세기 예술사에 족적을 남길 수 있었던 까닭은 그것은 이미-항상 '예술'의 영역을 벗어나 세계와 삶을 변화시키려는 자세를 취했기 때문이다.

7

삶에 대한 예술의 공과, 또는 예술과 삶의 연속성을 긍정한다는 것은 예술과 일상이 무매개적으로 일치한다는 의미가 아니다. 삶/일상과 예술은 동일하지 않다. 엄격하게 말하자면 '생활미학'이라는 표현은 형용모순이다. 그렇다고 생활과 미학이 각각 분리되어 존재한다고 생각하지도 않는다. 예술의 가능성과 존재의미는 기계적, 습관화된 일상의 질서를 깨뜨리는 데 있으니, 그 해체를 통해 거듭나는 것은 결국 예술이 아니라 일상이고 세계이다. 오해를 무릅쓰고 말하자면 예술은 그 자체로 자족적인 어떤 것이 아니라 생활/삶/세계의 갱신과 변화를 위한 수단이다. 다만 이때의 '수단'을 지나치게 도구적인 것으로 이해할 필요는 없을 듯하다. 예술의 역사는 권력에 대한 저항의 역사였다. 여기서 말하는 '권력'은 우리의 감각, 상상, 사고, 행동 같은 일체의 것들을 특정한 방향으로 구부리는 외부적인 힘을 가리킨다. 가령 문학이 '언어'에 대해 신경을 집중하는 이유는 그것이 우리의 경험적 리얼리티를 동결시키기 때문이다. 이런 까닭에 권력에 대한 문학의 투쟁은 필연적으로 '언어'에 대한 투쟁을 경유할 수밖에 없다. 하지만 권력은 언어만이 아니다. 언어가 그러하듯이 우리가 '삶'이라고 부르는 것 또한 권력의 지배에서 자유롭지 않다. 보들레르의 댄디즘에서 푸코의 파레시아parrhesia에 이르는 '예술로서의 삶'의 계보는 삶 자체를 예술화함으로써 권력에서 벗어나려는 기획이다. 물론 이러한 윤리–미학적 기획을 거론하지 않아도 '삶'의 문제는 문학의 투쟁에서 자유롭지 않다. 근대 미학의 전제를 신뢰하는 우리는 작가와 작품을 분리하라는 정언명령에 의문을 갖지 않는다. 작가의 삶은 작품의 성취를 판단함에 있어서 아무런 영향력을 행사하지 못한다는, 혹은 않아야 한다는 것이 근대 미학의 공리 가운데 하나이다. 하지만 우리의 실제 경험은 이러한 공리가 생각보다 지켜지기 어렵다는 것을 말해준다. 서정주의 시적 초월, 김춘수의 국회의원 생활 등을 두고 논란이 발생하는 지점이 여기이다. 전후 독일의 양심이라고 평가되던 『양철북』의 저자 귄터 그라스가 나치 전력을 고백했을 때, 미국 해체주의의 대부 폴 드 만의 나치 부역 사실이 폭로되었을 때 쏟아진 비난을 생각해보면 저자와 그가 쓴 글을 분리한다는 것이 얼마나 어려운 것인지 짐작할 수 있을 것이다. 반대로 '삶'이 '글'을 한층 돋보이게 만드는 경우도 상상할 수 있다. 우리는 작가와 작품이 별개의 것임을 안다. 그것은 작가를 모르고도 우리가 얼마든지 작품을 소비하고 평가할 수 있다는 사실을 통해서 입증된다. 현대 문학에서 '작가'의 존재론적 위상은 계속 낮아지고 있고, 문학작품은 작가의 '의도'의 산물이 아니라 그것과는 별개인 '영향' 또는 '효과'에 의해 평가되고 수용된다. 그렇다면 작가의 삶이 그가 쓴 작품을 배신했다고 판단될 때, 우리가 책장을 덮어버리는 것은 어떻게 설명할 수 있을까?

8

'창조행위'란 죽음에 대한 저항인 동시에 권력에 대한 저항이다. 이것은 들뢰즈의 '창조행위'에 대한 아감벤의 코멘트를 조금 비틀어 표현한 것이다. 내가 '아방가르드=미학주의=자율성'의 등식에 선뜻 동의하지 못하는 이유는 거기에 '권력'에 대한 예술의 저항이라는 문제가 빠져 있기 때문이다. 나에게 '문학'은 '쓰는 것'보다는 '하는 것'으로 각인되어 있다. 그래서 문학하는 자는 삶도 문학적이어야 한다는 어리석은 기대를 품고 있는지도 모르겠다. 나는 2000년 1월 신춘문예를 통해 등단했다. 그때부터 지금까지 각종 문단 모임에서 많은 문학인들을 만났다. 솔직히 고백하자면 작품을 읽고 받았던 감동이 저자를 만나고 거짓말처럼 휘발되는 경험도 했고, 반대로 작품에서는 느끼지 못했던 매력을 작가에게서 발견하고 작품을 다시 읽은 적도 있었다. 작품에 대한 평가가 '작가'에 의해 좌우된다는 말이 아니다. '작가'와 '작품'은 분명히 별개이다. 그럼에도 불구하고 이 분리가 위태로워지는 경험을 하게 된다는 것 또한 사실이다. 이 때문에 나는 종종 '예술적 삶'이라는 엉뚱한 상상을 한다. 그것이 '문학 3'이라는 제호만큼이나 낯설다는 것을 알고 있음에도 불구하고 말이다. 종종 이런 상상 아닌 상상을 한다. 대학 강단에서 혹은 저널리즘에서 진보적인 페미니스트임을 자처하는 사람이 정작 가정에서는 아내와 자녀를 폭행하는 가부장적인 '꼰대'임을 알게 되었을 때, 그의 글이 이전과 달리 읽히는 것은 왜 그럴까? 모든 예술이, 모든 예술가가, '권력'에 저항하는 삶을 살고, 창조적인 행위를 하는 것은 아니다. 하지만 문학이, 예술이, 권력에 저항하기를 그치고, 오히려 스스로가 권력이기를 희망할 때, 우리가 그 문학을, 예술을 긍정해야 할 이유는 없다. 나는 "예술작품으로부터 하나의 사회적 기능이 정확하게 기술될 수 있다면 그것은 바로 작품의 무기능성이다"라는 아도르노의 명제가 아직은 얼마간의 유효성을 지니고 있다고 믿는다. 하지만 예술가가 자신의 작품을 사익私益을 추구하고 권력을 유지하는 수단으로 사용할 때조차 그 예술의 무기능성을 믿어야 한다고 주장할 의사는 없다. 예술가들 가운데는 예술의 자율성이나 아방가르드를 내세워 낭만주의 미학을 조롱하면서 정작 현실에서는 낭만적인 예술가 행세를 연기하는 존재들도 있다. 이들이 문제인 이유는 그것이 낭만주의적이기 때문이 아니라 '권력'에 저항한다고 주장하면서 실제로는 자신이 '권력'인 경우가 많기 때문이다. 이 경우 미학주의는 작가/예술가의 삶에 의해 부정되는 아이러니한 상황에 직면한다. 작가/예술가가 특별히 윤리적이어야 한다는 주장이 아니다. 작가/예술가가 특별히 윤리적이어야 할 필연적 이유는 없다. 하지만 작가/예술가가 작가/예술가가 아닌 사람과 동일한 가치기준을 가지고 동일한 방식으로 살고자 한다면 군이 그가 문학/예술을 해야 할 이유도 없을 것이다. "만일 예술이 우리 사회의 다수가 원하는 것에 그 자체로 적응한다면, 예술은 무의미한 재창조일 것이다."(재커리 심슨) 예술이 집요하게 지배적인 감각을 문제 삼는 까닭은 그것이 권력이 실행되는 방식의 하나이기 때문이다. 예술은 그 이상도 그 이하도 아니다. 그렇다면 예술이란 무엇인가? 예술은 다수적인 가치에 반反하는 것, 아니 다수적인 가치에서 이탈하는 흐름에 일정한 질서와 스타일을 부여한 결과물이 아닐까. 이때 '문학한다는 것'은 기꺼이 다수적인 방식과는 다른 삶을 긍정하고 창조한다는 것이고, 작가/예술가란 그 긍정/창조에 자신을 내어주는 존재 이상이 아닐 것이다. 모든 추문에는 언제나 권력/다수적인 것의 그림자가 드리워져 있다. 이것이 '추문'이 예술의 이름으로, 미학주의의 이름으로, 나아가 아방가르드의 이름으로 정당화될 수 없는 이유일 것이다. 문제는 '권력'이지 '미학'이 아니다.

예술로서의 삶

1

　김수영 작고 50주기를 맞아 곳곳에서 학술행사가 개최되고 있다. 김수영은 해방 이후에 활동한 문학인 가운데 가장 영향력이 큰 시인, 이른바 '시인들의 시인'이며, 일반 독자는 물론 세대를 관통하여 많은 평론가의 마음을 사로잡고 있는 유력한 텍스트이다. 그래서 그의 문학 세계에 대한 연구 논문과 비평은 그 수를 헤아리기 어려울 만큼 많다. 나는 이번 학술행사의 발표를 준비하면서 상당한 분량의 선행연구를 참고했고, 그 연구의 절대적인 부분이 작품=시에 대한 '해석'에 집중되었다는 사실에 새삼 놀랐다. 알다시피 김수영의 시 가운데는 해석적 욕망을 불러일으키는 유혹적인 작품들이 많다. '언어'가 말하기를 중단해버림으로써 '의미'로 환원되지 않는 진술이 자주 등장하기도 하고, 때로는 '의미'보다 매체, 즉 '시'에 대한 메타 진술로 읽을 수 있는 진술이 텍스트를 이끌기도 한다. 결정불가능한 지점을 포함하고 있는 이런 텍스트는 다양한 해석의 충돌을 야기하기도 하지만, 동시에 그의 문학에 관심이 있는 비평가나 연구자라면 한번쯤 도전해보고 싶은 해석적 욕망을 자극하기도 한다. 그의 언어야말로 시가 시간의 흐름 밖에서 살아남는 방식의 흥미로운 사례일 것이다. 그런데 이러한 해석적 욕망이 유독 텍스트에 한정될 뿐 좀처럼 '삶'과 '생활'의 영역으로 확장되지 않는 것은 특이한 현상이다. 김수영은 "지금 이쪽의 젊은 학생들은 바로 시를 실천하고 있기 때문이오"(「저 하늘 열릴 때」), "그들(학생들―인용자)은 시를 이행하고 있는 것이고 진정한 시는 자기를 죽이고 타자가 되는 사랑의 작업이며 자세인 것이다."(「로터리 꽃의 노이로제」), "시를 행할 수 있는 사람이 있으면 4월 19일이 아직도 공휴일이 안 된 채로, 달력 위에서 까만 활자대로 아직도 우리를 흘겨보고 있을 리가 없다"(「제 정신을 갖고 사는 사람은 없는가」) 등처럼 '시'를 '실천'하고, '이행'하고, '(실)행'하는 일의 중요성을 그토록 강조했음에도 불구하고 정작 그 자신의 시는 이런 관점에서 이해되지 못한 것이다. 이런 사실을 깨닫고 한 가지 의문이 생겼다. 시를 '실천'한다는 것은 어떤 것이고, 그것은 어떻게 가능한 것일까?

최근 나는 '문학'과 '삶'의 관계, 즉 '삶으로서의 문학'에 대해 고민하고 있다. 사실 '문학'과 '삶'의 관계라는 문제는 새로운 것이 아니다. 심지어 너무 오랫동안, 너무 다양한 방식으로 논의되고 주장되어 왔기에 '문학'과 '삶'의 관계라는 표현 자체가 아무런 울림을 주지 못하는 상투적인 질문으로 이해되기도 한다. 가령 주변사람들에게 '삶으로서의 문학'에 대해 연구하고 있다고 이야기하면 대개 두 가지 방식의 반응이 되돌아온다. '삶'과 '문학'은 별개의 영역인데 왜 그 '관계'를 연구하느냐는 반응이 하나이고, 이미 많은 주장이 제시되어 있는데 아직도 그 문제에 대해 이야기할 것이 남았느냐는 반응이 다른 하나이다. 전자가 '자율성' 미학의 목소리라면, 후자는 문학을 일상생활의 재현이라는 관점에서 이해하는 소박한 의미의 '재현론', '표현론'이라고 말할 수 있다. '문학'과 '삶'의 관계란 문학이 일상적 체험을 그대로 기록한다는 의미가 아님에도 불구하고, 오랫동안 '문학'과 '삶'의 관계는 소박한 재현으로 오인되었고, 심지어

'일상의 미학'이라는 이름으로 포장되기도 했다. 사정이 이러하기에 나름 고급한 취향과 안목을 지닌 사람들에게 '문학'과 '삶'의 관계는 쓸모없는 질문으로 간주되고, 반대로 소박한 '재현론'의 입장을 지닌 사람들에게 그것은 너무 많이 논의되어 더 이상의 이야기가 필요하지 않은 상투적인 질문으로 간주된다. 이처럼 '문학'과 '삶'의 관계라는 표현 자체는 이미 오염되었다. 하지만 '문학'과 '삶'의 관계에 대해 말할 때, 우리가 생각해야 할 것은 '문학'이 자동화·습관화된 일상적 감각을 변화시키는 해방의 계기로서 기능한다는 점이고, '문학'이 '일상'에 대한 단순한 긍정이 아니라 새로운 삶의 방식과 감각의 창안을 강제한다는 점이다. 또한 문학을 한다는 것, 또는 작품을 읽는다는 것이 텍스트에 대한 '해석' 행위로 한정되는 한, 그리고 '문학'의 영역과 '삶'의 영역이 분리된 것으로 이해되는 한, '문학'은 '인식'과 '해석'의 주변을 맴돌 뿐 새로운 삶의 방식을 창안하는 실험의 계기로 기능하지 못한다는 점이다. 따라서 '문학'과 '삶'의 관계는 충분히 질문되었을 때조차 다시 물어져야 하며, 그것은 변화된 담론과 현실의 지형에 따라 새로운 방식으로 제기될 때 실효성이 높은 물음이 될 수 있다. 문학의 역사가 보여주듯이 모든 물음은 맥락과 배치가 달라지면 새로운 물음이 된다. '문학'과 '삶'의 관계에 대한 우리 시대의 문제제기가 바로 그렇다.

2

최근 한국문학은 징후적인 변화를 보이고 있다. 이 '변화'의 의미를 제대로 살피기 위해서는 지난 시대 문학장場의 담론 지형에 대한 이해가 필요하다. 일찍이 김현이 지적("그것은 문학에 있어서의 내용과 형식의 문제이다. 오늘날까지도 우리는 문학작품에 대해 그것의 내용은 좋은데 형식이 나쁘다든가, 형식은 좋은데 내용이 나쁘다라는 식의 말을 자주 듣는다. 그것이 더 발전하면 어떻게 쓰느냐가 중요한가 무엇을 쓰느냐가 중요한가 하는 해괴한 문제로 탈바꿈한다. 문학은 말을 다루는 것이기 때문에 어떻게 쓰느냐야말로 문학의 생명이라고 한편에서 말하면, 문학은 인간의 진실을 드러내야 하기 때문에 형식보다는 내용이 훨씬 중요하다고 반박한다. 리히터라는 독일 작가의 치통을 더욱 심하게 만든 바 있는 그 문제야말로 그러나 가짜 문제이다.")했듯이, 문학은 '내용'과 '형식', '무엇을'과 '어떻게' 가운데 하나로 환원되지 않는다. 원칙적으로 둘 중 하나를 선택하는 것은 불가능하고, 그럼에도 불구하고 하나를 선택하려 한다면 결국 둘 모두를 잃어버리게 되는 것이 문학의 원리이다. 문학에는 두 가지 모두가 필수적이고, 그런 만큼 둘 가운데 하나로 문학을 설명할 수 있다고 주장하는 사람은 아마 없을 것이다. 그렇지만 이 선택불가능한 문제를 둘러싸고 여러 논쟁이 있었던 것도 사실이며, 원칙적으로 선택이 불가능함에도 불구하고 현실에선 선택이 이루어기도 했다. 특히 문학의 자율성과 미학적 가치에 대한 논의는 '내용'과 '형식', '무엇을'과 '어떻게' 의 문제를 논외로 하고 논의될 수 없었다. 원칙적으로 불가능한 선택이 어떻게 가능했을까? 그것은 둘 가운데 하나를 선택하는 방식이 아니라, 특별히 하나의 가치를 더 높게 평가함으로써 다른 하나를 배제하는 효과를 통해 가능했다.

2000년대에 접어들면서 사실상 과거의 진영론은 해체되었지만 '자율성' 문제를 둘러싸고 유사–진영론이 존재해온 것은 부정하기 어렵다. 이는 어떤 매체, 어떤 비평가들이 '자율성'에 대한 담론을 주로 생산·유통시켜 왔는가를 확인하면 금방 드러난다. 이들의 공통적인 특징은 문학–예술의 전위성과 실험성을 중시한다는 것, 그리하여 상대적으로 '형식'과 '어떻게' 문제에 상당한 관심을 집중한다는 것이다. 이것은 비판이 아니라 경험적 사실에 비추어 요약한 것이며, 필자 또한 내용의 층위에서건 형식의 층위에 서건 '예술'의 존재 이유와 가치 평가는 작품이 지배적인 사고나 감각에서 얼마나 멀리 벗어날 수 있는지, 독자에게 그러한 이탈/해방의 감각을 환기시킬 수 있는가에 달려 있다고 생각한다. 문제는 이 '자율성'을 지나치게 '형식'의 문제로 이해하려는 태도, 그리하여 '내용'의 중요성을 과소평가한다는 데 있는 듯하다. 이처럼 '자율성'을 강조하면서도 '내용'적인 요소를 의도적으로 배제하다보니 작품의 가치를 형식, 실험, 언어 등에 한정해서 찾거나 이론/담론의 권위를 빌려 해석의 과잉을 반복하는 현상이 발생하기도 했다. 사정이 이렇다보니 김현이 부정적인 사례로 언급한 장면, 즉 한쪽에서는 "문학은 말을 다루는 것이기 때문에 어떻게 쓰느냐야말로 문학의 생명"이라고 주장하고, 다른 쪽에서는 "문학은 인간의 진실을 드러내야 하기 때문에 형식보다는 내용이 훨씬 중요하다"라고 주장하면서 대립 아닌 대립을 유지해온 것이 지난 시기 문단의 모습이었다. 이 대립의 중심에 '문학'과 그것의 가치를 어떻게 이해할 것인가의 문제가 응축되어 있었음은 주지의 사실이었다. '문학'을 텍스트를 생산하고 해석하는 언어 행위를 중심으로 이해할 것인가, 그것을 적극적으로 삶의 문제로, 생활세계에서 발생하는 실제적인 문제에 대한 개입으로 확장해서 이해할 것인가라는 문제는 쉽사리 해소되지 않았다.

이러한 논란은 '문단 내 성폭행'이나 '#미투' 등의 젠더 이슈가 전면화되면서 자연스럽게 해소되는 양상을 보이고 있으며, 놀랍게도 과거 '문학'을 상반된 시각에서 이해하던 비평가들이 이전과는 전혀 다른 목소리를 내고 있다. 거칠게 요약하면 입장이 정반대로 돌변한 것이다. '자율성' 담론의 옹호자였던 사람들은 그것의 강력한 비판자가 되었고, 반대로 '자율성' 담론을 비판하던 사람들은 오히려 '자율성'을 옹호하는 듯한 주장을 펼치고 있다. 이 기이한 역전 현상의 문제점은 맥락에 대한 설명이 없다는 점이다. 그것은 철학자 미셸 푸코가 1970년대에 접어들면서 예술에 대한 태도를 바꾼 것만큼이나 급작스럽고 충격적이다. 알다시피 미셸 푸코와 질 들뢰즈 등 68세대의 프랑스 철학자 대부분은 '예술'에 대해 상당한 정도의 식견을 갖고 있어서 자신들의 철학적 논의에도 '예술'을 적극적으로 끌어들였고, 예술에 대한 별도의 저작을 남김으로써 예술에 대한 현대철학의 시선을 유감없이 보여주었다. 미셸 푸코 역시 초기부터 줄곧 예술 작품에 대한 독자적인 해석에 기초하여 자신의 철학적 문제의식을 펼쳤는데, 이 철학자들이 공통적으로 관심을 쏟았던 대상은 소위 하이모더니즘이라고 명명되는 현대적인 작품이었다.

푸코는 그 가운데 20세기 프랑스 문학의 '괴물'로 손꼽히던 레이몽 루셀Raymond Roussel에 특별한 관심을 갖고 있어서 그에 대한 단행본을 출간하기도 했다. 이처럼 예술적 전위주의에서 출구를 찾던 푸코는 1970년 일본에서 있었던 대담을 계기로 문학에 대해 이전과는 다른 판단 기준을 제시한다. 이 대담에서 푸코는 "오늘날 문학은 일종의 타락에 의해, 혹은 부르주아지가 소유한 동화同化라는 강력한 힘에 의해 그 규범적인 사회적 기능을 회복한 것"이며, 그렇기 때문에 "사회에 대한 이의를 제기하기 위해 쓴다는 행위만으로 충분한 시대는 이미 지나갔고, 이제는 진정으로 '혁명적'인 행동으로 옮겨가야 할 때가 온 게 아닌가?"라고 강변했다. "문학의 위반적 힘"이 쇠퇴했으므로, 아니 "문학의 위반적 힘"만으로는 해결할 수 없는 문제가 있다는 것, 실제로 푸코는 이 좌담 이후인 1971년부터 감옥의 상황을 조사할 목적으로 <감옥정보그룹>을 결성하여 감옥을 둘러싼 운동은 물론 각종 정치 활동에 참가한다. 그리고 이러한 활동의 산물이 바로 1975년에 출간된 명작 『감시와 처벌』이다. 일본의 미학자 다케다 히로나리는 푸코의 이러한 변화를 이렇게 설명한다. "이제는 부르주아지가, 자본주의 사회가, 쓴다는 행위가 한때 가졌던 혁명적인 힘을 완전히 빼앗아가고, 이것은 이제 부르주아지의 억압적인 시스템을 강화하는 것 말고는 도움이 되지 못하는 게 아닌가, 따라서 이제 쓴다는 것을 중단해야 하지 않는가라는 것이다."[1]

• • •

1. 다케다 히로나리, 김상운 옮김, 『푸코의 미학』, 현실문화, 2018, 91쪽.

3

레이몽 루셀에 열광하던, '글쓰기'의 위반적 힘을 신뢰하던 푸코가 문학에서 눈을 돌려 직접적인 활동으로 나아갈 때의 심정을 정확히 이해하기는 힘들다. 하지만 오랫동안 그를 연구한 사람들은 그 변화의 중심에 '파레시아'라는 개념이 있다고 말한다. 푸코가 말하는 '파레시아'는 기독교의 고백과 대립 관계에 있는 주체적 태도로서 "말의 자유, 솔직히 말하기, 상대방을 동요시키는 진실을 말할 수 있는 용기를 의미하고, 라틴어로는 libertas라 번역되고, 그리스인들이 파르헤지아라 명명하는 태도"[2]를 가리킨다. 오래된 철학적 개념인 '파레시아'에 대해 논의하는 자리가 아닌만큼 그것에 대한 설명은 이 정도로 충분할 듯하다. 그런데 이 '파레시아'라는 낯선 개념은 문학을 포함한 예술 전반에 대해 흥미로운 문제를 제기한다. 미국의 철학자 리처드 슈스터만의 '경험'이라는 개념을 빌려서 그 문제를 요약하면 이렇다. 고대부터 현재까지 '예술' 개념을 둘러싸고 두 개의 계보가 존재했는데, 하나는 '포이에시스(제작)로서의 예술'의 계보이고, 다른 하나는 '프락시스(실천적 행위)로서의 예술'의 계보이다. 우리가 고대의 예술에 대해 이야기할 때 항상 인용하는 아리스토텔레스주의 미학이 바로 전자의 기원이라면, 당시 아리스토텔레스주의와 다른 길을 걸었던 견유주의자들의 미학이 후자의 기원이라고 말할 수 있다. 예술을 대한 두 개의 전통은 어떻게 다른가? 다케다 히로나리의 설명은 이렇다. "포이에시스란 제작의 행위나 행위주체로부터 분리된 외적인 대상의 제작을 목적으로 하는 것이며, 거기서 행위 주체는 자신의 제작물로부터 영향을 기본적으로는 받지 않는다. 그에 반해 프락시스는 행위 주체의 내적 속성에서 유래하며, 또한 거꾸로 그 형성을 돕는 것이다. 그런 의미에서 프락시스로서의 예술이란 행위 주체와 그가 산출하는 것이 불가분한 생산과정이다.[3]

• • •

2. 프레데리크 그로 외, 심세광 외 옮김, 『미셸 푸코 진실의 용기』, 길, 2006, 16쪽.

현대미학사에서 프락시스로서의 예술 전통은 흔히 '실존의 미학'이라고 불리며, 그것의 현대적인 출발점은 보들레르의 댄디즘이다. 보들레르는 예술의 현대성을 주장한 유미주의자 또는 낭만주의 예술을 넘어선 상징주의의 시조로 추앙되지만, 그에게는 예술가의 삶도 '예술'에 포함되는 것이었다. 그에게 댄디즘은 단순한 유행이 아니라 자신의 삶을 가꾸고 변화시키는 것을 예술적 실천으로 간주하는 특유의 태도였고, '예술로서의 삶'이라는 보들레르의 문제의식은 이후 예술을 "삶의 위대한 자극제"로 간주한 니체적 건축술로 이어졌다. 제커리 심슨에 따르면 이러한 '예술로서의 삶'의 계보는 아도르노와 마르쿠제를 거쳐 하이데거, 메를로-퐁티, 알베르 카뮈 등으로 이어진다. 이러한 계보를 '예술로서의 삶'이라고 명명하는 일은 중요하지 않다. 중요한 것은 우리가 오랫동안 간과해온, 아리스토텔레스 전통의 위력에 가려 제대로 담론화되지 못한 예술에 대한 대안적 사유가 존재한다는 것이고, 그 사유 속에서 '문학'과 '예술'은 대상을 제작하거나 텍스트를 생산하는 언어행위에 국한되지 않는다는 점이다. 이런 관점에서 우리는 아방가르드와 초현실주의의 실험 또한 '예술로서의 삶'에 포함시킬 수 있다. 비록 오래 지속되지 못했지만, 20세기 초의 전위주의 예술가들이 마르크스주의 혁명가들과 손을 잡은 까닭은 결국 예술이 인간의 사유와 감각, 삶과 세계를 변화시키는 과정의 일환이라고 믿었기 때문이다. 사람들의 오해와 달리 대부분의 전위적인 예술은 궁극적으로 세상의 변혁을 겨냥하거니와, 흔히 시인이나 예술가를 가리켜 '몽상가'라고 말하는 것도 그들이 언어 행위에 그치기 때문은 아니다. 그들은 실제로 이 세계가, 더불어 인간의 감각과 사유가 지금과 달라지기를 희망한다.

이러한 주장이 가리키는 바는 무엇일까? 그것은 '문학'이 단순히 글을 쓰는 것 이상의 행위일 수 있고, 따라서 '문학의 범위 또한 우리의 상식적인 믿음보다 훨씬 넓을 수 있다는 것이다. 이 대목에서 '시'를 '실천'하고,

● ● ●

3. 다케다 히로나리, 김상운 옮김, 『푸코의 미학』, 현실문화, 2018, 24쪽.

'이행'하고, '(실)행'하는 것이라고 주장한 김수영의 문학론을 떠올려볼 수도 있겠다. 또한 젠더 이슈가 등장한 이후 '문학성'을 둘러싸고 발생한 몇몇 충돌, 특히 앞에서 내가 징후적인 변화라고 지적한 장면을 살펴보아도 좋을 듯하다. 의도한 바는 아니겠으나, 페미니즘이 문학의 주요 이슈가 되면서 '예술'은 예술가의 삶과 무관하며, 심지어 전혀 별개로 간주되어야 한다는 형식주의적 시각이 빠르게 퇴조하고 있다. 과거에는 작품의 주제의식과 작품의 가치는 무관하다고 생각했으나, 오늘날 특정한 주제의식은 그 작품에 대해 우호적인 평가를 이끌어내는 데 중요하게 작용하고 있다. 이러한 현상을 가리켜 '무엇을'과 '어떻게'가 단순히 자리를 바꾸었다고 말할 수는 없으나, 최소한 '자율성'이라는 이름으로 예술과 사회, 작품과 작가의 삶을 불연속적인 것으로 간주하던 사고의 관행에 급제동이 걸린 것은 사실이다.

하지만 이 제동은 끝을 위한 멈춤이 아니라 리부팅, 즉 새로운 시작을 위한 멈춤이어야 한다. 또한 그렇게 되기 위해서는 지금까지 '예술'이라는 이름으로 은폐해왔던 것들을 되돌아보아야 하며, 궁극적으로는 '문학'에 대한 새로운 규정과 용법을 고민해야 한다. 그렇지 못하면 '끝'은 일시적인 멈춤으로 끝날 가능성이 높고, 예외적인 시간이 중단되면 이전의 억압적인 시간이 다시 시작될 가능성이 크다. 나는 이 모든 문제를 '문학'의 바깥에서 해결할 수 있다고 생각하지 않지만, 기존의 '문학' 관념을 그대로 유지한 채 해결할 수 있다고 믿지도 않는다. 1970년 무렵의 푸코가 그러했듯이, 하지만 푸코와는 달리, 우리는 '문학'에 대해 새로운 상상을 시작해야 한다. 그리고 나는 이 새로운 상상이 문학의 존재 이유와 가치에 대한 질문에서 시작되어야 한다고 생각한다. 예술은, 혹은 문학은 왜 중요한가? 그것이 인간의 삶에 대해 갖는 의미는 무엇인가? 문학은 단순한 기록이 아니며, 심지어 자신의 일상적 삶에 대한 성실한 기록은 더욱 아니다. 문학의 가치와 존재 이유는 그것이 우리에게 (무)의식적으로 강제되고 있는 질서/상식의 권력 바깥을 상상할 수 있게 만들고, 그 너머의 삶을 경험하게 만드는 데 있다. 칸트의 주장처럼 인간은 잠재성의 차원에서 무한한 능력 그 자체이다. 하지만 우리가 살고 있는 이 세계에서 우리는 특정한 방식으로 감각하고, 지각하고, 사고하도록 강요당한다. 그러한 강요의 반복은 결국 그것 자체를 자신의 욕망으로 오인하는, 그리하여 강요된 상태를 자연적인 상태라고 받아들이는 자발적인 구속으로 이어진다.

　예술은 폭력적·충격적 방식의 경험을 통해 우리의 이러한 지각, 감각, 사유가 자연스러운 것이 아님을 깨닫게 만들고, 그 세계 바깥의 삶을 꿈꾸게 만든다. 인간이 이 억압을 자연스러운 것으로 받아들일수록 그것의 비非자연성을 환기하려는 예술의 폭력적·충격적 방식 또한 증가한다. 과거의 예술에 비해 현대 예술이 복잡하고 난해한 까닭도 이 억압의 세련됨과 무관하지 않다.

4

　그런데 왜 우리는 예술의 존재 이유와 가치에 대해 이토록 길게 설명해야 할까? 그것은 이러한 기능을 수행하지 못하는 문학작품의 가치를 과장하지 않아야 한다고 주장하기 위함이고, 한 개인의 일상적 삶이나 한 사회의 모습을 사실적으로 재현하는 것으로 문학의 해방적·정치적 기능을 수행했다고 주장하는 텍스트의 착각을 경계하기 위함이며, 문학을 한낱 '위로'와 '소비'의 대상으로 간주함으로써 문학의 '위반적 힘'을 소거해버리는 부르주아적인 규범화의 위험에 맞서기 위해서이다. 오랫동안 우리는 이 '위반적 힘'을 질서/상식을 벗어나는 '실험'에서 찾아왔다. 하지만 가장 실험적인 문학의 생산자들이 누군가에게 폭력으로 경험될 때, 그 실험의 '위반적 힘'은 '억압적인 힘'으로 전화轉化한다. 위대한 예술가들이 이 실험의 대상을 타인이 아닌 자신의 삶에 한정한 이유도 그들이 이러한 힘의 전도 가능성을 충분히 예견하고 있었기 때문일 것이다. '예술로서의 삶'의 계보에 따르면 예술가는 실험가, 즉 실험하는 존재이다. 하지만 그의 실험은 타인이 아니라 자신의 삶에 대해 행해진다. 그는 자기 자신에게 가장 엄격한 자기-삶의 입법자이며, 그러므로 예술을 통한 그의 싸움은 늘 자신을 겨냥한다. 죽음에 관한 한, 그에게는 오직 '자살'의 권리만 존재한다.

혁명의 예술, 예술의 혁명

1

이 글은 '혁명'과 '기교'를, 혁명에 대한 시적 '기교'의 대응을 해명하라는 요청을 마주하고 있다. '혁명'이란 무엇일까? '혁명'의 사전적 의미는 기존의 사회 체제를 변혁하기 위하여 이제까지 국가 권력을 장악하였던 계층을 대신하여 그 권력을 비합법적인 방법으로 탈취하는 권력 교체의 형식, 즉 권력이나 조직 구조의 갑작스런 변화이다. 혁명revolution의 전형前形은 라틴어 revolvere회전하다를 어원으로 하는 고대 프랑스어와 라틴어로 알려져 있다. 천체의 회전운동을 설명하는 데 쓰이던 단어가 언제부턴가 '전복시키다'라는 정치적 의미로 쓰이기 시작했으니, '운명의 수레'나 '역사의 수레바퀴' 같은 비유적 표현에서 확인되듯이, 여기에는 세상의 질서를 '위'와 '아래'의 위치 변화로 설명하려는 사고방식이 들어 있다. 오늘날 '혁명'은 발상의 전환이나 제도의 쇄신을 과장되게 표현하는 레토릭으로 사용되기도 하지만, '혁명'이라는 단어는 여전히 대중의 머릿속에 프랑스혁명, 러시아혁명 같은 '거대한 전환'을 떠오르게 한다. 이 '거대한 전환'의 맥락에서 '혁명'은 우리에게 체제 변혁이나 권력 교체 같은 이미지로 다가온다. 그런데 정말 혁명을 생산관계의 변화나 권력 교체, 그것들의 성문화와 동일시해도 될까? 이 지점에서 예술혁명, 즉 감각의 혁명이라는 문제가 제기된다.

일찍이 발터 벤야민은 '혁명'을 세계사라는 이름의 기관차를 정지시키는 '비상 브레이크'라고 표현했다. "마르크스는 혁명이 세계사의 기관차라고 말했다. 그러나 실제는 이 진술과 아주 다른 것 같다. 오히려 혁명은 이 기차를 타고 여행하는 인류가 비상 브레이크를 잡아당기는 것이 아닐까?"(「<역사의 개념에 대하여> 관련 노트들」) 그것은 명백하게 '혁명'을 역사의 기관차라고 표현했던 마르크스(또는 공식화된 마르크스주의)에 대한 반론이었다. 브레이크, 그것은 역사의 연속성을 중지/파괴하는 것이다. 혁명은 그 역동적인 이미지에도 불구하고 질주가 아니라 중지/파괴하는 것이다. 그것은 과거의 질서로는 설명될 수 없는 어떤 것의 출현이며, 지금까지의 논리와 언어가 모두 유효성을 잃어버리는 것을 뜻한다. 그렇기 때문에 혁명은 혁명 이외의 어떠한 술어로도 설명되지 않는다. 혁명의 동어반복, 혁명을 설명하는 유일한 방법은 '혁명'이다. 그런데 이 과거의 질서/익숙한 것을 어떻게 규정하느냐는 쉽지 않은 문제이다. 혁명을 체제 변혁, 권력 교체 등으로 이해할 때, 혁명은 생산관계와 국가권력을 바꾸는 문제로 귀결된다. 레닌이 『국가와 혁명』 서문에서 '국가'가 계급적대의 산물이자 피억압계급을 착취하기 위한 도구이기 때문에 (폭력)혁명을 통해 없애야 한다고 주장한 것이 대표적인 경우이다. 하지만 혁명의 역사는 혁명이 결코 생산관계와 국가권력을 바꾸는 것으로 설명되지 않는다고 말한다. 권좌의 주인을 바꿈으로써 한 사회의 질서를 전복할 수는 있지만, 그것이 이전에 존재하지 않았던 인간관계, 새로운 가치, 새로운 삶의 방식, 새로운 욕망을 생산하지 않는다면 그것은 권력교체 이상이 아니기 때문이다.

혁명은 왜 역사의 연속성을 파괴할까? 그것은 기존의 질서와 가치,

삶의 방식이 억압적이라고 느꼈기 때문이다. 바로 이 때문에 혁명은 '욕망'의 문제, 즉 욕망을 해방하는 문제이고, '척도'의 문제, 즉 '척도' 자체를 바꾸는 일이다. 4·19에 대한 김수영의 저 유명한 탄식 — "아아 새까맣게 손때 묻은 육법전서가 / 표준이 되는 한 / 나의 손등에 장을 지져라 / 4·26 혁명은 혁명이 될 수 없다"(「육법전서와 혁명」) — 이 지적하고 있는 것이 바로 이것이다. 혁명은 척도를 바꾸는 일이며, 척도를 바꾼다는 것은 단순한 권력의 교체가 아니라 지향하는 가치에서 감각 방식에 이르기까지 인간의 삶의 방식을 바꾸는 일이다. 바로 이런 이유에서 모든 혁명은 감각의 혁명을 통과하거나 수반한다.

2

혁명은 거대한 실험실이다. 그곳에선 '정치'와 '예술'이 동시에 실험된다. 혁명이라는 사건에는 늘 정치적 전위vanguard와 예술적 전위avant-garde가 등장한다. 이는 혁명이 정치와 경제의 문제이면서 욕망과 감각의 문제라는 것을 의미한다. 정치적 혁명이 쉬운 것은 결코 아니지만 감각의 혁명은 그것보다 더 어렵다. 우리는 혁명이 역사의 연속성을 중지/파괴하는 것이라고 말했다. 이것은 '혁명'이 기존 질서의 권위가 위기 또는 중단되는 것으로 시작된다는 의미이다. 물론 정치적 전위와 예술적 전위의 평행성이 곧 그들 사이가 원만함을 보증하지는 않는다. 사르트르는 『문학이란 무엇인가』에서 정치적 전위(공산당)와 예술적 전위(초현실주의) 사이의 갈등을 '부정성'의 일시성과 영원성의 차이로 설명했다. 공산당은 기존의 질서를 전복하고 새로운 질서를 구축하려는 세력이기에 그들의 부정성은 권력 쟁취를 위한 하나의 역사적 계기일 뿐이지만, 예술적 전위인 초현실주의자들에게 부정성은 영원히 지속되어야 하는 인생과 예술의 절대 목적이기에 두 세력은 함께 할 수 없다는 것이다. 허버트 리드 역시

『시와 아나키즘』에서 예세닌과 마야코프스키의 자살을 중심으로 '수사적 리얼리즘'의 예술만을 긍정하는 맑스주의자들과 창조와 영감의 무질서를 중시하는 예술가들의 불화를 강조했다. 하지만 마야코프스키에 대한 레닌의 공공연한 무관심과 적대감 — "원래가 모더니즘이나 아방가르드에 둔감했던 이 지도자는 마야코프스키의 일부 포스터와 표어에는 만족했지만 그의 모든 예술 작품에는 넌덜머리를 냈다. 마야코프스키가 낭송하는 「우리의 행진」을 차마 끝까지 들을 수 없어 레닌이 중간에 자리를 떴다는 일화는 너무도 유명하다. 「150 000 000」도 레닌은 쓰레기 취급을 했으며 미래주의자들을 두둔하는 루나차르스키에게 화를 내기까지 했다."[1] — 이나 아방가르드 예술에 대한 스탈린의 탄압은 '부정성'과는 다른 문제이다. 레닌은 아방가르드 예술을 비판하면서 새로운 문화의 창조보다는 대중의 교육문제와 식량문제를 해결하는 일이 더 중요하고 시급하다고 했지만, 그의 감수성이 19세기 예술에서 더 친근함을 느낀 것은 분명한 사실이다. 이러한 정치와 감각의 언밸런스는 레닌만의 문제는 아니었다. 스탈린은 아방가르드 운동을 탄압한 것으로 유명하지만 그에 대항하다 추방되는 트로츠키 역시 러시아 구성주의 건축의 상징이라고 말할 수 있는 타틀린의 '제3인터내셔널 기념탑'을 "사회주의 건설에 무익한 쓸데없는 낭비의 상징"[2]이라고 폄하했다. 이들과 동시대를 살았던 영화감독 에이젠슈테인의 다음과 같은 느낌은 결코 거짓이 아니었다. "좌파와 또 다른 '좌파' 간에 일종의 임시 분계선 같은 것이 있었다. 말하자면 혁명적 좌파와 미학적 좌파의 찡그린 얼굴 사이에. 바로 여기서 조정하기 어려운 틈이 생기기 시작했다."[3]

● ● ● ●

1. 석영중 편역, 『마야꼬프스끼 선집』, 열린책들, 2006, 300쪽.
2. 박영욱, 「아방가르드와 맑스주의」, 『시대와 철학』 제21권 3호, 한국철학사상연구회, 2010, 219쪽.
3. 엘스베트 볼프하임, 이현정 옮김, 『마야코프스키와 에이젠슈테인』, 아카넷, 2005, 21쪽.

혁명 이후 소비에트에서 예술적 아방가르드가 숙청되는 과정은 '혁명'을 정치적 혁명과 동일시하는 것이 왜 문제인지를 잘 보여준다. 20세기 초 러시아의 상황을 잠시 살펴보자. 앞서 지적했듯이 혁명은 낡은 질서의 권위가 부정되는 것에서 시작된다. 그것은 프랑스혁명 직후에 혁명화가 다비드가 주도하여 아카데미를 폐쇄하고 예술 교육을 개혁한 사건이나, 러시아혁명 직후 미술 아카데미가 해체된 것처럼 '제도적인 상징체계 속의 지지대'(지젝)를 제거하는 방식으로 현실화되기도 하고, 구스타브 쿠르베의 사실주의가 아카데미의 모든 규칙을 어긴 것이나 인상파 화가들이 메소니에로 상징되는 19세기 역사화의 원칙을 정면으로 거부하고 '인상'이라는 새로운 화풍을 창안한 것처럼 새로운 감각의 등장으로 현실화되기도 한다. 러시아혁명 이후의 러시아에서는 두 가지 현상 모두가 생겨났다. 러시아의 경우 혁명은 잠시나마 아방가르드 예술가들에게 기회를 가져다주었다. 여기에서 자세히 살필 수는 없지만 페터 뷔르거의 설명처럼 아방가르드 예술의 핵심은 "인간 활동의 특별한 영역인 예술이 삶과의 실제 연관관계를 끊고 떨어져나가는 것"을 지양하는 것, 즉 예술을 통해 삶의 방식을 바꾸는 것이었다. 이런 맥락에서 혁명은 정치적 전위인 볼셰비키와 예술적 전위인 아방가르드의 합작품이었다고 말해도 과장은 아니다. 혁명 이후에 인민교육위원회 의장(교육부장관)을 맡으면서 문예 분야를 담당한 루나차르스키가 마야코프스키와 러시아 미래주의자들을 전폭적으로 지지한 일[4]이나 알렉산드린스키 극장을 폐쇄하라는 프롤레트쿨트의 압력을 수용하지 않은 일[5] 등은 비록 한 개인의 호의에 의존한 측면이 크지만 혁명에서 정치와 예술의 평행성이 조금이나마 드러나는 순간들이

• • •

4. 마야코프스키와 러시아 미래주의자들이 혁명기와 혁명 이후에 어떤 활동을 했는가에 대해서는 석영중, 「마야꼬프스끼의 삶과 죽음과 시」, 『마야꼬프스끼 선집』, 열린책들, 2006을 참고.
5. 심광현, 「혁명기 예술가의 과제: 1920년대 초반 러시아 아방가르드의 사례를 중심으로」, 『시대와 철학』 제26권 4호, 한국철학사상연구회, 2015, 137쪽.

다. 하지만 그러한 호의, 또는 평행성은 스탈린이 권력을 장악하고 사회주의 리얼리즘이 공식적인 예술적 이념으로 결정된 이후에 완전히 사라졌다. 아니, 정치의 전위와 예술의 전위 간의 불화, 특히 후자에 대한 전자의 박해와 탄압 문제를 모두 스탈린 시대의 것이라고 말하는 것은 부당하다. 그것은 결코 역사적 진실이 아니기 때문이다. 혁명기 러시아에서는 다수의 예술가들이 미래주의, 아방가르드, 아나키즘 등을 내세우며 전위적인 예술을 창작하고 있었고, 특히 아나키스트 예술가들은 『아나키아』라는 기관지를 발행하고 있었다. 이 아나키즘 운동에는 로드첸코, 말레비치, 마야코프스키, 타틀린 등 이 무렵에 활동한 전위예술가의 상당수가 참여했다. 그런데 『아나키아』에 실린 구성주의 화가 알렉산드르 로드첸코의 글에 따르면 1918년 4월 12일 정부당국이 파견한 군대가 아나키스트들의 본거지와 클럽을 무력으로 침략했으며, 그때부터 러시아 전역에서 대대적인 아나키스트 탄압이 시작되었다. 이는 러시아혁명 직후부터 사실상 예술적 전위에 대한 탄압이 있었음을 말해준다.

　이제 우리의 관심인 혁명에 대응하는 시적 기교의 문제로 돌아오자. 이것은 이념이나 제도의 문제가 아니라 감각의 혁명의 문제로 사유되어야 한다. 감각의 혁명은 정치적 혁명과의 평행관계에서 발생할 수도 있지만, 그리고 실제로 그런 계기들이 새로운 예술의 등장에 호의적인 조건을 제공하는 것은 사실이지만, 반드시 정치적 혁명과의 관계에서 사유되어야 하는 것인지는 의문이다. 러시아의 사례처럼 혁명이 감각의 혁명을 원하지 않을 수도 있기 때문이다. 사람들은 혁명과 예술, 즉 감각의 관계를 이념이나 선전의 문제로 인식하는 경우가 많다. 하지만 경험이 증명하듯이, 이념이 언제나 감각을 바꿀 수 있는 것은 아니다. 혁명기에 주로 등장하는 노동자 문학의 한계도 여기에 있다. 혁명에 대응하는 시적 기교는, 따라서 시가 어떻게 감각의 혁명을 수행하느냐는 문제로 바꿔서 이해해야 한다. 예컨대 러시아혁명을 전후한 시기에 마야코프스키는 '일상'을 새로운 예술이 돌파해야 할 대상이라고 주장했는데, 이는 감각의 혁명이 곧 습관화된 익숙한 감각을 바꾸는 것이라는 의미이다. 시가 대중의 습관화된 감각이나 해당 장르의 전통적 규범을 공격하여 그 익숙함을 해체하는 것이 대표적인 사례이다. 1912년 마야코프스키를 포함한 러시아의 아방가르드들은 이런 작업을 "대중의 취향에 따귀를 날려라"라는 선언에 담았다. 이 선언에 등장하는 "푸슈킨, 도스토예프스키, 톨스토이 등을 현대라는 기선機船에서 던져버려라."[6]라는 외침은 결국 낡은 예술과 그것으로 대표되는 문학에 대한 관습적 이해에서 벗어나야 한다는 주장이다. 프랑스의 68혁명 시기에는 또 다른 방식의 예술적 사건들이 있었다. 한 연구에 따르면 1968년 혁명 시기에 다양한 장르의 예술인들은 "창작이라는 허구적 세계에서 현실 속으로 들어가 예술 자체와 예술제도의 근본적 개혁을 위한 직접 행동"[7]에 나섰다. 이 직접 행동은 민중공방 운영, 새로운 영화단체 EGC 결성, 파리의 오데옹 국립극장을 비롯한 부르주아 문화의 상징적 공간 점거 등처럼 예술 창작품의 생산과는 거리가 있는 것이었지만, 혁명세력은 "미술작품은 박물관이나 화랑을 벗어나 일상의 현실 속으로 들어가야 한다. 예술은 사치나 명성의 수단이 아니라 인간들 사이의 의사소통의 장이 되어야 하며, 엘리트의 감상 대상이 아니라 대중의 소비 대상으로 존재해야 한다."라는 선언처럼 '예술'을 대중화하는 방향으로 이끌어갔다. 문학의 사례를 알 수 없어 직접적인 비교는 불가능하지만, 이러한 예술의 대중화는 러시아혁명 시기에 아방가르드 예술가들이 대중의 삶과 사회를 변화시키기 위해 강조했던 예술적 경향과는 정반대 방향이라는 점에서 문제적이다.

- - - -

6. 블라디미르 마야코프스키, 김성일 옮김, 『대중의 취향에 따귀를 때려라』, 책세상, 2005, 245쪽.
7. 68혁명 시기의 예술에 대해서는 김지혜, 「프랑스 68혁명과 예술운동: 예술의 대중화와 정치화」, 『마르크스주의 연구』 5권 2호, 2008을 참고했다.

3

혁명은 기존의 권위가 중지되는 역사적 단절에 부여된 이름이다. 그래서 이 시기 예술에서는 이전의 인식틀로 설명되지 않는 새로운 예술, 특히 새로운 형식의 예술이 등장하기 마련이다. 우리는 종종 이 '새로운 예술'을 20세기 초에 등장한 전위적인 예술들과 동일시한다. 물론 미래주의에서 초현실주의에 이르는 아방가르드 예술이 그 '새로운 예술'이었음은 부정할 수 없다. 하지만 '새로운 예술'의 '새로움'은 '형식'의 새로움이면서 형식 이상의 새로움이다. 우리는 '새로운 예술'이 기존의 예술적 합의를 벗어나는 방식으로 출현하는 장면들을 목격해왔다. 하지만 기존의 합의를 벗어난다는 것은 단순한 비판이나 부정이 아니라 예술을 다른 배치(관계) 속에 놓는다는 의미이다. 이것이 소극적인 의미에서의 '변화'와 '새로운 예술'의 차이점 가운데 하나일 것이다. '새로운 예술'은 종종 우리가 '예술'이라고 간주하는 영역을 크게 벗어나는데, 이는 다른 배치 속에서 '예술'의 성격이 변하기 때문이다. 즉 예술이 미학적 대상이기를 그치는 것이다. 러시아와 프랑스의 사례가 보여주듯이 그것은 이전까지 '예술'을 둘러싸고 있던 인식틀이 바뀌는 것이고, 혁명기 예술가들의 작품은 대부분 예술을 관조의 대상에서 적극적으로 기능하는 예술로, 그리하여 삶과 사회를 변화시키는 감각적 장치로 작동한다. 이는 곧 '예술'의 성격을 바꾼다는 뜻이기도 하다. 단적으로 러시아 미래주의자들이 창작품을 익명으로 발표한 것이 대표적이다. "그들에게 명예는 다른 모든 구습처럼 부르주아의 유산이므로 폐기해야 하는 어떤 것이다."[8] 이 원칙에 따라 그들은 저자를 '우리'로 표기했다. 동시에 예술가의 위상이 바뀐다는 의미이기도 하다. 페터 뷔르거는 20세기 초 예술적 아방가르드의 특징이 예술이 삶과의 실제 연관관계를

• • •

8. 석영중, 「마야꼬프스끼의 삶과 죽음과 시」, 『마야꼬프스끼 선집』, 열린책들, 2006, 292쪽.

끊고 떨어져나가는 것을 지양하는 것이라고 정의했다.

　구체적인 방식의 차이에도 불구하고, 혁명기의 예술은 그 이전 시기에 수행하던 사회적 역할과 기능을 정지시킨다는 특징을 공유한다. 혁명과 예술을 사유하는 많은 이들이 러시아혁명에 주목하는 까닭도 여기에 있다. 이러한 극단적 변화는 일반적으로 회화·조각·공예·건축 등의 조형예술에서 한층 두드러진다. 미래주의, 구축주의, 절대주의 등의 회화와 건축이 러시아혁명 시기에 등장한 예술적 전위의 대표적인 사례로 빈번하게 인용되는 것도 이러한 장르적 특성과 무관하지 않다. "구성주의자들은 미학적·기술적·사회정치적 능력을 내부에서 통일시키라는 요구와 함께 산업계에서 조립 기술자의 주도적인 역할을 맡고자 하는 의도를 가지고 있었다."[9] 반면 문학, 즉 시에서는 실험적 형식이나 전통적인 형식의 파괴가 차지하는 비중과 영향력이 크지 않다. 러시아 구성주의자들이 예술을 산업 속으로 끌고 들어가 일용품을 산업적으로 생산하기 위해 필요한 모형을 제작한 것이나, 구성주의 건축가들이 새로운 건축물을 만들어 인민의 주거를 바꾸려고 했던 것과 달리 문학은 그러한 일상과의 직접적인 접촉이 어려웠다.

　그의 이러한 태도는 실제로 다양한 혁신적 시 형식을 통해 증명된다. 그는 우선 파찰음과 마찰음 등의 거센 자음과 단음절어를 효과적으로 사용하였다. 그러한 음성 체계는 혁명과 전쟁의 불협화음을 전달하는 데 적절할 뿐 아니라 소리 자체만으로 친숙한 시적 관례에 저항할 수 있는 수단이었다. 작시법 상의 시각에서 볼 때 그의 많은 시들은 전통 음절 억양법을 수용한 것이 사실이지만 강세와 약세의 규칙적인 배열을 과감하게 파괴한 완전 자유시도 드물지 않게 발견된다. (중략) 그는 거의 언제나 압운의 법칙을 파괴한다. 정상적인 압운 대신 유사운, 이음절운,

• • •
9. 베레나 크리거, 조이한·김정근 옮김, 『예술가란 무엇인가』, 휴머니스트, 2010, 136쪽.

자음운, 합성운, 언어 유희적 압운 등을 사용하며, 그의 이러한 압운은 러시아 시사詩史에서 압운의 가능성 확대와 다양화라고 하는 중요한 의의를 갖는다.[10]

마야코프스키의 작업은 알렉상드랭에 대한 프랑스 상징주의자들의 저항과 닮았다. 물론 그 역시 긴 대작을 창작하기도 했고, 몇몇 작품에서는 시행을 계단식으로 배열하는 파격을 보여주기도 했다. 하지만 마야코프스키가 가장 심혈을 기울인 것은 '언어'였다. 그는 실용적 가치와 몰개성을 특징으로 하는 당대의 언어를 변혁하려고 했고, 전통적인 작시법의 원리에서 벗어나는 파격적인 어조와 배열법을 통해 '시'와 '언어'에 대한 당대적 감각을 균열시키려 했다. 이를 위해서는 그는 '시'에서 사용되지 않던 저속한 언어를 의식적으로 사용하기도 했고, 천박하고 신성모독적 이미지를 등장시켜 반反미학적 효과를 연출하기도 했다. 이러한 반反미학은 "비숍 여사와 연애를 하고 있는 동안에는 진보주의자와 / 사회주의자는 네에미 씹이다 통일도 중립도 개좆이다 (중략) 아이스크림은 미국놈 좆대강이나 빨아라"(「거대한 뿌리」)라는 김수영의 언어, 김지하의 담시, 1980년대 박남철, 황지우 등의 해체시 등에서도 동일하게 목격된다. 마야코프스키의 실험들이 어느 정도 영향을 끼쳤는지 알 수는 없다. 하지만 당시의 대중들로부터 호의적인 지지를 받은 것 같지는 않으니 아방가르드에 대한 프롤레트쿨트의 공격은 비단 예술에 대한 정치의 비난이었다고만 말할 수 없다. 혁명에는 '감각의 혁명'이 요구되지만 그렇다고 모든 혁명이 '감각의 혁명'을 저 자신의 필요충분조건으로 간주하지는 않기 때문이다. 그래서 '혁명과 예술'이라는 문제를 예술을 '대중'의 감각과 눈높이에 맞추는 대중화의 문제로 귀결시켜선 안 된다. 보들레르가 부르주아들에게 '예술'을 가르쳐

● ● ●

10. 석영중, 「마야꼬프스끼의 삶과 죽음과 시」, 『마야꼬프스끼 선집』, 열린책들, 2006, 305~306쪽.

야 한다고 주장했듯이, '감각의 혁명'은 이미 존재하는 대중을 새로운 '대중'으로, 일상성에 머물러 있는 그들의 감각을 '새로운 감각'의 층위로 끌어올리는 것이어야 한다. 문학을 통한 '감각의 혁명'은 이 이상일 수 없으며, 그것은 소위 '내용', '형식', '기교' 등의 모든 층위에서 시도될 수 있다. 흔히 '형식'이라고 지시되는 문학/예술의 외형적 요소에서 감지되는 변화의 영향력이 강렬한 것은 사실이지만 '감각의 혁명'을 '형식'이나 '기교'의 문제로 치부하는 것은 지나친 단순화이다.

4

이 지점에서 우리는 '혁명의 예술'과 '예술의 혁명' 간의 비평행적 관계를 사유해야 할 듯하다. 하지만 이것은 결코 쉬운 문제가 아니다. 흔히 '혁명의 예술'은 혁명의 이념을 대중에게 전파하는 선전 수단이나 도구로 이해된다. 그래서 '혁명의 예술'이 '예술의 혁명'에 대립하는 경우가 많다. 반대로 '예술의 혁명'이 '혁명'과 무관하게 발생하기도 한다. 그래서 '혁명과 기교'의 문제는 예술 자체가 이념이나 사상, 나아가 그것의 전달 매체로서의 예술과 분리해서 논의되어야 한다. 이 경우 우리는 또 하나의 문제와 맞닥뜨리게 된다. 그것은 기존의 예술적 합의에서 벗어나는 이질적이고 낯선 실험들 모두를, 설령 그것이 '예술'을 삶을 향해 개방하는 데 실패함으로써 미학적인 관조의 대상에 머물 때조차 '혁명'이라고 말할 수 있는가의 문제이다. 가까운 사례로 80년대의 해체시를 떠올려보자. 그것은 과거의 예술적 합의와 달리 삶과 문학의 경계를 허물었는가, 사람들의 사고와 행동을 지배하고 있는 비가시적 권력을 전복하는 효과를 낳았는가? 혁명이 단순한 권력의 교체가 아니라면 혁명과 예술의 관계는 이 지점에서 대답되어야 할 것이다. 문학사에서 이러한 반(反)미학의 계보를 찾는 것은 어렵지 않다. 예컨대 박정대 시집 『삶이라는 직업』(문학과지성사, 2011)을 펼쳐서

「진부라는 곳」이나 「딩뱃 고원」 등을 읽어보라.

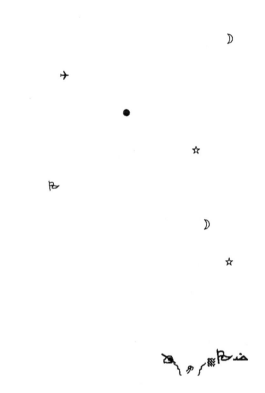

– 박정대, 「딩뱃 고원」, 전문

    '낭만'의 방향으로 휘었지만 언어로 건축한 박정대의 '몽상'의 세계는 '시'에 대한 우리의 상식을 초과한다는 점에서 혁명적이다. 그에게 '시'는 우리가 익히 알던 그것이 아니다. 그의 시는 종종 읽을 수 없는, 그리하여 오직 쓸 수만 있는 텍스트로 우리에게 도래한다. 그럼에도 불구하고 그의 시를 읽으려 한다면 거기에는 상당한 에너지가 요구된다. 이 시를 읽으면서 독자들은 이렇게 질문할 것이다. 도대체 '딩뱃 고원'이 어디지? 하지만 '딩뱃 고원'의 지리적 위치는 중요하지 않다. 아니, 그곳이 실재한다는 증거도 없다. 어쩌면 그곳은 시인 자신의 '몽상' 속에 건설된 세계일지도 모른다. 하지만 그곳 역시 '고원'인지라 다른 고원들과 다를 것이 없을 수도 있다. '딩뱃 고원'에는 무엇이 있나? 시의 내용이 그 질문에 대한 대답인 듯하다. 그렇다면 시인은 왜 익숙한 시적 진술 방식 대신 기호와 형상으로 진술하는 것일까? 그것은 이것들이 우리의 상상력을 자극한다고 판단했기 때문일 것이다. '몽상'이란 무엇일까? 나는 그것을 세계를 대면하는 낯선, 그러나 본질적인 방식의 하나라고 생각한다. 그것은 현실을 초과한 것이다. '몽상'의 중요성은 그것이 현실원칙을 따르지 않는다는 것, 그리하여 생활세계 안에 '새로운 세계', '낯선 세계'를 도래시킨다는 데 있다. 박정대의 시세계는 이 지점을 향해 언어를 밀어붙이는 고독한 여정이다.

> 너무 긴 소설을 쓰지 말 것. 너무 짧은 소설도 쓰지 말 것. 적당하게 지루해질 때 끝나는 소설일 것. 원고지의 분량이 아니라 심리적인 분량일 것. 어느 공간에서 읽어도 적당히 심심하고 적당히 어리둥절한 반전일 것 어떤 질문을 하더라도 충실하지 않는 이야기일 것 어떤 대답도 흘려들을 수 있는 내면일 것. 그런 주인공을 찾을 것. 캐스팅은 길거리에서 오디션은 실내에서 시상식은 레드카펫을 밟는 장면에서 중단할 것. 더 많은 말이 필요하면 다른 영화를 찍을 것. 더 많은 상이 필요하면 영화를 찍지 말 것 돌아와서 시를 쓸 것. 전혀 시적이지 않은 소설을 쓸 것. 있어도 상관없고 없어도 상관없는 중요한 문장이 들어갈 것. 단어는 조금 더 동원되거나 외로워질 것. 저 혼자 있어도 눈물을 뚝뚝 흘리는 마침표일 것.
>
> — 김언, 「소설을 쓰자」, 부분

김언은 이수명, 함기석, 조연호, 황병승, 황유원 등과 함께 '시'에 대한 우리의 관습적 이해를 '폭발'시키는 언어의 전위前衛이다. 마야코프스키가 했던 것처럼 김언의 시는 '언어'를 한계상황까지 밀고 나간다. 그는 시에 사용되는 모든 언어에서 관습적인 용법을 걷어냄으로써 그것들을 더듬거리게 만든다. 예컨대 사전적인 의미에 따라 그의 시어들을 읽는 독자는 이해는 물론이고 아무것도 얻지 못한다. 왜냐하면 그는 '언어'에 특유한 힘이 있다고 주장하는 대신 '힘' 그 자체를 표현하기 때문이다. 그는 '시'에 대한 독자의 기대를 배반함으로써 '시' 자체에 새로운 가능성을 부여한다. 인용시에 등장하는 '소설'은 이 배신의 극단적인 경지이다. 그는 '소설을 쓰자'고 권유하는 '시'를 쓴다. 사람들은 이렇게 말할 것이다. 왜 시를 이렇게 써야 하냐고 그러면 시인이 이렇게 대답할지도 모른다. 왜 이렇게 쓰면 안 되냐고 '감각의 혁명'이란 이처럼 기존의 이해를 배반하는 방식으로 온다. 이것은 '기교'일까? 하지만 그것을 '기교'라고 단정하는 사람은 많지 않을 것이다. 이것은 '형식'일까? 하지만 말레비치의 절대주의 회화와 달리 시에서 형식과 내용이 쉽게 구분/분리될 수 있는 것일까. 김언은 '언어'를 중심으로 '감각의 혁명'을 실험한다. 이 혁명이 어느 지점에서 '정치적 전위'와 결합될 것인지는 알 수 없다. 그 결합이 끝끝내 이루어지지 않을지도 모른다. '혁명과 예술'은 이 불가능한 결합에 대한 영원한 지향을 의미하는 것이 아닐까.

제2부

텍스트를 앓는 시간

1

한 줄기 바람이 무심코 흔들고 지나가는 풍경風景. '순간'이라는 단어에는 이런 이미지가 따라다닌다. 중력을 견디며 매달려 있는 종鐘과 예고 없이 도래하는 바람의 우연적인 조우, 풍경風磬의 관점에서 경험한 이 마주침의 사건이 그러하듯이, '순간'이란 오랜 기다림 끝에 불현듯 마주하게 되는 짧은 시간 같은 것인지도 모른다. '시적 순간'에는 이런 기다림의 시간이 존재한다고 들었다. 오해와 달리 그것은 기다림에 성공하기 위해서라도 마냥 기다리기만 해서는 안 되는 반半능동적인 기다림이지만. 그렇다면 '비평'에도 그런 '순간', 즉 우연적인 마주침이나 기다림의 시간이 존재할까? 나는 '비평'에는 그런 '순간'이 존재한다고 믿지 않는다.

누군가는 말한다. 인간은 이미−항상 '비평'을 하는 존재라고 텔레비전을 시청하고, 영화를 관람하는 순간에도, 책을 읽고 뉴스를 시청하면서도 인간은 끊임없이 '비평' 행위를 한다는 주장이다. 이처럼 사람들은 종종 '비평'을 대상에 대한 취미판단, 즉 자신의 취향에 비추어 호불호를 판단하는 행위와 동일시한다. 이런 관점에서 본다면 백화점에 가서 옷을 구입하고, 마트에서 장을 보는 일상적 행위에도 '비평'이 존재하는 셈이다. '비평'의 본질이 이러한 '판단'에 있다면, 그 판단을 뛰어난 문체로 표현하는 것이 문학 '비평'의 핵심이라면, 우리는 인생의 대부분을 비평적 인간으로 살아야 할 운명일지도 모른다. 결국 '인생'이라는 긴 시간 역시 무수한 순간들의 조합일 터이니까. 하지만 '비평'이 취향이라는 주관적 잣대를 기준으로 대상을 판단하는 행위, 그러니까 주관성의 표현 또는 판단인지는 분명하지 않다. 최소한 내게 그것은 '비평'이 아니다.

사실 '비평'을 '비평'으로 만드는 것은 주관성이 아니라 텍스트의 '의미'이다. 이 말은 비평에 있어서 일차적인 것이 작품의 '가치'가 아니라 '의미'라는 말이기도 하다. 그런데 이때의 '의미'란 사전적·표면적인 의미를 가리키는 것이 아니다. 또한 그것은 작품을 쓴 사람의 의도와 일치하지도 않는다. 우리는 이러한 작품을 종종 '텍스트'라고 부른다. 작가의 의도가 없다는 말이 아니다. 그렇지만 작가의 의도를 충실하게 살피는 것이 '비평'은 아니다. 문학 작품에 작가가 정한 유일무이하면서도 진정한 의미/의도 같은 것이 존재하는지도 의문이지만, 그것을 밝히는 것이 '비평'이라면 당연히 '비평'은 작가 자신이 하는 것이 최선이다. 하지만 어느 누구도 이 주장에 동의하지는 않을 것이다. 요컨대 '비평'에서 작가의 의도, 또는 그것의 유무는 고려 대상이 아니다. 아니, 어쩌면 그것으로부터 얼굴을 돌리고, 그것으로부터 멀어지는 순간에야 비로소 '비평'은 시작된다고 말하는 것이 타당하다. 정신분석학이 대중화되면서 몇몇 비평가들이 텍스트를 작가 개인의 정신적 증후로 귀결시키는 것을 '비평'의 근본으로 삼는 태도를 보이고 있다. 하지만 그것은 '비평'보다는 '진단학'이라고 부르는 것이 더 적당하며, 이때 텍스트는 '문학'이 아니라 '병리적 증상'의 일종으로 간주될 수밖에 없다. 이러한 정신분석학적 진단학의 가장 큰 문제는 텍스트를 특정 개인에게 속하는 것이라고 전제함으로써 '해석'이나 '비평'의 일차적 권리를 '작가'에게 일임한다는 데 있다. 반대로 현대의 비평 담론들이 '텍스트'라는 개념을 선호하는 이유는 작품-텍스트의 '의미'가 작가의 의도와는 별개라는 것을 강조하기 위함이다. 이때 '비평'은 '의미'를 통해 '텍스트의 무의식'을 드러내는 행위가 된다. 그렇다. '비평'에 '본질'이라는 것이 존재한다면, 비평의 본질은 당연히 '의미'라는 이름으로 '텍스트의 무의식'을 드러내는 것에 있다.

2

'비평'은 반복적인 읽기를 통해 '텍스트'와 만난다. 이것이 '시'에 존재하는 기다림의 순간이 '비평'에는 없는 이유이다. 물론 비평적 읽기에도 우연은 있다. 도무지 알 수 없던 구절이 거짓말처럼 이해되는 순간이 있고, 좀처럼 풀리지 않던 '의미'의 실마리가 우연히 풀리는 경우도 있다. 이해불가능한 것이 이해가능한 것으로 바뀌는 순간은 얼마나 흥미로운가. 하지만 '비평'에서 이러한 우연성은 우연 그 자체의 결과보다는 '몰입'의 산물이라고 말하는 것이 더 타당할 것이다. 한 편의 글을 쓰는 기간 동안 비평가는 '텍스트'에 사로잡혀 있다. 그는 '텍스트'를 앓는다. 이런 점에서 비평은 '순간'이 아니라 '지속'의 산물에 가깝다. 어떤 사람들은 '비평'이 텍스트를 선정하는 선택이라는 것을 근거로 비평에 이미-항상 '가치' 평가가 포함되어 있다고 주장한다. 원론적으로는 옳은 주장이다. 하지만 우리의 문학 환경에서 비평 대상이 되는 텍스트를 자유롭게 선택하는 비평가가 얼마나 될까? 지면을 자신의 의지대로 기획할 수 있는 권한을 지닌 소수의 비평가를 제외하면, 우리에게 비평 대상으로서의 텍스트는 선택이 아니라 주어진다. 비평가는 이렇게 주어진 텍스트를 반복적으로 읽음으로써 거기에서 '의미'를 발견한다. 이때의 '의미'는 위에서 지적한 것처럼 표면적·축자적인 의미와 관계가 없다.

프랑스의 철학자 자크 데리다는 '텍스트'에 대해 이렇게 말한 적이 있다. "텍스트라는 것은 최초의 일별一瞥에 대해서, 처음 온 사람에 대해서 그 구성의 법칙과 유희의 법칙을 감추고 있지 않다면 텍스트가 아니다." 우리는 흔히 이 주장을 '텍스트'의 1차적 의미와 2차적 의미, 또는 표면적 의미와 이면적 의미에 대한 진술로 읽는다. 하지만 그것은 그다지 현명한 해석이 아니다. 여기서 문제가 되는 것은 표면-이면의 대립이 아니라 "최초의 일별"에 대해 "구성의 법칙과 유희의 법칙"을 감춘다는 텍스트의 본질적인 성격이다. 이렇게 말해도 좋겠다. 텍스트는 낯선 것이며, 낯선 것만이 텍스트일 수 있다고. '비평'은 일종의 '사유' 행위이다. 그것은 우리의 '사유'를 촉발시키는 대상-텍스트에 대한 반응이므로, '촉발' 능력을 지니지 않은 것은 텍스트가 되지 못한다. '촉발'의 능력을 지니지 못한 것들은 외면당하거나 소비될 수 있을 뿐이다. 왜 — 문학을 포함하여 — 모든 예술은 새로움을 추구하는가? 그리고 이때의 '새로움'이란 무엇인가? 요약하자면 그것은 '낯선 것'이다. 인간의 '사유'는 '낯선 것'을 마주했을 때에만, 상식이나 통념, 또는 습관 등의 일상적 경험 방식으로는 이해할 수 없는 것에 직면할 때에만 시작된다. "그 구성의 법칙과 유희의 법칙을 감추고 있지 않다면 텍스트가 아니"라는 데리다의 지적이 의미하는 바가 이것이다.

'비평'이 이미-항상 새로운 텍스트의 등장을 기다리고 있다거나, 그것의 출현을 환영한다는 주장은 거짓이다. 나의 경험에 비추어 생각해보면, 대부분의 비평가들은 '텍스트'와의 만남을 좋아하지 않는다. 각종 매체에 글을 많이 발표하는 비평가들도 있지 않냐고? 문예지, 신문, 단행본 등에 '비평'을 쓰는 행위는 '텍스트'와 마주치는 것과는 전혀 다른 욕망의 산물이다. 개인의 사생활이나 게으름 등의 변수가 없진 않지만, 낯선 '텍스트'를 마주하는 일을 유쾌하게 생각하는 비평가는 예상보다 훨씬 적다. 그것은 '텍스트'가 비평가로 하여금 새로운 사유를 시작하도록 강요하기 때문이다. 새로운 사유의 시작은 익숙한 세계에서 떠나는 것으로 시작된다. 그리고 이러한 분리는 두려움과 함께 상당한 피곤을 초래한다. 때문에 비평가들은 (무)의식적인 방어기재를 통해 이 텍스트와의 만남을 회피하거나 지연시키려는 경향을 갖고 있다. 정작 원고를 써야 할 순간이 다가왔음에도 불구하고 원고와 무관한 책을 읽거나, 평소에 하지 않던 갖가지 행동들을 반복하면서 시간을 흘려보내는 것은 일종의 방어기재이다. 텍스트와의 만남을 늦출 수 있는 마지막 순간까지 이러한 행위는 반복된다. 글 쓰는 사람들이 농담처럼 얘기하는 '마감의 힘'은 사실 단순한 농담만은 아니다. '마감'이란 원고를 완성해서 보내는 송고送稿의 한계가 아니라 낯선 것과의 만남을 회피하거나 유예할 수 있는 도피의 한계선을 의미한다. 엄밀히 말해 비평에도 '기다림'이 존재한다면 그것은 낯선 존재인 '텍스트'의 출현이 아니라 시간의 한계로 인해 그것과의 만남을 끝내야 하는 탈출에 대한 기다림일 것이다. '비평'에 대한 지나친 냉소일까? 그럴 수도 있겠다. 하지만 머릿속에 '텍스트'를 넣고, 혹은 그것에 사로잡힌 채 생활하는 것은 생각보다 훨씬 불편한 일이다.

이 불편함을 감당할 수 없을 때, 그 불편함이 싫을 때, 우리는 처음부터 그 가능성을 차단하는 것을 선택한다. 그것은 두 가지 방식으로 가능하다. 하나는 '텍스트'와의 만남 자체를 거부하는 것이고, 또 하나는 '텍스트'가 표현하는 낯섦, 새로움 등을 '익숙한 것'으로 환원해버리는 것이다. '낯선 것'이 가져다주는 두려움은 그것을 '익숙한 것'으로 인식함으로써 사라진다. 이러한 환원론의 가장 큰 문제가 바로 '비평'을 취향에 따른 취미판단의 문제로 귀결시키는 것, 그리하여 '텍스트'를 이쪽과 저쪽, 우리와 그들 등으로 구분하는 것이다. 이러한 구분으로서의 비평이 경험하는 정동은 두려움과 불편함이 아니라 지겨움과 귀찮음이다. 지겹거나 귀찮을 때, 비평은, 우리가 삼켰으나 소화하는 데 실패한 음식을 토해버리듯이, 쉽사리 규정해버린다. 다수의 비평가들이 쉽게 조로早老의 경향을 보이는 이유, 어느 순간 비평이 '행위'가 아니라 '자격(증)'의 문제로 이해되는 이유가 여기에 있는 것이 아닐까. 그러니까 '비평'에는 순간은 없거나 드물고 '지속'만 있다고 말한다면 거짓일까? 조금 완곡하게 표현하면 이렇게 말할 수도 있겠다. 비평의 '순간'은 우리가 흔히 '순간'이라는 단어로 지시하는 시간보다 훨씬 길다고. 또한 그 '순간'이란 '텍스트'의 낯섦이 우리로 하여금 사유하도록 강제하는 시간의 길이와 일치한다고.

감정의 옆, 또는 뒤에서
— 젊은 시인들의 첫 시집을 읽는 한 가지 방식

1. 감정의 시민권

사람들은 예술, 특히 '문학'과 '감정' 사이에 특별한 친밀감이 존재한다고 믿어왔다. 시詩를 인간의 사상과 감정을 함축적이고 운율적인 언어로 표현한 것이라고 정의하는 태도에도 이러한 믿음이 들어 있다. 하지만 문학공화국에서 '감정'의 시민권을 확인하는 일이 생각처럼 쉬운 것은 아니다. 범위를 '예술'로 확장하면 더 난감하다. 일찍이 플라톤은 『국가』에서 시인을 비난했다. 예술이 영혼의 최고 부분인 '이성'이 아니라 '감정'에 호소한다는 이유로, 문학적 재현이 이데아로부터 두 단계 떨어져 존재한다는 이유로. 플라톤은 '이성'과 '감정'의 관계를 '마부'와 '말'의 관계에 비유했다. 감정에 대한 이성의 우위는 근대 미학의 창시자인 독일의 철학자 바움가르텐에게서도 목격된다. 그는 1750년에 '감성적 인식에 관한 학'으로서의 '미학'이라는 개념을 최초로 사용했다. 그에게 '미학'은 독립적인 가치를 지닌 것이 아니라 "감성적 인식"이라는 말처럼 인식의 일부였고, 고전적 전통에 의거한 '기술'이었다. 문학에서 '감정'의 시민권은 낭만주의에 이르러서야 가능했다. 고전주의 미학은 엄격한 질서와 비례의 미학을 추구했기에 예술 창작에 '감정'이 개입할 여지가 없었으나, 낭만주의는 예술을 작가의 감정 표현이라고 주장했기 때문이다. 톨스토이와 콜링우드는 예술과 감정의 관계에 대해서는 입장이 달랐지만 예술의 주요 기능이 예술가의 감정을 표현하는 것이라는 낭만주의적 이념의 형성에는 함께 기여했다. 특히 톨스토이는 예술은 감정 전달의 수단이라는 생각을 고집했다. 하지만 (프랑스) 낭만주의에 대한 고답파와 상징주의의 반발, 특히 말라르메의 「운문의 위기」에서 빅토르 위고의 죽음으로 대표되는 낭만주의에 대한 비판에서 단적으로 드러나듯이 상징주의 이후의 근대(현대)문학은 시가 감정의 토로여서는 안 되며, 오히려 개인적 감정의 중화가 절대적으로 필요하다는, 그리하여 '감정'의 절제와 '지성'의 강조라는 주지주의적 방향으로 진화했다. 그 이후로 시사詩史에서 '감정'은 늘 근대(현대)라는 가치에 의해 밀려나거나, '과잉' 등의 부정적인 명사에 포위된 채로만 발화될 수 있었다.

　시선을 한국문학사로 돌려보자. 한국 근대문학의 첫 장면에 해당하는 이광수의 문학은 계몽주의라고 평가되지만, (근대)문학에 대한 그의 기본적인 시각은 '문학=정情'을 강조하는 것이다. 이광수에게 정情은 문학과 문학 아닌 것을 가르는 잣대였다. 그는 "문학이란 특정한 형식 하에 인人의 사상과 감정을 발표한 자者"이며, 지·정·의로 나뉘어져 있는 인간의 마음 가운데 '정情'을 만족시키는 분야라고 주장했다. 이광수에게 계몽의 빛은 동시에 문학의 빛이었고, 정情은 내면을 지닌 근대적 개인의 탄생을 가능하게 하는 장치였으니 흥미롭게도 그에게 '계몽'과 정情은 양립할 수 없는 것이 아니었다. 이런 맥락에서 1920년대의 낭만주의가 등장했다. 1920년대의 동인지 문학에서 김소월, 한용운, 이상화 등에 이르는 낭만주의적 경향은 자아와 감정의 가치를 절대시했다. 문학, 특히 '시'와 '감정'의 관계를 최대한 밀착시켜 사유하는 방식은 이때부터 시작되었다. 특히 낭만주의 특유의 이원적 세계관과 '상실'의 테마는 시의 기원을 상실과 상처로 설정하는 규범을 낳았다. 하지만 이후로 새로운 예술적 경향이 등장할 때마다 낭만주의, 특히 그것과 밀접하게 연관된 '감정'은 늘 여과되거나 제한되어야 할 대상으로 간주되었고, 20세기 이후 다양한 전위적 경향에 의해 주도된 예술의 현대성이 영향력을 행사함에 따라 그것은 문학의 주변적인 요소로 밀려났다. '로맨티시즘'을 "역사적 현실에 대하여 퇴각하는 자세를 보이는 문학"이라고 비난하면서 '은둔적=회상적=감상적=동양적'이라는 가치의 등식을 만들어낸 김기림에게서도 '감정'은 시의 필수 요소는 아니었다. 그에게는 '감정'보다 "문명에 대한 일정한 감수"가 한층 중요했다. 박용철과의 기교주의 논쟁에서 드러나듯이 모더니스트로서의 김기림은 감정의 과잉을 비판하는 것처럼 말했지만, 실제로 그가 말하려던 것은 시에서 감정 자체를 배제하는 것이었다.

이것은 김기림만의 생각이 아니었다. 현대시의 현대성은 톨스토이가 주장한 감정의 표현과 전달이라는 주장과는 다른 층위에서 '시'를 사유한다. 그것은 포비즘과 큐비즘을 거쳐 팝아트에 이르기까지의 미술사에서도, 스트라빈스키와 쇤베르크라는 문턱을 넘어선 이후의 음악사에서도 동일하게 나타나는바, 현대예술은 아도르노가 지적한 것처럼 사회에 대한 안티테제로서 자신의 가치를 드러내기 시작했다. 실제로 20세기 시의 지배적 경향은 실험, 전위 등을 강조하면서 의식, 합리성, 이성 등과의 전투에 기꺼이 자신을 던졌다. 예술은 의식과 이성으로 상징되는 합리성의 세계에 반기를 들었으나, 그렇다고 '감정'에 대해 연대감을 느끼지는 않았다. 한 가지 분명한 것은 현대성을 의식적으로 추구함으로써 시는 상징적 질서에 대립하는 방향으로 스스로를 몰아갔고, 그 결과 현대시는 독자에게 감정적인 반응보다는 지적인 반응을 주문했다. 이는 곧 시에서 '감정'의 퇴조로 이어졌고, 현대예술의 원리를 교육받지 못한 독자들에게는 '현대'라는 말은 늘 난해하다는 느낌을 가져다주었다. 근대/현대시의 역사를 도식화할 생각은 없지만, 한국시사에서 '서정시'와 '모더니즘시'라는 정체 불명의 대립은 실제로는 감정적 요소가 중요한 시적 경향과 지적인 요소가 중요한 시적 경향의 대립에 대한 오해의 산물이다. 21세기 시의 방향설정에 결정적인 분기점이 되었던 '미래파'라는 집단적 경향도 이런 맥락에서 보면 '감정'의 퇴조에 따른 것이라고 말할 수 있다. 물론 '감정'과 '지성'의 대립은 편의적인 것이지 실체적인 것이 아니다. 즉 이미 존재하는 모든 시가 두 개의 경향으로 선명하게 구분되는 것이 아니며, 지적인 성격이 강한 작품에 '감정'이 없다는 말도 아니다. 그것은 어디까지나 우세종에 관한 지적일 뿐이다. 하지만 시에서 '감정'의 퇴조는 김기림의 주장처럼 '감정'을 배제하는 것으로 현시되지는 않더라도 '감정' 이외의 요소가 강조되는 결과를 가져왔다. 지난 10년 동안 시비평은 온갖 이론과 언어를 동원하여 이 새로운 변화의 추이를 뒤쫓았다. 그리고 지금, 우리 시대의 시는 '지성' 쪽으로 기울었던 화살표를 조금씩 '감정' 쪽으로 옮겨놓고 있다. 그것은 어디까지 진행되었을까? 최근 출간된 네 권의 시집을 통해 그 좌표를 가늠해보자.

2. 소년, 공포의 시선으로 가족을 보다: 서윤후

서윤후의 첫 시집 『어느 누구의 모든 동생』(민음사, 2016)은 '소년' 화자의 시선과 감성으로 그린 세계의 지도이다. 그래서 그의 시에는 늘 소년성小年性에 대한 이야기가 따라다닌다. 시집의 표제에 등장하는 '어느 누구의 모든 동생'은 이 '소년'의 비非인칭화된 표현이다. 이때의 '세계'는 실존적인 의미의 세계-감이며, 따라서 '소년'이라는 제한적 조건으로 인해 그것의 범위는 결코 크다고 말할 수 없다. 하지만 세계의 의미, 즉 감각의 지도는 실제의 지형이나 지리와 동일하지 않으며, 오히려 다르기 때문에 중요하다. 그러니 이 지도에서 우리가 발견해야 할 것은 공간의 넓이나 지형이 아니라 세계를 경험하는 소년-화자의 특유한 감성일 것이다. 서윤후의 시에서 '소년'의 삶은 안온하지도 행복하지도 않다. 소년의 발화가 거듭될수록, 그가 겪어야 했던 경험의 일화들이 하나둘씩 드러날수록 우리는 이 감성의 지도가 고통의 지도, 또는 상처의 지도임을 깨닫게 된다. 그의 시에서 외상外傷은 사실 외상의 형식으로 표현된 내상內傷이다. 이 고통과 상처가 '소년-화자'의 성장에 기여했는지 우리는 알지 못한다. 다만 우리는 서윤후의 '소년'이 "애어른 같은 아이"(「희디흰」)여서 너무 이른 나이부터 세계를 고독과 공포로 경험하는 장면들을 자주 목격할 수 있을 뿐이다. 그런데 그의 시는 이 고독과 공포의 경험을 감정적인 기호로 현시하기보다는 특징적인 상황과 이미지를 통해 간접화하는 데 힘을 쏟고 있다. 즉 세계에 대한 부정적 경험이라는 점에서 감정적인 요소가 두드러지지만, 그의 시가 전면화하고 있는 것은 감정이 아니다.

눈곱 낀
일요일의 사람들

누군가 선물로 해 준 작명
얼어붙은 이름을 자꾸 불러 주자
녹기 시작한 피

동생이 형처럼 엄마가 언니처럼
누나가 아이처럼 아빠가 유령처럼

커튼을 열고 환기를 시키는 동안의
혼숙

　　　　　　　　　　　　　　　 – 서윤후, 「가정」, 전문

소년-화자가 최초로 상처와 공포를 경험하는 공간은 어디일까? 서윤후의 시에서 그곳은 '가족'이다. '가족'이 상처와 공포의 공간이라는 사실에

놀라는 사람들도 있을 테지만, 세계의 크기가 좁은 소년–화자에게 가족이
세계의 대부분을 차지한다는 것은, 그리하여 그곳에서 상처받을 가능성이
높다는 것은 새삼스러운 주장은 아니다. 시인은 '가족' 대신 '가정'이라는
표현을 사용한다. 이는 '가정'이라는 단어에 보호·교육·육성 같은 사회
화의 의미가 뒤따르기 때문일 것이다. 소년에게 '가정'은 "누군가가 선물로
해 준 작명"이다. 그것은 가족들 모두가 합의해서 만든 명칭도, 그들의
의지가 반영된 이름도 아니다. 무엇보다도 소년에게 '가정'은 "동생이
형처럼 엄마가 언니처럼 / 누나가 아이처럼 아빠가 유령처럼" 되는 세계이
다. 여기에서 '~처럼'은 가족구성원 모두가 자신의 정체성(자리)에서 벗어
났음을, 그러니까 소년–화자가 가족들에게서 느끼는 심리적 거리를 담고
있다. 이 시에서 보듯이 서윤후의 '가족'은 운명공동체라기보다는 '혼숙'하
는 존재들에 가깝다. 이 '가족(집)'의 세계에서 소년은 "하고 싶은 말을
삼키며 조용히 책"(「희디흰」)을 읽으며 살아간다. 혹은 자신도 "색맹"이면
서도 "동생을 업고 긴 터널을 건"(「퀘백」)너는 반半성숙의 존재가 된다.
반면에 서윤후의 시에서 어른들은 존재감이 미약하다. 예컨대 이 시집에
등장하는 어른들의 대부분은 앙팡 테리블에 의해 공격받는 존재도, 그렇다
고 아이들을 괴롭히는 폭력적인 존재도 아니다. 오히려 여기에서는 존재감
이 미약하다는 것 자체가 문제적이다. 가령 가장家長인 아버지는 '유령'(「가
정」), "공사장에 다녀온 사람"(「희디흰」), "줍는 것을 좋아하는 사람"(「상
속」)처럼 긍정과 부정 모두에서 제외되어 있다. 화자에게 아빠–어른은
"좋지도 싫지도 않은 등"(「계피의 질문」)이다.

> 나는 어느 누구의 모든 동생처럼
> 책상 밑에 숨는, 아직은 작고 연약해서
> 이불이 너무 커 밤새 이불 밖으로 나오지 못했다
> 창문 밖에 나를 데리러 올 사람이 있어
> 연못처럼 조용한 성격에

내일의 연필을 깎아 줄 수 있는 솜씨를 지닌

아무도 없는 방에서 손뼉 치고

여기야, 바로 여기에 있어

숨은 적 없이 숨어 있게 된 방 안

죽은 손목시계는 멋으로 차고

고장 난 태엽을 돌리며 나는 오랫동안

나를 맴돌았다

– 서윤후, 「나의 연못」, 부분

　서윤후의 시에서 소년 또는 동생의 세계와 어른들의 세계는 공간적으로
분명하게 대립한다. 아니, 집, 학교, 소년원 등의 모든 공간이 어른의
세계이니 이 대립은 어른의 세계에서 소년/동생이 경험하는 공포와 소외의
느낌이라고 말하는 게 적절하겠다. 이 시집에 등장하는 몇몇 인상적인
공간을 살펴보자. 인용시의 화자는 자신을 "우리는 아직 아무도 데리러
오지 않은 동생"(「나의 연못」)이라고 소개한다. 여기는 어디일까? '교실'이
있고, '철제 필통'과 "간밤에 깎은 연필들"이 있는 곳, 추측컨대 이곳은
학교인 듯하다. 그런데 지금 이곳에는 누구도 '우리'를 데리러 오지 않는다.
그래서일까? 화자는 자신의 심리 상태를 아직은 작고 연약해서 책상 밑에
숨어야 하거나, 잠자리의 이불조차 이겨내기 어려운 존재라고 설명한다.
이 작고 연약한 존재는 "창문 밖에 나를 데리러 올 사람이 있"다고 믿으면서
도 "숨은 적 없이 숨어 있게 된 방 안"에 갇혀 있다. 실상 이 소년-동생에게
'방'은 자아의 공간이 아니라 일종의 감옥이다. 그곳은 "죽은 손목시계"가
가리키듯이 시간이 흘러가지 않는, 그리하여 성장이 불가능한 세계이고,
그곳에서 소년-동생이 할 수 있는 일은 고작 "고장 난 태엽을 돌리"는
것밖에는 없다. 비단 이곳만이 아니다. 「파리소년원」에서도 '아이'는 "내가
너를 데리러 갈게"라는 누군가의 약속을 믿고 소년원에 머물고 있지만
그곳에서 그 약속은 "유일한 놀이", 즉 지켜질 수 없는 약속에 불과하다.

「메종 드 앙팡」에서도 사정은 마찬가지다. 이 시에서 아이들은 "아무런 소리 없이 잠긴 방"에 사실상 감금되어 있다. 그곳은 "딸꾹질 소리가 멈추지" 않는 추운 공간이고, "요절을 꿈꾸듯 사물들이 위태롭게 장식되어 있는" 공포의 공간이다. 그곳에서 아이들은 추위와 공포와 배고픔에 지쳐 '젖' 대신 '수도꼭지'를 물고 잠든다. 그곳에서 아이들은 괘종시계가 무섭고, 넘어지면서 무릎으로 집의 구조를 익힌다. 그러면서도 정작 중요한 '말'은 배우지 못한다. '말'을 습득하지 못한다는 것, 그것은 아직 상징적 질서의 세계에 들어오지 못했음을, 그리하여 "이름이 오버로크 되지 않은 체육복"(「파리소년원」)으로만 존재할 수 있음을 의미한다. '말'을 하지 못하기에 아이들은 '기침'과 '소음'과 '인기척'만 할 수 있다. 그들은 자신들이 내는 소음을 듣고 부모가 달려와 주기를 기대하지만 정작 부모 대신 도착한 '보모'는 문조차 열어보지 않는다. 영화의 한 장면을 연상시키는 서윤후의 이러한 공간 형상화는 "내가 두고 온 나는 너희 모두일까."(「파리소년원」)라는 진술처럼 대개 과거에 대한 진술이다. 소년이 성장과정에서 경험한 세계에 대한 소외와 공포의 경험은 그의 실존적 시계를 자꾸만 과거 방향으로 되돌려놓는다. 그에게 '과거'는 "두고 온 것보다 놓고 온 것이 더 많은" 시간태이니 그것은 자신의 의지의 결과가 아니라 미처 그 세계로부터 빠져나오지 못했다는 것을 의미한다. 이 때문에 서윤후의 서정적 시간은 지속적으로 과거로 회귀하고, 과거는 끊임없이 현재로 흘러든다. 그 과거 속에서 화자는 '놓고 온' 공룡과 재회한다. "빈집에 살고 있을 공룡 인형이여 안녕, 벌거벗은 너를 보았네"(「사우루스」). 세계와의 최초의 관계부터가 공포와 소외였던 소년/동생에게 아버지의 부재, 부모의 무응답, 그리고 자신을 돌봐줄 조력자가 없는 빈집 상태, "그것은 독립이었을까 / 그것은 고립이었을까"(「해변으로 독립하다」). 서윤후의 시는 어른들의 권력, 즉 상징적 질서와 싸우는 위험한 아이, 앙팡 테리블의 세계가 아니다. 작고 연약한 생명, 그럼에도 불구하고 부모나 어른의 손길을 받지 못한 소년/동생의 외상이 그의 세계를 지배하고 있다. 그 세계에서 모든 동생들은 "믿을 것이 바닥밖에 없"(「방물관房物館」)다는 사실을 일찍 깨닫는다. 그리고 소년/동생 시절에 경험한 공간에 대한 강박은 성장한 이후에도 반복되거니와, 「외상外傷」에서도 "일단 엄마부터 찾고, 집에 누워 있는 사람이 없으면 서 있는 사람은 나 혼자."라는 진술처럼 부재하는 엄마를 찾는 데 실패한다. 공간에 대한 이런 강박은 '집'을 낯선 공간으로 경험하게 만든다. "나는 집에서도 가끔 나를 잃어버립니다 (중략) 실내에서 유일하게 한 일은 웅크림이라는 도형을 발명한 것뿐입니다"(「독거 청년」). 서윤후의 소년/동생은 '방'을 두려워한 최초의 인류로 기록될지도 모른다.

3. 밤, 상像이 맺히는 처處의 시간들: 박희수

"가까운 것은 더 크게, 작은 것은 더 멀게 / 평평한 거리를 둥글게 휘감으며"(「전체성」) 박희수의 시는 비재현적인 방식으로 만들어진 한 편의 거대한 악몽처럼 다가온다. 주의 깊게 읽으면 그의 첫 시집 『물고기들의 기적』(창비, 2016)이 몇몇 모티프를 강박적으로 반복하고 있음을 발견할 수 있다. 시인은 다양한 시적 장면에 걸쳐 현실과 신화의 경계를 허물고 일상적 언어와 실험적 언어, 특히 라임Rhymes을 살린 단어들을 장면의 제목으로 배치함으로써 파격적인 시형과 발화 방식을 강조하고 있지만, 그것들이 이 시집이 펼쳐 보이는 상처의 연대기, 그것을 이미지화하는 특징적인 방식보다 중요하지는 않다. 박희수의 시에서 이 반복을 이끌고 있는 것은 '물'과 '죽음'이다.

박희수 시의 화자들은 "물의 종족"(「강변북로」)인 듯하다. 그는 "물속을 흘러가는 물고기의 호흡 / 수많은 전생들이 뒤섞이는 물결 속에서 / 내가 한때 한 떨기 나무였고 새였고 / 노래 부르지 못하는 물의 종족이었다"(「강변북로」)라고 상상한다. 박희수의 시에서 '물'은 사실상 대부분의 작품에 반복적으로 등장하여 지배적인 이미지로 기능하고 있다. 하지만 흥미롭게도 그의 시에서 '물'은 재래의 자연서정시에서와 달리 인간에 의해 관리되는 자연–환경이 아니라 죽음과 파괴의 상징, 혹은 문명의 어두운 잔해이다. 예컨대 그것은 "공장이 있고 폐수가 흐르는 / 강"(「사령가」)처럼 반反생명적인 액체이거나, "들끓는 / 물의 우발적 팽창"(「기묘하게 힘찬 합창」), "어느날 둑이 터지고 / 사슬을 파열시키며 야수가 / 뛰쳐나가고, 뛰쳐나가 / 멈출 수 없는 흐름이 되고 / 물이 집을 집어삼키고 불이 / 천지사방에 번질 때"(「달리기」)처럼 모든 것을 쓸어가는 파괴의 물이다. 또한 그것은 "탐욕스런 강"(「죽음의 집 2」)이기도 하며, "강은 죽기 위해 흐른다 / 비가 하염없이 떨어지고 / 하수구로 몰려가는 / 눈먼 물의 무리를 본다 / 구멍 속으로 / 어둡게 툭, 툭"(「달리기」)처럼 죽음의 블랙홀로 빨려 들어가는 죽음의 강이다.

　　　나는 침대에서 깨어난다

　　　공단이 풀어놓은 연기가 하늘을 가린다
　　　새의 기침이 아침에 울리고
　　　전차가 안개 속으로 들어와 안개 밖으로 사라진다
　　　구두축과 우산들이 부딪치는 소리가 뒤섞일 때
　　　나뭇가지가 시들고 열매는 어두워진다

　　　<잡초가 자랐어.

　　　풀들은 치어들의 텅 빈 눈에서 돋아나는 것 같았다
　　　거대한 어미가 하구에 있었다
　　　출구가 막힌 물은 주위를 맴돌며
　　　죽은 살결을 씻었다

기름을 뿌리고 불을 지르는 인부들,
환한 불은 날아오르는 새처럼 보였고
어두운 밤은 그 새의 심장 속 같았다
그러나 그 몸은 좀처럼 타지 않았다

── 아, 흰 말의 발자국 소리가 귓가에 들려
한밤에 뒤척거리네……

<마을 사람들이 어쩔지 의논한다는데
<넌 왜 안 왔니?

하천의 물이 검어지고, 식수 역시 썩은 맛.

<넌,
<고작 하루 종일 방 안에 앉아
<아무것도 안하고 손 놓고 있겠다는 거냐?
<다 큰 녀석이?

삽날은 기름진 대지를 갈아내며
어머니에게 깊은 상처를 주고
우리를 위해 죽은 밀알에서
이삭이 패고 꽃이 피나니

몇 대의 굴삭기가 왔다. 한번엔 못 들어내
몸을 몇 개의 부분으로 잘라내야 했다

　　　　　　　　　　　　── 박희수, 「물고기들의 기적」, 부분

박희수의 시에서 '물'이 세계성의 형식이라면 '물고기'는 그 안에서 살아가는 존재일 것이다. 이 시는 이탤릭체로 쓰여진 전반부와 그 이후의 두 부분으로 나뉘어져 있다. 그러므로 여기에 인용된 "나는 침대에서 깨어난다"라는 진술은 이하의 진술이 현실세계에서 발화된다는 것을 지시한다. 화자는 '침대'에서 잠을 깨는 순간 꿈—신화적 세계에서 현실세계로 던져진다. 그 순간 화자의 눈에 들어온 세계의 풍경은 "공단이 풀어놓은 연기", "새의 기침", "전차가 안개 속으로 들어와" 등처럼 도시적 일상의 기호이다. 그런데 이 도시적 일상의 세계에서 한 가지 사건이 발생한다. 그것은 거대한 어미 물고기의 주검이 강의 하구에서 물의 출구를 막고 있는 것이다. 이윽고 인부들이 등장하여 어미 물고기를 제거하려 하지만 생각처럼 쉽지 않다. 화자는 익명의 존재와의 대화 중간에 "하천의 물이 검어지고, 식수 역시 썩은 맛"이라는 진술을 삽입하여 도시의 물이 죽음에 포획되었음을 알린다. 결국 어미 물고기의 죽음은 "무사히 해결되어서 다행이네" 등의 진술이 암시하듯이 해결된 듯하다. 그리고 시의 후반부는 "나무는 몸을 열며 상처를 드러내고 / 거기에는 새로 차오르는 물과 움직이는 맥박이 있다"처럼 '심연'을 향해 뻗어가는 생명의 역동적인 움직임이 제시된다. 그렇다면 이 시는 자연 재해 또는 불의의 시련을 딛고 심연을 향해 나아가는 역사의 영속적인 흐름에 대한 믿음을 노래하고 있는 것일까? 그렇게 말하기에는 어딘가 이상하다. 화자는 현실세계로 귀환한 후부터 시적 진술 사이에 "흰 말"의 존재, 즉 "흰 말의 발자국", "흰 말의 숨소리" 등을 배치하고 있고, 이 시의 마지막 또한 "— 아, 흰 말의 헐떡임이 멎네…… / 교회의 종소리가 울려오네"라는 진술로 끝난다. 그렇다면 이 마지막 진술이 재래의 서정시가 즐겨 사용하던 승화의 순간과 같은 것일까? 그런데 화자는 "~심연으로 뻗어가리라"라는 예언적 진술 다음에 "그때까지 / 너희의 심장이 뛴다면"이라는 단서를 달고 있고, 이 진술에 이어 흰 말의 헐떡임이 멎었음을 알린다. 이 '흰 말'의 존재에 대한 암시는 시에 등장하지 않는다. 이 단서를 고려한다면 "~심연으로 뻗어가리라"라는 예언은 실행되지 못한다. 그 역사의 영속성이 죽음에 붙들려있기 때문이다. 다시 「강변북로」를 살펴보자. 이 시에서 화자는 자신이 '물의 종족'이었다고 이야기하면서 그것이 "아주 오래전에 죽은 누군가의 생각"이라고 말꼬리를 달아두고 있다. 이는 화자에게 생生이 죽음 이후의 시간이라는 것을 의미한다. 박희수의 시에서 '죽음'은 '생'에 앞선다. 또 다른 곳에서 시인은 자신의 생生이 죽음과의 동거라고 주장한다. "죽은 사람들과 나는 살아가는 걸까"(「나와 해바라기와 그네와 그림자」).

소멸이라는 단어가 지닌 흰 어감. 엎지른 소금 그릇처럼 가루눈이 쏟아지고 나는 뼈마디 사이에서 새어나오는 반쯤 녹은 연골의 진한 눈물, 잡히지 않아서 깨끗하게 지워졌어. 그러면 누가 그들을 다시 살린다는 건데, 왜 나는 여기 잡혀 있는데. ……가 없다는 사실을 깨달았다. 모르지만 모른다는 건 모르는 기억의 모퉁이들이 지워지는 일들. 저녁이라는 단어로 묶자 — 그럼 누가 그들을 다시 풀어준다는 건데. 눈물 속에서 부옇게 떠오르는 거리들, 그날 저녁은 상像이 맺히는 처處였다.

뿐만 아니라 없었다는 사실도 어렴풋하게 이해한다. 그래서 나는 손에 흰 모래를 담고 주먹을 꽉 쥐었다. 바다의 푸른 혀가 백사장을 핥고 달아나는 것을 보면서 내가 지금 어디를 향해 저렇게 입을 벌리고 있을까, 죽은 그들의 벌어진 입을 생각했다. 눈먼 갈매기들이 하늘에다 모래를 파내며 손가락으로 글씨를 썼다.

— 박희수, 「죽음의 집 1」, 부분

박희수 시의 가장 밑바닥에는 죽음에 의해 관통된 원초적 상처가 자리하고 있다. 그의 화자들의 생물학적인 연령을 고려하면, 그의 시는 한 청춘의 내면에 각인시키고 지나간 화인火印, 그 상처의 흔적으로 읽을 수 있다. 그것이 전부는 아니겠지만 친구의 죽음은 그가 어린 나이에 감당하기 어려웠던 상처 가운데 하나였던 듯하다. 그래서 박희수의 시는 상처의 흔적, 나아가 분노와 절망 같은 감정적인 요소가 도처에서 발견된다. 아울러 이 상처가 삶의 시간을 짓누르고 있기에 박희수의 시에서 화자의 내면에는 출구가 보이지 않는다. 이는 세계 자체가 거대한 폐허 혹은 감금장치라는 의미이다. 시간의 차원에서는 과거가 현재를 누르고 있고, 공간의 차원에서는 세계 자체가 말소되어버린 상태, 그것이 박희수의 시적 정조이다. 예컨대 그의 시에 등장하는 장소 또는 공간들을 살펴보면 하늘, 집, 물, 거리, 도시……, 그 어디를 둘러보아도 화자에게 실존적인 안정감을 제공하는 곳이 없다. 박희수의 시 곳곳에 흩뿌려져 세계를 암울하게 짓누르고 있는 황폐한 세계의 풍경들, 가령 "벌레처럼 축축한 꽃들"(「화류」), "새의 시체를 파는 사람들이 좌판을 벌이고"(「지면」) 등을 주목해야 한다. 요컨대 그는 감정적인 층위에서 발생하는 감각적 경험의 사건을 '물'과 '죽음'의 이미지를 통해 변형하고 있으며, 감정 그 자체의 파토스를 강조하기보다는 세계를 상실하고 내면에 치명적인 상처를 입은 한 인간의 내면풍경을 황폐하고 불가사의한 시적 상황의 구축을 통해 간접화하는 데 에너지를 투사하고 있다. 문제는 이러한 시적 형상화가 재현적인 안정감을 크게 벗어남으로써, 그리하여 꿈, 신화, 현실, 상상 등을 자유롭게 넘나듦으로써 감각적인 혼란을 증폭시키고 있다는 사실이다. 그것은 시인의 표현을 빌리자면 '메르카토르 도법'(「전체성」) 같은 것인지도 모른다. 메르카토르 도법은 세계를 사실적으로 재현하지 못한다. 이는 시인이, 또는 화자가 상처를 언어화하지 못하는 것과 같은 이치이다. 이 불가능에 직면하여 시인은 "슬프네 나는 전체성을 / 전체성을 얻을 수 없네"(「전체성」)라고 탄식한다. 박희수의 메르카토르 도법을 한 마디로 요약하면 "가까운 것은 더 크게, 작은 것은 더 멀게 / 평평한 거리를 둥글게 휘감으며"(「전체성」)일 것이다. 이러한 '도법'은 세상의 언어—문법과 일치하지 않는다. 시인은 이 불일치를 "우리들의 신발은 날카롭게 해져서 / 그대의 도형 안에는 들어갈 수가 없네", "그 우리들의 표현은 이가 맞지 않는데"(「지면」)

라고 표현한다.

4. 고백이라는 이름의 새롭고도 잔혹한 놀이: 백은선

　백은선의 시는 감정적 요소를 배제하지 않기에 주지적 경향이 강하지는 않지만 애써 감정적인 것을 드러내려 노력하지도 않는 것처럼 보인다. 이는 그녀의 시가 '감정'을 이미지를 통해 간접화하는 방식을 선호하기 때문에 생기는 일종의 착시현상이다. 예컨대 "나는 오늘 새로 태어난 슬픔 / 그 누구와도 닮지 않은 / 뾰족한 은빛의 체온"(「모자이크」)이라는 진술처럼 그녀의 시적 진술은 감정을 철저하게 이미지로 바꿔서 표현한다. 백은선의 시에서 '감정'은 이미지들의 이면에 숨겨져 있다. 그녀의 시는 이러한 '감정'의 존재감을 확인시키는 것 이외에는 독자의 접근을 쉽게 허락하지 않는다. 그것은 이미지의 다발로 만들어진, 그러나 안에서 잠긴 난공불락의 요새처럼 오로지 이미지만을 제시하는 듯하다. 백은선의 첫 시집 『가능세계』(문학과지성사, 2016)에는 그녀의 시세계에 근접할 수 있는 입구에 해당하는 작품들이 실려 있다. 시 「고백놀이」 역시 백은선의 시세계로 들어가는 유력한 입구의 하나인 듯하다. 먼저 '고백놀이'라는 제목을 살펴보자. 여기에서 '고백'은 시적 발화의 본질적 속성을 가리킨다. 그렇다면 왜 시인은 시적 '고백'에 '놀이'라는 다소 엉뚱하고도 가벼운 단어를 붙였을까? '놀이'라는 단어가 등장했다고 시적 '고백'이 '놀이'처럼 가볍고 유희적인 것이라고 생각할 필요는 없다. 오히려 그것은 시적 진술로서의 '고백'에 일종의 규칙이 존재한다는 것을, 나아가 그 '고백' 자체가 필연적 인과성의 산물이 아님을 의미하는 것으로 이해하는 게 타당할 것이다.

　　나는 눈 내리는 바다 앞에 서 있다. 바닷물 위로 눈송이들이 떨어져 사라지는 것을 본다. 나는 처음부터 끝까지 천년 동안 서 있었던 것 같다.

내내 그렇게 있으면 세상의 모든 접속사를 이어 만든 커다란 이불을 덮는 것 같은 기분이 든다.

말할 수 없을 것 같다.

희박하게 호흡하며 나누는 긴 키스처럼.

내내 그렇게 있으면 세상의 모든 물이 되어 세계로 흩어지는 것 같은 기분이 든다.

나는 아이에게 처음으로 언어를 가르쳐주는 심정이 되어, 스스로에게 겨우 하나씩 말한다.

눈, 바다, 눈, 바다 그리고 눈 그러나 바다 그러므로 눈 그럼에도 불구하고 바다 …… 바다.

하나씩 떨어진 눈송이들이 심해에 다다를 때까지 그런 리듬으로.

떨어져 물밑을 뒤덮을 때까지 그런 호흡으로.
　　　　　　　　　　　　　　　　　　　　　　　－ 백은선, 「고백놀이」, 부분

'고백'은 '놀이'이다. 하지만 그것은 유희적인 놀이, 즉 게임과 달리 매우 진지한 '놀이'이다. '놀이'에는 항상 규칙이 존재하기 마련이다. 그렇다면 이 '고백놀이'에는 어떤 규칙이 존재할까? 백은선의 시는 세계에 대한 은유적 판단을 배제하려는 의지를 드러낸다. 이 경우 시적 진술은 어떤 상태나 행위에 대한 사실적인 진술에 근접하는데 「고백놀이」의 첫 번째 연이 바로 그런 경우이다. 세 개의 진술로 이루어진 이 시의 첫 번째 연에는 두 개의 사실과 하나의 느낌이 진술되어 있다. 이러한 진술 방식은 사전에 어떤 의미망을 전제하지 않고 세계의 단면을 즉자적으로 노출시키기에 시적 진술보다는 평범한 사실의 진술처럼 느껴진다. 하지만 이러한 진술이 반복되고, 또 그것들이 겹쳐지면 상황이 달라진다. 요컨대 익숙한 방식으로 읽으면 사실의 나열에 가까운 진술들이 단절/연결의 방식으로 관계를 맺으면서 다른 세계를 열어 보이는 것이다. 이러한 시적 진술은 세계를 은유적 방식으로 전유하는 전통적인 시적 발화와는 분명히 다른데, 그것은 파편처럼 흩어져 있는 세계의 표상과 이미지를 시적 주체의 주관적 인식/느낌을 통해 응집시키지 않기 때문이다. 이러한 발화 방식을 환유의 시학이라고 불러도 좋을까? 분명한 것은 이러한 시적 태도가 시적 주체-화자가 강력한 중심으로 기능하는 동일화에 대한 반발을 함축하고 있다는 사실이다. 이러한 시적 태도에 따르면 시인은 세계를 모아들이는 존재가 아니라 이미지를 환유적으로 나열하는 존재에 가깝다. 환유적으로 나열된 이 이미지들이 해석과 이해에 있어서 모호함, 불확정성 등을 가중시키는 것은 부정할 수 없으나 '환유'의 미학은 정확히 이 불확정적인 것으로부터 시적인 것을 이끌어내는 문학적 태도이다. 이처럼 백은선 시의 이질성은 전통적인 은유적 감각에서 벗어나 이미지를 환유적인 방식으로 배열하는 데서 기원한다.

이러한 이미지의 환유적 나열에서는 몇 가지 흥미로운 특징이 목격된다. 우선 시집 전체에 걸쳐 '접속사'를 강조하는 것이 그 하나이다. 예컨대 "그리고 그리고 그리고 그리고 그리고……끝없이 누군가를 속으로 부르는 이상한 기분이 될 테지, 그리고의 행렬 안에서 자꾸만 실족하는"(「어려운 일들」)을 포함하여 여러 작품에서 강박적으로 사용되고 있는 다양한 접속사가 그렇다. 접속사는 이중적인 기능을 동시에 수행한다. '접속사'는 복수의 존재를 이질적인 방식으로 연결시킨다. 시인이 「어려운 일들」에서

"비 오픈카 라디오 청각 실험 비키니"를 "그리고 비 그리고 오픈카 그리고 라디오 그리고 청각 그리고 실험 그리고 비키니"라고 고쳐 쓸 때 거기에서 의미의 감소나 상실이 발생하지는 않는다. 그런 점에서 그것은 "쓸모없는 것들"(「도움의 돌」)이나 "쉬운 질문을 어렵게 하기 위해"(「야맹증」) 도입된 장치라고 말할 수도 있으나, 두 진술이 발생시키는 시적 효과는 전혀 다르다. 오히려 접속사를 강박적으로 사용하면 '접속사'는 '접속'의 기능보다는 분리 혹은 단절의 기능을 수행한다. 그것은 시적 진술 자체를 더듬거리게 만들고, 결국 독자의 독서를 강제로 지연시킨다. 이러한 진술의 더듬거림이 이미지의 환유적 나열과 중첩될 때 백은선의 시는 새로운 정서의 발명에 도달한다. "눈, 바다, 눈, 바다 그리고 눈 그러나 바다 그러므로 눈 그럼에도 불구하고 바다 …… 바다." 같은 구절을 읽으면서 우리가 느끼게 되는 리듬이나 호흡을 생각해보라. 백은선의 시는 이러한 기분과 호흡을 정직하게 언어화하는 데 관심을 집중하기에 그녀의 시에서 핵심은 감정적 요소가 아니라 언어와 이미지가 될 수밖에 없다.

　　변형된 것은 저고라고 불리는 청각실험기 안에서 발생합니다. 저고는 사람도 아니고 사물도 아닙니다. 저고가 생겨난 것은 영혼을 발명하고자 하는 시도로 인한 것이었습니다. 저고를 만드는 데 사용된 것은 만 명의 울음소리와 웃음소리, 추락하는 물질의 속도와 지면에 닿는 순간 파손되는 힘, 그 힘이 사라진 후에 남은 조각들입니다. 우리는 관념 속에서 시작합니다. 관념 속에서 커다란 동그라미와 작은 동그라미 작은 동그라미 속에 무수한 눈동자가 정반합으로 회전하거나 튀어 오르는 상상입니다.

　　(중략)

　　저고는 어떤 겹이 아닌 구의 형태가 되어 순환하는 독립된 소리 세계가 될 것입니다. 그 현상에는 아래와 위, 처음과 끝이 없습니다. 무한히 반복되는 동시에 무한히 끝나는 저고들에 대한 저고들의 저고들이 저고들을 만들어냅니다. 그것은 절망과 유사한 풍경이다. 한 문화평론가는 그렇게 말했습니다.

– 백은선, 「저고」, 부분

　백은선의 시에서 주목해야 할 또 하나는 그녀의 시적 진술이 비인칭적 발화의 성격을 띠는 순간들이다. 예컨대 "우선 써보자. 귀머거리 여가수에 대해. 언덕에서의 밤과 쓸모없는 포옹이 범람하던 창백한 폭포의 빛. 눈물이라고 사랑이라고 써보자. 책임 없이. 감정 없이."(「독순」) 같은 구절이 그렇다. "우선 써보자."는 시적 발화의 우연성을 긍정하는 진술이다. 이 진술은 귀머거리 여가수에 대한 발화를 포함하여 몇 개의 뒤따르는 발화를 이끌고 있다. 따라서 이러한 발화 방식은 우리가 위에서 이미지의 환유적 나열이라고 불렀던 것과 흡사하다. 그것은 어떠한 선先-의도나 맥락을 지닌 것이 아니기에 '책임'에서 자유로우며 세계에 대한 사실적 진술과 유사하기에 '감정'이 없는 것처럼 느껴진다. 이것이 주장하는 바는 시가 주체의 고백적 언어가 아니라는 사실이다. 알다시피 주체성이 강한 시적 언어는 대개 은유의 시학으로 귀결된다. 하지만 시인은 세계를 은유적으로 전유하는 주체의 목소리에 대해서는 강한 거부감을 갖고 있는 듯하며, 그렇기 때문에 모든 시의 장면들에서 불확실성을 제거하지 않는다. 백은선이 즐겨 사용하는 모자이크, 프렉탈, 절대영도, 미장아빔, 야맹증 등의 제목과 이미지 모두가 이러한 모호성과 불확실성이라는 맥락 위에 놓여 있다. 그녀의 시는 단정하지 않는다. 단정보다는 모호한 말줄임을 선호하거니와 환유의 시학에 따르면 분명한 것만큼 폭력적이고 수상한 것도 없다. 시에서 분명한 단정은 주체의 흔적이거니와 그것에 무관심한 시인들의 시에서는 선명한 인과성, 뚜렷한 목소리의 내용 등을 발견하기 어렵다. 이러한 시에서 목소리는 비인칭적인 방식으로 겹쳐져 잡음에 가까운 혼선을 그대로 드러낸다. 「저고」에 등장하는 목소리, 즉 "만 명의 울음소리를 겹치고 웃음소리를 겹쳐 우리는 이해할 수 없는 짖음을 얻게 됩니다. 거기서 의도하지 않은 언어와 같은 형태가 생겨나고 그 언어를 저고체라고 일컫습니다."라고 말할 때의 '저고체'가 바로 대표적인 비인칭적 목소리이다. 이처럼 백은선의 시는 이미지의 환유적 장치를 매개로 점차 비인칭적 목소리의 세계에 근접하고 있다. 그녀의 화자들은 시종일관 자신이 주체임을 부정한다. 그녀들은 "오늘 밤 내가 할 이야기는 나도 알지 못한다."(「아홉 가지 색과 온도에 대한 마음」)라고 말하고, "나는 지워지는 것 같다."(「고백 놀이」)라고 말하며, "이것은 아무것도 아니다."(「도움의 돌」)라고 말한다. 그렇기 때문에 그녀의 시에서 '감정'은 점점 주변화되는 양상을 보이는데, 그것은 '감정'이 '주체'를 상정할 때에만 존재할 수 있기 때문이다. 이것이 백은선의 시를 '감정'과는 다른 맥락에서 읽어야 하는 이유이다.

네 개의 목소리에 대한 단상들
— 이다희, 한연희, 정다연, 이설빈의 시

1. 사물과 마음: 이다희

> 사물의 세계가 그 수정 장롱에서 살기 위해
> 당신의 어린 마음으로 들어왔다
> — 줄리언 헉슬리

우리는 사물에 둘러싸여 산다. 사물과 관계 맺고, 사물에 의존하고, 사물을 도구 삼아 필요한 일을 처리하는 것이 우리가 '일상'이라고 부르는 시간의 대부분이다. 일상의 세계에서 인간과 '사물'의 관계는 지극히 도구적이다. 이 관계를 넘어서면 '사물'과 '인간'은 새로운 관계에 접어들게 되는데, 흔히 예술의 세계라고 말하는 이 세계에서는 '사물'과 '인간'이 도구적인 관계로 만나지 않으며, 생물과 무생물을 구분하는 독선적이고 실용적인 경계도 견고하지 않다. 일찍이 네루다는 사물에 바치는 송가(頌歌)를 통해 그것이 인간 삶에 끼치는 감정적 영향을 노래하기도 했다. 하지만 도구적 관계를 벗어난다는 말이 '사물'이 인간에게서 완전히 독립하여

존재한다는 의미는 아니다. 그렇다고 하이데거가 '손 안의 존재Zuhandensein'
라는 말로 강조했듯이 '사물'이 오로지 인간 존재와의 관계 하에서만
의미를 갖는 것인지도 의문이다. 하이데거의 현상학은 사물의 근본적인
존재 양태를 도구적 존재, 즉 '손 안의 존재'로 이해함으로써 '인간'에게
일정한 특권을 부여한다. '사물'에 관한 현대시의 태도는 이 인간주의적인
도구적 존재의 논리에서 자유로울 수 있느냐, 즉 사물에서 단순한 수단과
도구 이상의 것을 읽어내는 데서 결정된다.

조용히 눈을 떠요. 눈을 뜰 때에는 조용히 뜹니다. 눈꺼풀이 하는 일은
소란스럽지 않아요. 물건들이 어렴풋한 덩어리로 보이기 시작합니다. 눈길
로 오래 더듬으면 덩어리에 날이 생기죠. 나는 물건들과의 이러한 친교에
순응하는 편입니다.

벽에 붙은 선반에 대하여.
나에게 선반은 평평하지만 선반 입장에서는
필사의 직립直立이 아니겠습니까?

옆집에서는 담을 높이는 공사가 한창입니다. 점점 높아지는 담에 대하여,
시멘트가 채 마르기 전에 누군가 적어 놓는 이름에 대하여. 며칠째, 습한
날씨가 계속되고 투명한 문신 같은 이름이 피부에 내려앉습니다.

피부가 세상에 가장 먼저 나가는 마중이라면
나는 이 마중에 실패하는 기분이 듭니다. 나는 이 습기에 순응합니다.

하지만 만약 손에 닿지도 않은 컵이 미끄러진다면
컵을 믿겠습니까? 미끄러짐을 믿겠습니까?

유일한 목격자로서

이 비밀을 어떻게 옮겨 놓을 수 있을까요.

도대체 이 습기는 누구의 이름입니까.

눈꺼풀을 닫아도 닫아지지 않는 눈이

내가 사라지고도 내 곁을 지키는 잠이

오래 나를 지켜봅니다.

―「백색소음」, 전문

이다희의 시는 '사물'을 향하고 있다. 하지만 그녀의 시에서 '사물'은 우리가 시 바깥에서 경험하는 '사물'과는 다른 의미로 드러난다. 정확히 말하면 그녀에게 '시'는 '사물'을 일상과 다른 맥락에 놓는 것에서 시작되는 듯하다. 화자에게 그것은 아침에 일어나 눈을 뜨는 순간, 눈꺼풀이 여는 것과 동시에 "물건들이 어렴풋한 덩어리"의 질감으로 경험되는 순간에서 시작된다. 이 시는 조용히 눈을 뜨는 아침 장면(1연)에서 시작해 "내가 사라지고도 내 곁을 지키는 잠"(7연)의 밤 장면으로 끝난다. 시인은 '하루'라는 반복되는 일상을 눈을 떠서 감을 때까지의 시간으로 인식하고 있다. 우리의 하루는 "어렴풋한 덩어리"로 보이던 사물들이 뚜렷한 윤곽을 지니게 되는 '친교'의 시간을 관통하면서 시작된다. 시인은 이 경험을 '친교', 혹은 "친교에 순응"하는 것이라고 표현하고 있다. 그것은 '나'에 대한 사물의 '순응'이 아니라 물건과의 '친교', 그것에 대한 '나'의 '순응'이라는 점에서 특이하다. 여기에서 '순응'은 사물-대상을 주관화하는 것이 아니라 그 반대 방향에 부여되는 이름이다. 이러한 비非주관화의 시선은 2연에서 "벽에 붙은 선반"의 존재론적 형상을 '평평'이 아니라 "필사의 직립直立"이라고 표현하는 장면에서도 드러난다.

눈을 뜨고 물건과의 친교에 순응하자 밤사이 이완되었던 감각들이 일순간 살아난다. 먼저 "담을 높이는 공사"(청각) 소리가 들리고, 다음으로 며칠째 지속되고 있는 "습한 날씨"(촉각)로 인해 '습기'가 느껴진다. '습기'에 관해 말할 때, 우리는 그것은 '내려앉는다', '달라붙는다' 등처럼 표현한다. 요컨대 우리는 감각이 어떤 사물-대상을 경험한다고, 그리하여 "피부가 세상에 가장 먼저 나가는 마중"인 것처럼 주체화의 경험이라고 생각하면서도, 정작 '습기'에 대해서는 사물-대상이 도래하는 것으로 표현한다. '습기'는 우리가 느끼기 이전에 그것이 '내려앉는 것'이거나 '달라붙는 것'이다. 이러한 수동적 경험을 시인은 "나는 이 습기에 순응합니다"라고 쓰고 있다. 시인에게 '감각'하는 것은 순응하는 것이니, 이 '순응'이라는 사건 속에서 화자, 즉 인간은 감각의 주체/기원이 아니다. 그렇다면 이 탈脫주체적인 경험을 언어화하는 것이 시인의 관심일까? 그렇지 않다. 시인이 '순응'과 '이름'이라는 단어를 반복하고 있음에 주목하자. 이 시에서 '순응'이란 "나는 물건들과의 이러한 친교에 순응하는 편입니다.", "나는 이 마중에 실패하는 기분이 듭니다."라는 진술처럼 경험되는 사건, 즉 '신체적'인 사건에 해당한다. 문제는 "이 비밀을 어떻게 옮겨 놓을 수 있을까요 / 도대체 이 습기는 누구의 이름입니까."에서의 '비밀'과 '이름'이다. 즉 '신체적' 사건이 한 편의 시가 되기 위해서는 무엇보다 그것이 '언어적' 사건으로 표현될 수 있어야 한다. 여기에서 '이름'은 정체, 즉 사건에 대한 언어적 지시가능성을 의미한다. 이다희의 시는 이것의 곤란함, 즉 지시불가능성을 드러내는 시 쓰기에 해당한다.

> 나무는 나무가 아닌 것들을 갖지 않으려 한다 겨울날 우리는 나무들 속에서 나무를 찾아냈다 결대로 내려앉은 눈을 정성껏 털어주었다 나무들의 지옥에서 나무를 건져냈다
>
> 나무의 끝을 보고 싶어
> 알 수 없는 곳을 정확히
> 아프게 찌르는 가지를 보고 싶어

자연이 풍경을 닮아간다는 소문이 돌자
봄이 왔다
나무를 찾아낼 수 없었다

한 몸에서 갈라진 왼손과 오른손같이
우리는 말이 없다

나무가 하나, 그 옆에 둘, 그리고 셋……
이것은 너무 쉬운 일이다
나무가 하나, 그 옆에 하나
그리고 하나
이것은 숲에 불을 지르는 일이다

너는 가지들을 모아 손에 쥐어준다
이게 끝이냐고
이제 끝이냐고

나무의 끝을 안고 숲에 서 있었다
숲이 이렇게 타는데도 나무가 타지 않았다
— 이다희, 「나무가 있는 초상화」, 전문

언젠가 폴 발레리는 말라르메의 시에 대해 이야기하는 자리에서 "삶의
평범한 모습들의 유혹에는 아무것도 신세지지 않으려고 하는, 단호하게
분리된 한 편의 시가 몇몇 정신들에 대해서는 어떤 힘으로 영향을 줄
수 있는지 느끼게 하고 싶습니다."라고 문학적 의지를 피력한 적이 있다.
삶의 평범한 모습들에서 단호하게 분리된다는 말은 시에 등장하는 것들을

일상적인 맥락에서 읽으면 안 된다는 경고이기도 하다. 이다희의 시가 '사물'에 대해 이야기하는 방식이 또한 그렇다. 제목이 암시하듯이, 이 시에 등장하는 '나무'는 일상적 세계에 존재하는 나무가 아니라 '나무가 있는 초상화'에 그려진 '나무'이다. 그러므로 여기에서 '나무'의 물성物性은 매우 추상적으로 묘사된다. 화자('우리')는 자신들의 행위를 "나무들 속에서 나무를 찾아"내는 것, "나무들의 지옥에서 나무를 건져"내는 것이라고 소개하고 있다. '나무들'과 '나무'의 관계, 그리고 "나무들 속에서 나무를 찾"는다는 것의 의미는 무엇일까? 이러한 사유 방식이 "나무가 하나, 그 옆에 둘, 그리고 셋……"처럼 세는 방식과 "나무가 하나, 그 옆에 하나 / 그리고 하나"처럼 세는 방식의 차이와 관계가 있음은 짐작할 수 있다. 이것은 존 쿳시의 소설에서 소설가 엘리자베스 코스텔로가 죽음을 설명하는 방식 — "우리에게는 죽음이 단 하나밖에 없습니다. 우리는 다른 사람들의 죽음을 한 번에 하나씩만 이해할 수 있습니다." — 과 유사한 맥락을 거느리고 있다. '나무들'이라는 복수형에서의 '나무'가 추상적인 분류명이라면, 개별적인 '나무' 또는 "나무가 하나"라고 말할 때의 하나, 즉 단수적·단독적인 '나무'는 고유명에 가깝다. '과일'이라는 단어가 그러하듯이, 고유명으로서의 '나무'와 달리 분류명으로서의 '나무'는 지시될 수 없다. 그 단어 안에서 '이것'과 '저것'은 구분되지 않는다. 요컨대 이 시에서 '사물'에 대한 시인의 감각은 '사물'을 추상적 대상 또는 분류명으로 이해하는 방식이 아니라 구체적인 고유성으로 포착하려는 방향을 지향하고 있다. '사물'을 일상적 맥락에서 분리시켜 텍스트라는 새로운 맥락에 위치시키는 문학이라는 이름의 글쓰기 또한 이 포착법의 일종인지도 모른다. 가령 '노을'을 가리켜 "지구에서 지구를 빼버린 자리에 / 피가 고인다면 그것이 노을이다"(「공기무덤」)라고 표현하거나, '나무문'에 대해 "내가 두드릴 때 / 문과 나무는 서로를 알아차린다"(「문 앞에서」)라고 기술하는 방식은 사물에 대해 얼마나 새로운 감각을 제시하는가. 이를 위해서는 용도나 유용성이 아니라 '사물'의 존재 방식 자체를 이해하려는 노력이 필요할 것이다. 열차 안에서 열차를 '상상'하는 「승객」이 보여주듯이.

2. '~되기', 그 삐딱함의 존재론: 한연희

'사물'을 향하고 있는 이다희의 시와 달리 한연희의 시는 '나'라는 존재, 또는 그것의 존재 방식에 맞춰져 있다. "우리는 잘못 친 탁구공보다 멀리 튕겨 나간다"(「언니는 핑퐁」)나 "네모 속에 네모 속에 네모 없는 네모 / 전원을 꺼도 그대로인 네모"(「나는 네모다」) 같은 표현에서 암시되듯이 한연희의 시에서 '사물'의 존재성은 최소한으로만 드러나거나, '나'의 존재에 대한 비유로만 나타난다. 외부의 '사물'에 대한 관심보다는 '나'의 존재 자체에 대한 자의식, 그것이 한연희의 시세계를 관통하고 있다. 그렇다면 시인이 관심을 집중하고 있는 존재 방식이란 어떤 것일까? 먼저 아래의 작품을 살펴보자.

> 나는 일요일입니다. 개지 않은 이불입니다. 뒹구는 머리카락입니다. 안느가 나타샤와 율리크, 모니카가 되는 것처럼. 성냥이 머리에서 꼬리로 타들어 가는 것처럼. 나는 시시각각 변하는 빛의 입자가 됩니다. 먼지더미를 훔치다가. 벽에 걸린 레이스 원피스를 흠모하다가. 일요일을 버텨냅니다.

> 수화기를 놓지 말아야 합니다. 손목시계에서 평온을 찾아야 합니다. 담배 연기를 흩어지지 않게 해야 합니다. 사랑을 넣어 둘 서랍을 만들어야 합니다. 의지대로 손을 멈출 수 있어야 합니다. 나를 지지하는 물건이 어둠과 뒤섞이게 내버려 둡니다. 최선을 다했습니까 물어봐 주세요.

> 나의 목구멍을 들여다보세요. 거기엔 안느가 있습니다. 나타샤가 웁니다.

모니카가 담배를 태웁니다. 소파가 붉은색을 질질 흘립니다. 보떼로의 우는 여인 같습니다. 액자 바깥에 서 있습니다. 서로 내가 진짜 나라고 우깁니다. 왼쪽 뺨에 올린 손을 내릴 수 있습니까. 탁상달력은 영영 다음으로 넘어가지 않습니다.

어둠속에서 방아쇠가 당겨집니다. 그 냄새가 나를 자극합니다. 여기에 재만 남았으면 좋겠습니다. 나는 나로부터 시작하는 사랑밖에 모릅니다. 늙은 여인이 노크를 합니다. 문이 굳게 닫혀 있어 참 다행입니다. 최선을 다해서 열고자 할 테니까요. 문 안쪽의 내일은 누구에게도 당도하지 않을 것입니다.

                                              ― 「내일에게」, 전문

여기에서 '일요일'은 현실적인 시간이 아니다. 그것은 토요일 다음에 오는 요일이 아니라 일종의 비유이다. 시인이 이 비유를 내세워 표현하려는 것은 무엇일까? 그것은 뒤이어 나오는 "개지 않은 이불"과 "뒹구는 머리카락"과 "시시각각 변하는 빛의 입자" 등에서 추론할 수 있다. 이것들은 모두 질서정연하지 않고, 안정적이기보다는 변화에 노출된 불안정한 상태이고, 그렇기 때문에 존재^{being}보다는 '~되기^{becoming}'에 가깝다고 말할 수 있다. 구체적인 콘텍스트는 알 수 없지만 "안느가 나타샤와 율리크, 모니카가 되는 것" 또한 생성-변이의 사례일 것이다. 사정이 이러하다면 '일요일' 역시 이러한 변화의 맥락에서 해석되어야 마땅하다. 그것이 무엇일까? 새로운 한 주가 시작되는 시간의 문턱이 그것이 아닐까? 이러한 '~되기'로서의 존재 방식과 정확히 반대되는 상황이 바로 2연이다. "수화기를 놓지 말아야" 한다는 것은 통화 상태를 유지-지속해야 한다는 의미일 것이다. 이렇게 보면 "손목시계에서 평온"을 찾는 것, "담배 연기를 흩어지지 않게" 하는 것, "사랑을 넣어 둘 서랍을 만"드는 것 등은 모두 특이점을 제거함으로써 변화의 가능성을 닫아버리는 고정적인 상황, 즉 존재^{being}의 형상들로 읽을 수 있다.

'존재'와 '되기'의 두 계열, '고정'과 '변화'의 두 상태에 대한 진술은 3연에서 새로운 국면에 접어든다. 화자는 자신의 '목구멍'을 들여다보라고 권유한다. '목구멍'은 문제적인 장소이다. 그것은 안과 밖이 교차하는, 또는 분할되지 않는 '사이' 공간이다. 화자에 따르면 그곳은 '안느'와 '나타샤'와 '모니카'가 함께 공존하고 있는 곳, 그러니까 '존재'와 '되기'가 불확정적으로 혼재하는 상태, 완전히 육체의 '안', 즉 내부라고 말할 수도 없고 '바깥', 즉 외부라고 말할 수도 없는 점이지대transition belt이다. 그런데 이러한 상태의 두 계열과 그것들의 혼종이 왜 '내일'이라는 시간과 연결되는 것일까? 3연에서 움직이지 않던 시간("탁상달력은 영영 다음으로 넘어가지 않습니다")이 4연에서는 어둠속에서 당겨진 '방아쇠'에 의해 다시 흘러가기 시작한다. 추측컨대 4연에서 늙은 여인이 최선을 다해서 굳게 닫혀 있는 '문'을 열려고 한다는 진술은 이러한 물리적 시간의 흐름을 가리키는 듯하고, 늙은 여인의 노력에도 불구하고 굳게 닫혀 열리지 않는 '문'은, "문 안쪽의 내일은 누구에게도 당도하지 않을 것입니다."라는 진술에서 느껴지듯이 불투명한 미래로 인해 응결된 내적·심리적 시간을 의미하는 듯하다.

종일 찌르기 품새를 배운다 나는 삐뚤어지기 위해 여길 왔지 튼튼해지는 팔뚝이 싫어 왼팔에 태권, 오른팔에 권태, 모른 척 구령 연습을 한다 바지 안에는 주운 바둑알, 제멋대로 굴러가는 하루와 함께 됐지 주머니를 뚫고 심술이 터진다 사범의 호령에 방귀가 자란다

으랏차차 기합소리에 모두 깜짝 놀란 얼굴이야 흐뭇해진 나는 바닥을 구르지 어제보다는 오늘이, 그제보다는 뒤꿈치가 엉망이라 다행이야 발끝이 머리에 닿는다 그것만이 보람되지 내일은 별로 궁금하지 않고 매끈한 바닥이 궁금해 땀이 나도록 발차기를 한다

버려진 바둑알이 나라는 게 좋아 시시콜콜해진다는 게 내가 원했던
쓸모였어 지루해진 여자애들은 바삭바삭 모여앉아 내 쪽을 힐끗대지 장난
감은 내가 아니라 너희들이다 어디서든 투명해지는 수련을 해야지 앞으로
만 구르는 나를 빼고 모두들 제자리 뛰기를 한다

노란 띠는 도복을 벗는다 검은 띠는 턱을 내민다 오늘 배운 자세로
내일을 향해 도약해보라지, 나는 상관없어 늘 처음 하는 것처럼 다리를
뻗는다 하나 둘, 하나 두울 내가 멋져 흰 벽엔 앞차기 허공엔 뒤차기,
올바른 자세를 배워도 금세 틀어지는 몸뚱이가 나의 자랑이다
                                     ─「태권도를 배우는 오늘」, 전문

'내일'(「내일에게」)이 불확정적인 시간, 그렇기 때문에 모든 방향으로
개방된 잠재성의 시간인 반면 '오늘'(「태권도를 배우는 오늘」)은 온갖
일상적인 행위로 채워진 사건의 시간이다. 이 일상적인 행위에 대한 화자의
반응은 명확하게 부정적이다. 우리가 매일 경험하듯이 '일상'은 변화를
모색하기 어려운 반복의 시간이고, 그런 한에서 질서 잡힌 권력의 시간이라
고 말할 수 있다. 화자의 목소리도 어린 아이의 그것처럼 느껴지지만
그 목소리를 통해 표현되는 전언 역시 아동 특유의 반항기를 함축하고
있다. 1연에서 화자는 자신이 태권도 도장을 찾은 이유를 "삐뚤어지기
위해"라고 소개하고 있다. 튼튼한 팔뚝이 싫고, '태권'이라는 구령이 '권태'
로 이어지는 것부터 바지 안에 넣어둔 주운 바둑알이 심술이 터지듯
주머니를 뚫고 나오는 것까지, 시종일관 화자의 진술은 오늘, 즉 현재에
대한 불만투성이다. 화자는 3연에서 "버려진 바둑알"과 자신을 동일시하면
서 "올바른 자세를 배워도 금세 틀어지는 몸뚱이"를 자랑처럼 내세운다.
권태, 심술, 방귀, 엉망, 시시콜콜함, 비뚤어짐과 틀어지는 몸뚱이……,
이러한 단어들의 연쇄는 '태권도'와 '바둑' 등이 암시하는 규범적인 세계와

대조를 이루면서 불협화의 의미장을 형성한다. 태권도장, 즉 '여기'에 동화되지 않으려는 화자의 의지는 "장난감은 내가 아니라 너희들이다"라는 말처럼 특정한 공간과 그곳의 질서를 충실하게 따르고 있는 사람들을 '장난감'으로 간주하는 것으로 이어진다.

이러한 불협화의 존재론은 "너는 쓸모없는 알에서 태어났단다"라는 진술로 시작되는 「정답은 개구리」에서 한층 분명하게 드러난다. '엄마–아빠–나'의 가족 삼각형을 중심으로 이야기가 전개되는 이 시에는 '아빠'와 '엄마', 즉 부모의 상징적 가치가 결핍되어 있다. 화자의 진술에 따르면 "아빠는 진즉에 죽어버렸"고, "엄마는 더는 이야기할 게 없다는 듯 / 입을 꾹 다물어버렸"다. 화자는 '죽었다'가 아니라 '죽어버렸다'고, '다물었다'가 아니라 '다물어버렸다'고 쓰고 있다. '죽었다'와 '죽어버렸다' 사이의 간극, 또는 '다물었다'와 '다물어버렸다'의 차이는 우리에게 아빠와 엄마에 대한 화자의 심리적 상태를 짐작하게 한다. 그리고 '부모'라는 상징적인 질서가 부재하는 시간 속에서 화자는 이미–항상 긴 '잠'을 잔다. 여기에서 '잠'은 세상과의 단절, 그러니까 존재 자체에 빗금이 그어지는 사회적·상징적 결핍/거세를 상징하는 기호이다. 그는 잠이 "최고의 쓸모없는 알"임을 알면서도 '잠'의 세계에서 벗어날 수 없다. 그런 화자가 반복해서 '쓸모'의 가치, 즉 '쓸모의 쓸모'에 대해 묻는다. 이것은 화자가 경험하는 결핍/거세가 "너는 쓸모없는 알에서 태어났단다"라는 최초의 언명言明에서 기원하는 것일 수 있다는 의미이다. 그리하여 5연에 이르면 "너는 쓸모없는 알에서 태어났단다"라는 진술과 "나는 쓸모를 위해 태어난 겁니까?"라는 반反진술이 긴장관계를 형성한다. 추측건대 이것은 유용성을 잣대로 인간을 평가하는 세계의 질서에 대한 저항, 특히 '청년'을 영원한 '잠'의 상태에 빠뜨리는 '쓸모' 담론에 대한 근본적인 질문일 것이다. 흥미로운 것은 화자가 "얼어 죽은 개구리의 입"의 "저 너머"에서 들었다고 진술하는 것이다. "너 / 는 / 왜 / 살 / 아 / 났 / 습 / 니 / 까 / ?"라는 질문이 그것이다. 이 목소리는 화자에게 왜 태어났냐고 묻지 않고 왜 살아났냐고 묻는다. 요컨대 이 진술은

"죽었다 일어나"는 '환생'을 전제하고 있거니와, 그 목소리를 듣는 주체는 결코 죽음 상태일 수 없다. 역설적이지만 '잠'이 싱징적인 죽음 상태를 의미한다면, 화자는 이 목소리를 들음으로써 '잠=죽음'을 관통하여 '환생' 하게 된다. 한연희의 시에서 공통적으로 드러나는 존재 방식에 대한 사유, 특히 '~되기'의 잠재성이 보여주는 삐딱함은 이 '잠=죽음'에 대한 저항의 관점에서 읽어도 좋을 듯하다.

3. '다락방'에서 꿈꾸기: 정다연

정다연의 시에는 '세계'라고 부를 만한 것이 없다. 어느 철학자의 주장처럼 '세계'라는 것이 단순한 공간적 부피가 아니라 우리가 그 속에 포함되어 살아가는 관계의 총합이라면, 그리하여 객관적인 것이 아니라 지극히 주관적이고 경험적으로 존재하는 것이라면, 정다연의 시에서 '세계'를 찾는 일은 매우 어려울 듯하다. 만일 그녀의 시에 '세계'라는 것이 있다면 그것은 불화, 즉 부정적인 대상으로만 존재한다고 말해야 하지 않을까. 문제는 이 '세계'와의 불화에서 그녀의 화자들이 이미-항상 위태로운 상황에 놓여 있다는 사실이다. 아빠의 손에 이끌려 죽음의 나락으로 떨어지는 아이(「정오의 드라이브」), 언니-동생 이외에는 누구도 도움을 줄 수 없는 세상에 존재하는 화자(「자매」), "평생을 관람차 안에 살다 죽을지도 몰라"(「관람차」)라고 상상하는 인물, '다락방'에서 '백지'를 응시하는 인물들(「그림 없는 그림」) 등처럼 정다연의 화자들은 하나같이 '세계'와의 싸움에서 일방적으로 패배할 운명의 소유자들이다. 어디를 보아도 그들이 승리할 가능성은 보이지 않는다. 세계의 질서를 교란하는 한연희의 화자들과 달리 정다연의 화자들은 상징적인 질서와의 싸움에서 무력한 존재들이다. 그리하여 그녀의 화자들은 '상징적'이 아니라 '상상적'인 방식으로 세계를 대면하려 하며, 이것이 그녀들이 '현실'보다 '다락방'에 칩거하려는 태도를 보이는 이유이다. '다락방'에 위치한 그들에게 '백지'는 유일하게 의미 있는 대상이다. 그들은 그것에서 "눈에 보이지 않는 전선"(「대기 위 장막」)을 찾으려 한다.

> 아빠 손에 이끌려 트럭에 몸을 실었지 출입금지구역 팻말을 지나 더
> 깊숙이 숲으로 들어갔어 쓰러지는 쐐기풀 부러지는 나뭇가지 손목 끊어지
> 는 소리 터지는 도토리 도토리 알들 이상해 타이어 소리 말고 엔진 소리
> 말고 어째서 작은 목소리가 더 선명하게 들리는 걸까 백미러에 달라붙은
> 덤불들 끈덕지게 내 얼굴을 가려 트렁크에 후드에 달라붙어 놓아주질
> 않는데 나는 이 문을 열고 나갈 수 없다 무성한 나무 앞만 보는 아버지,
> 눈물을 닦듯 와이퍼가 내게 손을 흔드네 위로하지 마 어차피 버릴 거면서
> 돌아올 수 없도록 나를 더 깊은 숲속으로 데려가는 거면서 쏟아지는 햇빛
> 자꾸 우는 아버지 낭떠러지로 추락하는 트럭 누구에게도 발견되지 않을,
> 정오의 드라이브
>
> ― 「정오의 드라이브」, 전문

어린 화자를 태운 아빠의 트럭은 '삶'이 아니라 '죽음'의 방향을 향해 질주한다. 부녀를 태운 트럭은 '출입금지구역'을 알리는 팻말을 지나, 덤불들이 백미러에 달라붙는 숲속을 향해 나아가고, 어린 딸과 함께 죽음을 선택한 아빠는 눈물을 흘린다. 그 숲길 끝에서 그들을 기다리고 있는 것은 '낭떠러지', 즉 죽음의 세계이다. 자신들을 숲속에 버리려는 부모들의 계략을 하얀 자갈로 극복한 동화 속 주인공 남매와 달리 이 시의 화자에게는 그런 지략이나 탈출의 가능성이 없다. 표면적으로 이 시는 IMF 이후 언론을 통해 반복적으로 보도되고 있는 가족의 동반자살이라는 사회 문제를 시회詩化한 것처럼 읽힌다. 실제로 이 시는 사회적인 맥락에서 해석될 여지를 지니고 있다.

그런데 정다연의 다른 작품들과 나란하게 놓고 살펴보면, 다른 작품들과

의 계열 속에서 읽으면 가족의 동반자살이라는 일간지 사회면 사건보다 그런 사건에 무방비로 노출된, '세계' 자체를 거대한 폭력으로 경험하면서도 자신의 힘으로는 도저히 그 상황에서 벗어날 수 없는 무력한 화자의 내면에 초점이 맞춰져 있음을 알 수 있다. 언제부터 세상은 이들에게 '폭력적인 것'으로 경험되기 시작했을까? 분명한 것은 정다연의 화자들에게 세상과의 싸움에서 이기는 것, 그리하여 자신을 보존하거나 최소한 자신의 목소리를 앞세워 그 폭력적인 질서에 대응하는 행위는 불가능하다는 사실이다. 이 왜소해진 내면이야말로 시인과, 그녀의 화자들을 지배하고 있는 공통 감각일 것이다. 그들에게 '세상'은 자유를 향해 열린 가능성이 아니라 "우린 어쩌면 평생을 관람차 안에 살다 죽을지도 몰라"(「관람차」)라는 진술에 등장하는 '관람차'처럼 출구 없는 공간이다. 또한 정다연의 「어느 날 아침 나는」에서 화자는 "얼음을 뚫고 나아가면 / 만나게 될 바다와 / 어쩌면 그 안에 존재하고 있을 미지의 생명"을 상상하다가 불현듯 그것이 "나의 작은 두 발로는 헤아릴 수 없"다는 것을 깨닫는다. 이러한 가능성으로부터의 거리, 혹은 낙차는 그녀의 시적 화자들이 보여주는 가장 일반적인 내면 상태이다.

부드러운 어둠 속에서 나는 호명되지 않은 채 길을 걸어 아무도 지금 내가 어떤 모자를 쓰고 있는지, 내 머릿속에 어떤 구름이 자리 잡고 있는지, 그것이 어떤 이름인지 알 수 없지 (중략) 나는 집으로 돌아와 아무것도 쓰여 있지 않은 백지를 봐 무한히 확장된 설원, 가능성, 이런 말은 식상해 쓰여지면서 가능성은 실현되고, 문은 끊임없이 열리고, 확장되지 나는 다만 백지를 바라봐 그게 원래 백지였던 것처럼 백지가 가능성을 실현하기 위해 이 세상에 오지 않은 것처럼 내가 누군가의 명령을 받고 이 세상에 태어나지 않은 것처럼 나는 세계의 호출을 전부 멈추고 이름 없이 분류되지 않은 채 여기, 흘러가는 구름으로 머물고 있어 서류 더미에 철창에 누군가의 서랍 속에 가두어 놓을 수 없는 바람으로 있어 지금 너의 두 뺨을 스치며

－「호명되지 않는 기쁨」, 부분

정다연의 시에는 '백지'라는 기호가 반복적으로 등장한다. (이 글을 위해 시인이 보내준 기발표작 10편 가운데 '백지'가 중심 이미지로 등장하는 작품이 3편이고, '책'과 '노래'가 중요한 모티프가 되는 작품이 각각 1편이다.) '반복'에는 우연 이상의 필연적인 의미가 내포되어 있다. 정다연의 경우도 마찬가지이다. 「짧은 질문」의 화자는 몇 개의 질문을 중심으로 시를 구성해 나가는데, 그 질문들은 "한 예술가에게 다락방은 어떤 의미인가", "아무것도 먹지 못한 채 가축용 화물차에 실려 / 죽음을 향해 나아가는 이가 / 빈 백지의 꿈을 꾼다는 것은 무엇인가"처럼 예술 또는 시詩에 대한 근본적인 물음으로 채워져 있다. 화자의 진술에 따르면 '예술가'는 "미친듯이 타오르는 열대의 대기 속에서 // 한 겨울, 눈 쌓인 오두막을 보는 이"이고, 그는 자신만의 '오두막'이나 '다락방'에서 "빈 백지의 꿈"을 꾸는 존재이다. 물론 화자의 질문들은 쉽사리 대답될 수 없는 것들이며, 시인 또한 섣부른 잠언으로 이 물음들을 봉합하지 않는다. 그러므로 정다연에게 시는 이 물음/질문을 붙잡고 치열하게 사유하는 행위와 다르지 않을 듯하다.

호명Interpellation은 지배 이데올로기가 개인을 지명/지목하여 '주체'로 만드는 주체화 과정이다. 철학자 알튀세르는 "주체는 항상–이미 호명된다 always–already interpellated."라고 말했다. 이때의 '주체'는 능동적인 행위자, 즉 주인이 아니라 자신이 깨닫지 못한 사회구조 등의 힘에 의해 특정한 방식으로 사고하고 행동하도록 길들여진 존재를 가리킨다. 그렇다면 "호명되지 않은 채 길을 걸"어 간다는 화자의 진술은 상징적 질서(상징적 동일시)의 바깥에 위치하고 있다는 의미로 읽어도 좋겠다. 마찬가지 이유에서 '나'를 둘러싸고 있는 '부드러운 어둠', 타인들이 알지 못하는 '모자'의 종류, 머릿속에 존재하는 '구름'의 모양과 이름 등도 상징적인 질서로는 투시할 수 없는 세계, 즉 예술의 세계를 의미하는 것으로 해석할 수 있다. 화자는 '밤'에 귀가하여 "아무것도 쓰여 있지 않은 백지"를 본다. '밤'은 노동의 시간인 '낮'과 대비되는 몽상의 시간이다. 화자가 "나는 세계의 호출을 전부 멈추고 이름 없이 분류되지 않은 채 여기, 흘러가는 구름으로 머물고 있어"라고 진술할 때, 그것은 세상의 질서('분류')와 거리를 유지한 채 존재한다는 의미이다. 또한 자신이 "흘러가는 구름"과 "서랍 속에 가두어 놓을 수 없는 바람"으로 존재한다고 진술할 때, 그것은 이 세상과의 거리두기가 타의에 의한 추방의 결과가 아니라 자신의 선택이었다는 의미이다. 존재 방식에 대한 이러한 변화, 즉 현실에서 무력하던 존재들이 어느 순간 스스로를 한없이 자유로운 존재로 표현하는 근거는 무엇일까? 시인이 「짧은 질문」에서 던진 질문에 대한 대답이 그것이 아닐까.

4. 시간과 공간, 세계와의 불화를 표현하는 두 가지 언어: 이설빈

폴 발레리는 '시'에 대해 이렇게 이야기했다. "삶의 평범한 모습들의 유혹에는 아무것도 신세지지 않으려고 하는, 단호하게 분리된 한 편의 시가 몇몇 정신들에 대해서는 어떤 힘으로 영향을 줄 수 있는지 느끼게 하고 싶습니다." 삶의 평범한 모습들에 신세지지 않는 시란 도대체 어떤 모습일까? 굳이 폴 발레리의 '순수시'를 인용하지 않아도, 일상적인 '경험' 이나 '진술'을 중심으로 읽으면 결코 도달할 수 없는 시가 있다. 이설빈의 시편들도 이러한 계열에 속한다. '진술' 자체가 존재하지 않는다는 말이 아니다. 오히려 그의 시에서는 '이미지'가 '진술'을 압도한다. 흔히 비非사실 주의 연극의 무대 장치들이 그렇듯이, 이설빈의 시에서 이미지들은 특유의 분위기를 연출하기 위해 반反재현적인 방식으로 직조된 느낌을 준다. 특히 그의 많은 시편들에서 공통적으로 목격되는 '질문-응답' 구조는 다분히 연극적이어서, 시를 읽노라면 시인이 일상적인 경험의 층위로부터 언어를 단절시키려 애쓰고 있음을 경험하게 된다. 한때 유행하던 개념을 빌려 표현하면 '미적 가상'이라고 말할 수 있지 않을까? 이 '가상'의 세계는 경험적인 '일상'의 세계와 다른 감각, 다른 질서에 의해서만 도달할 수 있다. 요컨대 이설빈의 작품들은 시를 읽는 기존의 방식과는 다른 방식을, 다른 감각을 독자에게 요구하고 있다. 그것은 '경험'의 흔적을 드러낼 때조차 경험적 세계에 관한 이야기로 읽을 수 없는 텍스트이다. '13월의 입'이라는 상징적인 제목처럼, 그것은 재현될 수 없는, 재현을 거부하는 다른 목소리이다.

한 겹의 눈부심을 겨루며 우리는 나아간다 내가 드리워진 이곳이 어느 자오선에 걸쳐 있는지, 어느 예리한 시간이 첨탑 끝에 째깍이며 또 하나의 절망을 손에 쥔 사과처럼 끊이지 않게 돌려 깎는지, 알 수 없으나 나는 비춰볼 수 있다 그때 태양은 태양이 비추는 칼날보다 깊이가 없었다 어떠한 빛도 모든 열쇠구멍을 들여다보진 못했으니, 남아 있는 어둠은 각자의 신비로 굳게 잠긴다 자명한 어둠 자명한 폐쇄의 불빛으로, 나는 너를 투영한다 이제 내 앞의 너는 너에게만 없다 눈 감으면 고여 있는 시간들에 꽂히는 작은 파열음, 우리의 어린 회환은 너무 가까운 웅덩이에서 텀벙거리고 용서는 굶주린 먹구름처럼 다 해진 바짓단 끌며 우리를 배웅한다

다시 한 겹의 어두움을 당기며 우리는 나아간다 커다란 그림자 아래로 위문 온 작은 그늘처럼, 네가 말했다 함부로 나 고개 들지 못하겠어 가려져 명멸하는 저 빛 깊숙이 아프게 꽂힐까봐 너는 걸음을 멈춘다, 침묵이라는 게 의심을 멈추기 위해 시작된다는 듯이 말없이 너는 불빛 가까이 다가갔다, 빛에 매몰되듯이 내가 너의 마지막 신비가 될 때까지 너는 입김을 불어 빛의 모서리를 접는다 두 눈의 검은 창살을 두고 시작되는 면회, 다시는 꺼내지 마 창문마다 선명한 X자 테이프 자국으로 나에게, 깨지지 마 그리고 제발 깨지 마

지금 축축한 주머니 속, 구겨진 손바닥을 꺼내 펴 보면 반짝 뒤돌아보는

골목들 무성한 규칙의 잎 저편의 미소들 흑백의 가로등 아래, 곧 떨어져나갈 탯줄처럼 시퍼렇게 질려가는 입술에서 나를 도려낸 절망이 제 허기를 비추는 흰소리 휘몰아친다, 같은 사람을 지나치는 건 언제나 다른 사람일 때지 우리는 남들이 되비추는 대로 네가 될 수도 있었어 하지만 이제 너는 빈 열쇠고리에 불과해

　나는 누굴 열고 들어선 걸까? 눈 감아도 여전히 같은 눈빛의 궤도를 돌고 있다 고개를 들면

－「두 겹의 창」, 전문

　이 글을 위해 시인이 보내준 기발표작 10편을 읽으면서 이설빈의 시들이 '시간'과 '공간'에 민감하게 반응하고 있다는 것을 느꼈다. 특히 이설빈의 시에서는 밤, 잠, 어둠 등이 이성의 논리가 주파하기 어려운 한계점을 드러내면서 특유의 불투명한 세계를 구축하고 있다. 가령 「폭넓은 지붕」에서는 "밤새도록 씹어댔다", "밤새도록 휘갈겼다", "밤새도록 내달렸다", "밤새도록 휘둘렀다", "밤새도록 틀어막았다" 등의 진술들이 반복적으로 등장하여 화자에게 '밤'과, '밤'이라는 시간을 배경으로 행하는 '행위'의 의미를 환기한다. 이러한 '밤'의 이미지는 "밤은 적중한다"(「의자 넘겨주는 사람」), "밤이 수만 개의 창을 들고 몰려와 / 내게 시체옷을 입히기 시작합니다"(「수프 숲 숨」) 등처럼 다수의 작품들에서 반복된다. 「폭넓은 지붕」에서 '밤'은 화자에게 "전 지붕적으로 기록할 만한 폭우"가 쏟아지는 시간이면서 동시에 그것들에 자신의 감각을 개방할 수밖에 없는 시간으로 형상화된다. 그런데 "지붕을 줄여야 하지 않을까요?"와 "그럼 저는 받침도 필요치 않아요"라는 진술에서 우리는 화자가 '폭넓은 지붕'이 뒤덮고 있는 '집-공간'에 대해 부정적인 인식을 지니고 있음을 알 수 있다. '공간'에 대한 부정적 태도는 "썩은 햇사과 구르는 과수원 둔덕"(「구멍 난 궤짝 속에서」)을 시적 공간으로 설정하거나, "철제계단 끝 / 열린 문틈으로 / 톱질소리 물방

울 깨지는 소리"(「베개는 불능의 거푸집」)가 들려오는 어떤 건물이 등장하는 작품 등에서도 두드러진다. 요컨대 시인은 '세계'와의 불화를 이질적인 시간과 공간에 대한 경험/느낌을 통해 표현하고 있거니와, 그것은 "여긴 / 어디지? / 눈 뜨지 마 아직"(「13월의 입」)처럼 '공간'을 매개로 구체화될 때도 있고, "네가 가지절임을 억지로 삼키는 아이였을 때"(「몰락의 맛」), "제가 이름 없는 묘비일 때의 일입이다"(「수프 숲 숨」)처럼 '시간'을 매개로 형상화되는 경우도 있다.

「두 겹의 창」을 살펴보자. '창'은 두 겹이다. 한 겹은 '눈부심'이고, 다른 한 겹은 '어두움'이다. 창밖에 이질적인 시간, 다른 빛깔들이 교차하는 시간을 상상해도 좋겠다. 1연에서 '빛/눈'은 창을 투과해 들어간다. 하지만 "어떠한 빛도 모든 열쇠구멍을 들여다보진 못했으니, 남아 있는 어둠은 각자의 신비로 굳게 잠긴다"라는 진술처럼 빛의 투과에는 한계, 즉 투과할 수 없는 지점이 있기 마련이다. '빛/눈'은 "자명한 어둠 자명한 폐쇄"에 의해 한계를 부여받는다. 시인은 이 한계지어진 시선을 '드리워진', '투영한다' 등의 술어로 표현한다. 이러한 시적 정황을, 시적 대상이 우리로 하여금 그것을 바라보도록 요청하지만, 그럼에도 불구하고 우리가 대상 전체를 볼 수는 없다거나, 또는 우리의 시선이 궁극적으로 도달하는 지점은 "우리의 어린 회환" 정도에 불과하다는 의미로 이해하면 어떨까? 2연은 두 번째 겹, 즉 '어두움'에 대한 이야기이다. "커다란 그림자 아래로 위문 온 작은 그늘처럼"이나 "두 눈의 검은 창살을 두고 시작되는 면회"라는 구절이 암시하듯이 이때의 어두움은 '밤'이 배경이다. 그런데 '눈부심'의 창이 투과, 즉 열쇠구멍을 들여다보는 대상에 대한 인식의 영역에 해당한다면, '어두움'의 창은 "함부로 나 고개 들지 못하겠어"라는 말처럼 성찰과 반성의 영역에 속하는 듯하다.

여기에서 "내가 너의 마지막 신비가 될 때까지"라는 말은 자신이 완전히 어둠에 잠길 때까지라고 이해할 수 있는데, 그 어둠 속에서 창밖의 풍경, 예컨대 '골목들'과 '흑백의 가로등' 등을 응시하는 장면이 3연의 내용인 듯하다. 그런데 3연에서 화자의 '손'은 그냥 손이 아니라 '축축한 손'이다. 왜 손을 넣고 있는 주머니 속은 축축할까? "시퍼렇게 질려가는 입술"과 "절망" 등을 고려하면 화자가 극도로 긴장했거나 공포감을 느꼈음을 짐작할 수 있다. 이 작품 역시 '공간'에 대한 부정적 인식의 또 다른 사례라고 말할 수 있을 듯하다. 한 인간이 '시간'과 '공간'에 대해 부정적인 태도를 취한다는 것은 결국 세계와 불화하고 있다는 의미이다. '시간'과 '공간', 이것들은 이설빈의 불투명한 시세계로 들어갈 수 있는 유력한 입구일 것이다.

분노의 시대, 분노하지 않는 시

분노를 노래하소서, 여신이여[1]
– 호메로스, 『일리아스』

1

거리에 '분노'가 떠돌고 있다. 그것은 현직 대통령의 퇴진을 요구하는 시민들의 목소리에도 들어 있고, 계층이동의 사다리가 끊어져 공정한 경쟁이 불가능해진 시대, 그리하여 출생이 한 개인의 운명을 결정하는 유력한 조건인 불합리한 시대에 대한 항의에도 포함되어 있고, 심지어 신자유주의적 경쟁시스템에서 축출/배제된 존재들이 약자에게 자행하는 무차별 폭행 범죄 속에도 들어 있다. 한편으로 '분노'는 '세월호 사건'이나 월스트리트 점거Occupy Wall Street처럼 무능하고 부패한 권력에 대한 대중의 공적 분노와, 다른 한편으로 정치적·경제적 관계에서 발생하는 소외감을 약자에 대한 폭력을 통해 보상받으려는 반反사회적 욕망의 문제와 연결되면서 우리 시대의 대표적인 정동情動, affect으로 작동하고 있다. 항상적인 분노, 지속되는 심리적 긴장 상태는 우리를 극도로 불안정한 상태로 몰아간

• • •

1. 이 구절은 "분노를 노래하라, 시의 여신이여."라고 번역되기도 한다.

다. 인간은 분노 상태를 오랫동안 유지하기 어려운 동물이기 때문이다. 분노를 껴안고 사는 일은 개인에게서 삶의 원동력인 기쁨의 능력을 빼앗는 결과를 초래한다. 그래서 분노는 그것이 겨냥하고 있는 사람과 동시에 그것을 지니고 있는 사람에게도 강렬한 상처를 남긴다.

지난 1970~80년대에 시는 수락할 수 없는 부정적 현실에 대한 분노의 표현이었다. 그 시절에 "대학생이 된다는 것은 '분노하는 법'을 배우는 것이며, '분노의 체험들'을 공유하는 것이며, '분노의 표현법'을 모색하는 것이었다."[2] 그 분노의 공적인 표현 형식은 '대자보'였고, 사적인 표현 형식은 '시'와 '노래'였다. 시인 고은이 "우리 모두 화살이 되어 / 온몸으로 가자 (중략) 우리 모두 화살로 피를 흘리자"(「화살」)라고 죽음의 노래를 읊은 것도, 김남주가 "아 얼마나 끔찍한 밤 12시였던가 / 아 얼마나 조직적인 학살의 밤 12시였던가 / 오월 어느 날이었다"(「학살 2」)라고 학살에 대해 분노한 것도 바로 그 시절이었다. 분노는 '죽음'의 언어로 억압적인 세계에 맞섰던 최승자의 시에도 있었고, 한 개인의 상처 입은 내면을 응시한 기형도 시에도 있었다. "서울은 좋은 곳입니다. 사람들에게 / 분노를 가르쳐 주니까요."(기형도, 「조치원」) 한때 시는 분노의 형식이었고, 치유 또는 승화의 형식이었고, 무엇보다도 속물적인 세계에 대한 비판적 태도였다.

하지만 시대가 바뀌었다. 그와 동시에 시에서 '분노'의 기운이 급속하게 지워졌다. '뜨거운 시'의 시대가 가고, '차가운 시'의 시대가 도래했다. 이제 '분노'에서 시작되는 시는 비非시대적인 것, 즉 '촌스러운 것'으로 간주되었다. 최근에 읽은 한 책에서 저자는 이 변화를 최승자와 김혜순의 시를 비교하여 설명하고 있다. "최승자의 음울한 죽음의 어조가 당대를 대표한다면, 무거운 비애를 "즐겁고 가벼운" 것으로 바꾸는 시를 써야 한다고 느꼈던 김혜순의 의무감은 1990년대 중반 이후 두드러진 사회적 정서가 된 '향유'의 전조와 같다."[3] 우리는 최승자의 시대에서 김혜순의 시대로 넘어왔다. 그리

• • •

2. 김홍중, 『마음의 사회학』, 문학동네, 2009, 44쪽.

고 그것은 '음울한 죽음'의 시대에서 "즐겁고 가벼운" 것의 시대로 이동을 의미했다. 송제숙이 인용한 김혜순의 진술("나는 죽음을 재료로 삼아 요리에 대한 글을 썼다. (중략) 나는 저항의 무거움을 즐겁고 가벼운 것으로 바꾸려고 했고, 그 결과 정치적이지 않은 듯해 보이는 유형의 시에 이르게 되었다.")은 한국시의 현재적 경향을 잘 요약하고 있다. 이제 현대시의 주류는 '최승자적인 것'이 아니라 '김혜순적인 것'이다.

앞에서 우리는 '분노'가 우리 시대의 대표적인 '정동'이라고 주장했다. 하지만 그 규정은 오늘의 문학, 특히 시에는 잘 어울리지 않는다. 몇몇 시인이 작품에 분노의 감정을 투사하고 있으나, 지금 한국시의 주력으로 평가되는 젊은 시인들의 시에서 '분노'의 감정이 표면에 드러나는 장면을 찾기는 힘들다. 그들이 부정한 현실에 대해 분노하지 않는다는 말이 아니다. 오히려 젊은 시인들의 다수는 정의 없는 세계를 향해 다양한 목소리를 내고 있다. '분노'가 없다는 것은 '결핍'이 아니다. 시가 '분노'의 표현이라는 주장은 일반화될 수 없다. 다만, 세상은 '분노'의 감정으로 들끓고 있는데, 그곳에선 온갖 종류의 분노가 흘러 다니는데, 왜 우리 시대의 시에선 좀처럼 '분노'를 목격할 수 없는지, 혹시 시詩에 '분노'의 감정이 투사되는 것을 가로막는 장치가 존재하는지 생각해보려는 것이다. 서정적인 승화의 미학을 강조하는 시인이라면 통제불가능한 감정인 '분노'가 서정 자체를 위협하기 때문이라고 대답할 수도 있을 듯하다. 하지만 이 현상은 또 다른 관점에서 설명할 수도 있지 않을까.

2

'분노'는 지극히 인간적인 감정이자 "서양 문학사에 등장하는 최초의

• • •

3. 송제숙, 『혼자 살아가기』, 동녘, 2016, 167쪽.

단어"[4]이기도 하다. 이는 호메로스의 『일리아스』를 염두에 둔 말인데, 이 작품은 "분노를 노래하소서, 여신이여"라는 유명한 문장으로 시작된다. 이야기의 핵심은 10년에 걸친 트로이 전쟁과 아가멤논에게 사랑하는 여인 브리세이스를 빼앗긴 영웅 아킬레우스의 분노와 복수이다. 영웅 아킬레우스가 아가멤논이 아폴론의 사제의 딸 크리세이스를 차지하여 태양의 신 아폴론이 노여워한다고 지적하자 아가멤논이 그녀를 놓아주고 대신 아킬레우스가 사랑하는 브리세이스를 빼앗아버렸다. 이에 아킬레우스는 아가멤논에게 칼을 겨누지만 그 순간 지혜의 여신 아테네가 등장하여 만류함으로써 아가멤논은 목숨을 건진다. '분노'를 제압하는 것은 '지혜'라는 의미일까? 이 이야기에서 드러나듯이 '분노'는 영웅조차 피하기 힘든 인간의 기본적인 감정이다. 그런데 '분노'는 단순히 감정 상태로 그치지 않는다. 아킬레우스가 그랬듯이 분노는 순간적인 육체적 변화를 동반하고, 궁극적으로 '복수'의 행위로 이어진다. 이때 '복수'의 실행은 '의지'와 함께 그것을 수행할 수 있는 '능력'의 유무에 따라 결정되기 마련이다. '분노'에 있어서 '의지'만큼 중요한 것은 실행의 '능력'이다.

> 젊은이들에게 아무런 열정도 없다는 것, 그들이 계획이나 도전의식을 갖고 있지 않다는 것은 사실이 아니지만, 그들의 불만 표출 방식이 변화한 것은 사실이다. 오이디푸스 콤플렉스 시대에는 젊은이들의 불만이 공공연한 법률 위반과 반항적이고 비사회적인 태도로 드러났지만, 오늘날에는 생명력을 잃은 삶의 형태로 드러난다.[5]

우리 시대는 이 '능력'의 차원에서 이전 시대와 다르다. 우리는 "아버지의 상징적 권위가 무게와 힘을 잃고 돌이킬 수 없는 방식으로 추락해버린

- - -

4. 김수영, 「분노에 대하여」, 『문학과 사회』, 2007 여름, 355쪽.
5. 마시모 레칼카티, 윤병언 옮김, 『버려진 아들의 심리학』, 책세상, 2016, 131쪽.

시대"에 살고 있다. 오이디푸스 패러다임은 더 이상 우리 시대를 설명하는 분석적 준거가 아니다. 그것은 정확히 "한때 부모와 자식 간의 불화가 오이디푸스라는 패러다임을 통해 해석되던 시기가 있었다."처럼 과거형으로 말해져야 한다. 신자유주의 시대를 살아가는 젊은이들이 기성 질서에 불만이 없는 것은 아니지만 그것의 표출 방식이 달라졌듯이, 시에서 부정한 현실/세계에 대해 시인-화자가 분노를 표출하는 방식도 바뀌었다. 오이디푸스 패러다임에서 '아버지'는 새로운 세대가 자신의 욕망을 실현하기 위해 죽음을 무릅쓰고 도전해야 할 대상이었지만, 오늘날의 아버지는 그러한 상징적 권위와 힘을 지닌 존재가 아니다. 아버지의 상징적인 위력을 회복해야 한다거나 그의 나약함을 불쌍히 여겨야 한다는 향수와 위로의 이데올로기를 제시하려는 것이 아니다. '텔레마코스 콤플렉스'는 위기에 처한 가부장적인 이데올로기에 대한 연민도, 강력한 상징적 아버지의 귀환을 희구하는 권위-중심에의 기대도 아니다. 아버지와 아들의 상징적 관계가 바뀌었고, 그 관계 속에서 아들, 즉 새로운 세대의 성격과 역할도 변했다는 것이다. 텔레마코스의 시대, "새로운 세대는 아버지를 기다리며 바다를 바라본다." 물론 텔레마코스가 손꼽아 기다리던, 금의환향하여 왕국의 모든 부조리를 일거에 해결해주는 아버지는 더 이상 존재하지 않는다. 2000년대 초반에 발표된 황정은, 박민규, 김애란 등의 초기작들이 주목하는 것이 이 상황이다. 그런데 죽음을 무릅쓰고 상징적 아버지와 싸워 자신의 욕망을 실현하려는 오이디푸스도 존재하지 않기는 마찬가지이다. 죽음을 판단으로 걸고 행해지는 상징적 갈등은 오늘날의 문화적 조건이 아니다.

'분노'가 '의지'와 '능력'을 동반한다는 말은 그것이 강력한 주체성에서 발현된다는 뜻이기도 하다. 하지만 많은 사회과학적 진단이 설명하듯이 오늘의 현실에서 강력한 중심을 뜻하는 주체성을 확인하는 일은 쉽지 않다. 한때 그것은 '개인'의 성립요건으로 간주되었으나, 그 주장이 지금도 유효한 것인지는 의문이다. 무엇보다도 그것을 경험하고 실감하면서 사는 사람이 드물다는 사실이 중요하다. 특히 이러한 주체성의 위축과 해체는 경제적 여건에 있어서 취약한 계층과 세대에게서 동일하게 나타난다. 젊은 시인들에게서 공통적으로 목격되는 여러 문학적 현상과 시적 경향은 이러한 주체의 위상 변화를 배경으로 나타나는 것으로 이해할 수 있는데, 이는 그들의 내면이 강력한 주체성에 근거했던 386세대는 물론 90년대의 소비자본주의적 문화 환경을 경험하면서 성장한 '미래파' 세대와도 분명하게 구별되는 지점이다. 다시 말하지만 이것은 젊은 시인들이 부조리한 세계에 대해 분노하지 않는다는 주장이 아니다. 오히려 그들은 분노가 일반화된 분위기 속에서 성장했다고 말할 수도 있다. 하지만 그들의 시는 '분노'의 감정을 표현하는 것보다 다른 방식으로 세계와 대면하는, 아니 세계와 마주 하지 않은 방식으로 세계와 대면하는 방식을 선호하는 듯하다. 그들의 언어는 부정하고 비판하기보다 교란하고 외면하는 것을 지향한다. 흔히 이 흐름은 '개인'이라는 기호를 중심으로 설명된다.

그런데 강력한 주체성, 혹은 그것에 대한 믿음이 존재하지 않는 가운데 존재하는 개인주의를 어떻게 이해하면 좋을까? 굳이 "개인이란 자신만의 스크린에 나타나는 사진, 트위터, 게임과 끊임없이 가벼운 상호작용을 주고받으며 도시공간을 떠돌아다니는 웃는 얼굴의 외로운 단자다."[6] 같은 디지털 시대의 특징을 떠올리지 않아도 신자유주의는 공동체와 개인이라는 모던한 가치의 대립쌍을 동시에 해제시켜버렸다. 근대사회를 형성하는 윤리적 토대는 부르주아 계급의 책임과 노동자 계급의 연대였다. 그러나 오늘날 '책임'은 물론 '연대'도 과거와 같은 방식으로 작동하지 않는다. 디지털 사회가 불러온 영토적 인접성의 해체가 이러한 현상의 원인이라는 분석도 많지만, 무엇보다도 새로운 삶의 조건, 즉 제한된 일자리를 두고 같은 직장에 속한 노동자들이 지속적으로 경쟁해야 하는 상황, 열악해진 노동환경 때문에 감정의 소진을 감내하면서 노동해야 하는 상황에 매일

• • •

6. 프랑코 '비포' 베라르디, 『죽음의 스펙터클』, 송섬별 옮김, 반비, 2016, 238쪽.

직면해 있는 사람이 스스로를 가치 있는 개인이라고 실감하기는 어려울 것이다. 불행이 새로운 정상new normal으로 등극한 시대에 '개인'의 행방이 분명할 근거가 없다. 그리고 개인의 행방이 불투명한 상태에서 그것들의 연대, 나아가 공동체를 상상하는 일 역시 난감해진다.

당신은 나를 나무라고 생각한다 큰 귀에 쌓인 먼지를 당신의 어제와 동일시한다 불어넣을 말이 많구나 까슬한 껍질이 떨어지면 당신은 우산을 접고 담요를 덮는다 『나무의 슬픔』이라는 책을 들고 찾아와 실은 아무것도 아닌 슬픔을 올려둔다 그러니까 언젠가부터 당신은 나를 키운다 나의 비밀을 옮겨 적으며 당신에게 다가가지 못하도록 줄을 친다 노란 무와 병아리와 오리를 본 적 있니 막 벌어지는 봉오리는 어머니 노을에선 얼음 갈리는 소리가 난다 이럴 땐 살갗이 일어 넌 상상이 얼마나 해로운 줄 알지 당신은 악수대신 나를 포옹한다 문을 열거나 닫지 않고 매달리는 풍경이 된다 그건 슬픔을 간직하는 방식이다 일치하지 않아 가능한 각도를 생각한다 들어가 본 적 없는 방의 질감을 생각한다 지루하게 뻗어가는 구름을 물에 개어준다 영원하지 않은 꿈을 꾸렴 시계탑 아래서 우연히 만난 사람처럼 발등에 그림자를 떨어뜨린다 나를 길 — 게 부른다
　　　　　　− 서춘희, 「당신은 나를 나무라고 생각한다」, 전문(『시로여는세상』,
　　　　　　　　　　　　　　　　　　　　　　　　　　　　　2016 겨울)

현대시의 경향성이라는 관점에서 읽으면 이 작품은 매우 징후적인 성격을 지니고 있다. 이 시의 핵심적인 문제는 '나'와 '당신'의 관계에서 발생한다. 여기에서 중요한 것은 '나'와 '당신'의 정체가 아니라 그들의 관계, 구체적으로 말하자면 서로에 대한 태도이다. 제목에서 강조되듯이 '나'에 대한 '당신'의 태도는 "생각한다"라는 술어로 요약되고, 세상에 대한 '나'의 발화는 "상상한다"라는 술어로 요약할 수 있다. 화자는 그것을 "생각한다"라고 쓰고 있지만 "넌 상상이 얼마나 해로운 줄 알지"라는

'당신'의 진술이 확인해주듯이 그때의 '생각'은 곧 '상상'의 동의어이다. 한쪽에는 <나–상상>의 계열이 있고, 다른 한쪽에는 <당신–생각>의 계열이 있다. 그리고 후자에는 '동일시'와 '포옹'이라는 단어가 연결되고, 전자에는 '악수'와 "일치하지 않아 가능한 각도"가 연결된다. 요컨대 이 시는 <나–상상–악수–일치하지 않아 가능한 각도>와 <당신–생각–동일시–포옹>의 두 계열을 중심으로 직조되었다. 이 계열화의 논리에 따르면 생각한다(지성)는 것은 동일시하는 것이고, 틈을 없애는 것이며, 상상한다는 것은 '악수'처럼 일정한 거리를 유지하는 것이고, 그런 한에서 "일치하지 않아 가능한 각도"에서 비롯되는 풍경을 떠올리는 것이다. "문을 열거나 닫지 않고 매달리는 풍경"이란 결국 어느 하나로 귀결되지 않는 불일치의 각도에 대한 시적 형상화라고 말할 수 있거니와, 이러한 시차視差적 세계가 환기하는 미학은 "우연히 만난 사람처럼"이라는 구절이 암시하듯이 필연적이거나 인과적이지 않다. 필연과 인과의 논리가 삭제된 이러한 우연적 풍경, 그것으로 상징되는 불일치의 각도야말로 최근 젊은 시인들의 시에서 공통적으로 목격되는 특징이다.

3

최근 시에서 '주체성'에 대한 의지의 부재 또는 그것에 대한 의심과 회의의 시각은 전통적인 시적 발화인 은유의 힘을 신뢰하지 않는 것, '나'의 단일성을 부정/의심하거나 그것을 단일한 것으로 간주하는 태도에 저항하는 것으로 나타난다. 이것이 이전 시대의 시와 확연히 달라진 지점이다. 지난 시대의 서정시는 세계–대상에 대한 비판을 통해서든 자신의 삶에 대한 성찰을 매개로 해서든, 이전보다 성숙한 '어른'으로서의 정체성에 도달하려는 화자의 의지를 드러내는 경우가 일반적이었다. 하지만 오늘날의 젊은 시인들은 그러한 비판과 성찰, 그 연장선에 놓이는 어른의

세계에 대한 지향보다는 생물학적인 층위에서 '어른'에 도달하는 시간을
지속적으로 유예시키려는 경향을, 노화/성숙에 반₩하려는 태도를 보이고
있다. 한편으로 그것은 적극적인 아이-되기로서의 성격을 지니지만, 또
한편으로는 이전 세대와는 '주체화' 과정의 방식이 달랐기 때문에 생기는
현상처럼 보이기도 한다.

내가 누구인지 모르겠어요
하나의 의문으로

빨강에서 검정까지
경사면에서 묘지까지
항문에서 시작해 입술까지를
공원이라 불렀다

바람이 불자 화분이 넘어졌다
화분이 산산조각 나는 것을 보고
아이가 울음을 터뜨렸다

나는 어제 탔던 남자를 오늘도 탔다
내가 누구인지 아직도 모르겠어요

어제 먹어 치운 빵을 태양이 등에 업고
나는 태양을 등에 업고
너는 나를 등에 업고
비둘기가 아주 잠깐 날아올랐지만

층층이 흔들렸다

공원의 한낮이 우르르 시작되었다

사람들은 날씨에 대한 이야기를 나누며
집으로 돌아갔다

- 유계영, 「온갖 것들의 낮」, 전문

하나의 의문이 시를 견인하고 있다. "내가 누구인지 모르겠어요"라는 진술이 그것이다. 화자는 자신의 '존재'에 대한 확신이 없다. 그 확신 없음으로서의 믿음이 "빨강에서 검정까지 / 경사면에서 묘지까지 / 항문에서 시작해 입술까지"를 '공원'이라고 부르도록 강제한다. 여기에서 '공원'은 시의 공간적 배경보다는 개인적 상징에 가깝다. "층층이 흔들렸다 / 공원의 한낮이 우르르 시작되었다"라는 진술에서 묻어나듯 시인은 '공원'을 역동적인 흔들림과 변화의 공간직 상징으로 전유하고 있다. 그러므로 2연에서 '~에서 ~까지'라는 문형으로 진술된 것은 '온갖 것들'에 해당한다고 이해할 수 있겠다. 여기에서 중요한 것은 그것들이 모두 '공원'이라는 흔들림과 변화의 성격으로 지칭된다는 것인데, 바람이 불자 화분이 넘어져 깨어지고, 그것을 본 아이가 갑작스럽게 울음을 터뜨린다는 3연의 진술 역시 같은 맥락에서 이해되어야 한다. 그것들은 지시적인 기호 너머의 어떤 것, 즉 흔들림과 변화, 우연과 역동성을 나타내는 기호들이다. 4연은 이러한 변화의 기호계를 배경으로 하고 있는데, "나는 어제 탔던 남자를 오늘도 탔다 / 내가 누구인지 아직도 모르겠어요"라는 진술은 일상적인 '반복'조차도 정체성을 확인하는 데 도움이 되지 않는다는 의미이다. 5연은 그 일상적 시간의 층위에서 확인되는 것들을 <어제 먹어 치운 빵-태양-나-너-비둘기> 순으로 연결시키지만, 6연에서 그 연결이 '나'의 정체와 연결되지 않음을, 그리하여 견고하다고 믿었던 모든 것들이 무너져 내림에 대하여 진술하고 있다. 데카르트의 주장을 패러디하자면 유계영의 이 작품에서 발화내용주체는 "내가 누구인지 모르겠어요"처럼 자신의 정체성을 특정하지 못하고 있으며, 그것은 발화행위주체의 경우에도 큰 차이가 없어 보인다. 우리는 "내가 누구인지 모르겠어요"라고 말하는 '나'는 누구인지 질문할 수도 있겠으나, "나의 기분은 어디에서 오는 걸까"(「모형」), "너를 나라고 생각한 기간이 있었다"(「생각의자」), "나는 이름도 없는 나날"(「호랑의 눈」) 등처럼 '나'에 대한 의문을 반복해서 표하는 발화행위주체인 '나' 역시 자신에 대한 믿음이 확고부동하지는 않아 보인다. 이러한 상태가 긍정적일지 부정적일지 단정할 수는 없지만 '나'에 대한 심각한 정체의 의문이 존재하는 한, 그 물음이 세계—대상에 대한 '분노'의 감정으로 확장되기는 어려울 듯하다.

나는 집에서도 가끔 나를 잃어버립니다

단 하나의 실핏줄로 터진 얼굴들을 생각하며 창백한 창문을 봅니다 실내에서 유일하게 한 일은 웅크림이라는 도형을 발명한 것뿐입니다

테라스엔 바깥을 서성이다 온 사람들이 있고, 그곳엔 버스나 기차가 정차하지 않습니다 다만 조금씩 밀려나는 연습을 합니다 경치 좋은 곳에서 감히

나는 나를 슬퍼할 자신이 있습니다 두 손으로 얼굴을 포개거나, 일 인분의 점심을 차리는 일에 능숙합니다 홀수와 짝수가 나란해집니다

너무 이른 시간에 모험이 끝났습니다 못에 박힌 벽처럼 단단해집니다 헐렁한 손목에서 시계가 자꾸 죽습니다 쓸모없는 시계추가 눈덩이로 내려 앉습니다

안으로 침투할수록, 이불은 넓어집니다 안에도 바깥이 생기기 때문입니

다 열대어들이 서로 친해지는 모습을 보고 싶습니다 끝나지 않는 어항을
바라보다가

나는 약속 시간에 늦습니다 나를 꾸짖지 않는 나를 만날 때마다 무거워집
니다 마지막으로 배치될 가구의 기분으로, 서랍마다 나를 구겨 넣습니다

꺼내 보고 싶지 않은 나를 찾는 날엔, 운 좋게 천장을 걸을 수 있습니다
걸터앉는 곳마다 부러지면 실내가 실내를 이해할 때까지, 온도계는 모호해
질 수 있습니다

— 서윤후, 「독거 청년」, 전문

서윤후의 시는 우리 시대의 '주체'에 대한 자화상이라 말할 수 있다.
그의 시에 등장하는 소년들, '가족'과 '집'에 대한 그들의 감각과 기억,
"공동체라는 낱말에서 빠져나옵시다."(「커뮤니티」)처럼 집단(공동체)에
대한 적극적인 무관심 등은 세계–대상을 향했던 리비도가 회수되어 '나'의
내면을 향하는 현대시의 한 경향을 보여주는 사례일 것이다. 물론 가족,
사회, 학교 등 근대적 장치와의 갈등을 통해 개별성에 도달하는 등 여전히
오이디푸스 콤플렉스의 흔적이 잔존한다는 것이 아쉬운 지점이지만 말이
다. 제목이 암시하듯이 이 시는 독거, 즉 시인의 자취 경험을 시화(詩化)한
것으로 보인다. 이 시에서 주체의 행방은 "나는 집에서도 가끔 나를 잃어버
립니다"라는 첫 문장에 잘 드러나 있다. 시인에게는 '주체'라고 이야기할
만한 것이 없다. 만일 존재한다면, 그것은 '집'이라는 사적인 공간에서조차
잃어버리기 쉬운 위태로운 것이 아닐까. 그러므로 이 시에는 온전한 의미에
서 '나'라고 부를 만한 것이 등장하지 않는다. '독거'라는 단어가 강력히
환기하고 있듯이 서윤후의 시에서 이러한 주체의 상실/부재는 경제적인
요소보다는 가족과의 분리에서 기원하는 심리적인 것이라고 이해하는
것이 타당할 듯하다. 화자에게 '실내'는 자족감을 주는 내면의 세계가

되지 못한다. 이는 그가 '실내'에서 할 수 있는 것이 '웅크림'뿐이고, 자신 있게 할 수 있는 일 역시 "나를 슬퍼"하는 것 이외에는 존재하지 않는다는 사실에서도 확인된다. 그에게 익숙한 일은 두 손으로 얼굴을 포개고 슬퍼하는 것, 그리고 "일 인분의 점심"을 차리는 것이다. 그것들은 '슬픔'과 '고독'의 기호들이다. 시계가 자꾸 죽는다는 것, 자꾸만 이불 속으로 파고드는 것, 서랍마다 자신을 구겨 넣는 것 등은 모두 왜소해진 주체, 아니 희미해진 주체의 흔적을 지시하는 위기의 기호들이다.

<h1 style="text-align:center">4</h1>

전반적인 가속화와 활동과잉의 흐름 속에서 우리는 분노하는 법도 잊어가고 있다. 분노는 특별한 시간적 특성을 가지고 있는데, 이는 전반적인 가속화 및 활동과잉과는 양립할 수 없는 것이다. 가속화와 활동과잉은 넓은 시간적 지평을 용납하지 않는다. 이때 미래는 현재를 연장시킨 것 정도로 축소되고, 다른 것에 시선을 던질 수 있는 부정적 태도가 싹틀 여지는 전혀 없다. 반면 분노는 현재에 대해 총체적인 의문을 제기한다. 분노의 전제는 현재 속에서 중단하며 잠시 멈춰 선다는 것이다. 그 점에서 분노는 짜증과 구별된다. 오늘의 사회를 특징짓는 전반적인 산만함은 강렬하고 정력적인 분노가 일어날 여지를 없애버렸다. 분노는 어떤 상황을 중단시키고 새로운 상황이 시작되도록 만들 수 있는 능력이다. 오늘날은 분노 대신 어떤 심대한 변화도 일으키지 못하는 짜증과 신경질만이 점점 더 확산되어간다. 사람들은 불가피한 일에 대해서도 짜증을 내곤 한다. (중략) 분노는 전체를 부정한다. 분노가 보여주는 부정성의 에너지는 바로 여기에 있다. 분노는 예외적 상태이다. 세계가 점점 더 긍정적으로 되어가면서 예외적 상태도 더 줄어든다.[7]

한병철은 과잉 활동과 자기 착취가 특징인 피로사회에서는 불안이나 슬픔처럼 부정성에 바탕을 둔 감정이 약화된다고 주장한다. '하지 말라'는 금지가 통치 방식일 때에는 그것에 도전하거나 위반하려는 부정적 욕망이 강화되지만 '무엇이든 하라'는 긍정적인 지배 방식이 일반화되는 피로사회에서는 그런 부정적 욕망이 사라진다는 것이다. 신자유주의가 강제하는 삶과 노동의 가속화는 멈춤, 즉 중단을 허락하지 않는다. 그것은 우리에게서 "현재에 대한 총체적인 의문을 제기"하는, "어떤 상황을 중단시키고 새로운 상황이 시작되도록 만들 수 있는 능력"을 빼앗아간다. 우리는 전체를 조망할 능력을 상실하며, 우리에게는 전체를 조망하기 위한 조건으로서의 '중단'도 허락되지 않는다. 피로사회의 성과주체에게는 오로지 성공을 위해 끊임없이 달리며 스스로를 경영하는 무한경쟁만이 허락된다. 한병철에 따르면 '분노'는 단순한 감정의 폭발이 아니라 현재적 상황을 중단시키고, 나아가 새로운 상황이 시작되도록 만든다는 점에서 '짜증'이나 '신경질'과 구별된다. 이 주장에 따르면 우리가 '분노사회'라고 부르는 것의 정체는 '짜증사회' 내지 '신경질사회'에 불과하다. 거기에는 '분노'의 예외적 성격이 존재하지 않는다.

그러나 현대시에서 '분노'의 감정이 배면으로 밀려난 현상을 모두 피로사회의 성과주의 탓으로 돌릴 수는 없다. 여기에는 부정적인 세계와의 정면충돌을 좋아하지 않는, 충돌하여 파괴하는 방식보다 규범적인 질서를 교란하는 방식을 더욱 선호하는, 궁극적으로 그 방식을 유일무이한 미적 전망으로 평가하는 미학적 무의식의 영향도 강력하게 작용하고 있다. 오늘날의 문학은 '분노'라는 익숙하고 투박한 길보다 유쾌한 반란과 분열의 길을 선호한다. 이 반란과 분열을 경유하지 않은 '분노'는 구시대적인 것으로 간주된다. 무엇보다도 이 반란과 분열의 언어가 과거에 비해 뚜렷한 주체상에 대한 의지가 약한, '나'라는 존재의 향방마저 불투명한 가운데

* * *

7. 한병철, 『피로사회』, 문학과지성사, 2012, 50쪽.

살아가고 있는 젊은 세대의 실감에 부합한다는 사실을 주목해야 할 것이다. 내가 누구인지 말할 수 있는 자는 누구인가, 이 물음에 대한 명확한 답변이 전제되지 않으면 '분노'는 좀처럼 발생하지 않는다. 이것이 뜻하는바, 우리 시대의 시는 명확한 주체상에 대한 지향보다 끊임없이 자신의 분열상을 재 사유하는 방향으로 진화하고 있기에 '분노'와는 상반된 방향을 향하고 있는 것일지도 모른다. 텔레마코스, 그에게 시급한 것은 아버지—세상에 대한 분노가 아니라 기다림이며, 잃어버린 주권을 재확립하는 것이 아니라 주권이 없는 가운데 살아가는 방식을 모색하는 일이다.

알레고리적 해석의 시종始終

1

영화 <설국열차>에서 인류의 생존자들을 싣고 얼어붙은 빙하기의 궤도 위를 달리는 '기차'는 단순한 교통수단으로 보이지 않는다. 빈민굴을 연상시키는 가난한 사람들의 칸과 온갖 향락적인 물품이 넘쳐나는 부유한 사람들의 칸이 대비되는 장면을 응시하고 있으면 저 '기차'가 극단적인 불평등이 존재하는 자본주의적 현실의 축도縮圖라는 생각을 떨쳐버릴 수가 없다. 이탈로 칼비노의 소설 『보이지 않는 도시들』에서 마르코 폴로가 들려주는 수많은 도시들에 관한 이야기에서도 우리는 현대사회의 단면을 발견하고, 영화와 미드에 빈번하게 등장하는 '좀비' 캐릭터에서 우리는 영혼 없는 존재로서의 현대인의 병리적 상태나 항상적인 빈곤 상태에 놓여 있는 프롤레타리아의 형상을 발견한다. 이처럼 두 대상 사이에 직접적인 관계나 내적인 필연성이 없는데도 연관된 해석을 촉발하는 표현 방식 또는 해석 방식을 우리는 '알레고리Allegory'라고 부른다. 알레고리는 '대상을 다르게 표현한다'는 의미의 그리스어 allo agoreuein에서 유래했으며,

시에서는 흔히 '상징'과의 비교를 통해 설명된다.

"알레고리와 상징을 혼동하지 마시오 알레고리는 상징이 언어로 실현된 것이오" 러시아 상징주의 작가 안드레이 벨르이의 소설 『페테르부르크』에서 니체의 영향을 받은 혁명가 알렉산드르 이바노비치는 원로원 귀족의 아들에게 '영혼'을 경험한다는 것은 언어적 의미를 실제적 의미로, 알레고리를 상징으로 변화시키는 것이라는 신비주의의 학설을 들려준다. 마샬 버먼은 '상징'이 '알레고리'보다 고차적이라는 이 주장을 "알레고리는 공용화폐가 된 상징"이라고 옮기고 있다. 대부분의 '시론' 교과서는 '상징'과 '알레고리'를 비교의 방식으로 묶어서 기술하면서, 알레고리가 미적 가치보다 떨어진다고 기술하고 있다. '상징'과 '알레고리'의 관계를 설명할 때 자주 인용되는 "상징은 원관념과 보조관념이 1:1의 관념에 놓인 알레고리이다."(김준오), "시인이 보편적인 것을 표현하기 위해 특수한 것을 찾아내는가 아니면 특수한 것 속에서 보편적인 것을 직관하는가 하는 것은 판이하게 다르다. 전자에서 알레고리가 생겨나는데, 그 경우 특수한 것은 단지 보편적인 것을 예시하는 사례나 표본으로서만 그 의미가 있다. 그러나 후자의 경우가 본래 시문학의 본성이라 할 수 있는데, 시문학은 그 본성상 보편적인 것을 염두에 두거나 가리키지 않은 채 특수한 것을 표현하는 것이다."(괴테) 등이 대표적인 경우이다. '알레고리'에 대한 벤야민의 사유는 정확히 낭만주의 이래로 강화되어온, 괴테를 정점으로 하는 상징과 알레고리의 관계에 대한 전통적인 시각의 해체를 겨냥하고 있다.

낭만주의의 영향으로 인해 미학적 가치를 의심받던 '알레고리'는 발터 벤야민을 기점으로 새롭게 조명되기 시작했다. 한때는 "복잡해진 현대사회에서는 막연하고 불확실하고 암시적인 것에 가치"[1]가 주어짐으로써 '상징'이 중요하다고 주장되기도 했으나, 최근에는 '상징'이 전제하고 있는 기호

• • •

1. 김준오, 『시론』, 삼지원, 2002, 205쪽.

와 지시대상 사이에 존재하는 필연적 관계가 의심됨에 따라 오히려 기호와 지시대상 사이에 필연적인 연관성을 전제하지 않는 '알레고리'의 특징이 더 주목받고 있다. 알다시피 '비유'가 유사성으로써 차이를 표현하는 것이라면, '상징'은 '조립한다'는 어원처럼 원관념과 보조관념이 하나의 완전한 결합체를 이루는, 그리하여 개념과 이미지를 분리하는 것이 불가능한 일체를 가리킨다. 사랑의 징표로 나눠 가진 두 조각을 결합시켜 하나의 완전체를 만드는 거울의 상징이 그렇듯이. 이런 이유로 발터 벤야민과 폴 드 만의 시각이 '알레고리'에 관한 현대적 논의의 출발점이 되고 있지만, 논의의 대부분은 벤야민의 알레고리론을 '인용'할 뿐 '적용'하지 못하고 있다. 벤야민의 '알레고리'에는 '멜랑콜리' 개념이 동반되며, 그것들은 폐허에서 구원의 가능성을, 찬란한 문명에서 폐허의 이미지를 읽어내는 특유의 역사철학적 비전을 전제하지 않으면 결코 이해되지 않는다. 벤야민을 '인용'하고 있는 많은 비평이 이론적 논의를 진행하는 부분과 작품을 분석하는 부분 사이에 심각한 균열과 불균형을 드러내고 있는 이유, '알레고리' 개념에 대한 사변적 주장 이상의 목소리를 들려주지 못하는 까닭이 여기에 있다. '알레고리'에 관해 이야기하는 우리 시대의 비평은 "벤야민의 알레고리론이 철저하게 역사적이고 실천적인 성격을 가지는 만큼, 그의 이론을 원론적이고 개념적인 수준에서 한국문학 분석에 적용하는 것은 전적으로 벤야민의 알레고리적인 역사관에 배치되는 행위라는 점",[2] 그리고 벤야민의 알레고리 개념은 특정한 역사철학적 세계관을 공유하지 않으면 그대로 적용되기 어렵기 때문에 "이솝 우화에도, 라퐁텐의 우화시에도, 말라르메의 영롱한 우화적 소네트들에도, 황지우의 사막을 걸어가는 낙타에서도 벤야민이 말하는 것과 같은 종류의 알레고리를 발견할 수는 없다"[3]라는 충고에 귀를 기울여야 한다. '알레고리'에 관한 한 벤야민은

• • •

2. 정의진, 「발터 벤야민의 알레고리론의 역사 시학적 함의」, 『비평문학』 41호, 한국비평문학회, 2011, 418쪽.
3. 황현산, 『잘 표현된 불행』, 문예중앙, 2012, 91쪽.

결코 뜯어먹기 좋은 빵이 아니다.

2

'알레고리'에 대한 벤야민의 사유가 기존 사물과 세계의 질서를 해체–구
성하는 멜랑콜리커의 시선, 즉 역사철학적 비전과 별개로 이해될 수 없듯이,
알레고리의 내부에는 예술의 외부, 즉 역사적 맥락과 현실을 향한 외부지향
적 경향이 함축되어 있다. 또한 알레고리는 시인이 의도적으로 배치하는
전략적인 기교로 이해되는 경우가 많지만, '알레고리적 해석'이라는 표현
처럼 알레고리는 독자의 해석에 의해 그 성패가 결정되는 우연적 성격을
배제할 수 없다. 보들레르에 관한 에세이에서 벤야민은 보들레르의 시에
등장하는 '넝마주이'와 '매춘부'가 자본주의의 도래로 인해 '시장'으로
내몰리는 시인에 대한 알레고리라고 주장하면서 알레고리를 "유희적인
형상화 기술"로 간주하는 시선을 비판했다. 벤야민에게 알레고리는 "자기
의 의미로부터 철저하게 분리된 기호"인데, 그것은 "알레고리커의 수중에
서 사물은 무언가 다른 것이 되며, 이를 통해 알레고리커도 무언가 다른
것을 말하게 된다."[4]라는 진술처럼 알레고리의 '자의성'을 가리키는 말이
다. 이 자의성은 흔히 알레고리의 약점으로 간주되었지만, 벤야민은 오히려
이 자의성이 대상이 아니라 대상에 의미를 부여하는 주체에게 더 강력한
역할을 부여한다는 이유로 긍정적으로 평가한다. 그렇지만 시인이 알레고
리를 자신의 미학적인 장치로 선택한다는 말은 '알레고리'에 대한 정확한
설명이 아니다. 정확히 말하자면 '알레고리'는 시인에 의해 경험되는 것이
다. 벤야민은 제2제정기의 모던한 파리에서 '폐허'로 변해버린 도시의
형상을 보았으니, 그에게 도시의 모든 것들은 '폐허'의 알레고리에 불과했

• • •

4. 발터 벤야민, 조만영 옮김, 『독일 비애극의 원천』, 새물결, 2008, 241쪽.

다. 이처럼 알레고리는 경험되는 것이며, 그렇기 때문에 시인의 의도와는 별개로 독자 또한 특정한 시적 발화를 알레고리로 읽게 된다. 요컨대 <설국열차>에 등장하는 '기차'가 불평등한 자본주의적 세계의 알레고리인지 아닌지는 감독/원작자의 배타적 전유물은 아니다. 벤야민의 말처럼 독서가 쓰이지 않은 것을 읽는 행위라면, 알레고리 또한 쓰인 것을 읽으면서 동시에 쓰이지 않은 것을 읽는 독서의 행위일 것이다.

세상에서 나를 제일 증오하던 이가 죽었다
그는 다시 태어나 내 몸이 되었다

세상에서 내가 가장 사랑했던 이가 죽어
그는 강이 되었다

그는 나의 정오, 나의 자정
부드러운 머릿결이
모든 계절로 벌어진 과일과 별의 향기를 뿌리며 네 개의 강으로 지나갔다

어린 시절 읽었던 천일야화 속에서 어느 왕국의 사람들은
모두 물고기가 되었다
그들은 물을 따라 허락 없이 흘러다녔다 그래서

세상에서 강을 제일 증오하던 왕이 있었다
그는 죽었다
태어나 정치가가 되었다

세상에서 강을 제일 증오하던 왕이 있었다
나는 죽었다 다시 태어나

그를 정치가로 만들었다

나는 세상에서 가장 사랑했던 것을
가장 증오하는 사람

거기는 나의 정오, 나의 자정
나의 꿀, 나의 담즙, 나의 거기

어린 시절 천일야화 속에서 어느 도시의 사람들은
모두 물고기가 되었다 강은 죽었다가

곧 태어나 내 몸이 되어 올 것이다
신비한 질병과 미지의 악취를 릴레이 주자의 날쌘 팔다리처럼 달고서
　　　－ 진은영, 「망각은 없다」, 전문(『훔쳐가는 노래』, 창비, 2012)

　　알레고리는 텍스트 바깥의 맥락을 불러들인다. 어떤 면에서 텍스트의
'바깥'을 향하는, '바깥'의 존재 없이는 무의미한 알레고리야말로 텍스트의
자기완결성, 나아가 (오해된 형태의) 문학의 자율성을 불가능하게 만드는
문학의 해체적 특성을 담지한 장치일지도 모른다. 우리는 미래의 독자들이
이 시를 어떻게 읽을지, 어떻게 받아들일지 예측할 수 없다. 하지만 우리
시대의 독자들이, 일정하게 공유된 경험을 지닌 사람들이 이 시를 읽으면서
머릿속에 지난 정권의 권력자와 그들이 실행한 '4대강 사업'을 떠올리지
않기란 불가능할 것이다. 그렇다. 시인은 권력자의 이름과 그들의 개발
사업에 대해 결코 언급하지 않으면서, 아니 언급하지 않는 방식으로 그러한
개발의 폭력성을 환기시킨다. 화자는 그것을 "어린 시절 읽었던 천일야화
속에서 어느 왕국의 사람들"에게 일어난 이야기라고 소개하고 있지만,
'네 개의 강', '왕', '정치가' 등의 시어들은 지속적으로 우리의 시선을

현실세계에서 발생한 사건을 향해 이끌어간다. 물론 이 시의 본질적 가치를 '4대강 사업'을 비판적으로 언급했다는 사실에서 찾을 수는 없다. 시인은 이미―항상 현실주의자일 수밖에 없지만, 오직 현실주의자이기만 하면 시를 쓰기 어렵다. 마찬가지로 우리 시대의 시인이 현실에 대해 관심을 갖지 않는 것은 불가능하겠지만, '현실'에 대한 언표만으로 시가 성립되는 것은 아니다.

시인에 따르면 '강'은 "세상에서 내가 가장 사랑했던 이가 죽어" 변신한 대상이고, '정치가'는 "세상에서 강을 제일 증오하던 왕"이 죽었다 다시 태어난 존재이다. 그리고 '나'는 '그'를 '정치가'로 만든 장본인이다. '그=정치가'의 행위에 '나'의 책임이 없지 않다는 것. 하지만 시인의 최종적인 관심사는 권력의 폭력도, 그 폭력의 기원에 연루된 '나'의 책임도 아니다. 시인이 말하려는 바는 "강은 죽었다가 // 곧 태어나 내 몸이 되어 올 것이다 / 신비한 질병과 미지의 악취를 릴레이 주자의 날쌘 팔다리처럼 달고서"라는 진술처럼 '강=생명'의 파괴가 '나'에게 "질병과 미지의 악취"로 되돌아 올 것이라는 묵시록적인 경고이다. 이 묵시록적 알레고리 속에서 "어느 도시의 사람들은 / 모두 물고기"가 되어 "제 생각을 따라 / 텅 빈 광장으로 물처럼 흘러"간다. 시인은 '강'을 가운데 두고 발생한 일련의 사건에 대해 '망각은 없다'는 단호한 판단을 제시한다.

건너편 갤러리 창에
아버지 형 친구의 초상화가
떠올라 있다
화가가 그린 죽은 사람 초상화를
차들이 지웠다 보여줬다 지웠다

횡단보도 신호가 바뀌기를 기다리는 동안

곁에서 죽은 사람을 세어보는 아침

나는 아직 살아 있다
한 집 건너에서 또 한 집 건너에서
온 동네 아이들이 죽었다

죽은 사람은 돌아온다
35년 전 죽은 아버지는 꿈에 오면
아직도 생생하게 발이 닿는다

죽은 선생은
변명을 하려고 하면 정확하게 사라진다

산 밑에 이사 와서
새도 울지 않는 새벽

누가 자꾸 내 머리를 쓰다듬어준다

삼백三白
음력 정월에 사흘 동안 내린 눈
　　　　　　－이원, 「삼백」, 전문(『사랑은 탄생하라』, 문학과지성사, 2017)

　　시인 이원의 근작들에서는 '죽음'과 '차가움', '어둠'과 '물'에 관통당한
흔적들이 특히 두드러진다. 사물을 포착하는 시선은 변하지 않았으나
그것을 표현하는 언어는, 그것의 질감은 확연하게 달라졌으니, 한국사회가
감내해온 지난 몇 년의 불행했던 시간들이 그의 시를 낯선 방향으로
견인한 느낌이다. 특히 『사랑은 탄생하라』(2017)는 이원의 시에서는 결코

볼 수 없었던 세계, 언어, 이미지가 그녀의 목소리를 끊임없이 텍스트의 바깥으로 끌고 나가고 있다. 이원의 이번 시집이야말로 시와 현실의 상호적인 관입貫入을 이해하지 않으면 읽을 수 없는 익숙하면서 낯선 세계이다. 그 세계의 중심에 "죽은 아이의 생일시를 쓴다 / 아이가 그러는지 내가 그러는지 / 자꾸 운다"(「4월의 기도」)라는 진술처럼 '죽음'과 '눈물'이 응결되어 있다.

"음력 정월에 사흘 동안 내린 눈"은 '삼백三白'의 사전적인 정의를 가져다 놓은 것이다. 하지만 이 시는 '음력 정월'과 아무런 관계가 없다. 시에 등장하는 사건과 장면에서 '음력 정월'이 배경임을 확인할 수도 없고, '눈'이라는 소재 또한 등장하지 않는다. 그럼에도 불구하고 왜 시인은 이 시에 '삼백三白'이라는 이상한 제목을 붙인 것일까? 그것은 이 시에 등장하는 죽음들, 그 가운데 정면으로 응시하거나 구체적으로 발화하기 어려운 죽음에 대해 불완전한 방식으로나마 발화하려고 하기 때문일 것이다. 이 시에서 '삼백三白'은 '죽음'에 관통당한 시간이다. 화자의 하루('아침')는 "죽은 사람을 세어"보면서 "나는 아직 살아 있다"라는 사실을 깨닫는 것으로 시작된다. 그가 위치한 공간은 또 어떠한가. 길 건너편 갤러리의 창에서는 "화가가 그린 죽은 사람 초상화"가 보였다가 사라지기를 반복하고 있고, 이 도시에서는 "한 집 건너에서 또 한 집 건너에서 / 온 동네 아이들이 죽"는 참혹한 사건이 발생했다. 어디 그뿐인가. "죽은 사람", "죽은 아버지", "죽은 선생"이 등장한다. 그들은 "아직도 생생하게 발이 닿"을 듯하고, 화자가 "변명을 하려고 하면 정확하게 사라"진다. 놀랍게도 우리는 이 시를 읽으면서 우리 자신이 머릿속에서 어떤 사건을, 그 사건에 연루된 숱한 죽음들을 떠올리고 있음을 깨닫는다. 그것은 '삼백三白'이라는 기호, 혹은 음성이 즉각적으로 불러들이는 참사의 이름이다. 이것이야말로 대상을 다르게 표현한다는 알레고리의 본래적 의미에 가장 충실한 것이 아닐까.

3

낭만주의자들에게 보들레르는 '상징'의 시인이었으나, 벤야민에게 보들레르는 '알레고리'의 시인이었다. 이 상반된 평가의 원인을 '상징'과 '알레고리'를 엄밀하게 구분하는 일의 곤란함에서 찾는 것은 현대문학에서 알레고리의 위상을 지나치게 단순하게 이해하는 것이다. 마찬가지로 알레고리에서 텍스트 '바깥'이 중요하다고 말할 때의 '바깥'을 이미-항상 정치적·역사적 사건으로 한정하는 것, 알레고리의 효과를 교훈성에서 찾는 것 역시 통찰력이 뛰어난 판단은 아니다. 현대문학에서 알레고리가 중요한 의미를 갖는 이유는 현대사회에서 대상과 기호 간의 투명하고도 상징적인 대응관계가 해체되었다는 판단 때문이다. 즉 현대문학이 알레고리에 관심을 쏟는 이유는 그것이 유기적인 총체성이 아니라 파편적인 것을 취급하기 때문이다. 만일 현대문학에서 알레고리가 수행하는 기능을 정치적이라고 말한다면, 이때의 '정치'는 신문지상에 오르내리는 크고 작은 정치적 사건들을 가리키는 것이 아니다. 즉 알레고리의 '정치'는 정치 이상이거나 그 이하이다.

사냥이 시작된다, 바람 한점 없는 밤, 발자국 하나 없는 백지, 사냥이 시작된다, 검은 화살 꽂히는 곳, 이미 썩은 짐승, 이미 추락한 새, 창이 박힌 곳, 지난밤의 폐허, 그러나 눈먼 사냥꾼, 숨을 멎고 백지 위, 내달린다, 붉은 먼지 속 검은 말발굽들, 내가 젖은 갈기를 잡았지, 혹은, 불끈 솟은 목덜미 정맥, 그 울부짖음을 잡았어, 그런 말들, 잡고 싶을수록 허옇게 부서져버리는 말들, 고함지를수록 텅 비어가는 백지, 사냥이 시작된다, 칼을 휘두르며 달리고 또 달린다, 눈먼 사냥꾼, 백지는, 달리지 않는 모든 것을 한다, 눈표범처럼, 포식자의 높고 깊은 눈빛으로, 달리지 않는 모든 것을 한다, 납빛의, 눈먼 사냥이 시작된다, 보이지도 않던 말들, 목을 물린

채 끌려가는, 숨소리, 이미 뿌옇게 잿가루 뒤덮인 사냥터, 그러나, 다시,
바람 한점 없는 백지 위, 눈먼 사냥이 시작된다,
　　－ 김경후, 「수렵시대」, 전문(『오르간, 파이프, 선인장』, 창비, 2017)

　　시의 제목은 '수렵시대'이다. 시의 입구에 위치한 '사냥'이라는 시어는
독자의 시선을 사로잡기 위해 배치된 일종의 이정표이다. 하지만 그것은
독자의 시선을 '수렵' 방향에 묶어두기 위해 배치된 눈속임 장치이다.
'사냥'이라는 단어에 시선을 집중하고 이 시를 읽는 독자들은 연이어
등장하는 짐승, 사냥꾼, 정맥, 숨소리, 눈표범 등처럼 '수렵'에 관계된
시어들 때문에 진짜 '수렵' 장면을 상상할 수도 있다. 그러나 끝까지 읽었을
때 우리는 불현듯 이 시에 또 다른 진술이 숨겨져 있을 수 있다는 느낌을,
실제로 '수렵'에 관한 표현들이 무언가를 다르게 말한 것에 불과하다는
사실을 깨닫게 된다. 이 다른 진술을 암시하는 것이 "바람 한점 없는
밤"과 "발자국 하나 없는 백지", 그리고 "검은 화살 꽂히는 곳"과 "잡고
싶을수록 허옇게 부서져버리는 말들" 등이다. 이 시에서 '수렵=사냥'은
'시 쓰기'에 대한 알레고리이다. 이 알레고리적 맥락 안에서 시인은 자신을
'눈먼 사냥꾼'이라고 규정한다. "바람 한점 없는 밤"에 활동하는 '시인=사냥
꾼'은 "숨을 멎고 백지 위"를 내달리며 "내가 젖은 갈기를 잡았지, 혹은,
불끈 솟은 목덜미 정맥, 그 울부짖음을 잡았어" 같은 말들을 사냥하려
한다. 하지만 말들은 잡으려는 시인의 의지에 비례하여 포말처럼 하얗게
부서진다. 그럴수록 그는 더욱 광란의 몸짓으로 '칼'을 휘두르며 내달리게
된다. 하지만 매번 그에게 남겨지는 것은 "이미 뿌옇게 잿가루 뒤덮인
사냥터"와 "바람 한점 없는 백지" 뿐이다. 글을 쓴다는 것은 매번 이렇게
"지난밤의 폐허"를 지나 '백지'와 마주하는 시간을 견디는 일인지도 모른
다.

　　늑대들이 왔다

피냄새를 맡고
눈 위에 꽂힌 얼음칼 주변으로 모여들었다

얼음을 핥을수록 진동하는 피비린내
눈 위에 흩어지는 핏방울들

늑대의 혀는 맹렬하게 칼날을 핥는다
자신의 피인 줄도 모르고
감각을 잃은 혀는 더 맹목적으로 칼날을 핥는다
치명적인 죽음에 이를 때까지

먹는 것은 먹히는 것이라는 것도 모르고

저녁이 왔고
피에 굶주린 늑대들은 제 피를 바쳐 허기를 채웠다

늑대들은 더 이상 울지 않는다
　　　　　　　　－ 나희덕, 「늑대들」, 전문(『문학과사회』, 2016 봄)

　　이 시는 일반적인 의미의 '알레고리'가 아닐 수도 있다. 에스키모가
늑대를 사냥할 때, 그들은 날카로운 칼에 동물의 피를 발라 얼려서 세워둔다
고 한다. 그러면 피에 굶주린 늑대들이 '얼음칼' 주변에 몰려들어 맹렬하게
칼날을 핥는데, 자신이 핥고 있는 피가 날카로운 칼에 베여 흐르는 자신의
피라는 사실을 알지 못하는 늑대는 마침내 '치명적인 죽음'에 이르게
된다. 에스키모의 특이한 늑대 사냥법을 소개하는 내용이 전부인 이 시는,
그러나 읽을수록 중심과 방향을 잃고 맹목적으로 살아가는 우리의 삶을

연상시킨다. 늑대가 자신이 핥고 있는 피가 자신의 피라는 사실을 알지 못하듯이, 그리하여 "먹는 것은 먹히는 것이라는 것"을 모르듯이, 우리들 또한 자신의 삶이 어디에서 와서 어디로 흘러가고 있는지 알지 못한 채 매일을 살아가지 않는가. 생각해보면 인간은 굶주림 같은 예외적인 고통의 순간만이 아니라 평생 자신의 정체를 알지 못한 채 살아가는 운명적인 나르시서스인지도 모른다. "너 자신을 알면 죽는다"라는 나르시서스의 예언처럼 인간에게 합당한 운명도 없을 것이다. 이러한 해석이 가능하다면 이 시에서의 늑대, 피 냄새에 이끌려 자신이 '죽음'을 향해 달려가고 있음을 깨닫지 못하고 당장의 굶주림에서 벗어나기 위해 자신의 생명을 대가로 지불하는 늑대의 맹목적이고 어리석은 '삶'은 인간의 일생과 크게 다르지 않다고 말할 수 있지 않을까. 에스키모의 마을에 저녁이 도래하면 피에 굶주린 늑대들은 자신의 생명을 판돈으로 걸고 허기를 달랜다. 김경후의 시가 '씀'에 대한 알레고리라면, 나희덕의 시는 '삶'에 대한 알레고리이다.

거대한 타워크레인이 있다 수리공은 오지 않는다 머리 위로 먹구름 같은 기차가 지나간다 매시간 정각마다 범람하는 햇빛은 턱밑까지 흘러내린 눈물은 어떻게 사라지는가 우리는 밤의 늪에서 기어 나온 악어 떼처럼 공포를 모르고 가끔은 살아 있다고 착각한다

내가 무너질 때 풀숲은 우거지고 숲에서 끊어진 기찻길처럼 아무도 도착하지 않는다 이 마을에는 수리공이 없다 큰 트럭으로 실어 나른 시체 더미에서 꿈틀거리던 우리는 몇 발짝 움직이기도 전에 기억을 잊어버린다 망각은 강물에 손바닥을 묻는 것처럼 쉬웠다 나는 고문 후유증으로 감정이 풍부해졌지만 사용할 데가 없다

오늘 나는 형무소 취사장에서 나와 집단 분향소까지 갔다 학생들의

소풍이었다 서대문 앞에서 돌을 깼다 회향풀이 **빽빽**한 강둑에서 쇠를
두들기고 자른다 파이프와 철조망을 머리 높이 들었다가 놓았다 타워크레
인은 백 년 전 놀이터처럼 부식했다 살아 있는 모든 사람들은 영정사진
속에서 웃는다

　　　　　– 김이듬, 「나의 수리공」, 전문(『표류하는 흑발』, 민음사, 2017)

　　한 평론가는 시집 '해설'에서 김이듬의 「늪」에 등장하는 '늪'을 "폭력과
죽음이 횡행하는 현실, 죽음도 삶도 안주할 수 없는 세계, 구체적으로는
세월호 이후의 한국사회를 강하게 환기하는 알레고리"로 읽었다. 인용시에
등장하는 '마을'도 사정은 크게 다르지 않다. 벤야민의 지적처럼 현대적인
의미의 알레고리가 '상징'이 전제하는 세계의 유기적 총체성과 달리 "예술
의 위기가 지닌 대단히 중요한 양상에 대해서 답하는 것"[5]임을 감안하면,
김경후와 나희덕의 그것보다 김이듬의 시에서 두드러지는 파편성이 한층
알레고리적이라고 말할 수 있다. 작품을 보자. 하나의 마을이 있다. 이
마을에는 "거대한 타워크레인"이 있고, "수리공"은 없다. "이 마을에는
수리공이 없다". 그럼에도 불구하고 '수리공'이 부재하는 이 마을에는
"머리 위로 먹구름 같은 기차"가 지나다닌다. 수리공은 부재하기 때문에
오지 않고 대신 "거대한 타워크레인"을 배경으로 "먹구름 같은 기차"가
지나다닌다. 그리고 이 풍경 속에서 "범람하는 햇빛"과 "턱밑까지 흘러내린
눈물"이 사라진다. 이곳에서 화자는 '우리'가 "공포를 모르고 가끔은 살아
있다고 착각한다"라고 진술한다. 착각, 이 진술에 따르면 '삶'은 착각이다.
이미 죽었음에도 불구하고 살아 있다는 착각 속에서만 '삶'은 존재한다.
　　그런데 1연에서 "오지 않는다"라고 표현했던 수리공이 2연에서는 존재
하지 않는 것으로 진술된다. 왜 수리공은 오지 않던 존재에서 부재하는

●　●　●

5.　발터 벤야민, 「중앙공원」, 『현대사회와 예술』, 차봉희 옮김, 문학과지성사, 1980,
　　98쪽.

존재로 바뀐 것일까? 그리고 수리공이 존재하지 않는다는 것은 어떤 의미일까? 추측컨대 '수리공'이 필요하다는 것은 어떤 것이 고장 났다는 것, 제대로 작동되지 않고 있다는 의미이다. 2연에서 진술되는 바에 따르면 고장 난 대상은 '나'이다. "내가 무너질 때 풀숲은 우거지고 숲에서 끊어진 기찻길처럼 아무도 도착하지 않는다"라는 진술에서 궁극적인 대상은 '나'이다. 그렇다면 '나'가 고장 났다는 것은 어떤 의미인가? 그 구체적인 의미가 바로 "큰 트럭으로 실어 나른 시체 더미에서 꿈틀거리던 우리는 몇 발짝 움직이기도 전에 기억을 잊어버린다"에서 발화된다. 사실 이 시에서 "큰 트럭으로 실어 나른 시체 더미"의 정확한 맥락은 설명되지 않는다. 다만 이 진술이 환기하는 잔인하고 끔찍한 분위기만이, 그리고 금세 그 기억을 잊었다는 문제적인 상황만이 제시될 뿐이다. 마찬가지로 3연에 등장하는 "형무소 취사장", "집단 분향소", "학생들의 소풍" 등이 구체적으로 지시하는 의미 또한 상당 부분 은폐되어 있다. 그럼에도 불구하고 "마을의 모든 소가 구덩이를 향해 가고"(「표류하는 흑발」) 같은 표현이 그렇듯이 유기적인 맥락에서 떨어져 나온 몇 개의 구절이 강력하게 환기하는 비극성과 분위기를 통해 우리는 이 시가 지금—이곳의 현실에 긴밀하게 연결되어 있음을 감지하게 된다.

4

알레고리에는 항상 교훈과 현실 비판이라는 특별한 기능이 따라다닌다. 상투화된 상징이 알레고리라는 일부의 주장처럼 알레고리는 문학의 계몽적·교훈적 기능을 수행하는 데는 유리하지만 해석적 맥락의 단조로움으로 인해 오랫동안 미학적 가치가 결여되어 있다는 비난을 받아왔다. 한편으로는 상징과의 차별성이, 또 한편으로는 교훈적이거나 비판적이라는 목적성이 알레고리를 설명하는 중요한 요소들이었다. 하지만 벤야민 이후 알레고리는 상투화된 상징이라는 부정적인 의미가 아니라 본질적인 의미와 무관하고 유기체적인 전체와의 관련성에서 해방된, '상징'이 전제하는 기호와 지시대상 사이의 완결된 관계를 해체하는 현대성의 기호로 이해되어 왔다. 이제 알레고리는 단순한 문학적 기교의 하나가 아니라 낭만주의적 '상징'이 가정하고 있는 세계의 유기적인 전체성이라는 환영을 깨뜨리는, 그럼으로써 모든 역사적이고 유기적인 관계를 한시적이고 덧없는 관계로 바꿔버리는 정치적인 시각으로 기능하고 있다. 물론 현대시에서의 알레고리가 유기적인 전체성의 환영을 깨뜨리는 정치적 시각을 지녔다는 의미는 아니다. 이런 까닭에 '벤야민'과 '보들레르'의 이름을 앞세운 알레고리에 관한 논의들은 그 출발점에서부터 면밀히 재검토되어야 하며, 이 시대의 문학이 '알레고리'의 이름으로 겨냥하려는 대상 또한 분명해져야 한다.

증발하는 세계와 폐쇄되는 세계
— '정동affect'이라는 문제에 대하여

1

편집자의 요청은 '정동affect' 개념으로 동시대 젊은 시인들의 시적 경향을 읽는 것이었다. 오랫동안 고민했지만 나는 '정동'이라는 문제의식이 어떻게 동시대의 시와 접점을 만들 수 있는지, '정동' 개념을 전유하여 시를 읽는 일이 그것에 의지하지 않고 읽는 것과 어떤 차이를 만들어낼 수 있는지, 아니 '우리가 알고 있는 시'에 관한 모든 것, 나아가 예술과 미학이 과연 '정동' 이론을 받아들일 수 있는지, 그때에도 여전히 우리가 알고 있는 시나 예술은 존재할 수 있는지 등에 대한 확신을 갖고 있지 않다. 매개-도구를 발견하지 못했다고 말하는 것이 솔직할 것이다. 철학에서 제안된 '정동' 개념을 예술, 특히 시詩에 적용하기 위해서는 그것들을 연결시키는 매개가 필요하다. 그것이 없다면 '정동'은 감정, 정서, 느낌 같은 익숙한 개념을 포장하는 세련된 수사적 표현일 수밖에 없다. 그런데 이 매개 과정은 생각보다 어렵고 복잡하다. 섣부른 판단일지 모르나, 나는 '정동' 개념이 문학을 포함하는 예술 일반에 대한 우리의 상식적 이해를 심각하게 위협할 것이라고 생각한다. 이 위태로움이 부정적인 것이라는 말이 아니다. 다만 이 개념이 '무엇'을 위태롭게 만드는지, 그 위태로움이 문학에 제시하는 낯선 모델을 우리가 받아들일 수 있을지, 또 다른 논의가 필요하다고 생각한다.

'정동'이란 무엇인가? 흥미롭게도 '정동' 이론의 연구자들도 명쾌하게 대답하지 않는다. "정동에 관한 어떤 단일한, 일반화될 수 있는 이론은 없다."[1] 왜 이런 문제가 생길까? 그것은 소위 '정동'에 연관되지 않는 것이 없다는 것, 즉 그 개념 자체가 너무 개방적이기 때문이다. 그렇다면 "정동 이론은 무엇을 할 수 있는가", "정동 이론이 왜 문제인가"처럼 질문의 범위를 조금 좁혀보면 어떨까? 오늘날 지식계에 떠돌고 있는 '정동' 개념은 들뢰즈의 철학, 구체적으로는 스피노자에 대한 들뢰즈의 해석에서 비롯되었다. 그에 따르면 '정동'은 감정을 느끼는 새로운 방식 또는 신체가 행할 수 있는 역량의 상태이다. 여전히 모호한가? 최근 출간된 『정동 이론』(갈무리, 2015)에는 '정동'이 이렇게 소개되어 있다. "정동이란 의식적인 앎의 아래와 곁에 있거나 그것과는 전반적으로 다른 내장[몸]의 힘으로서, 우리를 운동과 사유, 그리고 언제나 변하는 관계의 형태들로 인도한다." 조정환은 '정동'을 이렇게 설명한다. "스피노자에 따르면, 외부 사물(외부의 몸)이 인간의 몸에 일으키는 변화로 인하여 몸의 능동적 행동 능력이 증가・감소하거나, 촉진・저지될 때 그러한 몸의 변화를 몸의 변화에 대한 생각[idea]과 함께 지칭하는 것이 정동이다. 따라서 정동은 신체의 일정한 상태를 사유의 일정한 양태와 함께 표현하며, 삶의 활력의 현재 상태를 보여준다."[2] 하지만 스피노자 철학은 물론 그것에 대한 들뢰즈의 해석의 대강을 이해하지 못하면 '정동', '신체', '변용' 등의 개념은 오해되기 쉽다. '정동'에 관해 이야기하기 위해 잠시 들뢰즈의 철학적 문제의식에

● ● ●

1. 그레고리 J. 시그워스・멜리사 그레그 편, 최성희 외 옮김, 『정동이론』, 갈무리, 2015, 19쪽.
2. 조정환, 『인지자본주의』, 갈무리, 2011, 556~557쪽.

대해 살펴보자. 들뢰즈의 스피노자 해석의 핵심은 윤리학에 있다. 들뢰즈는 도덕에 대한 니체의 비판을 공유하여 '도덕'과 '윤리'를 분명하게 구분하는데, 이때의 윤리학이란 새로운 삶의 형식을 창안하는 것이고, 그것은 능동적인 행위 역량을 증대하는 방향으로 신체적 힘을 추구하는 것을 의미한다. 이때의 '신체'는 '정신'의 대립개념이 아니다. 즉 우리가 통상 '정신'과 '신체'라고 구별할 때의 그 '신체'가 아니다.

들뢰즈에게 '신체'는 단독적이고 독립적인 실체가 아니라 다른 신체들과 영향을 주고받는 변화에 노출된 복합적 실재이고, '정동'은 이 변화 과정에서 신체의 변이 정도를 보여주는 지표이다. 그래서 '정동'은 주체의 것도, 객체의 것도 아니다. "정동은 주체나 객체에 속하지 않으며, 주체와 객체 사이를 매개하는 공간에도 머물지 않는 비인격적인 강도들로 이해된다."[3] '정동'은 촉발하고affect 촉발되는be affect 능력일 따름이다. 들뢰즈는 도덕에 대한 니체의 판단을 받아들여 이 신체들 간의 상호관계를 '선'과 '악'이라는 도덕적 관념이 아니라 '좋음'과 '나쁨', '긍정'과 '부정'으로 구별하고, 신체의 역량을 '좋음'과 '긍정'의 방향으로 변화시키는 '기쁨'의 상태를 추구하는 것을 윤리학의 의제로 설정했다. 요컨대 들뢰즈의 스피노자주의에서 '정동' 개념은 '신체'를 모델로 하는 윤리학적 패러다임에 관계되고, 이때 신체는 그것이 얼마나 변화할 수 있는가라는 변이의 능력에 의해 정의된다. 이러한 '정동' 이론은 서구의 철학적 패러다임과 심각하게 대립한다. 그것은 '정신'과 '신체' 가운데 어느 하나를 우월한 것으로 간주하지 않고, 그것들 사이에 인과성을 인정하지도 않으며, 오히려 그것들을 평행적 관계로 이해하기 때문이다. 또한 그것은 단일한 인격이나 주체, 혹은 내면성 같은 전통적인 개념들도 무용하게 만든다. "들뢰즈에게 단일한 인격 같은 것은 없다는 사실을 상기해본다면, 자전적 혹은 인격적 글쓰기 스타일이라는 관념은 불가능하다. 오히려 들뢰즈에게 주관적인 것이란

• • •
3. 그레고리 J. 시그워스 · 멜리사 그레그 편, 같은 책, 269쪽.

다른 질서와 요소를 지닌 신체들의 정동적 조합입니다."[4] 들뢰즈의 '정동' 이론은 이처럼 정신과 신체, 주체와 객체 같은 전통적인 구분을 넘어선다. 촉발하고 촉발되는 능력으로서의 정동이라는 관점에 비추어보면 '정동'은 "관계를 합성하는 사물과 내가 어떤 새로운 개체의 두 개의 하위 개체들에 지나지 않는 그러한 관계를 합성한다는 것"[5]을 뜻한다. 우리는 흔히 어떤 것을 느끼거나 경험하는 것을 주체('나')와 객체('대상')의 관계로 이해하지만, '정동' 이론에서 이러한 구별은 사라진다.

2

'정동'은 신체의 합성과 변용에 관한 담론이다. '정동' 이론에 비추어보면 예술 작품 또한 하나의 '신체'이다. "감각존재로서의 예술작품은 무관심적인 관조의 대상이 아니라 우리의 신체를 변용케 하는 하나의 독특한 신체다."[6] 그런데 '정동'과 관련하여 스피노자–들뢰즈–마수미는 일관되게 '정서'와 '정동'을 구별하는 것이 중요하다고 주장한다. "정동과 정서 사이에는 본성상 차이가 존재합니다."[7] 흔히 이것은 affection과 affect의 차이로 설명된다. 들뢰즈에 따르면 전자는 신체의 특정한 상태에 대응하고, 후자는 역량의 증감 자체에 대응한다. 들뢰즈는 '정동'을 '이행'이라고 규정한다. 반면 '정서'는 순간적인 것이다. 그러므로 증감 자체, 즉 '이행–과정'은 '상태'와 질적으로 다르다. "한 상태가 다른 상태로 환원될 수 없는 한에서, 어떠한 상태로든 환원될 수 없는 한에서, 그것은 한 상태에서

• • •

4. 같은 책, 139쪽,
5. 같은 책, 102쪽.
6. 성기현, 「신체론으로서의 감각론」, 『탈경계 인문학』 제6권 2호, 2013, 187쪽.
7. 질 들뢰즈, 「정동이란 무엇인가」, 질 들뢰즈 외, 서창현 외 옮김, 『비물질노동과 다중』, 갈무리, 2005, 85쪽.

다른 상태로의 살아 있는 이행이다. 이것이 두 개의 단면들 사이에서 일어나는 일입니다."[8]라는 진술은 이러한 맥락에서 이해되어야 한다. 순간적이나마 고정된 상태가 '정서'라면, 하나의 '정서'가 다른 '정서'로 변하는 신체의 합성과 변용 과정이 곧 '정동'인 셈이다. 하지만 '이행-과정' 그 자체는 비재현의 영역이다. 그것은 운동의 시작과 끝, 혹은 어떤 순간을 표시(재현)할 수는 있지만, 운동 그 자체를 재현할 수는 없는 것과 마찬가지이다. 들뢰즈는 비非재현적인 모든 사유양식을 정동이라고 부르기도 한다. "우리는 어떤 것도 재현하지 않는 사유양식을 일컬어 정동이라고 하기 때문입니다.", "한 상태에서 다른 상태로의 이행은 하나의 어떤 상태가 아닙니다." 등은 '상태'와 '이행'의 구분을 강조하거니와, 문제는 그럼에도 불구하고 '정서'가 '정동'과 무관하지 않다는 데 있다. 왜냐하면 우리가 재현할 수 있는 것은 '정동'이 아니라 '정서'이기 때문이다. "모든 정서는 우리가 그 정서에 도달하는 이행을 봉인한다. 아니 다음과 같이 말해도 똑같은 것이 될 것입니다. 모든 정서는 우리가 그 정서에 도달하는 이행을 봉인하며, 그 이행으로서 우리는 다른 정서를 향해 그 정서를 — 그 두 정서들이 아무리 밀접한 것으로 여겨지더라도 — 떠나게 된다."[9]

그렇다면 '정동'의 예술론은 기존의 미학적 패러다임과 어떻게 다를까? 가타리와의 마지막 공저 『철학이란 무엇인가』에서 들뢰즈는 '정동' 이론의 맥락에서 예술을 이렇게 정의한다. "예술의 목적은 재료의 매개를 통해 대상에 대한 지각작용과 지각하는 주체의 상태로부터 지각을 떼어내는 것이며, 한 상태에서 다른 상태로의 이행인 정서작용으로부터 정서를 떼어내는 것이다."[10] 이 글의 범위를 초과하는 것이기에 자세하게 살필 수는 없겠지만, 들뢰즈의 주장은 "예술은 자신을 보존하는 세상에서 유일

● ● ●

8. 같은 글, 88쪽.
9. 같은 글, 88쪽.
10. 질 들뢰즈 · 펠릭스 가타리, 이정임 · 윤정임 옮김, 『철학이란 무엇인가』, 현대미학사, 1995, 239쪽(번역을 일부 수정했음).

한 것이다. 예술은 보존하며 자신을 즉자적으로 보존한다."라는 진술로 압축할 수 있다. 이 말은 예술이 그것의 질료, 모델, 예술가, 감상자(독자) 모두에게서 독립적으로 존재한다는 것, 심지어 예술은 '인간'과 무관하다는 뜻이다. 그렇다면 예술은 무엇을 보존하는가?

예술은 보존하지만, 그것은 사물을 지속시키기 위해 어떤 물질을 첨가하는 산업의 방식으로 그런 것은 아니다. 예술이라는 사물은 처음부터 자신의 '모델'과 독립적인 것이 되었다. 하지만 이 사물은 예술가–사물이라는 불확정의 다른 인물상과도, 회화의 이 공기를 호흡하는 회화의 인물상과도 독립한 것이 되었다. 또한 그 사물은 현재의 관객이나 청자와도 그에 못지않게 독립해 있는데, 이들은 설사 그럴 힘을 갖고 있다 해도 나중에야 그것을 체험할 따름이기 때문이다.11

이 글에서 들뢰즈는 '예술'을 질료(재료), 모델, 예술가(창작자), 감상자(독자) 모두로부터 '독립'시켜 설명한다. 즉 질료에서 감상자까지가 '예술'과 무관하지 않지만 '예술'이 '예술'인 까닭은 그것들로 설명되지 않는다는 것이다. 그러면 무엇이 예술의 존재 근거일까? 들뢰즈에 따르면 그것은 "감각들의 블록"의 즉자적인 자기 보존이다. 이처럼 '정동'의 예술론은 예술에 대해 기존의 미학적 패러다임과 완전히 다른 관점을 제시한다. 예술은 '정서'로부터 독립된 '정동'의 자기 보존인 한에서 "예술은 자신을 보존하는 세상에서 유일한 것이다. 예술은 보존하며 자신을 즉자적으로 보존한다."라는 진술이 가능하다. 이것은 예술이 느낌이나 감정과 동일시되지 않으며, 주체와 객체의 관계는 물론, 주체의 내면 같은 발상과도 무관하다는 것이다. 예술은 질료, 모델, 예술가, 감상자 모두에게서 분리/독

• • •

11. 같은 책, 234쪽(김재인의 번역이 더 타당하다고 판단하여 김재인, 「들뢰즈의 미학에서 "감각들의 블록"으로서의 예술 작품」, 『미학』 제76집, 2013, 45쪽에서 재인용).

립하여 존재하는 것이며, 따라서 '정동'은 느낌이나 감정 같은 체험의 영역을 넘어선다. 다만 이러한 예술론이 감각들의 "블록"이라고 명명되는 까닭은 "사실상 재료가 어디에서 끝나고 감각이 어디에서 시작하는지 말하기 힘들다"라는 진술처럼 재료와 감각을 절대적으로 구분하는 것이 사실상 불가능하기 때문이다. 요컨대 들뢰즈는 예술 작품은 질료, 모델, 예술가, 감상자 모두에게서 독립해 그 자체로 존재하는, 그러면서 그것을 읽거나 감상하는 사람들을 촉발하는 '정동'의 자기 보존으로 이해하며, '예술'에 대한 이런 설명은 칸트 이래 지속되어온 예술에 대한 근대적 태도 일체와 날카롭게 대립한다. 앞에서 '정동' 이론이 문학에 대한 낯선 모델을 제시할 것이며, 그것의 수용 여부를 단언하기 어렵다고 말했던 이유가 여기에 있다.

　'정동'과 윤리학의 관계는 예술에 또 다른 논점을 제기한다. "문제는 언제나 삶을, 그것을 가두어 놓는 곳으로부터 해방시키거나 불확실한 투쟁으로 이끌어내는 것이다."[12]라는 선언적인 진술처럼 들뢰즈는 예술을 명시적으로 윤리적 삶을 위한 '도구'로 간주한다. 그에게 예술은 질병 치료제의 일종이다. 스피노자–들뢰즈 윤리학의 핵심이 신체의 능력/변용을, 삶의 활력을 떨어뜨리는 '슬픔'의 정동에 적대적임을, 들뢰즈가 문학을 "추억이나 환상 따위와는 아무 관련이 없"는 것으로 간주함을 고려하면 예술에 대한 이러한 사고는 우리의 그것과 심각하게 갈등할 수밖에 없다. 물론 예술에 대한 그의 사유를 괄호에 넣어두고 몇몇 개념만을 편의적으로 가져올 수도 있으나, 맥락과 무관하게 이식된 개념들이 얼마나 유용할지는 의문이다. 예컨대 그는 소설에 대한 통상적 이해를 이렇게 수정한다. "대개의 사람들은 흔히 자신의 지각작용들과 감정들, 자기의 추억들 내지는 내력들, 자기가 한 여행들과 자신이 갖고 있는 환각들, 자기 아이들과 부모들을 가지고서, 그리고 어쩌다 우연히 부딪치는 흥미로운 인물을

---

12. 질 들뢰즈 · 펠릭스 가타리, 이정임 · 윤정임 옮김, 같은 책, 246쪽.

가지고서(흥미롭지 않은 사람이 어디 있겠는가), 결국에는 이 모든 것을 두드려 맞추는 자신의 견해들을 갖고서 하나의 소설을 만들어낼 수 있다고 생각한다. (중략) (하지만–인용자) 그러한 작품들은 실제상의 모든 예술적 작업이 결여된 탓에 우리에게 아무런 보탬도 되지 않는다."[13] 그에게 '문학(소설)'은 "체험과의 유대"와 무관하게 '~되기'의 문제이고, 그것은 정동적 상태를 언어화하는 것이다. 한 인물이 다른 신체 — 가령 에이허브의 모비 딕이나 펜테질리아의 개 — 에 정동된다는 것은 '~되기'의 문제이고, 위대한 작가는 알려지지 않은 혹은 잘못 알려진 '정동'을 창안해내어 그것을 인물들의 생성으로 발현시키는 예술가라는 주장에 따를 때, 우리는 "예술가란 (중략) 정동들의 제시자요 창안자며 창조자이다."라는 결론에 도달할 수밖에 없다. 이처럼 '정동'은 문학과 시에 대한, 그것들의 해석에 대한 새로운 관점을 요구한다. 다음의 지적은 그 새로운 관점의 한 방향일 것이다. "'미학'이 정동 및 정동의 감각을 통한 지각과 신체적 표현과 얽힘에 대한 경험적 연구에 포괄적인 용어로 사용되려면, 예술작품의 도덕적 사명과 그 평가에서 자유롭지 못하게 남아 있는 미학적 사고의 전통에서 자신을 분리해내기 위해 많이 노력해야 할 것이다. 그것은 게오르그 짐멜에서부터 자크 랑시에르에 이르는 미학적 사고의 대항 전통과 만나고 이러한 대항 전통에 새로운 목소리를 모으는 일이 될 것이다. 그렇게 하지 않으면 이러한 대항 전통은 거의 미학의 평가적 전통 안에 완전히 자리 잡고 있는 것처럼 보일 수도 있다."[14]

3

13. 같은 책, 244쪽.
14. 그레고리 J. 시그워스 · 멜리사 그레그 편, 같은 책, 215쪽.

혼히 '정동'은 노여움, 두려움, 기쁨, 슬픔 같은 감정의 일시적인 상태라는 의미로 이해되지만, 스피노자—들뢰즈의 시각에서 그것은 신체적인 것이면서 동시에 정신적인 것이다. 때문에 들뢰즈의 소설 분석 사례처럼 그것은 인물과 그를 둘러싸고 있는 외부세계와의 신체적 감응 관계를 포착하는 장면을 중심으로 분석될 수 있다. 하지만 상당한 편수가 함께 묶여 있는 시집, 나아가 경향에 주목하더라도 동시대의 시적 흐름을 '정동'으로 묶어서 분석하는 일은 결코 쉽지 않다. 설령 한 권의 시집, 몇몇 시인들의 시적 경향이 비교적 하나의 흐름으로 귀결되는 모습을 보일 때조차 새로운 '정동'을 발견하고 그것에 의미를 부여하는 일은 만만하지 않다. 때문에 아래에서는 최근 관심을 가지고 읽은 임승유와 김소형의 첫 시집에서 화자가 세계를 어떻게 감각하고, 그것과 어떤 관계를 구성하고 있는가를 살펴보려 한다.

임승유의 첫 시집 『아이를 낳았지 나 갖고는 부족할까 봐』(문학과지성사, 2015)는 단정하면서도 꽤 도발적이다. 최근 한 평론가는 그녀의 "시적 주체는 탈각된 무게 중심으로 인해 스스로를 방목하는 대신 맺게 된 여러 관계망을 동원하여 '지금 여기'가 전부가 아닐 수 있음을 알린다."(양경언, 「이제 되었다니, 그럴 리가」, 『문학과사회』 2015년 가을)라고 평가했다. 그녀의 시가 "현재를 구성하는 다중의 존재를 가시화한다"는 주장이다. 최근 시의 시적 주체들이 무기력한 주체라는 평가에 대한 반론으로 제기된 이러한 해석은, 그러나 임승유의 시에서 지나치게 많은 것을 읽어내려는/내야한다는 강박을 노출하고 있는 듯하다. 임승유 시의 화자/주체가 무기력한 주체라는 말이 아니다. 젊은 시인들의 의미와 가능성을 최대한으로 평가하려는 비평의 의도가 때로는 한 시인의 시세계가 지닌 사소하지만 다양한 면모들을 획일화하고 있는 것은 아닌지 다시 생각해보자는 것이다. 임승유 시는 매력적이지만, 그 매력의 원천은 간단히 설명하기 어렵다. 그녀의 시에는 '시간'과 '성장'에 대한 자의식도 있고, 진술 대신 이미지들을 파편적으로 나열함으로써 이미지—효과에서 비롯되는 느낌의 감각도 있으며, 이런 특징 때문에 행과 행, 연과 연 사이가 상당히 비약적으로 느껴지는 형식적인 특징도 있다. 요컨대 그녀의 시에서 행, 연 등은 순서를 바꿔 나열해도 그 효과가 달라지지 않을 정도로 거리를 전제하고 있다. 하지만 임승유 시의 매력은 특유의 신체적 감각을 통해 세계와 공명한다는 것, 그리하여 '느낌'이나 '기분'이라는 시어가 개시開示하는 감각화된 세계의 풍경이다. 가령 다음의 시를 살펴보자.

이곳에서 기분이 시작된다 아내를 죽여야겠다는 그의 결심도 이곳에서 시작되고

염소는 바다를 뜯었다 염소가 부지런히 바다를 삼키는 동안 마을에서는 파도치는 소리가 들렸다

그는 제 목구멍 안에 울음을 쏟아 넣으며 출렁였다 소주병이 꾸고 있는 꿈은 그런 식이다 사물들이 꿈을 꾸지 않는다고 말할 수는 없다 식물들은 중심으로부터 점점 희미해지는데 왜 끝이 더 아름다운가 서서히 파란색이 완성되어 칼끝에서 오늘 하루는 시작되고

눈을 감았다 뜨면 세계는 천천히 증발하기 시작한다
지나가는 여자의 손에 들린 대파처럼

차양 아래 염소의 목이 골목을 향해 뻗어나간다
염소는 목이 탄다 느낌이 시작되면 골목은 끝장을
보게 되어 있다 파국의 고요는 그래서 슬프다

골목 끝까지 달려 나가 뒷목을 잡는 손
의도도 없이 온도를 전달하는 손

염소는 문틈으로 스며드는 그림자를 뜯는다 씹어도 씹어도 삼켜지지
않는 그림자가 염소의 이빨 사이에 끼어 있다

– 임승유, 「역말상회」, 전문

　임승유의 시에는 '기분'이라는 단어가 종종 등장한다. 인용시의 첫 행인
"이곳에서 기분이 시작된다"(「역말상회」)라는 진술이 그렇고, "자음이
모음을 향하는 기분을 이해할 겁니다"(「블라우스」)가 그렇다. 또한 "의도
하지 않았는데도 사건은 일어나고 / 그때마다 발생하는 기분들 / 그 기분들
을 다 써먹지도 못했는데"(「라이터들은 다 어디로 갔을까」)나 "이상한
기분을 나눠 가질 때"(「적용되는 포도」)라는 표현도 있다. 요컨대 임승유의
시에서 '기분'은 의도하지 않게 발생한 '사건'의 효과로 생산되는 것이다.
그런데 이러한 '사건'이 화자/주체의 의도와 무관하게 발생한다는 사실은
무척 중요하다. 그것은 단순히 '사건' 자체가 비의도적 산물이라는 상식적
인 이해를 반복하고 있는 것이 아니기 때문이다. 오히려 임승유의 시에서
'사건'의 비의도성은 그것이 신체적인 것으로 경험되기 때문에 생기는
문제처럼 보인다. 가령 "국수는 한 가지 감정에 도달한다"(「할랄푸드를
겪는 골목」), "앞다투어 아이들이 뛰어오고 / 뛰어오면서 녹는다"(「우산」),
"흘러내린 얼굴을 주워 담듯 계속해서 아이들이 태어난다"(「책상」), "몸속
으로 구겨져 들어오는 오후"(「옥상」), "세계는 천천히 증발하기 시작한다"
(「역말상회」), "세상의 모든 펄럭이는 것들은 사실은 혀일지도 모른다"(「수
화手語」) 같은 표현은 화자가 세계-풍경과 신체/감각을 통해 교감하고
있음을 보여주는 사례이다. 문제는 이러한 진술, 특히 비유적인 표현들은
감각적 교감의 특성 때문에 논리적으로 매끄럽게 설명되지 않는다는
사실이다. 임승유의 시가 개인적인 상처나 상실의 경험 같은 실존적 사건들
을 무감정한 방식으로, 때로는 발랄한 방식으로 진술함으로써 아이러닉한
세계 인식을 드러낸다는 사실을 지적하는 일도 중요하겠지만, 그녀의

시가 재현적 언어 문법과 이미지적·논리적 인과의 법칙을 따르기보다
감각적 도식에 충실하려는 경향을 보여준다는 점이 더욱 흥미롭다. 시인은
「어느 육체파 부인의 유언장」에서 한 인간의 신체를 부분으로 절단하되,
그것들을 지적이고 생물학적인 방식이 아니라 정동적 방식으로 분류함으
로써 신체적 감각에 대한 새로운 시선을 환기한다.

세 번째 사물함을 열었더니,
잃어버린 악몽이 가득 차 있었네,
뱀의 눈을 가진 남자,
하반신이 잘린 채 눈알을 뽑고 있지 뭐야,
내가 쳐다보자
그는 갓 뽑은 눈알을 내게 주었어,
그가 웃으며 문을 닫았지.

마지막 사물함은 굳게 잠겨 있더라,
통, 문을 두드리고,
통통, 발로 두드리다
아까 받은 눈알을 밀어 넣고 안을 들여다보니,
길 잃은 사물들이 춤을 추고 있었어,
모든 사물함을 다 잠글 수 있을 자물쇠 주변에서,
둥글게 통, 통, 제를 지내듯.

어느새 나는 지루한 시계가 되어
그들과 뛰어다녔단다,
그렇게 하루를, 또 하루를,
사물함 안에서 자물쇠를 걸고, 그렇게,

또, 세계를 닫았단다.

— 김소형, 「사물함」, 부분

임승유의 시에서 세계가 '증발'한다면, 김소형의 시에서 세계는 '폐쇄'된다. "또, 세계를 닫았단다." 그런데 이 세계의 '폐쇄'에는 '또'라는 단서가 붙어 있다. 즉, '세계'의 '폐쇄'는 반복되는 사건이다. 인용시 「사물함」은 세계의 폐쇄성이라는 부정적 정동을 '사물함'이라는 공간적 형상을 통해서 가시화한다. 이 시에 등장하는 '사물함'의 개수는 네 개이지만, '네 번째 사물함'이 아니라 "마지막 사물함"이라는 표현으로 미루어 짐작컨대 N개의 사물함이 존재한다고 말할 수 있다. 그리고 그 사물함들에는 각각 다른 세계-사물이 담겨져 있다. 첫 번째 사물함에는 "목이 뒤로 꺾인 채" 얼어 죽어 있는 늙은 염소가, 두 번째 사물함에는 "집 나간 어미"가, 세 번째 사물함에는 "잃어버린 악몽"이, 그리고 네 번째 사물함에는 "길 잃은 사물들"이 들어 있다. 만일 '사물함'을 그것의 현실적인 용법처럼 한 개인의 세계 또는 (무의식을 포함한) 개인의 내면세계라고 말할 수 있다면, 이 시는 한 인물에게 세계가 완전히 폐쇄된 공간으로 경험되는 장면을 시화詩化한 것으로 읽을 수도 있을 것이다.

김소형의 시에서 세계의 폐쇄성은 흔히 '죽음'의 문제, 즉 삶의 시·공간을 침범한 '죽음'의 형상으로 상징화된다. 그것은 시체(「눈」), 익사체(「흑백」), 인간으로 만들어진 벽(「벽」), 유령(「뿔」) 등처럼 다양하게 변주되며, '죽음'에 침윤된 공간 또한 '방'에서 '관', 나아가 '굴'에 이르기까지 다양하게 형상화된다. 인용시에 등장하는 '사물함' 역시 그 공간들 가운데 하나일 따름이다. "어서 자, 여긴 네 방이잖아 당신이 말했지 방은 열어도 방이었고 벽은 움직여도 다시 벽이었어 창문이 열리고 닫히고 다른 세계를 열고 닫아도 우리는 여기 있었지"(「굴」)라는 진술은 세계의 변화가능성이 전무하다는 의미이다. 인용시 「사물함」에서 흥미로운 것은 끝끝내 열리지 않는 네 번째 사물함에 관한 이야기이다. 네 번째 사물함 속에는 "길 잃은 사물들이 춤을 추고 있"다. 어느덧 화자는 그것들과 어울려 하루를 보내는데, 이번에는 "사물함 안에서 자물쇠를 걸고"처럼 세계의 폐쇄가 '바깥'이 아니라 '안'에서, 그것도 자의自意에 의해 행해진다. 이는 김소형 시에서의 죽음 또는 폐쇄된 세계가 정확히 이 시대에 대한 실감에서 기원하고 있음을 보여주고 있다. 그러므로 '폐쇄'는 이중적이고 동시적이다. 그것은 시적 화자에 대한 세계의 정동이면서, 세계에 대한 시적 화자의 정동이기도 하다. 또한 그것은 폐쇄하는 세계에 맞서는 하나의 방법이 세계 폐쇄임을, 그리하여 폐쇄가 때로는 적극적인 방어일 수 있음을 보여준다. 김소형의 시에서 '굴-방'은 이러한 느낌이다. 따라서 "더러운 발 꼼지락거리며 슬프게 잠든 당신, 이 하얀 굴에서 // 쓰다듬고 있었네 사랑하는 시간들 후드득후드득 정수리로 쏟아지고 우리는 끌어안은 채 단단하게 굳어갔지 하나의 뱀처럼 이어져, 서로가 기어가는 소리 내면서 스슥 스스슥"(「굴」)이라고 묘사되는 '굴'은 기프카의 그것과 달리 부정적이지만은 않다. 비록 그것이 위태로운 공간임은 분명하지만.

시와 헤테로토피아

프랑스의 철학자 미셸 푸코는 1966년 12월 프랑스의 한 라디오 채널에서 강연을 했다. 강연의 제목은 '헤테로토피아Heterotopia'. 이 강연에서 푸코는 장소를 갖지 않는 유토피아Utopia, 즉 상상할 수는 있으나 현존하지는 않는 이상적 장소들을 겨냥하여 모든 사회에 존재하는 '다른 공간들', '다른 장소들'이라는 의미의 헤테로토피아를 제시했다. 유토피아는 1516년 토머스 모어가 동명同名의 소설을 출간한 이후부터 현실에 존재하지 않는 이상세계라는 의미로 사용되었다. 그리스어에서 'u'는 없다ou와 좋다eu라는 두 가지 뜻으로 쓰인다. 그래서 유토피아는 항상 이 세상에 없는 곳outopia이면서 좋은 곳eutopia으로 이해되었다. 푸코는 현실의 장소에 속하지 않는 공간이라는 의미의 유토피아와 달리 현실적이고 실제적인 장소를 갖는 유토피아가 존재한다고 주장하며 그것을 헤테로토피아라고 불렀다. 공간 바깥의 공간, 장소 바깥의 장소라고 말할 수 있는 이 헤테로토피아는 박물관, 도서관, 극장, 공터, 정원, 시장, 휴양촌, 감옥, 병영 등처럼 고유한 열림과 닫힘의 체계를 갖는다. 그것은 외부 세계에 대해 열려 있을 수도 있고 닫혀 있을 수도 있는데, 중요한 것은 여기서의 외부 세계, 그러니까 헤테로토피아의 외부가 곧 우리가 현실세계라고 부르는 시공간이라는 점이다. 그러니까 미셸 푸코는 헤테로토피아의 실재성을 통해 장소 바깥의 장소가 사실은 현실세계에 기초한 모든 사회에 실재로 존재해왔고, 또 여전히 존재하고 있다는 것을 주장한 셈이다. 그것은 우리가 현실세계를 구체적인 공간학적으로 말할 때 거기에 포함되지만, 현실세계의 법칙과 다른 고유의 열림과 닫힘의 체계를 소유하고 있다는 점에서 공간 바깥의 공간인 것이다. 그래서 푸코는 "헤테로토피아들은 다른 모든 공간에 대한 이의제기이다."라고 주장했다. 헤테로토피아는 다른 모든 공간, 즉 현실세계에 대한 이의제기로서의 공간이며, 그런 점에서 그 성격을 공간 아닌 공간, 바깥 공간이라고 규정할 수도 있다.

　미셸 푸코의 '헤테로토피아' 개념은 예술의 존재 방식과 흡사하다. 특히 시가 그렇다. 시는 현실 속에 존재하는 꿈의 장소이다. 푸코의 설명을 빌려 말하면 시-텍스트는 반反공간이다. 여기서 말하는 '꿈'이란 수면 상태에 관계된 것이 아니라 현실 법칙에 지배되지 않는다는 의미에서, 현실 법칙에 반反한다는 의미이다. 푸코는 이 반反공간으로서의 헤테로토피아를 "자기 이외의 모든 장소들에 맞서서, 어떤 의미로는 그것들을 지우고 중화시키고 혹은 정화시키기 위해 마련된 장소들. 그것은 일종의 반공간이다. 이 반공간, 위치를 가지는 유토피아들."이라고 정의했는데, 현대사회에서 '시'가 존재하는 방식 또한 이와 동일하다. 누군가 말했다. 예술가는 문명이 앓고 있는 질병을 치유하는 의사라고 한때 사람들은 시인을 현상세계 너머의 본질을 드러내주는 선지자 또는 예언자라고 설명했다. 이 전통 안에서 시인은 현상계를 투시하여 세계의 본질적 질서를 읽어내는 신비로운 능력의 소유자였고, 선택받은 존재였다. 또 한때 사람들은 시인을 곡비哭婢, 즉 대신 울어주는 존재라고 생각했다. 시인은 울음을 우는 존재이지만, 그 울음의 주체는 시인 자신이 아니라 세상 사람들이었다. 하지만 시인이 예언자였던 시대도, 시인이 울음의 보편성을 체득하고 있던 시대도 이미 지나갔다. 낭만주의와 상징주의의 여진이 남아 있어 여전히 자신을 예언자나 곡비와 동일시하는 시인이 있지만, 나는 오늘날 시의 존재 의미는 그것이 현실법칙과 평행 관계에 있다는 것, 현실세계가 어떤 질병을 앓고 있는가를 보여주는 그 대안적 성격에 있다고 믿는다.

문학인들은 시가 문명의 질병을 치유한다는, 시인이 곧 의사라는 주장에 동의하지 않을 것이다. 그들은 '치유'라는 말에서 예술을 수단이나 도구로 간주하는 태도를 발견하고 곧장 얼굴을 돌릴 것이다. 그렇다. 나는 문학이, 시가 수단이나 도구가 아니라고, 아니어야 한다고 주장할 생각이 없다. 문학에서 '목적' 담론은 대개 상징주의에 빚지고 있다. 일찍이 말라르메를 포함한 상징주의자들은 시-언어가 수단이 아니라 목적이라고 주장했다. 그것은 일상적 언어가 의미를 전달하는 '수단'의 기능에 그치는 반면 시의 언어는 현상 너머의 '본질'을 상징하는 언어라는 뜻이었다. 즉 시 자체가 수단인가 목적인가 판단하는 것과 시의 언어가 수단-언어인지 목적-언어인지 판단하는 것은 전혀 다른 문제이다. 상징주의 이후에 등장한 초현실주의 또한 공공연하게 '과정'을 절대화하지 않았는가. 나는 시를 문명이 앓고 있는 질병 치유의 수단이나 도구라고 말한다고 해서 그것이 곧 시의 위상을 손상시키는 것이라고 생각하지 않는다.

사람들은 흔히 문학과 현실세계의 관계를 소재나 재현 문제로 받아들인다. 문학은 현실에서 일어난 사건이나 그것을 문학적 표현으로 비튼 것이어야 하며, 최소한 현실에서 발생 가능한 이야기거나 현실의 문제에 대한 관심을 환기해야 한다는 것이다. 이 오해된 관계가 문학에 성찰 없이 문학에 적용될 때, 시는 1차적 감정의 언어화나 일상적 사건의 나열, 심지어 현실에서 일어난 사건들의 축약에 그친다. 또한 이때 소설은 작가 자신의 직간접적인 경험을 허구화하는 것으로 귀결되고 만다. 어떤 경우든 문학은 '나'를 넘어서지 못하며, 감정이나 경험의 표현이라는 고백으로 나아가는 경향을 보인다. 나는 문학과 현실은 아이러니하게도 단절하려는 의지에 의해 연결된다고 생각한다. 문학은 단절하는 방식으로 현실과 연결되며, 그런 점에서 그것은 '현실'과 '상상'의 사이라고 말하고 싶다.

푸코가 주장한 헤테로토피아 또한 현실세계에 존재하되 현실세계의 법칙을 따르지 않는다는 점에서 현실과 상상의 사이에 존재한다고 말하면 지나칠까. 문학은 현실/일상과의 불연속성에 기초한다. 오해하지 말자. '불연속성'은 연속성에 대한 부정否이면서 동시에 긍정이다. 어떤 사람들은 문학의 현실적 기초를 강조하기 위해 일상적 사건이나 경험을 충실하게 기술하는 것이 문학의 정도正道라고 주장하지만, 문학이, 시가 '일상'을 호출하는 이유는 그것으로부터 이탈하기 위함이지 함몰되기 위함이 아니다. 문학은 다른 공간, 다른 시간, 그리고 다른 세계에 대한 상상이다. 하지만 완전한 허구는 아니어서 문학은 상상과 현실 사이에서 자신의 거소를 발견하려는 경향을 지니고 있다. 그래서 시詩를 언어학적으로 분해하여 절寺의 언어言라고 설명하는 거짓에도 일말의 진실이 있다. 시가 그렇듯이, 절 또한 세속적 세계와 불연속적인 관계를 형성하고 있기 때문이다.

문제는 현실세계와의 불연속성을 획득하는 방식이다. 문학은 세계, 사물, 인간에 대한 대중의 상투적 이해와 감정을 넘어서는 언어·기호를 통해 그것을 획득한다. 물론 상투적 이해를 넘어선다는 규정은 오해를 피하기 어려울 듯하다. 그것은 '좋은 시'라는 표현만큼 모호하다. 그렇다고 이 모호성을 개인의 '취향' 문제로 합리화하면 안 된다. 많은 시인들은 풍경이나 사물처럼 독자들에게 익숙한 어떤 것을 '낯설게' 만듦으로서 이 불연속성을 구축한다. 이때에는 참신한 비유나 새로운 묘사 등이 중핵이다. 또 어떤 시인들은 '시'에 대한 우리의 선先이해를 해체—구성하는 방식으로 그것을 획득하기도 한다. 소위 형식 실험이나 아방가르드 같은 단어들이 지시하는 현상이 이것이다. 시에서 현실세계와의 불연속성은 발화 방식이나 언어의 질감 등으로 성취되기도 한다. 심지어 선배시인들이나 동시대의 시인들이 '시적인 것'에 포함시키기를 거부한 것을 적극적으로 수용하는 것으로도 불연속성은 획득 가능하다. 역사적 성격을 강조하는 세밀화의 전통에 반기를 든 인상주의의 회화의 핵심이 바로 이것이었다. 이처럼 현실세계에 대한 시적 불연속성은 하나의 풍경이나 대상에 대한 표현방식이 그렇듯이 다양하며, 이 다양성이 일회적인 것이 아니라 반복될 때 우리는 그것을 '스타일'이라고 부른다. 비단 시만이 아니라 모든 예술에서 스타일은 결국 작가 자신의 고유한 '세계'라고 말할 수 있다.

이 대목에서 처음으로 돌아가 되물어야 할 것이 있다. 왜 우리는 예술을 통해 현실세계와의 불연속성을 획득하려 하는 것일까? 이 질문을 놓치면 현실세계에 대한 불연속성은 '불연속성' 자체를 위한 것이 되고 만다. 이것이 소위 '예술'을 그 자체의 목적으로 간주하는 태도의 출발점이다. 하지만 예술이 한사코 현실세계로부터 멀어지는 방식으로 관계 맺거나 긴장관계를 유지하려는 것에는 이유가 없지 않다. 일차적으로 그것은 현실세계를 지배하는 법칙, 즉 현실법칙으로부터 벗어나려는 자유의 몸짓이고, 궁극적으로는 그것을 통해 예술이라는 가상의 장소(세계)를 구축하여 현실세계에 이의를 제기하기 위함이다. 나아가 그것은 현실법칙을 위협하거나 전복시킬 수도 있다. 우리의 일상적 삶은 우리가 경험적으로 느끼고 있듯이 전혀 예술적이지 않으며, 현실법칙에 맹종하는 방식으로 유지된다. 일상이란 이처럼 지배적인 법칙이나 질서의 무한 반복, 그것의 충실한 재생산 과정이다. 예술은 바로 이 무한 반복과 재생산에 대한 이의제기요 항의이다. 예컨대 현대문학이 끔찍하고 잔혹한 어떤 것에 반복적으로 관심을 쏟을 때, 그것은 대개 이성의 과잉은 결국 광기에 불과하다는 것을 말하기 위함이고, 그 '이성=광기'를 비판하기 위함이다. 그래서 일상이나 현실이 '장소'에서 행해진다고 말할 수 있다면, 예술은 '반反장소'에서 행해진다고 말해야 할 것이다. 이 현실법칙에 부합하지 않는다는 이유로 예술을 '꿈'의 문제와 연결시킨다. 예술이 상상적인 소망 성취의 장이라는 것이다. 예술가들이 몽상가적 성향을 지녔다거나 현실감 각이 떨어진다는 비난 역시 여기에서 나온다. 하지만 거듭 말하거니와, 문학이 반反공간인 이유는 그곳이 현실에서 실현될 수 없는 소망이 실현되는 공간이기 때문이 아니라 현실세계의 질서와 다른 질서에 의해 실행되기 때문이고, 현실 질서의 억압적인 성격을 환기하면서 동시에 그 질서를 해체하려는 강력한 의지가 작동하는 공간이기 때문이다. 그럼에도 불구하고 예술은 가상의 공간만이 아니라 강력한 '효과'를 발휘하는 현존하는 공간이기도 하다. 그것은 그 바깥의 현실법칙에 반(反)한다는 점에서 대안적이고 저항적인 공간이고, 이 때문에 문학과 예술에서는 그 내용만이 아니라 형식이나 틀 자체, 한 마디로 일체의 규범적인 것이 문제가 된다. 이것이 내가 "헤테로토피아들은 다른 모든 공간에 대한 이의제기이다."라는 푸코의 주장을 이해하는 방식이다.

　나는 어떤 시를 읽고 싶은가? 보르헤스의 매혹적인 제목 '끝없이 두 갈래로 갈라지는 길들이 있는 정원'을 빌려서 말하자면, 나는 시를 쓰는 일은 끝없이 갈라지는 분기점에 직면해 그때마다 어느 하나의 길을 선택하는 과정과 유사하다고 말하고 싶다. 분기되는 길의 수가 중요한 것은 아니다. 글은 대개 일정한 밑그림을 전제하고 시작되지만, 그럼에도 불구하고 그 밑그림과는 전혀 다른 것으로 완성되기 마련이다. 매혹적인 문장도, 훌륭한 작품도, 좋은 시도, 언어로 현실화되기 이전에 그것을 설명할 수 있는 법칙이나 조감도를 제시할 수는 없다. 경험적으로 작품을 읽으면서 각각의 작품들에서 특정한 부분을 지적할 수는 있지만, 미인들의 얼굴에서 아름다운 부위들만을 선택해서 조합하면 괴물의 얼굴이 만들어지듯이, 작품에 선행하는 기준이나 규칙을 경험적인 층위에 그대로 대입하는 것은 무의미한 일이다. 다만 현실세계와의 불연속성으로서의 문학, 헤테로토피아로서의 시가 개인의 개인성과 주관성을 파고드는 것만으로 성취될 가능성은 별로 없다고 믿는다. 나는 시에서의 주관성이 희로애락을 포함하고 있는 개인사와 가족사를 고백하는 행위와 동일한 것이 아니라고 생각하며, 경험적 감정을 솔직·충실하게 표현하는 것이 헤테로토피아로서의 시라고 판단하지 않는다. 개인성과 주관성은 '개인적인 것'이 억압되는 정치적·시대적 환경에서는 그럴 수 있지만, 우리 시대가 그렇다고 말할 수는 없다. 과거 우리가 황지우, 이성복, 최승자의 초기시에 나타나는 개인성과 주관성에 열광했던 이유는 그것들은 '개인적인 것'일 때조차 '시대적인 것'으로 이해되었기 때문이다. 많은 사람들이 주목하는 시인들이 주목받는 이유의 상당 부분은 그들이 저마다의 방식으로 '시'를 반ⓡ공간으로 만드는 데 성공했기 때문이다. 이 저마다의 방식이란 태생적인 환경의 영향일 수도 있고 의식적인 노력의 결과일 수도 있다. 따라서 이 방식에 '~이즘'이라는 상표를 붙이는 것은 그다지 현명한 행위는 아니다. 그것보다 중요한 건 '저마다의 방식'의 차이를 읽어내는 일, '시=반ⓡ공간'이 이미 존재하고 있던 공간을 반ⓡ공간으로 재전유하는 것임을 이해하는 일일 것이다. 시, 헤테로토피아 그리고 반ⓡ공간.

서정抒情의 고고학

1

　"서정시는 다만 주로 사람의 감정을 대상으로 한 시에 지나지 않는다. 감정을 대상으로 하지 않는 시도 있을 수 있으며 이미 있어 왔다." 1934년에 발표한 이 글에서 김기림은 '시'와 '서정시'를 동일시하는 동시대의 감각을 비판하며 "감정의 표현" 바깥에서 새로운 시를 사유하려 했다. 그에게는 상징주의와 이미지즘조차 표현 방식의 차이일 뿐 '감정'에서 자유로운 것은 아니었다. 그러면서도 이들 사조가 서정시 내부에서 등장한 '강대한 적'이라는 점에 주목했다. 김기림은 상징주의와 이미지즘을 서정과 반反서정의 결합으로 이해했지만, 그 사조들 안에서 '서정'이 아닌 것에 더 많은 관심을 쏟았다. 이때부터였을까? 한국의 시사詩史에서 '서정'은 그 불투명하고 다양한 용법 때문에 늘 분란의 대상이었다.

　알다시피 서정抒情이란 인간의 내적 감정이나 정서를 표현하는 것, 즉 감정의 토로라는 의미로 쓰이고 있다. 종종 장르로서의 서정('서정시')과 시적 성격으로서의 서정이 혼동되는 경우도 있다. '서정시'는 고대 그리스에서 시작되어 현재까지 생명을 유지하고 있는 장르 명칭인 반면, '서정'은 낭만주의 시대에 등장한 새로운 개념의 하나라는 점에서 다르다. 우리의 경우 '서정'과 '서정시'의 관계는 학술적인 장에서 엄밀하게 구분되는 듯하지만, 실제 문학 장에서 그것들은 혼재되어 사용된다. '서정시'는 물론 '서정'에 대한 우리의 이해는 그만큼 낭만주의의 영향을 벗어나지 못하고 있다. '서정'은 자아, 주체, 주관, 내면, 감정 등을 중시한 낭만주의의 발명품으로 낭만주의 이전과 이후 시기에는 특별히 강조되지 않았다. 낭만주의 이후에 등장한 상징주의, 특히 랭보가 낭만주의의 '주관성'을 겨냥하여 '객관의 시'를 강조한 것은 유명한 이야기이다. 심지어 말라르메는 "시는 감정이 아니라 말로 이루어진다."라고 말하지 않았는가. 이처럼 낭만주의는 시의 핵심에 '감정'과 '주관'을 위치시켰지만, 낭만주의 이후의 시인들은 지속적이고 다양한 방식으로 "시=감정의 표현"이라는 낭만주의적 교리의 외부에 새로운 시를 구축하려 했다. '꿈'과 '무의식'을 높이 평가한 초현실주의는 예술에 관한 낭만주의적 교리의 완전한 전도였다.

1886년 시인 장 모레아스는 <상징주의 선언>에서 이렇게 주장했다. "낭만주의는 반항이라는 소란스런 경종들을 모두 다 울린 후에, 영광과 전투의 나날들을 다 보낸 후에, 자기 힘과 영감을 잃어버리고, 영웅적이었던 참신함을 포기하였으며, 회의적이고 상식만으로 가득 찬 채, 마침내 길들여져버린 것이다." 낭만주의도 한때는 예술에서 개인의 개성이나 주관을 부정한 고전주의를 비판하고 등장한 혁명적인 흐름이었으나, 19세기 후반 상징주의자들의 눈에 그것은 혁명적 성격이 모두 소진된 상투적인 것일 뿐이었다. 이때부터 낭만주의는 문학의 감상적sentimental 성격, 즉 극복의 대상으로 간주될 뿐이었다. 그런데 '서정(시)'을 설명할 때 문학연구자들이 항상 인용하는 연구서들, 특히 유럽의 이론서들은 흥미로운 논점을 제시한다. 그것은 그 이론서의 대부분이 '서정(시)'을 우리가 상식적으로 사용하고 있는 의미, 즉 인간의 내적 감정이나 정서를 표현하는 것(주관적인 감정의 토로)으로 받아들이지 않는다는 점이다. 예컨대 서정시에 관해 논의할 때, 연구자들이 빠뜨리지 않고 인용하는 디이터 람핑의 『서정시: 이론과 역사』는 "현대의 서정시들이 서정적인가라는 물음"을 외면하지 않으면서 서정(시)을 시인 자신의 개인적 체험과 감정을 표현하는 것이라는 주관성 이론에 대한 반론으로 집필되었다. 람핑은 우리가 상식적으로 사용하고 있는 '서정(시)' 개념이 19세기 낭만주의의 서정시에 적합한 것일 뿐 '서정 (시)'에 일률적으로 적용될 수 없다고 주장한다. 이 주장에 따르면 에밀 슈타이거의 이론은 "낭만주의적 가요들"에만 제한적으로 적용되어야 한 다. 19~20세기 러시아의 서정시를 연구 대상으로 한 리디야 긴즈부르크의 『서정시에 관하여』 역시 비슷한 입장이다. 그는 이렇게 단정한다. "서정시 는 자신과 자신의 감정에 대한 시인의 말이 결코 아니다." 이렇게 말하기도 한다. "'서정시는 특정한 개인이 지닌 느낌의 직접적인 표현이다'라는 과거의 통념은 이미 용납될 수 없다. (만약 말해지는 바가 실제로 한 개인에 관한 것이라면) 그와 같은 직접적인 표현은 흥미로운 것이 아닐뿐더러, 불가능하다. 예술은 한 사람의 경험이지만, 동시에 그것은 많은 사람들이 자신을 발견하고 이해하는 장이 되어야 하기 때문이다." 람핑과 긴즈부르크의 책들은 각각 독일과 러시아의 서정(시)의 역사가 중심 대상이기 때문에 서정시에 관한 이론적·학문적 연구서는 아니다. 그들의 책은 각 나라의 문학사에 자신의 흔적을 남긴 시인들의 작품을 서정(시)의 관점에서 분석한 것으로, 핵심은 시대·시인에 따라 서정(시)에 대한 이해 가 달랐으며 개인의 주관적 감정 표현이라는 낭만주의적 서정(시) 개념을 일률적으로 적용할 수 없다는 것이다. 서정시에 대한 이러한 주장은 우리의 경험적 현실을 한참 벗어난다.

2

시에 대한 이론적 논의가 창작에 전혀 도움이 되지 않는다는 불평이 있다. 서정시 이론이 동시대의 문학적 현실에서 아무것도 얻어내지 못하고 낡은 이론만을 되풀이하는 상황을 고려하면 이러한 비판에도 일말의 타당성은 있다. 문학연구자, 비평가, 창작자 모두가 이 비판에서 자유롭지 못한 것이 우리의 현실이다. 앞에서 우리는 서정시가 개인의 주관적 감정 표현으로 환원되어선 안 된다고 주장했다. 그동안 한국의 많은 문학인들은 서정시와 "감정의 표현"의 관계를 지나치게 당연시했다. "감정의 표현"은 창작과 비평의 선험적 조건으로 이해되었기에 한 번도 의심되지 않았다. 그 결과 대다수의 시인지망생들은 물론 기성시인들조차 자기 삶의 이력과 일상적 경험, 거기에서 파생된 자신의 감정을 언어화하는 것이 곧 서정시의 알파요 오메가라고 믿어왔다. 서정이란 내밀한 가족사를 포함한 일체의 사적 비밀을, 그 상처와 결핍의 경험을 토로하는 것으로 이해되었고, 서정시의 특징이라고 주장되는 '주관성'은 자기 마음대로 쓸 권리로 받아 들여졌다. 서정시는 어느덧 자서전이나 일기 같은 고백의 장르가 되었다. 물론 이 같은 현상을 한국적인 서정시의 특징, 즉 특수성이라고 주장할 수도 있다. 하지만 지금까지 누구도 이러한 통념적 이해에 '한국적'이라는 제한을 부여하지 않았다. 차라리 그것은 장르를 설명하는 '보편'으로 간주 되었다. 몇몇 연구자들은 고집스럽게 슈타이거나 함부르거의 이름을 들먹 이며 서정시가 영구불변 자연적 대상의 아름다움을 찬양하고 우주와 인간의 조화를 노래해야 하는 것처럼 이론적 현실을 왜곡했고, 그러한 이론적 왜곡은 결국 현실적인 삶과 심각하게 괴리된 관념으로서의 자연 표상을 재생산하는 현상으로 나타났다. 그리고 이 삶과 문학의 괴리는 문학의 '자율성'이나 '순수'로 오해되기도 했다. 물론 18세기 후반과 19세기 초반, 그러니까 낭만주의적인 전통의 서정시에는 슈타이거나 함부르거의 이론이 적합하다. 그들의 이론은 처음부터 그 시기의 작품들을 대상으로 제안되었기 때문이다. 하지만 20세기가 시작된 이래 낭만주의적 자아에 기초한 동일성 이론은 대부분의 국가들에서 상당한 이론적 저항에 직면했 다. 이는 문학에 대한 모든 논의가 본질적인 것이 아니라 역사적인 것이기에 당연한 이치였다. 그럼에도 유독 한국에서만은 이 같은 제한적 시선이 대학이라는 제도를 통해 보편적인 것으로 이해되고, 나아가 확대되는 양상을 보였다. 그 뿐만이 아니다. 서정시의 본질을 주관성과 동일성으로 규정하는 태도는 근대 이전의 고전적 시가 전통과 뒤섞여 완연하게 이데올로기화되었다. 그것이 세속적 욕망에 찌든 현대인들에게 '힐링'이라는 이름의 정신적 면죄부로 기능해왔음은 주지의 사실이다. 이때부터 시는 '서정'이라는 명분을 앞세워 현실적 삶과는 차원을 달리하는 고상한 세계가 되었고, 삶과 문학의 이러한 분리는 언제나 '순수' 또는 '미학'이라는 이름으로 포장되기 일쑤였다.

우리는 '서정'을 '세계의 자아화'나 '서정적 동일성'처럼 갈등 없는 주관성으로 이해하는 익숙한 태도를 의심해야 한다. '서정'이 '주관성'과 무관하다는 말이 아니다. 서정적 주관성이 한 개인의 1차적 감정과, 나아가 시인 자신의 삶의 이력과 일상에 대한 재현적 진술과 동일하지 않다는 것이다. 실제 이러한 태도는 문학연구자, 비평가, 창작자 모두가 공유하고 있는 장르적 무의식에 해당한다. 서정 시인들은 서정시의 본질이 동일성에 있다고 생각하기에 갈등적인 삶의 풍경 앞에서 쉽게 눈을 감는다. 그들은 부정적인 현실은 시의 대상이 될 수 없으며, 외적 현실을 내면의 프리즘에 비추어 굴절시키지 않는 것은 시가 아니라고 생각한다. 서정시를 연구하는 강단의 학자들은 19세기 낭만주의의 서정시 이론을 시공간의 차이를 고려하지 않고 적용하는 몰역사적 태도를 드러내어 결국 서정시 이론과 동시대의 문학적 현실 사이에 회복하기 어려운 간극을 만들어낸다. 이러한 몰역사적 태도는 특히 비평가들에게서 분명하게 나타난다. 알다시피 '서정(시)'을 둘러싸고 진행되는 가벼운 논쟁은 주기적으로 재론되는 양상을 보여 왔다. 결론적으로 말하면 이는 현대라는 역사적·현실적 조건과 '서정(시)'의 관계에 관한 논의의 성격을 띤다. 언제부터인가 '현대'라는 역사적 시간이 '서정(시)'에 상당한 압력을 미치기 시작해서 그것을 몰역사적인 시대착오적 현상처럼 보이도록 만들었다. 이러한 비판에 직면한 시인·평론가들은 '현대'와 '서정(시)'의 관계에 대한 새로운 시각을 요구받았고, 그때마다 논의의 구도는 서정시를 옹호하는 쪽과 비판하는 쪽으로 양분되는 경향을 보였다. 이미 꽤 많은 사람들이 '서정시'라는 개념 앞에 '전통'이라는 단어를 접두어처럼 붙여서 사용하고 있다.

왜 '서정시'는 '전통'이라는 단어와 손쉽게 결합되는 것일까? 이 결합은 서정시를 대하는 사람들의 통상적 태도를 정확히 드러내며, 한 걸음 나아가 우리가 '서정시'라는 단어를 사용하는 맥락을 보여준다. 2000년대 초의 미래파 논쟁이 증명했듯이, 시사詩史에서 서정시는 이미-항상 낡은 것으로 간주되어 극복되어야 할 어떤 것으로 통용되어 왔다. 흥미롭게도 서정시 특유의 이러한 보수성은 정작 서정시의 옹호자들과 비판자들이 공유하고 있는 무의식의 일단을 노출시킨다. 그것은 서정(시)이란 결국 개인의 주관성에 기초한 세계의 자아화 또는 서정적 동일성 그 이상도 이하도 아니라는 것이다. 이 생각이 한편에서는 서정시를 비판하는 논리에 사용되고, 다른 한편에서는 현실사회의 분열과 갈등을 봉합하는 문화적 처방으로 사용된다. 서정시의 비판자는 물론 옹호자마저도 '서정(시)'에 대해서는 비슷한 시각을 갖고 있다. 이 때문에 현대시에서 '서정'은 양적인 측면에서는 다수이면서도 언제나 낡은 것, 보수적인 것으로 평가될 수밖에 없었다. '미래파' 논쟁에서 정점에 도달한 새로운 시적 감수성의 등장이란 결국 이 낡은 것, 보수적인 것으로부터의 이탈을 가리키는 것이었다.

3

2000년대 초, 우리는 '미래파'라는 이름의 거대한 변화를 경험했다. 그것은 시적 경향의 변화와 시단의 세대교체가 중첩된 일대 '사건'이었다. (서정)시를 "감정의 표현"이나 인간과 자연의 서정적 연속성 정도로 이해하는 작품들이 여전히 양적인 다수를 차지하고 있지만, 미래파 논쟁을 거치면서 사실상 시단의 주류는 바뀌었다. 소위 90년대식 '신新서정'을 주도했던 시인들의 이름을 문예지나 신간 시집 목록에서 발견하는 일이 어려워졌다. 분명한 것은 90년대적 '서정'이 극복의 대상이 되었다는 점이다. 언제부턴가 '서정'은 '신新', '다른' 같은 기호와 결합되어 유표항으로 쓰이기 시작했고, 이들 조합의 성격은 '서정'의 앞에 위치한 단어에 의해 결정되었다. 이는 현대시의 '서정'이 그것에 대한 전통적 이해에 비추어 이해될 수 없다는 것, 전통적인 의미에서의 '서정'을 추구하는 것이 현대시의 바람직한 방향이 아니라는 성찰에서 비롯된 현상이다. 어떤 사람들은 양적인 기준을 내세워 여전히 서정시가 한국시의 주류라고 주장한다. 하지만 '주류'는 영향과 권력의 문제이지 '양'의 문제가 아니다. 이러한 시단의 변화는 2010년 전후 절정에 도달했다. 이 무렵 시단에서는 산발적으로 '포스트—미래파' 담론이 등장하기 시작했고, '세대'라는 필터를 거친 몇몇 시인들이 새롭게 주목받기 시작했다. 하지만 이 시기에 등단해 비교적 최근에 첫 시집을 출간한 몇몇 시인들의 시세계는 비록 변형된 형태로나마 '미래파'의 실험적 성격보다는 90년대적인 서정의 계보에 한층 가까운 느낌이어서 관심의 대상이 되고 있다. 사람들은 이러한 현상을 '서정'의 귀환이라고 부른다. 새로운 문화적 징후의 성격이 강했던 '미래파'의 영향력이 퇴조하면서 비교적 익숙한 시적 경향이 제자리로 돌아왔다는 것이다. 하지만 돌아온 '서정'은 80~90년대 시단의 주류였던 '서정'과는 사뭇 다른 느낌이어서 '귀환'이라고 단정하기 어려울 듯하다. 또 누군가는 정신분석의 패러다임을 빌려 이 현상을 '억압된 것의 귀환'이라고 말하기도 한다. '미래파'의 영향력이 두드러졌던, '미래파'라는 기호가 시적 경향은 물론 세대, 문학적 지향, 문단 지형을 가르는 준거점으로 기능할 때에는 '서정'이라는 단어가 부정적인 의미로 사용되었기에 억압이 없었다고 말하기는 어려울 듯하다. 그러나 이 시기를 제외한 대부분의 시기에는 반대로 미래파적인 경향이 억압되었다는 점을 고려하면 정신분석 담론을 이 현상에 그대로 투사하기는 힘들 듯하다. '귀환'이라는 단어를 피할 이유는 없지만,

정작 중요한 것은 '서정'이 역사적인 맥락에서 다양한 방식으로 표출된다는 사실을 이해하는 일이다. 예컨대 낭만주의적 서정은 인류 역사에서 인간이 자연에 대해 최초로 우위를 점한 시대의 산물이며, 자연과 인간의 분리를 인간적 주관성이나 자아의 동일성 같은 당대적 개념을 원용하여 봉합하려는 의지의 산물이었다. 때문에 낭만주의적 서정의 중심 소재는 자연적 풍경일 수밖에 없다. 식민지 근대를 경험한 한국의 경우에도 사정은 이와 유사하다. 근대란 곧 '도시적인 것'의 등장이었으니 적극적으로 근대를 지지하지 않은 대다수의 서정 시인들이 자연과 인간의 유대를 통해 낯선 근대화의 흐름에 저항하고, 근대 이전의 세계에 대한 향수를 환기시킨 것은 일견 상식적인 일에 속한다. 하지만 '도시적인 것'이 더 이상 낯선 것이 아닌 세대, 아니 '도시'가 곧 고향인 사람들에게 '도시적인 것'은 더 이상 원초적인 결핍이 아니다. 예컨대 농경사회에서 성장한 시인에게 자연, 강, 바다, 별 등의 자연적 요소들이 중요한 이미지라면, 도시에서 태어나고 성장한 시인에게는 도로, 자동차, 빌딩 등의 인공적 요소들이 익숙한 이미지일 수밖에 없다. '서정'이 역사적 성격을 지닌다는 것은 이처럼 시대와 장소에 따라 그것이 표현되는 방식이 다르고, 거기에 개성적인 요소가 더해지면서 하나의 고유한 세계가 형성된다는 의미이다. 이 서정의 다양한 얼굴들로 인해 '서정'은 대문자로 표기될 수 없고, 항상 전통적이고 익숙한 것으로 비판받으면서도 변화의 가능성을 지닌 것으로 긍정된다.

알다시피 '서정'의 특징은 특유의 익숙함과 안정감에 있다. 그것은 변화 가능성에 열려있으면서도 이미—항상 이해 가능한 세계로 되돌아오는 성질을 지녔다. 아리스토텔레스가 설명한 사물의 '차이'가 공통된 특징을 전제하듯이, '서정'의 새로움은 실상 익숙함을 전제할 때에만 성립된다. 20세기 이후의 시적 실험들이 '서정'이나 '감정'을 공개적인 목표로 삼은 이유도 '서정'이 익숙함의 감각에 기초하고 있기 때문이었다. 최근 몇몇 시집들 또한 이러한 익숙함에 힘입어 독자 대중들로부터 호의적인 반응을 얻고 있다. 이 시집들은 내밀한 가족의 비밀이나 개인적인 상처 등을 고백적으로 발화함으로써 독자들과의 감정적 유대를 구축하는 데 성공했다. 그것은 '감정'의 차원에서 발화되는 고백이자 호소이고, 강력한 정서적 감염력에 기초한 '감정'의 공명이다. 이러한 '감정'의 공명은 개인의 사적 경험, 특히 실존적인 상처를 앞세울 때 한층 커진다. 하지만 이 같은 정서적 감염이 서정시에 필수적인 조건인지, 그것이 반드시 긍정적인 것인지는 의문이다. 서정적 주관성에서 시인-개인은 언어가 지나가는 통로이지 언어의 출발점이나 종착점이 아니다. 서정시 특유의 정서적 호소력은 시인이 자신의 삶의 내력을 고백하기 때문에 생기는 것이 아니라 세계의 모든 것이 시인-개인이라는 주관성을 지나가기 때문에 생기는 것이다. 그것은 고백적인 목소리의 힘이지 고백되는 내용의 힘이 아니다. 하지만 우리의 문학적 현실은 이와 달라서 다수의 시인들이 자신의 상처를, 그리고 한 가족의 내밀한 역사를 고백하는 행위를 서정적 주관성으로 받아들이고 있는 듯하다. 이 현상은 이미 오래전에 생겨나 다양한 학습과 경험을 통해 재생산되고 있다. 서정시가 개인적 삶의 내력이나 고백적 내용을 담지 말아야 한다는 말이 아니다. 서정적 주관성이 곧 개인사는 아니라는 것, '서정'을 시인의 진술한 "감정의 표현"으로 한정해서는 안 된다는 것이다. 이런 점에서 최근 첫 시집을 출간한 시인들의 다양한 '서정'을 제대로 읽기 위해서는 별개의 술어들이 필요할 듯하다.

최근 시의 서정적 경향과 관련해 먼저 주목할 대상은 박준과 임경섭의 첫 시집들이다. 이들 시집은 상실과 재결합이라는 낭만주의적 내러티브에 기대고 있다. 박준의 시집 『당신의 이름을 지어다가 며칠은 먹었다』(문학동네, 2012)에서는 "내가 살아 있어서 만날 수 없는 당신"과의 불가능한 만남이라는 본질적인 결핍감이, 임경섭의 시집 『죄책감』(문학동네, 2014)에서는 "엄마의 부재"라는 실존적 사건이 그것이다. 낭만주의적 내러티브는 주체의 리비도가 투사된 대상과의 실존적 거리를 극복할 수 없는 한계와 그로 인한 상실감을 애도의 불가능성이나 죄책감 등의 정서적 사건으로 전유함으로써 독자와의 감정적 통로를 구축한다. 또한 이들의 시는 전통적인 서정시가 자연적 대상을 인간적 감정의 이입 대상으로 등장시키는 것과 달리 자연적 요소를 거의 등장시키지 않거나, 간혹 등장할 때조차 자연적 속성과는 무관한 것으로 기능하게 만든다. 예컨대 박준 시집의 첫 페이지에 실린 「인천 반달」에서 '반달'이라는 자연적 소재는 질병의 증상("이때부터 눈에 / 반달이 자주 비쳤다")에 대한 비유일 뿐 자연 현상으로서의 '달'과 아무런 관계가 없다. 이는 「학」에 등장하는 학이 '종이학'에서 기원한 것과 비슷하다. 자연적 대상을 비자연적인 방식으로 사용하는 것은 임경섭의 시에서도 동일하게 나타난다. 이들의 시는 자연적 대상에 무관심하기 때문에 애초부터 자연과의 서정적 동일시가 개입할 여지가 없다. 대신 "엄마의 부재"라는 실존적 사건에서 "시간은 흐르는 것이 아니라 / 다시 돌아오는 것인지도 몰랐다"(「그렇게 어머니를 만나야 했다」)라는 진술을 이끌어내듯이 인간적 삶, 특히 주변화된 삶에서 기원하는 결핍감을 강조함으로써 시를 상처의 고백으로 이끌어간다. 이들 시의 중요한 시적 공간이 도시 변두리로 설정되는 이유도 여기에 있다. 이처럼 박준과 임경섭의 시는 대상의 부재를 노래하기에 세계와 자아의 조화나 화해 가능성에서는 비교적 자유롭지만, 낭만주의적 네러티브에서 출발한다는 점에서는 서정의 익숙함을 벗어나지 못한다. 이들의 시는 "서정=감정의 표현"이라는 도식에 충실한 사례라고 말할 수 있을 것이다.

4

우리가 흔히 '서정'이라는 단어로 지시하는 시적 특성은 '감정'만큼이나 '경험'을 중시하는 전통에 속한다. 이 전통에 따르면 문학은, 시는 일상적 삶의 반영이거나 그것에 대한 성찰의 언어이고, 이 전통 안에서는 '삶'과

'언어'의 이러한 연계야말로 문학의 가장 자연스러운 상태로 간주된다. 예술사에서 모더니즘이라고 명명되는 새로운 경향은 정확히 이 전통으로 부터의 단절을 의미하며, 이 새로운 전통 안에서 문학적 현실은 '경험'이 아니라 '구성'의 산물로 이해된다. 2000년대의 젊은 시인들을 예로 들자면 박준과 임경섭이 '경험적 시학'의 계보에 속하는 반면, 주하림의『비벌리힐스의 포르노 배우와 유령들』(창비, 2013)이나 이선욱의『탁, 탁, 탁』(문학동네, 2015) 등은 '구성적 시학'의 계보에 속한다고 말할 수 있다. 물론 한 편의 시가 아니라 한 권의 시집을 대상으로 놓으면 대부분의 시집에는 '경험'과 '구성'의 두 가지 측면이 모두 있는 게 사실이다. 하지만 시인들의 시세계 전체에서 두 측면이 평행하게 나타나는 경우는 거의 없기 때문에 둘 가운데 하나를 특정한 시인의 시적 경향이라고 말하는 것이 불가능한 일은 아니다. 아울러 우리는 '경험' 안에도 다양한 층위가 존재한다는 것을 간과해선 안 된다. 박준과 임경섭의 시가 '경험'의 한 극한이라면, 신미나와 유병록의 시는 '경험'의 다른 한 극단을 대표한다. 한 연구자에 따르면 고대 그리스의 서정시는 개인적인 감정의 표현 차원에 머물지 않고 개인의 느낌이 시인의 경험만이 아닌 독자 대중의 느낌이 될 때, 즉 개인의 경험이 개인만의 경험이 아니라 공동의 경험으로 확장될 때 성립된다. 요컨대 서정이란 개인의 특수하고 고유한 경험이 아니라 개인의 경험이 일정한 보편적 경험으로 확장되는 일반성의 장르인 것이다. 박준과 임경섭의 시편들과 달리 신미나의『싱고,라고 불렀다』(창비, 2014)와 유병록의『목숨이 두근거릴 때마다』(창비, 2014)를 읽을 때 우리가 경험하는 정서적 유대감은 이러한 '서정'의 느낌에 가까운 것이다. 물론 이들의 시 또한 개인의 경험에 기초하고 있다. 하지만 신미나의 시에서 농촌을 배경으로 한 소녀의 고독한 내면이나 도시의 주변적 공간에서 영위된 가난한 삶의 풍경들은 한 개인의 고유한 경험에 머물지 않고 그것을 직접 경험하지 않은 사람들에게도 일정한 울림을 가져다준다. 물론 이러한 울림이 배가되는 이유는 신미나의 시가 세계와의 간극이 좁혀질 수 없는 낭만주의적 상실의 모티프에 기대지 않고 세계와의 불협화를 승화시키는 전통적인 서정시 특유의 태도를 견지하고 있기 때문이다. 일체의 자연적 요소를 배제한 박준, 임경섭의 시와 달리 신미나의 시는 자연적 제재와 인간적 삶의 풍경을 적절하게 섞는 한편, 1차적인 감정을 충분히 절제함으로써 세계와의 불화를 내면화한다.

이러한 내면화는 유병록의 시에서도 유사하게 나타난다. 유병록의 첫 시집은 2000년 이후 출간된 젊은 시인들의 시집 가운데 가장 투명한 서정적 울림으로 채워져 있다. 앞에서 우리는 서정적 주관성이 개인의 사적인 삶의 기록이나 고백이 아니라 시인–개인이 언어/세계가 지나가는 통로임을 의미하는 것이라고, 서정시의 호소력 역시 자기 삶의 고백이 아니라 경험의 상호주관성에서 발생하는 것이라고 말했다. 유병록의 『목숨이 두근거릴 때마다』는 이러한 서정적 주관성을 가장 분명하게 보여주는 시집이다. 유병록의 시는 '고백'하지 않는다. 그의 '서정'은 '고백'하는 서정이 아니다. 그것은 고백적인 목소리일 때조차 고백할 어떤 내용도 포함하고 있지 않다. 다만 프리즘이 빛을 굴절시키듯이, 화자는 이 세계의 사물과 풍경을 자신의 내면에 비춤으로써 새로운 풍경이 나타나도록 자신을 세계에 개방한다. 때문에 이러한 서정적 사건에서 화자는 주체 아닌 주체로 등장한다. "태어나기 전부터 몸에 새겨진 습관은 / 내 몸에 살았던 타인의 흔적"(「습관들」)이라는 진술이 바로 그렇다. 만일 유병록 시의 화자를 '주체'라고 불러야 한다면 그를 고백의 주체가 아니라 번역의 주체, 발견의 주체라고 호명하는 것이 타당할 것이다. 하지만 이러한 규정이 유병록의 시에 어떠한 고백적 내용도, 어떠한 감정의 표현도 등장하지 않는다는 것을 의미하지는 않는다. 대부분의 시집이 '경험'과 '구성'의 혼합체이듯이, 대부분의 서정시 역시 감정·경험의 표현과 번역·발견의 양 측면을 모두 거느리기 마련이다. 다만 유병록의 시적 특이성은 감정·경험의 표현보다는 번역·발견의 층위에서 찾는 것이 타당할 듯하다. 가령 유병록의 시집 첫 장에 등장하는 「붉은 달」을 보자. 이 시에서 화자는

"붉게 익어가는 토마토"를 "대지가 꺼내놓은 수천 개의 심장"이라고 명명하며, '붉은 달'의 이미지는 '대지'라는 평면 위에서 한편으로는 '달-토마토'의 시각적 이미지, 다른 한편으로는 '붉은 빛-피-붉은 달'의 시각적 이미지로 계열화되면서 익숙한 풍경을 낯선 풍경으로 변주한다. 이러한 변주는 "감정의 표현"으로서의 서정과는 층위가 다르며, 굳이 말하자면 "누군가의 살을 만지는 느낌", "나는 만지고 있다 / 사라진 시간의 눈꺼풀을 쓸어내리고 있다"(「두부」)처럼 몸-신체에 의해 번역되는 촉각적 사건이라고 칭할 수 있다. 그러니까 유병록 시의 서정은 세계와 사물을 화자의 신체에 투과시키는 일종의 번역 작업에 의해 생산되는 것이며, 이 과정은 '감정'보다는 '감각', '고백'보다는 세계를 향한 내면의 '개방'에 더 가깝다. 박준과 임경섭의 시보다는 신미나의 시가, 신미나의 시보다는 유병록의 시가 한층 깊은 울림으로 다가오는 이유는 그것이 사적인 삶의 고백이라는 특수성의 영역이 아니라 경험하지 않고도 공감할 수 있는 보편성을 지니고 있기 때문이다. 그럼에도 불구하고 변두리를 배경으로 인간적 삶의 상처에 집중하는 박준, 임경섭의 시와 농촌 경험과 자연적 요소를 한층 적극적으로 차용하고, 특히 서정시 특유의 감정 절제를 보여주는 신미나, 유병록의 시는 '서정'의 층위에서 흥미로운 대조를 이룬다.

이들 외에도 백상웅, 박소란의 시집 역시 강력한 '서정'의 계보에 속한다. 백상웅의 첫 시집 『거인을 보았다』(창비, 2012)가 보여주는 서정은 번역·발견의 주체를 앞세운다는 점에서는 유병록과 유사하지만, 자연적 소재가 아니라 인간적 삶의 형상 — 시집 해설에서 송종원이 "백상웅의 시에는 노동자의 삶이라는 의식이 늘 개입하고 있다"라고 썼던 그것 — 이 중심이라는 점에서 박준, 임경섭의 시세계에 가깝다. 하지만 박준, 임경섭에게 삶은 '나'와 '가족'이 중심이 되어 작동하는 강력한 구심력 운동이지만, 그리하여 이 세계의 모든 문제가 궁극적으로는 이 중심을 향해 응축되는 방식으로 설정되지만, 백상웅의 시는 반대로 '나'와 '가족'이라는 경험적·고백적 요소마저도 세계를 향해 확대되는 원심력의 운동에 의해 지배된다.

그러니까 '서정'은 목소리의 태도가 경험적·고백적이냐, 번역적·발견적이냐의 문제가 아니라 그것들이 어떤 배치 속에서 작동하며, 어떻게 기능하는가에 따라 다른 성격을 갖게 되는 셈이다. 가령 백상웅의 시에서 아버지와 '나'의 부자관계는 혈연에서 시작되어 사회적인 관계로 변주되고, '나'의 천만 시민이 살고 있는 도시로의 전입 역시 개인사가 아니라 '노동'의 문제로 담론화된다. 그는 '모가지'라는 생물학적 단어를 "노사의 속어"(「모가지」)라는 사회학적 개념으로, 게을러 보이는 나무의 운명을 "노사분규도 없이, 연봉협상도 없이"(「2월의 나무」)처럼 노동의 상상력으로 전유한다. 이런 맥락에서 백상웅의 시는 '서정'과 사회 또는 정치적 상상력의 결합이라는, 우리가 오랫동안 잊고 있었던 감성을 환기시킨다.

반면 박소란의 첫 시집 『심장에 가까운 말』(창비, 2015)은 우리가 '서정'이라는 말에서 떠올리는 것에 가장 근접한 감정과 정서의 세계를 보여준다. 박소란 시집의 초반부에 실려 있는 몇몇 작품들은 '서정'의 근본원리가 무엇인가를 분명하게 보여준다. 매 시편마다에서 시인은 폐품 리어카 위에 실려 가는 통기타, 검정 비닐봉지, 시멘트 바닥에 떨어져 깨진 감, 길바닥에 떨어진 십 원짜리 동전 같은 사물들과 조우한다. 정확히 말하면 이 사물들과의 우연한 마주침이 시작詩作의 출발점이니 이것은 자신의 가족사는 삶의 이력을 토로하는 경험적 시학보다는 매순간 사물이나 세계와의 마주침을 감각적인 언어로 재전유하는 번역적·발견적 시학이라고 말할 수 있다. 하지만 박소란의 시에서 이러한 마주침은 세계나 사물의 재전유로 흐르지 않고 삶의 이력이 흘러나오는 출구로 작용한다. 그러니까 시작은 번역적이나 궁극적인 귀결점은 고백적인 셈이다. '서정'이 기억의 장르임을 보여주는 이러한 특징은 또한 서정시의 가장 오래된 문법이기도 하다. 시인 또한 이러한 사정을 모르지 않기에 <시인의 말>에서 자신의 시작詩作 태도를 "낡은 스웨터를 입고 문을 나선다."라고 소개하고 있다. 사람들이 권하는 새 옷을 마다하고 굳이 낡은 스웨터를 고집하는 것, 이것은 시가 시인의 실존적 거소를 가리키는 이정표이기 때문일 것이다.

때문에 박소란의 시집은 박준과 임경섭의 시집 옆에 나란히 놓여야 할 듯하다.

5

오해와 달리 장르로서의 '서정시'는 항구적이지만 '서정' 자체는 역사적이다. '서정'이 매우 짧은 특정 시기에만 가능한 것이 아닌 다음에야 그것이 표현되는 방식은 시대와 장소에 따라, 혹은 시인들의 개별성에 따라 다르기 마련이다. 사람들은 흔히 '서정'을 농경적 세계에 대한 이상적 지향이나 그것에 대한 균열 없는 일체감의 표현이라고 오해하지만, 서정은 농경사회나 자연경제 바깥에도 존재한다. '서정'에 대한 이런 오해가 몰역사적으로 관철되어야 할 원칙이라면, 19세기 이후의 모든 서정시는 결국 시대착오이거나 경험적 삶의 균열을 외면하는 이데올로기에 지나지 않을 것이다. '서정'이 시대와 장소를 초월하여 보편적으로 목격되는 이유는 '서정'이 이미-항상 그것 이상이기 때문이다. 물론 이러한 사실이 '서정시', 특히 낭만주의의 영향에서 자유롭지 못한 서정시의 보수적 성격을 해결해주지는 않는다. 최소한 유럽의 문학사에서 문학의 실험과 혁명은 이미-항상 '서정'을, 특히 그것을 "감정의 표현"과 동일시하는 태도를 극복의 대상으로 삼아왔다. 하지만 지금 우리가 '서정'에 대해 되묻고 있는 것이 '서정 폐기론'이 아니라면 그 핵심은 과거의 '서정'과 현재의 '서정'의 동일성과 차이, 특히 개별 시인들이 '서정'을 표현하는 방식의 차이에 주목하는 것이어야 한다. 우리가 "서정시는 다만 주로 사람의 감정을 대상으로 한 시에 지나지 않는다."라는 김기림의 주장에서 출발해 "감정의 표현"에 중점을 둔 시와 그렇지 않은 '서정'의 가능성에 대해 살폈던 이유도 여기에 있다. 우리가 '서정'이라고 말할 때, 그 한 극점은 자신의 삶의 이력을 경험적이고 고백적인 목소리로 표현하는 방식이고, 또 하나의 극점은 현재적 순간에 부딪히는 세계와 사물의 풍경을 다른 감각으로 재전유하는 번역적·발견적 방식이다. 이들 두 방식은 한 시인의 시세계에서, 그리고 한 권의 시집에서 대부분 혼재되어 나타나기 마련이지만, 그 작동원리나 지향점에서는 분명히 다르다.

'서정'에 관한 질문들이 제기될 때마다 우리는 이러한 구별보다는 이전 시기의 '서정'을 낡은 것으로 치부해버리는 손쉬운 해결책을 선호해왔다. 이때 비판의 대상으로 간주되는 '서정'에는 언제나 세계의 자아화나 서정적 동일성, 세계와 자아의 조화 같은 낭만주의적 특징이 부여되었다. '서정'에는 늘 동일성의 폭력이라는 '전과'가 따라다닌다. 우리는 서정시적인 '주관성'이 구체적으로 무엇이고 무엇이 아닌가에 대해 질문하지 않았고, 서정시를 옹호하는 사람은 물론 비판하는 사람들마저 '서정'을 개인의 경험적 삶을 고백하는 목소리나 시인 자신의 감정을 세계와 사물에 투사하는 감정이입과 동일시했다. 하지만 서정적 주관성이란 시인 개인의 삶의 이력을 아무런 제약 없이 고백해도 좋다는 의미가 아니다. 만일 '서정'에 대한 기존의 통념을 따르면 2000년 이후에 출간된 대부분의 서정시는 '서정'이 아니라는 결론에 이르게 된다. 이는 '서정시'와 달리 '서정'에는 역사성이 있음을 간과했기에 생기는 문제이다. 19세기 독일 낭만주의에서 '서정'이 자연과 인간의 조화로운 관계로 제시된 이유는 그때가 자연과 인간 간의 전통적인 관계가 해체되기 시작한 시대였기 때문이며, 근대 이전의 서정시들이 대개 우주적 조화와 같은 동일성의 세계관을 충실하게 따랐던 이유는 현대와 같은 균열이 사회적 문제로 대두되지 않았기 때문이다. 또한 농경사회에서 태어난 시인과 도시에서 태어난 시인이 자연적 제재에 대해 가질 수 있는 태도는 다를 수밖에 없으며, 이것이 바로 20세기 초반의 서정과 산업화 시대의 서정, 그리고 지금의 서정이 각기 다른 방식으로 표현되는 근본적인 이유이다. 이렇게 보면 2000년 이후의 시인들에게 부여된 '다른 서정'이라는 명명 또한 '서정'의 역사적 성격 변화를 가리키는 것일 따름이다. 물론 이러한 '서정'의 역사적 성격이 그 흐름을 거스를 가능성마저 부정하지는 않는다. 왜냐하면 여기에서 언급한 시인들은 2000년대의 징후보다는 그 이전 시기 '서정'의 계보에 한층 밀착되어 있기 때문이다. 어쩌면 '다른 서정'이라는 시선이야말로 '서정'에 대한 우리의 강박을 노출시키는 증후일지도 모르겠다.

제3부

이상한 나라의 탈옥수들

— 함기석 시세계의 문학적 공리들

1

사물의 이름은 인간이 만들어놓은 단단한 감옥

인간이 인간만을 위해 만들어놓은 무서운 질서

무서운 폭력, 나는 밤마다

검은 복면을 쓴 방화범이 되어

그 감옥 지하실에 폭약을 설치하고 불을 지른다

내 육체 속에서 번식하는 내 아비의 우상들을 죽이고

발 아래 침묵하는 대지를 살해한다

　　　－「고유한 방화범」, 부분(『국어선생은 달팽이』, 세계사, 1998)

　시는 언어 예술이다. 이것은 함기석의 시세계에 들어가기 위한 주문呪文이다. 이 문장을 이해하지 못하면 우리는 영원히 그의 세계에 들어갈 수 없다. '시는 언어 예술이다'라는 이 평범한 진술에는 우리가 그 말을 들으면서 머릿속에 떠올리는 생각을 초과하는 어떤 것이 담겨 있기 때문이다. 하지만 그 진실의 실체에 도달하려고 노력하는 사람은 드물다. '시는 언어 예술이다'라는 시인의 주장을 상투적인 설명 정도로 흘려듣는 사람들은 대개 그의 시세계 앞에서 발길을 돌리고 만다. 거듭 말하지만 '시는 언어 예술이다'라는 진술은 함기석의 시세계의 입구이자 출구이다. 그렇다면 시가 '언어 예술'이라고 말할 때, '언어'는 구체적으로 무엇일까? 뺄셈의 방식으로 '언어'가 아닌 것들에 대해 이야기해보자. '언어'는 무엇이 아닌가? 먼저 '시=언어 예술'이라는 등식에서 '언어'는 수사적인 미문美文, 즉 아름다운 표현이 아니다. 시는 아름다운 문장과 아무런 관련이 없다. 심지어 시가 모국어의 아름다움을 일깨운다는 발상과도 거리가 멀다. 언어에 대한 시인들의 자의식에는 '사랑', '아름다움', '모국어' 등을 위한 자리가 없다. 오히려 인용시의 화자처럼 시인은 기존의 언어-질서를 파괴하는 존재, 스스로가 '방화범'이 되는 방식으로 '언어'와 관계 맺는 존재라고 말해야 한다. 그렇다고 이 '언어'가 정보를 전달하거나 타인과 대화할 때 사용하는 일상 언어를 의미하지도 않는다. 일상 언어에서 '언어'는 항상 사물과의 관계를 전제한다. 일상 언어는 사물과의 관계 속에서만 특정한 지시적 성격을 갖는다. '연필'이라는 사물이 먼저 있고, 그것을 지시하는 '연필'이라는 단어가 있는 것이다. 이때 '연필'이라는 단어는 사물의 '이름'인데, 동시에 그것은 교육이라는 강제에 의해 주입되는 (문법을 포함한) "단단한 감옥"이자 "무서운 질서"이기도 하다. 그것은 "아비의 우상들"이다. 그것은 우리에게 무조건적으로 강제된다. 함기석의 시세계는 언어의 이 권력적 성격을 겨냥한 시적 '방화'에서 시작된다.

함기석 시의 화자들은 언어를 '명령'과 '권력'으로 경험한다. 하여, "당나귀 도마뱀 염소, 자 모두 따라해! / 선생이 칠판에 적으며 큰소리로 읽는다 / 배추머리 소년이 손을 든 채 묻는다 / 염소를 선생이라 부르면 왜 안 되는 거예요?"(「국어선생은 달팽이」)에서의 국어선생도, "삼삼은 9 삼사는 12 삼오는 15 / 자 아무 생각 말고 따라해봐! 선생이 말한다'(「산수시간」)에서의 산수선생도 모두 권력장치의 일부인 파수꾼들이다. 산수/수학의 기호 또한 예외가 아니다. 함기석 시의 소년 화자들에게 언어는 '명령어'이고, 생각을 경유하지 않고 받아들여야 하는 "감옥"(「산수시간」)이다. 소년에게 시 쓰기는 이 "감옥"에서 탈출하는 행위이다. '감옥—언어'에서 탈출하기, 하지만 소년은 감옥에서 탈출하기 위해 '언어'를 부정하지 않고 '다른 언어'를 선택한다. 그것은 '언어의 외부'가 아니라 '외부의 언어', 즉 감옥—언어가 아닌 언어를 긍정하는 일이다. "외롭고 고달플 때 나는 산책하지 / 언어를 입고"(「산책」), "외롭고 고독한 날 천장에 누워 시를 써요"(「천장에 누워 시를 써요」) 같은 진술처럼 소년에게 '시—언어'는 '감옥—언어'와 본질적으로 다르다. 왜, 어떻게 '시—언어'가 '감옥—언어'에서 탈출하는 것일 수 있을까? 그것은 '시—언어'의 세계가 "운동장은 하늘이 되고 / 시계는 새가 된다 / 바람은 의자가 되고 / 나무들은 자동차가 된다"(「국어선생은 달팽이」)처럼 '감옥—언어'의 권력이 작동하지 않는 세계이기 때문이다. 즉 '시=언어 예술'이라는 등식에서의 '언어'는 명령어가 아니다. 그것은 실용적/도구적 기능과 관계없는 "무서운 놀이"(「무서운 놀이」)이다. 놀이로서의 언어는 사물과의 관계를 전제하지 않는 언어이고, 따라서 사물을 지시하는 단어—이름이 아니다. 다소 극단적일지 모르지만 '시=언어 예술'이라는 세계에서 '연필'이라는 단어는 사물로서의 '연필'을 전제하지도, 그것을 지시하지도 않는다. 그것은 전적으로 '언어'의 세계에 속하는 언어적 사건이다. 그러므로 시는 언어 예술이라고 말할 때, 우리는 시에서의 언어가 일상 언어는 물론 개념 언어와도 다르다고 주장하는 셈이 된다. '시'에 한정하자면, 언어와 언어 바깥의 현실, 언어와 사물 사이에서 통과할 수 없는 '벽'이 존재한다. 이것이 예술의 자율성이라는 관념이 주장되는 근거이다.

'시=언어 예술'이라는 등식에는 또 다른 주장들이 함축되어 있다. 먼저, 그것은 주관성의 장르인 시에서의 화자가 시인의 인격과 무관한 존재, 즉 시가 자서전으로 읽히지 않을 가능성을 제공했다. 19세기 이후의 현대시는 시에 '주체'가 있다면 그것은 시인이나 화자가 아니라 '언어'라고 주장해왔다. 이로부터 경험적 자아와 시적 주체의 분리가 시작된다. 시는 더이상 운문으로 쓴 자서전으로 이해되지 않게 되었고, 이러한 생각은 '시'와 '감정' 간의 오래된 관계가 단절되는 현상을 가져왔다. 마침내 시를 감정의 영역에서 제외시켜야 한다는 주장이 제기되었다. "나의 우월성은 어떠한 감정도 가지고 있지 않다는 데에 있다."(랭보) 시인들은 이 분리 때문에 자신의 삶과 감정을 고백할 기회를 잃었지만, 동시에 자신이 경험하지 않은 세계에 관해 말할 권리를 얻었다. 이때부터 시는 감정 이상의 것이 되었다. 그리고 보들레르 이후 사람들은 현실과 동떨어진 언어 세계 안에 새롭고 낯선 세계를 건축/구성하려는 의지를 강조하면서 그것을 '창조적인 상상력'이라고 표현했는데, 시에서의 상상력이란 이처럼 시공간의 질서를 뒤집거나 비틀어 현실세계를 해체-구성, 새로운 초^超현실을 만들어내는 능력으로 이해되었다. 상상력은 구체적인 것과 상상적인 것을 강제로 결합시키고, 이질적인 것들을 한자리에 모은다. 이렇게 건축되는 초현실은 많은 사람에게 낯설고 불편한 세계로 경험되는데, 이때의 난해함은 인공적인 것이 주는 생소함과 현실로부터의 탈출시도를 의미하는 비실재적 혼돈이 결합되어 발생하는 효과이다.

　초현실로서의 시, 그것은 시를 '언어'를 사용하여 언어 바깥의 사물이나 세계를 형상화하는 행위로 이해해선 안 된다는 것이다. 시는 시 바깥의 세계나 현실, 상황 등을 언어로 옮겨놓은 언어적 재현물이 아니다. 그것은 회화가 캔버스 바깥의 세계나 현실, 상황 등을 색채로 옮겨놓은 시각적 재현물이 아닌 것과 같다. 그래서 시를 쓰고 읽는 것, 그것은 가상의 언어적 세계에 들어간다는 의미이다. 이것은 근대소설에서의 개연성이 작품 바깥과의 관계가 아니라 작품 내부적인 맥락에서의 개연성인 것과 동일하다. 그러니까 "하얀 자루를 든 소녀가 놀이터로 간다 아이들을 만난다 모닥불가에 모여 검은 관을 만드는 아이들을 만난다"(「무서운 놀이」) 같은 장면은 실제 현실의 언어적 재현은 물론 그것의 비유적 표현도 아니다. 그것은 이미–항상 상상력의 산물로만 이해되어야 한다. 이 상상력의 세계에서는 어떤 사건도 일어날 수 있다. 문제는 시에 관한 이러한 사유가 독자에게 상당한 충격과 난해함을 경험하게 만든다는 점이다. 요컨대 시는 언제나 현실 이상의 것을 추구함으로써 현실에서 탈출하려는 욕망의 행위이고, 때문에 이 욕망은 현실의 질서를 따르지 않는다. 상징주의자들은 이것을 예술적 충동은 일그러진 낯선 세계의 얼굴을 남긴다는 표현으로 설명했다. 이러한 비실재적 혼돈은 특히 랭보를 거치면서 이해할 수 없는 표현들, 가령 '피 흘리는 고기의 깃발'처럼 감각적인 이미지로 표현되지만 감각적으로 구체화하기 어려운, 현실적 등가물을 찾을 수 없는 표현들로 구체화되었는데, 랭보는 이것을 감각적 비실재성이라고 불렀다. 이러한 시에서의 감각적 비실재성이 회화에서 모방이라는 관습으로부터의 이탈과 동시에 발생했다는 사실은 징후적이다.

2

"모든 위대한 시인들은 자연적으로, 숙명적으로 한 사람의 비평가가 된다." 보들레르는 시가 본능의 산물이 아니라 시인의 비평적 지성의 산물임을 강조하면서 이렇게 썼다. 그러므로 이것은 모든 위대한 시인들이 시를 쓰면서 동시에 자신의 창작의 기본이 되는 규칙, 즉 시론을 쓴다, 라고 읽어도 좋겠다. 시인이 시를 쓸 때, 그는 사실 시론을 쓰는 것인지도 모른다. 모든 시는 결국 시론일 수밖에 없다. 파롤을 발화하면 동시에 랑그를 발화하게 되는 것처럼. 위대한 시인은 자신의 시론을 쓰지만, 그렇지 못한 시인은 타인의 시론을 착각 속에서 필사할 뿐이다. '시=언어예술'이라는 등식에 관해 긴 설명이 필요했던 까닭도 여기에 있다. 함기석에게 그것은 '시'에 관한 교과서적인 설명이 아니라 시론이며, 따라서 그것을 이해하지 못하면 그의 시세계도 이해할 수 없다. 함기석의 시는 현실이나 경험의 언어적 재현이 아니다. 또한 시인 자신의 감정을 표현하는 고백적 진술도 아니다. 그의 시적 주체가 초개인적인 중립성에 도달했다고 말하기는 어렵지만, '체험'이나 '고백' 같은 사적인 영역에서 한 걸음 떨어져 있는 것은 분명하다. 그에게 시는 명령어에 맞서 수행하는 '전쟁'이고, "무서운 질서"에서 벗어나려는 적극적인 '탈주'이다. 시에 관한 이런 사유는 "나에게 하나의 그림이란 파괴의 총합이다."라고 주장했던 파블로 피카소의 회화론이나 세계파괴를 작시법의 중심으로 삼았던 랭보의 시론과 동일선상에 위치하고 있다. 중요한 것은 그러한 해체–구성의 고유한 방법일 것이며, 우리가 함기석의 시에서 주목해야 하는 것 또한 그 고유한 방법, 즉 시론이다. 여기서의 시론이란 보편적 의미의 시에 대한 학문적 논의가 아니라 그 자신이 "아비의 우상들"이라고 말한 '언어=질서'를 해체–구성하는 그만의 고유한 방식을 의미한다.

　이것은 '형식실험'인가? 하지만 이것은 '형식'으로 귀결되지 않으며, 불가피하게 근본적인 요소 하나를 특정해야 한다면 '언어=질서'에 관계되는 문제라고 말하는 것이 적절할 것이다. '언어'는 '형식'이 아니다. 이제까지 출간된 함기석의 시집들은 이 '언어–질서'의 해체–구성을 다양하게 변주하면서 그때마다 변형된 시론들을 선보였다. 『국어선생은 달팽이』(1998)에서는 '언어=질서'에 대한 시인의 '방화放火' 의지가, 『착란의 돌』(2002)에서는 언어적 세계의 인공성과 감각적 비실재성이 중심이었다. 특히 『착란의 돌』의 첫머리에 배치된 '포도밭'이나 해부실험용 생쥐들이 갇혀 있는 '투명한 유리상자'라는 공간은 이 시집에 등장하는 공간들이 인위적인 공간이고 현실세계와 분리되어 있다는 것을 알려주는 표지판이다. 그것은 이 시집의 공간들을 현실세계와 연관시키지 말라는 '경고'이다. 이러한 인공의 언어 실험실은 『뽈랑 공원』(2008)에서 '뽈랑 공원'이라는 공간("20페이지에 뽈랑 공원이 나타난다"(「뽈랑 공원」)으로 변주된다. 한편 『오렌지 기하학』(2012)에서 시인은 '언어=질서'의 문제를 수학 기호의 영역과 시각적 이미지의 영역에까지 확대했는데, 특히 '수학 기호=언어'

라는 문제의식과 수학적·기하학적 상상력의 두 방향이 분리/결합되는 양상을 반복하면서 시각 이미지라는 낯선 '시론'을 창안했다. 그래서 『오렌지 기하학』의 첫 페이지에 등장하는 "상상은 피로 물든 백지와 함께 나를 찾아온다"(「오렌지 기하학」)라는 진술 역시 이 시집의 세계가 전적으로 '상상'의 구성물임을 예고하는 안내판이라고 이해해야 한다. 이러한 사유에 따르면 시의 본질은 우리가 '시'라고 생각하는 안정화의 지점을 벗어나는 데 있으며, 따라서 '시'는 매순간 새롭게 창조되어야 하는 것이다.

누가 대패로 바다를 깎고 있다
하얗게 깎여 나오는 파도들, 물빛 바다 나이테의 결과 결 사이로
어린 돌고래 떼 헤엄치고 광활한 실내다
공중으로 섬들이 하나 둘 해파리처럼 떠오르고

피아노에 앉아 있다 향나무 여자
대패가 지나간 등엔 검은 등고선들, 새들이 잔에 비친다
빛이 연속적으로 튕겨 오르는 유리의 살갗
소리가 진동할 때마다 파르르 물결이 운다

벼랑 속에서 네 속눈썹 같은 눈발이 흩날린다
어둠 속에서 건반들은 조용한 피를 흘리고 여자는 표정 없이
왼손으로 연주한다
분리된 오른손은 게처럼 홀로 해안 철책을 걷고

흑설탕처럼 바다로 쏟아지는 눈
잔이 담배연기를 타고 입술로 옮겨진다 음률에 맞춰
혈관을 타고 마지막 악장을 향해 퍼져가는 독
수평선엔 출렁이는 흰 돛배들

밀물이 물뱀인양 여자의 다리를 휘감는다
허리를 휘감아 오른다 손가락들은 파들거리는 은빛 지느러미의 물고기
누가 도끼로 건반을 찍는다
튕겨 오르는 흰 이빨들

공중의 섬들이 해저로 가라앉는다
건포도 빛깔의 울음을 내며 날아가는 새들
여자가 쓰러진 모래 무덤에서 스멀스멀 글자벌레들이 기나온다
벼랑 위엔 깃발처럼 나부끼는 혀

— 「낯선 실내악」, 부분

　　함기석의 시는 쉽게 읽히지 않는다. 그러므로 쉽게 소비되지도 않는다. 물론 이해할 수가 없다고 불평하는 사람들도 있다. 흥미로운 것은 그들 대부분이 '시'에 관한 경험과 지식을 가진 사람들이라는 점이다. 그들에게 함기석의 시가 난해한 이유는 함기석의 시가 자신들이 알고 있는 시의 울타리를 벗어나기 때문이다. 그런 사람들에게 시는 곧 체험이나 고백처럼 자연적인 삶에 밀착된 글쓰기로 한정된다. 또한 그들은 한 편의 시가 형상화하고 있는 세계가 작품 바깥의 자연적 세계를 언어로 재현한 것이거나, 혹은 비유를 통해 변형한 것이라고 단정한다. 시에 대한 이들의 불평은 대개 알아들을 수 없는 시가 왜 필요하냐는 무용론으로 귀결된다. 이처럼 어떤 것에 대한 선先–이해는 종종 선입견으로 바뀌어 중력법칙으로 작용한다. 함기석의 시는 이들의 상식적 믿음과 다른 지평선 위에 놓여 있다. 예컨대 시집 『살모사 방정식』의 첫 페이지에 배치된 「오르간」이라는 작품은 "바다 한복판에 오르간이 환하게 떠 있다"라는 진술로 시작된다. 이 진술은 바다 위에 오르간이 떠 있는 실제 현실을 재현한 것이 아니라 비유에 의해 변형된, 혹은 언어적으로 창조된 가상의 세계라고 이해해야

한다. 그것은 일종의 초현실로, 시는 비유를 이용하여, 회화는 특유의 변형 수단을 사용하여 각각 객관적인 대상들을 초현실적 형상으로 바꾼다. 그 변형은 시공간의 질서를 파괴하고, 모든 형상들의 윤곽선을 모호하게 만든다. 그러므로 "누가 대패로 바다를 깎고 있다"라는 인용시의 첫 구절을 읽으면서 '대패'와 '바다'만을 떠올리는 것은 얼마나 허무한 일인가.

함기석의 시가 선명한 윤곽선을 추구하지 않는다고 추상회화라고 말할 수는 없다. '무제'를 선호하는 추상회화와 달리 그는 꽤나 선명한 제목을 제시한다. 시에서 제목은 일종의 안내문이다. 그러니까 '낯선 실내악'이라는 제목은 '실내악', 특히 '낯선'이라는 단어가 강조하는 장면을 상상하면서 읽으라는 충고인 셈이다. 그럼에도 불구하고 대패-바다-파도-물빛-돌고래 등의 시어들을 따라가다 보면 우리의 머릿속은 어느덧 바다 풍경에 점령되고 만다. 그것을 예상했을까? 시인은 "어린 돌고래"가 헤엄치는 장면 다음에 "광활한 실내다"라는 또 다른 화살표를 마련해 놓았다. 그리하여 우리의 정신이 '실내악'으로 되돌아오면 곧장 '피아노'에 앉아 있는 "향나무 여자"가 등장한다. 그런데 피아노를 연주하고 있는 여자의 형상은 우리가 익숙하게 연상할 수 있는 장면과 닮은 구석이 거의 없다. 그것은 마치 어떤 사물들이 있는 바다 풍경과 한 여자가 피아노를 연주하고 있는 실내악 풍경이 뒤섞여 만들어진 몽타주 장면처럼 조각 나 있다. 이 장면들을 어떻게 읽으면 좋을까? 실내악 연주가 불러일으키는 느낌을 언어화한 것이라고 읽어도 좋고, 이질적인 풍경을 몽타주한 것이라고 읽어도 좋으며, 비재현적 방식으로 만들어진 언어적 구성물이라고 간주해도 좋을 것이다. 분명한 것은 "피 흘리는 고기의 깃발"이라는 랭보의 표현처럼 "깃발처럼 나부끼는 혀"라는 진술이 감각적으로는 구체적이지만 실제로는 비실재적이라는 사실이다. 그것은 이 장면이, 표현이, 오로지 언어로만 존재하는 세계라는 의미이다.

3

  함기석의 시는 '언어'에서 출발하지만 그것으로 귀결되지는 않는다. 그의 시어들은 프랑스 상징주의자들의 그것처럼 절대언어를 지향하지 않으며, 시에서 감정, 고백, 체험 등 일체의 인간적 요소를 완전히 배제하지도 않는다. 시어를 '절대언어'의 층위에서 사고하려는 흔적은 '언어'는 명령어라는 자각으로 충만한 『국어선생은 달팽이』부터 수학적 상상력은 물론 수학적 기호와 수식들을 적극적으로 끌어들임으로써 '시'를 전쟁기계로 만든 『오렌지 기하학』까지 폭넓게 분포되어 있다. 하지만 이번 시집은 시집 전체를 관류하고 있는 '죽음'의 풍경들로 인해 한층 정서적이면서 자연적인 삶에 가까운 세계를 포함하고 있다. 물론 이것이 곧 경험과 체험의 단계로 퇴각했다는 말은 아니다. 가령 시집의 후반부에 실린 「無」의 1연은 이렇다. "네가 만지면 / 증발하는 손 / 증발하는 돌 / 증발하는 숲". (「無」) '無'라는 제목은 형이상학적인 느낌을 주지만 실제 이것은 사물의 물질성을 탈각시키는 '언어'의 특성을 보여준다. 앞에서 우리는 시의 언어가 사물과의 관계를 전제하지 않는 언어라고 말했다. 또한 시에 등장하는 형상물들은 모두 물질적인 것이 아니라 언어적 사건이라고 설명했다. 즉 '토끼'라는 시어는 포유류 토끼과㉑에 속하는 동물이 아니라 '토끼'라는 언어기호일 뿐이다. 이 언어적 사건의 세계에서 불가능한 것은 없다. 그 세계에서는 귀, 코, 눈 등이 말을 하고(「얼굴」), "없는 여자의 없는 눈이 웃"(「양배추는 날 뭐라 생각할까?」)기도 한다. "흉부가 기타로 변한 여자"가 등장해 "신음 속에서 0번 줄을 퉁"(「어느 악사의 0번째 기타줄」)기기도 하고, "내일이 왔다"(「슈뢰딩거 고양이」)처럼 과거와 현재의 경계가 모호해지기도 한다. 그래서 우리는 "<본다>는 보지 못하고 / <말한다>는 말하지 못한다"(「광주에서」)라는 진술을 이해할 수 있다. 따라서 「無」의 1연에서 "네가 만지면"이라는 조건은 언어가 사물의 물질성을 절멸시키는 것, 사물을 절멸시키는 시적 언어의 속성을 가리킨다. 손, 돌, 숲 등의 구체적 물질들은 시의 세계로 들어가는 순간, 달리 말해서 '언어'가 되는 순간 물질성을 모두 상실한다. '증발=無'는 이 상실의 다른 이름이다.

'언어'는 물질의 절멸/죽음을 전제한다. 언어화된다는 것은 물질성을 잃는다는 뜻이다. 그런데 '증발=無'가 아무것도 존재하지 않는다는 의미에서의 무無로 귀결되지는 않는다. 사물의 경우, 물질성을 잃는다는 것은 '언어'가 되는 것이며, 따라서 사물성이 사라진 자리에는 '언어'가 남기 마련이다. 한 가장家長의 죽음에 관해 이야기하고 있는 「모래가 쏟아지는 하늘」에서 시인은 장례 풍경을 "<없음>이라는 말의 있음을 아이의 <눈>에서 보고/<있음>이라는 말의 없음을 뒤집힌 <곡>에서 듣는다"라고 표현하고 있다. 자연적 존재였던 한 사내의 죽음은 "<없음>이라는 말의 있음"을 낳는다. 그것은 "<있음>이라는 말의 없음"으로 표현될 수도 있다. 화자는 이 가장의 죽음을 통해 자신은 물론, 이 세계의 숱한 사물들이 언젠가는 사라질 운명임을 예감하면서 "나는 봄도 이 목련나무 꽃길도 이미 <없는 말>이어서"라고 표현하는데, 사물의 '증발'은 '<없는 말>'이라는 단어를 남긴다는 의미이기도 하다.

> 열차가 달린다 나는 차창 밖 슬레이트집을 본다 지붕에 서서 나를 바라보는 나를 바라본다 검게 탄 손을 흔들며 우는 일곱의 아이를 본다 하늘에선 방울방울 검붉은 노을이 링거액처럼 떨어지고

> 열차가 달린다 나는 잠든다 파란 빛이 흘러나오는 집으로 들어간다 말들이 묶여 있는 마당에서 사람들이 술을 마신다 상복을 입은 여자가 나를 데리고 방으로 들어간다 흰 천을 걷고 죽은 노인의 얼굴을 보여준다

> 아흔 살의 나다 그의 뺨을 만지자 천장에서 주르르 모래가 쏟아진다 벽에서 아기의 혀들이 돋아나 뱀처럼 꿈틀거린다 알아들을 수 없는 말을 계속 떠든다 나는 초조히 방을 나가려한다 그러나 문은 밖으로 잠겨있고

마당에서 취한 사람들이 싸운다 말들이 싸운다

눈을 뜬다 열차가 정거장에 멈춘다 얼룩무늬 군복의 하사가 승차한다
미적분 책을 들고 대학생이 승차한다 외눈박이 고양이가 승차하고 종이로
뭉쳐진 아이도 승차한다 탑승객들은 모두 내가 탄 9호실로 온다 모두
나의 얼굴과 똑같다

불안하게 반대편 차창 밖으로 눈을 돌린다 검은 눈이 내리는 들판이
보인다 불길에 휩싸인 집들도 보인다 들판 위 공중으로 수많은 레일들이
깔려 있고 열차가 달린다 나를 태운 무수한 열차들이 달린다 폭풍 속으로
폭풍 속으로

―「폭풍 속으로 달리는 열차」, 전문

한편 「모래가 쏟아지는 하늘」에 등장하는 화자의 진술은 함기석의
시세계로 들어가는 유력한 입구처럼 보인다. 우리는 이미 함기석의 시가
왜, 어떻게 한 개인의 자연적인 삶이나 현실세계를 대상으로 하는 재현의
시학과 다른 지점에서 출발했는지 살폈다. 만일 그의 시론을 비非재현의
시론이라고 말한다면, "<없음>이라는 말의 있음을 아이의 <눈>에서 보고
/<있음>이라는 말의 없음을 뒤집힌 <곡>에서 듣는다"라는 진술은 비非재
현의 구체적인 창작방법이라고 말해도 좋겠다. 그에게 시는 '있음'을
재현하는 투명한 기술이 아니라 '있음'에서 '없음'을, '없음'에서 '있음'을
읽고, 듣는, 만지는, 현실을 초과하는 감각술이다. 아니, 사실 그것은
'시'의 고유한 특징이기도 하다. 우리는 이것을 '상상력'이라는 단어로
설명해왔다. "돌을 보고 새를 그린다 / 돌에서 흘러나오는 하늘을 그린다
/ 돌의 숨소리를 그린다 // 의자를 보고 말을 그린다 / 말의 날개를 그린다
/ 말의 자궁과 무덤을 그린다 // 눈을 그린다 / 눈의 실종을 그린다 / 그늘
속의 죽은 빛, 빛의 사체들을 그린다"(「화가 난다」)라는 진술은 이런

맥락에서 이해되어야 한다. 회화의 핵심이 사물–대상의 재현이 아니듯이, 시의 본질 또한 눈에 보이고 귀에 들리는 것을 언어화하는 것이 아니다. "왜 나는 굽은 뱀의 육체에서 삼차방정식 곡선을 보는가"(「살모사 방정식」).

함기석 시의 초^超현실이란 바로 이렇게 지금–이곳과는 다른 것, 다른 세계를 보는 것이고, 지금–이곳을 변형하여 그것의 질서, 권력, 정당성을 끊임없이 불가능하게 만드는 예술적 전쟁이다. 「폭풍 속으로 달리는 열차」를 보자. 화자는 지금 기차를 타고 있고, 창문을 통해 창밖의 풍경과 창에 비친 자신의 모습을 보고 있다. 창밖을 바라보던 화자는 어느 순간 잠이 들어 꿈속에서 어떤 장면을 목격한다. 그것은 "아흔 살의 나"의 장례식 장면이다. 흔히 우리가 꿈에서 목격하는 것은 과거의 장면들이지만 지금 화자는 미래와 조우하고 있다. 이 낯선 풍경은, 그럼에도 불구하고 "나는 잠든다"라는 예비적 진술 때문에 어느 정도는 용납된다. 즉 이 낯선 초현실은 '꿈'이라는 전제 때문에 허용되는 것이다. 그런데 이러한 초현실은 "눈을 뜬다" 이후에도 여전히 지속된다. 화자가 눈을 뜬 이후에 목격하는 풍경은 오히려 '나'의 과거들, 그러니까 얼룩무늬 군복을 입은 하사, 미적분 책을 들고 승차하는 대학생 등이다. 화자는 그들을 모두 "모두 나의 얼굴과 똑같다"라고 말한다. 그렇다면 이들은 '나'의 과거들일까? 하지만 이들 무리에는 "외눈박이 고양이"와 "종이로 뭉쳐진 아이"도 있다. 그렇다면 그들도 '나'의 과거라고 말해야 할까? 그리고 마지막 연에서 열차는 "나를 태운 무수한 열차들이 달린다"처럼 증폭된다. 이러한 시적 진술은 우리가 이 시를 시인의 꿈 이야기로 읽을 수 없도록 만든다. 그러니까 르네 마그리트의 작품들처럼 우리가 현실이라고 말하는 것과 초현실이라고 말하는 것의 경계가 분명하지 않음을, 약간의 언어적 변형만으로도 전자는 후자가 될 수 있음을 보여주는 사례인 셈이다.

4

　함기석에게 시는 현실에 반反하는 초현실의 전쟁이고, 질서에서 탈주하는 언어적 탈옥이다. 바깥의 언어, 그에게 '시=언어'는 탈옥수들인지도 모른다. "탈옥한 글자들이 총을 쏘며 빌딩 숲을 달린다"(「탈옥수들」, 『오렌지 기하학』(문학동네, 2012)). 언어의 탈脫구축, 수학적 기호와 수식, 기하학적·자연과학적 상상력, 시각적 이미지 등은 그가 이 전쟁에 동원한 무기들의 목록이다. 전쟁기계로서의 시. 하지만 이 초현실 전쟁의 핵심은 파괴가 아니라 창조이다. 여기에서 문학의 본질은 우리가 알고 있는 익숙한 문학의 재생산이 아니라 미지의 것을 발견하거나 발명하는 일이다. 초현실의 전쟁은 현실-질서와 다른 어떤 것을 생산함으로써만 시작된다. 이 발명을 통해 미래의 시가 도래한다. 현실-질서와 뚜렷이 변별되는 시적 상황을 주로 제시했던 이전과 달리 함기석의 이번 시집은 현실과 초현실의 경계가 한층 모호한 상황을 주로 제시함으로써 현실의 내부에 구멍, 즉 공백이라는 사건을 기입하는 장면들을 자주 보여준다. 이것은 처음부터 일상/현실과 다른 층위의 초현실을 구성하지 않고 현실과 초현실의 불투명한 경계를 최대한으로 밀고 나가는 전략의 결과처럼 보인다. 재생산의 문학이 재현하는 현실과 질서의 공리계에 대항/저항하면서도 그 세계의 바깥을 선험적으로 가정하지 않는 내파內波. 그리하여 이번 시집에는 전작 『오렌지 기하학』(2012)에서 보여주었던 파격적인 해체나 실험이 사실상 등장하지 않는다. 그럼에도 불구하고 함기석의 시는 초현실적인 긴장감으로 충만하여, 저항과 유희, 우연과 필연의 경계선을 넘나든다. 이전의 시편들이 자연적 삶과 '시=언어'를 선명하게 단절시키는 방향을 유지했다면, 이번 시집은 그것들이 불연속적이나 결코 무관한 관계가 아님을 강조하는 모습을 보여준다. 이를 위해서 시인은 지극히 일상적인 장면들을 언어화하는 동시에 그 안에 '일상'으로 환원될 수 없는 이질적인 세계를 슬쩍 끼워 넣는다. 르네 마그리트의 회화처럼 초현실로 나아가는 첨점은 일상적 풍경에 사소한 변형/변이를 더하는 것만으로도 획득할 수 있다. 가령 '살모사 방정식'이나 '함박눈 함수' 같은 제목들은 평범한 사물/대상에 수학적 관념을 덧붙이는 것만으로도 초현실화 효과를 만들어낸다.

이렇게 묻고 싶은 사람들도 있을 것이다. 왜 시가 이렇게 어려워야 하며, 무엇을 위해 시를 이렇게 써야하느냐고. 함기석의 시는 일체의 규범성에 맞서는 불협화음의 언어, '바깥의 언어'를 이 세계에 끌어들인다. 그것은 시가 언어가 언어에게 던지는 질문이 되게 하고, 시 쓰기를 언어의 바깥을 언어로 담아내는 고독한 행위에 근접시킨다. 시에서의 고독이란 혼자 있는 상태가 아니라 이처럼 '이해'를 등지고 걷는 순간을 가리킨다. 이러한 시적 모험은 현대적인 독서 속도, 즉 소비에 저항하는 읽기를 요구한다. 하지만 그러한 인내심을 가진 독자는 불행하게도 매우 소수이다. 그렇다고 일상적인 '언어'가 '권력=감옥'으로 기능하는 명령어이고, 그것의 억압으로부터 탈출하려는 창조적 파괴가 부당하다고 말할 수는 없다. 그렇게 말하는 것은 왜 억압에 저항하느냐는 진술만큼이나 난센스이다. 인권이 초월적 권리가 아니라 인간다운 삶을 위해 싸울 권리이듯이, 인간의 인간다움이란 거부의 몸짓에서 비롯된다. 시인이, 예술가가 자유로운 존재인 이유 또한 그가 선택받은 존재이기 때문이 아니라 현실의 공리계를 쉽사리 수락하지 않기 때문이다. 그것을 위해 함기석의 시는 끊임없이 초현실을 생산한다. 의도적으로 생산된 초현실, 그것은 시적 사건이고, 그러므로 언어적 사건이다.

바깥의 시

— 홍일표, 『나는 노래를 가지러 왔다』(문학동네, 2018)

1

홍일표의 시는 우리가 '시'라는 단어를 말하거나 들을 때 머릿속에 떠올리는 '시'에서 가장 먼 곳을 향해, '언어'의 반대 극점을 향해 날아가는 "구름의 문장"(「개곡선開曲線」)이다. 시인은 노래하는 존재라는 상식적인 믿음과 달리 홍일표에게 시인은 노래를 '듣는 자' 또는 '읽는 자'이다. 그것은 누구의 노래인가? 누가 노래하는가? '사물'이다. "연필에서 새소리가 들린다"(「연필」)라고 이야기할 때의 '새소리', "꽃과 나무들은 지상에 없는 말들을 다국적어로 통역한다"(「가수 요조」)라고 말할 때의 '통역', "구름을 억새로 번역한 불광천"(「불광천」)이라고 쓸 때의 '번역', 길거리에 떨어진 은행잎 "수백 년 걸어온 이야기들 / 바닥에 펼쳐놓은 당신이 못다 한 말들"(「끝나지 않는 계절」)이라고 말할 때의 '이야기'는 모두 '사물'의 노래를 지시하는 이름들이다. 다만 이때의 '번역'과 '통역'은 의미를 투명하게 옮기는 언어적 재현과정이 아니라 번역불가능성을 관통하는 시적 사건으로 이해해야 한다. 이러한 시의 존재론에서 시인은 사물의 음성을

듣고, 읽는 존재가 된다. 홍일표의 시에서 '주체'의 자리에는 언제나 '사물'
이 위치하고 있다.

> 그대는 문자 밖에서 횡행하는 연애입니다 방향도 없고 거처할 거소도
> 없습니다
>
> 한 마리 새가 누군가 마지막으로 내뱉은 비명이듯이 나는 그대의 옷에
> 붙은 검불이거나 해독되지 않는 기호입니다 저걸 뭐라고 부르지요? 실내에
> 날아들었던 새가 창문 밖으로 재빨리 빠져나가는 순간 호명할 수 없는
> 다른 행성의 눈부신 빛이 스쳐 지나갑니다
>
> 이파리에 잠시 다녀갔던 빛들의 감정이 희미해집니다 붉은색이든 녹색
> 이든 시간의 무늬로 일렁이다 스러진 것들을 따라가면 나는 이름을 부를
> 수 없습니다 하나의 이름 속에 여러 개의 이름이 붐비고 있습니다 하나의
> 색깔 속에 여러 개의 색들이 뛰놀고 있습니다
>
> 문자 밖의 그대가 명료하게 보이는 새벽에 나는 동쪽에 사는 서쪽입니다
> 수만 권의 책이 흩어져 폭설입니다
>
> — 「바퀴」, 전문

'주체'의 자리에 '사물'이 위치해 있다는 말은 '시'라는 글쓰기가 시인–
화자의 주관적인 감정이나 내면을 토로하는 '고백'이 아니라는 의미이다.
이 경우 '시'는 비非인칭, 즉 시인–화자가 '사물–대상'에 감정을 투사하는
것이 아니라, 시인–화자가 '사물–대상'에 감응/응답하는 사건 속에서
그것의 목소리를 듣는 지점에서 시작된다. 문제는 이 사물의 목소리를
상징적인 질서인 '언어'로 옮기는 일이 불가능하다는 점이다. 이 사물의
목소리를 인간–화자의 관점에서 설명하면 '언어'로 표현할 수 없는 경험이

된다. 시집의 입구에 걸려 있는 "언어가 닿지 못하는 그곳이 멀지 않아 다시 시詩다."(<시인의 말>)라는 푯말이 의미하는 바가 이것이다. 시의 존재론에 관한 사유 혹은 시론詩論이라고 말할 수 있는 인용시의 첫 진술 — "그대는 문자 밖에서 횡행하는 연애입니다 방향도 없고 거처할 거소도 없습니다" — 또한 언어의 불가능성을 고지告知하고 있다. 이 시의 '사물–대 상'은 '바퀴'이다. 하지만 '바퀴'의 형상을 찾기는 어렵다. 추측컨대 "운명의 수레바퀴는 쉬지 않는다"라는 정약용의 산문이나 바퀴의 중심은 고정되어 있지만 바퀴는 늘 움직인다고 주장한 노자의 글귀에 등장하는 그것, 즉 '바퀴'는 '변화'와 '생성'의 메타포로 읽어도 좋을 듯하다. 시인은 이 '바퀴' 를 "문자 밖의 그대"라고 부른다. 따라서 '바퀴'와의 관계는 "문자 밖에서 횡행하는 연애"일 수밖에 없다. 또한 이 '바퀴=그대'에게는 '방향'이나 거처할 '처소'가 없다. 그러므로 '바퀴'는 비유적인 언어, 즉 명료하게 지시할 수 없는 대상을 가리키는, 지시 아닌 지시인 비유일 따름이다. '변화'와 '생성'의 대상은 고정시킬 수 없고, 고정되지 않는 것은 '지시'가 불가능하며, '지시'가 불가능한 것에는 '이름'을 붙일 수가 없다. "나는 이름을 부를 수 없습니다"라는 고백이 바로 그것이다. 이 지시/명명불가능 성을 이해하기 위해 잠시 다른 시를 읽어보자.

눈썹은 가볍고 여린 들창 같은 것
그렇게 말하면 어디선가 혼자 비 맞고 있는
눈물방울 같은 아이

차라리 가시철조망이라고 하자
철조망의 이데올로기라고 하자

눈썹 아래 잠드는 밤바다
격랑과 해일이 잦아든 사이 낡은 구두를 덜거덕거리며 심해를 걷는

사람이 있다
어디서 온지도 어디로 갈지도 모르는
우우 떼지어 몰려다니는 슬픔의 군단이 있다
어군탐지기에 잡히지 않는
글썽이는 방향이 있다

무작정 찾아든 바닷가 민박집
다 잊고 죽은 듯 잠만 잔
관 속의 사나흘
긴 눈썹 아래 오래 젖어 뒤척이던 날

해안가 가시철조망을 바다의 눈썹이라고 부르며 걷던 저녁이 있다
가늘게 흐느끼는 모래알의 아득한 울음 끝
눈물의 어깨를 가만히 감싸주던
몸 안에서 돋아난 여러 올의 빗살무늬

눈썹은 때론 광물성
생의 지각을 뚫고 나온 한 마리 그리마처럼

― 「눈썹」, 전문

　이 시에서 화자는 '눈썹'을 비유적으로 표현하고 있다. 그는 '눈썹'이라는
명사 대신 "가볍고 여린 들창 같은 것"이라고 말한다. 여기에서 '~같은
것'이라는 구문은 비유이니, 그것은 "문자 밖의 그대"(「바퀴」)나 "어군탐지
기에 잡히지 않"는 '슬픔'의 '방향'을 '문자'로 표현/포착하는 유일한 방법
일 것이다. 생生의 구체적인 감각은 이미―항상 '언어'를 초과한다. 예컨대
비유는 우연히 실내에 날아든 새 한 마리가 "창문 밖으로 재빨리 빠져나가
는 순간"에 경험한 "호명할 수 없는 다른 행성의 눈부신 빛" 같은 "해독되지

않는 기호", 식물의 이파리 위에서 "붉은색이든 녹색이든 시간의 무늬로 일렁이다 스러진 것들"의 존재처럼 감각할 수는 있으나 "이름을 부를 수 없"는 사태를 이야기할 수 있는 발화 방식이다. 그것은 명명/지시하지 않고 환기한다. '명사'의 지시기능이 사물-대상을 고정화한다면, 비유는 사물-대상을 역동적인 '변화'의 소용돌이 속에 풀어 놓는다. 「바퀴」에 등장하는 "하나의 이름 속에 여러 개의 이름이 붐비고 있습니다. 하나의 색깔 속에 여러 개의 색들이 뛰놀고 있습니다"라는 진술은 정확히 사물-대상을 잠재성이 들끓고 있는 세계, 변화와 생성, '신생'의 에너지를 함축하고 있는 상태 그 자체로 경험/표현하려는 시인의 의도를 반영하고 있다.

　'비유'는 지시/명명하지 않고 환기함으로써 하나의 사물-대상을 복수적인 유동성의 상태로 데려간다. 비유의 세계에서는 하나의 사물-대상이 무수한 사물-대상으로 변신하고, 정체성의 계기적인 연쇄에서 벗어나 시·공간을 횡단하는 시적 사건이 발생한다. 그 세계에서 '눈썹'은 "눈물방울 같은 아이"가 되고, "가시철조망"이나 "철조망의 이데올로기"가 되기도 한다. 이처럼 비유의 법칙에 따라 '눈썹'이 '가시철조망'이 될 수 있다면, 반대로 '가시철조망'이 "바다의 눈썹"이 되는 것 또한 불가능하지 않다. '비유'의 세계에서 펼쳐지는 사물-대상의 변신은 여기에서 그치지 않는다. "눈썹은 때론 광물성 / 생의 지각을 뚫고 나온 한 마리 그리마처럼"이라는 진술처럼 '비유'는 사물의 견고한 정체성을 허물어뜨림으로써 사물-대상을 '신생'의 에너지가 충만한 상태로 되돌려 놓는다. 이 때문에 시의 언어는 이미 존재하는 언어, 즉 의미와 정보를 실어 나르는 도구적인 기호와는 다른 층위에서 사유되어야 한다. 「바퀴」의 화자가 "문자 밖의 그대가 명료하게 보이는 새벽에 나는 동쪽에 사는 서쪽입니다"라고 말할 때, 그것은 "문자 밖의 그대"가 '문자'로 지시/전달될 수 없다는 의미이다. 일찍이 철학자 하이데거가 '본질적 언어'를 일상생활에서 통용되는 도구로서의 언어와 구별하여 존재의 언어라고 정의라고, 존재의 언어를 존재로부터의 말건넴Zusage이라고 규정한 이유도 여기에 있다. 본질적인 언어의 세계에서 '동쪽'은 '서쪽'일 수 있다. 그것은 "수만 권의 책이 흩어져 폭설"이라는 비유처럼 일상적 '언어'가 도달할 수 없는 세계이다. 철학자 하이데거였다면 시인의 이러한 역할을 언어의 요구, 즉 '말건넴'에 자신을 내맡기는 것이라고 말했으리라.

2

사물과 세계의 말건넴은 상징적 질서인 '언어'의 바깥에서 도래한다. 시詩가 "언어가 닿지 못하는 그곳"(<시인의 말>)을 향한다는 시인의 고백은 결코 과장이 아니다. 시 쓰기의 본질적 문제는 상징적 질서로서의 '언어' 이외의 언어를 지니고 있지 않은 존재가 그 질서의 '바깥'에서 들려오는 말건넴을 상징적 질서로서의 '언어'로 표현해야 한다는 불가능성에서 발생한다. 시는 언어의 길이 끊긴言語道斷 이후에 시작되는 새로운 길, 즉 '비非-언어'이다. '비-언어'는 언어이면서 언어가 아니다. 언어적 질서의 내부에 있지만 그 질서의 규정을 받지 않는 언어, 그리하여 이미-항상 '언어'에 미치지 못하거나 그것을 초과하는 언어가 바로 '비-언어'이다. '비-언어'는 언어의 길이 끊어진 이후의 시 쓰기가 경험하게 되는 절망감의 표현이자, 안정적인 '의미'를 숭배하는 기존의 언어와의 단절을 통해 생성되는 새로운 언어에 부여되는 이름이다. 이러한 절망감은 시 쓰기에 관한 한 가지 진실을 개시開示한다. 시를 쓰는 순간, 시인은 일차적으로 '언어'의 세계에서 추방된다는 것(또는 스스로를 그 세계로부터 추방한다는 것)이 그것이다.

> 가끔 내가 보이지 않을 때
> 매일 죽는 마음이 자욱하여 숨이 막힐 때

문득 돌아보면 대답이 없는 아침
출렁이는 물결 사이로 희뜩희뜩 사라지는 것들

하늘 어디엔가 있을 거라는 평안과 자유
죽은 삭정이 같은 낱말들을 부러뜨리고

오직 여기
동백의 초경에 몸 떠는
황홀과 매혹의 어디쯤이거나
고통과 아우성과 모멸이 뒤섞여 휘몰아치는 난장이거나

제 안의 푸른 피로
밤을 걸어가는 한 자루의 만년필
엎드려 머리 조아리지 않고
직립의 사제
그의 검은 벨벳 옷이 장렬한 최후처럼 눈부실 때

가지 끝 벼랑 위에서 단단하게 여무는 고백들
겁 없이 푸른 목청으로 태양과 맞서는 풋사과

그들의 이름을 기억하며
옥수숫대 긴 이파리를 펄럭이며 하늘을 날 때
그렇게 어느 외진 산모퉁이를 서걱서걱 혼자 걸어갈 때
－「모르는 길」, 전문

시인이 '언어'를 소유하고 있다는 생각은 착각이다. 시인을 포함한 우리
모두는, 하늘을 날아다니는 새가 자신의 '영토'에 갇혀있듯이, '언어'에

감금되어 있다. 때문에 시인은 언어의 주인이 아니라 그 세계로부터 추방된 존재이고, 그는 언어를 상실함으로써 비로소 시작詩作, 즉 시인이 된다고 말해야 한다. 인용시의 제목인 '모르는 길'이 의미하는 바가 그것이다. 홍일표의 이번 시집에는 시 또는 시작詩作을 의미하는 메타포가 반복적으로 등장한다. 노래, 발굴, 번역(오역) 등이 그것들이다. 예컨대 "내 몸에 세 들어 사는 물을 받아 적는 거다 글썽이는 물의 문장을 옮기다보면 나도 모르게 물방울이 되는 거다"(「물의 집」), "연필에서 새소리가 들린다"(「연필」), "꽃과 나무들은 지상에 없는 말들을 다국적어로 통역한다"(「가수 요조」) 같은 진술이 그렇다. 이 시에서 그것은 "어느 외진 산모퉁이를 서걱서걱 혼자 걸어"가는 것, "제 안의 푸른 피로／밤을 걸어가는 한 자루의 만년필"의 형상으로 묘사된다. 화자는 "출렁이는 물결 사이로 희뜩희뜩 사라지는 것들"에 매혹되어 길 없는 길을 걸어가고 있다. 그런데 견고한 모습으로 우리 앞에 놓인 사물−대상과 달리 출렁이는 물결 사이에서 언뜻 모습을 드러냈다가 금세 사라지는 것은 '언어'로 포착되지 않는다. "이름 안에서 너는 발굴되지 않는다"(「너」)라는 의미도 이것이다. 이 '없음'이 '불가능'과 '난해함' 가운데 어느 쪽에 가까운 지 확언하기 어렵지만, 명석판명하고 고정불변한 대상을 지시하는 '명사' 같은 언어로 도달할 수 없음은 분명하다. 화자의 진술처럼 그것은 "평안과 자유／죽은 삭정이 같은 낱말들을 부러뜨리고"서야 말해질 수 있는 세계이다. 시詩는 이 미지의 세계를 향해 발걸음을 옮기는 두려운 경험이고, 그 세계는 "황홀과 매혹의 어디쯤", "고통과 아우성과 모멸이 뒤섞여 휘몰아치는 난장"의 카오스이다. 그러므로 시인은 시를 쓰는 동안 결코 행복할 수 없다. '만년필'에서 "직립의 사제"가 연상되듯이, 시인은 이 난장의 카오스를 온몸으로 견뎌야 하는 "겁 없이 푸른 목청으로 태양과 맞서는 풋사과" 같은 존재이기 때문이다. 시인은 오직 '시 쓰기'를 중단했을 때에만 기쁨을 맛볼 수 있다. 따라서 시 쓰기 이전에 '불행'이 존재한다는, '불행'하기 때문에 시를 쓴다는 말에는 신화적인 요소가 없지 않다. 시인의 진짜 불행은 시를 쓰기 시작하는 순간에 시작된다.

　　나는 노래를 가지러 왔다 빈 그릇에 담긴 것은 다 식은 아침이거나
곰팡이 핀 제삿밥이었다 콜로세움의 노인도 피렌체의 돌계단 아래 핀
히아신스도 다시 보지 못할 것이다 다시 보지 못한다는 것은 유적의 차가운
발등에 남은 손자국만큼 허허로운 일이나 한 번의 키스는 신화로 남아
몇 개의 문장으로 태어났다 불꽃의 서사는 오래 가지 않아서 가파른 언덕을
삼킨 저녁의 등이 불룩하게 솟아올랐다 나는 노래를 가지러 왔다 지상의
꽃들은 숨 쉬지 않았다 눈길을 주고받는 사이 골목은 저물고 나는 입
밖의 모든 입을 봉인하였다 여섯 시는 자라지 않고 서쪽은 발굴되지 않았다
삽 끝에 부딪는 햇살들이 비명처럼 날카로워졌다 흙과 돌 틈에서 뼈 같은
울음이 비어져 나왔다 오래전에 죽은 악기였다 음악을 놓친 울림통 안에서
검은 밤이 쏟아져 나왔다 나는 다만 노래를 가지러 왔다

—「악기」, 전문

'노래'는 '시'의 다른 이름이다. 홍일표의 시에서 노래, 시, 번역, 발굴,
소리를 듣는 것은 하나의 의미망을 형성한다. 그런데 여기서 '노래'는
부르는 것, 즉 주체의 행위가 아니다. '악기'라는 사물–대상을 중심으로
읽을 때조차 노래는 '부르는 것'이 아니라 '가지러' 오는 것이다. 다시
'비–언어'를 떠올려보자. 시의 '언어'가 투명한 의미를 주고받기 위해
고안된 커뮤니케이션의 '수단'이 아닌 것처럼, 시의 '사물–대상' 또한
우리가 일상생활에서 특정한 기능/효용을 위해 쓰고 버리는 실용적인
물건이 아니다. 그런 점에서 시는 이중의 단절을 통과해야만 성립된다.
일상적 언어와의 단절과 일상적 사물과의 단절이 그것들이다. 시인에게
일상어가 시의 언어가 아니듯이, 실용품은 시의 사물–대상이 아니다.
그런 한에서 "콜로세움의 노인"과 "피렌체의 돌계단 아래 핀 히아신스"처
럼 "다시 보지 못할 것"의 의미가 각별해진다. 왜냐하면 "다시 보지 못한다

는 것은 유적의 차가운 발등에 남은 손자국만큼 허허로운 일이나 한 번의 키스는 신화로 남아 몇 개의 문장으로 태어났다'라는 진술처럼 시인에게 사물-대상의 가치는 시간의 흐름을 거스르는 영속성·항구성이 아니라, "허허로운 일"이라고 말해야 하는 순간의 경험으로 사라질지언정 "몇 개의 문장으로 태어"나느냐에 의해 판단되기 때문이다. 이 시에 등장하는 이미지들, 가령 "오래 가지 않아서 가파른 언덕을 삼킨 저녁의 등", 눈길을 주고받는 짧은 사이에 까맣게 저무는 "골목길", "삽 끝에 부딪는 햇살", 흙과 돌 틈에서 비어져 나오는 "뼈 같은 울음" 등은 모두 '노래'가 흘러나오는 '악기'라는 공통점을 지니고 있다. 다만 그것들이 "오래전 죽은 악기"인 까닭은 그것들이 지금-이곳에서 '노래'와 '음악'을 들려주고 있지 않기 때문이다. 그러므로 "나는 다만 노래를 가지러 왔다"라는 화자의 진술은 자신이 사물-대상을 실용적인 맥락과 상관없이 '노래'가 흘러나오는 '악기'로 간주하겠다는 다짐이라고 읽어야 할 것이다. 사정이 이러하기에 '사물-대상'을 노래가 흘러나오는 '악기'로 보는 시선과 "나뭇가지들은 고장 난 악기였다"(「잔영」)라고 말하는 것 사이에, 나아가 '쥐'를 가리켜 "너는 얼굴을 감춘 비사다 서지학자가 읽지 못한 낱말들이 곳곳에 지뢰처럼 숨어 있다"(「쥐」)라고 말하는 해석학적 상상력 사이에 본질적인 차이는 존재하지 않는다.

3

이 세상에는 "닿을 수 없는 곳"(「알코올 천사」)이 있다. 아니다. '세계'가 경험 이전에 존재하는 텅 빈 공간을 가리키는 말이 아니라면, 삶의 구체적인 감각으로서의 세계는 언제나 언어 바깥에 존재한다고 말해야 한다. 삶의 노래는 가청권 바깥에서 울린다. 그러므로 "길을 잃어야 가닿는"(「장흥」)다는 말처럼, 이곳에 닿기 위해서는 먼저 '길'을 잃어야 한다. 홍일표의 시는 우리가 익숙하게 알고 있는 '길'을 잃어야, 아니 '길'을 잃을 때에만 도착할 수 있는 세계에 관한 이야기이다. '길'을 잃는다는 것, 그것은 '언어'를 잃는다는 것이다. 또한 그것은 우리의 시선을 사로잡는 것들에 시선을 빼앗기지 않는다는 것이고, 우리의 귀를 자극하는 소리와 단절한다는 것이다. 세상에는 그때에야 비로소 보이는 것들, 들리는 것들이 있다. 홍일표의 시는 지속적으로 그 세계를 응시하고 있다. 결국 예술이란 이 세계, "가까이 갈수록 보이지 않는 / 사과"(「불가능한 사과」)의 세계에 도달하려는 행위이다. 그곳에서는 "사과는 사과를 밀어내고 붉은 것도 푸른 것도 아닌 색의 틈새로 굴러"(「점멸등」)가고, "크게 숨을 들이마신 계단이 주르르 펴"(「계단과 아코디언」)지고, "칼과 총이 보이지 않았지만 여럿이 죽고 여럿이 쓰러"(「광화」)진다. 또한 "동서남북이 사라지고 밤과 낮이 혼음"(「새의 기원」)한다. 이것들은 결코 환상이 아니다. '곡두', 즉 실제로는 눈앞에 없는 사람이나 물건이 마치 있는 것처럼 보이다가 사라져 버리는 현상이 그러하듯이. 그것은 '바깥', 이성적인 질서와 실용적인 도구성의 논리로는 도달할 수 없는 세계이다. "다른 계절의 노래"(「몰운대에 서다」), "아직 이곳에 도착하지 않은 계절"(「유령들」), "이곳에 없는 봄"(「너」), "인간의 마을에서 피지 않는 꽃"(「푸른 늑대」), "건너오지 않은 곳"(「옹알이」)은 모두 '바깥'의 기호로 읽어야 한다. '바깥'은 지금─이곳의 질서로는 포착되지 않는 '유령' 같은 존재이다.

나는 부풀어 무명의 신에게 닿는다
얼굴 없는 나를 아무도 알아보지 못하여
달의 종족이거나
오리 알쯤으로 오해하기도 한다
몸을 떼어 몇 개의 알을 더 낳기도 한다

이미 죽어서 지워진 몸

용서라는 말은 하지 말자

당신을 만나는 동안 작은 속삭임으로 신의 귀를 간질인다
시간의 악몽을 통과하는 잠
어둠으로 빚은
세계의 모퉁이에 부딪힌 빛들이 가루가 되어 흩날린다

이곳에서 저곳까지 길이 없으니
나는 아직 까막눈이고
하느님도 보지 못한
희고 둥근 시간의 덩어리들

꽉꽉 눌러 사라진 꽃의 표정을 찾는다

여기저기 귀들이 펄럭인다
입이 돋는다
목련이 오래 감추어둔 혀를 내밀어 종알거리듯
곳곳에서 부풀어 오르는
환한 살풍선들

제 말이 들리나요

밀가루 반죽 속에서 동글동글 태어나는 목소리들
나는 여전히 뜨겁고 캄캄한 살이어서
거듭 달의 종족이라고 불러본다
그래야 오늘도 말랑말랑한 하느님인 것

빵이라 부를 때 당신은 영영 보이지 않으니

- 「빵」, 전문

　홍일표의 시는 명사를 제목으로 삼는 경우가 많다. 그런데 그의 시적 진술들을 따라가다 보면 불현듯 우리가 최초의 출발점, 즉 제목에 등장하는 사물-대상에서 한참이나 멀리 떨어진 낯선 곳에 당도해 있음을 발견하게 된다. 잠시 인용시를 살펴보자. 이 시의 제목은 '빵'이다. 중심에 위치한 사물-대상이 '빵'이라는 사실을 염두에 두고 읽으면 이 시에 등장하는 "부풀어" 오른다는 술어나, 그것의 형상에서 유추된 "달의 종족", "오리 알" 등이 비유적인 표현임을 쉽게 이해할 수 있다. 그런데 이 시의 핵심은 사물-대상을 비유적으로 표현하여 낯설게 제시하는 데 있지 않다. 그러한 해석 방식은 "무명의 산"이나 "얼굴 없는 나"라는 진술에 가로막혀 버린다. '빵'이라는 기호를 사물-대상의 이름으로, 즉 명사로 이해하는 한 우리는 '빵'을 실용적인 도구로 받아들이는 일상적 태도에서 벗어날 수 없다. 그러므로 "빵이라 부를 때 당신은 영영 보이지 않으니"라는 마지막 구절은 시에 등장하는 '빵'이라는 기호를 일상적인 사물의 기호로 간주하는 환원적 태도에서 벗어나라는 충고로 읽어야 한다. 그것은 "문자 밖의 그대"(「바퀴」)나 "이름 안에서 너는 발굴되지 않는다"(「너」)와 동일한 맥락이다. 이 시에서 '빵'은 음식물이 아니라 '저곳'을 향해 변화하는 "희고 둥근 시간의 덩어리", "환한 살풍선들"이다. 시인에게 '빵'은 '먹는 것'이 아니라 "밀가루 반죽 속에서 동글동글 태어나는 목소리들"이라는 진술처럼 '듣는 것'이다. 하지만 '바깥'이 그러하듯이, '저곳' 또한 특정한 장소를 의미하지 않는다. 그것은 '이곳'을 벗어난 언어-기호가 끝없는 탈脫코드화를 통해 나아가는 방향일 뿐이다. "언어가 닿지 못하는 그곳"(<시인의 말>)이라는 말에서 중요한 것은 '그곳'이 아니라 언어가 '닿지 못'한다는 것이다. "이곳에서 저곳까지 길이 없으니 / 나는 아직 까막눈"이라는 화자의 이야기 역시 같은 맥락에서 이해할 수 있다.

'바깥'은 어떤 공간 내지 장소에 부여된 이름이 아니다. 어떤 것을 넘어선다는 것이 물리적으로 존재하는 장벽을 뛰어넘는다는 말이 아니듯이, '바깥' 또한 어떤 공간의 외부를 가리키는 개념이 아니다. '너머'가 그러하듯이 '바깥' 또한 장소로 설명할 수 없다. '바깥'은 실상 사물–대상의 외부가 아니라 내부, 혹은 그것이 지닌 잠재적 속성에 가깝다. 홍일표의 시에서 사물–대상은 '명사'가 지시하는 정체성의 경계를 넘어 끊임없이 변화하는 진동체이다. 또한 이러한 변화의 횡단성은 대부분 '안'에서 '바깥'을 향해 폭발하는 이미지로 형상화된다. "곳곳에서 부풀어 오르는 / 환한 살풍선들"(「빵」), "9층이 9층 밖으로 범람한다"(「귀로」), "내 안에서 누가 총을 쏜다"(「그늘족」), "밤을 빠져나온 붉은 핏덩이"(「즐거운 독백」), "몸 밖으로 던진 슬픔"(「원반던지기 선수의 고독」), "몸 안에서 돋아난 여러 올의 빗살무늬"(「눈썹」), "내 안의 봄 / 내 안의 아침 // 혈관 속에서 쿵쾅거리던 지난밤의 목소리"(「나프탈렌」), "새 한 마리 포르르 몸 밖으로 빠져나간다"(「붉은 새」), "내 몸 안에 여러 개의 메아리가 동굴처럼 웅크리고 있다"(「뿔」), "말이 되지 않을 때 너는 내 안에서 뛰어나간다"(「쥐」) 등처럼 '내부'의 잠재성이 바깥으로 펼쳐지는 이미지는 시집 전편에 걸쳐 강박적으로 반복된다.

　　몸 안에서 아이가 울고 있다

　　아이와 나는 점점 멀어지고
　　자라지 않는 아이

　　구석에 쪼그리고 앉아 오지 않는 어미를 기다리다 발바닥까지 운다

　　아이는 나를 알아보지 못한다
　　빤히 쳐다보고 있으나 나는 내가 아파서

눈깔사탕을 주며 아이를 달래본다
어디로도 갈 수 없는
아이를 따라 나도 젖어 아이의 울음으로 점화된다
지는 해는 언제나 붉어서 수숫대에 핏자국을 묻힌다

어미가 없다
불 꺼진 움막 같은
어디서 밥 냄새가 난다 배는 고프지 않고 혀가 말려들어가던 날
손가락만 길어져서

몸 안에서 비가 내린다 아무리 달래보아도
비는 멎지 않고
밤마다 아이의 등에서 혹이 자란다 울음이 밀어 올리는 붉은 꽃대 같은

오늘도 아이는 네 살
목이 쉰 빗줄기는 몸 안에서 울고

아이는 돌아보지 않는다 등을 다독이고 머리를 쓰다듬어 주어도
얼굴이 없다
눈이 없다
울음만 검은 머리칼처럼 자라는 몸 안의 아이는

― 「동행」, 전문

  이 시는 두 가지 방식으로 읽을 수 있다. 하나는 '나'와 '아이'의 관계를
화자의 현재와 과거 표상으로 해석하는 것이고, 또 하나는 비非인칭적인
독법, 즉 '나'라는 개체가 사실은 독자적인 존재가 아니라 내부('몸 안')에

'아이'를 포함하고 있는 이중 또는 다중적인 존재임을 말하는 작품으로 해석하는 것이다. 이 시는 첫 번째 방식으로 읽을 때 개인('나')에 대한 정신분석, 인칭적인 의미를 갖고, 두 번째 방식으로 읽을 때 존재의 잠재성, 즉 비인칭적인 의미를 갖는다. 나는 홍일표의 시에 등장한 수많은 사물−대상이 안에서 바깥을 향해 폭발하는 이미지라는 점을 고려하면 두 번째 방식의 해석을 권하고 싶다. 이런 맥락에서 보면 "몸 안에서 아이가 울고 있다"라는 진술은 표면적으로 단일한 것처럼 보이는 개체의 내부에 잠재성이 함축되어 있다는 의미로 읽힌다. 단일성에 대한 이러한 부정은 "붉은 것도 푸른 것도 아닌 색의 틈새로 굴러"(「점멸등」)가는 '사과'처럼, 또는 "두드리면 돌덩이 같은 허공이 깨어나 없는 혀로 말"(「가수 요조」)을 하는 '허공'처럼 정체성의 질서를 횡단하는 이미지의 일종이다. 홍일표의 시는 이러한 사물−대상의 잠재성을 '이름'이 지시하는 고정적인 정체와 대비시킴으로써 사물−대상의 세계를 "처음부터 소유주도 등기부도 없는 오래된 공터"(「드라이아이스」)로 데려간다. 여기에서 '공터'란 특정한 방식의 분할이 행해지기 이전의 상태, 즉 잠재성이 들끓는 상태이다.

홍일표의 시에서 이 '잠재성'의 존재는 주로 '내부'에 함축된 것으로 간주되거니와, 정확히 말하자면 시인은 "너는 얼굴을 감춘 비사다 서지학자가 읽지 못한 낱말들이 곳곳에 지뢰처럼 숨어 있다"(「쥐」)라고 말할 때의 감춰진 '얼굴', 숨어 있는 '낱말'을 '발굴'하는 존재이다. 때때로 시인은 "밤새 늙은 피아노에게 입을 달아주고 / 말을 걸어준다"(「피아노 수도사」)라는 말처럼 '입'을 빌려주거나 사물−대상의 '혀'를 자극하는 존재가 되기도 한다. 시인은 사물−대상의 잠재성이 발현되는 사건을 종종 새가 날고 꽃이 피는 자연 현상으로 비유한다. "구석이 화들짝 놀라 날아올랐다"(「구석을 읽다」)나 "동굴은 살과 뼈를 녹여 돌멩이 같은 꽃을 피웁니다 지지 않는 힘센 꽃들이 다투어 솟아납니다"(「동굴이 견디는 법」), "꽃이 시작되고 / 이랑마다 묻혀 있던 새들이 날아오르는 날"(「지하생활자의 수기」), "깃발을 히아신스 꽃잎으로 옮기는 열애 끝에 당신은 한 떨기 음악으로 태어납니다'(「고백」) 같은 진술이 그렇다. 이러한 상상력의 문법에서 '날아오르는 것'과 '솟아나는 것', 꽃이 피는 것과 음악/노래를 부르는 것은 동일시된다.

4

　히아신스를 번역하는 일로 일생을 보낸 늙은 학자의 머리칼을 누가 번역하나 몸을 번역하여 끄집어내는 머리올은 가늘고 긴 백색의 문장, 아무리 살펴봐도 글자 하나 남아 있지 않은

　구름에 복무한 몸은 지워지고, 천둥 번개를 삼킨 공중과 히아신스를 잡고 있던 손가락은 어디 있나

　히아신스가 있긴 있었나 상가를 다녀온 날 검은 머리카락이 평생 중얼거린 말을 한 줄로 요약하는 거미를 본다 흰 거미줄에 이슬방울 하나 걸어놓고 어딘가에 크고 둥근 세계가 있다고 몸을 흔들면서

　얼음을 따라가다 종점 근처에 빈 막대기로 서 있는 아이처럼 얼음은 어디에도 없고, 매미 우는 소리에 뜨겁게 달구어지는 햇살은 또 다른 오역, 오역의 눈부신 한때였나

　히아신스는 히아신스를 떠나고, 늙은 학자의 몸을 번역한 최종본은 소나무숲을 덮은 적설, 솔잎에 얹힌 눈의 무게만큼 밤은 왜 무거워지나 한쪽 눈을 찡그리고 봐도 토씨 하나 보이지 않는

　　　　　　　　　　　　　　　　　　　　　－「오역」, 전문

홍일표의 시집 『매혹의 지도』(문예중앙, 2012)에는 자연 현상에 의미를 부여하는 행위를 '번역'이라고 명명하는 장면이 등장한다. "붉게 달아오른 몸에서 굴러 나오는/ 달과 별의 동그란 생각들을 봐/ 그걸 혹자는 위험한 사랑으로 번역하네"(「위독한 연애」)라는 진술이 그것이다. 여기에서 '번역'은 의미를 손실 없이 충실하게 옮기는 언어적 행위가 아니다. 이번 시집에 등장하는 "구름을 억새로 번역한 불광천은 날아가지 않는다"(「불광천」)라는 진술 역시 마찬가지이다. 사물-대상에 대한 우리의 경험, 그 구체적 감각이 '언어'를 초과하듯이 진정한 '번역' 역시 언어적인 재현을 넘어선다. 그런 점에서 진정한 번역은 '오역'일 수밖에 없고, 모든 시인은 "히아신스를 번역하는 일로 일생을 보낸 늙은 학자의 머리칼을 누가 번역하나"라는 고뇌 섞인 물음처럼 번역불가능한 것을 번역해야 하는 불가능의 운명을 몸으로 살아내는 존재이다. 홍일표의 시는 이 불가능한 번역에 봉헌된 '오역'의 언어이고, 지금 이곳의 언어로는 기록될 수 없는 '낯선 시간'에 대한 기록이다. 그의 시는 "하늘을 떼어내고 망명하는 구름의 문장"(「개곡선開曲線」)처럼 언어의 바깥을 열어 보인다. 그의 문장들은 독자를, 이 세계의 사물-대상을 "맹세와 언약이 없는 해안"으로 데려간다. '맹세'와 '언약'이 없다는 것은 아무런 약속이 존재하지 않는다는 것, 그리하여 '해안'에서는 담을 뛰어넘던 아이가 넘어져 '논밭'이 되기도 하고 "동해의 푸른 물결"이 되기도 한다. 그런 점에서 만일 '시'에도 고유한 시제가 있다면 그것은 "다른 시간"(「발굴」)이나 "다른 계절"(「몰운대에 서다」)처럼 탈구된 시간Time is out of joint일 것이다. 홍일표에게 시는 미지의 시간을 불러들여 현재의 시간을 탈구시키고, 언어 바깥의 비언어적 경험을 통해 관습화된 언어를 해체-구성하는 행위이다. 이것은 '바깥'의 언어로 씌어진 이야기이다.

둘이면서 하나, 하나이면서 둘
— 유강희, 『고백이 참 희망적이네』(문학동네, 2018)

유강희 시집 『고백이 참 희망적이네』는 '돌'로 시작해서 '돌'로 끝난다. 시집의 처음과 끝에 「돌」이라는 동일한 제목의 시가 배치되어 있으니, 이 시집은 '돌'로 지은 한 채의 석조 건축물처럼 느껴진다. '시집'이라는 형식이 언어로 지은 집이라면, 이 집의 방문객이 가장 먼저, 그리고 가장 마지막에 마주치게 되는 것은 '돌'인 셈이다. 자연적 대상을 선호하는 유강희의 시에서 이는 특별한 사례가 아니다. 어떤 철학자에 따르면 나무들이 내뿜는 기호에 민감한 사람만이 목수가 되고, 질병의 기호에 민감한 사람만이 의사가 된다고 한다. 이는 인간의 모든 활동이 사물-대상에 대한 신체의 반응능력에 의해 결정된다는 주장이다. 이러한 사유에 빗대어 말하자면 대부분의 시에 돌, 꽃, 새, 구름 같은 자연이 등장하는 시인은 자연에 매혹된, 자연의 기호에 예민하게 반응하는 사람이 분명하다. 실제로 그의 시편들은 사물과 대상에 대해 무한한 호기심을 소유한 한 인물의 독특한 상상력과 예리한 시선을 목격하게 된다. 하지만 그는 자연에 대한 서정적 풍경화를 그리는 사람은 아니다. 대상-사물 자체를 투명하게 재현하는 풍경화가와 달리 시인은 다른 시선으로, 이전과 다른 각도에서 바라봄으로써 그것들을 새로운 존재로 제시한다. 하지만 한 시인의 시를 제대로 읽기 위해서는 시인이 선택한 대상–사물이 무엇인지 확인하는 것보다 그것을 표현하는 상상력의 문법이 어떻게 전개되는지 주목해야 한다. 가령 시인이 "저 공중의 벽을/ 드릴처럼 뚫고 지나가는 물오리 한 마리"(「겨울 물오리」)라고 진술할 때, 중요한 것은 '물오리' 자체가 아니라 그것의 비행 장면을 보면서 "공중의 벽을/ 드릴처럼 뚫고" 지나간다고 느끼는 경험의 구체성을 이해하는 일이다. 이 경험의 구체성을 외면하면 시는 소재의 집합으로 전락한다.

아직 던져지지 않은 돌

아직 부서지지 않은 돌

아직 정을 맞지 않은 돌

아직 푸른 이끼를 천사의 옷처럼 두르고 있는 돌

아직 말하여지지 않은 돌

아직 침묵을 수업중인 돌

아직 이슬을 어머니로 생각하는 돌

그리고 잠시 손에 쥐었다 내려놓은 돌

아직 조금 빛을 품고 있는 돌

— 「돌」, 전문

그렇다면 「돌」에서 주목해야 할 것은 무엇일까? 여기서의 '돌'은 '아직'이라는 부사의 반복을 통해 강조되고 있듯이 특정한 용도를 위해 가공되지 않은 '날 것'의 상태로 제시되고 있다. '돌'은 누구도 던진 적이 없고, 던진 적이 없으므로 부서지지 않았으며, 푸른 이끼를 "천사의 옷"처럼 두른 채 '침묵'하고 있다. "이슬을 어머니로 생각"한다는 것은 '돌'이 여전히 자연의 일부임을 말해준다. 그런데 '돌'의 이런 원초적 상태는 시인/인간의 등장으로 위기를 맞는다. 다른 여덟 개의 진술과 달리 '그리고'로 시작되는 진술이 예외적인 형태로 발화되는 까닭은 그 순간이 바로 '돌'이 인간과 최초로 접촉하는 지점, '아직'이라는 자연적 상태가 더 이상 유지될 수 없는, 어쩌면 인간의 세계로 이식移植될 수도 있는 상황임을 강조하기 위해서일 것이다. 하지만 다음 순간 시인은 우연히 발견한 작은 '돌'을 잠시 손에 쥐었다 내려놓는다. 손에 쥔다는 것은 전유 또는 소유한다는 의미이고, 반대로 내려놓는다는 것은 마음대로 전유 또는 소유하지 않겠다는 의미이다.

사람들은 종종 자유를 적극적인 행동으로 이해함으로써 그것을 가로막는 일체의 대상을 억압으로 받아들인다. 근대 이후 인류는 이 행위로서의 자유를 통해 첨단의 문명을 구축해왔으며, 그 과정에서 모든 자연적 대상은 인간의 행복과 인류의 발전을 위한 수단으로 간주되었다. 근대적인 의미의 자유는 행동하는 것이었고, 행동한다는 것은 인간이 아닌 것들을 전유하는 것이었다. 하지만 우리의 일상이 증명하듯이 자유와 윤리는 때로 어떤 것을 하지 않음으로써 수행되기도 한다. '하지 않음'은 능력의 부재를 뜻하는 '하지 못함'과 다르다. 무언가를 할 수 있음에도 불구하고 하지 않는다는 것은 의지와 결단에 따른 윤리적 태도이다. 이런 점에서 '돌'에 대한 시인의 무위적無爲的 태도는 무관심과 구별되어야 한다. 이것의 의미는 우리가 길을 걷다가 우연히 발견한 '돌'에 대해 어떤 태도를 취해왔는가를, 근대 이후 인류가 '돌'이라는 자연을 어떻게 대해왔는가를 생각해보면 쉽게 드러난다. 이 시에서 내려놓음의 무위無爲는 '돌'을 전유나 소유의 대상으로 삼지 않겠다는 의미이고, 그것은 자연의 타자성을 훼손하는 폭력적 태도와 거리를 두겠다는 의미이며, 그리하여 '돌'을 인간적 삶을 위한 수단으로 삼지 않겠다는 태도의 표명이다. 이것은 시집 전체의 방향, 그러니까 자연적 대상에 대한 시인의 태도를 분명하게 드러내는 일종의 '선언'이다. 그렇다면 화자의 손을 떠난 '돌'이 품고 있는 '빛'의 정체는 자연의 고유한 성질, 즉 인간이 결코 박탈할 수 없는 타자성이라고 말할 수 있지 않을까.

1
도토리 한 알 옆에
또 도토리 한 알
언제부터 거기
있었을까

울지도 않고
웃지도 않고
커다란 바위 아래
서로 모르는

딱한 우주처럼

2
하나의 그림자가
하나의 그림자를
껴안고

서랍이 많은
공기와 놀다

가위와 자 대신
수신인 없는
편지를 쏟는다

3
연애 기술을 모르는
도토리라고는 하지만

중심으로부터
솟아오른

하나의 절대,
하나의 세계,
하나의 존재,

내면의 팬티를 벗듯
깍지를 벗어던진다

- 「도토리 두 알을 위한 노래」, 부분

첫 페이지에 등장하는 '돌'이 인간적인 영역의 바깥을 가리키는 '타자'의
형상이라면, 마지막 페이지에 등장하는 '돌'은 "바닥에 / 저를 / 내려놓기
위해"(「돌」)라는 진술에서 드러나듯이 낮은 곳을 지향하는 윤리의 형상일
것이다. 그것은 "높이 오르는 데만 열중"(「현덕의 동화」)하는 현대성의
대극對極을 향하고 있다. "푸른, 눈 사다리가 하늘에서 내려오고 있다"(「현덕

의 동화」)라는 아름다운 표현처럼 유강희의 시에서 자연적인 것은 모두 대지, 곧 낮은 곳을 향하고 있다. 그런데 시인은 왜 '돌'을 시집의 처음과 끝에 반복해서 배치했을까? '돌'은 왜 두 개여야 했을까? 이 질문을 의식하고 시집을 읽어나가다 보면 시집의 곳곳에서 '둘'로 구성된 형상이 자주 눈에 띤다. 우선 「도토리 두 알을 위한 노래」가 대표적이다. 여기에서 주의할 것은 시인이 관심을 기울이고 있는 것이 '도토리'가 아니라 '도토리 두 알'이라는 사실이다. '도토리'와 '도토리 두 알'은 어떻게, 얼마나 다른가? '도토리'가 일반 개념을 나타내는 보통명사에 해당한다면, '도토리 두 알'은 각 도토리의 개별성과 특이성singularity을 긍정하기 위해 고안된 표현이다. 여기에서 '두 알'은 복수複數를 뜻하는 것이 아니라 '하나'와 '하나'가 따로, 그러나 동등한 가치로 공존한다는 의미로 이해되어야 한다. '두 알'이라는 표현에는 각자의 무한한 주체성을 긍정하려는 인식 태도가 내포되어 있다.

조금 자세히 살펴보자. 먼저, 시인은 본문에서는 '두 알'이라고 말하는 대신 "도토리 한 알 옆에 / 또 도토리 한 알"이라고 쓴다. 제목에 사용한 '두 알'이라는 표현의 출발점이 "도토리 한 알 옆에 / 또 도토리 한 알"이라는 말이다. 현대철학이 경고하듯이 지성은 언어의 범주들에 자주 예속된다. 이는 객관적인 인식 같은 지성의 방식으로는 실제의 구체적 경험을 포착하기 어렵다는 것을 의미한다. 이 시에서 '두 알'이 도토리를 수량화하여 인식하는 지성의 범주에 해당한다면, "도토리 한 알 옆에 / 또 도토리 한 알"은 사물-대상을 계량화함으로써 차이를 없애버리는 지성의 폭력에 반反하여 각 존재의 개별성과 특이성을 긍정하려는 구체적인 경험의 범주에 해당한다. 시인이 시에서 '두 알'이라는 표현을 쓰지 않는 이유는 '두 알'이라는 복수적 표현이 개별성을 부정하는 보통명사로 이해될 수 있기 때문이다. 아니, 경험적인 사태는 정반대가 아닐까. "도토리 한 알 옆에 / 또 도토리 한 알"이라는 표현처럼 우리는 사물-대상을 항상 각각의 개별적인 것으로 경험하지만, 다음 순간 지성의 알고리즘에 의해 그것들을 동일한 대상으로 인식하는 습관이 있다. 각각의 도토리가 생김새나 특징 등이 다른 대상임에도 불구하고 그것들을 '도토리(들)'라고 말하면서 우리는 그것들을 동일한 존재로 간주하곤 한다. 예술은 개별적 존재에게 고유성을 찾아주는 것에서 시작된다. 여럿의 형태로 존재하는 대상들을 각각의 특이성으로 감각할 수 있는 능력을 지닌 존재만이 예술가가 될 수 있는 것이다.

이처럼 "도토리 한 알 옆에 / 또 도토리 한 알"이라는 표현은 대표 단수인 '도토리', 또는 복수적인 표현인 '두 알'로는 드러낼 수 없는 복잡한 존재 방식을 함축하고 있다. 실제로 '두 알'이라는 표현은 개별성을 의미하는 '하나'보다는 복수적인, 그리하여 자칫 보통명사로 귀결될 수 있는 '둘'을 강조하는 것처럼 들린다. 이를 방지하기 위해서는 두 알의 도토리를 따로 또 같이 호명하는 방법이 창안되어야 하는데, "도토리 한 알 옆에 / 또 도토리 한 알"이 바로 그것이다. 다만 '하나'의 개별성을 지나치게 강조하다 보면 '자연'이라는 세계가 거대한 관계망이라는 사실을 망각할 수 있다. 이 때문에 시인은 한편으로는 '개별성'을 존중하면서, 또 한편으로는 그 개별적인 것들의 연결, 즉 '관계'에 주목하고 있다. 그러므로 유강희의 시세계에서 모든 사물-대상은 하나이면서 둘이고, 둘인 동시에 하나로 간주된다. 가령 "서로 모르는 // 딱한 우주처럼"이라고 표현되는 관계는 전자에 해당한다. 이 진술에 따르면 각각의 도토리는 저마다의 '우주'로 존재하며, 그것들은 "연애 기술을 모르는 / 도토리"처럼, 혹은 "서로 모르는" 것들처럼 존재하고 있다. 이러한 각자도생各自圖生의 존재 방식은 연을 거듭하면서 "하나의 그림자가 / 하나의 그림자를 / 껴안고", "도토리 귀를 슬쩍 잡아당기면 / 숲의 가장 안쪽 물결이 인다"라는 표현처럼 특정한 관계로 변한다. 이러한 관계성은 한 알의 도토리를 "하나의 절대 / 하나의 세계 / 하나의 존재"라고 인식할 때에는 발생하지 않는다. 이처럼 시인은 대상의 개별성과 복수성 사이를 오가면서 그것들에서 일정한 관계의 잠재성을 읽어낸다. 「살구 한 알」에서 이러한 관계성은 "제가 먼 숲으로

/ 저를 먼저 유배 보내고 / 울음만을 소인없이 / 보내"(「살구 한 알」)오는 뻐꾸기의 울음을 통해 형상화된다. "당신과 나 사이 / 너무 섭섭해 / 다리 하나 놓아주려고"라는 표현처럼 시인은 '뻐'와 '꾹'이라는 두 개의 소리로 분절되어 들리는 뻐꾸기 울음을 '관계'의 청각적 이미지로 경험한다. 「잣과 돌」에 등장하는 '잣'과 '돌'의 관계("왼손에는 / 잣 한 송이 / 오른손에는 / 돌 한 개"(「잣과 돌」)) 역시 '둘'의 형상이라는 관점에서 읽을 수 있다.

한 소녀가 한 소년에 의해
끌려가고 있었다
챙이 넓은 등산모를 쓴
소녀는 그러나 소년의 손이 아니라
소년이 앞장서 잡고 가는
막대기에 끌려가고 있었다
그 '하얗게 빛나는 막대기'를
소년은 무슨 귀중한 유산처럼
들고 가는데, 앞을 보랴 뒤를 보랴
갑자기 퍼붓는 빗속에 소년은
언뜻 가면서 오는 사람 아니
오면서 가는 사람처럼 보였다
흰 꽃을 짓이겨 만든 공처럼
얼굴이 작고 동그란 눈먼 소녀의 발 앞에
길이 먼저 더듬더듬 눕고 있었다
비는 점점 세차게 내리고
연꽃은 벌써 시릉시릉 지고 있었다
내 눈엔 소년이 소녀를 끄는 게 아니라
신기한 소녀가 소년을 끄는 것처럼
보였다 둘은 그만 물보라처럼

지워질 듯 자욱해져갔지만
못가의 부처꽃은 붉게 고개 쳐들고
저를 눕혀 빛을 만든 막대기는
하나의 오래고 굳센 약속처럼
공중을 받쳐 더욱 또렷이 빛났다
모르는 어딘가로 그들을 이끌고 있었다

–「부처꽃」, 전문

이 시에 묘사된 '소년'과 '소녀'의 관계 역시 '하나'이면서 '둘'이다. 시인은 연꽃이 시들고 있는 산중의 연못 근처를 거닐다 우연히 한 소년이 한 소녀를 이끌고 가는 장면을 목격했다. 그런데 자세히 보니 '소년'과 '소녀'는 '손'이 아니라 "하얗게 빛나는 막대기"에 의해 연결되어 있는 것이다. 갑자기 퍼붓는 빗속에서 이들의 모습을 신기하게 지켜보는 화자에게 그 장면은 "신기한 소녀가 소년을 끄는 것처럼" 보이기도 한다. 이러한 진술의 불투명성은 독자의 관심을 사건의 진실, 즉 누가 끌고 누가 끌려가는가의 문제로 돌려놓는다. 하지만 이 시의 핵심은 인물의 정체가 아니라 '소년'과 '소녀'를 이어주고 있는 "하얗게 빛나는 막대기"이다. 모든 경험의 구체성이 그러하듯이, 이 시에는 사실과 상상이 뒤섞여 있다. "눈먼 소녀"라는 표현이 있으니 비가 내리는 연못 근처에서 '소년'과 '소녀'가 '막대기'에 의지해 산길을 걸어가고 있는 장면을 목격한 것이 시의 출발점일 것이다. 그런데 시인에게 '소년'과 '소녀'를 위태롭게 이어주고 있는 그 '막대기'는 단순한 도구 이상의 것으로 경험된 듯하다. 알다시피 '막대기'는 두 사람을 연결시켜주는 '관계'의 상징이다. 이 시에서 그것은 또한 시인에게 '시'가 도래하는 시적 순간을 지시하는 사물이기도 하다. 시적 순간이란 일상적인 것들이 비非일상적으로 경험되는 순간이고, 사물–대상에서 그것이 지닌 객관적 성질 이상의 어떤 가치가 뿜어져 나오는 순간이다. 타인의 눈에는 단순한 '막대기'에 불과할지도 모를 것이 이 순간 시인에게는 "하얗게 빛나는 막대기"로 다가올 때, 그때 유강희의 시는 시작된다. 이처럼 시는 사물이 사물 자체로 머무는 인식이 아니라 사물과 인간이 비非일상적으로 경험되는 마주침에 대한 기록이라고 말할 수 있다. 그것은 "누구나 제 몸안에 / 자신이 아니면 팰 수 없는 / 젖은 장작개비가 있다"(「생채」)라고 이야기할 때의 '젖은 장작개비'에 불꽃이 튀기는 순간이라는 점에서 순전히 내면적인 경험이다. 유강희에게 이런 순간이야말로 시가 도래하는 시간이다. 시인은 이런 예외적 순간마다 사물-대상에서 '빛'이 새어나오는 것을 경험한다.

고라니가 산밑 작은 도랑에 누워 있다

바로 앞에는 견인차 보관소 철 울타리가 있고

그 안엔 시들어가는 차들이 짐승처럼 울부짖고 있다

견인차 보관소 옆을 오늘도 지나가고 있다

고라니는 풀섶 마른 도랑에 누워 있다

한 남자가 가방 속에서 죽은 아이를 찾고 있다

하지만 아이는 이미 고라니 발굽 속으로 사라진 뒤다

점점 더 독한 밤이 밀려왔으나 하이얀 송곳니가 초승달처럼 빛났다

무섭도록 커다란 눈망울이 그걸 바라보고 있다

고라니가 아직 구름 조각처럼 거기 누워 있다

– 「고라니」, 전문

　유강희에게 시적 순간은 '빛'을 통해 도래한다. 물론 여기서의 '빛'은 광학적optical 현상과 무관하게 사물–대상에서 "제 몸안에 오래 가두어두었던"(「기러기의 최후」) 어떤 것이 흘러나오는 존재의 '발음'이다. 「부처꽃」에서 '소년'과 '소녀'를 이어주던 평범한 막대기가 불현듯 "하얗게 빛나는 막대기"로 경험되는 장면이 그러하듯이, 그것은 사물–대상이 시인에게 말을 건네고 시인이 그것에 응답하는 매혹의 순간이라고 말할 수 있다. 매혹된다는 것은 철저하게 내면적인 관계이니, "나의 관심은 그러나 그것들에 있지 않다 / 지금 살아 있는 것들의 불타오르는 내면을 / 나의 열렬한 정부로 삼고 싶을 뿐"(「나는 산불감시초소를 작업실로 쓰고 싶다」)이라고 말할 때의 '불타오르는 내면'이 바로 그렇다. 인용시의 화자는 우연히 산 아래 작은 도랑에 누워 있는 고라니를 발견한다. 시인은 의식적으로 고라니의 생사生死에 대해 판단하지 않는다. 대신 '누워 있다'라는 술어를 반복함으로써 우리를 그 경험의 장소로 데려가고, 시간의 변화에도 불구하고 움직이지 않는 상태가 무엇을 의미하는지 상상하게 만든다. 산밑 작은 도랑에, 그리고 풀섶 마른 도랑에 누워 있는 고라니와, 그것과 나란히 이웃하고 있는 "견인차 보관소 철 울타리"가 대비되는 장면에서 우리는 이 세계가 '고라니=자연'에 결코 유리한 곳이 아님을 직감하게 된다. 그렇지만 시인의 관심은 자연은 선善이고 기계는 악惡이라는 진부한 도덕적 판단을 반복하는 데 있지 않다. 오히려 그는 이 비극적인 장면에서조차 '빛'을 발견한다. "점점 더 독한 밤이 밀려왔으나 하이얀 송곳니가 초승달처럼 빛났다"라는 구절이 그것이다. 여기에서 '밤'의 어둠을 배경으로 빛을 발하고 있는 고라니의 송곳니는 문명의 폭력에 압도되었음에도 불구하고 쉽사리 꺼지지 않는 자연의 생명력을 나타내는 듯하다.

　이처럼 시인에게는 빛나는 것이 발견되는 순간이 곧 시적 순간이다.

시인이 무심코 집었다가 내려놓은 돌에서 빛을 발견할 때("아직 조금 빛을 품고 있는 돌"(「돌」)), 가을 아침 나무 아래에서 발견된 매미 사체에서 빛을 발견할 때("반짝, 빛난다"(「매미의 임종」)), 개의 날카로운 이빨에 목덜미를 물려 죽어가는 기러기의 눈에서 반짝이는 것을 발견할 때("잠시 기러기 눈에서 무언가 반짝 빛났다"(「기러기의 최후」)), 겨울 산골짜기에서 잣 한 송이와 돌 한 개를 발견하고 마음이 반짝거림을 느낄 때("이 귀한 마음의 반짝거림을"(「잣과 돌」), 밤늦은 시간 시창작 교실에 모인 사람들에게서 빛이 느껴질 때("그 검은 부리들, 저리 반짝 빛나고"(「밤의 시창작 교실」)), 그리고 밤을 치는 아버지의 모습에서 "빛나는 밤의 종교"(「아버지가 깎은 건 밤이 아니야」)를 발견할 때, 바로 이 순간에 지극히 일상적인 장면들이 시적인 장면으로 전환된다. 그런데 "저를 눕혀 빛을 만든 막대기"(「부처꽃」)라는 표현처럼 시인에게 '빛'은 '수직적인 것'이 '수평적인 것'으로 바뀌는 순간과 함께 도래한다. 앞에서 살폈듯이 시인에게 수직적 형상은 현대성의 상징이다. 그러므로 "저를 눕혀 빛을 만든 막대기"라는 진술은 '빛=시'가 '문명'보다는 그것에 대한 성찰로서의 '자연'에 가깝다는 시론詩論으로 읽을 수도 있다. 유강희에게서 시는 발생적으로 '자연'에 가까운 것으로 이해된다.

어릴 적 종기 난 엉덩이

돌팔이 침쟁이에게

잘못 맞은 침,

절뚝발이 된 여자,

햇볕에 까맣게 그을려

소금돌이 된 여자,

차부車部 삼거리

보인당약국 끼고 돌면

삼일당제분소 맞은편

회향목과 낮은 소나무 사이

부― 욱 뜯긴 하늘을

그녀의 일곱 개 발로

절금절금 은실 꿰어 깁는

막 소나기 내리기 삼초 전,

― 「거미 수선집」, 전문

유강희의 시적 상상력은 동시童詩와 일맥상통한다. 사물-대상을 바라보
는 그의 시선은 세계를 호기심의 눈으로 바라보는 아이의 그것을 닮았다.
"아침마다, 어린애들은 불안을 모르고 길을 떠난다."라는 초현실주의자
앙드레 브르통의 말처럼, 또는 "어린아이는 순진 무구요 망각이며, 새로운
시작, 놀이, 스스로의 힘에 의해 돌아가는 바퀴이며 최초의 운동이자
거룩한 긍정이다."라는 철학자 니체의 말처럼, '아이'는 새로움과 호기심을
두려워하지 않고, '용' 같은 공포의 대상조차 놀이의 대상으로 간주하는

뛰어난 능력을 지녔다. '능력'의 관점에서 본다면 사물-대상을 기능, 가격, 용도 같은 기존 맥락 속에서만 인식하는 현대인과 어른이 훨씬 무능력한 존재라고 말할 수 있다. 니체는 이러한 아이의 긍정 능력이 위대한 '망각'의 힘에서 비롯된다고 주장했는데, '놀이'의 관점에서 보면 그것은 사물-대상을 본래적인 맥락에서 분리해내는 상상력에 의해서 가능하다. 즉 니체가 말하는 '망각'이란 사물에 대한 기존의 인식과 사용법을 잊는다는 것, 그럼으로써 사물-대상을 전혀 다른 것으로 상상하는 '유희'를 의미한다. "나무 위에서 아이와 검은 염소가 / 달과 해 별을 섞은 이상한 / 공깃돌 놀이를 하고 있다"(「구름 만년필」)라고 말할 때의 '공깃돌 놀이'로 이런 '유희'에 해당한다. 그리고 '거미'를 바라보는 시인의 시선 또한 그렇다. 시인은 '거미'를 한 사람의 '여성'으로 의인화한 다음 그녀에게 삶의 이력을 만들어준다. 그녀는 어린 시절에 침을 잘못 맞아 '절뚝발이'가 되었다는 것이다. 하지만 그것은 상상에 의해 만들어진 이력에 불과한 것이다. 시인은 우연히 "회향목과 낮은 소나무 사이"에 매달려 있는 '거미=그녀'를 발견했다. 그런데 시인은 이 평범한 일상적 풍경을 상상력을 통해 비非일상적인 시적 장면으로 변주한다. 이를 위해서 그는 '거미'를 '그녀'로 변신시키고, 나무 사이에 거미줄을 치고 있는 거미의 행위에 "부— 욱 뜯긴 하늘을 // 그녀의 일곱 개 발로 // 절금절금 은실 꿰어 깁는"다는 의미를 부여한다. 이러한 상상을 한낱 유희라고 말하는 것은 쉬운 일이다. 하지만 이 상상 속에서 거미의 형상은 단순한 자연 현상이 아니라 균열된 세계를 봉합하는 치유의 의미를 획득하게 된다.

옥토끼가 있는 마을이다
귀뚜라미가 사람의 말을 하는 마을이다
고양이와 쥐가 함께 노는 마을이다
기름집이 있는 마을이다
싸전가게 뚱뚱보 영감이 있는 마을이다

새끼 전차를 타고 서울 가는 마을이다

그렇지만 진짜 전차가 있는 마을과는 아주 멀리 떨어진 작은 마을이다

커다란 돼지 세 마리를 따라가다 길을 잃고 우는 마을이다

토끼가 늑대를 무서워하지 않는 마을이다

국숫집 문짝이 나귀등처럼 따뜻한 마을이다

남의 집 비단옷을 밤늦도록 짓는 엄마와

다래같이 눈이 커다란 아이 단둘이 사는 마을이다

조그만 것을 좋아하는 땜가게 할아범이 사는 마을이다

그 땜가게 할아범에게 가서 우리 배고픈 눈물부터 때우자

그러나 우리는 갈 수 없단다

노마가 너무 늙어서,

영이가 너무 늙어서,

기동이가 너무 늙어서,

똘똘이가 너무 늙어서,

그만 사다리 등도 굽었단다

그동안 높이 오르는 데만 열중해서

우리는 이제 그곳에 갈 수 없단다

─「현덕의 동화」, 부분

　　화가 샤갈의 동화적 세계를 연상시키는 이 작품은 유강희의 시에서 동화적 상상력이 갖는 의미를 함축하고 있다. 오해와 달리 '동화'는 아이의 장르가 아니며, '아이'는 미未성장한 어른이 아니다. 많은 예술가와 철학자가 '아이'를 칭송한 까닭은 그들이 사물을 새로운 시각에서 바라보는 능력을, 매순간 새로운 놀이를 창안함으로써 삶을 긍정하는 능력을 지녔기 때문이다. 이러한 동화적 상상력은 현실법칙의 중력에서 자유롭다는 점에서 예술, 특히 문학과 일맥상통한다. 동화의 세계에는, 그리고 문학에서는

"옥토끼가 있는 마을"이 등장하고, "고양이와 쥐가 함께" 놀기도 하며, "새끼 전차를 타고 서울 가는" 일이 가능하다. 또한 거기에서는 "토끼가 늑대를 무서워하지 않"고, "남의 집 비단옷을 밤늦도록 짓는 엄마와 / 다래같이 눈이 커다란 아이 단둘이 사는 마을"이 세워진다. 당연히 이런 동화 속 마을은 "진짜 전차가 있는 마을과는 아주 멀리 떨어진" 곳이어서 동화는, 문학은 재현의 세계로 이해될 수 없다. 하지만 시인에 따르면 '우리'는 더 이상 그 '마을'에 갈 수가 없다. 모두가 너무 늙어버렸기 때문이다. 늙음, 즉 나이가 든다는 것은 이러한 상상의 세계보다 눈앞의 현실을 더 신뢰한다는 것이고, 도토리 '두 알'과 "도토리 한 알 옆에 / 또 도토리 한 알"의 차이보다 그것들을 어떻게 먹고 얼마에 팔 수 있는가에 더 민감해진다는 것이다. 근대 이후에 등장한 대도시는 '어른'이 지배하는 대표적인 공간이다. 이곳에 살고 있는 사람들의 대부분은 '꽃', '나무', '벌레' 등의 개별성을 구별하지 못한다. 도시인들에게는 '꽃'과 '나무'의 이름을 아는 일이 전혀 중요하지 않기 때문이다. 이처럼 '어른'이 지배하는 세계에서 사물–대상은 개별성과 특이성으로 이해되기보다는 화폐적 가치로 판단되므로 결국 '동화(적 상상력)'는 어른의 시선으로는 이해할 수 없는 것, 그리하여 무가치한 것으로 인식될 뿐이다. '아이'의 시선을 내장하고 있는 유강희의 시편들을 읽다보면 '어른'의 세계에서, '어른'이 만든 질서에 따라 살아가는 우리가 어떤 질병을 앓고 있는가를 깨닫게 된다.

세상이라는 이름의 그림자극劇

— 이해존, 『당신에게 건넨 말이 소문이 되어 돌아왔다』(실천문학사, 2017)

1

이해존의 시는 언어로 그린 도시적 삶의 음화陰畵이다. 오래 전 보들레르가 파리의 변두리와 뒷골목을 탐사하여 거대 도시의 화려함과 미소 뒤에 숨겨진, 우리가 문명의 '빛'에 시선을 빼앗긴 상태에서는 결코 볼 수 없는 맹목盲目의 그림자를 노래했듯이, 이해존의 시편들은 부조리가 지배하는 이 세계의 풍경을 한 편의 '그림자극劇'으로 상연한다. 그의 시는 '빛'이 아닌 '어둠', '사물'이 아닌 '그림자', 세계의 '전면'이 아닌 '이면'의 풍경을 통해 그린 세계의 조감도이다. 이 독특한 발화 방식 때문일까? 그의 시에서 세계의 풍경은 종종 계기적인 연속성을 잃어버리고 불안정한, 파편적인 상태로 우리에게 제시된다. 그의 시가 보여주는 이미지들의 모호한 연쇄는 수락할 수 없는 세계에 관해 이야기하는 방식의 하나이자, 세계의 불투명성에 대한 시적 대응 양식처럼 보인다. 가령 시집을 펼치면 예고 없이 등장하는 '수상한 사과'(「수상한 사과」)나 자동차가 관통하고 지나가는 '터널'(「관통」)의 이미지가 그렇다.

달콤한 것이 오래 멈춰 있어 이상하다 가끔씩 오가는 눈동자는 뒤꿈치를 따라갈 뿐, 사과의 향내가 악취를 가리고도 남다니 이상하다 먼 길을 달렸어도 줄어들지 않는 거리, 나뭇잎이 쌓여간다 바퀴도 모르고 나뭇가지도 모르는 시간, 세상을 이해할 수 없어 통째로 굴러왔다 발목의 먼지를 털어내고 공중의 집으로 숨어든다 지상의 악취가 오르지 못한다 나무껍질에 허벅지가 긁힐 때마다 단단한 근육이 불거진다 나뭇가지 사이로 나무 열매가 잡힌다 갈비뼈 같은 천장으로 햇살이 번진다 방 안으로 점점 차오르던 햇살이 부풀어 오른다 터진다 이상하다 나뭇가지가 투명한 허공을 휘젓는다 나무열매가 앞유리에 으깨어진다 차 안으로 풀어진 몸이 보인다 마지막 단내를 풍기며 탐스럽게 썩어간다

– 「수상한 사과」, 전문

이해존의 시에서 이미지는 관념의 구체화라는 상식적인 기능을 벗어나 현실을 탈脫구축하는 역할을 수행한다. 그의 시에서 이미지는 즉물적이며, 이 때문에 이미지의 양이 증가할수록 현실의 불투명성 또한 증대된다. 일반적으로 서정시가 일정한 시·공간의 계열을 따라 이미지를 계기적으로 나열하는 것과 달리, 그의 시는 시차사진術chronophotography로 촬영한 운동–이미지처럼 사건/장면을 여러 개의 이미지로 쪼갠 다음 그것들을 재조합하여 만든 합성사진처럼 세계를 낯설게 드러낸다. 무수한 점들의 조합을 통해 한 폭의 그림을 완성해나가는 점묘화법처럼, 이해존의 시에서 한 편의 시는 감정적 반응이 배제된, 즉물적인 느낌의 이미지들이 조합되어 탄생한다. 이때 시인이 사건/장면에서 읽어내는 이미지들은, 한편으로는 세계에 대한 낯선 감각을 초래하고, 또 한편으로는 시인의 개성적인 관찰력, 세계를 다른 각도에서 조망하려는 시선의 의지를 돋보이게 한다.

'사과'는 왜 수상한가? 이 물음에 선뜻 대답하기는 어렵다. 이 시에는 '이상하다'라는 단어가 세 차례 반복될 뿐, 끝끝내 '사과'가 왜 수상한가에

대한 이야기는 등장하지 않는다. 진술하지 않고 오직 묘사하고 제시함으로써 화자는 이 질문에 대답할 의무를, '수상하다'는 화자의 느낌에 대한 동의 여부를 독자의 몫으로 돌린다. 그런데 시를 읽으면 알 수 있듯이 이 질문에 대답하기 위해서라도 우리는 먼저 시의 사건/장면을 재구성해야 한다. 먼저 몇 개의 시어들, 예를 들면 '앞유리', '차', '멈춰 있어', '바퀴' 등의 단어에 주목해보자. 시인은 이 시에 '수상한 사과'라는 제목을 붙였으나, 이 시는 '자동차'의 이미지를 중심으로 읽어야 한다. 이런 맥락에서 "달콤한 것이 오래 멈춰 있어 이상하다"라는 첫 진술에서 멈춰 있는 것이 달콤한 '사과'가 아니라 '자동차'임을 짐작할 수 있다. '사과'를 실은 자동차가 멈춰 있다. 아니, '사과'가 등장하는 장면을 배경으로 자동차가 정지해 있다. 자동차는 왜, 어떤 방식으로 정지하고 있을까? 그것의 단서는 "나무열매가 앞유리에 으깨어진다 차 안으로 풀어진 몸이 보인다"라는 진술에서 찾을 수 있다. 그리고 "먼 길을 달렸어도 줄어들지 않는 거리", "바퀴도 모르고 나뭇가지도 모르는 시간" 등은 시간의 경과를 암시한다. 사정이 이러하다면 달려야 마땅한 것이 정지해 있는 상태를 가리켜 '이상하다'라고 표현하는 것은 결코 이상하지 않다. 그런데 이 시에서 정작 이상한 느낌을 만들어내는 것은 '자동차'나 '사과' 같은 사물이 아니라 '향내'와 '악취', '단내'와 '썩어감' 같은 이질적인 질감의 시어들이 나란히 등장하는 장면이다.

> 푸른 장막으로 둘러쳐진 둥근 방, 바람의 발톱이 장막을 찍어 흔들어댈수록 방 안은 낮고 아득하게 가라앉는다 고비사막 넘어온 모래바람이 투명한 비닐 창에 붉은 얼룩으로 흘러내린다 울란바토르 외곽의 게르가 옥상에 세워졌다 그가 가죽부대에 담긴 마유주를 건넨다 이 밤이 지나면 그는 새로운 목초지로 떠날 것이다 별들이 무게를 견디지 못하고 밤의 푸른 정맥을 긋는 날이다 두려우면 하지 말고 했으면 두려워 마라 멀리 모래바람이 사나운 말처럼 갈기를 세우고 있다 말고삐 당기던 초원이 점점 멀어져가

고 펄럭이는 장막은 두 평의 하늘로 어두워진다 양떼 같은 가족의 눈망울들
낮은 천장에 촘촘히 박히는 밤, 식탁 한가운데 대초원을 사이에 두고
엎드려 잠든 몽골 사내 한쪽 어깨가 끝끝내 중심을 버틴다 고시원 휴게실이
조금씩 서쪽으로 기울어 가고 있다

— 「유목의 방」, 전문

　　이질적인 세계를 겹쳐놓는 공간적 몽타주 또한 세계를 탈脫구축하는
방법의 하나이다. 「수상한 사과」에서 '향내'와 '악취', '단내'와 '썩어감'이
라는 상반된 이미지의 병치가 세계의 불투명성을 증가시키는 효과를
가져왔듯이, 이 시에서는 '유목'이라는 이름하에 행해지는 '고비사막—울
란바토르—몽골'이라는 이국 표상과 '옥상—고시원 휴게실'이라는 가난
표상의 결합이 일상적 공간을 낯설게 만든다. 여기에서 '몽골 사내'와
그가 머물고 있는 고시원 옥상의 휴게실은 대표적인 주변적 세계이다.
시인은 '몽골'이라는 대초원의 세계와 '고시원'이라는 주변적 세계를 겹쳐
놓음으로써 지금—이곳에서의 '유목'이 유동적인 삶의 불안정성 이상일
수 없음을 보여준다. 불안정한 세계로서의 고시원은 '공간'일 뿐 '장소'가
되지 못한다. 그것은 견고한 '벽'으로 만들어질 때조차 자신을 타인과
분리시키는 배제의 장막일 뿐 한 인간의 영혼이 안정적으로 머무를 수
있는 '방'이 되지 못한다. 그런 한에서 "이제 모서리가 필요하다"(「벽」)라는
진술은 '몽골 사내'는 물론 이해존의 시에 등장하는 인물들에게 공통적으
로 필요한 것이다.

2

　　이해존의 시에서 '가난'과 '삶'은 동의어이다. '삶'이라고 쓰고 '가난'이
라고 읽어도 좋고, '세상'은 대개 출구 없는 미로, '어둠'과 '죽음'이 지배하는

'함정'(「함정」)이라고 불러도 이상할 것이 없다. '유목의 방=고시원', '터널', '정글짐', '벽', '터널', '단절' 등처럼 이해준의 시에서 공간이나 장소와 연결되는 시어의 대부분은 끝을 가늠하기 어려운 추락/몰락의 이미지와 연결된다. 그의 시에서 세계는 그 자체로 거대한 퇴적공간이 되어간다. 이 세계에서 '가난'은 예외적인 개인의 불행이라기보다는 한 시대가 앓고 있는 질병처럼 그려지며, 그들의 삶을 짓누르고 있는 방향 상실과 불안의 정서로 인해 그것에서 벗어날 수 있는 출구는 어디에서도 없다. 이해준의 시편들을 반복해서 읽으면 드러나듯이 그의 시에서 '개인적인 것'과 '사회적인 것'의 경계는 상당히 느슨하다. 이것은 그의 시가 공유할 수 없는 한 개인의 체험이나 내면을 그리는 데 머물지 않고, 그것을 사회나 시대의 경험으로 확장함으로써 궁극적으로는 현대사회의 단면을 제시하기에 나타나는 특징이다.

1

햇살은 오래전부터 내 몸을 기어다녔다 문 걸어 잠근 며칠, 산이 가까워 지네가 나온다고 집주인이 약을 치고 갔다 씽크대 구멍도 막아놓았다 네모를 그려놓은 곳에 약 냄새 진동하는 방문이 있다 타오르는 동심원을 통과하는 차력사처럼 냄새의 불똥을 넘는다 어둠 속의 지네 한 마리, 조정 경기처럼 방바닥을 저어간다 오늘은 평일인데 나는 百足으로도 밖을 나서지 않는다

2

산이 슬퍼 보일 때가 있다 희끗한 뼈마디를 드러낸 절개지, 자귀나무는 뿌리로 낭떠러지를 버틴다 앞발이 잘리고도 언제 다시 발톱을 세울지 몰라 사람들이 그물로 가둬놓았다 아물지 않은 상처가 곪아가는지 파헤쳐진 흙점에서 벌레가 기어나온다 바람이 신음 소리 뱉어낼 때마다 마른 피 같은 황토가 쏟아져 내린다 무릎 꺾인 사자처럼 그물 찢으며 포효한다

3

　저마다 지붕을 내다 넌다 한때 담수의 흔적을 기억하는 산속의 염전,
소금꽃을 피운다 옷가지와 이불이 만장처럼 펄럭이며 한때 이곳이 물바다
였음을 알린다 흘러내리지 못한 빗줄기를 받아내는 그릇들, 부글부글
끓어올랐다 방 안에 고인 물을 양동이로 퍼낼 때 땀방울이 빗물에 섞였다
오랫동안 산속에 갇혀 있던 바다가 제 흔적을 짜디짠 결정으로 남긴다
장마 끝 폭염이다 살리나스처럼 계단을 이룬 집들을 지나 더 올라서면
산봉우리다 계단 끝에 내다 넌 내 몸 위로 햇살이 기어다닌다

－「녹번동」, 전문

　화자가 거주하고 있는 곳은 "살리나스처럼 계단을 이룬 집들을 지나
더 올라서면" 나타나는 녹번동의 '산봉우리'이다. 이곳 사람들은 "장마
끝 폭염"이 시작되면 '소금꽃'이 핀 "옷가지와 이불"을 '만장挽章'처럼 내다
건다. 미처 흘러내리지 못한 빗줄기를 '그릇'으로 받아내야 하고, 그것으로
도 부족하여 "방 안에 고인 물을 양동이로 퍼"내야 하기 때문이다. '녹번동'
은 "희끗한 뼈마디를 드러낸 절개지"가 있고, "자작나무는 뿌리로 낭떠러지
를 버"티고 있으며, 파헤쳐진 흙에서는 끊임없이 '벌레'가 기어 나오고,
바람이 지날 때마다 "마른 피 같은 황토가 쏟아져 내"리는 곳이다. 화자는
그곳에서 "문 걸어 잠근 며칠"이라는 표현이 암시하듯이 '세상'과 단절된
채로 살고 있다. 이곳에서는 '햇살'조차 화자의 몸 위를 기어 다니는데,
그것은 때를 가리지 않고 출몰하는 '지네' 때문이기도 하고, 최후에 널어야
할 '만장'이 자신의 몸이기 때문이기도 하다. 그런 곳에서 화자는 어둠을
배경으로 '지네' 한 마리가 "조정 경기처럼 방바닥을 저어"가는 모습을
관찰하고 있다. "오늘은 평일인데 나는 백족百足으로도 밖을 나서지 않는다"
라는 진술처럼 화자에게는 딱히 나가야 할, 도달해야 할 '밖'이 없다.
가난한 사람들이 제일 먼저 경험하는 것은 세상 또는 인간과의 단절이다.

세상은 그들을 찾지 않으며, 따라서 그들 또한 나가야 할 '밖'을 잃어버리게 된다. 가난한 삶을 그린 이해존의 시들이 대개 '방'이라는 제한적인 공간에 집중하는 까닭도 이와 무관하지 않은 듯하다.

> 제기동 134-6번지는 난청 지역이다 내 키만 한 곳에 창을 단 골목을
> 지나 주인집 대문을 열면, 또 다른 골목으로 창을 낸 내 방으로 통한다
> 사방 처마가 전깃줄을 끌어내려 밑동을 땅에 묻지 않아도 넘어지지 않을
> 것 같은 전봇대, 그 어지러운 전깃줄의 수혈이 아니고는 이곳은 난청이다
> —「이곳은 난청이다」, 부분

"제기동 134-6번지"의 경우도 사정이 다르지 않다. 골목이 또 다른 골목으로 이어지고, 키 높이 정도에 '창'이 달린 곳, 사방 처마에 전깃줄이 빼곡하게 달려 있어 전봇대의 밑동을 땅에 묻지 않아도 쓰러지지 않을 것 같은 동네, 그리하여 "어지러운 전깃줄의 수혈"이 없으면 바깥세상과의 소통이 불가능한 곳. 화자는 그곳을 "난청 지역"이라고 명명하고 있다. 여기에서 '난청'은 외부 세계와 연결이 끊어진 것, 즉 고립 상태를 의미하며, 이때의 고립은 전파의 문제가 아니라 사회적인 문제, 즉 가난으로 인한 소외의 문제이다. 생각해보라. "전깃줄의 수혈"이 없다면 외부와의 소통이 불가능하다는 말은 결국 외부와의 소통이 오직 "전깃줄의 수혈"에 의해서만 가능하다는 것, 그것 이외에는 결코 바깥 세계와 연결되지 않는다는 의미이기도 하다. 3연에 등장하는 "누군가의 안부를 떠올렸다 지운다 깡마른 안테나처럼 방 안에 누워 스스로를 수신하며 뒤척인다"라는 진술은 이러한 고립이 한편으로는 자의에 의한 것이지만, 다른 한편으로는 '가난'이라는 현실적인 조건 때문에 발생한 것임을 암시한다. 이 "난청 지역"에서는 할 수 있는 것, 우리가 '행동'이라고 부를 만한 것이 행해지지 않는다. '안테나'를 닮아가는 화자에게는 오직 "스스로를 수신"하는 것만이 가능하다. 이해존의 시에는 이처럼 자신 이외의 그 누구와도 연결되지 못하는

상태에 놓인 화자의 고독감을 마치 자신과의 '관계'처럼 표현하는 장면들이 반복적으로 등장한다. 구멍 난 주머니에 손을 넣어 자신의 살을 더듬는 「옆구리」의 화자("구멍 난 주머니 속으로 따뜻한 내 살을 만져본다"), 자신이 앉아 있던 의자를 바라보면서 '존재/부재'의 혼란을 경험하는 「방향」의 화자("하루 종일 앉아 있던 의자를 바라본다 내가 앉아 있지 않은 내 모습이 보인다"), "집 속에 절박한 집들"이 존재하는 고시원에서 "등 시린 새우잠 끌어안고" 불면의 밤을 보내는 「고시원」의 화자("등 시린 새우잠 끌어안고 꾹꾹 모래알 삼켜내며 오롯이 밝히는 밤을 안다") 등은 오직 자신과의 관계만 존재하는, "내 안으로 숨어드는 습관적인 자세"(「구피가 되어가는 남자」)의 소유자들이다. 타인이 존재하지 않는, 외부세계와 단절되어 사실상 유폐된 채로 살아가는 이들에게는 현재 머물고 있는 공간이 존재감을 확인할 수 있는 '장소'로 경험되지 않는다.

식탁과 티비가 시선을 주고받네요 밥을 넘기고 고개를 돌리고 누군가 옆에 있는 것처럼 나도 가끔씩 조잘거리고, 늦은 저녁밥을 먹어요 비스듬히 티비를 보고 벽을 보아요 골똘히 얼룩을 바라보면 얼굴과 닮았다는 생각, 모든 얼룩에서 얼굴을 찾아요 오늘은 이목구비가 깊어져 표정을 짓네요 숟가락이 내 몸을 다 떠낼 때까지 티비를 켜요 관객이 웃고 미혼모가 울고 툰드라의 순록이 뛰어다니고, 이야기가 밥알처럼 흘러내려요 지금은 사실과 농담이 필요한 식사 시간이에요 식탁에 앉아 티비와 인사해요 세상으로부터 허구가 되어가는 아주 경건한 시간이에요

— 「경건한 식사」, 전문

화자는 지금 "식탁과 티비가 시선을 주고받는" 장면을 배경으로 '늦은 저녁밥'을 먹는다. 그는 이 저녁밥을 가리켜 '경건한 식사'라고 부른다. 그런데 흥미롭게도 이 장면에서 화자 '나'의 등장순서는 '식탁'과 '티비'에 이어 세 번째이다. 혼자 늦은 저녁밥을 먹는 화자에게 '티비' 속의 세계는

그가 경험할 수 있는 유일한 타자의 세계이다. 그것은 가족이고, 식구이고, '나' 이외의 존재이다. 이런 늦은 저녁밥이 익숙한 듯 화자는 "누군가 옆에 있는 것처럼" 조잘거리면서 밥을 먹는다. '티비' 안에서는 관객이 웃고, 미혼모가 울고, 툰드라의 순록이 뛰어다닌다. 하지만 '티비'와 정면으로 시선을 주고받는 것은 '식탁'이지 '나'가 아니다. '나'는 "비스듬히 티비를 보고 벽을" 본다. 어쩌면 이 '비스듬히'라는 각도야말로 세상에서 화자가 차지하고 있는 존재감의 표현일지도 모른다. '나'는 점점 "세상으로부터 허구가 되어"간다. '허구'란 무엇일까? 그것은 사실이 아닌 것, 존재 자체가 불확실한 상태일 것이다. 여기서의 '허구'가 '세상으로부터'의 허구라는 사실에 주의하자. 이해존의 시에서 화자의 거처인 '방'은 '집=공간'일 뿐 한 인간의 내면에 심리적인 안정감과 지속성을 제공해주는 '장소'가 아니다. '장소'는 안정과 영속의 이미지이다. 그것은 친숙한 환경이자 안식처이다. 인간답다는 것은 의미 있는 장소를 가지고 있다는 의미이기도 하다. 철학자 하이데거라면 '장소'는 인간 실존이 외부와 맺는 유대를 드러내는 동시에 인간의 자유와 실재성의 깊이를 확인하는 방식으로 인간을 위치시키는 곳이라고 주장했을 것이다. "한 장소에 뿌리를 내린다는 것은 세상을 내다보는 안전지대를 가지는 것"이고, 그런 한에서 '장소'는 "뿌리가 있고, 안전과 안정의 중심이며, 보살핌과 관심의 장, 무엇을 지향할 때 출발점"(에드워드 렐프)이다. 하지만 이해존의 시에 등장하는 공간들 — 녹번동, 제기동 134-6번지, 고시원 등 — 에서는 이러한 '장소'의 느낌, 화자의 존재 자체가 보호되고 있다는 것이 전혀 느껴지지 않는다. 오히려 모든 공간은 "한 방이 비워지면 감쪽같이 흘러드는 빈 몸들"(「고시원」)이라는 표현처럼 조만간 다른 곳으로 이동할 준비를 갖추고 살아야 하는 임시적이고 유동적인 공간, 경제적인 형편에 따라 강요된 선택일 뿐 '장소'에 대한 애정은 찾아볼 수 없는 물리적 공간으로 그려질 뿐이다. 이는 「세입자」에 등장하는 공간의 경우도 마찬가지이다. 이 시의 화자는 전화를 끊자마자 달려온 집주인('그')에게 "젖은 손으로 불려와 / 머리카락에서 떨어지는 물방울"을 참으며 "이번이 마지막이라는 말"을 듣고 있다. 이 '마지막'이 진짜 마지막이 될 때, 그는 또 다시 '방'을 찾아 나설 것이다.

3

'장소'가 없다는 것은 세계 안에 편안하게 머물 수 있는 거처가 없다는 것이며, 편안하게 머물 수 있는 거처가 없다는 것은 거대한 공간이 존재할 뿐 그것이 '세계'로 경험되지 않는다는 것이다. 그럼에도 불구하고 '세계'가 존재한다고 말한다면, 그때의 '세계'는 한 개인의 실존을 포위하고 있는 억압적인 힘이나 개인의 내면과 갈등 관계에 있는 불화 상태를 가리키는 것일 수밖에 없다. 우리는 이미 '방'으로 대표되는 거주 공간이 시인에게 어떻게 경험되고 있는지 살폈다. 이제 거주 공간의 바깥에 관해 살펴볼 차례이다. 이해존의 시에서 '방/집'의 바깥은 어떻게 형상화되고 있는가? 가장 먼저 마주치게 되는 것은 그곳이 고단한 노동의 세계로 그려지는 장면이다.

계단보다 많은 발이 뛴다
외투를 의자에 걸치거나 현관에서 양말을 벗는 문에서 문으로

넷째 주마다 캐터필러가 달려온다
불도저가 길을 펼치고 길을 떼어가는 캐터필러에 올라 런닝머신처럼
달린다
발바닥이 길게 흘러가다 코가 깨진다
떨어진 꽃잎이 캐터필러 속으로 빨려들어 간다

에스컬레이터가 달아난다

맨 위층에서 접힌 시간이 오늘 아침 첫 층계참으로 이어진다
하나씩 모서리를 펼치며 에스컬레이터가 시간을 뱉어낸다

사라진 시간이 에스컬레이터 뒷면의 어둠 속에 거꾸로 매달려 있다
넷째 주마다 첫 층계참에서 거꾸로 매달린 몸을 털고 또다시 얼굴을
내민다

가쁜 숨을 몰아쉬는 아침, 발끝으로 사람들을 끌어올리는 무한궤도
숨을 들이쉬고 저녁에는 땅속으로 뱉어낸다

두 그루 나무가 이어진 곳, 문에서 문으로 나무뿌리가 뻗친 곳까지
겉옷을 걸치고 횡설수설을 지나 구두를 벗는다
가지를 흔들어 나뭇잎을 끌어 덮는다

연결통로에서 연결통로로
외투와 계단, 침대가 무한궤도를 따라 철컥철컥 돌아간다

－「데드라인」, 전문

　이해준의 시에서 '방/집'의 바깥은 노동의 세계이다. 그곳에는 "계단보다
많은 발"이 뛰는 분주한 풍경, "문에서 문으로" 이동하는 출근 장면으로
존재한다. 화자에게 노동은 "넷째 주마다 캐터필러가 달려"오는 느낌이다.
캐터필러란 무한궤도caterpillar를 뜻하는 것이니, 화자는 매달 반복되는
자신의 노동을 가리켜 "불도저가 길을 펼치고 길을 떼어가는 캐터필러에
올라 런닝머신처럼" 달리는 것이라고 말하고 있다. 시인은 오랫동안 출판
편집자로 일하고 있다. 이 때문에 그의 시에서 '노동'은 대부분 출판과
관련된다. "전지全紙에 번진 잉크처럼 비구름이 떠 있다"(「프린팅 빌리지」)
라는 인상적인 진술처럼 그의 시편들에는 드물지 않게 출판편집자의

감각이 투영되어 있다. 편집자, 특히 잡지 편집자에게 "넷째 주마다" 규칙적으로 찾아오는 캐터필러란 곧 잡지 마감을 의미하는 것이니, '데드라인'이라는 표제는 그 마감기한인 동시에 한 달에 한 번씩 직면하게 되는 삶과 죽음의 경계선일 것이다. 노동자의 일상은 그 선을 무사히 넘음으로써 한 달 치의 생존권이 보장되는 삶이다. 작품의 중간부분에서 시인은 이러한 시간의 무한반복을 '에스컬레이터'의 움직임에 비유하고 있다. 노동의 시간 경험을 나타내는 이 비유에서 '시간'은 "맨 위층에서 접힌 시간"이 "오늘 아침 첫 층계참으로 이어"지고, "사라진 시간이 에스컬레이터 뒷면의 어둠 속에 거꾸로 매달려 있다"가 넷째 주마다 "거꾸로 매달린 몸을 털고 또다시 얼굴을 내"미는 동일성의 무한반복으로 경험된다. 그리고 "매일 기다리기 위해 같은 배열로 선다"(「공평한 어둠」), "똑같은 것에 익숙해진 시간"(「사이안」), "탁상 달력은 열두 장을 돌아 처음 그 자리다"(「안락한 변화」)처럼 규칙적으로 반복되는 리듬을 통해 한 인간은 직장인의 시간 감각을 체득하게 된다.

　　달린다 달리면서 가린다 잘 정돈된 잔디와 배열에 금이 간다 지구촌 시대에 알맞게⋯ 제복이 달려온다 알몸을 둘러서고 알몸의 알몸을 가리는 모자

　　공기는 한 방향으로 흐르고 지루한 말씀을 깨뜨리자, 똑같은 시선을 둘로 갈라놓자. 오랫동안 꿈꿔온 자세를 이제야 깨닫는다

　　수많은 눈동자 속으로 달리고 쫓는 사람이 있어 달린다 이 무료한 시간에 슬쩍 알몸을 밀어넣는다 대기 속에 잠자던 표정이 깨어난다

　　카메라가 알몸을 피해 다닌다 뛰어들어도 이제 보이지 않는다 지구촌 시대에 알맞게

가린다 가리면서 달린다 웃통을 벗어 들고 사람들이 환호한다 카메라가
빈 공간을 찾아 숨는다 내부를 이해하는 풍선이 잔디를 밟고 떠오른다
― 「스트리커」, 전문

　이해존에게 '시'는 반복되는 동일성의 시간에 균열이 생기는 순간에
시작된다. 그의 시는 동일한 것처럼 보이던 대상에서 "붉은 벽돌 하나하나
가 다르고／움직이지 않는 어제의 거울이 오늘 다르다"(「사이안」)처럼
'차이'가 드러날 때 시작된다. 그런 까닭에 그에게 '노동'과 '시'는 대극對極
관계이다. 왜냐하면 '노동'은 동일한 것이 무한반복되는 세계인 반면,
'시'는 그것이 균열로부터 시작되는 세계이기 때문이다. 그런데 이러한
'차이'의 시간은 언제, 어떻게 시작되는 것일까? 이 물음에 대한 한 가지
힌트가 인용시에 제시되어 있다. 스트리커streaker는 벌거벗고 달리는 사람
이다. 그의 급작스러운 등장으로 인해 "한 방향으로 흐르고 지루한 말씀"을
실어나르던 '공기'에 일순간 균열이 발생한다. 시인은 그것을 "잘 정돈된
잔디와 배열에 금이 간다"라고 표현했다. 스트리커가 출현하자 곧이어
'제복'이 달려오고, "알몸을 둘러서고 알몸의 알몸을 가리는 모자"가 등장
한다. 이 풍경을 바라보는 구경꾼들의 시선은 '둘'로 갈라지는데, 하나는
달리는 사람을 좇고, 다른 하나는 쫓는 사람을 좇는다. 이 풍경을 "대기
속에 잠자던 표정"의 깨어남이라고 불러도 좋을 듯하다.
　그런데 여기에는 지루하게 흘러가는 일상적 시간의 균열이라는 사건의
우연성만 존재하는 것이 아니다. 여기에는 "달린다 달리면서 가린다",
"가린다 가리면서 달린다"라는 표현처럼 '스트리커'라는 존재가 '노출'과
'은폐'를 동시에 수행하는 일종의 역설적 상황이 개입하고 있다. 그것은
'노출'과 '은폐' 가운데 어느 하나를 지향하지 않고 둘의 경계를 흩뜨림으로
써 이질적인 요소들을 뒤섞는다. 그런데 이러한 역설이 만들어내는 상황의
이중성은 이해존의 시가 '방/집'의 바깥에 관해 이야기할 때마다 반복적으

로 나타난다. '개그맨'이라는 희극적 요소와 '죽음'이라는 비극적 요소를 이어붙인 「개그맨의 죽음」이라는 제목이 그러하고, "의문을 품지 않은 질문"과 "질문을 품지 않은 의문"의 충돌을 통해 '관계'의 본질을 탐색하고 있는 「어둠을 이해하는 방식」의 상황이 그러하다. 또한 곡예사가 등장하여 "손이 걷고 발가락이 머리카락을 쓰다듬는"(「곡예사와 난쟁이와 아이」) 장면도 신체기관의 전도된 기능을 통해 일상적 시간에 균열을 가져온다. 이러한 상황의 이중성, 아니 어떤 것의 경계가 흐려지고 마침내 이것과 저것의 위치가 뒤바뀌는 역설과 아이러니야말로 현대세계에 대한 시인의 솔직한 경험이다.

　　　얼굴 속에서 무슨 일이 벌어지고 있나
　　　표정은 표정 속에서 엷어지고
　　　가면을 갖지 못한 두 눈이 붉어진다

　　　가면을 가면으로 마주해야 하는 세상
　　　눈동자가 어둠 속을 떠다닌다
　　　숨기고 싶어 또 하나의 얼굴을 만들고
　　　들킬까봐 하나뿐인 얼굴을 가린다

　　　어깨 위로 떨어질 것 같은 커다란 얼굴
　　　불안한 노래가 뜨거운 입김으로 공명한다

　　　새장 속의 노래를 놓아주기 위해
　　　절망에게 열쇠를 맡긴다

　　　아일랜드 숲속처럼 외롭고 바깥은
　　　커다란 가면 같은 절벽이어서

우리는 숲을 두고 떠나지 않는다

낯선 가죽이 살갗으로 번지는 시간
세상과 마주한 야생이 달려들거나 도망친다
아일랜드 숲속에서
노래는 점점 야생의 울음을 닮아간다

무표정으로 가장한 얼굴 속에서
노래가 수많은 표정을 짓는다

— 「바깥의 표정」, 전문

　이해존의 시에서 현대는 본질적인 것과 표피적인 것, 진짜와 가짜 등이
전도된 사회이다. 따라서 "레몬을 늠름하게 베어 물고 카메라를 향할
때 / 자신에게서 가장 멀어집니다"(「일인자」)나 "가짜의 전성기가 영정사
진으로 걸리고 진짜 이름을 찾았다 (중략) 그보다 더 능숙하고 오래된
것을 쫓다가 내 목소리를 잃었다"(「이미테이션」) 등에 등장하는 '소외'의
문제의식은 한 개인의 불행보다는 현대성의 기호로 읽는 것이 타당하다.
인용시의 '가면' 역시 마찬가지이다. 이 시에서 가면은, 가면을 쓰고 등장하
는 인물들이 익명으로 노래를 부르는 텔레비전 프로그램이 그렇듯이,
혹은 그런 인물이 등장하는 영화의 한 장면이 보여주듯이, 마스크mask이자
외적인격persona이다. 화자는 지금 그런 가면이 "어깨 위로 떨어질 것 같은
커다란 얼굴"을 염려하며 "불안한 노래"를 부르고 있다. 시인은 이 장면을
가리켜 인간은 "숨기고 싶어 또 하나의 얼굴을 만들고 / 들킬까봐 하나뿐인
얼굴을 가린다"라고 진술한다. 하지만 '얼굴'을 숨기기 위해 만든 '가면'이
"낯선 가죽이 살갗으로 번지는 시간"을 통과하면 상황이 달라지는 법이다.
특히 그 "불안한 노래"가 오로지 '가면'을 착용했을 때에만 가능한 것이라
면, 하여 가면 아래의 '얼굴'이 드러나는 순간 '노래'의 재능이 모두 사라져

버린다면, 이때의 '가면'은 '얼굴' 만큼이나 중요한 것이라고 말할 수 있지 않을까. 시의 마지막에 등장하는 "무표정으로 가장한 얼굴 속에서 / 노래가 수많은 표정을 짓는다"라는 진술이 의미하는 것이 이것이다. 이제 "수많은 표정"을 노래하기 위해 '진짜 얼굴'에게 '가짜 얼굴'이 필요하다. '진짜'가 '가짜'를 경유해서만 스스로를 드러낼 수 있는 것, 이것은 시인이 생각하는 예술의 본질일까, 아니면 시인이 현대사회를 바라보는 관점일까.

4

일찍이 철학자들은 세계와 사물의 진짜 모습을 알기 위해서는 그림자에 현혹되지 않아야 한다고 충고했다. 그것은 진리의 밝은 빛 아래에서만 세계와 사물이 제 모습을 드러낸다는 철학적인 믿음에 기초한 것이었다. 하지만 어떤 세계는 빛이 아니라 어둠을 배경으로 할 때, 피사체와는 명암 관계가 반대인 음화negative picture의 방식으로 조명될 때 한층 분명하게 드러난다. 이 경우 '어둠'은 대상보다 더 중요할 뿐만 아니라 '대상'에 접근할 수 있는 유일한 방법이기도 하다. 이해준의 시는 이러한 낯선 시각을 통해, 개인의 비극적인 삶의 형상을 통해 현대성의 부정적인 단면을 드러내는 일종의 '그림자극劇'이다. 이 그림자를 통해 가시화되는 현대의 또 다른 모습은 '폭력'의 세계이다. 아래의 시에서 '폭력'의 잔혹성이 느껴진다면 그것은 "두려운 것은 빛을 등지고 나타난다."라는 진술처럼 폭력이 그림자─음화를 통해 모습을 드러내기 때문이고, 그 폭력의 희생자가 가시성의 대상으로 우리 앞에 존재하지 않고 부재를 통해 간접적인 방식으로 존재를 드러내기 때문일 것이다. 이 시는 '폭력'의 잔혹함이 언제나 피와 살이 튀는 그로테스크한 시각적 장면으로만 드러나는 것은 아님을 보여준다. 만일 이 시가 음화가 아니라 양화positive picture의 방식으로

학교 폭력을 형상화했다면 어떠했을까? 학교 폭력에 대한 진부한 고발이거나 '폭력=악'이라는 등식에 호소하는 계몽적인 목소리에 그쳤을 가능성이 컸을 것이다. 시차사진술을 연상시키는 파편화된 이미지들의 재조합과 마찬가지로, 이해존에게 음화陰畵의 시선은 검은 실루엣이라는 장치를 통해 관객이 비극적이고 음울한 세계에 대해 새로운 감각을 가질 것을 요청한다. '그림자극'은 이 요청의 또 다른 이름이다.

　　허리에 손을 얹은 그림자가 검은 날개처럼 몸집을 부풀린다. 두려운 것은 빛을 등지고 나타난다.

　　주저앉아 물러서다 모서리에 손목이 긁힌다. 살갗을 파고드는 젖은 모래처럼 발가락이 바닥을 움켜쥔다. 원망과 두려움으로 뒤섞인 눈동자가 그림자를 올려다본다.

　　함께 그림자놀이 하던 벽에 또 다른 그림자劇이 벌어진 후, 아이들이 하나둘씩 사라졌다.

　　아이들이 창문으로 뛰어내려 빛과 함께 부서지기 전에, 창문 위에 빗장을 덧댄다. 방 안 가득 풀어놓던 그림자가 문을 잠근다. 방문을 여닫을 때마다 검은 바닥이 한 장씩 떼어진다.

　　뜯어진 창문으로 커튼이 펄럭인다. 방 안에 빛을 던져 넣고 한 아이가 부서졌다. 오늘밤 그림자놀이 하기에 충분한 빛이다.

－「그림자劇」, 전문

최승자적인 것
— 생존 증명으로서의 시 쓰기

내가 살아 있다는 것,
그것은 영원한 루머에 지나지 않는다.
— 최승자, 「일찍이 나는」, 중에서

1

안토니오 타부키의 말처럼, 문학은 삶이, 우리의 현재적 삶이 충분하지
않다는 것을 증명하는 것인지도 모르겠다. 문학이나 예술에 불변하는
'본질'이 있을 리 없지만, 근대 이후 예술은 스스로를 삶과 사유의 지배적
형태에 대한 응답으로 제시해왔다. '예술로서의 삶'으로 요약되는 이 주장
에 따르면 예술은 '저항'이나 '창조'와 다른 것이 아닌데, 그것은 '목적'이나
'기능'으로 환원되지 않는 특유의 효과를 통해 우리를, 우리의 감각과
사유를, 우리의 일체의 행동과 삶을 지배적 형태의 바깥을 향해 개방시킨다.
하지만 이러한 미학적 기획은 역사의 어떤 시기를 지나면서 '예술'이
우리의 '삶'과 관계없는 자족적인 실체이자 대상이라는 인식을 낳았다.
그때부터 '예술'과 '삶'의 간극은 점차 커지기 시작했다. 동시에 '삶'에
대한 '예술'의 영향력도 급속하게 줄어들었으니, 마침내 오늘날의 예술은
한낱 향유의 대상으로 전락해버린 느낌이다. '예술'과 분리된 현대인의
'삶'은 '일상'이라는 이름의 습관화된 행위로 축소되었고, 심지어 그 습관화

된 일상의 문학적 재현이 '일상성'의 미학이라는 이름으로 옹호되기도 한다. 하지만 그것은 삶과 사유의 지배적 형태에 붙들려 있는 삶이라는 점에서 '영원한 루머'와 별반 다르지 않다. 마르크스의 표현을 빌리자면 그것은 '죽은 삶'이다. 예술은 이 '죽은 삶'으로부터 탈주하는, 그 강요된 '죽음'에 대한 생명의 항의이다.

이 항의의 방식은 다양했다. 근대 이후의 예술철학, 특히 예술에 대한 비판이론과 현상학의 사상은 유력한 방식들이었다. 비판이론은 예술이 부정적인 사유를 강화하는 데 도움을 준다는 점을 강조했고, 때문에 그들에게 예술은 세계의 부정성을 갈등이나 훼손된 방식으로 드러내는 것으로 이해되었다. 반면 현상학은 세계에 대한 개방성과 내재성을 통한 세계의 현상에 관심을 두었고, 때문에 그들이 주장하는 예술의 근본성격 역시 세계의 개방이라는 사태 자체를 현시하는 긍정의 형식일 수밖에 없었다. 사실상 이들 두 경향은 현대예술이 삶과 사유의 지배적 형태에서 벗어나는 두 가지 방식이었다.

(부정으로서가 아니라) 중간 휴식 혹은 유예의 행위로서 즐거움의 정동으로 이행한 사례는 시인 김혜순의 인터뷰 글에서 확인된다. 최승자의 시와 당대의 다른 두 여성 시인(김혜순과 이연주)의 시를 번역한 최돈미는 세 시인의 시를 묶어서 출간한 영어 시집 『불안의 말들』 서문에서 김혜순의 미학을 이렇게 논한다. <김혜순은 민중문학의 맥락에서 자신의 시는 직접 저항하지 않는다고 말했다. "나는 죽음을 재료로 삼아 요리에 대한 글을 썼다. (중략) 나는 저항의 무거움을 즐겁고 가벼운 것으로 바꾸려고 했고, 그 결과 정치적이지 않은 듯해 보이는 유형의 시에 이르게 되었다.">

최근에 읽은 책의 한 구절이다. 민주화 이후의 정동을 다룬 이 책에서 저자는 80년대와 90년대의 정동affect을 각각 '최승자'와 '김혜순'의 시로 구분하고 있다. 이 주장이 옳다면 우리는 '최승자적인 것'의 시대에서

'김혜순적인 것'의 시대로 옮겨왔으며, 그것은 "저항의 무거움"에서 "즐겁고 가벼운 것"으로의 이동이라고 요약할 수 있을 것이다. 책의 저자는 최승자의 80년대 시를 이렇게 평가하고 있다. "당시에는 일반적이었던 죽음의 비유로 가득한 최승자의 시는 당대 한국인들의 '사회적 애도라는 노역'을 가능케 했던 정동의 도구였다." 최승자는 한 신문에서 70~80년대를 '가위눌림'의 시대라고 썼고, 시를 쓰는 일이 그 시대에 대한 '시적 저항'이었다고 회고했다. 또 다른 글에서 그녀는 현실적 억압과 문학의 관계를 이렇게 요약했다. "억압구조로부터 가해지는 폭력을 강제적 작용의 폭력이라 한다면, 문화권 안에서 일어나는 힘은 거기에 대항하기 위한 반작용의 폭력이라 할 수 있을 것이다. (중략) 그러한 문화적 반작용의 폭력은 어떤 의미에선, 생존권을 잃지 않기 위한 일종의 정당방위의 폭력이라고 할 수 있다."[1] 그렇다면 지금, 왜 우리는 다시 최승자를 읽으려는 것일까? 그것은 현재 유행하는 시적 경향과 다른 80년대, 즉 과거의 것이 아닌가? 우리가 최승자의 시를 다시 읽으려는 까닭은 시대적 '정동'이나 미학적 경향을 고찰하기 위함이 아니라 현대적인 미적 기호가 초래한 '예술'과 '삶'의 간극, 그 가운데에서 시의 독법을 다시 사유하기 위해서이다.

지난 20세기 비평은, 정도의 차이에도 불구하고, 문학 작품에서 '작가'와 '시대'를 추방하는 방향으로 진화해왔다. 이 진화는 "오늘날에 이르러 비평은 (중략) 작품의 설명을 언제나 작품을 만들어낸 자로부터 구한다.", "작가는 항상 앞서 간다고 하지만 결코 기원이 될 수 없다."라는 롤랑 바르트의 주장에 이르러 '텍스트text' 개념의 등장과 근대적 '작가'의 죽음을 선언하는 장면으로 이어졌다. 이러한 비평적 흐름은 정치적·현실적 억압의 정도가 약해진 90년대 이후 한국의 문화적 환경과 결합했고, 특히 "나의 모든 요구들과 원하는 것들이 언어의 질서를 통과해야 한다면, 내가 요청하거나 요구할 수 있는 것은 오직 언어의 사회적 관습들을

· · ·

1. 최승자, 『한 게으른 시인의 이야기』, 책세상, 1989, 139~140쪽.

통해서 재현 가능한 것뿐이다.'[2]라는 정식으로 요약되는 정신분석의 부정성 논리가 폭넓은 지지를 받으면서 시와 삶과 현실의 고리는 매우 느슨해졌다. 그 무렵 학계에서는 구조주의와 기호학 등 '언어'의 위상을 앞세운 방법론이 등장하여 문학사회학의 흔적을 빠르게 지우고 있었다. 동시에 최승자의 시도 독자들의 시야에서 멀어지기 시작했으니, 위에서 인용했듯이 90년대, 혹은 새로운 세기의 문화적 정동affect은 '최승자적인 것'에서 '김혜순적인 것'으로 바뀌었기 때문이다. 한때 사람들이 '부정적 서정성'이라고 불렀던 시적 경향은 정점을 지난 태풍처럼 서서히 약화되었다.

> 내가 살고 있는 이 땅의 거대한 타의他意 — 오로지 물욕만을 따라 외곬로 뻗어가는 광기, 조직과 이데올로기를 앞세우고 돌진하는 무서운 능력, 그 아래에서도 끝없이 이어지는 아브라함과 이삭의, 이삭과 야곱의 모든 살붙이들의 선량하고 괴로운 관계 등. 그런 모든 것들이 합세하여 내 운명의 세포조직을 만들고 그 모든 것들이 어우러져서 내 인생의 운명의 배후에서 후렴처럼 비가 되어 내린다. (중략) 결국 그 거대한 타의의 보이지 않는 폭력에 당하지 않기 위해서는, 최소한 인간답게 죽어질 수 있기 위해서는 대항해서 싸우는 필사의 길밖에 없음을 알기 때문이다. 그래서 한밤에도 나는 이빨을 갈며 일어나 앉는다. 끝없이 던져지고 밀쳐지면서 다시 떠나야 하는 역마살의 청춘 속에서, 모든 것이 억울하고 헛되다는 생각의 끝에서, 내가 깨닫는 이 쓸쓸함의 고질적인 힘으로, 허무의 가장 독한 힘으로 일어나 앉는다. 잠들지 않고 싸울 것을, 이 한 시대의 배후에서 내리는 비의 폭력에 대항할 것을, 결심하고 또 결심한다.[3]

시의 주류적 경향은 시간이 흐르면 바뀌지만 문학의 존재 가치, 즉

• • •

2. 클레어 콜브룩, 한정헌 옮김, 『들뢰즈 이해하기』, 그린비, 2007, 91쪽.
3. 최승자, 같은 책, 18~19쪽.

문학이 우리의 현재적 삶이 충분하지 않다는 것을 증명한다는 사실은 쉽게 바뀌지 않는다. 물론 시대가 바뀌면 정치적·현실적 억압의 실행 방식도 바뀌지만, 따라서 그것에 대한 문학의 저항 방식 역시 바뀌겠지만, 문학이 "그 거대한 타의"에 대한 대항이라는 사실 자체가 부정되기는 어려울 것이다. 문제는 이 '타의'의 억압과 그것에 대한 저항이 집단이나 사회의 층위가 아니라 한 개인의 일상과 신체에서 벌어짐으로써 지극히 실존적인 성격을 띤다는 것, 그리고 '저항'이라고 말했지만 그것은 행위의 성격을 가리킬 뿐 실제 '저항'이 실행되는 방식이 이미–항상 저항적이기만 한 것은 아니라는 데 있다. 우리가 흔히 '해체'라고 부르는 것이 사실은 '해체–구성'이듯이, '타의'에 대한 문학의 '저항' 역시 사실은 '저항–창조'이다. 그것은 기성의 질서를 '파괴'하는 방식으로 저항할 때조차 새로운 질서를 '창조'할 수밖에 없다. 이는 상징적 질서의 근간인 언어에 대한 혐오나 불신을 표현하는 유일한 길이 언어를 통하는 것과 같은 이치이다. 최승자의 시가 여전히 강력한 흡입력을 갖는 이유는 그것이 '부정적 서정성'을 통해 '거대한 타의'의 억압적 성격을 드러내며, 시를 쓰는 행위가 그것에 대한 '저항'의 일종임을 증언하기 때문이다.

2

최승자의 초기시에서 '죽음'은 이 '거대한 타의'의 또 다른 문학적 기호이다. 첫 시집의 표지4쪽에 실린 산문에서 시인은 '시'를 이렇게 정의하고 있다. "시는 어떤 가난 혹은 빈곤의 상태로부터 출발한다. 없음을 뚫어지게 바라보면서, 없음의 현실을 부정하는 힘 또는 없음에 대한 있음을 꿈꾸는 힘, 그것이 시이다." 여기서 '가난'과 '빈곤'은 경제적인 것이 아니다. 그것은 한 개인이 살아 있다는 것, 자신의 사유와 욕망을 자유롭게 표현하면서 숨 쉬고 있다는 존재감이 결여된 상태이며, 그러므로 부자유나 부재^{不在}를 가리키는 결핍의 메타포이다. 최승자에게 '죽음'이란 이 결여/결핍의 극한이다. 그녀의 초기시에 이 결여/결핍은 도처에 흩어져 있는 죽음, 고독, 쓸쓸함, 허무의 정서와 "나는 아무의 제자도 아니며 / 누구의 친구도 못된다."(「자화상」), "일찌기 나는 아무 것도 아니었다. / 마른 빵에 핀 곰팡이 / 벽에다 누고 또 눈 지린 오줌 자국 / 아직도 구더기에 뒤덮인 천년 전에 죽은 시체."(「일찌기 나는」) 같은 자기 부정으로 표현된다. 최승자의 초기시에서 시인-화자에게는 긍정할 수 있는 '세계'가 없다. 세계를 상실한 화자는 자신을 "아담과 이브가 / 풀섶에서 일어난 어느 아침"(「자화상」)부터 '긴 몸뚱어리의 슬픔'이었다고 고백한다. 시인에게 세상은 거대한 '죽음'의 공간이니, 그곳에서는 "죽음이 죽음을 따르는 / 이 시대의 무서운 사랑"(「이 시대의 사랑」)처럼 '사랑'마저 죽음에 지배된다.

(1) 움직이고 싶어 / 큰 걸음으로 걷고 싶어 / 뛰고 싶어 / 날고 싶어 // 깨고 싶어 / 부수고 싶어 / 울부짖고 싶어 /비명을 지르며 까무러치고 싶어 / 까무러쳤다 십년 후에 깨어나고 싶어

— 「나의 시가 되고 싶지 않은 나의 시」, 전문

(2) 이것이 아닌 다른 것을 갖고 싶다. / 여기가 아닌 다른 곳으로 가고 싶다. / 괴로움 / 외로움 / 그리움 / 내 청춘의 영원한 트라이앵글.

— 「내 청춘의 영원한」, 전문

최승자에게 '시'는 자신의 존재감을 알리는 "세상을 향한 / 내 울음의 통로"(「부질없는 물음」)이다. 그녀의 수많은 언어들은 존재감의 상실, 즉 '부재不在'를 강조하고 있지만, 그 밑바닥에는 자신이 '존재存在'하고 있음을 확인하려는 의지가 짙게 깔려 있다. 그녀의 시에서 '부재'와 '존재'는 비례 관계여서, 전자가 강해질수록 후자의 흔적 역시 뚜렷해진다. 그래서 그녀의 초기시는 온통 '죽음'에 둘러싸여 있지만 그것을 '죽음의

시학'이라고 말해선 안 된다. 최승자의 시가 들려주는 세계와의 강렬한 파열음, 즉 '울음=시'는 개인을 억누른 '거대한 타의'에 대한 생명의 역동적인 저항에서 비롯된다. (1)에서 그것은 일체의 외부적 힘, 즉 시인–화자를 움직이지 못하게 묶고, 감금하고, 억압하는 힘으로부터 벗어나려는 의지로 표현되고, (2)에서는 '다른 것', '다른 곳'처럼 현실 부정을 통한 대안적 세계에 대한 지향으로 나타난다. "우리가 꽃잎처럼 포개져 / 눈 덮인 꿈속을 떠돌던 / 몇 세기 전의 겨울을"(「청파동을 기억하는가」)처럼 이 지향은 구체적인 과거의 시공간으로 나타나기도 하지만, "여기가 아닌 다른 곳으로 가고 싶다."라는 진술에서 강조점은 '다른 곳'이 아니라 '여기가 아닌'에 있기에 구체적인 장소를 특정할 수는 없다. 분명한 것은 시인–화자가 자신이 직면하고 있는 현재적 상황을 강력하게 거부/부정하는 '울음의 기호'로 '시'를 선택했다는 것이다. 이 지점에서 최승자에게 시 쓰기는 삶의 문제로 연결된다.

"시가 인간에게 무엇이 될 수 있을까. 시가 시를 읽는 사람들에게 무엇이 될 수 있을까. 시가 시를 쓰는, 시를 생산하는 사람들에게 무엇이 될 수 있을까. 시가 시를 쓰는, 시를 생산하는 수많은 사람들 중의 하나인 내게 무엇이 될 수 있을까."[4] 이 끝없는 질문의 연속은 시인이 장르로서의 시가 아니라 실존적 행위로서의 '시 쓰기'의 의미를 반추하면서 시를 쓰고 있음을 보여준다. 그리고 이 질문에 대한 시인의 대답은 두 번째 시집의 표지4쪽에 쓰여 있다. "시 쓰는 것이 만약에 내가 무언가 될 수 있다고 한다면, 그것은 구원도 믿음도 아니고, 내가 더없이 마음 편하게 놀고 먹은 것만은 아니라는 작은 위안이 될 수 있을 뿐이며, 내가 해야만 했던 그러나 하지 못했던 일들에 대한 작은 변명 — 모기 흐느끼는 소리만한 작은 변명 — 이 될 수 있을 뿐이다." 어쩌면 이 작은 변명이야말로 시인에게는 고통스러운 세계를 견디게 해주는 유일한 내재적 해결책이었

• • •

4. 최승자, 같은 책, 145쪽.

으리라. 그럼에도 우리는 이 '작은 변명'이, 그것이 당대의 독자들에게 끼친 영향이 결코 작은 것이 아니었음을 알고 있다. 많은 청춘들에게 그녀의 시는 "정권이 바뀌"(「꿈 대신에 우리는」)어도 "약속된 비젼은 나타나지 않고"(「나날」), "죽음과 삶이 상피붙은 신성神聖 코리아"(「망제望祭」)의 현실이 지속되던 1980년대 초반을 견딜 수 있는 부재不在의 알리바이였다.

9시, 사무실 출입문이 폰 갸갸 씨를 기운차게 연다.
의자가 걸어와 폰 갸갸 씨 위에 앉는다.
볼펜이 그의 손가락을 꼬나쥐고
활자들이 그를 꼬나보기 시작한다.

12시, 점심이 그를 잘도 먹어 치우고
때가 되면 오줌이 유유하게 그를 갈긴다.
때때로 심심해서 전화가 자꾸 그를 걸어 본다.
여보십니까? 여보십시다! (존재의 딸꾹질)
시간이 가기도 하고 안 가기도 하면서
이윽고 월급 봉투가 그를 호주머니에 쑤셔 넣는다.
6시 반, 54번 버스가 다시 폰 갸갸 씨를 올라탄다.
원효대교가 다시 홀라당 그를 넘어간다.

현관문이 그를 열고 집어 넣는다.
따뜻한 방바닥이 그를 때려눕힌다.
잠이 아작아작 그를 갉아먹기 시작한다.
그러나 이윽고!
꿈 속에서 대한민국이 열렬하게 그를 찬양하고
여의도 광장 한가운데에 그의 기념비를 세운다.

코러스도 웅장하게 울려 퍼지며

우러러 찬미할지어다!

– 「폰 가갸 씨의 초상」, 전문

최승자의 초기시에서 '부정적 서정성'이 문법, 어순 등의 언어적 질서에 대한 공격으로 나타나는 경우는 드물다. 그녀의 시는 '부정적'이라는 제약에도 불구하고 서정성을 포기하지 않으며, 바로 그 점이 그녀의 시가 70~80년대의 젊은 세대에게 강렬한 흔적을 남길 수 있었던 이유의 하나였다. 언어에 관해서라면, 최승자의 '부정성'은 비속어나 아브젝시옹abjection을 연상시키는 이미지로 표현되는 것이 일반적이었다. 하지만 이 시에서 시인은 언어의 질서를 겨냥하고 있다. 그러므로 여기에서 '언어'는 표현 수단이 아니라 지배적인 질서이고, 그런 한에서 그것의 안정성을 뒤흔드는 것, 즉 새로운 스타일의 창안은 기존의 질서, 사유 방식, 삶의 방식과 다른 형식을 생산하는 것이다. 시의 내용을 살펴보자. 이 시는 평범한 직장인으로 추측되는 '폰 가갸 씨'의 지극히 평범한, 지나치게 평범해 '주체성'을 상실한 것처럼 보이는 인물의 무감각한 일상을 기술하고 있다. '폰 가갸 씨'에게는 한때 개인의 배타적 전유물로 간주되던 주체성이나 내면성 같은 것이 없다. 시인은 이러한 존재 상실을 주어와 술어의 뒤바뀜, 혹은 주체와 대상이 전도顚倒된 상황으로 묘사하고 있다. 시인의 눈에 비친 훼손된 세계의 풍경은 '폰 가갸 씨'가 '사무실 출입문'을 여는 것이 아니라 '사무실 출입문'이 '폰 가갸 씨'를 여는 장면으로 상징화된다. 그가 점심을 먹는 것이 아니라 "점심이 그를 잘도 먹어 치운다"는 것이다. 농담과 과장처럼 기술된 이 풍경들은, 그러나 자본주의적 일상의 단면을 예리하게 포착해내고 있다. 그것은 이 시에서 강조되고 있듯이 '9시', '12시', '6시 반' 등의 시간-기계가 직장인들의 일상을 특정하게 분절한다는 점이다. 돌이켜 생각해보면 직장인의 하루, 즉 일상이란 인간이 주도하는 주체적 경험이라기보다는 자본에 의해 분할된 시간을 내면화하는 과정에 한층 가깝다. 우리는 애써 그 진실을 외면하기 위해 모든 문장의 도입부에 '나' 또는 '우리' 같은 인칭대명사를 배치하여 마치 그 행위가 '나' 또는 '우리'의 주체적 의미에 의해 행해지는 것처럼 연기하고 있는 것인지도 모른다. 특히 "자본주이신 하나님은 / 오늘 밤에도 우리에게 / 저금리 신용 대부를 해 주신다. / 실체 없는 꿈의 실체 있는 / 이자를 받기 위하여. / 참 가도가도 끝없는 천국이여, / 아버님 나라의 어여쁘심이여."(「숙淑에 게」)처럼 '자본주=하나님'이 '노동'의 시간인 '낮'만이 아니라 '꿈'의 시간 인 '밤'마저 지배하는 상황이라면 상태는 더욱 심각하다고 말해야 하지 않을까.

3

최승자의 시는 내적 완결성을 지닌 '작품'으로서의 '시'가 아니라 삶−행 위로서의 '시 쓰기'가 개인적인 실존의 층위와 역사적인 현실의 층위의 교직, 그 충돌이라는 사건 안에서 무엇일 수 있는가를 보여주는 문학적 실험이다. 지난 시대 젊은 독자들이 유독 그녀의 시에 열광했던 까닭은 그녀가 한 편의 시, 한 권의 시집이 아니라 '시 쓰기'가 무엇인가를 보여주었 기 때문이었고, 독자들이 '시 쓰기'가 '어떻게 살 것인가'라는 '삶'의 문제와 평행적 관계에 놓여 있다고 판단했기 때문이다. 그 시절 최승자만이 아니라 그녀의 독자들에게도 시는 곧 치열한 삶의 출구 찾기였다. 그녀의 시는 기존의 '시적인 시'와는 확연하게 달랐다. 기성 시인들이 '시적인 것'이라는 합의의 영역을 재생산하면서 내적인 완결성을 추구했다면, 최승자는 '시= 삶'이라는 등식을 밀고 나가 시를 쓰는 일이 기성의 질서에 대한 저항임을, 질서로부터의 처절한 이탈임을 보여주었다. 그것은 '철학'이 선배 철학자 들의 저작을 정리하고 해석하는 일로 간주되던 시대에 철학사의 영향권에 서 벗어나 자신만의 독자적인 사유 방식을 밀고 나간 철학자들의 '철학−하기'처럼 이단적인 것이었다. 그래서 최승자의 초기작은 한국 시사詩史에 기록된 추문이었으니, 비록 '추문'이라는 꼬리표는 최승자라는 이름을 따라다녔으나 그것으로 인해 곤란을 겪은 것은 내적 완결성만을 추구한 무능한 서정이었다. 최승자는 스스로를 추문의 주체로 만듦으로써 사실상 기존의 '시적인 것' 일체를 추문으로 만든 이단자였고, 그런 까닭에 그는 선배는 물론 '아버지'도 없는, 문학적 '아버지'로부터 승인받지 못한 존재, 즉 '고아'였다.

> 그래, 나는 용감하게,
> 또 꺽일지도 모를 그런 생각에 도달한다.
> 시詩는 그나마 길이다.
> 아직 열리지 않은,
> 내가 닦아나가야 할 길이다.
> 아니 길 닦기이다.
> 내가 닦아나가 다른 길들과
> 만나야 할 길 닦기이다.
>
> 길을 만들며,
> 길의 흔적을 남기며,
> 이 길이 다른 누구의 길과 만나길 바라며,
> 이 길이 너무나 멀리
> 혼자 나가는 길이 아니길 바라며,
> 누군가 섭섭지 않을 만큼만
> 가까이 따라와주길 바라며.
>
> ―「시 혹은 길 닦기」, 전문

최승자의 두 번째 시집(1984)과 세 번째 시집(1989) 사이, 그리고 세 번째 시집과 네 번째 시집(1993) 사이에는 상징적인 단락段落이 존재한다. 전자는 이른바 87년 체제의 등장이고, 후자는 현실사회주의의 붕괴와 문화의 상품화로 압축되는 후기자본주의의 시작이다. 각각 80년대 후반과 90년대 초반에 출간된 두 권의 시집에는 시인이 이 역사적 변화를 어떻게 받아들였는가가 선명하게 투영되어 있다. 세 번째 시집『기억의 집』(1989)이 보여주는 미묘한 시적 경향상의 변화는 이러한 시대의 변화와 무관하지 않다. 그래서일까? 이 시집의 후반부는 여전히 "이 세상은 아직도 / 언 강江 먼 땅, / 이하동문의 / 깊은 밤."(「오월」), "내가 믿는 것은 / 오늘의 절망, 절망의 짜장면이다."(「1986년 겨울, 환煥에게」) 등처럼 타나토스적 충동에 의해 관통당해 절망에 신음하는 시인의 내면에 의해 지배되고 있다. 그 절망의 정점에 "영원히 뿌리 없는 / 허공의 방房, 허방의 집."(「파괴의 집」)이라는 부재하는 내면의 건축물이 세워져있다. "응답받지 못할 전화 벨소리"(「수신인은 이미」)가 상징하는 소통 불가능, "죽음이 내 주위를"(「죽음이 내 주위를」) 둘러싸고 있다는 단말마와 "소외는 깊다"(「소외의 방」) 같은 표현에서는 삶의 방향을 모두 잃어버린 절망감이 드러난다.

반면 "고통의 잔치는 이제 끝났다."(「돌아와 나는 시를 쓰고」)라는 선언적 진술이 중심인 전반부의 경향은 사뭇 다르다. 여기에서 화자는 한 시대가 끝났음을 확인하면서도 "고통이라는 말을 / 이제 결코 발음하고 싶지 않다."(「이제 가야만 한다」)처럼 "온몸 온정신으로 / 이 세상을 관통해"보려는 의지가 전면에 나타나기 시작한다. 이러한 의지는 "내가 더 이상 나를 죽일 수 없을 때 / 내가 더 이상 나를 죽일 수 없는 곳에서 / 혹 내가 피어나리라"라는 진술처럼 죽음 이후의 시간을 응시한다는 점에서 "사후死後의 기술"(「그날 이후」)이나 "후반전 인생"(「이천년대가 시작되기 전에」)이라고 말할 수도 있을 듯하다. 물론 "내 상처의 쓰레기 더미"(「일찍이 세계는」)를 횡단하여 "약속의 땅"(「기억의 집」)에 도달하려는 생生에의 의지가 순탄하게 진행되지는 않았을 것이다. 하지만 '시 혹은 길닦이'라는 제목이 암시하듯이 오랜 공백기 이후에 돌아와 다시 삶의 새로운 방향을 모색하기 시작했다는 사실은 흥미롭다. 그러므로 이 시집의 한편에는 종결된 세계에 대한 절망감이, 다른 한편에는 아직 시작되지 않은, 미래를 향해 열린 낯선 길에 대한 의지가 자리하고 있는 셈이다. 이전과 달리 "살고 싶음의 뿌리 그리하여 / 살아 있음의 뿌리 되찾고 싶은 것"(「아시는지」), "살아 있는 나날의, 소금에 / 절여지는 취기 같은 저 갈증" (「노을을 보며」)처럼 '부정적 서정성'으로 회수되지 않는 시적 경향이 보이기 시작했다는 것은 기억해둘 만한 변화이다.

> 쓴다는 것이 별것은 아니라고,
> 쓴다는 것에 아무런 희망도 갖고 있지 않다고 말했지.
> 그러나 이제 고백하자, 시인하자.
> 쓴다는 것, 써야 한다는 생각이 없었더라면
> 내 삶은 아주 시시한 의미밖에 갖지 못했으리라는 것,
> 어쩌면 내 삶이라는 것도 존재하지 않았으리라는 것.
> 오 쓴다는 것, 써야 한다는 생각에
> 내가 얼마나 높이높이 내 희망과 절망을 매달아 놓았던가를
> 내가 얼마나 깊이깊이 중독되어왔던가를
> 이제 비로소 분명히 깨달을 수 있겠구나.
> 내 익숙한, 잘 나가는 달필을 버리고
> 원고지를 버리고 노트를 버리고
> 글자 처음 배우는 아이처럼 자꾸만 목이 말라
> 더듬 더듬 떠듬 떠듬 처음으로 워드 프로세서를 치고 있는 이 밤에.
> ─「워드 프로세서」, 전문

시인에게 새로운 시대는 '워드 프로세서'와 함께 도래했다. "칠십년대는 공포였고 / 팔십년대는 치욕이었다."(「세기말」)면, 20세기의 마지막 10년은 "돈 엄마가 돈 새끼를, / 자본 엄마가 자본 새끼를 낳는,"(「자본족」),

그리하여 인간이 '고등 포유동물'을 넘어 '고등 자본 동물'로, "똥이 곧 예술이 될 수 있고, 상품이 될 수 있는" 명실상부한 자본의 시대였다. 그런데 시인은 이 화려한 상품과 소비의 시대에 "입이 틀어 막혔던 시대보다 더 외롭다."(「중구난방이다」)라고 고백하고 있다. 동시에 "박씨보다 무섭고, / 전씨보다 지긋지긋하던 아버지"(「귀여운 아버지」)가 '귀여운 아버지'로 느껴지기 시작한다. 왜 그럴까? 「중구난방이다」의 화자는 이 변화된 시대의 상황을 "모든 접속사들이 무의미하다. / 논리의 관절들을 삐어버린 / 접속이 되지 않는 모든 접속사들의 허부적거림. / 생존하는 유일한 논리의 관절은 자본뿐."이라고 요약하고 있다. 억압적 권력에 대한 연대의 의지는 해체되었고, 대신 '자본'이 모든 것들을 매개하기 시작한 것이다. 이 시대에는 "삶은 / 서울은 / 더러운 것."(「다 묻고」)이 되어버려서 시인은 그 세상으로부터의 탈출을 생각한다. 이 탈출의 의지가 분명히 드러난 작품이 「하안발下岸發 3」이다. 이 시에서 그것은 '개종'으로 표현된다. "나는 개종하고 싶다."가 그것이다. '개종'이란 "전기 장치로 공급되는 / 산소와 미네랄과 또 무엇과 무엇과 / 정부와 국가와 민족과 글로벌"이 현존하는 인공적인 '수족관'의 세계에서 벗어나 '바다'로 이주하는 것이다. 이 '수족관'으로서의 세계가 "우린 마치 저 쇼 윈도에 보이는 / 줄줄이 꿰인 채 돌아가며 익혀지는 통닭들 같아. / 우린 실은 이미 죽었는데, 죽은 채로 / 전기의 힘에 의해 끊임없이 회전하며 구워지는" 문명과 죽음의 메타포임은 어렵지 않게 이해할 수 있다. 최승자의 네 번째 시집 『내 무덤, 푸르고』(1993)는 이 죽음 상태로부터 새로운 '삶의 길'을 모색하려는 낯선 사유의 출발점이다. "삶 속의 죽음의 길 혹은 죽음 속의 삶의 길 / 새로 하나 트이지 않겠는가."(「미망未忘 혹은 비망備忘 8」) 흥미로운 것은 이 지점, 이 낯선 사유가 '부정적 서정성'이 견지했던 외부적 세계/질서에 대한 저항과 가치의 이분법에서 벗어나 일상적 세계에서 배타적인 가치로 판단되던 것들의 경계를 허물어뜨리는 행위와 함께 시작된다는 사실이다. 이 사유에 따르면 삶과 죽음, 희망과 절망, 길–있음과 길–없음은 본질적으로 구분되지 않으니, 오직 긍정될 수 있는 것은 "나는 항시 중도에 있었으므로, / 그 모든 결국이 나에겐 항시 도중이었으므로."(「미망未忘 혹은 비망備忘 11」)처럼 지속으로서의 '과정'뿐이다.

4

최승자의 시세계는 이 지점에서 커다란 변화를 겪는다. 죽음에 눌린 상처의 시대에 '쓴다는 것'에 삶의 모든 의미를 걸었던, '부정적 서정성'을 통해 시대에 정면으로 맞섰던, 그리하여 "그는 더 안으로 들어가며 또 밖을 잠근다. / 그는 더 더 안으로 들어가며 또 또 밖을 잠근다."(「하안발下岸發 4」)처럼 내면적인 것을 통해 세계/질서를 '추문'으로 만들었던 그녀의 언어가 둔탁한 불협화음으로부터 멀어지기 시작한다. 이 변화 역시도 90년대라는 중력에 힘입어 발생한 것이겠으나, 어쩌면 '최승자적인 것'에서 '김혜순적인 것'으로의 이동은 이때부터 시작된 것인지도 모른다. 죽음을 통과하여 죽음 이후의 삶을 응시하던 시인은 이 무렵 죽음 앞에서 먼지로 작성한 "생존 증명서"의 운명을 생각한다. '먼지'는 현실적인 중력의 법칙에 속하는 것이니 결국 시인의 죽음을 장식할 것이지만, 그 먼지 아래에 새겨진 글씨, 혹은 그것을 쓴 '나'라는 고독한 존재는 시간의 법칙을 뛰어넘어 미래의 '그대들'에게 도달하리라는 기대. 그러나 미래의 누군가에게 도달함으로써만 '시'는 시인의 '생존 증명서'가 될 수 있는 것은 아닐까.

> 내 삶의 생존 증명서는
> 이 먼지들의 끝없는 필적
> 내가 잠든 동안에도 먼지들은
> 내 벌려진 원고 혹은 노트 위에 알 수 없는 상형문자들을 써놓고

이 생존의 먼지 이 생존의 오물들은 사라지지 않고
마침내 내 화려한 종말을 장식할 것이다.

그러나 그 먼지에 뒤덮인 원고지 속의 혹은 노트 속의
먼 길을 걸어 나는 기필코 그대들에게,
비로소 최후로 닿고 싶다.

—「미망未忘 혹은 비망備忘 12」, 부분

불혹, 비상구가 없는 생의 시간^{時間}

— 하린, 『서민생존헌장』(천년의시작, 2015)

1

하린의 시편들은 '밤'의 언어로 짜여 있다. 시인은 첫 시집에서 '시'와 '밤'의 관계를 이렇게 설명했다. "시는 주로 밤에 번식한다 / 나의 시는 악성이라 / 구역질나는 시궁창만을 노래한다 / 시로 방황을 사고 암이란 거스름돈을 돌려받는 / 우울한 자기복제 또는 자기증식"(「H씨의 죽음을 수령하다」). 그에게 '시'는 '어둠'으로 그린 음화陰畵이다. 그것은 '쓰다'라는 능동적 행위의 산물보다는 스스로 '증식'하는 문장에 가깝다. '밤'의 언어는 번식/증식한다. '밤'은 언어를 지배하는 주체가 아니라 언어가 번식/증식하는 낯선 세계의 이름이다. 시인은 두 번째 시집에서 이 '밤'과 '번식/증식'하는 문장의 관계를 "수염이 자라기 좋은 밤이다"(「가면」)라고 표현하고 있는데, 이는 정확히 '번식/증식'의 변이變異처럼 보인다. 그렇다면 '밤'은 무엇인가? 먼저 '밤'은 '낮'에 대한 부정으로서의 밤, 이성과 질서에 의해 견고하게 뒷받침되는 밝음으로서의 '낮'에 반反하는, 부정적인 의미의 '밤'이다. 그것은 이성, 진보, 그리고 자본주의의 이면이다. 또한 '낮'의 질서를 교란하는 그로테스크한 욕망과 출구 없는 절망적 삶의 배경이기도 하다. 그에게 '밤'은 개인적인 것이면서 사회적인 것이다. 두 개의 '밤'. 하린의 시에서 이들 두 개의 '밤'은 흩어졌다 모이기를 반복하면서 시집의 페이지들을 검게 물들인다. '밤'은 하린의 시세계의 주조主潮이다. 첫 시집에서 시인은 '밤'을 악성, 구역질, 시궁창의 '노래'의 기원이라고 설명했는데, 문학의 층위에서 그것은 "구름과 바람에 대한 콤플렉스"(「바람과 구름 그리고 농담」)의 언어, 전통적인 자연 서정의 상징인 "바람과 구름을 우려먹는 기술"이 없는 무능력 상태를 의미한다. 그의 서정은 '자연'에 무관심한 감정이다. 그의 언어는 '바람'과 '구름'의 서정보다는 "바람 빠진 시"나 "구름의 썩어 문드러진 살점"을 선호한다.

2

두 번째 시집 『서민생존헌장』은 출구 없는 삶과 절망적인 일상에 포위된 한 사내의 해체된 내면을 중심으로 개인적인 것과 사회적인 것을 교직시키고 있다. 전자가 강조될 때 하린의 시는 음화陰畵가 되고, 후자가 강조될 때에는 음화淫畵가 된다. 이 시집에 수록된 시편들은 우리가 '시'라는 단어로 유통시켜온 따뜻한 감정이나 아름다운 언어와는 아무런 관련이 없다. 차라리 이것들은 불혹을 맞이한 한 남자가 세상을 향해 내지르는 단말마의 비명에 가깝다. 이런 맥락에서 첫 번째 시집에서 두 번째 시집으로의 이동은 '밤'에서 또 다른 '밤'으로의 건너감이라고 말할 수 있다. 두 권의 시집 모두가 '밤'을 배경으로 하고 있으니 시집 『서민생존헌장』은 또 다른 '밤' 속에서 첫 번째 '밤'을 변주하는 것으로 읽어도 좋을 듯하다. 변주란 반복 안에 차이를 기입하는 행위가 아닌가. 예컨대 두 번째 시집의 첫 페이지에 등장하는 '늑대'("배고픈 한 마리의 늑대가 밤을 물어뜯는다"(「늑대보호구역」))는 첫 시집에 등장하는 태양을 물어뜯고 있는 '개'("줄을 끊는 순간 여름의 치욕은 가고 / 야생의 본능만 남는다"(「아고라 — 늙은 개」))의 변주이고, 「개에 대한 예의」에 등장하는 치욕적인 '개'는 첫 시집에 등장하는 '광어'("생의 조건으로 우리의 형벌은 낮은 포복이다"(「광어 한 마리 9900원」))의 변주이다. 또한 「H 놀이」에 등장하는 인물 H는 첫 시집에 수록된 「H씨 죽음을 수령하다」에 나오는 '나'의 또 다른 자아이다. 이것만이 아니다. 밤, 개, 그림자, 야성, 패배, 치욕 등의 감정들이 두 권의 시집을 관통하면서 하나의 '주조=전체'를 형성하고 있다. 시인은 '시인의 말'에서 이 반복을 "어쩌면 이것은 어둠이란 짐승의 자기 증식이거나 자기 복제일 게다. 다음번엔 자기 증식이나 자기 복제의 늪에 빠지지 않기를……"이라고 고백하고 있다. '증식'과 '복제', 그것은 반복과 변주이다. 그런데 하린의 두 번째 시집에서 이 '자기 증식'과 '자기 복제'의 원인은 내부가 아니라 외부에 있다. 하린의 이번 시집을 '개인적인 것'과 '사회적인 것'의 교직이라고 말한다면, 이것들을 둘러싸고 있는 조건에 변화가 발생하지 않는 한 '자기 증식'과 '자기 복제'는 쉽게 해결되지 않을 듯하다. 이 변화를 추동하는 변수 가운데 하나가 바로 '불혹'이다.

낙타가 기필코 나를 되새김질한다

아직 난 혹을 가질 준비가 되어 있지 않은데

사십 년 동안 총체적이지 못했는데

한사코 까칠한 혓바닥이 불온한 혹을 핥는다

녀석은 몸 어딘가에서 낯선 흉터들이 자라고 있는 줄 안다

캄캄했던 첫 잠꼬대를 버리지 못했다는 것도 안다

1인분의 좌절 속에서 눈물만 글썽인 채 빠져나오지 못한 서른아홉을
반복한다

아, 월급날이면 생존인지 생활인지 벽의 태도는 분명해지고

절망이 목구멍까지 차올라도 토해지지 않는다

반지하가 숨통을 조여 오기 때문일까

아물 수 없는 밤은 너무 많은 경계를 가졌기에

낙타가 가진 혹 안엔 통증이나 환상 따윈 없다고 위로하며

나와 그림자는 쌍으로 서럽다

흙터 속에서 잠자던 멍이 밑바닥에 닿으면 재빨리 번식을 시작한다

혹 안에 채워 넣을 것은 이빨과 발작뿐

― 「불온한 혹」, 전문

하린의 이번 시집은 '불혹'을 맞이한 사내의 이야기가 중심이다. 사내는
밤을 물어뜯는 "배고픈 한 마리의 늑대"(「늑대보호구역」)의 모습으로
변신하기도 하고, 어떤 때에는 "찌그러진 밥그릇 때문"(「개에 대한 예의」)
에 '개'가 되어 나타나기도 한다. 또한 '고독'이 문제일 때 그는 "발견될
죽음의 자세"(「독거노인 표류기」)를 염려하는 독거노인으로 변신하기도
한다. 하지만 이번 시집에서 두드러지는 것은 '불혹'이라는 문제적인 시간

이다. 인용시에서 시인은 '불혹'에 대해 이야기하기 위해 '낙타'를, 낙타의 '혹'을 끌어들인다. 화자는 "1인분의 좌절" 속에서 눈물만 글썽일 뿐 아직 "서른아홉"을 빠져나오지 못했다고 고백한다. 아니 "불온한 혹을 핥는다"라는 표현이 암시하듯이 사내는 '불혹'에 이르렀음에도 불구하고 '불혹'이라는 단어가 묵시적으로 강요하는 삶의 태도에 이르지 못한 것이다. 그의 삶은 "물어뜯을수록 짖을수록 단단해지는 밤"(「그믐의 완성」)에서 자유롭지 못하고, 그가 살고 있는 반지하의 월셋방에서는 '생존'과 '생활'의 경계도 불분명하다. 따라서 그가 '혹'에 채워 넣을 수 있는 것은 "이빨과 발작"(「늑대보호구역」), 그리고 "자학의 감각"(「그믐의 완성」) 뿐이다. "뿌리까지 뽑힌 사람이 사라진 자리"(「그믐의 완성」), "더 이상 월요일을 꿈꾸지 않"(「해자식 사랑」)을 수밖에 없는 침수되는 반지하, '독방'으로 경험되는 '오늘'이라는 시간, 그리고 "급성으로 찾아온 빈곤이 만성으로 번진"(「불온한 혹」) 남루한 삶은 '불혹'을 맞이한 사내의 세계가 파산 상태에 이르렀음을 보여준다.

'밤'이 '낮'과 대비되는 물리적·자연적 시간이면서 '어둠'이라는 실존적 의미를 갖듯이, 파산된 세계 역시 '생존'과 '생활'의 경계가 무너진 생활조건을 의미하는 동시에 '인간적'인 영역이 허물어져버린 사내의 내적 한계 상태로 이해해야 한다. 예컨대 「광기라는 오늘, 오늘이라는 광기」에서 그것은 '광기'로 표현되고, 「절개지」에서는 그것은 "사내 몸속엔 거대한 절개지가 자생하고 있다"처럼 위태로운 충동으로 표현된다. 그것은 「조절장애」에서는 삶의 시간을 '불편'과 '통증'으로 경험하는 '조절장애'로 설명되고, 드물지 않게 죽음충동으로 이어지기도 한다. 이 모든 삶의 불행과 고통이 '불혹' 때문에 발생했다고 말하는 것은 과장이겠지만, "퇴직자도 미취업자도 이혼남도 아니다 단지 마흔에 들어섰을 뿐이다"(「광기라는 오늘, 오늘이라는 광기」)처럼 그것이 '불혹'과 함께 찾아온 것임은 분명해 보인다. 하린의 이번 시집에서 우리가 주목해야 할 것은 이 불행과 고통에 대처하는 화자 특유의 방식이다. 요컨대 화자는, '불혹'에 이른 사내는 자신에게 불행과 고통을 안겨주는 세계와 정면으로 맞서지 않고 공격 에너지를 자신에게 투사하는 "자학의 감각"(「그믐의 완성」)을 보여준다. 그러면서도 그는 이 불합리한 세계에서 "자발적 탈퇴"(「조절장애」)하는 방법을 모색하기보다는 그 세계와 '타협'하는 모습을 보인다. 단적으로 「처연凄然」의 화자는 불행한 삶을 하소연하다가 불현듯 "그래도 월세는 내야지!", "오늘은 기필코 태양주식회사에 이력서를 투고해야지"(「처연凄然」)처럼 현실의 중력 안으로 귀환한다. 이 '귀환'은 '비굴', '패배', '위선', '변명', '처연'의 감정을 낳는 원인이다. 그에게는 "비굴이 일상"(「묘선생이 있는 골목」)이다. 이런 점에서 하린 시의 핵심은 불행이나 고통을 재현하는 것이 아니라 세계에 대한 '비판'과 '귀환' 사이의 낙차에서 발생하는 처연한 감정, 그럼에도 불구하고 포기되지 않는 삶에 대한 애착일 것이다.

3

하린의 두 번째 시집에 등장하는 다양한 인물들에게는 한 가지 흥미로운 공통점이 있다. 그들 대부분이 혼자 산다는 것, 즉 독거 상태라는 점이다. "내가 고독에게 물려 죽으면 수천 가지의 소문이 몸 밖으로 자랄 것이다"(「소수 의견」). 그들은 모두 '고독'이라는 치명적 위협에 노출되어 있다. 특히 이들의 고독한 삶은 '너–당신–그녀' 등으로 명명되는 대상이 떠남으로써 시작되었다. 그러므로 이들의 독신의 삶은 선택의 결과가 아니라 인적 네트워크에서 배제됨으로써 남겨진 상태라고 이해하는 것이 타당할 듯하다. 가령 「늑대보호구역」에 등장하는 "배고픈 한 마리의 늑대"도 독신이고, 「불온한 혹」에서 자신의 그림자를 껴안고 눈물을 흘리는 사내도 독신이다. 실제 동물의 세계에서 '늑대'는 무리 생활을 하는 것으로 유명하지만 하린의 시에서 '늑대'는 독신자로 등장한다. 이들의 독신은 선택의 산물이 아니며, 개체의 실존을 강조하는 존재론의 산물도 아니라는 점에서 확실히 문제적이다. 우리는 그것을 사회적으로 강제된 독신이라고 불러도 좋을 듯하다.

당신 떠나고 집 앞이 늪이다

계절은 우기로 접어들고 물먹는 하마를 준비한다

옷장에서 미처 챙겨가지 못한 속옷의 지문이 발견된다

빨래라는 단어가 울컥대지 않는다

침수는 반지하 인생에서 흔한 일

일요일은 더 이상 월요일을 꿈꾸지 않는다

(중략)

당신의 부재를 쥐어짜며 나는 언제쯤 나를 온전히 말릴 수 있을까

뒤돌아설 때 등 뒤에 달라붙던 태양의 비난을 모른 척한다

오래전부터 망가진 건조대에 녹꽃이 번지고 있었기에
                            ─「해자垓字식 사랑」, 부분

  실존적인 맥락에서 개인의 고독과 내면을 노래한 시는 수없이 많다. 특히 '개인'의 감각이 강조됨으로써 개인 간의 관계, 혹은 개인과 세계의

관계에서 불연속성이 일반화된 현대사회에서 고독은 더 이상 예외적인 감정이 아니다. 오늘날 우리 모두는 저마다의 내면에 하나씩의 '독방'을 갖고 살아가며, 언제나 "철저히 혼자 1인용 의자"(「광기라는 오늘, 오늘이라는 광기」)에 앉는 순간에 직면하게 된다. '군중 속의 고독'이라는 말처럼 그것은 타인과의 관계로 해소될 수 있는 감정이 아니다. 하지만 하린의 시에서 인물들이 앓고 있는 고독은 성질이 조금 다른 듯하다. 인용시를 보자. 해자垓字는 타인이나 적의 침입을 막기 위해 성 주위를 둘러서 판 연못을 가리킨다. 그러니까 화자는 여름철이면 침수를 걱정해야 하는 반지하의 삶을 연못으로 둘러싸인 '성'에 비유하고 있는 것인데, 그는 이러한 고립감을 '당신'이라는 인물의 떠남에 결부시키고 있다. 즉 "당신 떠나고 집 앞이 늪이다"라는 최초의 진술이 암시하듯이 '늪'은 '당신'의 떠남이라는 사건에 후행後行한다. 이 진술이 시간적인 선후관계에 대한 진술이 아니라면 '당신'의 떠남을 집 앞이 '늪'이 되는 사건의 원인으로 간주해도 무방할 것이다. 때문에 화자의 삶에서 '침수', '누수', '침전'은 "물먹는 하마" 따위로는 해결될 수 없다. 그것은 "우기"라는 자연적 조건이 아니라 "당신의 부재"라는 실존적·심리적 조건에서 비롯되는 사건이기 때문이다. 「독거노인 표류기」에서 자신의 죽음을 예감하는 '나'는 타인의 존재('기척')를 간절히 기다리고 있지만 "내가 바라는 기적은 직전에서 멈출 거다"(「독거노인 표류기」)처럼 '너'는 결코 도착하지 않는다. 이러한 시적 설정은 얼마든지 있다. 예컨대 「미래의 몽상가」의 화자는 "여자가 떠나고 몸에 새로운 칩을 이식"하며, 「귀가」의 화자는 "당신이 사라진 자리에선 여전히 집이라는 온기가 발견된다"처럼 '집'과 '당신'의 비대칭성을 경험한다. 이 비대칭성이 의미하는 바는 '고독'과 '빈방'이다. 또한 「새점」의 화자는 "사랑했던 여자가 무녀가 되었단 걸 나이 사십에 듣"게 되고, 「가면」의 화자는 "오아시스를 찾아 떠난 여자"의 행방을 상상한다. 이처럼 하린의 시에서 '당신'의 부재와 '나'의 고독은 서로가 서로의 원인이 되는 악순환의 관계를 형성하고 있으며, 낭만주의적 상실이라는 테마처럼 결코 치유될 수 없는 간극으로만 경험됨으로써 '어둠'을 한층 더 짙게 만든다.

당신 독백을 당신 거울이 훔쳐 듣는 일이 늘어만 간다

당신 오늘 보니 악의적으로 투명해 크림치즈가 들어간 베이글을 먹은 아침까지만 해도 당신은 쾌청했는데 묵직한 그림자를 걸치고 우울한 집을 나와 투명한 비를 맞고 돌아왔어 역시 긴 산책에는 준비가 필요해 산책을 일본어로 산뽀라고 하던데 산뽀는 왠지 개 이름 같아 개들이 모이는 공원이나 건물에서 집단적으로 우울을 서로 교환하는 일은 아주 근대적이야 당신 태어난 날 동시에 태어난 바람이 있다고 치면, 바람이 당신의 전생을 더듬고 우주 곳곳을 산책할 때 당신은 우울한 걸음마만을 되풀이했겠지 알았어 와이파이는 먹는 파이가 아니라고 당신은 또 중얼거리지 그런데 접속이 끊긴 죽은 사람의 휴대폰을 들고 우는 소리를 왜 하는 거야 당신이 사는 곳에서 제일 가까운 공원은 항상 제일 멀리 있고 당신의 걸음걸이는 음악이란 걸 모르는 스텝으로 꼬여 있지 바람의 습관을 흉내 내려는 낭만적인 독백은 그만두길 바랄게 이젠 제발 커플잔에서 식어 간 커피 좀 그만 마셔 당신은 사라지고 있어 비는 불투명한 게 아니야 불투명한 건 당신의 산책이야

– 「투명인간」, 전문

이 시의 화자는 등장인물을 '당신'이라고 부르는 익명의 목소리이다. 1인칭 화자의 고백적 목소리가 지배적인 다른 작품들과 달리 이 시는 익명의 목소리를 등장시켜 다른 작품들에서 '나'로 등장하는 사내의 모습을 그려내고 있다. 그것은 마치 관찰자적 시선을 유지하는 카메라처럼 한 인물의 일상을 면밀하게 관찰한다. 「해자식 사랑」이 익숙한 고백적 발화인 반면, 「투명인간」은 그런 '고백' 자체를 시각적 대상의 위치에

놓음으로써 한층 극적인 효과를 강조한다. 이 관찰의 시선에 따르면 "당신 독백을 당신 거울이 훔쳐 듣는 일이 늘"었다. 그것이 거울을 마주한 상태에서의 독백인지, 거울과 무관하게 내뱉어지는 독백인지는 중요하지 않다. 중요한 것은 '당신'의 삶에 대화 상대가 존재하지 않는다는 점이다. 왜 '당신'에게는 타인들이 존재하지 않는 걸까? 이 질문에 대한 하나의 힌트가 바로 "접속이 끊긴 죽은 사람의 휴대폰을 들고 우는 소리를 왜 하는 거야"라는 익명의 목소리이다. 다시, 관찰의 시선에 따르면 '당신'은 이미 접속 기능을 상실한 '죽은 사람'의 휴대폰을 손에 쥐고 운다. '당신'은 소중한 누군가를 잃었다. 이 상실감 때문에 물리적으로 가장 가까이에 위치한 '공원'은 제일 멀리 있는 것과 마찬가지가 된다. '당신'의 '걸음걸이' 또한 음악과는 아무런 관련이 없다. 소중한 존재를 잃은 사람에게 '음악'이 중요할 리 없기 때문이다. 오직 당신은 "커플잔에서 식어 간 커피"를 연거푸 마실 따름이다. 이런 '당신'의 모습을 지켜보던 관찰의 시선, 즉 익명의 목소리는 '당신'이 '유령적 존재'로 변해가고 있음을 경고한다. "당신은 사라지고 있어"라고.

하린의 시에서 '고독'의 감정은 대개 타인들과의 관계가 끊어짐으로써 발생하는 심리적 사건이다. 특히 그것은 "당신은 사라지고 있어"라는 목소리의 경고처럼 고독의 주체들이 존재감을 박탈당하는 주요 원인이 된다. 하린의 시에서는 너무나 많은 당신들이, 너무도 다양한 방식으로 언제나 '나'의 세계에서 멀어지고 있다. 심지어 '당신'은 "당신의 부고가 날아들면 / 당신을 어떤 인칭으로도 규정할 수 없다"(「부재」)처럼 죽음의 방식으로 떠나기도 한다. 하린의 시에서 화자의 감정은 이러한 이별에 대처하는 심리적 드라마의 일부인데, 대개 그것은 '당신'의 부재를 순순히 받아들이지 못하는 우울증적 주체("결국 당신은 당신의 우울로 돌아앉고 / 나는 나의 우울로 돌아앉는다"(「부재」)의 형상으로 가시화된다. '대상＝ 당신'의 부재에서 기원하는 우울증의 과정은 특유한 유령적 성격을 갖는데, 그것은 우울증 속에서 대상은 점유된 것도 아니고 상실된 것도 아니라는 것, 동시에 점유되고 상실된 것으로 남는다는 점이다. 바로 이 때문에 하린의 시에서 '대상=당신'은 "당신은 별이 지나간 자리에 생긴 스크래치"(「미봉未縫」), "어떤 때는 잊어 달라는 말이 지독히 기억해 달라는 말로 들린다"(「면도」)처럼 '상실'의 주변을 맴돌면서도 결코 '상실'이라는 사건을 수락하지 않는 우울증적 주체의 목소리에 지배되는 것이다.

4

　그로테스크한 '어둠', 이것은 하린의 시가 세계를 감각하는 선험적 틀이다. 이것이 두 권의 시집을 관통하는 '지속'의 요소라면, '불혹'이라는 실존적 시간을 강조함으로써 그것들을 개인의 영역에 근접시킨 것은 '단절', 즉 『서민생존헌장』의 특징적 요소라 할 만하다. 하지만 하린 시의 고유한 특징 가운데 하나는 개인적인 것과 사회적인 것 사이에 가로놓인 '벽'을 관통한다는 점이다. 단적으로 첫 시집이 그러했듯이, 가난과 불행, 감당하기 어려운 삶의 무게와 그것에서 비롯되는 독설들은 하린의 시에서는 개인적인 것이면서 동시에 사회적인 것이다. 아니, 정확하게 말하자면 하린의 시에서 '개인적인 것'은 '사회적인 것'이라는 맥락 속에서 포착되고 있다. 그의 시에서 '개인'과 '사회'는 선택적인 배제의 관계가 아니다. 이것은 그의 시적 화자들, 또는 등장인물들이 '나'라는 1인칭에 국한되지 않는다는 것에서 쉽게 확인된다. 그러니까 시인이 '불혹'을 강조한다고 해서 그것을 오직 '개인적인 것'의 맥락에서만 이해해야 할 이유는 없다. 오히려 시인은 한 사내에게 닥친 '불혹'이라는 삶의 문턱을 전면에 내세워 그로테스크한 '어둠'으로서의 현실, 즉 소비자본주의의 문제를 환기시키고 있다. 따라서 "우리는 각자 테이블에만 신경 쓰는 옹졸한 계급을 획득한다"(「광기라는 오늘, 오늘이라는 광기」)라는 표현처럼 하린의 시에서 '나'는 실상 수많은 '나들', 즉 '우리'를 전제하고 있는 집합적 개념으로 이해되어야 한다. 가령 「다크써클」이 그렇다.

전세에서 월세로 계단식에서 복도식으로 몸은 이동한다 악동들이 몰려온다 전단지 같은 아이들이 벨을 누르고 도망간다 배달의 기수가 되기 위한 저 지루한 속도 아이들은 아이들 식으로 아이들의 하루를 탕진하고 어른들은 어른들 식으로 어른들의 하루를 탕감한다

4인용 식탁을 버리고 혼자 밥을 먹는다 어차피 어른이 된 아이나 아이가 된 어른을 이해할 1인용 식탁은 없다 나의 소외는 왜 이렇게 허술한가 독백은 자백의 다른 말이니, 중얼거리며 저녁을 씹어 먹는 나는 세상에서 가장 물렁한 뼈다

애인은 멀고 복도엔 현관문만 많다 마흔 살엔 마흔 개의 현관문과 마흔 명의 아내와 마흔 명의 애인이 있다 어느 문을 통과하든 우린 다른 침실을 원한다 한밤에 창문으로 뛰어내리는 수많은 침대들 그러니 애인은 가깝고 아내는 멀다

복도식엔 서열 따윈 없다 계단식으로는 규정지을 수 없는 수평의 힘, 숨이 고르지 못한 생각들이 복도 끝에서 담배를 태운다 공평하게 서로의 시뻘건 눈동자를 확인한다 악취의 순간을 들키지 않으려고 유령처럼 재빨리 돌아선다 사라진 자리엔 찾아가지 않은 빈 그릇들이 즐비하다

– 「다크써클」, 전문

'복도식' 아파트가 있다. 화자는 전세에서 월세로, 계단식에서 복도식으로 '이동'했다. 이것이 가난한 삶을 상징한다는 것은 쉽게 이해할 수 있다. 가난한 복도식 아파트에는 수시로 '악동'과 '전단지'가 출몰한다. 화자는 이곳으로 거처를 옮기면서 4인용 식탁을 버렸다. 아파트의 면적이 줄었기 때문만은 아니다. 그는 한때 4인용 식탁을 함께 썼던 사람들과 헤어진 것이다. 그리하여 그는 "혼자 밥을 먹는다". 이렇게 화자의 '마흔 살'은 '1인용 식탁'으로 시작된다. 우리는 가난한 존재들에게 제일 먼저 닥치는

불행이 관계의 상실이라는 사실을 모르지 않는다. 또한 우리는 가난한 사람들을 절망에 빠뜨리는 것이 '가난' 그 자체가 아니라 타인들로부터 버림받는 배제라는 사실 또한 모르지 않는다. 그런데 이 시를 자세히 읽어보면 "마흔 개의 현관문과 마흔 명의 아내와 마흔 명의 애인"이 있는 이 아파트에는 '나'와 비슷한 처지의 사내들이 많다. 그러니까 '계단'으로 규정되지 않는 '수평의 힘'이란 "공평하게 서로의 시뻘건 눈동자를 확인한다"라는 진술이 암시하듯이 이것이 '나'만의 경험은 아니라는 것을 의미한다. 요컨대 마흔 개의 현관문 안에 거주하고 있는 사람들은 '나'와 비슷한 삶을 살고 있는 존재들, 즉 '나들'이라는 시선이 이 시를 관통하고 있다. '나'를 포함한 아파트의 거주민 모두가 타인과 사회로부터 강제로 분리된 사람들인 것이다. 이처럼 하린의 시에서 '어둠'은 '나'라는 예외적 존재에게 불어 닥친 특별한 경험이 아니라 소비자본주의 사회에서 살아가는 대다수의 사람들이 비슷하게 겪는 공통의 경험에 가깝다. 이 지점에 도달하면 이제 음화陰畵는 음화淫畵가 된다. 시인은 현대자본주의, 그 권력이 지닌 음란함을 노골적으로 비난한다. 이것이 이 시집의 표제가 『서민생존헌장』이어야 하는 이유이다.

    나는 자본주의 중흥의 역사적 사명을 띠고
    서민으로 태어났다
    조상의 빛난 가난을 오늘에 되살려,
    안으로 신용불량자의 자세를 확립하고,
    밖으로 약소국 공영에 이바지할 때다.
    이에, 우리의 나아갈 바를 밝혀 생존의 지표로 삼는다.
    성실한 출근과 튼튼한 육체로,
    저임금 기술을 배우고 익히며,
    타고난 저마다의 출신을 계산하여,
    우리의 처지를 약진의 발판으로 삼아,

기초수급자의 힘과 월세의 정신을 기른다.

번영과 질서를 앞세우며 일당과 시급을 숭상하고,

비정규직과 아르바이트에 뿌리박은 상부상조의 전통을 이어받아,

명랑하고 따뜻한 헝그리 정신을 북돋운다.

우리의 창의와 협력을 바탕으로 대기업이 발전하며,

부유층의 융성이 나의 발전의 지름길임을 깨달아,

하청에 하청에 따르는 책임과 의무를 다하여

스스로 잔업 전선에 참여하고 월차를 반납하는 정신을 드높인다.

부자를 위한 투철한 시다바리 따까리가 우리의 삶의 방식이며,

자유주의의 이상을 실현하는 기반이다.

길이 후손에 물려줄 영광된 가난의 앞날을 내다보며,

신념과 긍지를 지닌 근면한 서민으로서,

조상의 궁핍을 모아 술기찬 노력으로,

새 빈민을 창조하자.

― 「서민생존헌장」, 전문

여기에서 '나'는 '서민'으로 태어나 '빈민' 창조를 목표로 살아야 하는 집단적 주체의 일원이다. 그러므로 '나'는 개인의 이름이 아니라 가난한 사람들을 일컫는 집단적인 이름이다. 우리는 시가 '나'에 관해, 개인의 내면에 관해 이야기할 때에는 관대한 반면, 시가 '사회'와 '세상'에 대해 노래할 때에는, 특히 그것이 비판적인 목소리를 앞세울 때에는 부정적으로 평가하는 경향이 있다. 물론 세계에 대한 직설적인 비판에, 냉소적인 패러디에 높은 미학적 가치가 있다고 말하기는 어렵다. 이런 냉소적 비판에 무관심으로 대응하는 사람도 있을 것이고, 또 누군가는 미학적 완결성과 시적 긴장이라는 관점에서 비판적인 의견을 제시하기도 할 것이다. 시인 역시 이러한 냉소가, 직설적인 비판의 효과를 고려하지 않은 것은 아니다. 그것은 시인이 '국민교육헌장'을 패러디한 것에서도 읽을 수 있다. 하지만

하린의 시가 지닌 미덕의 하나가 애써 세상과 사회를 외면하지 않는다는 것, 그리하여 '시'를 그러한 비판의 외부에 존재하는 관념적인 승화의 언어에 머물게 하지 않는다는 데 있다. 너무나 많은 시가, 시인들이 서정을 '개인'과 '내면'의 문제로만 한정함으로써 정작 그것의 바깥에 관한 가능성을 의도적으로 차단해오지 않았는가. 아니, 오늘날 자본주의적 현실에서 발생하는 개인의 불행 가운데 대부분은, 하린의 시가 보여주듯이, 사회적인 현상에 긴밀히 연루되어 있지 않은가. 오늘날 많은 사람들의 삶에서 '생활'이라는 단어는 그 원래의 고상함과 품위를 상실하고 점차 '생존'이라는 절박한 느낌 쪽으로 기울어지고 있다. 더 이상 '나'가 경험하는 악몽은 '나'만의 전유물이 아니다. 우리는 모두 악몽의 현실이 구별 불가능한 점이지대에서 살고 있다. 시인은 '나'를 포함하여 그곳에서 살고 있는 존재들에게 '유령', '투명인간', '귀신' 등의 정체를 부여한다. 서정의 영역에 새롭게 등장하는 이 낯선 존재들이야말로 '서정'과 '세계'가, '내면'과 '현실'이 격렬하게 충돌하는 지점일 수밖에 없다. 이 충돌을 외면하지 않는다는 것, 이것이야말로 하린 시의 중핵이다.

검은색에 대한 사유

— 2000년 이후의 송재학 시 읽기

송재학의 아홉 번째 시집명은 '검은색'이다. 시집을 펼치면 곧장 확인되듯이, 이 시집에는 '검은색'이라는 제목의 시가 존재하지 않는다. 그럼에도 시집을 천천히 읽어나가다 보면 '검은색'이 상당히 많이 존재하며, 결국 '검은색'이라는 단어가 환기하는 강렬하고도 낯선 느낌의 세계와 마주하게 된다. '검은색', 내게 이 단어는 평생 강렬한 색상으로 캔버스를 분할하다 생애의 마지막 순간에 캔버스를 검은색으로 뒤덮어버린 마크 로스코Mark Rothko의 색면 추상Color Field Painting을 연상시킨다. 하지만 로스코의 '검은색'이 죽음 직전에 발견한 최후의 색깔이라면, 송재학의 '검은색'은 "어둠을 닦아서 묻어나는 깜깜함의 내 우수"(「어둠」)나 "어두운 날짜 저 깊은 곳에서 / 나는 오랫동안 불을 피운 듯하다"(「어두운 날짜를 스쳐서」)처럼 첫 시집(『얼음시집』(1988))부터 현재까지 지속적으로 그의 사유를 따라다닌, 그렇지만 시간의 흐름에 따라 그 내포와 이미지가 조금씩 변화해온 어떤 것이다. 나아가 로스코의 '검은색'이 화가의 내면, 즉 고독과 우울을 표현하는 색채라면, 송재학의 '검은색'은 이 세상에 존재하는 모든 것들의 그림자, 그리하여 우리의 일상적 감각으로 포착되지 않는 존재의 흔적

353

같은 것이다.

> 사물의 외양과 사물의 본질은 서로 관통하는 부분이 있다. 본질이 외양을
> 만든 것이다. 외양이 본질을 만든 것이기도 하다. 그건 둘이 아니라 하나이고
> 서로 간섭하는 것이다. 시의 외연과 내포가 서로 수미일관하는 것과 다르지
> 않겠다. 그렇다면 시는 사물 스스로 내뿜는 능동적 기운일 것이다. 시가
> 나의 발화라고 생각했던 것에서, 시란 사물과 풍경 속에 원래 존재했던
> 부분이라는 윤리학을 골똘히 염두에 두어야 하는 것이다.[1]

여덟 번째 시집 『날짜들』(2013)에 수록된 산문에서 시인은 '사물'의
존재론을 두 가지 방식으로 설명하고 있다. 하나는 한시漢詩의 '대구對句'
개념을 원용하여 설명하는 사물의 양면성이고, 다른 하나는 사물의 본질과
외양이, 시의 외연과 내포가 그러하듯이, 둘이 아니라 하나라는 비유와
리듬이다. 전자에서 흥미로운 것은 양면성으로서의 대구對句가 사물들이
길항·간섭하면서 연출하는 리듬이면서 음양, 이기이면서 조화라는 주장
이고, 후자에서 흥미로운 것은 본질과 외양을 교통의 관계로 이해하는
방식이다. 모든 사물은 전자에 의해 '하나'이면서 '둘 가운데의 하나'일
수 있으며, 후자에 의해 본질과 외양 가운데 어느 하나로 귀결되지 않는
잠재성의 존재일 수 있다. 한시漢詩의 원리에 대해서는 알지 못하지만,
이러한 설명을 따라가면 사물의 존재론에 대한 한시漢詩의 인식론에 도달하
게 된다.

또 다른 산문 「시문의 아름다운 짝짓기」(『작가세계』, 2015년 여름)에서
시인은 박지원의 한시와 산문을 인용하여 '리듬'을 만물이 길항·간섭하
면서 연출하는 자연적·우주적 질서에 가까운 것으로 설명한다. 요컨대
한시漢詩의 세계에서 '리듬'은 언어적 사건이기 이전에 사물적, 자연적

● ● ●

1. 송재학, 「시는 사물 속에 이미 존재했다」, 『날짜들』, 서정시학, 2013, 65~66쪽.

사건이다. 시인은 이 '리듬'의 관계를 "우리가 믿는 시적 리듬에서 짝짓기는 항상 그림자를 동반한 짝짓기이다."라고 요약한다. 송재학에게 '검은색'은, 박지원이 쓴 까마귀의 빛깔에 대한 산문에 등장하는 '검은색'이면서, 그가 "리듬과 리듬의 그림자", "그림자를 동반한 짝짓기"라고 표현한 그것, 즉 사물의 존재 방식에 대한 술어이다. 요약하자면 박지원의 산문이 펼쳐 보이는 검은색에 깃든 성찰 — "리듬과 리듬의 그림자"와 "그림자를 동반한 짝짓기" — 이 아홉 번째 시집의 표제인 '검은색'이 가리키는 바이고, 송재학의 최근의 시적 사유는 바로 이 리듬(의 그림자)을 언어화하는 방향을 향하고 있다.

> 인적 없는 벌거숭이 민둥산에게도 메아리가 있다 천 개의 메아리가 깃든 목울대를 찾는다면 그늘 쪽이다 눈썹 찡그린 메아리가 병치레 같은 파스텔을 칠하는 메아리, 근심을 떠나지 못하는 메아리의 실랑이를 만나기도 한다 흔적 없는 메아리에게도 비로드의 대구對句가 있다 응달에서 웃자라는 풀잎들이 목 쉰 채 서걱거리며 메아리의 후렴 부분을 돕는다 메아리는 물소리 같은 음각이어서 쉬이 잡히지 않는다 민둥산 메아리를 애써 찾는 사람은 표정이 밝지 않다 그가 메아리의 주인은 아니지만 메아리의 단파 주파수는 아직 널리 알려지지 않았다 메아리 라디오에 귀 기울이면, 메아리가 무언가를 토한다는 것도 아직 비밀이다
>
> ─「메아리」, 전문

"그림자를 동반한 짝짓기"는 모든 사물이 대구對句의 방식으로 존재한다는, 그리하여 자연적·우주적 리듬을 형성하는 방식으로 존재한다는 사물 존재론이다. 이 리듬이 "자연의 대구", 즉 자연에 내속內屬하는 것인지 인간이 자연에 부여한 인간적 질서의 일부인지는 또 다른 논의의 대상이지만, 검은색에 대한 성찰 또는 "그림자를 동반한 짝짓기"의 우주론 속에서 모든 사물은 단독으로 존재하지 않는다. 그것은 단독자일 때조차 '그림자'

라는 짝을 가지며, 한시漢詩에서의 대구對句는 사물을 '짝짓기' 방식으로 가시화하는 시적 장치이다. 그러므로 "인적 없는 벌거숭이 민둥산"조차 '메아리'를 갖는다는, 나아가 "흔적 없는 메아리에게도 비로드의 대구對句가 있다"는 인식은 전혀 이상하지 않다. 시인이 굳이 '민둥산에게도~'라고 표현한 까닭은 자연으로서의 효용이 낮은 것으로 간주되는 '인적 없는 벌거숭이 민둥산'조차, 그러니까 좀처럼 우리가 시선을 주지 않을 때조차 자연적 대상인 민둥산이 대구對句를 이룬다는 점을 강조하기 위해서일 것이다. 다만 이 우주적 리듬의 대구對句 관계에서 '메아리'가 "음각"이라는 시인의 인식은 인상적인데, 또 다른 시에 등장하는 "사랑아, 소리쳐 불러보면 여름 산의 녹음기 속으로 번지는 메아리는 음울하다 내 말을 그대로 되감기만 하는 헛된 사랑은 울컥하다"(「메아리라는 종족」)라는 구절을 곱씹어보면 왜 그것이 양陽이 아니라 음陰인지 이해가 된다.

　'검은색'에 대한 송재학의 시적 사유에서 음陰은 그늘, 그림자, 흔적 등처럼 사물 자체의 속성보다는 사물의 반짝이는 표면으로 인해서 좀처럼 우리의 시선이나 사고가 도달하지 못하는 지점, 인간의 시선이 사물의 사물성을 표면으로 한정함으로써 놓치고 마는, 그럼에도 불구하고 대구對句와 리듬의 세계인식 속에서는 잠재성으로 존재하는 어떤 측면을 가리킨다. 시인이 '풍경'을 가리켜 "내 몸의 연대"(산문 「시는 사물 속에 이미 존재했다」)라고 말할 때의 '연대'란, 정확히 우리의 신체와 정신이 이 음陰의 영역과 교통하는 공명/울림을 의미한다. 이런 점에서 사물의 음陰에 근접하는 시인의 감각은 표상 불가능성을 강조하는 하이데거의 사유를 연상시킨다.

　한시漢詩의 대구對句와 전혀 다른 맥락에서 하이데거는 '표상'의 한계를 지적한다. 표상한다는 것은 "'눈앞에 현존하는 것'을 '바라보는 자기와 마주해–서–있는–것'으로서 자기 앞으로 가져"(티모시 클락)오는 것이기에, 사물을 존재하는 그대로 받아들이는 중립적 행위가 아니라 대상을 장악하고 정복하는 행위의 일환이다. 특히 그것은 우리의 시선을 사물의 전면과 표면에 고정시킨다는 점에서 문제적이다. 하이데거의 존재론에서 예술의 가치는 그것이 이러한 서구 형이상학의 '표상' 행위로 포착되지 않는 사물의 이면을 드러낸다는 것, 그러면서도 그 드러냄을 인간의 능동적 행위가 아니라 자연-대상 자체의 생기生起로 포착한다는 데 있다. 시는 하이데거에게는 표상이 도달하지 못하는 지점에 근접하는 것이고, 송재학에게는 실체(또는 외양)로 환원되지 않는 어떤 것이 대구對句의 방식으로 존재함을 드러내는 행위이다. 아니, '드러낸다'는 표현은 정확하지 않다.

80~90년대에 출간된 시집들과 달리 2000년대 이후 작품들에서 송재학의 시적 발화는 비非인칭적인 특징을 보인다. 이것은 "시가 나의 발화라고 생각했던 것에서, 시란 사물과 풍경 속에 원래 존재했던 부분이라는 윤리학을 골똘히 염두에 두어야 하는 것이다."라는 고백적 진술이 암시하듯이, 시에 사유가 바뀌었다는 의미이다. 『얼음시집』(1988)에서 『검은색』(2015)에 이르기까지 30년 가까이 소위 동양적 사유는 송재학 시의 굳건한 사상적, 감각적 배경으로 기능해왔다. 그가 산문집에서 밝힌 '풍경의 비밀'은 물론 최근의 사물의 존재론 또한 근본적인 점에서는 동양적이다. 그렇지만 그의 초기작을 지배하고 있는 비애, 슬픔, 우울의 감정, 초기작에 투영되어 있는 가족사 등은 '동양적인 것'을 배경으로 이야기된 "나의 발화"였으니 추측건대 '풍경'과 '사물'에 대한 최근의 사유, 특히 '나'의 감정이나 내면이 후면으로 물러난 자리를 '풍경'과 '사물'이 대신하는 발화 방식은 비교적 최근에 본격화된 것이라고 말할 수 있겠다. 요컨대 첫 시집의 '얼음' 이미지가 시인/자아의 내면/느낌을 세계에 투사하여 얻은 것이라면, 2000년 이후에 출간된 시집에 등장하는 '내간체', '날짜들', '검은색' 등은 <세계-풍경-사물>의 말건넴을 귀담아 들음으로써 얻은 것에 가깝다. "시는 사물로 내뿜는 능동적 기운일 것이다." 이러한 자아의 후퇴는 우리로 하여금 낭만주의의 영향을 흡수하여 형성된 20세기 서정시의 이론을 성찰할 수 있는 위치를 마련해준다. 물론 이러한 자아의 후퇴, '풍경'과 '사물'의

존재론이 '동양적인 것'과 결합되었다고 해서 그것이 인간적 요소가 삭제된 즉물적인 풍경론은 아니다. 송재학의 시에서 시인/인간은 의미와 발화의 유일한 기원으로서의 특권적인 자리에서 내려와 우주의 한 존재로 풍경에 참여하거나 사물과 관계 맺는다.

> 사람의 말과 나무의 말은 다르다 사람의 말이 공중에 번지는 소리의 양각이라면 나무의 말은 소리를 흡입하여 소리의 음각을 만든다 공중의 소리 일부를 흡입하면서 만들어낸 펀칭 카드를 통한 나무의 대화법은 고요의 음역音域이다 성대가 없는 나무들에게 잎과 수피의 자잘한 구멍을 통한 소리의 들숨이야말로 맞춤한 점자법이라면 나이테는 소리에 대한 지문이겠다 나무의 음악 소리는 무늬에 가까워서 소리의 요철은 바스락거리지만 너무 희미하여 잎들이 소리를 만져 확인하기도 한다 주변에 소리가 없다면 잎들이 서걱거리는 소리가 전사前史이겠다 나무에게 와서 언틀먼틀 소리는 홀연 어눌하고 홀연 비밀스럽다 나무들이 새긴 소리의 지형은 쉬이 사라지지 않기에 나무의 대화는 명상록으로 유전된다 책으로 묶은 소리책은 낙엽과 함께 퇴적된다 목간에 고이는 소리는 나무의 발전에 보태어진다 그 소리 또한 나무 속에서 묵언을 배운다 그러고도 남은 소리는 잎들이 서로 부빌 때 혹은 잎들이 바람에 일렁일 때 사용된다 나뭇잎들이 자주 겹치는 것은 소리의 아가미에 해당되는 것이다
>
> ─「나무의 대화록」, 전문

송재학의 시가 보여주는 '사물'의 존재론에 따르면 '나무'도 말을 한다. '말'이라는 단어가 지나치게 인간적인 느낌이라면 '소리'라고 말해도 좋겠다. 인간이 말을 하고 소리를 내듯이, 나무 또한 말을 소리를 낸다. 하지만 사람의 말이 "소리의 양각"인 반면 나무의 말은 "소리의 음각"이다. 그래서 나무의 대화법은 "고요의 음역音域"이고, 나무의 나이테는 "소리에 대한 지문"이라고 말할 수 있다. 이 시에서 '사람의 말'과 '나무의 말', 그리고

'나무의 말'과 '공중의 소리'는 대구對句의 관계를 형성하면서 우주적 리듬을 연출하며, 시인은 "나무들이 새긴 소리의 지형"이 마침내 '책'으로 유전되고, "목간에 고이는 소리"가 다시 나무의 발전으로 이어지는 거대한 자연의 원환을 읽어낸다. 오랫동안 우리는 서정시의 자연(적 대상)이 고통과 질곡의 현실에 눈 감는 조건으로, 아니 정신적 초월이라는 이름으로 제시된 이데올로기일 것이라는 의심의 시선을 거두지 못했다. 그것은 '자연'을 노래하는 서정시가 현실 그 자체에서 고통 받고 신음하는 존재들에게는 이미–항상 너무 먼 곳의 초연함으로 이해되었기 때문이며, 고통이 강제하는 '자아–신체' 중심의 현실감으로 인해 우리들 자신이 풍경과 사물의 일부이거나 그것들의 자연적 원한 안에 거주하고 있음을 실감할 수 없었기 때문이다. 송재학의 '사물'의 존재론은 첨단의 시대를 살고 있는 우리에게 '표상'으로 인해 밝혀지지 못하는 풍경의 비밀을 드러낸다. 하이데거의 술어를 사용하자면 '사물'의 존재론 안에서 사물은, 세계는, 그때그때마다 생기生起하여 고유성을 부여받으며, 시적 발화는 정확히 우리가 '표상'이 아닌 방식으로 '사물'과 관계 맺는 방식을 언어로 드러내는 일이다.

> 빙하가 있는 산의 밤하늘에서 백만 개의 눈동자를 헤아렸다 나를 가만히 지켜보는 별과 나를 쏘아보는 별똥별들을 눈 부릅뜨고 바라보았으니 별의 높이에서 나도 예민한 눈빛의 별이다 별과 별이 부딪치는 찰랑거리는 패물 소리는 백만 년 만에 내 귀에 닿았다 별의 발자국 소리가 새겨졌다 적막이라는 두근거림이다 별은 별을 이해하니까 나를 비롯한 모든 별은 서로 식구들이다
>
> – 「적막」, 전문(『날짜들』)

"닮아가는 것은 사람과 사람뿐만 아니다. 어둠과 어둠 사이도 비슷하다" (『검은색』, 표지4쪽). 익숙한 술어로 말하면, 닮아간다는 것은 스며든다는 것이고, 관계를 맺는다는 것이고, 대구對句를 이룬다는 것이다. 보들레르였

다면 '상응'이라고 불렀을까. 이러한 '닮음'의 다른 이름들이 "우산에게 들킨 비, 비에 들킨 우산의 말들"(「우산」)의 '교감', "물과 달빛"(「귀화」)의 '상생', "물의 힘줄"(「마중물」)로의 '연결', '패거리'(「저수지를 싣고 가는 밤의 트럭」), "물고기는 물과 수온을 섞어 푸른 등뼈를 만들었다"(「물속의 방」)라고 말할 때의 섞임, "하늘가 식구들의 하루치 생활"과 "새 누비 구름 일가"(「하루」)에서의 '일가', "서로 닮아가는 무게"(「기척」)로서의 '짝짓기' 등이다. 이러한 '닮음'이 연출하는 거대한 우주적 리듬으로 인해서 인간과 인간, 인간과 자연(대상), 대상과 대상들이 비슷해진다. 그런데 이 '닮음'과 '비슷해짐'은 윤리적이다. 『검은색』의 마지막 페이지에 배치된 작품 「기척」을 보자. 이 시는 두 부분으로 구분된다. 첫 부분은 가을 숲에서 알밤이 떨어지자 '청솔모 그림자'가 재빨리 다가서고 그 장면을 지켜보던 화자의 시선에도 '그림자'가 생기는 닮아가는 장면이고, 두 번째 부분은 참나무잎이 풀숲에 떨어지는 사건을 화자의 '안'에 눕는 것으로 간주하여 "숨소리가 마중 나간다"라고 표현하는 대목이다. 첫 부분이 '알밤'의 낙하를 매개로 한 '청솔모'와 '나'의 닮아감-사건이라면, 두 번째 부분은 '참나무잎'의 낙하를 매개로 한 '풀숲' 또는 '참나무잎'과 '나'의 닮아감-사건이다. 시인은 이 닮아감-사건을 가리켜 "그 짝짓기에는 높낮 이도 없이 / 서로의 / 손가락이 가지런히 닿아서 젖는다"라고 진술하고 있다. 그것이 사람과 사람의 관계이건, 아니면 사람과 자연의 관계이건, 시인은 모든 닮아감-사건이 "서로의 / 손가락이 가지런히 닿아서 젖는" 방식으로 진행된다고 노래한다. 이것이 자연에 대한 무조건적인 숭배나, '표상' 행위를 통해 자연을 수단/대상으로 간주하는 도구론적 이해와 얼마 나 다른 것인지는 길게 설명할 이유가 없을 것이다. "나뭇잎과 물고기가 겹치던 때보다 훨씬 뒷날, 사람과 나무가 윤곽 없이 생을 이룬 시절이 있었다"(「나무가 비어 있다는 말을 들었다」).

인용시 「적막」에서 '닮음'은 밤하늘에서 화자를 바라보는 '별'과 밤하늘 아래에서 적막한 "별의 발자국 소리"를 듣고 있는 화자 사이에서 발생한다.

이러한 '닮음'에 따르면 모든 존재는 서로에 대해 식구이다. 그리고 그 '닮음' 안에서 나는 인간이면서 동시에 '별'이다. 여기까지 읽고 나니 불현듯 미셸 푸코가 16세기 말까지 서구 문화를 지배한 에피스테메라고 설명한 '유사성'이 떠오른다. 푸코에 따르면 서구 문화에서 '유사성'을 가리키는 표현에는 적합, 모방적 대립, 유비, 공감 등이 있다. 이 가운데 적합은 장소들의 인접관계를 지칭하는데, 육체와 영혼, 육지와 바다, 식물과 동물, 인간과 그를 둘러싼 모든 것들이 하나의 사슬처럼 연결되어 있다는 인식이 이에 해당한다. 사물들의 자연적 쌍자성이라고 말할 수 있는 모방적 대립은 서로 영향을 주고받는 두 반영체의 관계에서 한쪽이 다른 한쪽에 거울처럼 비춰진다고 보는 사유인데, 예를 들면 하늘의 별과 지상의 나무의 관계가 대표적이다. 이러한 17~18세기에 접어들어 이러한 유사성의 사고방식은 데카르트와 베이컨 등의 새로운 사고방식에 의해 '우상'으로 비판되었고, 그럼에도 불구하고 '시인'과 '광인'이라는 예외적·주변적 존재는 여전히 세계를 유사성의 관점에서 이해함으로써 낯선 힘으로 잔존했다는 것이 푸코의 대략적인 주장이다. "시인은 명명되고 언제나 미리 규정된 차이 아래 파묻힌 사물들의 친근성, 흩어져 있는 사물들의 유사성을 다시 찾아내는 사람이다. (중략) 이처럼 광인과 시인은 우리 문화의 외부 가장자리에서, 우리 문화의 본질적인 분할선에 가장 가까이 인접한 곳에서 '한계' 상황을 같이하는데, 거기에서 광인과 시인의 말은 낯섦의 힘과 항의의 가능성을 끊임없이 얻는다." 이미 17세기부터 시인은 '닮음'의 언어에 귀 기울이는 존재였던 셈이다. 대구對句를 중심으로 한 송재학의 한시漢詩에 대한 설명에도 이러한 '닮음'의 흔적은 있다. 문화의 보편성을 말하려는 것이 아니다. 유사성의 에피스테메가 새로운 사유 방식의 등장으로 인해 사라졌듯이 대구對句에 기초한 세계 인식은 한시漢詩의 시대가 저물면 그 힘을 상실하게 된다. 그리고 그때 시인은 17세기 유럽에서 시인과 광인이라는 존재가 그러했듯이 주류적인 사유 방식에 반反하는 '낯섦의 힘'의 원천이 된다. 송재학의 근작들, 특히 『내간체를 얻다』(2011)

이후의 시편들은 이렇게 '서정'의 미래라는 무거운 질문 앞으로 우리를 데려간다.

나비, 그 아름다운 비문非文
— 박지웅, 『빈 손가락에 나비가 앉았다』(문예중앙, 2017)

1

'구름과 집 사이를 걸었다'. 박지웅의 두 번째 시집 제목인 이 짧은 문장에 그의 시에 대한 모든 것이 담겨 있다. 그의 문장들에선 언제나 짙은 상실의 흔적이 느껴진다. 그것은 "나는 문 없는 자 / 나는 주소 없는 자 / 나는 탯줄 없는 자"(「나를 스치는 자」)처럼 존재감을 확신하지 못하는 불행한 존재를 뒤따르는 빛의 이면, "어쩌면 그날 / 내게 죽음을 보는 곁눈이 생겼는지 모른다"(「올가미」)처럼 '죽음'이라는 절대적 사건에 관통당한 존재에게서 감지되는 특유의 느낌이다. "구름과 집 사이를 걸었다."라는 문장은 먼저 우리를 '구름'과 '집'의 세계로 데려간다. '구름'이란 무엇일까? 그것은 "벼랑에서 죽은 길들은 구름이 된다"(「세상의 모든 새는 헛소문이다」)라는 진술에 등장하는 끊어진 길 같은 것일까? 그렇다면 '집'이란 또 무엇일까? 그것은 "내가 / 행복했던 곳으로 가주세요"(「택시」)라고 말할 때의 원초적 공간을 가리키는 것일까, 아니면 재개발로 파괴되어 "천 개의 빈집"과 "천 개의 관"(「천 개의 빈집」)으로 전락한 '북아현동' 혹은

"산동네에 버섯처럼 붙어 있는 집들"(「그늘의 가구」) 같은 비루한 현실의 공간일까? 하지만 저 제목의 세계로 들어가는 열쇠는 '사이'이니, 구름과 집 사이를 걸어온, 아니 자신의 의지와는 상관없이 걸어야만 했던, 한 사내의 내면에 공명하는 일이 필요할 듯하다.

'사이'란 무엇일까? 그것은 무엇보다 '구름'과 '집'이 가리키는 모든 세계, 가령 움직이는 것(구름)과 움직이지 않는 것(집), 천상적인 것(구름)과 지상적인 것(집), 이상적인 것(구름)과 현실적인 것(집)의 '사이間'이다. 박지웅의 시는 두 세계 가운데 어디에도 뿌리내리지 못하는, 두 세계 모두에서 추방당한 가난한 영혼의 기록이다. 그러므로 '사이'란 공간이 아니라 상태, 구체적으로는 세계와 불화하는 인간의 실존적 상태에 부여된 이름이다. "새와 바람이 그린 지도를 손가락으로/ 가만히 따라가면 하늘이 어느덧 가까"(「라일락 전세」)운 세계와 "필요한 것은 지구가 아니라 방 두 칸"(「나비도 무겁다」)인 세계 사이의 시차時差는 얼마나 까마득한가. 박지웅 시의 화자들은 "내가/ 행복했던 곳"(「택시」)으로 돌아가려는 귀소歸巢의 열망을 지닌 낭만주의자이며, 그 원초적인 시간을 근거로 지금—이곳의 지배적인 가치에 맞서는 전투적 낭만주의자이며, 그럼에도 "가라앉지 않는 말"(「소금쟁이」)의 가치를 신뢰하는 미학적 낭만주의자이다. 알다시피 낭만주의자적 자아의 형상은 지상의 천사, 특히 추락한 천사이다. 그는 지상과 천상이라는 두 세계에 걸쳐있지만 사실은 그 어느 곳에도 온전히 속하지 못한다는 점에서 저주받은 천사이다. 그는 천사이기에 타락할 수 없고, 타락한 세계에 거주하고 있기에 천사라고 불릴 수 없다. 그의 목소리는 이 유예된 삶의 시간을 증언한다. 이 상실의 치욕적인 시간을 견디는 소설의 세계와 달리 박지웅의 시는 이상적 세계로의 귀환을 포기하지 않음으로써 현재를 영원히 결핍의 시간으로 만든다. 그 결핍 속에서 이 세계를 지배하는 가치들은 한낱 추문이 된다.

2

시집 『나비평전』에는 낭만주의의 세 가지 자아가 등장한다. 이것은 각각 이상적 낭만주의, 전투적 낭만주의, 미학적 낭만주의에 대응되는데, 이들을 관통하는 공통점은 분리 또는 결핍 의식이다. 박지웅 시에서 삶의 유예된 시간은 이상적인 세계, 그가 강제적으로 분리되었다고 생각하는 원초적 지점과의 '거리'에 의해 발생한다. 이 '거리'는 "내가 / 행복했던 곳"(「택시」)과 자본에 지배되는 지금—이곳 사이의 공간적 간극이기도 하고, 지금보다는 생生이 훨씬 단순했던 유년 시절과 고단한 생활인으로 살아가는 지금 사이의 시간적 간극이기도 하며, 모든 것이 조화로운 이상적 상태와 자본에 지배되는 소비사회 사이의 가치의 간극이기도 하다. 시간, 공간, 가치, 그 어느 것을 중심에 두고 읽어도 박지웅의 시에서 지금—이곳, 즉 현실세계는 '결핍' 상태이다. 박지웅의 시는 이 '결핍'을 문학적 동력으로 삼는데, 가계家系를 중심으로 그곳—유년과 지금—성년의 세계를 대비시킬 때 그의 낭만주의는 이상적인 것이 되고, 생태적 질서와 자본의 도시를 대비시킬 때 그의 시는 비판적인 것이 된다. 그리고 사물/세계와의 만남에서 촉발되는 새로운 발견, 혹은 예술적 창작 일반에 대한 자의식을 드러낼 때 미학적인 것이 된다. 그의 시세계는 이들 세 개의 기둥이 떠받치고 있는 건축물이다.

눈밭에 찍힌 손바닥이 늑대 발자국이다
나는 발 빠르게 손을 감춘다

손가락이 없으면 주먹도 없다 주먹이 없으니 팔을 뻗을 이유가 없다
한 팔로 싸우고 한 팔로 울었다 한 팔로 사랑을 붙들었다

내가 바란 것은 그런 것이 아니다

두 주먹 꼭 쥐고 이별해 보는 것, 해바라기 꽃마다 뺨을 재보는 것, 손가락 걸고 연포바다를 걷는 것, 꽃물 든 손톱을 아껴서 깎는 것, 철봉에 매달려 흔들리는 것, 배트맨을 외치며 정의로운 소년으로 자라는 것

내 손가락은 너무 맑아서 보이지 않는다, 내 손가락은 나이를 먹지 않는다

여기서 시는 끝이다, 앞발을 쿡쿡 찍으며 늑대의 발로 썼다
아래는 일기의 한 대목이다

옷소매로 앞발을 감춘 백일사진을 무화과나무 아래에서 태웠다 뒤뜰로 가 간장단지를 열고 손을 넣어 보았다 손가락이 떠다니고 있었다, 고추였다, 뼈 없는
어미 자궁에 네 발의 총알로 박혀 있을 손가락들, 어미의 검은 우주를 떠돌고 있을 나의 소행성들, 언젠가는 무화과나무 위를 지나갈 것이다 손가락들이 유성처럼,

―「늑대의 발을 가졌다」, 전문

화자에게는 '손가락'이 없다. '손가락'이 없기 때문에 눈밭에 찍힌 그의 손바닥은 "늑대 발자국"을 닮았다. '손가락'이 없다는 것은 어떤 의미일까? 왜 화자에게는 '손가락'이 없을까? 그는 현존하지 않는 손가락이 "어미 자궁에 네 발의 총알로 박혀 있"다고 진술한다. '손가락'이 없으니 '손'은 '발'이 되고, '나'도 '늑대'가 된다. 이 변신 이야기는 흥미롭다. 이 시에서 손가락의 유무는 늑대와 인간을 가르는 문턱이다. 즉 늑대이기 때문에 손가락이 없는 것이 아니라, 손가락이 없기 때문에 늑대인 것이다. 손가락이 없다는 것은 인간이 아니라는 의미인데, 이때의 인간과 늑대의 구분은 생물학적 차원의 문제가 아니다. 그것은 상징적인 의미에서의 '결핍'이며,

따라서 '손가락'은 인간이라면 마땅히 소유하고 있어야 할 최소조건 같은 것이다. '손가락'이 없기 때문에 '주먹'도 없고, '주먹'이 없으니 "팔을 뻗을 이유"도 없으며, 때문에 "한 팔로 싸우고 한 팔로 울었다 한 팔로 사랑을 붙들었다"처럼 불완전한 방식으로 살아갈 수밖에 없다. 화자는 자신의 현재적 삶을 불완전한 것이라고 생각하며, 그것이 "어미 자궁에 네 발의 총알로 박혀 있을 손가락들" 때문이라고 주장한다. 이러한 시적 진술을 과학적으로 실증하는 것은 무의미하다. 여기에서 시인이 말하려는 것은 현재적 삶의 불완전함, 즉 현존이 결핍 상태라는 것이다. 그렇다면 완전한 상태란 어떤 것일까? "내가 바란 것은 그런 것이 아니다"라는 진술로 시작되는 3연의 내용이 완전한 상태를 가리킨다. 그것은 한 소년이 성장하면서 경험했음직한 평범하고 정상적인 삶의 궤적이니 화자는 자신의 성장과정이 그러한 정상적이고 평범한 상태에 미치지 못했다고 고백하고 있는 셈이다. 추측컨대 이 시의 마지막 연의 내용은 심각한 결핍감을 껴안고 성장기를 지나온 화자가 유년의 어느 순간에 느꼈던 상처와 그것의 치유에 대한 기대를 기록한 것이리라.

　(1) 나는 열 개, 볼링 핀처럼 나는 열 개, 볼링공은 굴러오고 나는 팔다리도 없이 하얗게 서서 웃지(「스트라이크」)
　(2) 먹고 먹히는 어른들의 세계는 단순해요 / 죽음의 발육이 시작되는 아귀의 동굴에서 우리는 먹으러 왔어요, 비틀거리며 서로 뱃속으로 들어가요(「좀비극장」)
　(3) 그는 쥐로 있다 혹은 새로 있다, 이것이면서 저것인 채 망설이다 종결된 생명의 시각지대 / 그는 궁금한 곳마다 혀를 집어넣는다 그리고 깨달은 바, 가장 비참한 것은 희망보다 오래 사는 것(「박쥐와 사각지대」)
　(4) 해골가족은 애 태울 일도 속 썩을 일도 없다 / 창자도 쓸개도 내놓은 덕분에 이만큼 산다(「타인의 세계」)
　(5) 밥벌레들은 이제 어디로 가야할까요 / 쌀의 자갈길을 지나 와글와글

쌀의 능선을 넘어 / 퇴직금도 없이 쫓겨나는 저 좆만 한 아비들을 보세요 (「먹이의 세계」)

상실한 손가락이 "어미 자궁"에 박혀 있는 한, 엄마는, 엄마로 상징되는 세계는 시인에게 영원한 안식처가 된다. "엄마는 쥐구멍이었다 / 나 살다가 궁지에 몰리면 / 언제나 줄달음치는 곳"(「우리 엄마」) 하지만 불행하게도 시인은 현재 엄마의 세계에서 멀리 떨어진 곳에 살고 있다. 그리하여 완전무결한 '쥐구멍'에서 분리된 시인의 화자들은 현실에서 존재감에 심각한 위협을 느낄 때마다 비인非人의 형상이 된다. (1)에서 화자는 열 개의 '볼링 핀'이다. 여기에서 '볼링 핀'은 "피 한 방울 없이 죽어 나자빠지는 나는 육체가 아니라 형체, 나는 나의 모형들이지"처럼 육체에 미치지 못한 물질, 때문에 외부의 힘('볼링공')에 의해 쉽고 가볍게 쓰러질 수밖에 없는 절대적인 수동적 존재를 가리킨다. '물질'은 실존의 법칙이 아니라 물리법칙의 지배를 받는다. (2)의 화자는 '좀비'이다. 여기에서 좀비는 '유쾌한 사후세계'에 속한다. 화자가 자신을 '좀비'라고 지칭하는 까닭은 "먹고 먹히는 어른들의 세계는 단순해요"처럼 화자가 현실을 먹고 먹히는 약육강식의 논리가 지배하는 세계라고 인식하기 때문이다. 그런데 (1)과 (2)에서 자신을 비인非人이라고 소개하는 화자의 목소리는 심각하지 않고 명랑하다. 이것은 세계를 풍자하고 조롱하려는 의도가 개입되어 있기 때문인데, '죽음'이 "감염된 슬픔"을 명랑하게 만든다는 진술은 결국 생生이 '슬픔의 시간'임을 말해준다. (3)에서 화자는 '박쥐'로 등장한다. "그는 쥐로 있다 혹은 새로 있다, 이것이면서 저것인 채 망설이다 종결된 생명의 사각지대"라는 진술은 '박쥐'라는 존재의 정체성 그 자체이다. 그리고 "가장 비참한 것은 희망보다 오래 사는 것"과 "그는 다만 맛있는 피를 믿을 뿐이다"라는 진술은 희망에 대한 어떤 기대도 접어버린 허무주의적 태도, 그러므로 '신'을 포함한 일체의 가치 대신 오직 '맛있는 피'라는 물질적인 것에만 집중하고 살아가는 현대적인 삶의 태도를 비판한 것이다.

시인에게 희망은 "전염병"이나 "파렴치한 희망의 가면"(「라일락을 쏟았다」) 같은 것이다. 첫 시집에서 시인은 "다시는 희망과 동침하지 않는다"(「다시는 희망과 동침하지 않는다」)라고 명시적으로 밝힌 적이 있다.

(4)에서 시인은 '타인의 세계' 즉 어떤 가족을 "해골가족"으로 변신시킨다. '해골'이란 인간이 아닌, 또는 '죽음' 이후의 삶을 의미한다. 하지만 "해골가족은 애 태울 일도 속 썩을 일도 없다 / 창자도 쓸개도 내놓은 덕분에 이만큼 산다"라는 진술에서 드러나듯이 여기에서도 화자의 목소리는 반어적으로 명랑하다. 그것은 차라리 죽음 이후의 삶이 그 이전의 삶보다 좋은 게 아니냐는 반문을 함축하고 있다. 그리고 (5)에서 가족구성원은 '밥벌레', '쌀벌레'로 등장한다. 이 시에서 "퇴직금도 없이 쫓겨나는 저 좆만 한 아비들"이나 "한 톨밖에 안 되는 그림자" 같은 진술이 함축하고 있는 것은 존재감의 상실이다. 우리는 (5)에 등장하는 '아비'와 달리 "이 집안에는 밥벌레가 너무 많아요"라는 농담을 듣고 "쌀벌레 같은 눈물을 흘리다 / 킥킥거"릴 수 없다. 재미있는 비유라고 손바닥을 부딪칠 수도 없다. 인간의 존재감은 타자의 시선의 승인을 거침으로써 발생한다. 이것은 존재감의 상실이나 그로 인한 자기 학대가 사회적인 맥락에서 시작된다는 것을 뜻한다. 박지웅의 시에서 이러한 존재감의 결핍은 종종 현실세계의 무가치, 즉 디스토피아적인 현실감을 드러내는 통로가 된다.

3

박지웅에게 결핍은 '예술/창작'의 기원이기도 한다. 시집의 초입에 등장하는 「심금心琴」을 살펴보자. 이 시에서 '결핍'은 "한 팔을 잃은 연주자"의 형상, 그러니까 신체적인 문제로 가시화된다. 연주자는 팔을 잃어버려 연주를 할 수 없다. 그래서 그는 잃어버린 팔을 되찾기 위해 "꿈의 꿈속까지 들어가 뒤졌다"(「심금心琴」). 왜냐하면 "만질 수 없는 것을 만지고 싶을 때 / 기댈 곳이 꿈밖에 없었"기 때문이다. 하지만 그가 꿈에서 발견하는 것은 '썩은 팔', '죽은 팔'처럼 무용_{無用}한 것뿐이다. 이는 '꿈'이라는 판타지를 통해 실존적 결핍이 온전히 치유될 수 없다는 의미일 것이다. 하지만 "이제 숨을 불어넣자 가늘게 소리가 눈을 떴다 / 연주자는 없는 팔로 악기를 들었다 / 불행 없이는 울리지 않는 악기가 있다'라는 마지막 진술은, '심금_{心琴}'이 무형의 악기라는 발상에서 나온 것임에는 분명하지만, '잃어버린 팔'에 대한 간절함, 그 '불행'에서 예술이 시작을 사유하고 있다. 이것은 '불행'과 '결핍'이 예술의 기원이라는 주장으로 읽을 수 있다. '심금_{心琴}'은 "말할 수 없는 것"을 모아 만든 "만질 수 없는 것", 즉 비가시적인 불가능의 악기이니, 그것은 멀쩡한 두 팔, 즉 "불행" 없이는 울리지 않는다. 이때의 "말할 수 없는 것"이란, 예컨대 "슬픔은 혀가 없다 / 실은 두 갈래로 갈라진 찢긴 마음뿐이다"(「슬픔은 혀가 없다」)라고 말할 때처럼 '혀-없음' 때문에 생기는 침묵 같은 것이다. 그것은 '묵비권'이 아니라 '혀', 즉 말로 표현할 수 없는 '마음'에 가까운 것이니, 시인에게 그것은 "불행"으로 연주할 수 있는 것이다.

신이 내게 발행한 화폐는 슬픔뿐이다
수많은 가게를 돌아다녔지만 아무것도 얻을 수 없었다
누군들 상처를 받고 싶겠는가
당신은 몇 번 위조한 흰 꽃을 내 머리에 뿌렸다
불분명한 흐린 목소리로 나는 시를 읊는다
당신이 내 목에 흰 벽을 바르고 젖은 지붕을 얹었는가
목구멍에서 시가 아니라 백골이 된 구름이 올라온다
나는 어쩌다 슬픔을 독차지하는 일자리를 당신에게 얻었나
시인이라 했다 내가 그곳에서 열심히 일했다
그림자들을 더 고용해 슬픔에 구애했다
시를 쓰디쓴 생에 내는 술값이겠거니, 내가 쓰리라 했다

내가 당신의 맨 앞자리에 앉아 슬픔을 필기할 때
당신은 구름과 목련의 폐가가 있는 산마루를 가리켰다
발목에서 뒷덜미까지 아무것도 남지 않은 저 멸문을 써라
제 전부를 망치는 곳으로 가는 구름의 이름으로
군더더기 없는 멸망을 지나 푸르러지는 목련의 이름으로
나는 푼돈처럼 주머니 속에 넣어둔 시를 꺼내 읽는다
누가 이 슬픔의 관객이 되겠는가

— 「구름과 목련의 폐가를 낭송하다」, 전문

박지웅의 시에는 '결핍' 만큼이나 '슬픔'이 많다. 또한 사물과의 우연한 만남 이상으로 이별 장면이 자주 등장한다. 그는 '이별'이라는 사건 속에서 항상 '슬픔'의 주인공 역할을 맡는다. 그리고 이 슬픔과 이별의 감정이 삶을 위태롭게 만들 때, 박지웅의 시는 역설적으로 목소리를 풍자적으로 변조한다. 박지웅의 시에서는 풍자도 슬픔의 일종이다. 그에게 세상은 "살아서 빠져나갈 수 있다면 그것은 애초부터 삶이 아니었으리라 알면서도 속고 또다시 눈 뜨고 꿈꾸는 것이 삶이라면 삶은 정말 나쁜 버릇이다"(「야설」)라는 진술처럼 '길'이 없는 미궁과 같은 곳이다. 그는 '현실'보다 '꿈'을 더 신뢰하기 때문에 낭만주의자이다. "꿈은 나의 생가, 내가 머무르고 자란 진실한 모국 / 나의 세상에서 가장 오래된 일층—層"(「꿈에 단골집 하나 있다」). 인용시에서 화자는 '슬픔'을 신이 발행한 화폐, 그러니까 운명으로 인식한다. 물론 "누군들 상처를 받고 싶겠는가"라는 화자의 말처럼 이 '슬픔'의 운명은 그가 원한 것이 아니다. 하지만 '운명'이란 의지가 도달하지 못하는 곳에서 결정되는 것, 화자는 '당신=신'으로부터 "슬픔을 독차지하는 일자리"를 얻어서 열심히 시를 썼다. 운명이 그를 시인으로 호명했고, 그 또한 운명의 호명에 응답함으로써 "가까스로 시를 지키고 있다"(「출전」). 그런데 '당신=신'이 손가락으로 가리키는 슬픔의 방위方位는 "구름과 목련의 폐가가 있는 산마루", "발목에서 뒷덜미까지

아무것도 남지 않은 저 멸문"을 향하고 있다. 우리는 저 멸문을 당한 산마루의 폐가, 구름과 목련이 있는 그곳의 구체적인 지명을 알지 못한다. 다만 박지웅의 시에서 도시는 "악몽에서 악몽으로 환승하는 지하도"(「서큐버스」)라는 표현처럼 악마적인 세계로 그려지는 반면, 희미하게나마 생태적인 흔적이 남아 있는 공간은 긍정적인 세계로 의미화된다는 사실을 지적해두는 것으로 충분할 듯하다.

　　물 한 방울 없이 새로운 종을 불러일으키는 것이 어디 쉬운 일이겠는가 탕, 탕 망치로 나비를 만든다 청동을 때려 그 안에 나비를 불러내는 것이다

　　청동은 꿈틀거리며 더 깊이 청동 속으로 파고들지만 아랑곳하지 않는다 망치는 다만 두드려 깨울 뿐이다 수없는 뼈들이 몸속에서 수없이 엎치락뒤치락한 뒤에야 하나의 생은 완전히 소멸하는 것

　　청동을 붙들고 있던 청동의 손아귀를 두드려 편다 청동이 되기까지 걸어온 모든 발자국과 청동이 딛고 있는 땅을 무너뜨린다

　　그러자면 먼저 그 몸속을 훤히 읽을 줄 알아야 한다 단단한 저편에 묻힌 심장이 따뜻해질 때까지, 금속의 몸을 벗고 더없이 가벼워져 꽃에 앉을 수 있을 때까지 청동의 뼈마디마디를 곱게 으깨고 들어가야 한다

　　탕, 탕
　　짐승처럼 출렁이던 무거운 소리까지 모두 불러내면 사지를 비틀던 차가운 육체에 서서히 온기가 돌고 청동이 떠받치고 있던 청동의 얼굴도 잠잠하게 가라앉는다

　　그렇게 오랫동안 두드리면 청동은 펼쳐지고 그 깊숙한 데서 바람소리가

나기 시작한다 금속 안에 퍼지던 맥박이 마침내 심장을 깨우는 것이다

　　비로소 아 비로소 한줌의 청동도 남아 있지 않은 곳에서 한 올 한
올 핏줄이 새로 몸을 짜는 것이다 그 푸른 청동의 무덤 위에 나비 하나
유연하게 내려앉는 것이다

— 「망치와 나비」, 전문

　시 쓰기에 대한 자의식은 박지웅의 시세계를 구성하는 기둥 가운데
하나이다. 이 자의식은 두 가지 방식으로 드러난다. 그 하나는 "일찍이
나는 / 백지보다 깊은 산을, 백지보다 먼 바다를 / 보지 못했다"(「종이 위로
한 달이 지나갔다」), "당신이 내 입술을 만지자 셀 수 없는 글씨들이 태어났
다"(「그 사람을 내가 산 적 있다」), "오래도록 첫줄을 쓰지 못했다"(「습작」)처
럼 '글쓰기-행위'에 대한 것이고, 다른 하나는 "가까스로 시를 지키고 있다"
(「출전」)처럼 '시인-존재'에 대한 것이다. 「망치와 나비」 역시 예술 창작에
대한 일반론적 사유를 담고 있다는 점에서 주목해야 할 작품이다. 박지웅의
세 권의 시집에서 '나비'는 다양한 의미로 변주되면서 개인적 상징의 하나로
기능한다. 시인은 그것을 자연적 대상으로서의 '나비'에서 비닐봉지의 '나비
매듭'에 이르기까지 다양하게 변용시키면서 소위 '나비의 시학'을 펼쳐왔다.
인용시에 등장하는 '나비' 또한 그 계보에 속하는데, 여기서의 '나비'는
청동을 두들겨 만든 청동 나비, 즉 금속이다. 이 시의 시적 상황은 "탕,
탕 망치로 나비를 만든다 청동을 때려 그 안에 나비를 불러내는 것이다"라는
진술에 모두 설명되어 있다. 청동을 때리는 망치, 시인은 그 행위를 "하나의
생은 완전히 소멸하는 것"처럼 죽음의 과정으로 인식한다. 소멸이란 무엇인
가? 그것은 "청동이 되기까지 걸어온 모든 발자국과 청동이 딛고 있는
땅을 무너뜨"리는 것이다. 청동이 지닌 자연적 속성을 모두 제거함으로써
청동이 더 이상 청동으로 존재하지 않는 상태, 시인은 그것을 소멸이라고
쓴다. 하지만 이 '소멸'은 환원불가능한 죽음이 아니다. 그것은 파괴적인

죽음과 달리 새로운 생명으로 순환한다. 시인은 예술작품으로서의 '나비'가 탄생하는 과정을 "두드려 깨울 뿐이다", "단단한 저편에 묻힌 심장이 따뜻해질 때까지", "금속 안에 퍼지던 맥박이 마침내 심장을 깨우는 것이다"처럼 견고한 금속에 갇혀 있던 생명이 되살아나는 과정으로 설명한다. 그리하여 "한줌의 청동도 남아 있지 않은 곳"에서야 비로소 "나비 하나 유연하게 내려앉는 것"이다. 시인에게 예술작품의 창작과정이란 이처럼 죽음을 통과하여 시작되는 생명, 사물의 자연적 물성物性에 갇혀 있는 대상을 깨우는 부정의 연속적인 과정이다. 이러한 사유에 따르면 예술이란 무無에서 유有를 만드는 과정이 아니라 무無 안에 깃들어 있는 유有를 "불러내는 것"이다.

  '나비'만이 아니다. "당신이 내 입술을 만지자 셀 수 없는 글씨들이 태어났다"(「그 사람을 내가 산 적 있다」)라고 말하는 것, "내 입술"을 통해 발화되는 수많은 글씨의 주인이 사실은 '당신'이라는 발상은 '창조'라는 단어의 느낌에서 얼마나 멀리 떨어져 있는가. 그래서일까. 시인은 좀처럼 '창조'라고 말하지 않는다. 대신 나비를 '불러내고', 나비가 '내려앉는다'고 쓴다. 또한 그는 "따뜻한 여러 마리 새들이 호록호록 태어나던 그 손"(「팥죽 한 그릇」)처럼 '태어난다'고 쓴다. 박지웅의 시에서 화자와 대상/세계의 관계는 지성주의적 의미에서의 '주체'와 '대상'의 관계는 아니다. 차라리 그것은 "바람이 노을을 만지자 나비들이 태어났다"(「그 사람을 내가 산 적 있다」)처럼 두 개체의 만남에서 발생하는 사건의 언어화에 가까우며, "봄은 언제나 홈런이다 / 담장 밖으로 넘어가니까"(「목련야구단」)처럼 유사성의 인식에서 시작되는 발견의 시학에 가깝다. 밀란 쿤데라가 『소설의 기술』에서 인용한 체코의 시인 얀 스카첼의 말("시인은 시를 창조하는 것이 아니다. 시는 저 뒤쪽 어디에 있는 것 오래오래 전부터 그것은 거기 있었고 시인은 다만 그걸 찾아내는 것일 뿐.")처럼 박지웅에게 시는 창조만은 아니다.

4

박지웅에게 '도시'는 "악몽의 환승역"(「서큐버스」)으로 상징되는 고단한 삶의 공간이면서 "희망에 다리를 벌렸다"(「라일락을 쏟았다」)처럼 자본주의적 욕망이 지배하는 타락한 세계이다. 이 거대 도시에서 시인은 "이 우주에 나는 도래하지 않은 위치다"(「나는 나는이라는 셀카를 찍는다」)처럼 존재감을 잃고 '먼지'의 일족으로 전락한다. 그에게 도시는 디스토피아적인 부정적 세계이다. 박지웅의 많은 시편들은 이 도시적 삶에서 기원하는 고단함과 존재감의 상실을 노래하는데, 흥미롭게도 그의 시에서 도시적 감각에 근접한 시인의 목소리가 낯선 것으로 변조되는 순간, 그러니까 시의 형질 자체가 바뀌는 순간들이 있다. 그것은 도시적인 문명의 언어가 생태적인 언어로 바뀌는 변곡점에서 나타나는데, 그 낯선 목소리는 절대적으로 부정적 세계를 벗어난 세계, 시인에게 가장 긍정적인 의미로 다가오는 세계를 우리에게 펼쳐 보인다. 현실을 디스토피아로 감각하는 존재의 내면에는 끝내 놓을 수 없는 유토피아에 대한 지향이 존재하는 법이다. 이 유토피아의 시적 시제時制는 세 가지이다.

> 동지 저녁, 어미는 손바닥 비벼 새알을 낳았다
> 그것을 쇠솥에 넣고 뭉근히 팥죽을 쑤었다
> 나무주걱 뒤로 스르르 뱀 같은 것이 뒤따르며
> 새알을 물고 붉은 성간星間 사이로 숨어들었다
> 솥 안에 처마 끝과 별과 그늘이 여닫히며 익어갔다
> 부뚜막 뒤를 간질이며 싸락눈 사락사락 나리고
> 나는 어미 곁에 나긋이 새알을 혓바닥에 품고
> 다시 이를 수 없는 따뜻하고 사소한 밤을 염려하였다
> 명주실 몰래 묶어놓을 데 없을까
> 뒤뜰 장독간 호리병처럼 서 있는 밤하늘을 보며

먼먼 전설에 귀를 세운 것이다

바람 드는 부엌문에 서서 공중을 두리번거리다

하얀 마침표 하나 눈동자에 떨어져 그만 놓쳐버린 집

어느 동짓날 팥죽 한 그릇 받고 사소한 것을 쓰느니

대문간이며 담장이며 낮은 기와로 번지던 붉은 실핏줄들

따뜻한 여러 마리 새들이 호록호록 태어나던 그 손

                                      ─「팥죽 한 그릇」, 전문

먼저 과거. 이 시는 과거의 경험을 재구성한 것이다. 과거 시제로 언어화
한 유토피아, 시인은 오래전의 한 때를 "다시 이를 수 없는 따뜻하고
사소한 밤"으로 회고한다. 추운 겨울날을 배경으로 한 이 풍경 안에서
'나'와 '어미'는 상상적인 관계를 형성하고 있다. 그것은 현실의 상징적인
질서, 예컨대 노동, 금전적인 욕망 등이 틈입하지 못하는 완전히 닫힌
세계이다. 이 아름답고 따뜻한 한때의 기억으로 인해 시인은 상징적인
현실을 온전한 의미의 '세계'로 수락하지 못한다. 이 세계에는 "사람을
먹고 자라는 상상의 동물"(「이승의 일」)이나 "말머리를 베고 말허리를
끊고 말꼬리를 잘라 / 이 말 저 말에 갖다 붙이는 식"(「로그인」)으로 번식하
는 식물이 살지 않는다. 이 상상적 세계에서 '아이'와 '어미'의 거리는
"30cm"(「30cm」)이다. 한편 "별방리 밤하늘은 비옥해 당신과 도망가 살기
좋을까"라는 진술로 시작되는 「별방리 오로라」의 시제는 미래이다. 이
시에서 화자는 '당신'과 도주하는 상상을 한다. 이 도주는 "햇볕 한 톨
빗방울 하나 / 다 거두어 곡식으로 키우는 양지들의 저녁"이나 "골짜기와
봉우리에 채비 마친 꽃들, / 밤하늘에 돛을 드리우는 별방리에서 우리"라는
구절이 암시하듯이 도시와 문명으로부터의 도주이고, 자연적·생태적인
세계로의 도주이다. 하지만 이상적 세계로 이주하는 꿈을 포기하지 못하는
사람들은 늘 슬프기 마련이다. 박지웅의 시에서 주조主調라고 말할 수
있는 슬픔은 여기에서 기원한다.

어깨너머라는 말은 얼마나 부드러운가
아무 힘 들이지 않고 문질러보는 어깨너머라는 말
누구도 쫓아내지 않고 쫓겨나지 않는 아주 넓은 말
매달리지도 붙들지도 않고 그저 끔벅끔벅 앉아 있다
훌훌 날아가도 누구 하나 모르는 깃털 같은 말
먼먼 구름의 어깨너머 달마냥 은근한 말
어깨너머라는 말은 얼마나 은은한가
봄이 흰 눈썹으로 벚나무 어깨에 앉아 있는 말
유모차를 보드랍게 밀며 한 걸음 한 걸음
저승에 내려놓는 노인 걸음만치 느린 말
앞선 개울물 어깨너머 뒤따라 흐르는 물결의 말
풀들이 바람 따라 서로 어깨너머 춤추듯
편하게 섬기다 때로 하품처럼 떠나면 그뿐인 말
들이닥칠 일도 매섭게 마주칠 일도 없이
어깨너머는 그저 다가가 천천히 익히는 말
뒤에서 어슬렁거리다가 아주 닮아가는 말
따르지 않아도 마음결에 먼저 빚어지는 말
세상일이 다 어깨를 물려주고 받아들이는 일 아닌가
산이 산의 어깨너머로 새 한 마리 넘겨주듯
꽃이 꽃에게 제자리 내어주듯
등 내어주고 서로에게 금 긋지 않는 말
여기가 저기에게 뿌리내리는 말
이곳이 저곳에 내려앉는 가벼운 새의 말
또박또박 내리는 여름 빗방울에게 어깨 내주듯
얼마나 글썽이는 말인가 어깨너머라는 말은

— 「어깨너머라는 말은」, 전문

이 시는 도시적 삶의 불모성을 노래한 참혹한 서정과 다르다. 이번 시집에 실려 있는 한 구절("이후의 세계란 그런 것이다 / 너머에 있는 꽃들의 말을 배웠으나 이 땅에서는 써볼 도리가 없고 알아먹을 귀도 없는 것이다"(「이후」))을 빌려서 표현하자면 이것은 '이후의 말'로 쓰여진 시이고, 때문에 "제본할 수 없는 슬픔"(「그 영혼에 봄을 인쇄한 적 있다」)이 그렇듯이 논리를 벗어난 지점에서 발화된 것이다. "바람의 문장들"(「고래 민박」)도 이와 같지 않을까. 과거와 현재, 그러니까 상상적인 관계에 대한 추억과 기대를 함축하고 있는 시들과 달리 이 시에서 세계의 긍정성은 '어깨너머'라는 '말'을 통해 도달된다. 일찍이 폴 발레리는 이렇게 말했다. "내가 쓴 시구들은 나름의 의미를 가지고 있다. 하지만 내가 부여한 의미는 오로지 내게만 해당할 뿐, 다른 이들에게도 동일한 느낌을 주는 것은 아니다. 모든 시가 작가의 생각과 일치하는 진정하고 유일한 단 하나의 의미만 갖는다고 생각하는 것은 시의 본질에 반反하는 오류이며, 이런 오류는 치명적일 수도 있다." 「매혹」이라는 시의 주석에 쓰인 이 진술은 시어가 단어에 마음을 빼앗긴 순간, 즉 매혹의 느낌에서 발화된다는 것을 말해준다.

다시 인용시를 보자. 이 시의 화자 역시 '어깨너머'라는 말에 매혹된 상태인 듯하다. 사실 이 시에서 화자가 들려주는 '어깨너머'에 대한 지극히 주관적인 감각을 고스란히 이해하는 것은 불가능하다. 그것은 '어깨너머'라는 단어가 사전적인 의미로 사용된 도구–언어가 아니라 화자의 주관과 감각, 그러니까 특정한 순간과 상황 속에서 감각되는 정서적인 표현의 일부이기 때문이다. 이것은 '정보'나 '의미'의 차원에서 설명될 수 없는, 언어를 대하는 시의 고유한 특징이기도 하다. 시가 '소통'을 목표로 하지 않는 것은 거기에 쓰인 언어가 의미나 정보의 전달을 위해 동원된 수단이 아니기 때문이다. 시의 언어가 원하는 것은 화자와 독자 사이의 교감 또는 공명이니, 이것은 정서적인 울림이지 논리적인 이해가 아니다. 그리하여 '어깨너머'에 대해 우리가 가늠할 수 있는 것은 그것이 타인의 시선으로부터 완전히 단절되지 않은, 타인의 접근이나 개입에 열려 있는 어떤 상태를 연상시킨다는 정도이다. 동시에 "꽃이 제자리 내어주듯 / 등 내어주고 서로에게 금 긋지 않는 말"이라는 이 말이 화자에게는 이상적인 상태, 돌아갈 수 없는 과거나 도래의 가능성이 희박한 미래와 구분되는 현재에 속하는 상태라고 말할 수 있을 듯하다. 언어에 대한 이 섬세한 감각이 비문非文으로, 그것도 아름다운 비문으로 표현되는 것을 우리가 시詩라고 부르는 것이 아닐까. "문법 밖에서 율동하는 필체 / 나비는 아름다운 비문임을 깨닫는다"(「나비를 읽는 법」, 『구름과 집 사이를 걸었다』).

무한한 변이들

— 김언의 시세계와 '언어'

문학/예술에서 '현대'는 '시간' 단위가 아니다. 그것은 현대성의 문제, 즉 특정한 질서/체계에 반反하는 논쟁적 개념이고 '가치'에 관한 문제이다. '현대'의 이러한 논쟁적 의미에 이의를 제기하는 사람은 없을 것이다. 하지만 문학에서 이 현대성을 적극적으로 밀고 나간 사람도 생각보다 많지 않다. 문학의 현대성은 전통적인 질서에 대한 문제 제기이고, 그것과의 차별화이며, 그것에 대한 반발과 저항이다. 이 반발/저항에는 늘 '위기', '실험', '새로움' 등의 수사修辭가 뒤따른다. 극단적인 경우 그것은 '무질서'나 '해체'로 평가되기도 한다. 하지만 스타일 없는 예술이 상상하기 어렵듯이, 질서 없는 스타일은 그 자체로 모순적이다. 이 반발/저항은 전통의 관점에서는 질서를 벗어난 '무질서'로 보이지만, 실상 그것은 '질서' 자체가 아니라 전통적인 질서 아닌 질서에 기초한다는 점에서 '새로운 질서'라고 말해져야 한다.

반발/저항은 원인이 아닌 결과에 부여된 평가이기에 새로운 질서의 다양한 현상들을 설명하는 데 편리한 장치가 아니다. 왜냐하면 현대성이란 모델화할 수 없기 때문이다. 현대예술에서 현대성은 일반적으로 커다란 역사적 변곡점과 일치하는 변화 양상을 보여왔으나 그 구체적인 모습은 상당히 이질적이었다. 때로 그것은 장르의 성립조건을 위협하는 방식으로 현실화되기도 했고, 장르를 구성하는 장치들 사이의 위계를 변화시키거나 특정 장치를 강조 또는 무력화하는 방식으로 가시화되기도 했다. 아마도 부르주아의 교양이 되어버린 예술 그 자체에 반대하는 다다이즘의 반反예술("우리는 항상 반대할 것이다. (중략) 우리는 무정부주의자가 될 것이다.") 선언은 하나의 극단적인 사례일 것이다. '반발/저항'의 방식과 방향은 선험적으로 정해질 수 없다. 이 변화의 성격 역시 다층적이고 복합적인 것이지만, 논의의 편의를 위한 구분은 가능할 것이다. 예컨대 프랑스 상징주의를 거치면서 시는 '감정'과의 분리를 통해 자신의 존재를 증명했고, 20세기 독일의 전위문학은 바이마르(1918~1933) 시대의 고상한 언어를 전면적으로 거부함으로써 예술의 새로운 가능성을 타진했다. 영화의 등장으로 기계적인 시각이 등장했고, 실용과 비실용의 경계를 위반하는 예술론이 등장했으며, 소설에서는 인과성에 의해 유지되던 서사의 플롯을 해체하는 소설들이 등장하기 시작했다. 이것은 모두 예술의 '현대성'이 발견한 출구들이다.

20세기의 시가 집중적인 관심을 표명한 출구 가운데 하나가 '언어'였다. 굳이 '~였다'라고 과거형으로 표현하는 까닭은 언어에 대한 의심/관심이 그만큼 오래전에 시작되었기 때문이다. 20세기 이후의 시는 '언어'의 전장이다. 20세기 초에 등장한 초현실주의, 미래주의, 구성주의, 다다이즘 등은 예술적 지향은 달랐지만 '언어'에 대한 기존의 믿음에 저항한다는 점에서는 일치된 목소리를 냈다. 사정이 이러함에도 불구하고 한국 시사詩史에서 '언어'에 대한 관심은 '언어 실험', '형식 미학', '모더니즘' 등처럼 예외적인 현상으로 평가되는 경우가 잦았다. 한국의 근현대 시사詩史에서 언어 문제는 간과된 적은 없지만 그렇다고 본격적으로 사유된 경우도 거의 없었다. '시'라는 장르에는 이미―항상 '언어'의 중요성이 전제되었으나 그것은 모국어의 아름다움이나 언어의 경제성, 소위 리듬감이 느껴지는 압축적인 언어 등처럼 '언어'를 내용^{message}을 실어 나르는 그릇으로, 따라서 내용을 효과적으로 전달하기 위해서는 또 다른 효과가 추가되어야 할 것으로 이해되는 경우가 대부분이었다. 이런 관점에서 보면 시가 언어 예술이라고 말할 때, 그것은 음악이 소리의 예술이고 미술이 색채의 예술인 것과 같은 이치에서 시는 언어의 예술이다. 하지만 현대시의 역사는 시에서 '언어'는 표현 또는 전달 수단 이상의 의미가 있다는 것을 증언한다. 90년대 이후의 한국시에서 김언의 시세계가 차지하고 있는 시사적·미학적 가치도 이 문제와 맞닿아 있는데, 김언이야말로 '언어'를 통해서 시의 현대성을 사유하는, 나아가 시가 언어의 예술임을 가장 분명하게 보여주는 사례이다. 흥미롭게도 그의 시에서 '언어'는 테마, 즉 관심이나 대상이 아니라 '문제'이다. 그의 시편들은 '언어'에 대해 쓴 것들이 아니라 '언어' 그 자체와의 전쟁, 커뮤니케이션의 수단으로서의 '언어'를 탈코드화함으로써 이 세계의 질서에 반反하는 '반反-언어' 텍스트이다.

내가 덥다고 말하자 그는 문을 열었다.
내가 춥다고 말하자 그는 문을 꼭꼭 닫았다.
내가 감옥이라고 말하자 그는 꼼짝 말고 서 있었다.

2 더하기 2는 네 명이었다. 남아도는 것은 꼭 필요한 것이었다.
내가 유죄라고 말하자 그는 포승줄에 묶였고
내가 해방이라고 말하자 그는 머리띠를 묶고 앞으로 나아갔다.
그는 꼼짝 말고 서 있었다. 버스 안에서

이제 그만 내릴 때라고 말하자 그는 두 발을 땅에서 떼었다.
내가 명령이라고 말하자 그는 망령처럼 일어서서 나갔다. 누군가의
입에서.

　　　　　　　　　　　－「감옥」, 전문(『소설을 쓰자』, 민음사, 2009)

김언의 시편들 가운데 '반反언어' 텍스트는 『거인』(2005)과 『소설을 쓰자』(2009)를 거치면서 정점을 향한다. 이들 '반反언어' 텍스트들은 언어를 커뮤니케이션의 관점에서 이해하는 태도, 즉 언어가 중립적이고, 주기능이 정보전달에 있다는 믿음을 무력화한다. 김언의 텍스트에서 '언어'는 지시적 기능과 관련이 없다. 심지어 그것은 화자의 내면을 표현하는 표현적고백적 기능을 수행하지도 않는다. 김언의 시에서 인칭대명사는 언제나 비非인칭적인데, 이것이 의미하는 바는 화자 '나'가 시적 발화를 위해 설정된 임의의 출발점일 뿐 특정 개인, 나아가 시인과 관련이 없다는 점이다. 이처럼 언어가 지시적 기능과 무관하게 사용되고, '나'가 임의의 출발점일 뿐 발화자와 관계없을 때, 거기에 커뮤니케이션이 존재할 리가 없다. 이러한 '반反언어'적 글쓰기로 인해 김언의 시는 독법, 즉 발화 내용을 중심에 놓는 전통적 '해석'에 강하게 저항한다. 그의 언어들을 지시적인 맥락에서 읽을 때 독자들은 매번 출구 없는 미로에 갇히게 된다.

　　그렇다면 김언의 시어들은 '실험'이나 '암호'에 가까운 것일까? 오히려 시인은 이미항상 시집 전체에 걸쳐 자신의 시집을 읽는 방식, 그러니까 '미로'를 탈출할 수 있는 열쇠를 제시한다. 가령 시집 『소설을 쓰자』의 앞부분에 등장하는 "촌각을 다투는 윤리의 싸움은 나의 입에서 크게 벌어진다."(「입에 담긴 사람들」), "혀가 움직이는 순간 // 말은 지나간다. 공기를 향해"(「뱀에 대하여」), "나는 문장 안에서 단어를 대신할 수 있다."(「오브제의 진로」) 등이 그렇다. 시의 제목과 진술의 상관성에 주목하면서 이 구절들을 주의 깊게 읽으면 그의 시어들이 결코 '실험'이나 '암호'가 아님을 알 수 있다. 하지만 그 상관성에 주목하지 않고, 더구나 이 진술의 언어들의 지시적 의미에 시선을 빼앗기면 위의 구절들은 영원히 이해할 수 없는 것이 되고 만다. 이러한 원리는 인용시 「감옥」에도 동일하게 적용된다. 시의 제목은 '감옥'이지만, 그것은 우리가 익숙하게 알고 있는 사법 기계로서의 '감옥'을 가리키는 것이 아니다. 시인은 제목을 통해 사람들의 지각을 특정한 방향으로 향하도록 유도한 다음 그것과는 전혀 다른 '감옥'의 이미지를 제시함으로써 '감옥'의 상식적인 의미를 의도적으로 위반한다. 일종의 맥거핀MacGuffin, 속임수 장치 효과라고 할까? 물론 인용시에 '감옥'이라는 기호가 등장하기 때문에 제목이 '감옥'일 수 있다고 주장할 수도 있다. 하지만 "내가 명령이라고 말하자 그는 망령처럼 일어서서 나갔다. 누군가의 입에서"라는 마지막 진술에서 확인되듯이 '그'의 모든 행동은 '나'의 언어 수행과 관련 있고, 그러면서도 그것은 "누군가의 입"에서 나가는 또 다른 언어 수행으로만 행해진다. 이는 시적 진술은 언어 수행일 뿐 실제 인간의 행동이 아니라는 강력한 경고이니, 김언의 시는 처음부터 시적 발화와 텍스트 바깥 세계 사이의 연속성이나 관련성을 전혀 인정하지 않는다고 볼 수 있다. 이런 맥락에서 인용시를 다시 읽으면 시적 진술들 대부분에서 모호한 점을 발견하게 된다. 그것은 "내가 덥다고 말하자 그는 문을 열었다." 같은 문형에서 '나'의 발화와 '그'의 행동은 긴밀한 관계를 갖고 있는 것처럼 보이기 때문이다. 그런데 이 지점에서 다시 생각해볼 필요가 있다. 우리가 상상하고 있는 그 '긴밀한 관계'가 혹시 '나'의 발화와 '그'의 행동이 (가상으로나마) 현실에서 물리적으로 행해지고 있다고 가정하기 때문에 발생하는 자기기만의 결과는 아닐까? "내가 덥다고 말하자 그는 문을 열었다."라는 문장이 즉흥적이고 우연적으로 만들어진 문장일 뿐이어서 그것은 행위를 전제하지 않는 '말'일 뿐인데, 혹시 우리가 그것을 애써 어떤 행위의 발생을 머릿속에 그리면서 읽기 때문에 혼란이 생기는 것은 아닐까? 시인의 의도는 여기에 있다. '언어'와 '수행', 바꿔 말하면 '텍스트'와 (소위) '현실'은 불연속적임에 불구하고, 시가 언어예술이라는 의미에 충실한 것은 이런 인식일 텐데, 우리가 그것들 사이에 습관적으로 연속성을 가정할 때, 바로 그때, '언어'는 우리가 사용하는 도구/수단이기 이전에 우리를, 우리의 사고를, 우리의 인식체계와 행동방식을 제한하는 '감옥'이 될 수 있음을 실증하는 것이 그것이다. 언어 자체에 대한 이러한 사유는 언어적 재현의 한계와 불투명성을 의심하는 방식과 다르며, 비非재현성을 향해 언어를 개방하는 실험과도 분명히 구분 된다. 재현의 불투명성이 문제일 때 그것은 소리시나 형태시 등처럼 재현의 능력을 강화하는 방향으로 나아갈 수 있으나 시-언어에 대한 김언의 사유는 그것과는 다른 방향을 향하고 있다. 지면의 한계로 구체적으로 분석할 수는 없지만 「짝퉁의 사전적 정의」(『소설을 쓰자』)에 주목해야 하는 이유도 여기 있다.

> 나는 혼자서는 쉽게 놀지 않는다. 어딘가에 타인을 만들고 있다.
> 고요하고 거침없이 적을 만든다. 그를 사랑해도 좋다.
> 그와 무엇으로 대화하겠는가.
>
> 적당한 간격을 두고 위험에 대해
> 아름다움을 말하고 있다.
>
> 나는 혼자서는 쉽게 취하지 않는다.
> 어딘가에 항상 손님을 만든다. 분노를 만들기 위해
> 그를 쫓아가도 좋다. 꼭 그만큼의 간격으로
>
> 누군가를 방문하고 멱살을 잡는다.
> 나는 혼자서는 쉽게 풀지 않는다. 어딘가에 꼭 오해를 만들고 있다.
> — 「미학」, 전문(『모두가 움직인다』)

'언어'에 대한 관심은 네 번째 시집 『모두가 움직인다』에서도 지속된다. "나는 식사하는 문장을 쓴다."(「나는 식사하는 문장을 쓴다」), "나는 공허한 문장 가운데 있다"(「공허한 문장 가운데 있다」), "이미 사라진 주어를 어떻게 찾을까 고민 중이다."(「이미 사라진 주어를 어떻게 찾을까?」),

"내가 좋아하는 시인은 '의'자가 많아서 걸린다고 하였고"(「팔레트」) 같은 진술이 증언하듯이 시인에게 '세계'는 '언어'로 구성되어 있다. 이러한 '언어-세계'는 구조주의 정신분석학자들의 슬로건인 '무의식은 언어처럼 구조화되어 있다'에서의 언어처럼 상징적 질서를 가리키지도 않고, '언어'의 속성에 기초하고 있는 비유도 아니다. 문자 그대로 김언에게, 김언의 시에서, '세계'는 '언어'이다. 아니, 시는 '언어'이고, 더욱 구체적으로는 '언어로 만들어진 세계'이다. 시인에게 '숲'은, '숲'이라는 기호이고, 그러므로 "나무 한 그루 만들지 않고 숲이 되는 방식"(「말」)이다. 여기서의 언어 또는 말은 곱씹는 말, 즉 일상적 언어라기보다는 찾아내는 말, 즉 인공적 언어에 가깝다.

이렇게 말하면 '세계'와 '언어'의 비동일성, 즉 그것들이 동일하지 않으며 그 위상에서도 동등할 수 없다는 비판을 제기하는 사람도 있을 것이다. 하지만 김언의 시는 텍스트의 안과 밖, 혹은 텍스트 바깥의 현실과 그것의 언어화로서의 시처럼 물질적 대상으로서의 세계와 언어적 재현의 이항적 관계를 용납하지 않는다. 시에 관한 한, 김언에게 언어 이상도 언어 이하도 존재하지 않는 듯하다. 실상 이 주장은 매우 근본적인 것이면서, 또 한편으로는 위험한 것이기도 하다. 하지만 김언의 '시론詩論'을 비판하려 한다면 이 문제를 외면할 수 없다. 이 문제에 대한 성찰을 동반하지 않는 비판은 그다지 위협적이지 않다. 요컨대 김언의 시에서 모든 것은 '언어적 사건'이니, 이때의 '시/텍스트/언어'는 그 바깥의 무엇으로부터도 독립적으로 존재한다. 하지만 그 독립적 존재는 독립적으로 발생하는 것이 아니라 누군가에 의해서 만들어진다, 아니 만들어질 수밖에 없다. 시인은 그것을 '미학'이라고 명명한다.

「미학」에서 화자 '나'는 자신의 시작詩作 행위를 '타인'을 만드는 것이라고 소개한다. 알다시피 서구에서 예술art이라는 말은 라틴어 '아르스ars'에서 유래했는데, 그것은 고대 그리스의 '테크네techne'에서 온 것이다. '테크네'란 목적을 이루기 위한 가장 효율적인 수단을 뜻하는데, 그리스인들은 이 테크네를 활용해 물건을 만드는 것을 '포이에시스poiesis'라고 명명했다. 이것이 라틴어로 '포에시스poesis'가 되었고, 영어권에서는 '포이트리poetry'가 되었다. 화자는 이 포이에시스를 한편으로는 유희遊戲, 즉 노는 것으로, 또 한편으로는 제작, 즉 만드는 것으로 표현하고 있다. 여기에서 흥미로운 것은 이 '유희'와 '제작'이 사물-대상이 아니라 '타인'을 만드는 것이라는 인식이다. 쉽게 짐작할 수 있듯이 이렇게 만들어진 '타인'이 텍스트에서 '나'로 변신하여 등장하는 것이 시의 특징이니, 우리는 "나는 혼자서는 쉽게 놀지 않는다."라는 문장에 등장하는 '나'조차도 '타인'으로 읽을 수 있어야 한다. '나'의 유희/제작이 '타인'을 만드는 것이고, 그렇게 해서 만들어진 '타인'이 또 다른 발화점인 '나'가 되는 게임이야말로 시의 고유한 장르적 특징인지도 모른다.

이 논리를 조금 더 밀고 나가보자. 이것은 만드는 '나'와 만들어진 '나'가 기표적 동일성에도 불구하고 서로 다른 존재라는 것을 의미한다. 또한 이것은 시가 1인칭의 고백이라는 장르적 통념을 위협한다. 이 '나'의 상이한 존재감을 시인은 '적'이라고 표현하고 있으니, 그것은 잠재성의 차원에서 이질적임을 가리킨다. 즉 만든 '나'에게 만들어진 '나'는 '적'일 수도 있고 '사랑'의 대상일 수도 있으니, 그 어느 경우에라도 복수의 '나' 사이에는 "적당한 간격"이 존재할 수밖에 없다. 그리고 이 간격이 존재할 경우에만 유희/제작의 결과물을 대상으로 "아름다움"을 이야기할 수 있다. 물론 '만들어진 나'를 '적'이 아니라 '손님'이라고 칭해도, 그리하여 그에게 '분노'의 감정을 느끼고, 심지어 그의 '멱살'을 잡고 흔들어도 사태가 바뀌지는 않는다. 시인은 이렇게 만들어진 것, 즉 시詩가 '오해'될 운명임을 알고 있다. "아리스토텔레스는 스스로의 외부에 대상을 생산해내는 포이에시스, 즉 장인이나 예술가의 활동을 스스로의 내부에 고유의 목적을 지니는 실천, 이를테면 정치적 활동과 대치시켰다.(아감벤)"

'시'가 언어 예술이라는 데 반론을 제기하는 사람은 없을 것이다. 하지만 그때의 '언어 예술'이 무엇을 의미하는지, 시의 '언어'가 그것 이외의

'언어'와 어떻게 같고 다른지, 따라서 우리가 시의 '언어'에서 무엇에 주목해야 하는지 깊게 성찰하는 사람은 많지 않다. 현대시의 전위성이나 실험성을 높이 평가하는 사람들 또한 '언어'에 관심을 보이지 않는다. 어떤 면에서 현대시란 그 이전의 언어 질서와 다른, 언어에 의한, 그리고 언어를 통한 근대적 질서로부터의 이탈에 부여된 이름인지도 모른다. 주체, 욕망, 세계 등의 담론들이 실상 '언어' 문제를 관통하지 않고서는 발화될 수 없다는 것에 주목하자. 언젠가 기 드보르는 초현실주의는 예술의 폐지 없이 예술을 실현하기 원했고, 다다이즘은 예술의 실현 없이 예술의 폐지를 원한 반면, 상황주의는 예술의 폐지와 실현 모두를 원한다고 주장한 적이 있다. 하지만 예술의 폐지는 물론 실현조차 '언어'를 관통하지 않고는 불가능한 것이 시의 운명이라면, 결국 시에 관한 담론의 출발점은 '언어'가 될 수밖에 없다. 이때의 '언어'는 사용 대상이 아니라 성찰 또는 실험의 대상이고, 나아가 벗어나야 할 해체의 대상인 동시에, 새롭게 만들어야 할 잠재성의 대상일 것이다. 동시대 시인들 가운데 이러한 '언어'의 문제를 적극적으로 껴안고 있는 시인은 매우 제한적이다. 아니 예외적이라는 표현이 적당할 듯하다. 우리는 언어에 대한 시인의 관심과 질문이 어디까지 이어질 것인지 알지 못한다. 다만 이것이 시의 현대성이라는 광야에 그어진 선이 굵은 질문이라는 점을 기억해야 할 것이고, 또 다른 시인들이 등장해 그곳에 '언어' 아닌 다른 방식의 질문들을 통해 더 선명한 물음들을 남길 때에만 비로소 제대로 대답될 수 있는 질문임을 상기해야 할 것이다.

'주체'의 불가능성에 대하여
— 김언의 시세계

시인 김언. 그는 내게 '미래파'가 아니라 '언어파'로 기억된다. 그의
정체는 '김언'이라는 그의 이름에도 또렷하게 새겨져 있다. 자신의 이름인
'언言'의 기원에 대해 침묵으로 일관하지만, 족보적인·행정적인 이름을
지우고 '언'이라는 기호를 넣은 것을 우연이라고 말하기는 쉽지 않을
것이다. 그는 존재 자체가 '언어파'인 시인이다. 많은 사람들은 그의 시적
스타일을 가리켜 '실험'이라고 말하지만, 사실 그가 추구해온 것은 '언어'
자체를 근본적으로 사유하는 것 하나이다. 사람들은 시詩가 언어 예술이라
는 주장에 흔쾌히 동의한다. 하지만 그때의 '언어'가 구체적으로 무엇이고,
우리가 일상적 대화나 학술적 개념에 사용하는 '언어들'과 무엇이, 어떻게
다른가를 설명해달라고 요청하면 난감한 표정을 짓는다. 시에 관해서라면
리듬/운율이 있고, 압축적인 언어가 시의 언어라는, 혹은 비유적인 언어가
시라는 원론적인 주장을 벗어나지 못한다. 이 주장에 그대로 김언의 시에
적용하면, 그의 시는 '시'가 아니라는 결론에 이른다. '시'는 무엇이고,
'시'와 '시 아닌 것'이 어떻게 구별되며, 그때 '언어'는 어떤 것인가, 김언의
시 대부분은 이 질문에 바쳐진다.

문학, 특히 시에 있어서 '언어'는 테마/소재가 아니라 '문제'이다. 그것은 다양한 관심 가운데 하나가 아니라 그것을 관통하지 않으면 어떤 것에도 이를 수 없는, 그러므로 '시' 자체의 근본 조건을 묻는 질문이다. 정신분석학은 이러한 '언어'를 상징계, 그 속에서 살아가는 인간을 빗금 친 주체($)라고 부른다. 이러한 주장에 따르면 '사회'라고 명명되는 세계에 진입하기 위해서는 먼저 결여/분열을 상징하는 '/'의 지배를 긍정해야 한다. 그것은 '나' 이전에 존재하는 사회의 질서, 특히 '언어'로 구성된 질서에 따르겠다는 약속이다. 이러한 관점에서 보면 이 세계의 질서에 순응하지 않는 광기, 또는 예술적 주체들이 위반을 통해 관통하려는 것은 언어 질서라고 말할 수도 있다. 세계를 변화시키는 일과 언어의 질서를 해체/재구성하는 일이 동일하다는 사고방식은 여기에서 시작된다.

하지만 이런 이론적 장치의 도움 없이도 우리는 언어의 기능과 한계에 대해 자세하게 알고 있다. 주지하듯이 언어의 한계는 곧 세계의 한계이다. 같은 맥락에서 우리 언어의 한계는 곧 우리 세계의 한계라는 진술도 성립한다. 우리의 현실감은 철저하게 언어적인 것이어서, 우리가 '현실'이라고 부르는 것은 사실 언어적으로 구축된 것일 따름이다. 이는 언어가 한편으로는 불확정적인 세계에 질서를 가져다준다는 것을 의미하지만, 다른 한편으로는 우리의 감각과 이해가 언어적인 질서에 따라 세계를 받아들인다는 의미이기도 하다. 언어는 우리와 세계 사이에서 우리가 세계를 특정한 방식으로 이해하고 감각하도록 이끄는 장치이며, 시는 이처럼 리얼리티를 특정하게 동결시키는 언어 장치에 맞서는 반反언어의 일종이다. 문제는 이 반反언어 또한 언어일 수밖에 없다는 점이다. 불립문자 不立文字라는 표현처럼, 시-언어는 언어의 중심에서 이탈하려는 욕망의 언어적 형식이니, 그것은 언어로부터 벗어나는 유일한 방법이 언어를 통하는 것이라는 이율배반의 존재론을 지시한다.

그렇다면 '언어의 중심'이란 무엇일까? 그것은 주체와 객체, 사고와 물질, 단어와 사물의 분리 같은 언어적 환상, 언어를 '의미' 전달의 기능으로 한정하는 사전적 기능, 질서로부터의 이탈을 가로막는 문법 장치 등이다. 이따금씩 언어는 존재하지 않는 것을 존재하는 것처럼 왜곡하기도 하고, 존재하는 것을 없는 것처럼 부당하게 셈하기도 한다. 역사적으로 문학, 특히 시는 '언어'를 통해 이러한 언어의 '중심'에 저항해왔으니, 만일 '중심'이 모국어라면 시는 모국어로부터의 이탈, 예컨대 모국어를 외국어처럼 사용하는 방식이었을 것이다. '언어파'의 관점에서 보면 문학은 자연어를 해체 분해하여 새로운 언어를 고안하는 일, 언어를 안정적인 의미 전달의 수단으로 간주하는 차원을 벗어나 그것을 강도 높은 비의미작용적 사용의 수준으로 견인하는 일, 언어를 비재현적인 차원을 향해 개방함으로써 언어의 중심으로 포착되지 않는 세계를 드러내는 일을 수행하는 글쓰기이다. 바로 이 경우에 한해서 문학, 특히 시는 언어 예술이라고 말해질 수 있으며, 그때 시의 언어는 '언어의 중심'에서 벗어나는 원심력으로서의 언어를 가리킨다. 이것이 언어를 바꾸는 일이 세계를 바꾸는 일이라는 주장의 요체일 것이다. 그것은 더 이상 우리가 알던 '언어'가 아니다.

> 누가 나한테 싸움을 걸어올지 궁금했는데 아무도 싸움을 걸어오지 않는다. 내 싸움이 너무 크기 때문이란다. 내 싸움이 너무 커서 아무도 끼어들고 싶지 않기 때문이란다. 이 말을 전해주는 사람도 이 말만 전하고 급히 사라졌다. 아무도 싸움을 걸어오지 않는 사람. 그게 바로 나라는 사실을 인정하고서야 내 싸움은 그칠 것인가. 누그러지기라도 할 것인가. 글쎄다. 내 싸움은 끝날 것 같지 않다. 국가 간의 싸움도 끝나고 이웃 간의 싸움도 끝나고 형제 간의 싸움도 부모 자식 간의 싸움도 모두 끝나가는데, 끝날 수도 있는데, 내 싸움은 도무지 끝날 줄을 모른다. 모르는 것 같다. 그러니 모두 피하는 것 아니겠는가.

— 「싸움」, 부분

'언어의 중심'에서 벗어나는 방식으로 '언어'를 사용하는/해방하는 일은 그 자체가 일종의 스캔들일 수밖에 없다. 정신분석학의 주장을 받아들인다면 그것은 '사회'의 근간을 위태롭게 만드는 반反사회적 행위에 해당한다. 굳이 반反사회성을 들먹이지 않아도 김언은 '싸움'의 방식으로 시를 쓰는 몇 안 되는 시인의 한 사람이다. 그런데 '언어'를 판돈으로 건 싸움은 예상 외로 크다. 왜냐하면 그것은 사실상 모든 것을 건 싸움이기에 최초이자 최후의 싸움이기 때문이다. 이 싸움은 세상에 존재했던 많은 싸움들, 가령 국가 간, 이웃 간, 형제 간, 부모 자식 간의 싸움이 현실적으로 끝났거나, 끝날 가능성이 있는 것과 달리 결코 끝나지 않을 싸움이다. 이 싸움, 그러니까 '언어의 중심'으로부터 벗어나는 탈脫중심적 발화에는 끝내 도달해야 할 목적지도, 사건 이전에 주어진 방법도, 벗어나야 할 대상도 존재하지 않기 때문이다. 문학이란 이 수많은 방식의 이탈에 부여된 이름이니 그것은 '끝'을 모른다. 작가 또는 시인이란 이 이탈의 새로운 방식을 만드는 존재이니, 사실상 작품의 탄생과 작가의 탄생은 동시에 이루어진다. 이러한 발화가 '소통'을 목적으로 하지 않는 것은 당연한데, 그것은 '소통'이라는 가치가 바로 '언어의 중심'이 중시하는 덕목이기 때문이다. 문학이라는 이름의 탈脫중심적인 발화에서 소통의 실패는 곧 소통의 성공이니, 지난 세기에 모더니즘이라는 이름으로 행해진 문학적 발화는 정확히 이 중심의 언어를 더듬거리게 만드는 것을 목표로 삼았다.

나는 너를 고용했다. 당분간 나 대신 살아줄 것을 부탁하는 말투로 명령했다. 그는 이미 나를 살고 있다. 나를 대신하여 너를 버리고 그를 버리고 나를 살고 있는 그에게 내가 전해줄 말은 딱히 없다. 이미 나를 대신한 나이므로. 나는 스스로 묻고 답하는 과정만 남은 그에게 다시 부탁하는 말투로 명령했다. 나를 대신해서 나를 죽여 달라고. 그는 마지못해 그 자신을 칼로 찔렀다. 내가 죽기를 바라는 마음으로 행해진 그 절차에서 살아남은 사람은 그가 아니다. 나도 아니다. 너는 무슨 염치로 살아 있겠는가. 대신 살아줄 사람을 찾아야겠지. 부탁하고 또 부탁해야겠지. 죽고 싶다는 말로.

-「고용」, 전문

　이번에 발표되는 세 편의 신작시(「고용」, 「친구」, 「만남」)에 한정하여 말하자면 김언의 문학적 싸움은 '언어'에서 '주체'로 초점을 이동하고 있다. '언어파'에 따르면 언어, 즉 기표는 개인의 것이 아니라 사회적인 것이다. 때문에 우리의 모든 발화는 이미-항상 비非주어적, 비非인칭적인 것이며, 설령 '주체'의 존재를 인정한다 할지라도 그것은 발화 이전에 존재하는 주인/주체 같은 것이 아니라 발화라는 주체화 과정의 궁극적인 산물로서 존재할 따름이다. 비非인칭 주어 '그것'을 전면에 내세운 「그것」은 극단적인 사례이다. '언어파'의 문학은 이처럼 문학을 언표의 집단적 배치로 간주함으로써 '문학'에서 '주체'를 제거하려는 경향을 보이는데, 이는 문학을 개인의 내면 고백이나 자아 표현으로 간주해온 문학적 전통과의 일전一戰을 예고하는 선전포고이다. 김언에게 시는 주체의 발화가 아니며, 따라서 고백할 내면이나 정신분석 같은 사적 드라마와 아무 상관이 없다. 오히려 그의 관심은 목소리 또는 화자와의 관계에 집중되고 있다. 시인은 그것을 '고용'이라고 명명한다.

　여기서의 '고용'은 노동이나 경제와 무관한 언어, 구체적으로는 '주체'에 관한 문제이다. 이 시에서 '고용'이라는 관계, 즉 "나는 너를 고용했다."라는 진술에 가리키는 바는 전통적으로 우리가 시인과 화자의 관계라고 이해해온 바로 그것이다. 시인은 텍스트 바깥에서 작품을 쓰는 시인과 작품 안에서, 작품에 등장하여 말하는 '나'의 관계를 '고용' 관계로 간주한다. 이때의 고용 관계란 "나 대신 살아줄 것"이라는 표현처럼 대리/재현하는 관계이다. 그런데 '너'와의 고용 관계 이전에도 이미 '그'가 "나를 살고 있다." 그는 '나'를 버리고 살고 있으니, 이때 그가 버린 '나'가 '시인-나'인지 '나'를 대신하기 이전의 '그-나'인지는 분명하지 않다. 하지만 이미 '나'를 대신하는 '그'이기에, 즉 '나=그'의 상태이기에, "나를 대신해서 나를 죽여 달라고" 부탁하자 '그'는 "그 자신"을 칼로 찔렀다. 이제 논리적으로 '나'와 '그'를 구별하는 것은 불가능하다. 누군가는 이런 시를 가리켜 '시'가 아니라고 말할 것이다. 또 누군가는 이렇게 난해하고, 아무런 감동도 없는, 더군다나 두고두고 새겨둘 만한 표현도 하나 등장하지 않는 삭막한 언어의 나열을 왜 '시'라고 불러야 하느냐고 비난할 것이다. 하지만 정확히 그때 이 시는 이렇게 반문할 것이다. '그렇다면 어떤 이유로 이것은 시가 아닌가?'

이 시는 '주체'에 대해 근본적 물음을 제기하고 있다. 어떤 글쓰기도 이 물음을 경유하지 않을 수가 없는데, 그것은 이 질문에 시인과 화자의 관계는 물론 텍스트 안과 밖의 관련성이 모두 걸려 있기 때문이다. 이 물음은 '나는 언어파가 아니다.'라는 부정으로 외면할 수 있는 성질의 것이 아니다. 글을 쓰는 순간부터 우리는 글 바깥의 '나'와 글 속의 '나'의 관계, 발화 주체와 발화 행위의 주체 간의 관계를 의식하지 않을 수 없기 때문이다. 사견私見일 뿐이지만, 나는 이런 근본적인 물음을 거듭하면 결국 시는 주체, 내면, 자아 등과는 무관한 발화행위라는 결론에 도달할 것이라고 생각한다. 이 시의 진술들이 보여주듯이 '시'는 '나'가 고용한 또 다른 '나(혹은 너)'에 의한 진술이니, 그것은 시가 오롯이 '나'의 것이 아니라 '나를 살고 있는 나' 또는 '나를 대신하는 나'의 언어라는 숨겨진 진실을 들려준다. 이 주장에 따르면 '시'는 논리상 '나'의 고백일 수 없다. 또한 그것은, 이 작품이 증명하듯이, 아무런 비유적 장치 없이도 존재할 수 있으며, 심지어 리듬, 운율 등이 없이도 발화될 수 있다. 김언의 시에는 좀처럼 비유가 등장하지 않는다.

일을 하는 동안만 너는 내 친구다. 일이 없는 동안에는 친구도 없다. 일 때문에 만난 친구가 일 때문에 헤어지고 나서 다시 일을 찾는다. 그건 새로 친구를 사귀는 일이기도 하다. 그 일은 친구가 지속될 때까지만 한다. 그 일은 그러다가 끝나버렸다.

친구 하나를 잃고 나는 수당을 받는다. 6개월간은 혼자 지낼 수 있다. 업무 없이도 지내는 사람이 친구가 없어서 일을 찾는다. 내 친구는 매번 그렇게 다시 찾아온다. 일 없이는 오지 않는 친구를 나 역시 반길 만한 여력이 없다. 여력이 없으면 지금이라도 일을 찾아라. 일하려는 친구는 널려 있다. 무슨 일이든 너와 친구하려고 있다. 그래서 든든한가? 그래서 만족스러운가?

(중략)

외로워서 매번 다른 일을 찾고 있다. 이번에는 나도 꽤 오래 견뎠던 것 같다. 그 친구를. 참으로 매정하고 다정했던 너를 다시 만나고 싶은 생각은 없다. 친구라면 모를까.

– 「친구」, 부분

앞에서 '고용' 관계라 불렸던 그것이 여기에서는 '친구' 관계로 재규정되고 있다. 하지만 이러한 규정의 본질은 그것을 '고용'이나 '친구'라고 부르는 자체에 있지 않고 다양한 이름을 통해 '시인'과 '화자(목소리)'의 관계를 사유하는 것, 그리하여 궁극적으로는 시를 시인—주체와 무관한 발화로 정립하는 것에 있다. 시인은 지금 그것을 '친구'라고 호명한다. '시인'의 존재론에 관한 오래된 질문이 하나 떠오른다. 그것은 요약하면 이렇다. 시인은 시를 쓰는 순간에만 시인인가, 시를 쓰지 않을 때에도 시인은 '시인'으로 살아가는가. '시인'이란 시를 쓰는 행위 주체에 부여된 이름인가, 그 능력을 지닌 존재에 부여된 이름일까. 시인은 "일을 하는 동안만 너는 내 친구다."라는 단호한 진술을 통해 전자의 의견을 지지한다. 즉 시를 쓰는 동안에만 시인은 '친구'를 필요로 한다. 그러므로 "일이 없는 동안에는 친구도 없다."라는 진술은 동어반복이다. 시인은 '일'을 시작할 때 '친구'와 만나고, 그것을 끝낼 때 '친구'와 헤어진다. 그에게 '친구'를 잃는 일과 '수당'을 받는 일은 동시적으로 일어난다. 생각해보면 이러한 '친구'와의 만남은 결코 반복되지 않는다. 시를 쓴다는 것은 매번 새로운, 혹은 낯선 '친구'를 만나는 경험이니, 시인이 "너를 다시 만나고 싶은 생각은 없다."라고 말하는 것은 당연하다.

'언어' 그 자체를 판돈으로 건 김언의 문학적 싸움은 이렇게 '언어'와 '주체'라는 문학적 장치의 핵심을 겨냥하고 있거니와, 그에게 문학은 언어를 극한까지 밀어붙임으로써 새로운 언어적 사건을 포착하는 과정으로 이해된다. 이 과정은 흔히 우리가 '시'라고 명명하고 이해하는 것으로부터 점점 멀어지는 과정이니, 그것은 그때마다 새로운 적을 만드는 불화의 과정일 가능성이 높다. 이것으로 인해 그의 언어는 한국시의 예외적 존재로 정착해가고 있다. 그에게 시는 이미-항상 존재하는 '시'라는 이해의 지평으로부터 벗어나는 탈선의 과정, 이미 존재하는 모든 길을 의도적으로 망각하고 잃어버림으로써 역설적으로 모든 것을 '시'로 만드는 이중적인 과정이다. 이 커다란 싸움에 대한 이해 없이 그의 언어를 접할 때, 독자는 자신이 지닌 '시'에 대한 상식이 완전히 무용한 것이 되는 불가능을 경험하게 된다.

토비아의 시대는 어디로 갔는가

— 이재연, 『쓸쓸함이 아직도 신비로웠다』(실천문학사, 2017)

신은 매 순간 셀 수 없는 새로운 천사들을 만들어낸다.
그들은 무無로 돌아가기 전에 신의 옥좌 앞에서
한순간 신을 찬송하도록 운명지어져 있다.

— 발터 벤야민

1

이것은 '도시', 천사가 떠난 세속 도시에 관한 이야기이다. 현대적 문명이
제공하는 편리함과 풍요로움이 넘치는, 하지만 그 과잉의 대가로 인간들
사이의 모든 관계가 끊어진, 그리하여 물질적 풍요와 심리적 빈곤의 공존이
중력법칙이 되어버린 세계. 우리가 일상을 영위하고 있는 도시, 특정한
고유명사를 발음하지 않아도 쉽게 상상할 수 있는 보통명사로서의 현대적
도시 말이다. 이재연의 시에서 이곳은 희망과 구원의 대★천사 가브리엘이
떠나버린 불모의 세계로 그려진다. 이곳의 시계時計는 정확히 "불편한
죽음들이 쌓이는" "병든 시절"(「다른 입장에 대해 나의 입장을 정리하다
가」)을 가리키고 있다. 천사天使가 상징하는 신성한 질서와의 연결고리가
끊어진 세계, 이곳의 거주자들은 모두 심각한 내상內傷을 간직하고 살아간
다. 철학자들의 주장처럼 '세계'가 객관적인 공간이나 인식대상이 아니라
인간의 자기정립을 가능하게 하는 지점이라면, 그리하여 인간은 그곳에서
만 '세계'를 경험할 수 있다면, 불모와 폐허의 도시는 이곳의 거주자들에게

더 이상 '세계'로 경험되지 않는 비非세계일 수밖에 없다. 이재연의 시는 이 폐허의 비非세계에 바쳐진 비가悲歌이다.

> 나를 건드리고 지나는 것들을 향해 손을 내밀 수도 없고
> 뒤돌아 볼 수도 없다 나는 무겁고 바람은 또 쉽게 지나간다
> 움직일 수 없는 내게 바람은 어둠과 빛을 끌어다 주었다
> 때로 등을 태워 검어지기도 했고 목이 말라 창백해지기도 했다
> 아무하고도 말을 할 수 없을 때, 긴 꼬챙이같이 가슴을 뚫고 오는
> 빗줄기로 먹고 살았다 아픔도, 더더구나 외로움 같은 건 나를 지나는
> 사람들 이야기로만 쓰여졌다 나는 몸을 문질렀다 캄캄한
> 어둠 속에서 숨소리도 없이 몸을 문질렀다 내 몸에 무늬가 생겼다
> 으깨진 시간의 무늬 사이로 숨이 나왔다
>
> 강가 밤이슬 사라지고
> 소리 없이 웅크린 기억들이 나를 들여다보고 있다
> 너의 긴 길이 내 몸 속으로 들어왔다
> 멈출 수도 늙어갈 줄도 모르는
> 돌 속의 길이
> 나에게 물을 준다
>
> ─「돌에게 물을 준다」, 부분

　이재연의 시는 특유의 종교적 지향과 도시의 불모성에 대한 부정적 인식의 중첩에서 발생하는 도시─세계에 대한 비판을 내장하고 있다. 내면에서 상연되는 심리적·감각적 드라마에 초점을 두는 최근의 시적 경향과 달리, 그녀의 시는 희망이 사라져버린, 모든 관계를 단절시킴으로써 우리에게 쓸쓸함을 강제하는 세계의 부조리를 향해 언어의 날을 세우고 있다. 하지만 그녀의 언어가 처음부터 외부 세계에 대한 지향을 뚜렷하게

보여준 것은 아니었던 듯하다. 위의 시는 시인의 등단작(2005년 <전남일보> 신춘문예 당선작) 가운데 일부이다. 전체 3연으로 구성된 이 시는 "돌에 물을 준다"라는 진술에서 시작해 "돌 속의 길이 / 나에게 물을 준다"라는 진술로 끝난다. 이 시의 핵심은 주체('나')와 대상('돌')의 관계에 있다. "이끼 품은 흙 한 덩이 옆으로 옮겨온 너를 볼 때마다 (중략) 내가 먼저 목말라 / 너에게 물을 준다"라는 진술에서 드러나듯이, 이 시에서 '돌'과 '나'는 주체와 대상의 관계가 아니다. 여기에서 '돌'은 시인-화자가 감정을 이입하는 대상, 그러므로 '나'의 분신이다. 그래서 화자는 '돌'을 목격했을 때 자신이 갈증을 느꼈던 것이다. 이 '갈증'의 원인에 대한 진술이 바로 2연이다. 2연에서 화자는 자신의 처지를 "나는 무겁고 바람은 또 쉽게 지나간다"라고 고백한다. '나'는 자신을 건드리고 지나가는 것들을 향해 손을 내밀 수도 없고, 움직일 수도 없다. 때로는 목이 말라 창백해지기도 하고, 대화할 상대가 없을 때에는 "가슴을 뚫고 오는 / 빗줄기"에 의지하기도 했다. '돌'에 물을 주는 것은 바로 이러한 자신에게 생명의 에너지를 흘려주는 것이었으니, 화자에게 그것은 '무늬'와 '숨' 같은 것이었던 듯하다. 이 시가 등단작이라는 사실에 주목하자. 이것은 '시' 또는 '발화'가 시인에게 무능력한 상태, 생生에 대한 의지가 고갈된 상태에서 주어진 빛의 일종이었음을 말해준다. 이재연의 근작들, 특히 시집의 도처에 흩뿌려져 있는 세계에 대한 관심이 증명하듯이 그녀의 시는 자기 구원에서 시작하여 불현듯 '세계'를 향해 확장된 듯하다.

2

이재연의 시에서 지금-이곳, 즉 세계는 '천사'가 부재하는 곳으로 그려진다. 신의 옥좌 앞에서 한순간 신을 찬송해야 하는 운명을 지닌 천사도 이곳에서는 '부재不在'와 '침묵' 가운데 하나를 선택해야 한다. 그녀의 시에서 천사는 이미-항상 '부재'와 '침묵'으로 등장해 우리가 살고 있는 이 세속도시가 실상 구원의 가능성을 잃어버린 폐허라는 쓰라린 진실을 고지告知한다. 이런 맥락에서 그녀의 시에 등장하는 '천사'를 종교적 기호나 알레고리로 읽어도 좋다. 하지만 이재연의 시가 지닌 강렬한 현실주의적 성격은 우리가 '천사'를 몰락을 향해 치닫고 있는 세속도시의 불모성을 환기시키는 폐허의 상징으로 읽도록 강요한다. 일찍이 발터 벤야민은 파울 클레의 <새로운 천사>를 원용하여 현대modern의 역설을 "천사는 머물고 싶고, 죽은 자들을 깨우고, 잔해들을 모아 엮고 싶다. 그러나 천국에서 불어오는 폭풍이 너무 강해서 그는 날개를 접지 못한다."라고 진단한 적이 있다. 벤야민의 '천사'가 역사가, 즉 '역사의 천사'라는 성격을 띤다면, 그리하여 역사의 파국의 예언한다면, 이재연의 '천사'는 "이제 아무도 바람과 싸우지 않는다"「천사들의 침묵」), "더 나쁜 것은 믿음을 잃었다는 것이다"(「누군가에게 돌아갈 수 있다고 생각하는 것은 환상인지 모른다」) 처럼 절망과 냉소가 지배하는 폐허의 세계를 증언하는 증인에 가깝다.

누가, 잡은 내 손을 놓았다
봄은 짧고 빠르게 지나갔다
꽃들은 이전과 달랐다 꽃잎이 뚝뚝 떨어졌다

모두가 바빴다
바쁠수록 토비아의 시절은 사라져갔다
손을 주머니에 넣고 깨끗하게 약속을 버린다
지켜질 수 없는 약속이 종이처럼 날린다
흰 눈이 온다 첫눈이라고 한다

첫눈이라고!
입속으로 크게 말하는 연습을 한다

아이들은 생강냄새가 싫다고 한다
그것을 연속적인 것이 아니라고 할 수는 없다
담배냄새가 싫다고 낮게 소리친다
정말이지 어떤 것도 연속적인 것이 아니라고 할 수는 없다

어떤 공간 속에서는 흰색이 조용히 타오른다

아이들의 오락은 지칠 줄 모른다
쳐다볼 수가 없다 첫눈이라고 오래 쳐다볼 수가 없다
첫눈 오는 소리를 들어보자고 커튼을 내린다

첫눈이라고 소리친다
생강냄새가 싫다고 소리친다
첫눈 오는 소리를 들어봐야 한다고 커튼을 내린다

첫눈이 사라졌다
잡은 손을 놓쳤다 따뜻하고 부드러운 손을 놓쳤다

미끄러운 계단들,
어둠 속을 나는 새, 새가 사라져가는 방향, 날카로운 바람,
창유리를 밝히는 밤의 통로, 한동안 느낄 뿐 말하지 못하는 신비,
그리고 갑자기 우리는 바빠졌다

첫눈이라고!
입속으로 소리친다
아이들이 사라졌다 커튼을 내린다

기다린다

무엇인가 기다리지 않으면 안 되는 밤이다

이것이 우리였다 우리의 것이었다

우리 언제부터 여기에 있었지?

우리를 기다리는 토비아의 시절은

— 「토비아의 시절」, 전문

토비아Tobias는 구약성서 외경 토비트서Book of Tobit에 등장하는 토비트tobit
의 아들이다. 토비트는 평생 진리와 선행의 길을 걸은, 이스라엘이 멸망한
이후 니네베로 추방되었음에도 불구하고 끝까지 신앙심을 잃지 않은
인물이다. 하루는 그가 길을 가다가 뜨거운 참새의 똥을 눈에 맞아 시력을
잃어버리는 사건이 발생했다. 신앙심이 깊었던 토비트는 신에게 도움을
청했고, 신은 그의 기도에 응답하여 대천사 라파엘을 지상에 보내어 아들
토비아로 하여금 아버지의 시력을 회복하도록 만들었다. 릴케의 『두이노
의 비가』 가운데 제2비가의 첫머리에 등장하는 질문 — "토비아의 시대는
어디로 갔는가?" — 은 구약성서 외경 '토비트서'에 등장하는 이 이야기를
배경으로 하고 있다. '토비아의 시절'이란 아들 토비아가 정체를 숨긴
천사 라파엘과 함께 여행한 시대, 그러니까 천사와 인간, 신과 인간의
소통이 가능했던 황금시대에 대한 강한 동경심을 담고 있다. 하지만 이재연
의 시가 증언하는 것은 정확히 우리가 그 황금시대 이후, 즉 더 이상
신은 물론이고 천사와의 만남이 불가능한 시절을 살고 있다는 사실이다.
시인은 이 상징적 분리를 '이별'에 비유한다.

"누가, 잡은 내 손을 놓았다"라는 진술은 상징적 분리를 의미한다. 이
근본적인 분리 이후 자연의 질서는 예전과 달라졌고, 사람들은 바빠졌다.
그들은 바쁘다는 이유로 약속을 저버렸고, 그리하여 '토비아의 시절'도
사라져갔다. 그리고 '토비아의 시절' 이후에 '첫눈'이 내린다. 하지만 사람

들은 그것에 많은 의미를 부여하지 않는다. 우리는 더 이상 '첫눈'에 가치를 부여하는 시대의 사람들이 아니고, '눈'을 신비로운 자연의 질서와 연결시켜 이해하는 존재는 더더욱 아니다. 창밖에는 첫눈이 내리지만 아이들은 '오락'에 열중하고 있다. 그들에게는 오래 쳐다볼 여유가 없다. 그런 사이에 '첫눈'이 그쳤다. 화자는 그것을 "잡은 손을 놓쳤다 따뜻하고 부드러운 손을 놓쳤다"라고 표현한다. 그럼에도 불구하고 화자에게 '밤'은 "무엇인가 기다리지 않으면 안 되는 밤"이다. 그녀는 '토비아의 시절'을 갈망하고 있는 듯하다.

말 한마디 없이
아버지는 오래전에 죽었다
죽어라고 독재를 반대하던 사람도 죽었다
가브리엘, 미카엘, 라파엘, 우리엘의 눈동자여
그대들이 본 것을 말해주시오
이제 아무도 바람과 싸우지 않는다
이제는 아무도 자신의 연애가
성공하리라고 생각하지 않는다
광장에도 맑은 오후에도
사람들이 말하기를 쉬운 일은 없다
하늘은 물론이고 우리의 꿈조차도
그들의 손아귀에 있다 순간도 자연도
무한한 침묵도 그들의 것이다
자전거를 타고 강물을 따라 돌아도
전속력으로 달려오는 정면과 부딪쳤다
늘 그랬던 것처럼 앞으로 쭉쭉
빠져나가지 못한 사람들은
두 손을 공처럼 둥그렇게 모으는 습관이 있다

공손한 두 손은 이 도시의 패자에게 남은 모든 것이다

진짜 큰 도적들은 밀실에서 돈을 세고

있는 자는 태연하게 감옥에서 나오는

추억은 매우 나빴다 죽은 자와

담배를 나누어 피우는 장례식장에는

알맞은 침묵, 알맞은 기억이 있다

죽은 자의 이름을 자꾸 떠올린다

연기와 재만 남는다

— 「천사들의 침묵」, 전문

'토비아의 시절'이 지나가면 천사들이 '침묵'하는 시절이 온다. 시인은 그것을 거대한 침묵, 즉 "이제 아무도 바람과 싸우지 않는" 시간으로 묘사한다. 그것은 "아무도 자신의 연애가 / 성공하리라고 생각하지 않는" 시간이기도 하다. 이 도시의 사람들에게는 "두 손을 공처럼 동그랗게 모으는 습관"이 있다. "진짜 큰 도적들"과 "있는 자"가 당당하게 살고 있는 것과 달리 이들은 "알맞은 침묵, 알맞은 기억"에 만족하며 일상을 이어간다. "이제 누구도 용감하게 행동하라고 하지 않는다"(「기쁜 소식」). 지금 이 순간에도 "세 모녀가 밀폐된 방에 번개탄을 피우는 / 서울의 밤 송파의 밤, 젊은 부부는 / 아이를 낳지 않기 위한 합의에 도달한다 / 계약에 익숙해지고 조약에 익숙해지고 // 아무것도 구원할 수 없는 세계의 얼굴은 위압적"(「내 말과 너의 말」)으로 나타나지만, 이웃의 단잠을 깨울 "막은 오르지 않는다"(「제1막과 2막 사이」).

이재연의 시에서 천사의 '침묵'은 인간들 사이의 관계 단절로 이어진다. 천사가 '침묵'하는 도시에서 모든 인간은 본질적으로 고독하다. "아무도 돌아오지 않는 너의 집에 / 없는 것처럼 앉아 있"(「식탁의 주인」)는 여성 화자, 엘리베이터에서 우연히 마주쳤으나 "손을 씻고 각자 흩어져 가는 우리"(「별별 무늬의 담요와 냄비」), "계단의 모서리처럼 예민해진 얼굴을 감추고 가족사진을 찍으며 비로소 가족을 이해하려고"(「다정의 세계」)
생각하는 가족들 등은 모두 고독한 도시적 인간형들이다. 시인은 "거리에
서 처음 만난 사람들은 이름을 주고받고 헤어졌다가 다시 만나, 서로
다치지 않게 거래를 이어가기도 했다"(「쓸쓸함이 아직도 신비로웠다」)라
는 진술을 통해 이러한 도시적 일상의 우울함을 '아파트'라는 주거 형식의
문제와 연결시켜 드러낸다. 「쓸쓸함이 아직도 신비로웠다」의 도입부에
위치한 파라텍스트para-text에 따르면 아파트는 환상과 자폐에서 깨어날
때마다 태어난 것이고, 그곳 거주자들은 저녁이 되어 "사람의 그림자가
발등에 수북"이 떨어지면 자신의 내부에서 "쓸쓸함을 꺼내 천천히 쓰다듬
기 시작"한다. 결국 아파트는 도시적인 쓸쓸함의 주거 형식인지도 모른다.
시인에게 '세계'는

> 거짓과 두려움에 쌓인 채
> 나란히 두 손을 잡고 서로를 향해 소리를 높이다가
> 다시 낮아지고 기울어지는 세계는 늘 시끄럽다
> 손을 넣으면 그곳은 텅 비어 있다
> 아무 일도 없다
> 뉴스는 뉴스를 위해 있고
> 상부는 상부를 향해 있다
> 탁자 앞에 다시 모인 우리는 남남이다
> 어디에서도 남남이라는 이름을 가지고 있으며
> 궁극적으로도 남남이다
> 서로의 상처를 알고 있는 우리는
> 우리에게 싸늘했다가 친절했으며
> 때에 따라 필요한 만큼
> 서로에게 가까운 무엇이 되었다
>
> ―「수레와 지붕」, 부분

처럼 서로가 서로를 읽지 못하는 "난독의 쓸쓸함"(「착란」)을 견디며 살아가는 곳, 그리하여 살아간다 또는 거주한다는 말보다는 "이곳을 다녀간다 / 다녀간다는 말 외에 / 애써 다 말할 필요"조차 없는 비非세계이다. 시인이 느끼는 내적 공허, 예컨대 "내 안의 허기"(「오십이 킬로그램의 허기」)와 "생의 안쪽을 갉아먹는 부푼 공복들"(「궁구」)은 이 세계 아닌 세계의 거주자들이 감당해야 할 운명인지도 모른다.

3

이 도시에서 사라진 것은 천사만이 아니다. 이재연의 시에서 도시적 삶의 비극성과 불모성은 모든 관계의 상실과 죽음, 특히 아이들의 죽음으로 구체화된다. 도시는 거대한 증발의 공간으로 경험된다. 사람들 사이의 관계가 사라진다. "어디로 가야 할지 몰랐다"(「오래 들었다」)처럼 생生의 방향이 사라진다. 10월에 "잎이 무성한 목련나무에 / 계절의 차이를 잃은 꽃봉오리"(「착란」)가 부풀어 오르는 것처럼 자연의 질서가 사라지고, 무엇보다도 인간적인 가치가 사라진다. 그리고 아이들이 사라진다. 이재연의 시편들 가운데에는 직·간접적으로 '세월호'를 다룬 작품들이 여럿 있다. 이 작품들 가운데 일부는 세월호 사건을 직접적인 모티프로 삼고 있고, 나머지 작품들은 우울과 허무가 중첩된 집단적 심리 상태를 통해 간접적으로 그 비극성을 환기하고 있다. 사라지는 것과 사라지지 않는 것, 아니 사라졌음에도 불구하고 없는 것으로 간주할 수 없는 것에 대한 심리적 애착은 이재연의 시에서 도시적 삶의 우울함과 전망 부재의 부조리한 현실을 더욱 강화시켜주는 요소로 작용한다. "압사한 추억 끝에 여름이 서 있다 / 모든 것이 사라졌다 다시 나타나면 원소가 될까 구석이 될까"(「별별 무늬의 담요와 냄비」)와 "이사를 해도 살던 동네는 떠나지 못했다"(「새와 공구와 스웨터」) 같은 진술은 얼마나 아름다운가.

> 다른 제도가 필요하다 이미 오래된 고통들은
> 우리 곁에서 조용할 때가 있으며 시끄러울 때가 있다
> 살아 있다는 증거품들 품속의 증거품들
> 아이들은 천사들을 보고 어른들은 미혹의 그림자를 본다
> 가만히 문을 열고 닫는 의심, 마주보다 일어나 떠나온
> 그때가 좋다 밝은 것 속에서도 어두운 것 속에서도
> 같은 법칙으로 끌려들어가는 이 공허, 이상하다
> 정말이지 알고 있는 나는 아무것도 없다
> 그런 내가 놀랍다 전에도 그랬다
> 시끄러운 땅, 쓸쓸한 땅, 매일 조금씩
> 쓸모없는 것을 지우면 저녁이 온다
> 생일이 온다 운명이 온다 아이들은 일기를 쓰고 난 후
> 몰래 감추고 잠을 잔다 늘 감춰지는 건
> 어른들의 세계일 것이다 모든 것이 가지런한 날
> 왜 이럴까 벌써 아침이다 여름이다 백발이다 후쿠시마다
> 모두들 잊으면 안 된다고 말한다 그리고 잊어버린다
> 아무 일도 없다 놀라운 반복이다
>
> 　　　　　　　　　　　　　　　　　　　－「뒤에 올 일」, 부분

　4월 16일 아침, 아이들이 깊은 바다 속으로 사라졌다. "내가 홀로/ 따뜻한 밥을/ 먹고 있을 때 (중략) 아이들은 깊은 바다 속으로 사라져버린다"(「지상의 나날」). 아이들이 사라지자 "도시는 소리를 높여 별들의 이름을 부르다가/ 느닷없이 울음을 터뜨리는 거인처럼 주저앉는다"(「지상의 나날」). 사람들은 외치기 시작한다. "다른 제도가 필요하다"라고. 그리고 "잊으면 안 된다"라고. 하지만 시간이 지나면서 이 도시의 거주자들은,

우리는 "잊어버린다". 아무 일도 없었다는 듯이. 또한 "우리는 아무렇지 않게 먹고 / 아무렇지 않게 옷을 껴입는다"(「물속에 숨어 있는 파도」). 이 "놀라운 반복"을 지켜보면서 시인은 묻는다. 왜, 어떻게 이런 일이 반복될 수 있느냐고 우리는 쉽게 대답하지 못한다. 다만 모두가 모두에게 '남남'이라고 믿으며 살아가는 세계에서 우리의 일상은 타인의 불행과 죽음보다 선차적인 것으로 간주되기 마련이다. 아니, 그렇지 않다면 「누군가에게 돌아갈 수 있다고 생각하는 것은 환상인지 모른다」의 파라텍스트 para-text에서 시인이 지적한 분석적 태도 때문인지도 모른다. "이제 우리는 분석의 대가가 되었다 / 어떠한 문제도 쉽게 해결해낼 수 없는, 다만 분석의 추종자들이 되었다 (중략) 더 나쁜 것은 믿음을 잃었다는 것이다" 시인의 진술은 "어디로든 움직이지 않"는 회의주의자를 겨냥하고 있다. 그들은 분석하되 움직일 수 없기에 어떤 문제도 해결할 수 없으며, "믿음을 잃었다"는 점에서 더욱 문제적이다. 그들은 "말을 위한 말의 종달새", "노련한 수완가"가 되었다는 것. 우리는 이러한 비판적 진술을 "믿음이 문제다. 멈추면 안 되는 것이 있다."(「반복」)라는 진술과 겹쳐 읽을 수도 있을 것이다. 우리는 정말 '마녀에게 귀를 빌려준 맥베스'의 후손들일까. 분명한 것은 그날 이후 우리에게 '바다'는 더 이상 동경의 대상이기를 멈추었다는 사실이다. "바다가 이렇게 멀고 추운 법은 없었죠 / 왜 우리는 하고 싶은 말을 맘대로 할 수 없나요 / 일곱 시간 동안 어디를 갔는지 질문을 해도 / 나는 왜 아무 말도 하지 못할까"(「해가 사라질 때까지」).

> 밤이면 무수히 많은 벽과 벽을 등 뒤에 세워두고
> 숨어 있는 우리의 빈곤 위에 가만히 엎드리자
> 엎드려서 바구니를 들고 내려오는
> 천사의 날개 소리에 귀 기울이자
> 어느 때에는 발목을 튼튼히 하여
> 사다리를 오르자 허공을 오르자

때에 따라 모습을 바꾸었던 자신의 얼굴을

생각하지 않고 잠든 날에는 내면의 일기란 없다

처음부터 모든 것이 나누어져 있지 않았다면

천사들과 대적하는 어둠을 향해

어린애가 아니라고 고함을 칠 수 있었다면

자유를 외쳤던 정신은 추락하지 않았을까

단 하나의 이상을 만들 골방, 형광등, 흩어진 책들,

쌓인 물컵들, 두 해가 지난 잡지들

그리고 갑자기 나타난 찬바람

꽃들이 사라져가는 들녘은 텅 비고

대지를 어루만지던 농부들은 조용히 세상을 떠난다

전쟁과 지진, 폭풍 속으로 사라진 사람들

성취한 사람들 손에 붙들린 처녀들

짐승들은 크고 작은 이유로 이곳에 버려진 지

여러 해가 지났다 근원은 사라졌다

자의든 타의든 제발

자체발광 빛나 봐

— 「남아 있는 자들의 도시」, 부분

    "수수한 시절"은 끝났다. 남은 것은 없다. 지금 이곳에는 "치명적인 것"으로 다가오는 위기의 순간만이 존재한다. 꽃들은 사라져 들녘은 텅 비었고, 대지에 뿌리내리고 살던 농부들도 모두 떠났다. 그렇다면 '남아 있는 자들의 도시'는 거대한 폐허로 변해버린 세계에 대한 묵시록적인 비전일까? 이 시에서 우리의 시선을 끌어당기는 것은 빈곤한 밤의 어둠을 배경으로 엎드려 "천사의 날개 소리에 귀 기울이자"라는, 때로는 튼튼한 발목으로 "사다리를 오르자 허공을 오르자"라는 화자의 절박한 호소이다. 물론 이 호소가 '빛'에 대한 낙관주의를 의미하는 것은 아니다. "근원은 사라졌다"라는 뼈아픈 진단은 이 도시가 '천사'의 세계로부터 얼마나 멀리 떨어져 있는가를 증언하고 있다. 그럼에도 불구하고 이재연의 시는 "기울어지는 붉은 해를 붙잡고 엎드려 그를 기다려요"(「years」)나 "위에서부터 내려오던 직선을 찾고자 바람 센 변두리까지 걸어야 한다"(「직선을 찾아」)처럼 수직적 관계, 곧 구원에의 가능성을 완전히 포기하지 않는다. 이 '구원'을 종교적인 맥락에서 해석해야 하는지는 부차적인 문제이다. 이는 "단테는 영혼을 만나고 싶어 했다 / 두 팔을 활짝 펴서 누군가를 만나고 싶어 했다"(「단테는 단테를 생각한다」)라는 구절에도 동일하게 적용될 수 있다. 중요한 것은 시인의 시세계가 한편으로는 지금-이곳을 폐허와 불모의 세계로 형상화하면서도, 다른 한편으로는 "이 시대를 깨끗이 목욕시킬 수만 있다면"(「물속에 숨어 있는 파도」)처럼 지속적으로 그 세계를 변화시키려는 관심을 표시하고 있다는 점이다.

4

이제 더는
엉클어진 덤불 속에서도 살 수 없어
가던 길 멈추지 않으면 안 되는
얼음 꽃을 찾고 있다
흔들리며 꺾어지고, 꺾어지다
하얗게 몸 비워버린 물억새 뿌리로
깊게 타 내려가는 얼음 꽃을
맨발의 누가 찾고 있다
미끄러운 바위틈을 찾아 들거나
멀리 은밀한 숲 속 마른 가지들 어디에서

제멋대로 피어, 다시

겹겹의 땅 속으로 걸어가는 얼음 꽃을

짓누르는 생각으로 밤을 새운

누가 찾고 있다

– 「얼음들」, 전문

　"얼음 꽃"(「얼음들」)은 존재 자체가 모순적이다. '얼음'이 상징하는
겨울과 '꽃'이 상징하는 봄의 결합체이기 때문이다. 또한 그것은 '얼음'이
지시하는 고난의 이미지와 '꽃'이 가리키는 희망의 이미지 모두를 응축하
고 있다. 그것은 긍정과 부정의 합성물이다. 이 시가 시집의 마지막에
배치된 까닭이 이런 이유와 무관하지 않을 것이다. 앞에서 지적했듯이
이재연의 시편들은 지금—이곳에서 벌어지는 부조리한 현실과 "불편한
죽음들"(「다른 입장에 대해 나의 입장을 정리하다가」)을 전면에 내세워
'세계'의 비非세계성, 즉 세계의 불모성을 강조하고 있다. 그리고 천사의
부재 또는 침묵이라는 중심적인 모티프는 이 세계의 불모성에 대한 신학적
버전이라고 말할 수 있다. 시인은 이 세계의 불모성을 시적으로 형상화하는
데 그치지 않는다. 이런 까닭에 그녀의 시는 종교적이면서 현실주의적이다.
거기에는 "병든 시절"을 치유하려는 적극적인 의지가 깔려 있는데, 인용시
에서의 "얼음 꽃"을 찾는 과정 역시 그와 무관하지 않은 듯하다. 다만
이전의 시편들이 그것을 '수직', '천사' 등처럼 종교적 상징을 통해 드러낸
데 반해 이 시에서는 자연적 상징을 통해 간접적으로 암시되고 있다는
점이 다를 뿐이다.

　누군가는 이렇게 질문하고 싶을 것이다. 과연 "얼음 꽃"이 상징하는
구원이 이 세속도시에서 여전히 가능하기는 한 것인가? 시인은 이 질문에
어떻게 대답할까? 내가 예상하는 대답은 "믿음이 문제다. 멈추면 안 되는
것이 있다."(「반복」)이다. 어떤 곳에서 시인은 "아이들은 천사들을 보고
어른들은 미혹의 그림자를 본다"(「뒤에 올 일」)라고 쓴 적이 있다. 이

진술을 약간 비틀어 말하자면, 시인에게 '구원'은 믿음의 문제이지만, 우리에게 그것은 이성理性의 문제였는지도 모른다. 믿음과 이성, 둘 가운데 어느 것이 올바른 길인지 판단하는 것은 시를 읽는 독자의 몫일 것이다. 하지만 이성理性에 전폭적인 신뢰를 보낸 우리 시대가 결국 "분석의 대가"와 "앞으로 나아갈 수 없는 회의주의자들"을 생산해왔다는 시인의 지적은 누구도 부정하기 어렵지 않을까.

삼킬 수 없는 것들

—『야생사과』(창비, 2009) 이후 나희덕의 시세계

> 삼킬 수 없는 것들은
> 삼킬 수 없을 만한 것들이니 삼키지 말자
> – 나희덕, 「삼킬 수 없는 것들」, 중에서

1

나희덕 시의 출발점은 '뿌리'이다. 그녀에게 '뿌리'는 '나무'를 떠받치는 비가시적인 생명의 근원이었고, 대지와 잔가지, 이파리를 연결시키는 생명의 흐름이었으며, 때로는 가장 낮은 곳에 존재하는 여린 생명의 공간적 상징이었다. 시인은 이 '뿌리'의 상상력에 기대어 저 환멸의 시대에도 희망을 노래할 수 있었고, 모든 약한 존재들에게서 사그라들지 않는 생명의 역동성을 발견하는 서정적 감각을 보여주었다. 밀란 쿤데라의 말처럼 '서정적'이라는 것이 세계와 타인에게서 자신이 찾고자 하는 이상적인 것을 찾아내려는 태도를 가리킨다면, 일관되게 작고 약한 것들에게서 '생명'과 '희망'의 가능성을 발견해온 나희덕의 시야말로 가장 '서정적'이라고 말할 수 있다. 두 번째 시집 『그 말이 잎을 물들였다』(1994)에 등장하는 "먼 곳의 불빛은/ 나그네를 쉬게 하는 것이 아니라/ 계속 걸어갈 수 있게 해준다"(「산속에서」)라는 진술에 등장하는 '빛'과 '어둠'의 선명한 대립, 그리고 멀리서 희미하게 깜빡이는 '빛'이 주는 안도감은 이러한 서정적 의지의 산물이다. 다만 이 '이상적인 것'은 현실세계에서 찾아질 수 없기 때문에 시인은 매번 기쁨이 아닌 슬픔의 운명을 맞이할 수밖에 없다. 이처럼 반복되는 실패에도 불구하고 포기할 수 없을 때, 비록 희망에 대한 기대와 확신에도 불구하고 현실세계에서의 삶은 고통의 시간이 된다. 시집 『야생 사과』(2009)의 '시인의 말'에서 시인은 이 고통의 시간을 이렇게 표현하고 있다. "이전에 삶이란 과거가 만들어낸, 견뎌야 할 어떤 것으로 여겨졌다."

2

『야생사과』 이후 나희덕의 시는 점차 '비명'(「바람과 바람막이」)과 '울음'(「휠체어와 춤을」)에 가까워지고 있다. 의지와 믿음이 만들어낸 정적인 희망—이미지보다는 매순간 생성 변화의 과정 속에 놓여 있는 동적인 사건—이미지로, 안정적인 존재being의 형상보다 불확정적인 변이be- coming의 상태에 관심을 기울이는 이 변화는 결국 서정적인 '노래'에서 존재론적인 '비명'으로의 변화로 요약할 수 있다. '비명'이란 무엇일까? 그것은 어떤 존재의 입을 통해 발성되는 언어의 일종이지만, 실증적 분석이나 커뮤니케이션의 규칙으로 환원되지 않는 비非언어, 특정한 의미를 지시하는 언어와 달리 자기—지시를 통해 익명의 생명체가 존재하고 있음을 알리는 일종의 구난신호救難信號 같은 것이다. 영화나 드라마에 자주 등장하듯이 인간은 '언어'로 표현할 수 없는 것, 즉 '언어'가 감당할 수 없는 상황에 직면했을 때 비명悲鳴을 내지른다. 이처럼 시가 '노래'가 아니라 '비명'이 될 때, 시의 언어는 '바깥'의 언어가 되고, 시형詩形, 리듬, 의미는 안정성을 잃어버린다. '비명'은 정보의 의미가 미리 정해져 있지 않다는 점에서 언어의 끝, 즉 한계의 언어이다. 하지만 역설적으로 이러한 영토의 불안정성이야말로 시인이 언어화할 수 없는 경험에 노출되었다는 사실을 말해주는 유력한 증거이니, 그것은 어떤 것도 의미하지 않으면서 모든 것을 암시하고, 아무것도 지시하지 않으면서 한 존재의 소용돌이치는 내면의 심도를 고스란히 드러낸다.

> 입 속에서 뒤척이다가
> 간신히 삼켜져 좀처럼 내려가지 않는 것,
> 기회만 있으면 울컥 밀고 올라와
> 고통스러운 기억의 짐승으로 만들어버리는 것,
> 삼킬 수 없는 말, 삼킬 수 없는 밥, 삼킬 수 없는 침,
> 삼킬 수 없는 물, 삼킬 수 없는 가시, 삼킬 수 없는 사랑,
> 삼킬 수 없는 분노, 삼킬 수 없는 어떤 슬픔,
> 이런 것들로 흥건한 입 속을
> 아무에게도 열어 보일 수 없게 된 우리는
> 삼킴 장애의 종류가 조금 다를 뿐이다
>
> 미선아. 삼킬 수 없는 것들은
> 삼킬 수 없을 만한 것들이니 삼키지 말자.
> 그래도 토할 수 있는 힘이 남아 있음에 감사하자. 희덕.
> ─「삼킬 수 없는 것들」, 부분(『야생사과』)

삼킨다는 것은 내면화, 즉 어떤 것을 자신의 일부로 동화시킨다는 것이다. 그런 점에서 '내면화'는 '내부화'와 다르다. 가령 밥을 먹는 경우를 생각해보자. '밥'을 먹는 것은 일차적으로 음식물을 내부화하는 행위이다. 일반적으로 입을 통해 내부화된 '밥'은 위장으로 흘러들고, 그곳에서 일정 시간 머무르면서 소화되어 인체에 흡수된다. 인체의 내부에 들어온 음식물이 특별한 문제없이 내면화에 성공하는 것, 시인은 그것을 '삼킨다'라고 표현한다. 그런데 음식물이 늘 성공적으로 내면화/소화되는 것은 아니다. 급하

게 삼킨 음식물이 목에 걸려 넘어가지도 올라오지도 않는 경우도 있고, 애써 삼킨 음식물이 소화되지 않고 토해지는 경우도 있다. 이 경우 음식물을 내부화했다고 말할 수는 있어도 내면화/소화했다고 말하기는 어렵다. 그것은 온전한 의미에서 삼켜진 것이 아니다. 음식물은 소화·흡수되지 않으면 토해지고, 내려가지 않으면 "울컥 밀고 올라"오기 마련이다. 내부에 존재하지만 내면화되지 않는 대상, 바로 이것이 타자적 존재이다. 그것은 '안'에 있지만 '내부'는 아니며, 삼켜졌으나 소화/동화되지 않는 것이다.

인간의 경험/기억의 메커니즘도 이와 비슷해서 어떤 경험/기억은 시간이 지나면서 점차 잊혀지거나 내면화되는 반면, 또 어떤 기억은 망각되지 않아 우리를 "고통스러운 기억의 짐승"으로 만들기도 한다. 삼킬 수 없는 음식이 있듯이 삼킬 수 없는 말이 있고, 삼킬 수 없는 사랑이, 삼킬 수 없는 상처가, 삼킬 수 없는 슬픔이 있는 법이다. 세상에는 애도할 수 없는 것들이 존재한다. 삼킨다는 것은 소화, 즉 내면화한다는 의미이고, 내면화한다는 것은 받아들일 수 있음, 소화할 수 있음, 정신분석학적으로는 승화시킬 수 있다는 것을 의미한다. 일찍이 프로이트는 모든 예술적 창조가 승화된 충동의 결과라고 주장했는데, 이때 승화sublimation란 사회적으로 허용되지 않는 충동을 허용되는 행위로 전환하는 것이다. 마찬가지로 경험/기억 중에는 언어로 표현할 수 없는 것들도 존재한다. 언어화한다는 것은 경험된 사건과 감정을 일정한 문법적 규칙에 맞춰 배열한다는 것이다. 경험과 사유의 이질적인 흐름들은 이처럼 언어의 질서를 통과하면서, 즉 언어화됨으로써 안정성을 획득한다. 그러므로 언어된다는 것은 질서를 갖는다는 것이며, 언어화할 수 있다는 것은 내면화, 즉 삼킬 수 있는 것이 된다는 것이다. 정신분석의 치료과정이 그러하듯이 형언할 수 없는 경험도 언어화에 성공하면 견딜만한 것, 참을 수 있는 것이 된다. 삼킨다는 것, 아니 삼키는 데 성공한다는 것은 결국 감당할 수 있다는 의미이기도 하다. 하지만 세상에는 삼킬 수 없는 것, 그리하여 망각하거나 용납할 수 없는 것들이 존재한다. 이때 예술 또는 언어는 승화에 실패한 형태를 띠게 된다. 비非승화의 예술이 그것이다. 비승화의 예술은 승화, 즉 삼킬 수 없는 것을 애써 삼키려하지 않으며 나아가 삼킬 수 있다고 주장하지도 않는다. 예술에 대한 전통적 관념이 승화, 즉 삼키는 행위와 관계한다면, 비非승화의 예술은 "토할 수 있는 힘이 남아 있음에 감사하자"라는 진술처럼 '토'하는 행위와 관계가 있다. 원정圜丁의 손길이 닿지 않은 "달고 시고 쓰디쓴 야생사과"(「야생사과」)가 바로 그것이다.

> 한때 나는 뿌리의 신도였지만
> 이제는 뿌리보다 줄기를 믿는 편이다
>
> 줄기보다는 가지를,
> 가지보다는 가지에 매달린 잎을,
> 잎보다는 하염없이 지는 꽃잎을 믿는 편이다
>
> 희박해진다는 것
> 언제라도 흩날릴 준비가 되어 있다는 것
>
> 뿌리로부터 멀어질수록
> 가지 끝의 이파리가 위태롭게 파닥이고
> 당신에게로 가는 길이 조금씩 보이기 시작한다
>
> 당신은 뿌리로부터 달아나는 데 얼마나 걸렸는지?
>
> 뿌리로부터 달아나려는 정신의 행방을
> 정확히 알 수는 없지만
> 허공의 손을 잡고 어딘가를 향해 가고 있다

뿌리 대신 뿔이라는 말은 어떤가

가늘고 뾰족해지는 감각의 촉수를 밀어올리면
감히 바람을 찢을 수 있을 것 같은데
무소의 뿔처럼 가벼워질 수 있을 것 같은데

우리는 뿌리로부터 온 존재들,
그러나 뿌리로부터 부단히 도망치는 발걸음들

오늘의 일용할 잎과 꽃이
천천히 시들고 마침내 입을 다무는 시간

한때 나는 뿌리의 신도였지만
이미 허공에서 길을 잃어버린 지 오래된 사람
　　　　　　　　　　 -「뿌리로부터」, 전문(『말들이 돌아오는 시간』)

　　시집 『말들이 돌아오는 시간』(2014)의 초입에 배치된 이 시는 일종의
'개종' 선언으로 읽을 수 있다. 기독교를 박해하던 '사울'이 그리스도를
만난 후 '바울(작은 자)'로 개명한 것처럼, 여기에서 시인은 "뿌리의 신도"였
던 자신의 과거를 부정하고 "뿌리로부터 부단히 도망치는 발걸음들"을
긍정한다. "줄기보다는 가지를, / 가지보다는 가지에 매달린 잎을, / 잎보다
는 하염없이 지는 꽃잎을 믿는 편이다"라는 진술처럼 그 발걸음은 '줄기-
가지-잎-지는 꽃잎'의 방향으로 나아간다. "뿌리의 신도"는 이제 "하염없
이 지는 꽃"과 "천천히 시들고 마침내 입을 다무는 시간"을 믿는 존재가
되었다. 이 시에서 '줄기-가지-잎-지는 꽃잎'으로 이어지는 계열은 '뿌리'
에서 멀어지는 공간적 이탈을 표현한 것이지만, 궁극적으로는 견고한
것에서 연약한 것으로, 불변의 본질에서 변화하는 것으로, 생명의 상징에서

변화—소멸하는 것으로의 이동을 의미한다고 말할 수 있다. 이 시집에서 '나무'는 모성적 생명 의식에 연결되어 있는 '뿌리'의 존재가 아니라 "부디 저를 다시 꽃 피우지는 마십시오"(「어떤 나무의 말」)라고 말하는 '죽음'과 '소멸'의 기호이다.

  "뿌리의 신도"는 왜 죽음과 소멸을 사유하게 되었을까? 이 물음에 대답하기 위해서는 두 시집 사이에 놓인 시간, 즉 2009년과 2014년 사이에 발생한 죽음들을 살펴보아야 한다. 시집 『말들이 돌아오는 시간』에는 많은 죽음이 등장한다. 거기에는 "황급히 생을 이탈한 곡선"(「그날 아침」)으로 암시되는 가족의 죽음, 출근길의 교통사고처럼 곧 잊히고 마는 "새의 떼죽음"(「취한 새들」), "사람도 사물도 아닌, 그 누구도 아닌, 오로지 / 한 떨기 죽음으로 완성된 그녀"(「식물적인 죽음」)라는 시인의 죽음, 그리고 무엇보다도 "망루에서, 광장에서, 천막에서, 송전탑에서, 나부끼는 손들"(「아홉 번째 파도」)이 가리키는 사회적·상징적 죽음과 "숨을 쉬기가 어려워요 / 폐에서 물 좀, 물 좀, 빼주세요 / 숨 막혀서 못 견디겠어요"(「겨우 존재하는」)라는 단말마가 암시하는 죽음에 붙잡힌 삶, 삶과 죽음의 경계가 흐려진 장면들이 '묘비명'처럼 새겨져 있다. 거대한 죽음이 지배하던 그 시절 "음식에서는 이내 죽음의 냄새가 나기 시작"(「그러나 밤이 오고 있다」)했고, 언어는 "무력하게 허공을 맴돌았다"(「다시, 다시는」). 나희덕에게 '죽음'과 '소멸'은 이러한 몰락의 징후와 함께 시작되었다. 하지만 이 '죽음'을 허무주의로 읽는 것은 현명한 독법이 아니다.

  말들이 돌아오고 있다
  물방울을 흩뿌리며 모래알을 일으키며
  바다 저편에서 세계 저편에서

  흰 갈기와 검은 발굽이
  시간의 등을 후려치는 채찍처럼

밀려오고 부서지고 밀려오고 부서지고 밀려오고

나는 물거품 속으로 걸어 들어간다

이 해변에 이르러서야
히히히히힝, 내 안에서 말 한 마리가 풀려나온다

말의 눈동자,
나를 잠시 바라보더니 파도 속으로 사라진다

가라, 가서 돌아오지 마라
이 비좁은 몸으로는

지금은 말들이 돌아오는 시간
수만의 말들이 돌아와 한 마리 말이 되어 사라지는 시간
흰 물거품으로 허공에 흩어지는 시간
　　　　－「말들이 돌아오는 시간」, 전문(『말들이 돌아오는 시간』)

　　시인은 밀려갔다 밀려오기를 반복하는 해변의 파도를 응시하며 '말들'이
돌아오는 장면을 상상한다. 말들은 "물방울을 흩뿌리며 모래알을 일으키며
/ 바다 저편에서 세계 저편"에서 지금-이곳으로 도래한다. 여기에서 말馬
과 말들을 구분하는 일은 부차적이다. 파도의 도래到來, 즉 돌아옴은 결코
일회적으로 완결되는 사건이 아니다. 그것은 영겁의 시간 동안 중단되지
않고 무한히 반복되는 자연현상이지만, 시인은 그 반복에서 영원성이
아닌 사라짐의 운명을 읽는다. 파도의 운명이 그렇듯이, 도래한 말들도
'해변'에 도달하면 사라지고 만다는 것. 시인은 이 일회적인 소멸의 사건을
가리켜 "수만의 말들이 돌아와 한 마리 말이 되어 사라지는 시간"이라고

부른다. 이처럼 "흰 물거품으로 허공에 흩어지는 시간"은 죽음과 소멸의 이미지를 연상시킨다. 그러나 이 시에서의 '소멸'은 흔히 인간화된 죽음이 그렇듯이 부정적인 느낌으로 환원되지 않는다. 오히려 "가라, 가서 돌아오지 마라 / 이 비좁은 몸으로는"이라는 진술에서는 '말=언어'의 한계에 대한 자각이 느껴진다. 시인이 시 전체를 통해 말들의 도래가 만드는 고정적인 형상이 아니라 '도래'라는 사건 자체를 강조하고 있는 이유도 여기에 있다. 시인은 '물거품'의 형상으로 밀려오는 파도를 바라보면서 '시=언어' 또한 개별적인 부분이나 그것들의 문법적 조합으로 설명될 수 없음을 발견한다. 언어가 파도와 같다면, 시에서의 언어 또한 파도의 형상과 움직임처럼 무엇이라고 단정할 수 없는 전체로 도래한다. 그러므로 문제는 언어의 문법과 규칙으로 확정할 수 없다는 모호성이 아니다. 오히려 확정할 수 없는 사건임에도 불구하고 그것을 '언어'라는 "비좁은 몸"에 가두려는 것, 가둘 수 있다는 헛된 믿음을 버리지 못하는 것이 훨씬 심각한 문제이다.

3

시집 『말들이 돌아오는 시간』에서 도래하는 것들은 '말들'만이 아니다. "무언가, 아직 오지 않은 것 / 덤불 속에서 낯선 열매가 익어가는 저녁"(「무언가 부족한 저녁」)이라는 표현에서 드러나듯이 세계의 모든 것들이 '느낌'으로 도래한다. '느낌'의 층위에서 바라보면 이 세계는 "파르르 떨던 잎사귀와 그림자의 비명"(「길을 그리기 위해서는」)처럼 언어화할 수 없는 것이고, 그런 느낌의 언어는 불명확하다는 한계에도 불구하고 우리가 "굽이치며 사라지는 길을 끝까지 따라가게" 만드는 힘을 지니고 있다. "물거품 속으로 걸어 들어간다"(「말들이 돌아오는 시간」)라는 것, 혹은 "길을 그리기 위해서는 / 마음의 지평선을 먼저 생각해야 한다는 것"(「길을 그리기 위해서는」)은 결국 언어를 재현의 도구와는 다른 방식으로 쓰겠다는 다짐처럼 들린다. 도래한다는 것, 그것은 '나=주체'의 의지를 벗어난 사건이다. 언어가 '나=주체'의 의지를 표현/전달하는 도구일 때, 시는 질서와 균형을 잃지 않고 하나의 완결된 세계를 형성한다. 이때 시는 '나=주체'의 자기 고백이라는 성격을 벗어나지 않는다. 반면 시적 순간이나 느낌이 도래할 때, 시는 내적 완결성을 상실하고 언어와 이미지의 파편적 조합이라는 형태를 띤다. 도래하는 것은 '나=주체'의 의지와 무관하게 '나'에게 다가온 다는 것이니 그것에 질서와 균형을 부여할 권한이 주체에게는 존재하지 않는다. 이때 시는 '나=주체'의 자기 고백이라는 특성을 상실하고 '타자'의 목소리가 된다. 시인은 '고백하는 존재'가 아니라 타자의 목소리를 전달하 거나 대신 말하는 존재에 머무른다. 이처럼 '시=언어'가 재현의 세계를 벗어날 때, 그리하여 규칙과 문법이 주는 안정성을 상실할 때, 그것은 바깥의 언어가 된다. 이 '바깥'의 언어를 통해 어떤 대상/지점에 도달하는 일은 불가능에 가깝다. 하지만 시인은 "그 쓸쓸한 소실점을 끝까지 바라보 아야" 하는 고독함을 무릅쓰려 한다. 시집 『말들이 돌아오는 시간』의 마지막 페이지에 적혀 있는 "나는 한 걸음씩 걸어서 거기 도착하려 하네"라 는 진술은 어쩌면 지금까지와는 다른 언어를 통해 세계와 교감하겠다는 시인의 다짐일지도 모른다. 이미 만들어진 '의미'의 언어가 아니라 세계와 뒤섞임으로써 세계 속에서 작용하는 '느낌'을 표현하는 언어로 노래하겠다 는.

> 아이들에게는 저마다 아름다운 이름이 있었지만
> 배를 지키려는 자들에게는 한낱 무명의 목숨에 불과했다
> 그들이 침몰하는 배를 버리고 도망치는 순간까지도
> 몇 만 원짜리 승객이나 짐짝에 불과했다
> 아이들에게는 저마다 사랑하는 부모가 있었지만
> 싸늘한 시신을 안고 오열하는 것 말고는 아무것도 할 수 없었다
> 햇빛도 닿지 않는 저 깊은 바닥에 잠겨 있으면서도

끝까지 손을 풀지 않았던 아이들,

구명조끼의 끈을 잡고 죽음의 공포를 견뎠던 아이들,

아이들은 수학여행 중이었다

죽음을 배우기 위해 떠난 길이 되고 말았다

지금도 교실에 갇힌 아이들이 있다

책상 밑에 의자 밑에 끼여 빠져나오지 못하는 다리와

유리창을 탕, 탕, 두드리는 손들,

그 유리창을 깰 도끼는 누구의 손에 들려 있는가

— 「난파된 교실」, 전문(『파일명 서정시』)

『파일명 서정시』(2018)에서 '세계'는 '난파'된 모습으로 그려진다. 시집
의 첫 페이지에 등장하는 "슬픔과 치욕"은 이 '난파'의 시대에 대한 정서적
반응이라고 말할 수 있다. 짐작하듯이 이 '난파'라는 감각의 기원은 '세월호'
사건이다. 하지만 각자도생의 치열한 경쟁과 최대의 이윤만이 최고선善으
로 간주되는 시대에 난파된 것이 비단 '세월호'만은 아니었다. '현대식
교량'이 거대한 자살기계가 되는 곳(「다리를 건너는 다리들」), 지식인이
"권력과 자본의 논리에 복종하지 않으면 하루아침에 전혀 불필요한 교수로
분류"(「어떤 분류법」)되는 곳, "플루토늄, 요오드, 세슘, 스트론튬……"
(「미래의 구름」) 등이 구름의 원소가 되는 곳, "몇 그램의 절망이 / 일용할
양식이 되는 곳"(「헐거인간」)에서는 사실 모든 인간이 "저마다 기울어지는
난파선"(「붉은 텐트」)의 삶을 산다. 그런 점에서 "한번 들어가면 살아나올
수 없는 곳 / 이것이 인간인가, 되묻게 하는 곳"(「가라앉은 자와 구조된
자」)인 "수용소"(「괴테의 떡갈나무」)는 이 난파된 삶들이 모여 있는 공간을
가리키는 보통명사로 읽어도 무방하다. 삶의 공간과 수용소의 경계가
모호한 세계에서 사람들은 "오페레타의 박자에 맞춰 작업장으로 끌려가"
(「괴테의 떡갈나무」)고, "먹는 것은 먹히는 것이라는 것도 모르고"(「늑대

들」) 생존경쟁에 내몰리고, 그리하여 점차 "축생도에 속한 존재들"(「나날들」)이 되어간다. 그곳에서 '인간'이 '인력'이라는 낯선 이름으로 불리고, 아이들은 고유한 이름대신 '몇 만 원짜리'라는 새로운 교환가치를 획득한다. 인간과 비인非人, 삶과 죽음의 경계가 흐려진 그곳에서 운 좋게 구조되는 사람들도 있지만 "구조된 자 역시 구조된 것이 아니"(「가라앉은 자와 구조된 자」)다. 시인은 이런 세계와 그곳에서 살아가는 인간을 "정직함이 불가능해진 시대"(「정직한 사람」), "오페레타의 박자에 맞춰 작업장으로 끌려가는 사람들"(「괴테의 떡갈나무」), "세계의 항문"(「가라앉은 자와 구조된 자」), "삶의 오물통과 마주하기 좋은 곳"(「여기서는 잠시」) 등으로 표현하고 있다. 한때 '검은 것'에서 하얀 것("검은 쪼가리들을 모아 피워올리는 연기는 희다."(「사북에서, 다만」))을 찾아내던 시인의 눈은 이제 '하얀 것'에서 검은 것("희고 빛나는 것들/ 그러나 검게 산화되기 쉬운 것들"(「라듐처럼」))을 발견하기에 이르렀다. 난파된 삶에서 '삶'과 '죽음'의 경계는 지워진다.

그들은 죽은 개를 묻듯 우리를 묻었습니다.
커다란 구덩이에, 시체 위에 시체를,
우리는 썩어가면서도 누군가의 등밖에 보지 못했습니다.

여기가 어디지요?
죽은 줄도 모르고 이따금 묻습니다.

우리는 사람도 여자도 될 수 없었습니다.
철조망 너머로 달맞이꽃이 피어도
달거리 동안 피를 흘려도
우리는 짐승들을 받고 또 받아야 했습니다.
인간이라는 짐승, 남자라는 짐승, 군인이라는 짐승,

그들은 죽은 개를 던지듯 우리를 함부로 내던졌습니다.

여기가 어디지요?
반쯤 썩어문드러진 입술로 묻습니다.

이렇게 있으면 안 되는데, 하며 일어납니다.
죽은 줄도 모르고 길을 나섭니다.

　　　　　　　　　　　－「들린 발꿈치로」, 부분(『파일명 서정시』)

이것은 '타자'의 목소리이다. 시집 『파일명 서정시』는 '재난'과 '난파'의 감각을 통해 시에서 '타자'의 목소리가 개입하는 몇몇 장면들을 보여준다. '타자'의 목소리가 전면에 등장한다는 것은 시인의 자기 고백적 목소리가 배경으로 물러난다는 것, 또는 그것과 혼재됨으로써 소음^{noise}에 가까워진다는 의미이다. 시에서 '나'의 목소리가 완전히 사라질 수 있는지, 그것이 언제나 긍정적인지는 단정적으로 말할 수 없다. 하지만 이번 시집에 이르러 나희덕의 시가 자기 고백, 아니 타자에 '대한' 진술보다 '타자'의 목소리에 근접하고 있는 것은 사실이다. 타자에 '대한' 진술은 '나=주체'의 것이라는 점에서 '타자의 언어'와 다르다. 어떻게 이런 일이 가능할까? 그것은 시인을 둘러싸고 있는 '세계'가 그를 향해 전면적으로 사건으로 도래하기 때문에, 시인의 의지와 상관없이 난파된 세계 자체가 실존적인 충격으로 덮쳐오기 때문에 가능하다. 프로이트의 말처럼 애도되지 못한 것들은 현실세계로 귀환하기 마련인데, 나희덕에게 그것은 고백이라는 형식, 생명과 희망의 감각 등으로 감당할 수 없는 폭력과 죽음의 형상들이었던 듯하다. 단적으로 「들린 발꿈치로」가 그렇다. 이 시의 화자는 "인간이라는 짐승, 남자라는 짐승, 군인이라는 짐승"을 견뎌야했던 식민지 시대의 위안부들이다. 그런데 "그들은 죽은 개를 묻듯 우리를 묻었습니다. / 커다란 구덩이에, 시체 위에 시체를, / 우리는 썩어가면서도 누군가의 등밖에 보지 못했습니다."라는 진술처럼 이 시에 등장하는 위안부–화자들은 생존자가 아니라 죽은 자들이다. 알다시피 죽은 자는 말하지 못한다. 그럼에도 불구하고 이미 죽은 존재들이 자신의 죽음을 인지하지 못한 채 살아 있는 사람들에게 끊임없이 무언가를 질문하는 장면에는 애도되지 못한 죽음의 의미가 함축되어 있다. 여기에서 시인의 역할은 그 죽은 존재들에게 자신의 목소리를 빌려주는 것, 그리하여 그들이 산 자의 음성이 아니라 자신들의 목소리로 말하게 하는 것이다. 이 타자의 음성은 "손가락 사이로 힘없이 흘러내리는 말. 모래 한줌의 말. 혀끝에서 맴돌다 삼켜지는 말. 귓속에서 웅웅거리다 사라지는 말. 먹먹한 물속의 말. 해초와 물고기들의 말. 앞이 보이지 않는 말. 암초에 부딪치는 순간 산산조각 난 말. 깨진 유리창의 말. 찢긴 커튼의 말 (중략) 화상 입은 말. 타다 남은 말. 재의 말."(「문턱 저편의 말」)처럼 지금–이곳의 언어로 번역되지 않는 "문턱 저편의 말"일 것이다. 그것은 우리가 결코 경험할 수 없는 '죽음'의 세계에서 들려온다는 점에서, 동시에 우리의 이해 가능성의 범위를 넘어선다는 점에서 "문턱 저편의 말"이다.

4

빛의 옥상에서
서른세 개의 날개를 돌려라

오다 가다 오르다 내리다 흐르다 멈추다 녹다 얼다 타오르다 꺼지다
보다 듣다 생각하다 말하다 삼키다 뱉다 잡다 놓다 울다 웃다 주다 받다
묻다 답하다 밀다 당기다 열다 닫다 떠오르다 가라앉다 부르다 사라지다
넘다

서른세 개의 동사들 사이에서
하나의 파도가 밀려가고 또 하나의 파도가 밀려올 것이니
세상은 우리의 손끝에서 부서지고 다시 태어날 것이니

기다리지만 말고 서른세 개의 노를 저어 찾아라
세계의 손끝에서 마악 태어난 당신을
　　　　－「서른세 개의 동사들 사이에서」, 부분(『파일명 서정시』)

　시집 『파일명 서정시』는 "서른세 개의 동사들"에 관한 진술로 끝난다. "서른세 개의 동사"란 '오다'에서 시작해 '넘다'로 끝나는 저 일련의 동사 리스트를 가리킨다. 철학자 들뢰즈는 명사나 형용사가 '존재'에 관계되는 반면 '동사'는 순수생성의 언어라고 규정했다. 가령 '바다가 푸르다'라는 진술은 바다라는 존재 또는 그것의 상태를 말하지만, '바다가 푸르러지다'라는 진술은 종착점 없이 변화하는 생성을 말한다는 것이다. 동사는 곧 운동, 변화, 생성을 가리킨다. 시인이 2연에 나열해놓은 동사 리스트는 '오다−가다', '오르다−내리다'처럼 이항대립의 형식으로 연속되다가 마지막에 이르면 '넘다'로 귀결된다. '넘다'는 어떤 경계, 일정한 척도를 벗어나는 이탈−생성의 사건을 가리키는 동사이다. 여기에 나열된 이항대립의 동사들이 "하나의 파도가 밀려가고 또 하나의 파도가 밀려올 것"처럼 밀물과 썰물, 긴장과 이완, 생성과 소멸 같은 우주적 사건의 양면성을 가리킨다면, '넘다'라는 동사는 그러한 이중적 운동이 어떤 경계를 뛰어넘음으로써 새로운 세계의 도래로 나아간다는 느낌을 제시한다. 「말들이 돌아오는 시간」에서 「서른세 개의 동사들 사이에서」에 이르기까지 나희덕의 시에서 새로운 탄생은 이처럼 죽음과 소멸의 변곡점을 지나는 것으로 형상화된다. 이것이 그녀의 시에 등장하는 수많은 죽음을 단순한 허무의 기호로 읽으면 안 되는 이유이다. 시인은 '동사들'을 "서른세 개의 노"로 삼아 죽음의 바다를 건너려 한다. "기다리지만 말고"라는 말 속에는 새로운

생명의 시간을 열어젖히려는 의지가 담겨 있으니, 시인에게 그것은 자신의 '손끝'에서 부서지고 다시 태어나는 행위와 연결되어 있다. 즉 "세계의 손끝에서 마악 태어난 당신"을 마주하는 신생이란 결국 시인 자신의 '손끝'에서 해체되고 다시 생성되는 언어–세계를 긍정하는 시적 사건과 다르지 않으니, 그것은 "내 속의 어둠을 향해 / 깊게, 더 깊게, 언어의 곡괭이를 박아 넣"(「향인香印」)는 일과 다르지 않다. 하지만 절망과 고통을 지나 도달한 '어둠'에서 발굴될 언어는 미지의 영역이다. 이 미지의 언어를 '서정시'라고 불러도 좋을까.

문학 이후의 문학

초판 1쇄 발행 | 2020년 1월 20일

지은이 고봉준
펴낸이 조기조
펴낸곳 도서출판 b

등 록 2003년 2월 24일 제2006-000054호
주 소 08772 서울특별시 관악구 난곡로 288 남진빌딩 302호
전 화 02-6293-7070(대) | 팩 시 02-6293-8080
누리집 b-book.co.kr | 전자우편 bbooks@naver.com

ISBN 979-11-89898-18-2 03810
값 24,000원